COOLIDGE, STECK WAY AHEAD STRAW VOTE HERE SHOWS

WILLIAM L. SHIRER
Cedar Rapids
History
Tau Kappa Epsilon; Pi Epsilon Pi; Kappa Phi Sigma; Student Council; Treasurer Freshman Class; Track; Vesper Choir; Debate; Dows Debate; Sport Editor; Managing Editor; Editor-in-Chief.

20th CENTURY JOURNEY: THE START: 1904-1930 By WILLIAM L. SHIRER

Copyright: ©1976 BY WILLIAM L. SHIRER

This edition arranged with DON CONGDON ASSOCIATES, INC.

through BIG APPLE AGENCY, INC., LABUAN, MALAYSIA.

Simplified Chinese edition copyright:

2020 SOCIAL SCIENCES ACADEMIC PRESS(CHINA), CASS

〔美〕**威廉·夏伊勒** 著

汪小英　邱霜霜 — 译

人生与时代的

20th CENTURY JOURNEY **二十世纪之旅** Volume 1

A Memoir of a Life and the Times

回忆 （第一卷）[上]

WILLIAM L. SHIRER

世纪初生

1904—1930

THE START:1904-1930

社会科学文献出版社
SOCIAL SCIENCES ACADEMIC PRESS (CHINA)

为人生无奇不有，
任煎熬跌宕起伏，
俱往矣希望无望，
慢我行前途渺茫，
铁鞋破路在脚下。

——欧里庇得斯

一日之命，这就是人，梦中的阴影而已。

——品达

在无穷之中，人的位置又在哪里？

——帕斯卡

我们都生自野蛮……由地质年代的尺度来看，我们去古未远。

——詹姆斯·哈维·罗宾逊

每个人都在走一条独一无二的路，遍布危险，充满诱惑，人迹罕至。

只有完整地了解了他的力量、智慧、重担、阻碍，以及所有促他前行的公开的和秘密的动机，你才可以评价他的足迹。

——克莱伦斯·达罗

言行只是人们极少部分的人生！真正的人生在脑子里上演，除了自己没人知道。

——马克·吐温

我是个什么样的人？……我对此一无所知。

——司汤达

目　录

（下册）

序

　　我才发现，写回忆录是件奇怪而微妙的事。

　　你说的都是实话吗？由于时间久远和主观想象，记忆变得模糊零散，你的回忆与其说是纪实，更像是故事。威廉·艾伦·怀特就是这样认为的。他在回忆录的前言中提醒读者："虽然我苦心研究，仔细查证，但这部自传不可避免地是本人的虚构。"他说，读者不应当"把真实与故事混淆，因为只有上帝知道真实"。怀特认为，他只是想"写下自己信以为真的一些事情"。

　　我写这部对人生和时代的回忆录时，想做的也仅止于此。我积累了相当大量的私人文件，做了多年研究。有些笔记在战争和旅行中遗失，因为驻外记者就像游牧民一般东奔西走，他的全部所有是一只皮箱。诗人、思想家和回忆录作家的警告令我感到不安和自卑，他们的才华和造诣是我不可企及的。蒙田认为，人类根本就无法获得真相，因为他们"屈从于习俗、偏见、个人利益和狂热……自以为掌握了知识——这种幻觉为人类埋下祸根"。

　　伊莎多拉·邓肯的一生可谓丰富、充满了悲剧性。她在巴黎写回忆录时，常常对我说起自己的回忆录，她问："我们怎么可能如实地写出自己？我们自己甚至都不明白什么是真实。"埃米莉·迪金森相信"真相如此稀少，说出来令人喜悦"。喜悦，是的，但并不容易。

真相是什么？桑塔亚纳说："真相是一个梦，只是该梦确有其事。"安德烈·马尔罗在写回忆录（被他称为"遗忘录"）时认为，"一个人的真相首先是他所隐藏的一切"。但是，他把一个人隐藏的和他忽视的区别开，这两者是不一样的。司汤达写了一本又一本自传，试图弄明白自己是谁。但是，寻求真相反而让他更加迷惑。他最后问："我是个什么样的人？"接着又承认："实际上，我对此一无所知。"

写回忆录还有其他的困扰。这些困扰产生于过去和时间。福克纳说："过去绝没有死去，甚至也没有逝去。"你不可能在回忆过去的时候，不对它加以改变。突然间，想象介入其中，最后想象与记忆混在一起，难以区分。或者说是难以剔除时间的影响。对于爱因斯坦来说，在相对论、物理和数学上，时间的概念如此重大，因此他认为时间的影响难以被剔除。他说："把过去、现在和未来分开，只是一种妄想，而且是痴心妄想。"

卢梭的《忏悔录》也许是自传作品中最伟大、最富有自我解剖精神的了。他一开始以为写作回忆录只是作一幅自画像而已。他花了十二年的时间做写作的准备：做笔记，查阅记录、信件和其他资料。最后，他放弃了最初的观点，不只是因为这样太静态，也因为这样写出的东西会变成自己晚年对一生的盖棺论定。时光是会捉弄人的。所以他一改初衷，决定记述"平生所遇、所做、所想、所感……我能够写下自己的所感，我能保证这一点是真实的"。

但是他在自欺欺人。像一切写下自己生平的人一样，他在写作的时候做了改变。法语版《忏悔录》的主编马塞尔·雷蒙说："他本人并未察觉，这就是他承诺要给我们的灵魂历

程，却变形为他灵魂的传奇或神话的原因，而他本人并未
察觉。”

我对于人生的一两点看法，可以作为这些回忆录的背景。

庸庸碌碌的琐事占据了我们人生的大部分，构成了挫败、
成功、悲伤和瞬间的幸福。在这碌碌的人生中我偶尔会停下，
去思考人类是多么卑微渺小。我们所在的地球也是如此。即使
在太阳系中，地球也是一个可有可无的星体，而在无穷的宇宙
中，它只是一个小点。在无限的无机自然界中，我们所能理解
的有限时空实在可怜。如果宇宙真有所谓目的，谁又能说，这
个目的就是创造出人类呢？谁又能说亿万个星球之中，没有比
我们更加进步，或者至少更加理智、更有意义、更加热爱和平
的生命存在呢？

当然，每个人的生活对其本人而言都是重要的，这是其唯
一拥有、了解的事情。但是，在无穷的时空中，它显得无足轻
重。帕斯卡问：“在无穷之中，人的位置又在哪里？”微不足
道。也许历史学家卡尔·贝克尔——我所知道的最文明的
人——最能领会无穷中我们人类微末的地位。

> 人类（他这样写道）只是宇宙中的弃婴，被创造他
> 的力量丢弃。没有谁来养育，没有谁来帮助，没有或善或
> 恶的权威指引，他要自己保护自己，凭着有限的智力在冷
> 漠的宇宙中找到出路。

这个世界也是野蛮的！我活得越久，就越清楚地看到，对
我来说，人类的进步十分缓慢，与原始状态相去不远。在地球

上生活了两千万年的人类，其中绝大多数的男人和女人，按照霍布斯的说法，"是肮脏、残酷、浅薄的"。文明是一层薄薄的虚饰，它不断被轻易地破坏、粉碎，暴露出人类野蛮的本性。

面对20世纪70年代，所谓三千年文明又有什么用？一切宗教、哲学和教育又有什么用？在我写下这些文字的时候，人类继续折磨、杀戮、压迫着同类。事实上，这不是倒退又是什么？在我有限的生命里，人类杀戮和破坏的能力成倍地增长。由于炸弹的改进、导弹的发明，我们不只杀伤士兵，也杀害着远离战线的无辜妇女和儿童。

我们在美国可以看见，就在20世纪60年代和70年代，虔诚的基督徒和犹太人，作为我们社会的一大支柱，手揽军政大权，安逸而冷酷地坐在华盛顿的空调办公室里，冷血地、毫无不安和道德罪恶感地计划、指挥着对数以万计男女老幼的屠杀，毁灭这些远在亚洲的贫穷农民的房屋、田地、寺院、学校和医院。而那些人根本没有能力对我们产生哪怕是丝毫的威胁。与上述种种野蛮程度相当的是，大多数美国人竟然对此欣然接受。直到最后，我们沉睡的——可不可以斗胆这样说——良知，才终于被唤醒。

有时，我觉得，人类的主要成就在于破坏、掠夺、污染和杀戮。首先是对地球，其次是对同类。最近几年，我们取得了最后的胜利：成功研发了核装置和运载它的导弹。它们如此复杂，只有少数天才才能创造出来。它们转眼就能炸飞地球，灭绝所有的生命。如果把这些东西交到那些权重而智寡的统治者手上，这样的事就会发生。

在这样一个世界，生命有什么意义和目的吗？我像许多人

一样，一生都在探索着生命的意义。我仍然停留在一些问题
上：生命是什么？有什么目的？它是怎样开始的？我们从哪里
来？我们往哪里去？死亡就是一切的终点吗？死亡又是什么？
它通向永恒？它通向虚无？马尔罗相信，人"在自己的提问
中才能看清自己"，"深刻的问题比回答更能如实地反映出人
本身"。1946 年 7 月在炎热的巴黎，格特鲁德·斯泰因不久于
人世，她对床前守候的人嗫嚅道："答案是什么？"当发现无
人回应时，她又轻声说："那么问题是什么？"

　　我自己未能得出太多答案。尽管别人给出了一些，但是我
都不太满意。阴郁的叔本华发现，生命只是由存在走向虚无的
路径。生活在希腊鼎盛时期的悲剧诗人索福克勒斯一生非常圆
满，高寿而终。但是，他的临终总结令人意外。他说："还不
如从来没有出生过。"索福克勒斯一生享誉无数，赢得过戏剧
节大奖，被称为希腊最伟大的剧作家和诗人。他仪表不凡，富
甲一方，功成名就，身体健康，90 岁时仍然才思敏捷。可是
他写下：

　　　　古代的作家说，没有活过最好；
　　　　从来没有呼吸过，
　　　　从来没有见过天亮。

　　梭伦同意这个说法，也说："没有人会快乐，除非人死
亡。"

　　他以为死后才会有幸福吗？我们都在问这个问题。希腊的
宗教像其他所有宗教一样，给出了肯定的回答。柏拉图认为天
堂，也就是极乐世界，是对人生不公和不幸的补偿。但是，也

有人怀疑这一点。伊壁鸠鲁就是其中之一。他肯定地说："永生并不存在，因此死对我们来说也并不是什么坏事。它与我们无关。我们活着时，死亡并不存在；死亡来临时，我们已经消失。"

我并不赞成他的全部观点，但当我不再相信基督徒的确据之后，我仍然喜欢伊壁鸠鲁的如下阐释：

> 对永生的信念起因于贪婪，有些人没有好好利用大自然赐予的时间，于是感到不满足。可是聪明的人认为自己的寿命够长，能享尽一切可获得的幸福。当死亡来临时，他就离开宴席，满意而去，给其他客人腾出地方。对聪明的人来说，生命是足够的，而愚蠢的人，即使有了永生，也不知道如何使用。

乔治·艾略特也持同样的怀疑。对她来说，上帝是不可知的，永生更是不可想象。

我个人的想法中融入了这些观点中的一部分，也受之影响，我的想法得以形成。无疑，随着世界已经走完重要的 20 世纪的四分之三，这些思想会潜移默化地影响本书对于人生和时代的叙述。我相信，这短暂的四分之三也是我生命的主要部分，其间的变化多于过去几千年。在骑马及坐马车的年代出生，又在有生之年看到原子弹的发明，这种经历确实很有意思。

机缘和我职业的性质让我在某些时刻来到某些地方，在那里，我们这个世纪的洪流在奔涌。我因此有机会亲眼看见、亲身经历正在发生的事件，探究事件的起因。"百闻不如一见"也许是老生常谈，但仍不失为至理名言。里尔克认为要做一个诗人，"必先有或经过很多历练"。对所有作家以及希望有丰富人生的人，这个说法都适用。

我喜欢看书。书为你把过去和现在连接起来，把普通的想法和高贵的精神联结起来，把个人的生活与对他人的意义联结起来。书教化、启发、震撼着你，让你笑，让你哭，让你思考，让你做梦。它们虽然能丰富你的见识，却不能代替经历。

我在芝加哥出生，20 世纪之初在这里长大，我一直感到，这大大有助于认识我的国家。这并不是说，别处没有这个地方有趣，比如纽约、剑桥或旧金山，这些地方也许更加文明。我也总是恨不得不住在芝加哥，我年轻时总这么想。可是，我仍然认为，在 20 世纪之初，只有在芝加哥才能领会美国的现状，看清它的走向。这个新生国家在长大时的喧嚣和吵闹，巨大的建设能力，积累财富和权力的动力，丑恶、低劣、贪婪和腐败，这一切都可以在多风的芝加哥见识到。这里的土地和城市也富有诗意。这里有美丽的湖区，有湖畔高耸入云的大楼，有对艺术和学术的追求。这一切你都可以从卡尔·桑德堡的《芝加哥诗集》中感受到。我后来又去了爱荷华州（也叫艾奥瓦州）。我在这些地方长大，中西部就在我的血液里。虽然中西部并不是最好的居住地，但这个地方给我的，不论好坏，是别的地方不能给予的。它是美国的腹地，供给着整个国家，开采了大量矿产，生产了这个国家的大部分商品。我想，比起其他任何地方，它对这个国家和我们拥有的文明有更多的影响，且不论这种文明的好与坏。我的根就在这里。

我将在书里把它们挖掘出来，但不是全部，那是我力所不及的。我21岁去了国外，在欧洲和亚洲工作。工作让我有幸去了一些重要的地方，在那里发生的大事影响着整个变化中的世界：20世纪30年代初，甘地在印度领导着独立运动；二三十年代的巴黎和伦敦，这两个欧洲的主要民主政体莫名地走向衰落；在罗马，不起眼的墨索里尼经过最初的动荡之后，开始对民众加紧法西斯主义的宣传，此刻，罗马教廷开始发生动荡，教皇开始改变作为罗马"囚犯"的角色以适应20世纪的需要；在柏林，希特勒和野蛮的第三帝国兴衰起伏，最后是希特勒发动的第二次世界大战，让整个世界蒙受灾难。

没有这些直接的、现场的经历，我绝不可能懂得，也极少会感知，在这动荡的年代，发生了什么，以及它们发生的原因。这些经历有助于我日后记录下一些历史。

在我成年以后，以及写下这些回忆之时，我偶尔想起列夫·托洛茨基写过的我们的时代，以及亨利·詹姆斯对于身为美国人的议论。托洛茨基在墨西哥写道："想过平静生活的人在20世纪都未能如愿。"不久之后，他被斯大林派去的特工砍杀。怪老头詹姆斯则说过："做一个美国人，命运实在复杂。"不论复杂与否，在20世纪做一个美国人，其命运十分有趣。有此一生，我甚感幸运。

第一篇

从"大街"到左岸: 1925

第一章

逃离美国

1925年6月一个阳光明媚的早上，我大学毕业没几天，和叔叔开车上了林肯公路，离开了爱荷华州小镇上的家。我们想去芝加哥，然后再去美国最东部的几个没有去过的地方。那个夏天我计划去华盛顿和纽约，接着是伦敦，终点竟是巴黎——说起来，我自己都不大相信。

从小镇上的"大街"① 到"左岸"！许多大学生毕业之后都像我一样去旅行，虽然只在夏天的几个月。我们厌倦了柯立芝执政时期的空虚，斯科特·菲茨杰拉德称之为"荒唐的年代"。对在美国荒原上长大的我们来说，巴黎是远处隐约可见的人间天堂，这座城市充满了光明与欢乐，是文明的中心。我们想逃避禁酒令、基督教原教旨主义、清教徒主义、"柯立芝繁荣"、市侩作风、夸大其词、扶轮社② 和商会的陈词滥调——那些主导我们国家的资产阶级的废话。我们认为，是这些把美国变成了一个没有思想、充斥着冒牌货的地方。

尽管大学老师不让我们接触现代文学，我们仍然读到了辛克莱·刘易斯的小说《大街》和《巴比特》，还有抨击美国内地昏聩教众的 H. L. 门肯的《美国信使》杂志。它们使我们成熟长大，让我们觉醒，看清楚我们从小经历的一切：中西部小

---

① 《大街》是美国作家辛克莱·刘易斯的代表作，他描写了第一次世界大战前后的一个美国小镇，以辛辣的笔触对美国社会现实进行了批判和讽刺。作者在这里以大街比喻他所处的典型的美国小镇。（本书的脚注均为译者注，后文不再特别说明。）

② 扶轮社为 1905 年在美国芝加哥建立的一个社会团体，后扩展到全世界，宣称增进职业交流和提供社会服务。在作者这里，是甘于中产阶级生活、伪善的代名词。

镇的文化匮乏，被要求遵守狭隘保守的清教徒规范的专制压迫，巴比特式的小镇暴发户的空虚，道貌岸然的基督徒[1]对商业利益和发财致富的崇拜。

几个月前的一天——那真是个伟大的日子——我收到了伟大的门肯的来信，那一定是他亲手在打字机上打出的，他感谢我为他的"美利坚"专栏寄去一段剪报。

> 亲爱的夏伊勒先生：
>
> 　　谢谢您的剪报。我相信平托博士开展的运动必将席卷全国。各处的基督徒一旦听说，一定会热衷于此。我现在正尝试从南方开始。
>
> 　　　　　　　　　　　您真诚的，
> 　　　　　　　　　　　H. L. 门肯

我现在记不起这位平托博士到底是谁，他的运动又是什么，但我相信这是件愚蠢的事。我在我们当地的《公报》上看到过有人对滑铁卢[2]的扶轮社说："扶轮社是神灵的显现。"这个人好像就是他。

这种胡说八道不只限于玉米带①的城市。从东海岸到西海岸，在《美国信使》杂志上，在激进的周刊上，甚至在日报上，经常会有神迹降临在生意场上和商人身上的内容。有位帕克斯·卡德曼博士，不知疲倦地在各种商人大会上发表题为《商业里的宗教》演讲。他的宣传册由大都会人寿保险公司

---

① 玉米带（Corn Belt），主要指美国中西部以玉米为主要农作物的区域，包括爱荷华、伊利诺伊、印第安纳等州。

印刷，册子里他所做的导言标题是《摩西，伟大的劝说者》。他宣称："摩西是历史上最优秀的推销员和地产促销员……在一场载入史册的伟大促销中，显示了他强势、无畏、成功的品性。"

就这方面而言，耶稣基督被当成一位更加伟大的推销员。那年夏天，布鲁斯·巴顿的《无人知晓之人》①荣登畅销书榜首。甚至在我们这个不讲究读书的小镇（我们这里忙碌的商人说没有时间），此书也卖得很好，甚至吸引到了一些清教神职人员。这个无人知晓之人到头来是耶稣，"现代商业的奠基人……一位伟大的管理者……关于他的寓言在任何时候都是最有力的广告……如果他生在当代，一定是国家级的广告商……"

> 他从下层商贩中挑选出十二人，并将他们组织成一个征服了整个世界的教会……这种组织能力的成功典范，举世罕见。

这种无稽之谈被当作福音，受到全美国的追捧，并且，那年夏天我离开时，著名的"猴子审判"正在田纳西州的代顿市展开。这件事离奇得让人难以置信，但确是真事。在我向东的旅行中，它占据了所有报纸的头版。24 岁的中学生物老师约翰·托马斯·斯科普斯因为触犯了田纳西州的"反进化论法"，被告上法庭。这条法律禁止学校教授"人类是由低等动

---

① 在《无人知晓之人》一书中，巴顿将耶稣描述为世界上第一个广告人，宗教故事则是强有力的广告内容，十二门徒是这个世界上最伟大商业组织的董事会。

物进化而来的，因为这违背《圣经》所称人是由神创造的叙述"。① 斯科普斯按照一本州政府批准的亨特所著《大众生物学》课本，把达尔文物种起源的简要观点教给了他的学生，他因此被捕并被审判。后来大家才知道，在鲁宾逊药店，斯科普斯和几个聪明的年轻人一边喝着汽水，一边半开玩笑地想出了这个计划，故意让自己受审。

审判一夜之间轰动全美，演化成一场基督教原教旨主义与现代科学之间的斗争。原告律师是三次民主党总统候选人、曾任美国国务卿的威廉·詹宁斯·布赖恩。首席辩方律师是来自芝加哥的克莱伦斯·达罗，一位精明的刑事辩护律师和不可知论②信奉者。他曾为无政府主义者、劳工领袖辩护，不久前成功代理了著名的利奥波德和洛布杀人案③。成百上千的大报记者从美国各地赶到这个山坡上的小城市，在炎炎烈日下，记录两位著名人物辩论中的字字句句。他们的现场报道覆盖了国内外报纸的头版。外国人把这一事件看作野蛮未脱的美国佬的又一荒唐行为。当我到达英国和法国时，这个案子刚刚结束。欧洲人惊奇地询问，这种怪事怎么会在本杰明·富兰克林和托马

---

① 田纳西州 1925 年公法第 27 条："州内所有由州公立学校基金提供全额或部分资助的大学、师范及其他公立学校，均不得讲授任何否认人是神创的《圣经》教义，而代之以人是由一类较为低等的动物演化而来的说法，否则即非法。"田纳西州立法的动机主要是缓和公众反对进化论的情绪，以博取社会各界对科学课程的认可与支持。

② "不可知论"一词由英国学者托马斯·赫胥黎创造。他认为人类不可能彻底认识世界，对基督教神学采取怀疑态度，也拒绝无神论。

③ 1924 年，芝加哥两名大学生——19 岁的利奥波德和 18 岁的洛布经过数月的策划，合伙劫杀了一个 17 岁的少年，两名被告均面临死刑判决。达罗律师做了精彩辩护，最终，法官采纳了他的意见，判处两人无期徒刑（谋杀）以及 99 年有期徒刑（绑架）。

斯·杰斐逊创建的开明的合众国里发生。

审判的高潮是达罗把布赖恩当作熟知《圣经》的权威人士，制造出了被《纽约时报》称为盎格鲁－撒克逊历史上最惊人的法庭剧。在达罗尖刻、讽刺的提问下，布赖恩宣称自己相信《圣经》的《创世记》是真实的。他说，世界创始于公元前4004年，大洪水则发生于公元前2348年。

达罗问道："难道你不知道有一些文明——例如中国、埃及——有超过5000年的历史？"

布赖恩说："我所见到的任何证据都不能令我满意。"

达罗接着又问："你平生从未尝试了解地球上其他民族的文明有多长久，以及他们在地球上存在了多久，是不是这样？"

布赖恩说："是的，先生，我如此满足于基督教教义，因而从未花时间去查证与之相左的意见。我已经有了赖以生存和死亡的全部知识。"

当布赖恩被问及关于孔子和佛教时，他反唇相讥："我觉得他们十分劣等……我满足于基督教，我从来没有感到有必要了解其他宗教。"

达罗毫不留情："布赖恩先生，你是否相信第一位女子就是夏娃？"

"是的。"

"你是否相信她确实就是由亚当的肋骨做成的？"

"是的。"

"你是否知道该隐（亚当之子）的老婆又来自何方？"

"不知道，先生。我把这个留给不可知论者去查考。"

"你是否相信约书亚曾让太阳静止在天上？"①

"我相信《圣经》上的话。"

暑热难当，布赖恩汗流浃背。因为室内容纳不下大量的听众，审判被移到了法院的草坪上。翌日，布赖恩成了各大城市报纸嘲笑的对象，而美国的基督教原教旨主义者，不论南方的还是北方的，对这位卫道士为他们的信仰做出的有力辩护而高兴。斯科普斯被判有罪，罚款100美元。过了不到一周，布赖恩因过度疲劳而死。达罗原计划上诉联邦最高法院，但是田纳西州最高法院以不合诉讼程序为由推翻了代顿法院的判决，避免了可能的上诉。同时，州法院维持了"反进化论法"，这项法律又继续了几十年。[3]

那个晴朗的夏日，我离开时，我的家乡充斥着这样一种顽固和乏味的气氛，我对此感到厌烦。我向往去一个别的地方，哪怕几周也好。那里应当比较文明：喝杯葡萄酒或者啤酒不会被当作犯法；对宗教或其他事情随意发表意见而不用害怕获罪；生活方式绝不空虚无聊；而作家、画家、哲学家，或仅仅作为梦想家的价值即使不高出，也应当不低于庸庸碌碌的商人。在那里，你能够过自己的日子，做喜欢的事，喝醉或是做爱，而不必受葛兰地太太②、警察、牧师，或老师的监管。

21岁的我得出的这些印象可能并不真实。刚刚从中西部一所规模不大的大学毕业，之前的12年在爱荷华州的一个小城里度过，那是玉米带的中心，人口只有4.5万。可是我感到自己与这里格格不入，总想逃离这个庸俗的地方，去文明的欧

---

① 《圣经·约书亚记》记载约书亚曾令太阳停留在当空一天。
② 英国剧作家托马斯·默顿的剧本中一位拘泥世俗常规、以风化监督者自居的人物。

洲。也许我在很多方面属于典型的爱荷华小镇青年。美国在哈定和柯立芝时代成了一个愚蠢的国度。这两任总统平庸得可怕，却又备受欢迎和爱戴。虽然如此，我仍然想留在美国试试机会。我相当反叛，不喜欢的比喜欢的更多，但总的来说，在这个爱荷华小镇上，生活在一个没有父亲的贫穷家庭，我的童年还算幸福。我必须努力干活，一边维持生计，一边上学。我仍然有很多玩的时间，过得很开心。我从未感到无聊，虽然无聊似乎应当是中西部"大街"型小镇的特点。我有过愤怒、灰心、悲伤，有时甚至是忧郁，但也有喜悦、兴奋、希望、爱，还有对生活永远的热情。早在21岁之前我就知道，虽然生活不容易，常常充满艰辛、荒唐，但有时是美好的；除了美国，还有其他地方；除了现在，还有永恒。我从一开始就知道。

我的那些文学偶像，刘易斯、门肯、德莱塞、舍伍德·安德森、卡尔·桑德堡，他们虽然猛烈抨击美国人的愚蠢，却热爱这个国家，在这里茁壮成长，似乎也活得相当快活。在他们锋芒的背后，你能够感受到这一点。虽然很多作家、画家和学生拥向巴黎，但除了来自中西部的门肯，这些重要人物都没有离开，他们挖掘着身边丰富的素材。不论怎样，他们提醒着你，这里是你唯一的国家。

老实说，我在大学最后一年一直有个模糊的想法——我也许能在巴黎待得长一些。但是这个想法很模糊，我还没有认真考虑过。当时我已经有了两个工作机会，一个是留在本校，一个是在不远的爱荷华州立大学。我回来后可以选择其中之一，并且和大学中的女友（我们已经订婚）尽早结婚。因为不管怎么说，我没有钱，不能在巴黎长住。我从校长那里借了100

美元，头一天从叔叔那里借了 100 美元，他很不情愿。我估摸着这 200 美元能让我在欧洲待两三个月就不错了。

可是，这个疯狂的想法仍然在我潜意识的深处挥之不去。有个同学告诉我，他的一个朋友叫比尔·布里奇斯，从印第安纳州的林肯学院毕业之后，在一家美国报纸的巴黎分社找到了一份工作，这样就可以在巴黎长住。我没法驱走脑海中的这个想法。一个春天的傍晚，我向母亲说起这件事，她并不十分赞同。几天之后，她请来了远房的叔叔弗朗谢。这位叔叔是我们家的法裔亲戚，在城里开着一家名叫"集市"的商店，很不景气，我们还拥有一点股份，根本不值钱。这位叔叔战时在法国服役过，也许是在基督教青年会。我猜他是在巴黎长大的，他说话时仍带着些许法国口音。他也不看好我的巴黎梦。他说巴黎的天气糟透了，总是下雨，房子又冷又暗。冬天大多数住房都没有暖气，太阳又难得露脸。你这个从爱荷华来的少年一定没法在那里待下去，你一定会得肺结核。他就得过这个病，到了美国这块福地才好。另外，他补充说，巴黎的花花世界容易使人堕落。母亲这时天真地问，花花世界指什么。这位叔叔十分窘迫，为自己的"坦诚"向她道歉，说那里的女人非常"放荡"。而实际上，巴黎的"那种房子"（他只用这样的字眼来形容）都有市政府颁发的合法执照，到处都是。我对这件事十分感兴趣，可是，我母亲尽管可以容忍此事，听了却惊恐万分。

也许她觉得事情就此结束，我也觉得最好不要再提起，那毕竟只是一个梦。比尔·布里奇斯给我的朋友写信说，每年夏天有数千名学生和数百名真正的记者申请到巴黎工作，结果只有两三人能够如愿。如此看来，机会几近于零。不过，如果我到了巴黎，仍然可以去申请一下试试。经过纽约时，我或许还可以去问问《世界报》和《纽约时报》的本地新闻编辑是否有工作机会。但我不抱侥幸：一个只在本地小报干过几个假期的小青年，哪能一举拿下这两家著名的都市大报，又或者是哪个巴黎的报社呢？因此，我仍想按原计划，回到爱荷华州接受一份现成的工作，再与未婚妻成婚。母亲相信，即使不是工作，年轻人的爱情也会让我乖乖地回来。她变得由衷地喜欢我的女友。那姑娘很可爱，深褐色的头发，闪亮的绿眼睛，挺直的鼻梁，嘴唇饱满性感。她身材苗条，身心活泼。我与她相恋一年，几个月前，按照传统，我将自己的大学联谊会会徽送给她作为信物，与她订婚。我不愿离她远行，哪怕只有两个月。但是，四年的大学生活在 6 月结束，当我完成了毕业式，满怀别情地告别了校园和朋友之后，我越来越对夏天的旅行感到兴奋，因为我向往的那些遥不可及的地方似乎已经近至眼前。我手上的钱够我在欧洲的花销。我与蒙特利尔的一家轮船公司签了合约，在开往英国曼彻斯特的一条运牛船上干活，抵我夏末回来的旅费，还好回程上并没有牛需要照管。我沿途会在华盛顿、纽约停留，我受邀出席纽约州伍德斯托克的大学报纸编辑会议（一切费用由主办方承担），我还会去探望一些住在纽约州坎顿的亲戚，之后，沿圣劳伦斯河而上去蒙特利尔。

我向母亲和姐姐告别。我们姐弟上的是同一所大学，姐姐三年前毕业，开始在邻近的一个小城教书。我母亲虽然为我的冒险担忧，但没有反对。她对子女相当宽容，容忍我们的异想天开和任性，尽管她的个人生活范围十分有限。我父亲 42 岁时在芝加哥突然离世，留下了我们三个未成年的孩子，之后母亲寡居了12年，但她有一种特殊的智慧，这一点多年之后我才发现。父亲去世时，她手上只有一小笔保险补偿和一所芝加哥的房子，但她从没有抱怨过。她说她不懂"理财"，但她能供养我们读完大学，让我们完全自由地发展。这简直是个奇迹。我弟弟还有两年就要毕业，但他不确定是否要念完同一所大学。他和我一样叛逆，觉得这所学院在智慧上相当贫瘠。我于一周前与他告别。他去了斯通城，打算暑假的时候在附近采石场干活。格兰特·伍德要在那里建立一个艺术家群落，他的画作后来轰动了美国。

与家人告别之后，我与叔叔开车出发，我们经过我的大学校园，我下去到名为《宇宙》的学校周刊的编辑室拿了几只旧烟斗和一瓶非法烈酒。去年，我曾是这里的编辑。学校那时严禁吸烟，而在禁酒令实行的年代，在校园私售酒不仅违反校规，而且一经发现就会被立即开除。

我向小小的校园望了最后一眼，在这里我度过了四年大学时光。教学楼、小道和草坪上空空荡荡，这个地方曾经熙熙攘攘，长久以来是我生活的中心。现在的冷清带给我一丝离别的伤感。现在回想起来，我感到校园生活一直令人兴奋。在这里，我平生第一次认真地恋爱，遭到拒绝，饱尝失恋的痛苦，然后又一次爱上。我学到了一些知识，或至少学会了最重要的事情：教育是我决心用毕生的精力去完成的，而大学只是教育中的一环。有三四位老师我将永远铭记于心。在这里，我有了第一次编辑日报的经历，这使我确定了最终想要做的事情。我在这里的生活充满欢乐，对读书、音乐和运动的热爱萌芽并发展壮大。

一连下了三天雨，这一天早晨天气终于放晴。雨水对玉米很好，而玉米是我们这里赖以为生的作物。不过，这场大雨在公路上留下一片片泥泞的沼泽。我们小心行驶了 16 英里，朝着弗农山开去。这段路还算顺利，没有出什么差池。一见到泥坑，叔叔就加大油门，让 T 型福特车全力以赴，好像赶一群马。这条路直通到弗农山顶，那里坐落着康奈尔学院。我们下了车，穿过空寂的校园。巨大的榆树和枫树装点着宽阔的草坪，哥特式教堂和不知名的建筑上爬满常春藤。我父亲在这里度过了四年的大学时光（叔叔和两个姑姑也是在这里上的大学），然后又上了两年芝加哥的法律学院。据我所知，我父母就是在这里遇见的，母亲那时主修音乐。在他们那个年代，这里与卫理公会开设的神学院相差无几，充斥着清教徒的互励、基督教教义和《圣经》阅读。母亲饶有兴致地告诉我们，学校严禁饮酒、吸烟、跳舞、玩牌，如果一对少男少女在春夜的树下亲吻被发现的话，会遭到校方开除。[4]

山顶上的校园与主干道相连。叔叔开车上了主干道，突然转弯。他说想看一眼他从小长大的"老农舍"。他解释说，1880 年，他的父亲，即我的祖父把家从西部黑鹰县的大农场迁到这里，只为了让他的四个孩子来日能上城中的大学。这所老房子离主干道只隔几条街。

叔叔说："这里只有 80 英亩土地，不知道他是怎么做到的。可是，天哪，他做到了。他供我们四个孩子上了大学，你父亲、莉莲姑姑和梅布尔姑姑，还有我。我看那时的父母就是这样。那些拓荒的农民自己没机会上大学，[5]却决心让儿女受好的教育。他们从早到晚劳作，几乎累弯了腰。让我们上大学成了你祖父唯一的心愿。农场不挣钱，他就开了家肉铺，宰自家养的牛、猪和鸡，卖肉、牛奶和鸡蛋。我们从来没有什么钱，但是肯定有足够的食物。他努力一边经营农场，一边开着肉铺。"

这是一个传统的美国人的故事，在那个年代确有其事。我从没有想到，父亲的家庭也是这样。父亲去世得太早，没来得及告诉我这些事。

刚一离开弗农山，我们就遇到了麻烦。从弗农山到克林顿的密西西比之间有 80 英里的路程，在这期间，我们的汽车三次抛锚，叔叔总要请农民赶着几匹强壮的马把车拉动。他每次都要给人家 5 美元，他称之为公路抢劫，说政府也有责任。他咕哝着："政府要我们交那么多税，应当把路修好，至少这样的大路要修好。"林肯公路是美国的主要公路，可是大部分路面都没有铺好，至少在爱荷华州是这样。泥泞的路面让我们慢下来，即使没有陷入泥坑，我们也不能开快。直到傍晚，我们才到了密西西比。叔叔不情愿地决定在克林顿找家旅馆过夜，这可是要花钱的。

我很高兴原计划变了。这样我能有多一点的时间与亲爱的同窗女友告别，她就住在这里。我们原计划在经过时在旅馆碰头，喝杯咖啡。叔叔一天里很不耐烦，想要开到芝加哥郊区格伦埃伦的家中。计划变了，我打电话给女友，告诉她我们来迟了。她来到旅馆和我们共进晚餐。这顿饭吃得并不特别高兴。她活泼美丽，叔叔立刻就喜欢上了她，她却说不上十分热情。在学校的最后几周，她毫不掩饰对我出远门的不快。我们有过几次口角，那是恋人之间的口角，第二天就烟消云散，并且让我们更加亲密。后来，她说她很希望我有这样不平凡的经历。

晚饭之后，叔叔借故离开，说自己习惯早睡早起。我和女友开着她的车去了一家药店，这个小城没有咖啡馆或"售非法酒"的酒吧。在小小的隔断里，我们喝着咖啡，开始谈未来，但是她并不像我想的那么乐观。我看出她有点紧张、冷淡，有些怨气。不过她说，她有种感觉，一到巴黎，我就再也不会回到中西部的小镇上，过以前的生活了。我们谁也不知道还有什么别样的生活。我现在一点也想不起来九岁之前在芝加哥的生活了。

我努力打消她的这些想法，发誓永远爱她，但无济于事。我们又开始争吵。对我来说，这样的夏日分手很让人难堪，于是我建议开车去兜兜风。也许夜晚的空气能让我们冷静下来。将近午夜，整个小城都睡熟了，街上空无一人，店铺和住家门前的灯都熄灭了。我们一直开车到桥头，眺望着伊利诺伊河岸上的灯光。桥下是宽阔的河面，一艘亮着灯的汽轮缓缓地逆流而上，我们想起这是马克·吐温开过并喜欢的密西西比河上的老式汽船。而现在，1925年，这种船已经很少见了。

我想这样长时间地眺望着河水和夜色，她的情绪会由此改变。可是，当她开口，我就明白事情并非如此。

她说："对不起，但是，我还是觉得你永远不会再回来了……一旦你到了巴黎，也许你就不想回来……而且你不愿意告诉我实情。"

我反对道："亲爱的，我过两三个月就回来。我带的这200美元顶多就能撑这么久。而且，我已经定下几份工作。我们可以结婚，你可以完成学业。我爱你，我想娶你。"

我还是不能完全使她相信。当我们在旅馆门前分手时，我恋爱两年来头一遭模糊地感到：到最后，我们也许不能在一起。我这时比她还要泄气。这样开始冒险的旅程可不怎么好，我还没有过这样的经历。她的吻别敷衍了事，我下了车，在路边站了一会儿，目送她开车驶进黑夜。在昏暗的大厅的豪华椅子上，我坐了一会儿，思来想去。我一时冲动，想给她打电话，告诉她，我会取消旅行，即刻与她结婚。但这股冲动转瞬即逝。如果她这时成功地阻止了我，我怎么可能再从那座爱荷华小城走出，获得自由？

当然，过了半个世纪，我回顾此事，看到她比我聪明，更有先见之明。她比我更了解我自己。

我们再也没有相见。

几乎整整一周，我每天都随叔叔从格伦埃伦乘火车到芝加哥。叔叔在出版界工作，他是亨利霍尔特出版公司的副经理，主管芝加哥办公室的工作。他主要负责选书、编辑，尤其是销售课本。课本支撑着出版业的收入。而我估计他做得很不错。对于课本以及他每年几十万册的销量，他可以一谈就是几个小时。不过，当我想谈谈我更感兴趣的书籍——现代小说时，他似乎不太感兴趣。

他说："这些归纽约办公室管，我在芝加哥挣的是课本钱。"他确实提到过，他的老板霍尔特拒绝出版辛克莱·刘易斯的小说《大街》。不过，他更关心的是失去的赚钱机会，而不是这部作品本身。

在那一周里，我常常在他办公室附近的芝加哥环线上与他分开，自己去公共图书馆读关于英国和法国的书，在近处随便吃点午饭，再往北去密歇根大街的美术馆看画展，我平生第一次看见了法国印象派的原作。一天，我乘列车来到第63大街寻找我以前的家和当年的邻居，我在那里度过了人生最初的九年。那座在大学道 6612 号的房子似乎比我记忆中的要小一些，挤在街边的一排房屋之间，里面光线很暗，有些阴沉。我孩提时代玩耍的街道看上去有些破败。我去探访以前的三四家邻居，我和这些人家的小孩一起在附近的空地上挖过土坑。可是他们都搬走了，附近也不再有什么空地。

不知为什么，我不能把自己与这个丰富多彩的城市联系到一起，虽然我在这里出生，又在这里度过了童年。我一直没能做到这一点。也许在我父亲那个时代这个地方令人兴奋、生机勃勃：不仅让这个开始快速发展的冒险国度积累财富，而且为这里的人民创造出富裕和文明的生活。这个地方让作家、艺术家、音乐家、建筑师、律师、记者和漫画家陶醉，令他们躁动不安。交响乐、歌剧甚至戏剧都繁荣兴旺。父亲热衷的一些事情，我们这些子女却无缘得见。这里有弗雷德里克·斯托克指挥的芝加哥交响乐团，有加利 - 库尔奇和玛丽·加登的歌剧，有艺术博物馆、菲尔德博物馆和剧院，这里上演的大部分是原创剧作。叛逆的"芝加哥小组"作家们抛弃了纽约的豪威尔斯①和其他老套文学，终于能给美国人提供生动的原创作品，揭露出有钱有势人的虚伪贪婪、堕落和卑鄙。

在 20 世纪初以及后来若干年，芝加哥成为一片沃土，充满了活力。伯顿·拉斯科感觉到这种巨大的能量如同来自一座"巨大的水力发电厂"，而现在一切似乎都归于寂静。拉斯科、德莱塞、弗洛伊德·德尔、舍伍德·安德森、弗朗西斯·哈克特、卡尔·范多伦和马克·范多伦、哈里·汉森，

---

① 威廉·迪安·豪威尔斯，19 世纪末美国文坛上的重要人物，在诗歌、散文、游记、传记、浪漫主义小说和文学评论等方面成绩卓著。

甚至文学评论教授斯图尔特·舍曼都已离开，或正在离开，前往纽约。桑德堡不再在《每日新闻报》上发表电影评论，也不再关注诗歌，而是搬去密歇根州写他的林肯传记。哈丽雅特·门罗和她办的诗歌杂志驻守在芝加哥，杂志的封面上仍然是惠特曼的名言："要想有伟大的诗歌，必须有伟大的读者。"可惜她的大部分读者以及她的撰稿人都在远离芝加哥的地方——纽约或是欧洲。《拨号盘》杂志和玛格丽特·安德森的《小评论》早已迁往纽约，后者是这类刊物中最好的。

这座美丽湖滨城市中的善良的人们似乎心满意足。因为贩卖私酒和贪污，他们有钱。几乎人人都在拼命享乐，都喝烈酒。如果路过的天真年轻人认为这太荒唐或幼稚，这里的人也满不在乎，不以为怪。一首歌就是这样唱的："人人都是这样。"人人都想追求"快乐"。我不禁自鸣得意地思忖，在这个没有历史的国家中，人们追求的不就是种"快乐"吗？当然我们有历史，不算长但十分有趣的历史，充满了暴力。不过，谁又会在乎这个？亨利·福特，美国的一个偶像，在诉讼《芝加哥论坛报》诽谤一案中宣称："历史就是废话。"众多读者肯定这位无知的汽车业巨头的意见。他告诉陪审团，他认为本尼迪克特·阿诺德①是"一位作家"。

报纸上充斥着花边消息：新近的离婚案，凶杀案，匪帮的纷争，北海岸富豪最近的化装派对，愚蠢的政客、官员、商人、禁酒者和神父的最新公告，好莱坞明星的绯闻或丑闻，华尔街股市上涨的消息，佛罗里达刚兴起的房地产热——还有消

---

① 本尼迪克特·阿诺德，美国独立战争时期的革命家和军事家，后来叛变。

息称，在赶赴代顿市为"猴子审判"中的原教旨主义辩护之前，布赖恩又得了一大笔酬劳。他在科勒尔盖布尔斯[①]的潟湖上，乘着一条阳伞遮阴的木筏，为湖岸上（这里原来是一片沼泽）晒着太阳的蠢人发表演说。报纸上也有关于最近的疯狂事的头条，报道"马拉松舞"[②]热潮——报纸称之为"脚力公开赛"，还有某个疯子爬上市中心的旗杆不肯下来。纪录不断刷新。跳舞者一直跳舞，疯子坐在旗杆上，二者都能持续好几个星期。他们高居新闻头条，赢得了奖金。

在这样一种气氛中，报业十分兴盛。它本身没什么错。这是这个国家和这个城市的问题。市民们想要读到这样的内容。《每日新闻报》和《芝加哥论坛报》这两大报社在华盛顿和主要欧洲国家的首都都有新闻办公室。它们力争在日常新闻中加入一些政府要闻以及不那么愚蠢的事情。所以，在 1925 年 6 月，《芝加哥论坛报》虽然头条报道了涉嫌为百万遗产杀妻的本地社会名人被判无罪的消息，却也用头版的最大篇幅报道了"法国投票通过发行 60 亿法郎"以及"柯立芝总统否决让美国为一战买单"的消息。

法国人想用印刷厂来解决经济问题是愚蠢的，但他们的愚蠢远不及柯立芝总统。后者以为在德国停止向我们的战时盟国偿还赔款之后，我们仍能从盟国收回欠款。他提醒美国人："难道不是他们借的钱吗？"他想连本带利收回每一分钱。总统认为，如果降低关税从而让外国人挣到足够的钱来还美国的

---

① 美国佛罗里达州东南部沿海城市。

② 马拉松舞，起源于 20 世纪 20 年代初的夜总会，奖励连续跳舞的人。1923 年 3 月 30 日在纽约举办了第一场正式的舞蹈马拉松，当时的记录由阿尔玛·卡明斯创造，纪录为 27 小时。

债，这将是对美国纳税人的背叛。

芝加哥的纳税人似乎对这些并不十分关心。像大多数美国人一样，他们认为，无论总统做什么都是对的，只要他能减税，不让政府过多干涉企业，由着他们不择手段地赚钱。那年夏天，在芝加哥，人们更关心的是一个地头蛇的行踪，此人据说是这个城市真正的当权者。无论如何，这是个有意思的人物，他就是"疤脸"阿尔·卡彭①。

我在家乡小报上读过他的事情。我父亲的老朋友、前任都市新闻编辑吉姆·吉尔鲁思介绍我去《每日新闻报》的芝加哥办公室求职。在那里，我听到了大量关于他的事。禁酒令对于黑社会来说是一座金矿。通过非法贩卖啤酒和烈酒可以赚取数百万美元。约翰尼·托里奥是芝加哥黑帮中强有力的人物，他最早发现了这一点，开始贩卖私酒。过了不久，到了1920年，生意多得忙不过来，他另外请了一位帮手。这位帮手不仅要帮他照顾私酒生意，必要时还要负责所谓的"竞争"——与欧巴尼恩、真纳和艾洛的团伙火并，那可是用枪说话。托里奥是纽约臭名昭著的"五点帮"的前任老大，他挑选的帮手也出自帮内，是个前途无量的流氓。托里奥把他安置在自己名叫"四等分"的赌场里。在赌场的一间小办公室里有一张桌子，上面放着一本家庭版《圣经》，这就是他的办公室了。他的名片上面写着"阿方斯·卡彭，二手家具商，南沃巴什大街2220号"。

对于《每日新闻报》的记者以及它如饥似渴的读者来说，

---

① 阿尔·卡彭，绰号"疤脸"，美国知名罪犯。他不但是20世纪20年代芝加哥黑帮的控制者，部分传记作家甚至认为他是该市的"地下市长"。

卡彭可是个了不起的人物。记者们说，虽然卡彭是这么个身份，但他的确是个精明的买卖人、高超的管理者，冷酷无情又胆大妄为。他手下的连锁董事会把酒馆和娼寮管理得井井有条，与控制大部分运输业、公共设施和工业的英萨尔和范斯威林根①的合法公司没什么两样。他在芝加哥城外的西塞罗安顿下来，把这里当成自己的领地，选出市长、警察、公务员甚至法官。卡彭开着装甲轿车出行，前有开道，后有护卫。车上的打手都带着枪，保护主人，教训挡路的对手，动不动就开杀戒。不过，大多数的杀人事件（一共有 300 起左右）都是由卡彭的 700 人私人部队所为，他们用的是短管霰弹枪和冲锋枪，卡彭称之为"打字机"。这些武器是从州军火库里偷出来的。

1925 年夏天，我路过芝加哥的时候，正逢"疤脸"卡彭无可争议地当上芝加哥地下社会的老大。据联邦调查局探员和记者估计，他每年在贩卖烈酒和啤酒上大约能收入 5000 万美元，还有 2500 万美元来自赌场和赛狗场，1000 万美元来自妓院，另有 1000 万来自其他非法活动。约翰尼·托里奥一度震慑黑白两道，而他从前帮手的强悍和大胆让他黯然失色。1923 年，在"四等分"赌场发生了一次与敌对黑帮的火并，托里奥身中六弹，卡彭匍匐在地，用一个铜痰盂护住头部，才侥幸逃生。在芝加哥的这次打击让托里奥从此一蹶不振。两年之后，在我抵达芝加哥之前不久，他就在自家门前中枪，住院 16 天，之后就进了监狱，刑期九个月。在狱中，他把自己的

---

① 塞缪尔·英萨尔，芝加哥电力事业巨头。范斯威林根兄弟，美国铁路大亨。

地下王国交给了年轻的卡彭，计划出狱之后回意大利老家。

　　这时，正如《新共和》杂志所指出，"疤脸"并不仅仅收买了政府，他**就是**政府。他还花钱买得了法律的"保护"，这意味着收买政府官员。记者和胆小怕事的改革者估计，这要让卡彭每年破费大约 200 万美元，但他明显负担得起这笔钱。据说，卡彭在政治上无党无派，付起钱来一视同仁。谁掌权他就支持谁，既支持"改革市长"——德弗，又支持受芝加哥人民欢迎的市长"大比尔"——汤普森。在芝加哥这个对市政贪污容忍度极高的城市，后者在执政期的贪污仍然是创纪录的，达到每年 1.25 亿美元之多。但无所谓，漫不经心的芝加哥人选了"大比尔"。有一些严苛的人谴责他，却遭到了他的反击："我这完全是为了美国！"在他连任市长时，芝加哥市已经破产，无力支付教师、警察和消防队的工资。人们谴责市长浪费了纳税人的钱，市长咆哮道："即使是英王乔治要继续干涉美国人的事，我也要打断他的鼻梁骨。"芝加哥人对这种政治家式的讨巧言论做出积极反响，在 1927 年第三次选"大比尔"为芝加哥市长。

　　可是在幕后，管理芝加哥的不是"大比尔"，而是"疤脸"。这不仅是爱喝酒、爱讽刺的记者的看法，芝加哥犯罪调查委员会主任弗兰克·J.勒施也持同样观点。他证明说："我证明没用多长时间就发现，卡彭控制着这个城市。他的触手伸到了市政府和县政府的各个部门。"

　　我在自己的出生地待了一周就觉得足够了。我乐于把它交给"疤脸"去管，然后继续旅行。因为我叔叔对我热情大方，借给我 100 美元，于是我启程前往华盛顿和纽约。

　　离开的那天早上，《芝加哥论坛报》上的一条报道吸引了我的注意："法国击溃里夫部族，多人死亡。本报记者险些被当作奸细击毙。"这条电文下署名：文森特·希恩。他穿过法国和西班牙在摩洛哥的边界，采访了里夫起义领袖阿卜杜勒-克里姆。他的报道被全世界报纸转载。他在途中被一些嗜杀的里夫部族匪徒抓住，他们怀疑他是奸细，后来他侥幸逃脱了行刑队。看完这段报道，巴尔的摩与俄亥俄铁路的火车正在加速，我望着车窗外印第安纳州无边的玉米地陷入遐想：当一个驻外记者的确有趣。一两年前我读过一本电讯稿集子，是一群了不起的记者在一战中以及战后发回的，每篇后面都有作者的生平介绍。他们深深打动了我。这是一个浪漫的族群，奔赴一个又一个战场、一场又一场革命、一次又一次国际会议，与新闻中的重要人物亲密接触。但是，他们那令人兴奋的世界对我来说是那么遥远，我似乎没有机会进入其中。我从小长大的爱荷华州平静的玉米地与他们相距甚远。

我仍然回到允许吸烟的车厢，点上烟斗，又读了一遍希恩的报道。他显然是在《芝加哥论坛报》巴黎分社工作。我记得他的署名在过去两年偶尔出现在报纸上。或许……当我到达巴黎之时……火车继续前行，我衔着烟斗，望着接到天边的玉米地，掠过单调的中西部小村小镇，这些地方和我长大的家乡没有什么两样。我不禁想：为什么不呢？然后，我把这个抽烟斗时做的旧梦放在一边，开始想华盛顿和纽约又会是什么样子。

到了华盛顿，我在一个大热天见到了柯立芝总统。我真的和美国总统握了手。还有好几百个和我一样的乡巴佬，排着长队对这位大人物充满了敬畏。这成了白宫的传统，但是不久就被总统取消，只让主管和来访的老乡一周握一两次手。很明显，这种痛苦的经历对他来说是我们民主的一部分，保持着他与普通公民的接触，而后者的选票，不论如何受人操纵，仍然决定着选举结果。

一位大学里的朋友，现在在华盛顿当上了记者。他给我留了张参观白宫的票。我去白宫完全是出于好奇，想亲眼看看白宫，面对面见见总统。这座建筑中宽敞的房间令人印象深刻，让人想起在这里发生的历史事件，而不是现在居住在这里的人。可是，当人们抓住总统的手，听他用带着鼻音的北方口音，拖长腔说出"你好啊"的时候，脸上总是不自觉地显出敬畏的表情。我想这种现象也许和以前的亚洲或欧洲的农民觐见皇帝或国王并没有什么两样，而且这种现象在今天仍然普遍存在。这种敬畏一定是对于这个崇高的职位而非总统本人。又有谁能对卡尔文·柯立芝那样一个人心存敬畏呢？

我想，这个现象充分说明了我们这个国家在 1925 年的文明水平：这位未老先衰、不苟言笑、平庸的新英格兰人，如弗雷德里克·刘易斯·艾伦所言——有着"无可争辩的平凡"[6]、十分擅长的沉闷，却在美国受到巨大的欢迎。1923 年 8 月 2 日哈定总统突然去世之后，他由副总统升任总统，次年又在竞选中大获全胜。无疑，他是时势造就的。他像他之后的继任者一样，相信这个国家过时的神话，而大多数美国人似乎持有同样的信念：在世界上，或者至少在美国，只有刻苦努力、生活节俭、道德完美、信仰虔诚的人才可能成为人中之人。柯立芝宣扬着这种福音，在后来的自传中说："在任何行业中你有多成功，取决于你有多努力。"这话从他口中说出确实有些奇怪。据报道他午饭后至少要睡两个小时，并且会在摇椅上度过很长时间，显然不总是在冥想。

在华盛顿的那天下午，我猜想这个贫血、瘦小的人为什么如此受欢迎。我想这可能主要是因为他对企业采取了不干涉的政策，纵容企业为了赚钱不择手段。这种程度也许比70年代的今天更甚，当今的人们聪明了一些。过去的企业在美国被过多地推崇，商人成了公众意见和品位的判决者，他们的影响远远超过了政治家、哲学家、诗人和牧师。柯立芝相信商人。他在就职演说中说："商业是美国的头等大事。"后来，他又多次强调了这一观点："美国进步的驱动力是它的工业……谁若是建了工厂，就相当于建了一座庙宇，工人们在那里敬拜神明……高利润意味着高工资……"而当我经过首都时，他正在准备对纽约商会发表演讲，他将宣称："商业完全以服务大众为宗旨，依靠的是真理、信仰和正义。在更大的意义上，它是人类道德、精神进步的最伟大的动力。"

我看这完全是胡说八道，因为商业"完全"是以谋利为目的的。不过，美国人喜欢他这种胡说，尤其是商人们。西奥多·罗斯福和伍德罗·威尔逊都不相信我们利欲熏心的商人是"道德和精神"的动力，或多或少地试图抑制他们贪婪的胃口和捕食的利爪。而柯立芝坐在摇椅上，心满意足，鼓励他们鱼肉大众，对四年之后由此给美国引来的灾难浑然不觉。对于农民、工人和穷人，柯立芝似乎没有丝毫体察。[7]他曾两次否决了缓解农业负担的法案。而我的家乡迫切需要这项法案，那里的玉米、小麦和生猪的价格在下降，农业机械和肥料的价格却在上涨。柯立芝告诉农民说，这项立法是"不经济的"，并这样建议：

　　复杂的援助计划、调整价格的政策、财政支持都没有丝毫价值。农民自己简单直接的操作方法才是真正的解救之道。

　　爱荷华州的农民虽然知道得更清楚，却仍然投票选他当总统。他们知道没有什么"简单直接的办法"可以将他们从产品的低价和经营的高成本之间解救出来。前者是由盲目的市场决定的，他们无法控制；而后者是由类似的垄断决定的，受到高税收的保护。可是，在我的家乡一带，并没有农民抗议，其他地方的劳动者和穷人也没有什么相关的反应。像柯立芝和其他美国人一样，他们仍然相信美国的陈词滥调。虽然如此，他们还是会问："这个小个子男人能做些什么？"

　　这个小个子男人在前一年的选举中有另一种政治选择。那时，罗伯特·拉福莱特参议员挑战共和党，提出一个进步的建议：给农民、工人、小企业经营者支援。这位来自威斯康星州的严厉的参议员，终生都代表这些人向贪婪、腐败和垄断的大企业宣战。虽然拉福莱特在一些问题上目光短浅，特别是在外交事务上，但我在爱荷华州仍然尽一己之力支持他的选举。我相信，他更加明白这个国家的发展方向。包括农民、工人和穷人的多数人对他却没有这样的认识。共和党用钱开道的选举宣传迷惑了这些人。拉福莱特得到的选票不足500万张，而柯立芝获得了将近1600万张，民主党候选人、华尔街的律师戴维斯也只获得了800万张。

　　我到达华盛顿时，拉福莱特因为工作过量已经辞世。他没能战胜利益集团。他不赞成美国参战，遭到很多人的反对，人们怀疑他亲近德国，不喜欢他的"激进主义"——这个词不论在过去还是在现在，都让美国大众害怕。除了威斯康星州，没有什么地方的人怀念他。在威斯康星州他的进步主张却影响了整整一代人。

伍德罗·威尔逊也在我到华盛顿的前一年去世。几乎没有人注意到他的死。他曾是我年轻时代的偶像——那时我还太年轻，1925 年的我仍然年轻，看不出他作为长老会教徒的缺点。[8]虽然他缺点很严重，但和其他伟人一样，他很有远见。而现在，他去世一年之后，哈定和柯立芝执政五年之后，政府毫无眼光——无论是在白宫、国会，还是整个美国。至少威尔逊站在人民一边，赞成他所谓的"复兴人民的力量"，赞成"新自由"，后者是他第一任期的执政目标。他严厉谴责既得利益者和特权阶层。虽然他在 1916 年的竞选口号是"他使我们远离战争"[9]，还在竞选进行五个月之后让美国卷入了战争，但他为此奋斗，操劳过度，以致中风及终身瘫痪，不能带领美国加入国际联盟。他热诚地相信后者能够维护世界和平，消除战争，尽管这种想法后来被证明是错误的。即使威尔逊犯过错误，但与他相比，我认为柯立芝是个庸碌之辈，而后者受欢迎的程度远远超过了威尔逊。无足轻重的小人受到过度追捧，这在有缺陷的美国式民主中时有发生。

1925 年，威尔逊总统的理想以及拉福莱特关于可怕的富豪统治的警告已经被华盛顿遗忘。这个国家正沉溺于所谓的"柯立芝繁荣"，虽然不是人人有份。似乎近期哈定执政的丑闻也没有对它有太多影响，这些丑闻正在被人们遗忘。虽然如此，正如弗雷德里克·刘易斯·艾伦后来所说："盗窃和流氓集团的集中程度在联邦政府历史上是空前的。"[10]

哈定的执政被神化了。他刚一离世，相关的欺诈内幕就遭到曝光。现在的报纸仍然把它登在头版。我在华盛顿短暂停留的几天，在一个报社的新闻编辑室里，我总是听到相关的故事。我的两位大学同窗——约翰·肯尼迪（与后来的肯尼迪总统重名）和纽沃尔·罗杰斯两三年前来到这里工作。肯尼迪自己就揭露过一起黑幕：退伍军人管理局的局长查尔斯·R. 福布斯上校（此人是哈定的挚友）克扣为战时勇敢的退伍残疾军人所建的医院的经费，中饱私囊。这项指控导致福布斯在莱文沃思坐了一年监狱。

在蒙大拿州不屈不挠的参议员托马斯·J. 沃尔什的领导下，参议院委员会仍在调查石油丑闻。有充足的证据表明总统的另一位好友，来自新墨西哥州的前参议员艾伯特·B. 福尔任内务部部长期间，把两块巨大的国有产油区租给了石油大亨——哈里·F. 辛克莱和爱德华·L. 多希尼。多希尼为此"借给"他 10 万美元现金，辛克莱则"送"了他 26 万美元的自由债券。最高法院最终裁判这两项租约无效，福尔部长因为受贿被判刑一年。

这就是石油丑闻中最轰动的部分，但事情远不止于此。这件事还牵涉我大学的最著名校友，即印第安纳标准石油公司的董事长，他最终被标准石油中最强有力的人物——小约翰·D. 洛克菲勒驱赶出了石油业。据说，小洛克菲勒对于石油业的领袖人物中严重缺乏基督教道德一事深感震惊。他父亲正是靠这一行业积累了巨大的家庭财富，但老洛克菲勒对这些道德的无所顾忌同样令人震惊。

华盛顿的记者们，以及国会的调查委员会都在深挖"俄亥俄帮"的种种贪污丑闻，哈定总统上任之后把这群人从老家带到了华盛顿。其中负责收取贿赂的主要人物来自俄亥俄州的华盛顿法庭城，是个小镇商人，名叫杰斯·史密斯。他是总统长期的密友，司法部部长哈里·M. 多尔蒂的跟班，后者策划了哈定入主白宫。史密斯与多尔蒂在华盛顿同住一所公寓，在司法部部长办公桌不远处也有他的一张桌子。然而，他没有任何正式官职，一无所知，胸无点墨，粗鲁不堪，只是待人和气，逢人便打招呼："喂，有啥新鲜事儿?"他喜欢的歌是《上帝，怎样才能财源滚滚》，他总是唱，唱得声情并茂。一到了华盛顿，钱真的向着他和他的俄亥俄老乡滚滚而来，其来源是禁酒特许、联邦判决、逃避诉讼，以及外侨产业管理专员控制的可观财产。

举例来说，经司法部部长批准，管理专员 T. W. 米勒上校把战时一家德国商业股份公司以 600 万美元的价格转给了一家瑞士公司。瑞士方面的律师发现还需要再花上 50 万美元才能让华盛顿方面顺利通过。首要人物杰斯·史密斯至少从中获取了 20 万美元，而管理专员米勒上校只得了 5 万美元。4 万美元汇入了司法部部长在俄亥俄州华盛顿法庭城的银行账户。史密斯也用这个账户存放他收到的贿赂。在司法部部长受审时，人们发现他烧掉了分户账目来掩盖他和史密斯的罪行。

史密斯早就脱离了公众视线。他感到危机四伏时，对他仍然爱着的前妻坦白："他们会找上我的。"有天晚上，他回到与司法部部长共用的公寓。第二天早上，人们发现他躺在地板上，头上中了一枪，枕着一个铁垃圾桶，右手拿着一把左轮手枪。多尔蒂的司法部接手了这个案子，不准解剖或调查。史密斯受贿的账务记录曾被他精心保存，现已烧毁。这或是多尔蒂所为?尽管没有办法证实，但一些记者相信，史密斯是遭人谋杀，这样做是为了避免高层贪污被披露。早在俄亥俄州，史密斯就是哈定的密友。据说，他的死使总统"几乎崩溃"。哈定在几个月之后死去。很多人认为，史密斯的事加速了他的死亡。

运载哈定灵柩的火车从旧金山驶往华盛顿，在我的爱荷华州家乡小镇短暂停留，举行了悼念仪式。当地牧师把死去的总统吹捧为一个正直的、畏惧上帝的人。在华盛顿，我听到记者公开谈论哈定在俄亥俄帮的总部"K街上的小绿房子"痛饮，多少有点吃惊。记者们说，总统经常在这里逗留，和他的俄亥俄老乡玩牌，他的禁酒官员那里有最上等的酒供他享用。更有意思的是，编辑部里谈到了总统的情人们。对于天真无知的我，这离奇得难以置信。可是我的记者朋友说，咱们的美国总统爱女孩子爱得发疯，就在选举前一年，他还是参议员时，在家乡与一名叫娜恩·布里顿的年轻女子育有一个私生子。多年以来，布里顿一直是他的情妇。[11]

在华盛顿的一周让我多少开了眼界，知道外面正在发生的一些事情。我才明白，从爱荷华州看到的画面并不十分完整。作为一个乡下小子，我觉得既有趣又震惊。我在中西部长大，不敢相信在美国的首都会有这种事盛行。其中有些事已经被报纸曝光，确凿无疑，我们的国民却不屑一顾；现在，半个世纪过去，美国在越南的暴行被披露，人们照样显得漠不关心，不屑理睬美国对中南半岛的侵略，在亚洲导致的人命和财产的严重损失。

对于自己国家首都的"集中的贪污和腐败"，美国人关心的是什么？在我看来，1924 年的选举对此给出了答案。当民主党候选人约翰·W. 戴维斯，以及进步党的候选人拉福莱特试图严肃对待哈定与柯立芝任期的丑闻时，美国选民却不感兴趣，导致这两位候选人疯狂丢票。

总之，我回想起，当我准备赶往纽约时，哈定的主要内阁成员、最德高望重的人们都没有公开表示过异议。他们包括显要的国务卿、后又成为最高法院首席大法官的查尔斯·埃文斯·休斯，共和党所称的"继亚历山大·汉密尔顿以来最伟大的财政部部长"安德鲁·W.梅隆，商务部部长赫伯特·胡佛（有人说他会成为下一届共和党的总统候选人），原来的副总统、现任总统卡尔文·柯立芝。我感到奇怪，他们真的一无所知吗？

华盛顿对于一个乡巴佬来说真是既令人兴奋又使人迷惘。我要继续旅行。我乘着巴尔的摩至俄亥俄铁路线的夜车前往纽约，渴望着第一次看到这座伟大城市的地平线。

对一个从平原上来的小镇男孩来说，曼哈顿的摩天大楼给我的第一印象终生难忘。那是一个6月的晴朗早晨，渡船从哈得孙河的新泽西一畔的火车终点站离岸，我看到河对岸闪闪发光的摩天大厦，它们挤在纽约岛的低处，以帝国大厦为首的中部的众多高层建筑那时还在筹划之中。白色的伍尔沃思大厦雄踞于其他高楼之上，在朝阳的映照下闪闪发亮。我扶着船舷，看得目瞪口呆。河对岸似乎是一片神奇仙境。

那天正好是星期天，我要赶到伍德斯托克参加第二天召开的校报编辑大会。我坐在城里的电车上，抱着崭新发光的皮箱，看着匆忙的过往行人，瞥着星期日版的《世界报》，感受到了一种温暖而兴奋的幸福感。用了一两个钟头，我这个吃玉米长大的男孩实现了自己的愿望——终于到了曼哈顿。再过一个星期，我还会回来。然后……也许……如果运气好……无论如何，我会去《世界报》和《纽约时报》碰碰运气。我把这个想法放在一边，伦敦和巴黎正在召唤着我，我从城市的另一端乘上渡船，返回到火车站，坐上了前往伍德斯托克的列车。

在卡茨基尔山下的树林里，一个小村庄中有一片木屋，我们十几个大学编辑在这里开会，度过了快乐的一周。这些编辑大多来自常春藤学校，有男有女。这些校刊有《哈佛深红报》《耶鲁日报》《普林斯顿日报》，还有名称不详的史密斯学院和瓦萨学院，以及三四个中西部州立名校的校刊。只有我来自一个小学校（显然寇伊学院校刊《宇宙》的内容给组织者留下了深刻印象，他们于是请我参加）。在前往伍德斯托克的途中，我不禁想，不一样的学校会有什么样的差别？其实，并没有什么差别。显赫的常春藤学校和州立名校与我不知名的爱荷华州母校相比，并没有显出特别的智慧和博学。在学术上，我们都一样自信，起点基本是平等的。

我们整天都在聊有意思的事情，一直聊到深夜。我们大谈办刊惹恼当局，以及一半老师和多数学生的乐事，谈我们当记者的可能性有多大，最重要的是，我们谈起那些震撼了这个国家的作家：德莱塞、刘易斯、菲茨杰拉德、舍伍德·安德森、薇拉·凯瑟、弗洛伊德·德尔、詹姆斯·布兰奇·卡贝尔（以及他如今遭禁的作品《朱根》）、詹姆斯·乔伊斯（他的《尤利西斯》仍然遭禁，而三年前出版商西尔维娅·比奇已经在法国推出，要到巴黎我才能弄到一本）。我们还谈到诗人们：艾米·洛威尔、桑德堡、弗罗斯特、罗宾逊、托马斯·斯特尔那斯·艾略特、埃德娜·圣文森特·米莱等。[12]

我们大都对菲茨杰拉德和米莱有些偏爱，尽管他们是我们上一代的毕业生。菲茨杰拉德的《人间天堂》于1920年出版，美化了"柯立芝繁荣"。那时我正在努力争取高中毕业。而米莱的《新生》，甚至于1917年出版之前就已经成为我们那个时代最受喜爱的诗歌。可是，这位小说家和这位杰出的诗人似乎成了我们的代言人，特别是在争取性解放上。我们背诵着《蓟的无花果》，从来不觉得厌倦：

蜡烛两头燃，

难过此夜关；

无论敌和友，

亮光照阑珊！

我们觉得，菲茨杰拉德和米莱给了我们自由，他们用想象和自己的生活为榜样，把我们从沉重的清教主义和沉闷乏味之中解放出来。他们轻松愉快，不隐藏，不假装正经——如果他们点着了蜡烛的两头，又有什么不妥？

有编辑从纽约来，花了一两天，把我们毕业后就要遇见的世界介绍了一番。其中有个人叫唐·塞茨，来自《世界报》，我们问他怎样才能在这家报社谋得一个记者的职位，他似乎并不鼓励我们进这家报社。多少有抱负的记者想要进入《世界报》，我们觉得它是美国境内最好、最有趣的报纸。

他建议我们："先去一个地方小报工作一两年，获得经验之后，再回来找我们。"无疑，这是个好建议。可是，我已经在一家"小镇日报社"做了几个暑假。我感到自己能在那里学到的都学会了。

　　另一位访客更加有趣，他很年轻，脸色苍白，表情严肃。此人名叫布里顿·哈登，从耶鲁大学毕业没多久，头一两年与一位叫亨利·卢斯的校友创办了一份杂志，名为《时代》。面对已经出名的《文学文摘》，这两位正在努力站稳脚跟。《文学文摘》虽然沉闷、一本正经，但是发行量巨大，刊登的文章大多是报纸的摘抄。而《时代》的文章，据哈登说，都是原创的，言辞犀利，观点独到，虽然它的消息来源也是报纸。这个创意似乎非常好。但是，当这个杂志开始盈利时，这种创意渐渐消失不见。而我们会面之后不到四年，哈登也因过度操劳而离世。哈登建议我们中的两三个，如若有意谋职，可以去他纽约的办公室看看。他还说，如果我们能有一两千美元的投资，他也欢迎。即便我有那么大一笔钱，也觉得这样的赌注风险太大，超出了我的承受范围。但是，我记得有位校刊编辑被哈登的魅力吸引，告诉我，他回家要向父亲借上"一两千"。假如他真的那样做了，借来了钱，买了《时代》的股份，并且没有出手，今天他一定是个百万富翁了。因为最近我在某处读到，时值 30 美元的股票，今天的市值是 2.2 万美元。

　　转眼之间，令人兴奋的一周就结束了。我孤身一人乘着一艘叫"白昼"的老汽船顺哈得孙河而下，前往纽约。伍德斯托克的一位组织者把他在哥伦比亚大学附近的公寓提供给我住。有了这么宝贵的生活资源，我在纽约这个五光十色的城市中游荡了一星期，进出百老汇和第五大道，观看大百货公司和精品店的橱窗，仰望高耸入云的摩天大楼，弄得脖子生疼。我去大都会博物馆观赏绘画和雕塑，在第 42 街和第五大道的公共图书馆徜徉，在富尔顿鱼市、唐人街、格林威治村和鲍厄利区漫步。这座活力四射的大都会的景色、声音还有空气中的电波都让我惊叹不已。我在这里平生第一次乘坐地铁，看了第一出百老汇的戏剧：马克斯韦尔·安德森和劳伦斯·斯托林斯主演的讽刺喜剧《光荣的代价》。这台戏年前在纽约上演，现在仍然是纽约最受欢迎的剧目。这出戏一下子把战争的距离拉近，这是在爱荷华感受不到的。在家乡，我们以一种浪漫化的眼光看战争和战争中的英雄。我在家乡看见这样的军人在街上得意扬扬地走过，他们从法国归来，头戴漂亮的海外服役的帽子。有几个同乡的人看过这个剧，为它处处的大胆和不敬所震惊。而这出戏也充斥着奇妙的反叛精神，通过粗鲁的士兵与一位机敏的快言快语的法国女子的对话表现出来。我觉得这出戏彻底打破了装腔作势、女人气的美国戏剧的对白，虽然在20世纪70年代的今天，我们的年轻人无疑会觉得这出戏中的不敬多于驯服之意。但至少从这里可以看出，人们在进步。

一天下午，我鼓起勇气，带上一封吉姆·吉尔鲁思在芝加哥给我写的推荐信，前往《世界报》的编辑室。我有点紧张，不知道该怎样做：假如眼前马上有一份工作，而编辑拒绝等到我从欧洲回来，这时该怎么办？我其实用不着担心。前台接待员压根儿就没有让我通过。《纽约世界报》《纽约时报》《纽约晚邮报》的情况都是如此。旅行中第一次碰壁，这让我十分泄气。在纽约找一份报社的工作不那么简单。大概有一两天的时间，我一蹶不振，感到十分孤独。

然而，一天下午，我的房东回来找几张报纸。晚上，他带我去参加一个格林威治村的聚会。这次聚会又大大重振了我的精神，实际上，我为之晕眩。大大的客厅对着院子，院子里聚满了"村花"——我们家乡称之为"波希米亚人"，女人们穿着花花绿绿的衣服，兴高采烈。她们的头发都短短的，留着刘海。男人穿着非正式的、叫不上名的夹克（和我正经的装束相比）。谈话和烈酒源源不断。我的这位朋友为我指点这里那里的名记者，他们写的专栏我之前读过；还有一些作家、诗人、画家、编辑，我根本记不住那么多名字。一个年轻男子，看上去像位诗人，也许正是诗人。他小声告诉我，埃德娜·圣文森特·米莱随时都可能出现。米莱曾在一个冬夜里在我的校园朗诵她的诗作，之后同我们谈话。自那之后，我一直景仰着她和她的诗作。我认为她是我见过的最有魅力、最美丽的女子：她有着漂亮的红头发、表情丰富的脸、略带悲伤的眼睛和金色的嗓音。[13]

而她始终没有出现，这让我非常失望。毫无疑问，我还是会像当年在校园见她那样，一时语塞，可是，那又有什么关系，我只想再看一眼这位心中的女神。我记得，有人把晚会上最美丽的年轻女士弗蕾达·柯奇韦介绍给我，我仍然紧张得舌头打结。我想，她当时已经当上《国家》杂志的总编辑。她的外貌、举止、言谈和活跃的思想，都让我震惊，并倾慕之至。实际上，听到的一切就够让我神魂颠倒的了，我也尽可能不谈自己的事情，只是把所有的酒水尝遍。

第二天，当我从宿醉中恢复时，我想，回到爱荷华州家乡小镇也许能让我重回平淡。而我这时还没有见到伦敦和巴黎呢，我不能将它们忘掉。虽然住宿不用花钱，可我还是在把去欧洲的旅费一点一点花掉。我很不情愿地决定继续前进，在纽约坎顿的亲戚家停留几天，在那里用不了几个钱。而且那里离圣劳伦斯并不远，我再从那里经奥格登斯堡去蒙特利尔。我应当一周之内赶到，好搭上运牛的货船去英国。我仍然想出国，可是在华盛顿、伍德斯托克和纽约停留的这些快乐的日子，让我"逃离荒原"的想法冷却了一些。要是能在纽约，甚至华盛顿开始生活，这将比在我庸俗闭塞的"巴比特"小镇上的生活有趣、自由得多。

纽约州北部风光虽和纽约其他地方一样好，却令人伤感。美国的进步与之擦身而过，留下的却是一潭死水。堂哥开车带着我去看几座废弃的奶酪工厂。本地生产的奶酪曾经供应给全美国，现在威斯康星州取而代之，州北部农民生产的牛奶也没有地方可卖。

叔叔的兴致很高。他在苏格兰的煤矿度过了童年和青年时代。干过这种苦力，他觉得农活省力得多，并且更有收益，虽然挣得的现钱不多。他现在做的只是供给全家人温饱，其余时间都在学习，研读赫伯特·斯宾塞的哲学——他终生痴迷于此人的思想。他不厌其烦地对我讲解斯宾塞思想的核心：把自然科学，尤其是生物学，特别是达尔文的理论应用于哲学、心理学、社会学和伦理学。可是我理解起来仍感到吃力。在大学里，斯宾塞很少被提及[14]。

吸引斯考特叔叔的还有亨利·乔治，他喜欢乔治对资本主义不平等的尖锐批判，这种不平等使大众生活困苦。乔治给出的药方是土地单一税，他主张把土地增加价值中不劳而获的部分归还给社会，斯考特叔叔却不以为然，认为单一税会削减投机土地所得的过高利润，却不会动摇根植于工业、运输和金融业的资本主义。

我注意到叔叔手上有一部乔治的《进步与贫穷》，还有几本已经翻得很旧的斯宾塞、达尔文和其他作者的书。显然，他读过很多书。我问他是怎么做到的，因为他告诉我，他没去过几天正式的学校，刚满 10 岁就开始在苏格兰的煤矿上做工。他说："矿工图书馆！你不知道我们的这些图书馆?"于是他解释说，每个地方的工会都有很好的藏书，而且苏格兰漫长、潮湿而寒冷的晚上，只适于读书。很久之后，著名的英国工党领袖珍妮·李和安奈林·贝文告诉我他们的经历时，我又想起叔叔的这段话。他们两位分别在苏格兰和威尔士长大，都生在矿工家庭。他们都告诉我，年纪很小时，他们就如饥似渴地阅读矿工图书馆的书籍。

坎顿的这位叔叔加深了我心里的渴望。听了他讲自己如何读书，我才明白，不上大学也能有教养。他通过自学、博览群书，变得知识丰富、心智开放，容易接受新思想。我在爱荷华州老家志得意满的商人身上，却看不到这样的品质。他已经脱离苏格兰长老会信徒的狭隘信仰。我在这种教会背景下长大，同样不十分在意。对我们所处的基督教资本主义世界的价值和目标，他有一种平和的怀疑态度，这种怀疑在我心中引起了共鸣。尽管有这种怀疑主义，并且矿区和农场生活很艰苦，他却是我见到过的最快乐的人。他留着胡须，瘦瘦的脸长得十分有趣，眼睛明亮，透着幽默诙谐。而他跟你说话时带着轻快的苏格兰口音，像唱歌一样。

我在蒙特利尔 7 月的头两周几乎一筹莫展。一位大学同学与我会合。他叫乔治·拉塔，靠在地方报社操作排字机半工半读。他的女友想和他一起读完大学。如果能说动女友，他想秋季到芝加哥艺术学院学油画。他已经表现出这方面的显著才华。他随身带着一副折叠画架，一口袋重重的油彩和画笔。他打算在我们国外旅行时画很多画。

可是好几天过去了，我们似乎根本没有可能去欧洲。7月4日我们到了蒙特利尔，天气十分闷热。轮船代理公司已经预先收了我们每个人10美元，让我们第二天一早就上码头登记。可是那条将要启程的运牛船已经满员。在我们之前还有几十个人，多是大学生。就这样，我们每天清早天刚亮就带着行李，乘着电车跑到码头上，发现要么没有船出发，要么有船却不能上。胖胖的代理人总是安抚我们说："明天，明天一准能行。"我们筋疲力尽地提着箱子，乘上电车原路返回到简陋的出租房。为了省钱，我们只从街角的小店买面包、肉肠和奶酪，在公园的长椅上，或者麦吉尔大学的草坪上吃掉它们。我们沮丧地想到，即使这样简单的饮食，也在消耗着我们游历英国和法国的储备。到了7月13日，我们已经等了九天，我们觉得自己上当受骗，没有别的办法，只能打道回府。我们没有拿箱子，坐车到了码头，让代理人把钱退给我们，他说："明天早上，一准儿！"可是我看他的眼光有些迟疑。他又加上一句，像开赛前的信号枪一样："明天早上6点整准时到，船7点开。"

我们决定再试最后一回，我至今感谢这个决定。7月14日午前，我们乘上优雅的"圣劳伦斯号"驶向大海。第二天早上，船经过魁北克沿岸高耸的悬崖，我们就开始了日常的工作，给船上100头牛喂食喂水，这些牛就养在这艘肮脏的2500吨的英国货船的甲板上。不过十天，几乎一眨眼的工夫，我们就进了默西河，经过利物浦，进了通往曼彻斯特的运河航道。我们的工作很简单，船上的饭食却难以下咽。粗犷的英国海员与我们一起挤在局促的船头甲板上吃饭。尽管曼彻斯特多雨，一片灰蒙蒙的，街上满是失业的纺织工人，但这终于就是欧洲了！第二天一早，我们就搭上火车南下埃文河畔的斯特拉福德，去访问莎士比亚的故乡，并且看了几出他的剧。

这是我们对欧洲旧世界的最初印象：利物浦和曼彻斯特的陋巷；斯特拉福德的田园风光，那里的草地比起我们中西部的要绿得多；莎士比亚的戏剧在他的家乡上演的宏大场面；牛津弯曲的街道边尖顶、木头横梁的灰泥房；在泰晤士河上游乘船而行；漫步牛津大学校园的青草地之后，在公共汽车站巧遇我姐姐和她的同学。这一切让我们兴致勃勃，并且，多多少少对伦敦做了些准备。我们在某种程度上能听懂一些英式英语，也能让对方多少明白我们说的英语。英国人保守，但是客气。这里的生活节奏比较慢，生活更加平静。这个世界和美国不一样，我们开始喜欢上了这里。

尾 注

[1] 例如，拉塞尔·H.康韦尔博士——费城浸信会教堂牧师和天普大学的创办人，他布道 40 多年，在全国发表著名演说《万亩钻石》6000 多次。他在其中强调："致富吧，年轻人，因为金钱就是力量！……我认为你们没有权利受穷……在上帝统治的世界上，爱是最伟大的，但是只有富有的施爱者才是幸运的……"在美国这篇布道——我相信康韦尔称之为"演讲"——极受欢迎。当然，被这位圣人重复的次数也最多，多达 6000 多场！

[2] 1908 年，辛克莱·刘易斯从耶鲁大学毕业后就在滑铁卢的《每日信使报》担任通讯员和编辑，十周之后他被解雇。他曾

经告诉我，主编对他说："年轻人，你永远做不成记者，你根本不会写作。"

[3] 布赖恩公然的原教旨主义、惊人的恶趣味使他全力促进佛罗里达州房地产开发热潮，也毁坏了他原本给我留下的伟大的"平民"形象。对于在中西部长大的我们来说，布赖恩是偶像、成功的民粹主义者、雄辩的政治家。他维护农民、工人和穷人的利益，三次成为民主党的总统候选人却败下阵来，但人们相信那是共和党的钱袋所致。甚至在小学我就能背诵他著名的演说《黄金十字架》的绝大部分。1896 年，该演说为这位 36 岁的名不见经传的内布拉斯加人赢得了总统候选人的提名。不论是在大会上，还是在全国，这篇演说鼓舞人心，极具感染力，成为美国历史上最伟大的演说之一。谁又能忘记它的结束语呢："我们身后是这个国家的劳动大军……到处是他们。他们要求金本位，我们对他们说：你们不能把这个荆棘冠戴在劳动者的头上，你们不能把人类钉在黄金十字架上！"

后来，我在家乡爱荷华州的长老会教堂聆听他的演说，教堂里挤满了人。还有几次我为肖托夸运动组织露营时，也多次听过他的演讲。布赖恩声音浑厚，即便在最大的礼堂里，不用麦克风，他的声音也能传到后排。他具有伟大演说家的吸引力和技巧，但演说内容常常乏味，令人失望。他曾把《和平王子》这篇演说不厌其烦地重复了几千遍。

[4] 确实这里也教些《圣经》以外的东西。父亲在这里打下了坚实的拉丁语和希腊语基础，而我的大学在这方面有所欠缺。他的很多藏书是拉丁语和希腊语的。尤其是在希腊语图书的书边上，他精心地做了很多注释。

[5] 我最近得知，祖父上过普莱恩菲尔德的西北学院，也就是现今的伊利诺伊州内珀维尔的中北学院。他在那里遇见了活泼的卡罗琳·冯·特里姆女士，很快就与她成婚。

[6] Frederick Lewis Allen：*Only Yesterday*, p.163（paperback edition）.

[7] 他对诗人也如是。马克·沙利文崇拜柯立芝，与他很熟。他提起总统就职不久时他对自己提些建议。沙利文建议他关注一些重要的艺术家和科学家。

"……西奥多·罗斯福就是这么做的，"沙利文说，"他总在白宫里招待一些作家、艺术家和科学家……如果我是总统，特别是像你一样，来自新英格兰……我会请些新英格兰的诗人来白宫做客。"

柯立芝简单直接地说："你说的是哪些诗人？"

沙利文说："哦，任何新英格兰的，罗伯特·弗罗斯特、埃德温·阿林顿·罗宾逊、埃德娜·圣文森特·米莱——她出生在缅因州。"

柯立芝搜肠刮肚，想了一阵，问："弗罗斯特？罗宾逊？我从来没有听说过他们。"

（Mark Sullivan：*Our Times*，Ⅵ，p. 439，footnote.）

[8] 一战时，威廉·艾伦·怀特到白宫见过威尔逊，他认为："……（威尔逊有）一种强烈的正义感却深藏不露。"不过，怀特在追悼总统的文章里表达了对他深深的景仰之情：

上帝给了他远见，魔鬼给了他骄傲的心，骄傲的心停止了跳动，而远见常存。

（*The Autobiography of William Allen White*，pp. 615，629.）

[9] 正如林登·约翰逊总统 1964 年在竞选总统时许诺，他不会把"美国孩子"送去打"亚洲孩子"应当打的仗，然而不久他就向越南派出 50 万军队。

[10] Frederick Lewis Allen：*Only Yesterday*，p. 138.

[11] 后来，在 1927 年，娜恩·布里顿出版了一本书，书名为《总统的女儿》，这本书"把爱和理解献给一切未婚母亲和她们无辜的孩子，人们往往不知道他们的父亲是谁"。在这本书中，作者说出了她与哈定的亲密关系。这段关系始于 1916 年的纽约，当时哈定是美国国会的参议员。这段关系在哈定来到华盛顿，以及入主白宫之后一直维持着，直到他临终前不久才结束。她认为，那孩子是在议会大厦里约会时怀上的，于 1919 年 10 月 22 日在新泽西阿斯伯里帕克出生。当时她只有 23 岁，而哈定已经 54 岁。她与哈定入住过无数旅馆，据她说，每一次，哈定都对人谎称她是他的侄女。我认识纽约普拉茨堡尚普兰湖畔一家酒店的经理，他给我看过娜恩·布里顿和哈定的总统班底一起入住的登记签名。

再晚一些，1963 年，传记作家、历史学家弗兰西斯·拉塞尔，调查了哈定在俄亥俄州马里安时的活动，发现了他与另外一名女子有染。这名女子名叫卡丽·菲利普斯，是当地一个百货店经理的妻子，绰号"红头发"，号称"该地最美丽高雅的女子"。据拉塞尔说，哈定自 1905 年到竞选的 1920 年，一直与菲利普斯太太保持着火热的关系。他的情书总是多愁善感，其中一封开头写道："我喜欢你的穿着，更喜欢你的裸体！"总统的后人把拉塞尔告上法庭，禁止他在哈定总统传记中加入这类资料，最后，经过漫长的法庭上的辩论，达成了一项协议，哈定与菲利普斯太太的书信将交由国会图书馆封存，到 2014 年才得以公开。

[12] 我们都还没有听说过海明威，虽然很快就会知道他。几年前，他已经在巴黎出了两本小书，并且引起了埃德蒙·威尔逊的注意。他的短篇小说集《在我们的时代》直到 1925 年 10 月才在纽约出版，他的第一部小说《太阳照常升起》的出版比这还要晚一年。多斯·帕索斯继两部战争小说后于 1925 年在纽约出版了《曼哈顿中转站》，但是他的《美国》三部曲要到后来才会问世。菲茨杰拉德最好的小说《了不起的盖茨比》、德莱塞最好的小说《美国的悲剧》的出版，我认为是在 1925 年以后，反正我不记得当时我们谈论过这些书。

[13] 她在自己的作品和对话中一直是活泼迷人的，以至于我从未想过，实际上她可能会因为在内地的那些一夜情而无聊至死。许多年后，我注意到了一封已出版的、她给丈夫欧根·布瓦塞万写的信。那是她在我们爱荷华小镇的一个当地旅馆里写的，时间是 1924 年 2 月 5 日。她写道："我的创作依旧充满魅力和活力，（但）我本人陷入了无生气中……你有过坐着中西部那种所谓特等客车从芝加哥到我故乡锡达拉皮兹的经历吗？不，你没有。"

[14] 很久以后，我才了解到斯宾塞在 19 世纪末对美国的重要影响，约翰·菲斯克以斯宾塞的理论为基础发展了他自己的哲学和历史观。斯宾塞 18 岁准备进入哈佛时就才华惊人。奥利弗·温德尔·霍姆斯认为，除了达尔文，没有其他作家像斯宾塞一样对美国产生如此重大的影响。哈姆林·加兰、杰克·伦敦、西奥多·德莱塞也是斯宾塞的热情追随者。德莱塞说，斯宾塞在智慧上让他"土崩瓦解"。威廉·艾伦·怀特曾经告诉我说斯宾塞（和惠特曼、爱默生、狄更斯一起）是他世纪之交的灵魂启迪者。当斯宾塞 83 岁于 1903 年去世时，怀特为《星期六晚邮报》撰写了他的生平事迹。

第二章

巴黎的好运

伦敦也许如《不列颠百科全书》（1911 年版）所述，是"世界上最伟大的城市"，可是我没有对她一见钟情。[1]这里阴沉、杂乱、肮脏、丑陋。街上的行人是"英国人种"——如温斯顿·丘吉尔所说，总的来说，长相并不十分漂亮，五官像是被随便贴上的，肤色白得像石灰，牙齿不整齐，缺少照料，有时候缺一颗两颗。穿着也很一般，男人们穿一身黑色西装，礼帽压得很低，盖着耳朵，胳膊上搭着一把黑色的雨伞。女人们戴着难看的软塌塌的帽子，穿着肥大的上衣，宽松的平跟鞋。

虽然如此，伦敦仍然很棒。我们在布卢姆斯伯里找到一处不错的出租房，离大英博物馆没多远。我们最初匆匆观看了博物馆的希腊、罗马和埃及的藏品，之后，每天早上坐进双层汽车的上层去观光：圣保罗大教堂、威斯敏斯特教堂、议会、白金汉宫、卫兵轮岗、伦敦塔、白厅、皮卡迪利大街和特拉法尔加广场，排队等候参观国家美术馆和泰特美术馆的展品。我们走了又走，沿着飘着报纸油墨味的舰队街①，经过内殿律师学院和中殿律师学院，再来到河岸街，它的北面是法院，中央是可爱的丹麦圣克莱蒙教堂。这座教堂由克里斯多弗·雷恩爵士建造，它有着白色的尖顶，每到一刻钟就会敲钟。然后，我们再转入查令十字街和特拉法尔加广场，我们在查令十字街停下，逛逛那里的书店，这里的福伊尔书店是我见过的最大最好的书店。到了晚上，再去剧场转转，这对我来说是一个新奇美妙的世界。在德鲁里街，我看了

---

① 舰队街是伦敦市内一条媒体聚集的街道，常以这条街代指英国新闻界。

《凤凰于飞》[1]。这是我第一次看音乐剧，那种兴奋的感觉我至今难忘。

在伦敦的那一周是我经历过的最兴奋的日子，每天都看到新东西，每块石头似乎都在叙说着我们祖先的历史。可是，一周的东张西望之后，我饱食过量，不能完全消化一周的见闻。要想仔细了解这一切，还需要更长的时间，而且缺少一件事，那就是我们从来没有和英国人交谈过。在曼彻斯特，我们刚到欧洲的那天，我给《卫报》的一位编辑打过电话。这位编辑去我的大学演讲过，我送过他一瓶私酿的威士忌，然后一晚接一晚地到他的旅馆，与他一边喝酒，一边谈编报纸、写作和读书的事。可是，接到我的电话，他却记不起来我是谁。在伦敦我没有熟人，只能从《泰晤士报》上读到一些英国人的气息。但这种气息只代表了一类人，即统治阶级、上层、中上层、古老世家、出版业和商业大亨等新贵、工党政客和他们的谄媚者、退休的印度陆军上校、殖民地的文官，等等。而在公共汽车上和地铁里与我们擦身而过的是普通得多的人，穿着黑外套的会计像是从狄更斯的小说里走出来的，胖墩墩的家庭主妇，涂脂抹粉的女速记员，他们多数操着本地伦敦腔，似乎十分有表现力，但是，我有点不太理解。在我的想象中他们应当过着单调而无聊的生活。英国的工人是怎样的呢？我来到海德公园想听他们宣传卡尔·马克思。演说的人或站在箱子上，或站在梯子上。但是，大多数演讲者并不是工人，而是狂人，一律戴着礼帽，大多是在宣扬素食主义和其他的一时风尚，世俗的、宗教

---

[1] 《凤凰于飞》讲述了一个遥远国度的公主在美国旅游期间，爱上了美国西点军校学生的故事。

的，无所不包。

工人的代言人显然不在这里，而在别处。我当然知道这里的工人运动很发达，工会组织比美国的更团结更严密，通过日益壮大的工党，他们逐渐在政治上产生影响力。我很想和这样的人谈一谈，可是不知道怎样才能遇见他们。大约一年前，英国有了第一届工党政府，我见过马尔科姆·麦克唐纳——第一任工党首相拉姆齐·麦克唐纳的儿子，当时他随一群牛津大学的学生来我们学校进行辩论。可是，我不好意思去找他，尤其在曼彻斯特受到冷遇之后。可能他也想不起来我是谁了。

关于英国的等级制度在美国我们听说过不少，中小学课本里充斥着这些内容。早上的报纸——《泰晤士报》《每日电讯报》《晨邮报》《每日邮报》，也的确给人一种印象：这里的等级制度仍然很森严，不论是上等人还是下等人都知道并接受它的存在。顶层是那些有封号的贵族、富翁，或当红的政客，下层则是普通大众。他们之间有一道巨大的鸿沟。而在普通大众中，失业的人数越来越多，已经超过 100 万。在大街上，你会遇到一群群失业的矿工或纺织工人聚在一起唱歌、吹喇叭或募捐。在壮观的帝国之都，这幅景象实在令人抑郁。

我们居住的布卢姆斯伯里正在成为著名的作家和艺术家聚集的中心，它的成员有弗吉尼亚·伍尔夫、约翰·梅纳德·凯恩斯、利顿·斯特雷奇、罗杰·弗莱、克莱夫·贝尔，还有已经出名的爱德华·摩根·福斯特。不过，据说这些人极其势利，不仅看不起圈子外的年轻作家，对赫伯特·乔治·威尔斯、阿诺德·本涅特和萧伯纳这些出了名的作家也嗤之以鼻。在布卢姆斯伯里闲逛的时候，我有意搜寻这些人的身影——根据报纸和杂志上他们的照片。可是我没有见过任何一个人。所以说，尽管我们见识了伦敦这座伟大的都市，为它着迷，却从来没有和英国人交谈过。英国人究竟什么样？他们关心的是什么？最初，我对此一无所知。

我开始期盼去我们的最终目的地。巴黎一直是照耀着我们的灯塔。于是，在一天清早，我们乘火车去了多佛尔，在坎特伯雷换车，又乘船穿过海峡，到了奥斯坦德。我们在欧洲大陆度过了第一个神奇的夜晚，在布鲁日①的市集广场上啜饮葡萄酒，听着钟楼的钟声，第一次听到法语。之后，我们向巴黎出发。

1925年夏末，一个爱荷华州的小青年来到了这座塞纳河河畔的可爱城市。在后来，另一次大战、汽车和美国化使它变颜。我到那里第一天、第一个星期、头半个月那种极度的兴奋、陶醉和纯粹的欢乐再也不可复得了。在整个阳光普照的8月，我如醉如痴，似乎漫步云中。

这里的每座教堂、宫殿、博物馆、美术馆，甚至每个公园、墓地、广场和街道都有很长的历史，如此美丽、宽敞、和谐。一千多年来，这里是国王、主教、总统、总理、建筑师、艺术家、工匠、普通劳动者心之所向，公民精神达到圆满之所在，无与伦比。人们沐浴着它的荣光，吸取着它的营养，渴望着获取更多的精华。这里的生活与我简朴的爱荷华小镇的生活截然不同，一瞬间，我们感到似乎到了另一个星球，或者天堂。

我们在皇家港大街85号后院订了一个房间。这地方刚过

————————

① 奥斯坦德和布鲁日均为比利时西北部城市。

蒙帕尔纳斯，房东是位全身黑色衣服、白发苍苍的老太太。她从一开始就把我们认作家人。我们就好像她的亲侄子，漂泊在外，从外省赶来看巴黎这个花花世界。因为战争，她失去了丈夫，于是开始接待从美国来的游客。客人大多是大中学校的教师，会在巴黎待上一个夏天，或者一个假期。她向我们问起那些走了的人，就好像在打听老朋友。离入夜还早，她帮我们计划如何度过巴黎的第一个晚上。她建议我们沿着蒙帕尔纳斯大道走，到穹顶或者圆亭咖啡馆来点开胃酒，然后去她推荐的街旁小饭馆吃晚饭。她说在那里一顿好饭只要 5 法郎（25 美分），酒也"不赖"。

我们匆匆出门。除了在布鲁日，我出国之后从来没有在路边咖啡馆的露台上坐过，伦敦没有这样的地方，爱荷华州也是一样。我们很快找到路边拥挤的穹顶咖啡馆，在露台坐下，叫了我们头一份开胃酒，然后像农民进城一样惊奇和兴奋，开始看热闹。只见人流不断，有客人来，有客人走，我们竖起耳朵偷听，邻桌的客人聊得正起劲。我惊奇地发现，大多数人说的都是美式英语。有些人的英语和我的中西部口音很像。我们呆呆地坐着，旁听、观察了一个小时。有几对情人路过，年轻男子拥着他们的女友，搂得很紧。旁边桌上那个大胡子的家伙把一个年轻姑娘拉近，轻轻地吻她的脖子，又凑到她脸上与她接吻。除了我们两个，谁也没有注意到这些。这样的举止，我还没有在公共场合看见过。忽然，咖啡馆骚动起来，有位穿着飘逸的希腊式白袍的女人停在靠前的桌边，和某人说话。她有一头相当茂密的赤褐色头发，美丽非凡，说话时目光闪闪。我听旁边的人低声说，这位就是大名鼎鼎的美国舞蹈家伊莎多拉·邓肯，她的舞蹈工作室就在这附近。听了一阵周围的谈话，我猜测，这个露天咖啡座中的大部分人是美国的年轻作家，只是我没有听清他们姓甚名谁，即使听清，也不会认得多少。可是，这里明显是他们聚集的地方。

我们又喝了第二杯、第三杯。要离开这里，对我们来说委实困难。但是，饥饿感终于克服了这种不情愿。附近露天小饭馆的晚餐也很精彩。喝完一整瓶波尔多红葡萄酒之后，我渐渐明白，喝了多年的私酿烈酒，要想真正享用美酒，我还需要花些时间。不过，一边在露天享用美食美酒，一边打量路人，这些我立刻就能做到。我纳闷，为什么在美国老家没有想到能这样呢？饭后，我们折回穹顶咖啡馆又喝了咖啡和白兰地酒，又去看人流——我们在加紧自学。已经很晚了，但人流并不见少。到了午夜时分，我们才狠心离开，满怀欣喜地穿过大街，返回了住处。

第二天早上天一亮，我们就出发了，带着在小摊上买的导游小手册，初次去领略这座伟大的城市。我们沿着圣米歇尔大道，穿过拉丁区，经过索邦神学院到塞纳河。巴黎圣母院突然出现在河的上游，第一眼让我终生难忘。在朝阳映照下，远处哥特式的建筑正面呈现出粉红色。我们慢慢走向码头，路过成排的书摊，可眼光始终不愿离开它。我们美国人都在照片里见过巴黎圣母院，但当我们在宽阔的帕维斯广场上凝视着它时，感觉是如此强烈。它的正面有三个华丽的入口，雕塑和浮雕讲述着基督教的故事。我们漫步在宽敞的教堂，一时不辨东西。主殿和南殿巨大的玫瑰形彩色花窗建于 13 世纪，阳光从头顶的玻璃窗倾泻而入，令人目眩。两个小时过去，我们仍然神魂颠倒。

我们又穿过狭窄、曲折的胡切特街,去圣礼拜堂。这座伟大的哥特式杰作坐落在西岱岛的另一端。在 100 码之外我看到有三座大宅子,第一层都有闪亮的大窗户。这只能是"那种房子"了——我最初畅想巴黎旅行时,我的法裔叔叔提醒过妈妈和我的那种场所。叔叔曾说每个街区就有一个,可是这里有三个。

从圣米歇尔广场,我们渡河去对岸的圣礼拜堂。格兰特·伍德研究过欧洲古代的玻璃绘画,这门艺术在最近的几个世纪明显地失传了。他告诉我,这里的彩绘玻璃是世界上最美丽的。教堂正厅几乎布满了我从来没见过的彩绘玻璃。种种颜色,蓝、红、黄、绿,或明或暗地折射进来。

我们看了一早上哥特式建筑的辉煌,心满意足,于是来到大舞厅对面的一家咖啡馆歇息,叫上一份三明治、一杯啤酒,看着一队穿黑袍子的律师排着队从法庭走出来。大半个下午,我们都在卢浮宫度过,像其他游客那样,在重要作品前驻足观看。我们看了带翅膀的胜利女神像、《米洛斯的维纳斯》、《蒙娜丽莎》,以及伦勃朗、提香、乔尔乔内、卡拉瓦乔、凡·代克和鲁本斯的作品。这里一层摆放着古埃及、亚述王国、古波斯、卡尔迪亚王国、古希腊和古罗马的器物和展品,内容极其丰富繁杂,想在一个下午获得这些知识的十之一二也很困难。虽然如此,帕特农神庙的雕饰、柱壁,古希腊雕刻家菲狄亚斯、波留克列特斯、普拉克西特利斯、利西波斯的雕塑,古埃及的石棺和汉谟拉比法典石碑还是让我们驻足,惊叹连连。

我们走了不少路,感觉累了,就坐地铁去凯旋门,坐在那附近的长椅上休息了一阵,又沿香榭丽舍大街去协和广场,走上绿树成荫的宽阔街道,在咖啡馆小憩。那时香榭丽舍大街上还没有什么车辆，至多只有几辆出租车和公共汽车，宽阔的人行道上人来人往。我们坐着观看行人，日影渐斜。那天晚上，在塞纳河河畔阿尔玛广场上价格不菲的弗朗西斯饭馆，我们大快朵颐，河对岸是装饰着彩灯的埃菲尔铁塔。怀着消化不完的印象，我们回到蒙帕尔纳斯夜饮，初见巴黎的奇妙感冲淡了身体的疲劳。

快乐的日子日复一日，这样过去了两周，我们才对这座难忘的城市有了起码的认识：圣心大教堂（蒙马特）、巴黎歌剧院、大环路、圣日耳曼德佩教堂、卢森堡公园、先贤祠、荣军院、孚日广场、塞纳河上两座古老的岛、拉丁区、中央市场、圣叙尔比斯教堂（马塞尔·迪普雷在这里弹奏着美妙的管风琴，他也曾在我们大学的礼拜堂演奏）。到了晚上，我们大多会在圣日耳曼德佩教堂、圣米歇尔大道、香榭丽舍大街、大环路的露天咖啡馆度过，或者在左岸学院路的巴尔扎尔、圣日耳曼大街的利普喝啤酒，这两家啤酒馆非常好。对两个初来乍到的美国中西部小青年来说，这是神仙般的生活，日日夜夜充满了幸福，每一天都有新发现，不管是古老的或是现代的。

在巴黎，除了问路，我们和那里的人没有过真正的接触。我在大学学的法语极为有限，不足以交谈，好在能勉强读懂报纸。巴黎报纸头版上无一例外都是国内消息，约瑟夫·卡约重返政坛，当选参议员。我依稀记得这位前法国总理和财政部部长。1914 年一战前夕，他的妻子谋杀了《费加罗报》的编辑，致使他的政治道路一落千丈。而到战争结束，他又被指与德国有往来，并因此入狱，他的政治生命似乎就此完结。可是，现在时过境迁，报纸上说，他又回到了政坛。有消息说法国军队当年夏天从德国鲁尔撤出，编辑们认为，这有助于缓解欧洲的紧张局势，有益于战后重建。秋天，欧洲的几个重要国家在瑞士洛迦诺召开会议，力图在欧洲建立永久的和平。报纸在大力报道保皇派诗人和政治领袖夏尔·莫拉斯，该人曾经在《法兰西行动报》的专栏中威胁要刺杀内务部部长。莫拉斯被判两年监禁，我注意到，有些坚定的共和派编辑对此幸灾乐祸。我以前并不知道第三共和国仍然有保皇运动。法国的政治生活似乎相当活跃，令人惊奇。报纸上说，又一届政府即将倒台。可我并不在意。我只是个路过的游客。我们东张西望，脖子都转累了，看得眼花缭乱。

离开的日期临近了，我不愿意去想即将离开这个美丽、开明的地方，回到沉闷的中西部平原，进入生活的窠臼。但在这里我找不到工作。到了第一周末尾，我已经去了两家驻巴黎的美国报社——《纽约先驱报》和《芝加哥论坛报》，我想碰碰运气，但机会等于零。《纽约先驱报》的埃里克·霍金斯把厚厚的一摞申请给我看。虽然他说不想数，但他还是数了数，至少有 1000 个人在等待。据他说，这些人大多是和我一样的小青年。他把我的名字加进了档案，但告诉我说："抱歉，可是我觉得一点机会也没有。"而在《芝加哥论坛报》，大卫·达拉装申请表的文件夹几乎一样鼓胀，同样地，他记下了我的名字，但是并没有给我一丁点希望。他说："你前面排的人太多了。"即使不是这样，我想，我的资历也不突出：在一所不出名的大学校报当过编辑；有两三个暑假在小镇上的报社工作；法语初级；只有 21 岁。

我很失望，但这种失望比预料的少一些。我玩得太高兴了，在巴黎还能再待上几周。我一时忘记了自己想要逃避的美国。虽然如此，要想留在巴黎却是毫无希望，我从一开始就认识到了这一点。我开始回想爱荷华的女友，也许我一回去我们就能结婚。这样一来，生活将变得容易忍受。我的同伴乔治也这样说。白天，他经常去画风景，油彩或素描，他画巴黎圣母院、圣日耳曼德佩教堂、凯旋门、圣叙尔比斯教堂、卢森堡公园。而我独自沿着大街漫步，或者看场音乐剧，或去夜总会，或者在露天咖啡馆闲坐打发时间，看周围人来人往。对此他轻微皱眉，大多数晚上他都在家里给未婚妻写信，就像在伦敦时一样。

我猜，我可能特别留意法国的女孩子。她们活泼、时髦，其中一些相当漂亮。有天晚上，我来到圣米歇尔大道附近一家名叫"夜游"的小夜总会，与两三个女子跳舞，请她们和我一起饮酒，结果我发现她们是妓女，胭脂太浓、过于粗俗，又急不可耐。有天晚上，在双叟咖啡馆，我和邻桌的一位单身女子聊了起来。她当然像是位正经人，据她说，她在一家出版社工作。她相当吸引人，黑头发、深色眼睛，举止文雅。她让我请她喝酒，后来和我坐到了一起，又喝了第二杯。她似乎并不急着结束我们的聊天。可是到了最后，临近午夜，我忽然害怕起来。我对自己缺乏胆量感到十分不好意思，和她要了个地址就离开了。

剩下的日子屈指可数。我想再去《纽约先驱报》和《芝加哥论坛报》看看会不会有什么工作机会，可是，这样的可能性非常小，不值得为它跑一趟。我们在巴黎的最后一晚终于来到，而且剩下的法郎比我们预期的要多。乔治和我于是开始狂欢。我们先在皮加勒广场吃了顿大餐，又买了两张牧女游乐厅的票，著名的舞后密斯丹盖和她的老搭档莫里斯·舍瓦利耶正在这里演出。幕间休息时，我们在剧院酒吧喝香槟，之后又去了蒙马特的几处热闹的地方继续喝，直到把口袋里的法郎统统花光。狂欢的后果比我想象的要严重得多。但这是在巴黎的最后一晚，我们理应玩个痛快，出入一家又一家的夜总会。到了快天亮的时候，我们才打起精神返回，破天荒叫了辆出租车。到家时，太阳刚刚升起。我准备睡上两三个小时，我相信我们很快就会恢复精力，然后整理行装，去赶中午开往英国的火车。我们心满意足、摇摇晃晃进了屋。门底下有封信，被我一脚踢到屋里。不管是谁来的信，即使我弯腰捡起，也懒得去读。

早上过后，我们起来洗漱。我往脸上撩冷水，想让自己清醒起来——我的头像石头一样沉。这时我看到门边地上的信封。我把它捡起来，一下子清醒过来。信封的左上角印着"《芝加哥论坛报》，拉马丁路 5 号，巴黎九区"，上边还有个潦草的签名——"达拉"。这是封快信，我把信封拆开，信是手写的，我努力辨认，想要即刻读明白。

亲爱的夏伊勒先生：

　　假如您仍然需要一份工作，可否请您晚上 9 点来见我？

大卫·达拉

我读了一遍又一遍，把它念给乔治听，不太相信确有其事。

乔治一边打量着行李，一边说："你不会去，对不对？咱们这就要回去了。"

我说："你当我会放弃这么好的机会吗？"

我这位朋友说："我听起来并不觉得十分肯定。"

我说："我想碰碰运气。"我心中其实没有半点怀疑。

乔治说："你留下，对埃莉诺是个打击。"

我说："我一有了工作，就把她接来。"

想到将要孤身离去，他有些沮丧。我却十分兴奋，因为看到了能够留下的机会。他默默地收拾着行李，我在屋里来回踱步，挥舞着那封信，反复地读，尽情感受这最后时刻出现的奇迹。

我在巴黎北站送别了老友。在分别的最后一刻，他还在劝我，说我做了生平最愚蠢的决定。我回到住处就上床，想睡上一觉，消除宿醉。但是，我怎么也不能入睡。我坐立不安，于是穿戴整齐，出门去。我穿过卢森堡公园，走上圣米歇尔大道，每经过一家咖啡馆就停下喝杯咖啡，读报纸。我买了十多种报，《芝加哥论坛报》《纽约先驱报》，以及六七种当地报纸。这一天变得十分漫长，晚上9点好像永远不会到来。

面对晚饭和半瓶红酒，我食不下咽。一到8点，我就去拉斯帕伊大街，乘坐地铁去城市的北端。我在正对着《小日报》的卡代站下车，《芝加哥论坛报》就在这里出版。我在拉马丁路5号的后面找到了报社入口，然后沿着街区走了一圈又一圈。到了9点，我才爬上三楼，来到新闻编辑室。

达拉坐在狭小的编辑室的一角，这里的编辑都出去工作了。达拉其人十分寡言，直截了当地问我有多少编辑经验。

我说："两年。"夸大了一点点。

他又问："你的法语怎么样？"

我回答说，我在中学学过两三年，又在大学学了两年，但是仍然需要学习。

他说："薪水不多，一个月1200法郎，只相当于60美元。"他似乎在劝我放弃。

那等于每周 15 美元，我飞快地计算出来。在家乡的报社我每周能挣 50 美元。

我说："我看这笔钱够用。"没有时间讨价还价，我只要求在这里过得下去。巴黎的生活费用比美国低，对这一点，我已经有所认识。

达拉想了片刻，这段时间对我来说像一个世纪那么漫长。我看出来，他实在沉默寡言。最后他简短地说："你什么时候可以开始？"

我说："现在。"

转瞬之间，我的成年生活就这样决定了。从 21 岁起，我的人生将与过去截然不同。我之所以成为我，以及这部回忆录记下的大部分生活，都始于这个转折点。我将要离开法国返回爱荷华州的家时，在皇家港大街住处的地上捡到这样一封快信。这个转折从天而降，而我只能尽全力而为之。

至此，我来欧洲已经两个月。就像后来发生的那样，之后的 20 年我会继续留在这里生活和工作，经历和记录难得的和平、民主的衰落、专制的兴起，还有混乱、动荡、暴力、野蛮的压迫，以及终于到来的战争。

尾　注

[1] 我后来的朋友约翰·君特却与我不同。他的《十二城》一书这样开头："1922 年春末下午 4 点钟，当我到达伦敦时，第一眼是灰蒙蒙的天，从此我爱上了这个城市。"君特第一眼看到伦敦时是 21 岁，他和我一样，也是搭乘载牛的货船一路工作。

第二篇

芝加哥：1904—1913

第三章

我的祖先从德国来

1904 年 2 月 23 日清晨，在芝加哥，我父亲在日记里大略记下：

> 差 5 分到 3 点，男婴出生，重 7.75 磅。
> 威廉·劳伦斯·夏伊勒
> 生于格林伍德大街 6500 号

三天前，也就是 2 月 20 日，我父亲就已经写好便条："结婚五周年纪念日，要同某某共进晚餐。"他和我母亲早已邀请几个朋友一起在家庆祝。那时，我母亲正怀着第二胎，一定孕相十足。她的第一胎是个女孩，是在三年半前生的。后来，她还告诉我，我若是早出生三个小时的话，那就赶上华盛顿的生日，那样他们就会给我取名叫乔治。

那时，刚进入 20 世纪的美国陷入了迷惘期，一切几乎面目全非。那是个马拉车的时代，那时还没有出现飞机、收音机、电视机、电影、电冰箱、洗衣机、洗碗机、燃油炉、空调、拖拉机、柏油路、垃圾场、加油站、停车场、交通灯、购物中心、收入所得税、社会福利、女权运动、电脑、登月、凝固汽油弹、原子弹爆炸、两次世界大战。还有许多在今日看来司空见惯的事物都没有，比如私家车。我和我们这代人都根源于那个旧时代。

那时的美国幅员辽阔，却荒野遍布，是个未开发的国家。从阿利根尼山脉延伸到太平洋沿岸看上去疆域确实辽阔，而大部分人口居住在农场、乡村或小城镇。他们的乡村生活有其优点，也有不足。他们自力更生，辛勤劳作，节俭度日，亲睦邻里，笃信宗教；但由于与外界隔绝，他们也显得愚昧无知，有点自以为是，还沾沾自喜。他们对城市及城市人的老练世故疑虑重重，还分外敌视新思想和新成果，而这些新思想和新成果已经开始席卷全国。随着 20 世纪的到来，美国开始从农业化社会向城市化和工业化社会转变，并在其自称的命定扩张论的作用下，发展成为世界强国。

一多半的美国人都没见过汽车。1900 年，整个国家也只有 1.3 万辆汽车，也没有通向大城市外供汽车行驶的柏油路。我父亲认为，这无需马力的新奇马车在街道上行走很危险，尽管汽车在芝加哥还极为稀有，但我还小的时候就常常跑到屋外去看偶尔在眼前经过的汽车。1909 年，汽车已经开始稍稍普及，并开始在乡村的泥路上大胆地行驶。我父亲就赞许参议员约瑟夫·W. 贝利的观点，此人在当时的美国参议院中放言："如若按照我的想法，我将对在公共道路上使用汽车的行为定罪。因为任何人都没有权利在公共道路上使用对他人安全造成威胁的交通工具。"而他所说的"他人"指的是乘坐轻便马车或四轮运货马车出行的人，以及骑自行车的人。普林斯顿大学的校长伍德罗·威尔逊则认为，汽车不过是不可一世的富佬的玩物。1906 年，即他当选美国总统的六年前，他厉声指责道："在这个国家，再没有比汽车更能宣传社会主义情绪的了。汽车向我们展示了富人的傲慢态度。"

马匹随处可见。尽管神奇的电车正开始取代马匹，马匹仍旧拉着街车。[1] 强壮的马匹穿行于街道间，后面载着消防装置，也有马匹拉着啤酒厂的运货马车、工厂和商店的厢式货车沉重而缓慢地向前行进。它们还拉着出租马车、轻型四轮游览马车和轻便马车穿梭于宅旁街道。在农场，在公牛和骡子的辅助下，马匹要犁耕、耙地，拉着收割机和割捆机工作。农场大约有 1800 万头役畜，城镇和城市的更多。我生活的最初记忆就是马匹、马棚和铁匠，还有拴马柱，在商店前和我们家门前的路上排列着。在夏天，借来或租来两匹马拉着车疾行；而在寒冷的周日，马拉着雪橇跑得更快，还伴随铃声叮当响，这是我在芝加哥，之后在爱荷华州的孩童时期爱听的声响。我后来住在伯克希尔丘陵的乡间时，在雾气朦胧的夜晚，时而能听见这样的铃声，我仍旧感到无比怀恋和激动。

我刚出生不久，我们家就搬到了列克星敦大道（现在称大学大道）的房子。那里靠烧煤的火炉取暖，靠汽灯照明。大约是在 1912 年，我父亲也加入使用电灯照明的热潮，尽管他一直都不同意丢掉放在长长客厅里的那些煤气灯。他父亲住在爱荷华州的弗农山，每到夏天，我们都会去看望他，有时也在圣诞节过去。他就坚持使用油灯，在每个屋里都点上了铸铁制的火炉取暖，就这样一直持续到一战以后。在我整个青年时期，芝加哥的所有街道都是用汽灯照明的。快到傍晚时，我们经常会翘首期盼，等着看点街灯的灯夫沿着惯常路线点灯，他成了我们整个街区孩子的共同朋友。他会带着一根长杆用来点燃灯杆顶端的煤气，有时，他不赶时间的话，就会让我们当中的一人代劳。我一度梦想长大后当一名灯夫。

当送冰人也行啊！大约每三天，就会有个慢悠悠的大块头家伙用冰钳使劲拉着 50 磅或者 75 磅重的大冰块放到冷藏库里。有时他会让我帮忙，事后犒劳我，夏天的话，他会给我一小块冰让我舔。当时的冷藏库是用于保存肉、牛奶、黄油和鸡蛋的。在北方漫长的冬季，我们都见不到橘子、葡萄柚、新鲜的生菜和其他各类蔬菜的踪影，因为美国其他地区带有冷冻车的快行火车还未同佛罗里达州和加利福尼亚州连接上。整个冬天，我们同其他人一样，靠着罐装的水果蔬菜，或者是我母亲在夏天储藏的食物度日。到了春天，我母亲曾告诉我，因为缺乏维生素，大家都有点虚弱。

早年在芝加哥生活的日子里，我首先记起的就是有人来我们家安装电话的那天。那时，整个国家的电话还不到 200 万部，而大部分也仅限于安装在办公室和有钱人家的大房子里。那是在我父亲被任命为美国检察官助理后不久，他觉得自己很有必要同办公室、同事和朋友保持联系。邻居和我父母的朋友也安上了电话。刚使用电话的前几年，同几个街区外或几英里远的人通过电话交谈时，电话里会有许多诡异的嗡嗡声。那时的电话还是固定在木板上，再被安装在墙上的笨重设备，根本不能挪动。电话里的嗡嗡声几乎淹没了电话另一头的声音，特别是拨打长途电话的时候。自动拨号盘在我生活的头几十年还未被发明出来。

我出生那天，战争占据了芝加哥所有报纸的头版。就是从这时候开始，战争在我生命里的多数年头持续着，整个世界都染上了血色。

在 1904 年 2 月 23 日的《芝加哥论坛报》的首页，约翰·T. 麦卡琴用一幅漫画表达了对战争的忧思，其标题为《电报描绘的世界》，漫画用炸弹的形状表示世界的球体，一只标着"战争狂热"的手正举着火炬挨近导火线。南非的布尔战争占据了新世纪头一天各报纸的头版。英王爱德华的军队在这场战争中经历了多次令人汗颜的挫败，终于在两年前获胜。俄国同日本的战争刚刚在中国的领土上爆发，新闻标题写道，日本舰队在阿瑟港（旅顺）攻击俄国人，俄国军队跨过西伯利亚铁路赶往战场，双方已经进行几次血腥的小规模战争。当天从圣彼得堡发往《芝加哥论坛报》报社的报道提到，德皇扬言"中国如若开火"，德国将派出舰队和武装军队开赴远东。电报特别指出德皇威廉二世"如偏执狂一般执迷于'黄祸'的论断"。报纸提醒读者，正是这位好战的德国君主在四年前派兵前往中国帮助镇压义和团运动，"对他们要毫不留情，像管匈人那样管理他们，这样千年后再无中国人胆敢斜视德国人"。

美国自六年前在古巴和菲律宾轻松战胜西班牙后，其国家主义和军国主义思想也开始膨胀，还紧盯着在中国爆发的日俄战争。华盛顿发来的报道提到，美国在中国水域的太平洋舰队需要再派两艘战列舰和两艘巡洋舰进行增援。

在圣多明各岛上，美国海军在炮击叛军的营地后登上了海岸。《芝加哥论坛报》用一篇社论热情地称颂这一举动，标题为《圣多明各的教训》。

> 用炮击……及海军登岸来对这一不可原谅的暴行进行惩戒，这些行动都将得到美国政府和全体人民的衷心认可。

这"不可原谅的暴行"指的是叛乱者放火烧毁了美国商船。注意到圣多明各市的"杰出公民"反称美国海军的炮击为"反对合众国自由的一次无耻暴行"，《芝加哥论坛报》义愤填膺地予以回应。

用语有误……如果不准向美国国旗开火这一强制性的警告不被听从，毫无疑问，同样深刻的教训将再次上演……这是美国在圣多明各投资的大量资金。

自从 1898 年的美西战争之后，美国占领了菲律宾，命定扩张论的呼声在美国大陆上更为响亮了。20 世纪之初，这呼声达到了新的高潮。1900 年 2 月 10 日，众多早报发布了 37 岁的印第安纳州参议员艾伯特·J. 贝弗里奇在美国参议院的首次演说。他完成了对驻扎在菲律宾的六万美国军队的巡视，看到当地人对美军的服从，刚刚回国。当地民众相信，美国战胜西班牙将给他们带来自由和独立。[2] 贝弗里奇用当时极受欢迎的雄辩口才和现在仍耳熟能详的用语，号召他的祖国同胞实现他们背负的伟大使命。

受上帝所托，我们绝不能放弃我们对人类、对委托人、对世界文明担负的使命……在我们最初的一个世纪，自治和自强是我们的主要任务；而对其他大陆的管理和发展将是我们第二个世纪的主要任务……他（上帝）让我们充当世界的主要组织者，在混乱不堪的世界建立管理体系……他已经让我们精通管理，我们才能在未开化和衰老的民族当中实施统治……

他指定了美国人为他的选民，最终带领全世界重获新生。这就是美国的神圣使命……我们是世界发展的委托人，是世界和平和正义的捍卫者。

甚至平易近人、聪明睿智的青年人威廉·艾伦·怀特也对

此论调产生了浓厚的兴趣。他刚收购了堪萨斯州恩波里亚的
《公报》。1899年3月20日，他完全抑制不住内心的喜悦，在
报上写道：

> 这是盎格鲁－撒克逊人命定扩张论的要求，势必将
> 进一步扩大，成为世界的主宰。他将统治大海上的所
> 有岛屿……上帝的选民命该如此。命中注定……势必
> 如此。

然而，在我历经一生的新世纪到来之际，许多市民对这样
的国家忧心忡忡，迄今为止美国应该重点关心自身的事务，也
就是发展新大陆，可突然立志要统治世界。上帝已经或甚至有
意让我们成为"世界的主要组织者"这一论断让人产生了疑
问。[3]共和党口中的"自然扩张"，也是民主党斥责的"阴险
的帝国主义"成了1900年总统大选的主要议题之一。那年共
和党获胜。

民众对美国成为帝国主义国家和殖民主义列强感到不快，
而比这更深刻的是，许多人察觉到国家内部出了大问题。贫富
差距仍在持续扩大。巨额的财富快速地集中在垄断者和操纵者
的手中，或是通过欺诈、诡计和贪污，或是凭借民主政府的协
助和纵容，其三大分支——国会、行政机关和法院都参与其
中。尤其是在西部、中西部和南部的乡村地区，上百万民众认
为自己"从属于"东部的金融和工业利益集团。这些利益集
团仗着对穷人匪夷所思的不公平和残酷对待，不仅主导了国家
的经济，还操纵着联邦政府和州政府，最终必然是要掌控整
个国家的政治。他们认为法院，甚至包括联邦最高法院都是

腐败的，都在包庇大财阀和大资本家，反而压迫工人、小店主和农民。简言之，压迫小人物。对身披黑袍的法官来说，财富要比人本身更为神圣。

在我出生前十年的1894年，对上百万民众来说，是内战结束后最为黑暗的一年。各类产品的价格和工资双双降至新低。在中西部，玉米和小麦都在低于生产价格出售。单是堪萨斯州就有1.1万辛勤劳作的农场主因为无力偿还贷款，丢掉了他们的农场。7600万人中就有400万人失业，在保住工作的人当中，每100万人就有75万的人进行罢工，反对已经十分低微的工资继续急剧下降。但罢工行动最终遭到武装的罢工破坏者、国民警卫队和联邦军队的联合镇压，他们的工会领袖都被关入监狱。数不胜数的居民无从获取足够的食物，在暗无天日的一年时间里，衣衫褴褛、饥肠辘辘的民众成群结队地在全国各地游荡，沿着铁路干道搭建的无业游民营地时不时传出枪声，引得良民们惊恐万分。有一支号称"考克西军"的队伍，在来自俄亥俄州马西隆的雅各布·考克西的带领下，向华盛顿行进，要求救助失业民众。队伍一直行进到美国国会大厦和白宫的草坪，最后遭到警察和卫兵的驱逐，一些浑身泥污的队员因拒绝离开草坪而遭逮捕。

不单是农民和工人在那一年陷入绝境，连中产阶级和一些富人也在劫难逃。根据一位历史学家统计，[4] 有158家国家银行、172家州立银行、177家私营银行、47家储蓄银行和13家信托公司宣告倒闭。有169条铁路，包括最大的几条，如伊利湖铁路、联合太平洋铁路、北太平洋铁路和艾奇逊铁路，总长37885英里，建设耗资25亿美元资金，提交了破产申请。

1.5 万家其他生意也宣告倒闭。亨利·亚当斯①说："商人们如同苍蝇一样纷纷不堪重负而死。"

　　甚至联邦政府都面临着破产的危机。幸亏总统格罗弗·克利夫兰在万般无奈之下，向大银行家约翰·皮尔庞特·摩根借了价值 6500 万美元的黄金，这才转危为安。

　　美国梦怎么了？美国民主怎么了？这位良好公民百思不得其解。[5]"扒粪者"（新闻记者）已经开始通过在杂志写文章或出书告诉人们种种内幕：铁路建设侵吞的国家土地；约翰·D. 洛克菲勒暗地里操纵标准石油，从而垄断迅速发展的石油生意；华尔街股票价格被操控，使得内部人员夜入百万；州立法者和法官都被大公司收买，将国家财产拱手相送。"侵占土地"的行为更是明目张胆，上百万英亩的公用土地被转卖，明面上说是鼓励多建铁路，实际上也让他们赚取了更多的钱财。上百万英亩的土地更是被低价"出租"或"转让"到木材和矿产开发商私人手里。

　　世纪之交，许多善良的市民为存活而苦苦挣扎，他们从推动基础性改革中看见了些许希望——通过改革遏制贵族强盗们的贪婪掠夺，清除政府内部的腐败，更公平地分摊纳税负担。1890 年，国会通过了《谢尔曼反托拉斯法》，用以限制大企业间的合并，但总统们一个个地都鄙弃了这一法案。在受审的几起案件中，最高法院的裁决都与政府的法案相悖。直到 1902年，在西奥多·罗斯福治下，政府才最终得以起诉一起大案件，判决了约翰·皮尔庞特·摩根建立的北方证券公司，该公

---

①　亨利·亚当斯是美国历史学家，1904 年出版了历史、旅行随笔集《圣米歇尔山和沙特尔》，表达了对欧洲中世纪社会的向往。他的《亨利·亚当斯的教育》获得了普利策奖。

司企图控制西部的重要铁路干道。就在一年前，摩根建立了美国钢铁公司——世界上最大的钢铁公司，控制了美国将近一半的钢铁生产，而司法部门从未做出任何起诉。听闻北方证券公司的诉讼结果，摩根感到愤愤不平，他觉得他个人受到了美国总统的侮辱。他抱怨道："一个备受尊重的人，却和普通的骗子没两样。"他告诉朋友，也在自传里提到："他原先还以为罗斯福是位绅士，可绅士绝不会这样起诉人。"

好几年来，联邦政府越来越需要征收收入所得税，这项税收通过个人的支付能力来检测国家的税收负担。1894 年，迫于经济大萧条的压力，国会最终通过了一项法案，对超过 4000 美元（相当于 20 世纪 70 年代的 1.5 万美元）的个人收入统一强制征收 2% 的所得税。银行家、商人，还有媒体都发出哀号，认为这样的法律意味着美国自由的终结。其实，他们大可不必为此发愁。因为最高法院以 5 比 4 的票差，宣布税收法案违反宪法。司法领域中大多数人都高呼这条法律"是对资本家的首次攻击"。

合众国及其自由获得了解救，自由媒体欢呼雀跃。《纽约太阳报》的编辑写道："社会主义革命的浪潮过火了。"《纽约论坛报》欣喜若狂地写道，"这次进行共产主义革命的尝试"被击败了，"多亏了法庭，我们的政府才免于被拖入共产主义的战火，以致破坏了财产权和工业的成果"。[6]

对共产主义的恐惧目前已在国内扎下根，并持续到今日，周期性地造就了一批又一批的愚民，塑造了一届又一届的当政者。理查德·尼克松总统就借此东风由默默无名到入主白宫。不管怎样，由于最高法院抵制"共产主义"对合众国的攻击，钢铁大王安德鲁·卡耐基这样的人就得以免付他在 1900 年所赚的 2300 万美元的所得税，他的工人同年的人均收入是 500

美元，也无须纳税。难怪这位幸运的钢铁大亨可以在他的著作《民主的狂欢》中喜不自胜地写道：

> 任何法律中的任何一处都不含丝毫特权，一个人的权利即每个人的权利，这就是公平的保证和象征。国内没有哪个党派会赞成普通法的根本性修改。我们认为这些法律再完美不过了……

并不是所有美国人都认为法律完美无缺。我最早的记忆中就有芝加哥和爱荷华州人民对民粹运动的讨论，民粹运动誓要消灭或起码要遏制卡耐基的权势和贪婪。因为民粹主义者认为，自内战结束后，卡耐基让平民百姓们只能吃到富人们盛宴中掉落的面包屑。位于荒蛮大草原的几个州随处可听见这样的呼声："种植更少的玉米，产生更多的地狱！"

到 1892 年，民粹主义者组织了人民党，并在爱荷华州的詹姆斯·贝尔德·韦弗将军的领导下，准备带着他们的诉求参加选举。他们推选韦弗将军为总统候选人，他登上环形讲台。

> 在这个国家处于道德沦丧、政治腐败和物质匮乏的危险边缘时，我们相聚一堂。贪污腐败者控制着投票箱、立法机构、国会，甚至纯洁公正的法庭也被沾染。人民都士气低落……报纸大都受贿或被言论封锁，公众被禁言，商业俯视众生，我们的房子都抵押了，劳工受困（而且）组织起来进行自我保护的权利被剥夺……上百万民众辛勤的劳动成果被明目张胆地窃取，用来为少数人手中积累人类历史上空前的巨额财富……

几年后，我在爱荷华州上高中，在课本上读到对合众国事态的咒骂性的控诉时（这样颠覆性的版本是如何潜入我们安全可靠、宣扬爱国思想的课本的？），我不知道我们那些强健的市民为什么没有站起来，让民粹主义者在选举中大获全胜。但他们确实没那么做。尽管韦弗将军受到中西部五个州的支持，有了100多万的选票，而且现任共和党执政者本杰明·哈里森出局了，可是，谨慎的选民们还是选了格罗弗·克利夫兰——保守的民主党人，主张健全的货币政策。1896年，民粹主义者支持落选的民主党候选人布赖恩，之后他们却不走运了。美好时光到来了。粮食大丰收且价格上涨，商业复苏，工资薪水也涨了一点点。再也没有什么能像这样小小的繁荣复苏可以让我们大多数市民忘却社会本质的不公平了。

杰克逊时代结束后，总体上多数美国人都十分保守，在我历经的人生大部分时间都是如此。不管他们受着多么不公平的待遇，他们都畏缩着不敢投票支持大变革，除了在20世纪30年代早期的几年，令人绝望的经济大萧条时，支持过罗斯福改革。当然，美国主要是两党制，他们常常别无他选。民粹主义者的一些主要要求——分级征收所得税、美国参议员的直接选举和八小时工作制，被共和党和民主党一致打上了"社会主义"的标记，而在国家日渐发展成熟时，最终被采用了。

在世纪之交前后，一些良好市民，特别是乡村地区的良好市民，一度认为禁酒令可能有助于提高生活质量。他们认为酗酒是一切罪恶的根源，起码是大多数罪恶的根源。引用圣保罗的话，酒鬼同罪犯一样，是没有资格上天堂的。这一话题在我们家讨论得更是火热。我父亲认为禁酒令简直是天方夜谭，而且休想让他放弃享用一杯啤酒或葡萄酒的自由。而这一天方夜谭在第一次世界大战结束时（1919 年）最终实现了，全国范围内强制执行禁酒令。而赫伯特·胡佛总统所谓的"贵族体验"遭到了惨败，致使本该是守法公民的百万人成了违法者。最后在富兰克林·罗斯福总统的努力下，国家于 1933 年才清醒过来，撤销了《第十八修正案》。

也许绝大多数的女性——绝不可能有男性——认为随着 20 世纪的开始，争取女性选举权的时刻到来了。女性一旦获得选举权，她们将进行政治肃清，驱逐骗子，制定开明的法律，遏制男性统治者的穷兵黩武和其他造成国家混乱的偏执倾向。

我母亲是位热诚的女性参政论者。她认为这毋庸置疑，而我父亲倒没那么坚定，他们之间的辩论有时会发展得很激烈。她对某些国会议员的荒唐言论表示愤慨。那时我父亲出于玩笑，把当地的报纸读给她听："女性参政论者指的是不再是女士而又未转变成绅士的人。"几年后，她还是对这话耿耿于怀，她说："威尔，那真的一点都不好笑。但在华盛顿，本应代表我们的男人都是这德行。你注意到没有，从 1869 年到现在将近 50 年的时间里，每当众议院提出赋予我们选举权的法案时，由那帮愚昧无知的男人把持的国会都会剥夺本该属于我们的权利！"正是这样的想法使这位温和的妇女怒火中烧。

女性的政治解放将大大提高美国的政治生活质量的期许，最后沦为了幻想。当女性开展的高度组织、英勇无畏的斗争坚持了半个世纪后，她们终于赶上了 1920 年的总统大选。结果她们同男性选民一样，反对美国加入国际联盟，在伍德罗·威尔逊执政八年后把民主党踢出了局，选出了合众国史上最平庸的一任总统和最腐败的政府。女性第一次获得了投票资格，但大多数女性对此不屑一顾。

但是，至少在投票上，男女平等最终取得了胜利，这也是 20 世纪早期最辉煌的胜利之一。长期的斗争使美国的女权运动精疲力竭，过了将近半个世纪仍没有恢复。在女性获得选举权之前的 1913 年，另一项美国最为重要的政治改革也通过了，普选代替了各州立法机关委任参议员。此前，参议员的职位常常是通过拍卖，由最高出价者获得。

在 20 世纪的前几年，我开始成长的时候，这个世界和这个国家就是这样的状况。尽管我年纪还太小，还不能够充分明白世界的变化，但总有一些情况势必对我造成影响。在学校、教会，总的来说是在家里，我都能听到一些情况。我曾无意中听到我父母同他们的朋友对世界、国家和城市的讨论，这些开始影响着我尚未成熟却在发展中的思想。

世纪之交的芝加哥是个喧闹无比、完全开放的城市，拥有 175 万人口，是美国第二大、世界第五大城市。芝加哥的发展突飞猛进。一些老居民还能记得这个城市从前是对抗印第安人的前沿军事据点，称作迪尔伯恩要塞。这个要塞在 1804 年建立，由木栅栏围护的 14 所房子组成。从东部迁移到西部的大部分移民都不得不在这里停下，或起码稍做停留。因为这里位于密歇根湖的南部尖角，阻断了向西的通道，该通道向北延伸到加拿大。早期从陆地迁来的移民和后来从水路来的移民，都是从布法罗穿过五大湖的。多数贯穿大陆的大铁路都将芝加哥作为终点站，因为要绕过密歇根湖的南部必须经过这里。从波士顿、纽约、费城、巴尔的摩和华盛顿过来的铁路干线也都终结于此，到西海岸的铁路干线则从这里出发。我来的时候，芝加哥已经成为全国最大的铁路中心，也是谷物、木材、牲畜和大规模肉类工业的最大供应市场。我成长的南区的正西方有许多牲畜围场，是世界上最大的畜牧场。每到刮西风的季节（从湖面刮来，通常吹向东方），那些气味当真浓烈至极。

新兴的工业和交通运输业吸引了来自世界各地的人们大批拥向芝加哥。1880 年到 1890 年仅十年间，该市人口就增加了一倍多，这些人多数来自欧洲。到了 1900 年，有 35% 的人口是在外国出生的。如果计算在美国出生而父母是外国人的人数，其比例能达到芝加哥总人口的 77%，其中德国人占绝大多数。我最初的记忆之一就是听我父亲那奇怪的德国口音。当我到伍德朗的公立小学上一年级时，学习德语是义务性的。1903 年的芝加哥有 50 万讲德语的市民，10 万瑞典人（5 万挪威人和 2 万丹麦人），12.5 万波兰人和 9 万波希米亚人。那时我们称波希米亚人为捷克人和斯洛伐克人。芝加哥就是个充斥着各种外来语言的地方。

对许多人来说，芝加哥似乎是个荒蛮且未开化的地方。"芝加哥！"林肯·斯蒂芬斯在他揭露黑幕的著作《城市的耻辱》中这样描述这时的芝加哥：

> 首先是暴力，根源于最深处的肮脏；喧哗吵闹、无法无天、丑陋不堪、臭不可闻、蛮横无理、乳臭未干；不过是一个过度发展的愚昧乡村，是众城市中的"败类"，真乃全国一大奇观。

英国记者威廉·T. 斯蒂德于 19 世纪 90 年代来到芝加哥探索该市的腐败和罪恶，发现这里的情况超出了他的承受能力。他确信地狱也不过是"芝加哥的袖珍版"。妓院、赌场和酒吧遍布，妓女在热闹的街区出没。位于市中心、河流正南方向的第一区臭名昭著，是两位传奇人物——我的改革者父亲常常提到的"小豆丁"和"澡堂约翰"① 的领地。从 1890 年到 1940 年整整半个世纪，他们俩不仅经营第一区的商业和娱乐，还常常控制整个城市。美国前参议员保罗·H. 道格拉斯是芝加哥大学的教授，也是第五区倡导改革的市政议员（我父亲差点就能被选上这个职位了，只是那时他突然亡故），他相当怀念这两个人。他说自己"有幸"在他们多姿多彩的职业生涯结束之际和他们有了私交。那时，他们因贪污估计上千万的巨款而落入法网。我父亲有点清教徒倾向，对他们心存芥蒂。但他肯定会认同道格拉斯对"小豆丁"和"澡堂约翰"的描述。

"澡堂"笨手笨脚，不大外向，也不大开朗；"小豆丁"精明世故，言简意赅，性格内向……"澡堂"总是穿着他那花哨的背心，无法说出意思连贯的语句。他嗜好收集赛马，但都是藏品，不能跑也不愿跑。他还赞助过一些如《他们将她葬在排水渠边上》和《午夜的爱》等荒诞歌曲。从某种意义上说，他的这些嗜好像吉斯通喜剧中的警察那样滑稽。

他的搭档"小豆丁"与他不同。"小豆丁"的对手说"这个豆丁"对各种事物的价钱一清二楚，却对它们的价

---

① "小豆丁"（Hinky Dink）和"澡堂约翰"（Bathhouse John）分别是迈克·肯纳和约翰·考夫林的绰号，他们是芝加哥第一区的市政议员。

值一无所知。他们还指责"小豆丁"要求每家酒吧、每个赌徒和每个妓女都必须给他上供。根据他们的支付能力，费用比例固定。迈克（如果不叫"小豆丁"的话）在助手的协助下，设法保证这项工作的执行。这样在初选和大选的日子，选票就能弄到手了。[7]

然而，尽管他们贪污腐败、制造罪恶，但"小豆丁"肯纳和"澡堂约翰"考夫林经常对处于困厄的人们慷慨解囊、大施援手。"他们供给饥饿者吃食，"道格拉斯报告说，"他们还给失业者提供工作。他们通过法律途径保护了遇到麻烦的人。"作为回报，他们要求那些人用选票和金钱表示忠诚。如果他们从赌场主、啤酒商、站街女、城市的良家妇女和赌徒手中拿到了战利品，他们难道不会给困厄者帮助的同时，还向生活宽裕的人提供满足其维多利亚时期欲望的方式吗？道格拉斯说："第一区给城市和中西部提供了各种只能私下享受的罪恶，这些罪恶一旦见光就会遭谴责。"

也许我父亲对"小豆丁"和"澡堂约翰"以及其他区大佬的看法最后会如道格拉斯那般成熟。但在他临终之际，他正作为共和党候选人参选第五区的市政议员，接着要在市委员会谋一职位。他向选民们许诺会驱逐"澡堂"和"豆丁"家族。我父亲更欣赏简·亚当斯①在芝加哥赫尔馆演出的优秀作品。

父亲是19世纪40年代早期德国莱茵兰移民的后代。"为

————————

① 简·亚当斯是美国第一个赢得诺贝尔和平奖的女性，她创立了救助邻人的社会福利中心——赫尔馆，设施中有剧场、餐厅、图书馆等。

了在这个国家寻求自由。"他这样说道。1846 年，他的父亲在纽约赫基默县出生。和那个时期移民到美国的德国人一样，这个家庭也向西迁移，首先在离密尔沃基不远的威斯康星定居，然后来到靠近拉波特城小镇的黑鹰县的一个大农场。1871 年，我父亲就在那个农场出生。这个家族原先的姓是"朔伊雷尔"（Scheurer），这在德国黑森林地区是极为普遍的姓氏。但在向西迁移的艰苦跋涉中，我们的姓转变成了英语化的"夏伊勒"（Shirer）。而我祖父对改姓毫不在意。当我问起这事时，他就曾对我解释，主要是因为镇里的长官和商人按着他们听到的发音错误地写下了这个姓，但也因改姓，同他们的相处变得更容易了。如此多从欧洲大陆移民而来的家庭是否也普遍有意改变他们的姓氏以更好地融入这以盎格鲁 - 撒克逊人为主体的新世界呢？也许没有。我祖父尽管憎恶德国皇帝和普鲁士王室家族的独裁统治，但他还是为德国的文化遗产感到自豪。他经常和同样出身德国的妻子用德语交谈，还喜爱哼唱德国民谣。我还知道他也为自己能讲不带丝毫口音的英语而自豪。也许他是他们家族中第一个做到这一点的人，也许这也说明了他和妻子从不教四个孩子德语的原因。所以从我祖父开始，我们的姓氏由"朔伊雷尔"变成了"夏伊勒"。这似乎只是个简短的姓氏，但我总是惊奇地发现在这样广大的国家居然只有那么少的人拥有这个姓氏。20 世纪 70 年代，在纽约曼哈顿的电话号码簿，这个姓氏还没有单独的条目。

和那个时期在爱荷华州生活的大多数男孩一样，我父亲也在家庭农场长大。在他还非常小的时候，他就开始学着帮忙做家务、挤牛奶、喂鸡喂猪、搅拌黄油。他还跟在一队马后面尝试拉出笔直的犁沟，他还参与犁地播种和收割玉米。那时的爱荷华州是个尚未开垦的大草原，那里肥沃的黑土壤才刚用于耕作。作物很容易成熟，而且产量丰富。特别是玉米，大部分用于喂猪和牛。我祖父不久就对畜牧产生了兴趣。农场都是独立存在、自给自足的，生产的大多数食物用于养家糊口，就这样形成一个紧密联系的整体。独立自主、自力更生，而又不可避免地成为一种合作社式的存在。也许农场同小镇和村庄相距不远，但坐在马匹拉着的马车里走泥土路，农民至少要用上一整天的时间到镇里摆摊和购物，回家倒还能赶得及挤牛奶。

　　这样的生活尽管十分朴实，但是对一个在 19 世纪 60 年代初从东部的威斯康星州向西越过密西西比河到达爱荷华州的家庭来说，这必定是新奇，甚至是令人兴奋不已的体验。这里本是新兴的、荒无人烟的印第安国度。最初的白人定居者到这里不过是 30 年前的事。那时，这里被称作爱荷华领地，到处是印第安人，他们居住在这里的时间已经无法追溯（该地区的名称源自一个称为艾奥韦的部落）。到了 1864 年，爱荷华正式成为合众国的一个州。除了苏族人外的所有印第安人都被驱逐出去，因为这片广大的土地被超低价"购买"了。1851 年，这个勇敢的部落被驱逐出这个州，途经密苏里河，最后被赶到达科他。[8] 这块处女之地那时完全开放，任人定居。一批批白人带着他们的家眷，乘着有盖马车，牵着牛，渡过密西西比河向西行进。他们在那里选好一块地，然后很快在那块土地上搭建卓屋或木屋，并开始开垦卓地，准备种植。

　　我的祖先大约是在 1850 年到 1860 年间来到了这里。这期间，爱荷华的人口增加了两倍多——从 19.2 万人到 67.5 万人。在接下来的 20 年，又增加了一倍多，达到了 162.5 万人。1890 年是我父亲从拉波特城的高中毕业后的一年。那年他父亲卖掉了农场，搬到了弗农山，为的是让四个孩子能在康奈尔接受大学教育。那时，爱荷华州的人口达到了 200 万，而且成了合众国第一农业大州，人口几乎都从事农业生产。除了1894 年经济萧条时粮食和存货的价格下降，该州人民的生活都很富裕。人民过着简单的乡村生活，极其民主和平等，但在政治和生活方式上又相当保守，对宗教的热忱到了我们今日几乎无法理解的程度。

显而易见，人们渴求更多的文化，起码渴求更多的教育。这就是祖父在我父亲高中毕业那年卖掉农场、搬到大学镇的原因。他的两个女儿在音乐方面显示了天赋，想继续学习钢琴和声乐。他的两个儿子都摆明不想接管农场。他们对书本的兴趣早就大过了农事，似乎还下定决心进行更高的学术追求。对我祖父来说，在 43 岁的时候放弃一座兴旺的农场而另辟蹊径必定是个痛彻心扉的决定。在我对他多少有点了解后，我认为他是个十分温和谦恭的人。他蓄短须，面部轮廓分明，透出坚毅和智慧。但在我从爱荷华州出发到巴黎的那天，我叔叔告诉我，这位温和的男人内心深处有股熊熊燃烧的热情，期望给予孩子他未能获得的教育。毫无疑问，那时在我们生活的草原州，这种情感并不少见。

父母理所当然地为自己的孩子感到骄傲，抱着望子成龙或望女成凤的想法。1889 年 6 月 21 日的晚上，我祖父母坐在拉波特城的歌剧院观看第七届年度高中毕业典礼，看着他们的儿子苏厄德·S. 夏伊勒代表他们班进行毕业生致辞，还发表开场祝词，然后开始了演说《国家应保留言论自由》。我可以想象到他们洋溢着的喜悦。他是 11 位演说者中的第一位（班里就 12 人）。演说中间穿插着音乐演奏，其中一场表演是男子四重奏《庄严的海洋浪涛滚滚》，我父亲也参与其中。那时，在乡村的高中和大学，演说是在所有课外活动当中最受欢迎的，就好比现在的足球和篮球。男女演说者在他们的班级里都极受尊敬。我父亲早在高中时就急切地盼望成为一名演说家，这股热情持续到了他整个大学和法律实践期间。据当地周报报道，就在这个 6 月的晚上，他"从容不迫地发表了演说，没有多余的手势，声音动人"。整个城镇挤满了从附近赶来看典礼的农民。报纸用首页整整五栏报道了这一典礼，写道："我们相信，这是歌剧院有史以来观众最多的一次。"

毕业典礼结束后，夏伊勒家族就挥别农场，打包行李到了 100 英里之外的弗农山和康奈尔学院。

那时，有十几家教学机构零散地分布在爱荷华州。这些都是 19 世纪中期建立的"神学院"，附属于这个或那个新教教会，然后逐步发展成为大学。康奈尔学院同卫理公会教派相联系，是这当中的典型。1892 年 1 月 6 日，那时我父亲是大一新生，我妈妈是大二学生，大学报《微风》上的一则广告这样描述这个机构：

> 康奈尔学院提供优良的设备，并保证通识教育的费用在正常的收费水平。古典学科、哲学、科学和民用工程学这些课程同国家的一流大学不相上下……音乐学院的高级教授来自欧洲和美洲最顶尖的音乐学校……
>
> 大学风景优美，讲究卫生。有 28 名富有经验的教授和讲师，每年招收 675 名学生……
>
> 学费，包括学杂费，每学期 11 美元至 12 美元。住宿费，包括配备家具的卧室，每周 2.75 美元至 3.5 美元。

从我父亲的剪贴簿可以看出，他专攻历史、拉丁语和希腊语，还有演讲术；我母亲则专攻音乐。她成了一名造诣颇深的钢琴家。年轻的女士同男士一样，似乎也喜欢学习演讲术。我发现我母亲在我父亲毕业后的秋季邮递给他一份做了标记的大学报纸，讲述**她**在讲坛演讲时的表现。因为我母亲是个极度害羞的人，她必定费了不少力气才做到如此。她还记录了女子"爱学社团"的年度"公演"，比照今天，这一代大学生是多么天真且单纯。

> 舞台铺上了地毯，装点了玫瑰，显得有品位。参赛者随着锡达拉皮兹迈尔斯歌剧院的管弦乐队的伴奏向讲台行进。校长康克林小姐做了感人的祷告……锡达拉皮兹的贝丝·J. 坦纳小姐（我母亲）驳斥了宇宙中存在"偶然性"的理论……蒂普顿的露阿娜·里德小姐则解释了上帝在其作品中展现的"神秘力量"。

> 辩论双方都认真地做了准备，经过深思熟虑，表达清晰有力……迈尔斯歌剧院的管弦乐队演奏着一流的音乐，让广大观众保持着愉悦的心情。

我母亲这么一个羞怯又沉默寡言的人，居然驳斥了宇宙中存在偶然性的理论！在乡村的校园中，生命的某种必然性，以及上帝存在的实在感无处不在，至少新教教义是这样揭示的。人们每天都被强制在小教堂里做祷告。不管是什么样的会议都以祷告开场。上帝似乎近在咫尺，学生和教师经常能同他交谈。《圣经》是他们生活的主宰，也造成了他们对新教的狂热信仰，致使他们带着质疑甚至仇视的态度看待天主教。大学报纸中针对同样的论题有篇论文，开头如下：

> 浪漫主义是未来的敌人……它谴责言论自由、新闻自由和免费的公立学校……教授人民盲目崇拜，削弱政府，使大众无知迷信……忠诚的浪漫主义者毫不怀疑地接受了教令……绝不是真正爱国的美国公民……

　　尽管新教信仰狂热盛行，但在 19 世纪 90 年代早期，学生开始不时从这样的狂热中抽身，去享受一些闲适的日子。年轻人骑着马到处溜达。在康奈尔学院学报中有篇文章写道："上周六，一辆四轮马车载着一车年轻的女士到阿纳莫萨参观感化院。"一则弗农山一流旅馆的广告写道："在所有火车站都有免费出租马车往来接送。"这个城镇就在芝加哥和西北铁路的主干线上，几辆当地的火车每天都会在此停靠。只要半小时就能到达该区的大城市锡达拉皮兹。那时的锡达拉皮兹是个只有两万人口的城镇，我后来就是在那里长大的。学生们可以在那里观看歌剧、戏剧、歌舞、杂耍（那时候还没有电影），或者购物。他们要是胆子大，爱冒险的话，甚至可以到公共舞厅喝酒。跳舞、喝酒还有打牌，这些都是校园内和大学镇禁止的活动。

　　我的父母亲就在这个中西部小镇的附属卫理公会教派的大学中长大成人，然后相遇，结为眷侣。对现在的学生来说，这样的生活太封闭了。他们认为理所当然的消遣，如电影、收音机、电视，甚至是留声机，在当时都还未出现，更不用说正经组织的职业运动比赛了。生活在 19 世纪 90 年代的学生有他们自己质朴而天然的消遣。毫无疑问，当今的学院和大学有更好的教学条件，课程种类肯定也更丰富，科学实验室极其先进。但也许当年文科教育的基本原则即使不是更好的，也是同样不错的。不管怎样，这个小学院对我父母亲今后的生活产生了终身的影响，只可惜，我父亲的大学生涯太短了。

我父亲曾是学院棒球队的一员，也很喜爱这项运动，之后他还成了芝加哥白袜队的狂热球迷，但他主要的课外兴趣还是演说。在那个时期，学院的演讲者在校内比明星后卫或是获胜的投手还要重要，这在现在的我们看来似乎是不可思议的。《锡达拉皮兹共和日报》中有一条新闻报道了我父亲 1893 年从爱荷华学院（后来的格林内尔学院）的年度大学演讲比赛归来，赢得第二名和 50 美元的奖金。他在弗农山车站受到了"学校乐队和一大群簇拥而上的学生"的欢迎。就算是获胜的橄榄球队都没受过如此热烈的欢迎，任何运动员都得不到如此赞扬。

近来，我偶然间发现我父亲的一份演讲稿。他当年在俄亥俄州立大学的州际演讲比赛中演说了这份讲稿，标题为《世界公民》。其内容对 1893 年在学院读书的青年学生来说相当超前。在他之后的人生中，他也一直秉持着这些就是在今天也意义非凡的思想。演讲恳求结束战争，提出世界政府治理下的"世界公民"的概念。"在整个世界当中，"他说，"人民都在高呼反对战争。"他预见"欧洲的重型军械"和国家间的军备竞赛"也许预示着最后将爆发血腥的战争，而令人心寒的绥靖政策将永远受到人民的唾弃"。他预言了世界大战的爆发，而 21 年后的第一次世界大战也印证了这个预言。不过，他预言人们在战后将普遍厌战，所以这将是"最后的"大战。他对人类治理全球能力的看法过于乐观了，虽然他坚持认为这建议非常可行。"世界国家并不只是理想，"他总结道，"它是政治变革的自然结果。人类的利益有此需要。"在这个看法上，他有点超前，稍微超前了我们80年后的思想。

在我父亲参加的大学最后两年的各种辩论赛中，一些国家的一流律师担任了裁判。他受到这些大律师私下的鼓舞，在公开演说中取得了成功，这些使他下定决心投身律师行业。那时，他家里因为还有三个孩子要上大学，没有能力直接送他到法律学校。但这实在算不上什么阻碍。那个时候，许多年轻人在律师事务所攻读一两年的法律后，照样通过了国家律师资格考试。我父亲也是如此。毕业当年，他到（爱荷华州）布莱尔斯敦预备学校教授拉丁语和希腊语两门课程。任课之余，他就到当地的律师事务所攻读法律。1894年春季，他在得梅因参加国家律师资格考试，获准进入了爱荷华州的法院。次年，他到埃斯特维尔的一家法律事务所工作。但是爱荷华小镇律师的生活前景显然不能满足他。1895年，他搬到了芝加哥，被莱克福里斯特大学的法学院录取。1896年6月毕业后，他获准进入伊利诺伊州法院。他先在芝加哥公立学校教书，然后一路奋斗进入法学院就读。在世纪之交不顺的前几年，在他自己挂牌等着委托人光顾之后，他仍坚持教书这第二职业。

尾　注

[1] 据估计，1900年的城镇和城市中，约有10万匹的马和骡子拉着2.8万辆街车走过6600英里的道路。

[2] 马克·吐温是美国最受欢迎和喜爱的作家。他曾冒着失欢于众的危险，讽刺他认为的我们对菲律宾人的背叛。他还公然指责

我们的武装军队"烧毁村庄，大量屠杀平民，折磨罪犯"，称军队是美国"基督教的屠夫，是穿着美国军装的刽子手"。60年后，针对美国军队在越南的做法，许多作家也纷纷采用类似的说法。一个军队乃至一个民族的道德显然并没有跟着时代的进步而提高，而其虚伪程度倒是跟着提高了。

［3］为庆祝新世纪的到来，《纽约先驱报》于1899年12月30日发表了马克·吐温的《新年祝福》。

19 世纪对 20 世纪的祝福

我带来的是名为基督教国家的庄严国度，得到的却是强盗般袭击胶州湾、满洲、南非和菲律宾群岛所造成的荒废、污蔑和羞辱。因为她的灵魂满是恶意，腰包满是贿赂品，嘴里满是虚伪的话语。给她肥皂和毛巾吧，但记得先把镜子藏好。

［4］James Truslow Adams：*The March of Democracy—A History of the United States*，Ⅳ，p. 42.

［5］作为《新共和》杂志的华盛顿老牌作者TRB，在四分之三世纪后的1972年年初，精明的他仍旧疑惑不解："那么，新奇的是，美国梦破灭了，贫富差距不断缩小的梦想破灭了。根本就没有那回事。"这个梦想破灭当真不算新闻了。

［6］最后，正如我们所熟知的那般，我们的政府"被拖入反对财产权的社会主义战火"。1909年，在保守的共和党总统塔夫脱的倡议下，国会通过了《第十六修正案》，在全国范围内征收所得税。到了1913年，该修正案也得到了各州的批准。威尔逊总统不失时机地执行了这一法案。但起初的时候，法案执行得极为宽松，收入在4000美元（相当于现在的1.5万美元）到2万美元（相当于现在的7万美元）间的征收1%的税收，多于此范围的追加一小部分附加税。收入低于4000美元（单人3000美元）不需要纳税。净收入为1万美元（相当于现在的3.5万美元）的已婚男子支付60美元的税收。如果他收入为2万美元，缴纳的税收为160美元。这样持续了4年，到了1917年，联邦所得税才低于关税。1920年前，税收增加了十倍之多。众所周知，这仅仅只是个开始。

［7］这是保罗·H. 道格拉斯为劳埃德·温特和赫尔曼·科根的《繁华芝加哥的大佬》（*Bosses in Lusty Chicago*）所做的导言中的话。

[8] 印第安人对贪得无厌的白人定居者惧怕了很长一段时间，这样的惧怕不无缘由。一直到 1857 年的冬天，一帮打家劫舍的苏族人在名为"红帽子"的醉汉头领的带领下，在爱荷华的斯皮里特湖附近定居。他们杀死并剥掉了 40 名原住民的头皮，并将三个年轻的已婚妇女和一个 14 岁的小女孩作为俘虏带走。其中两名妇女在印第安人向达科他迁徙的过程中被杀死，而第三名妇女和那个小女孩后来被赎回。这个名叫阿比盖尔·加德纳的小女孩真实地描述了她的父母、大姐姐和三个年幼的小孩如何在她眼前被杀害。这次谋杀被称为"斯皮里特湖大屠杀"。我们这群之后在爱荷华州长大的年轻人在阅读阿比盖尔·加德纳令人毛骨悚然的描述时，非但一点都不害怕，还感到莫名兴奋。有时，饥饿的印第安人会从附近的塔马居留地独自到我们家的后门乞求食物。我母亲会因害怕而关上所有的门窗。如果那人不停敲门，她就会报警。人们教育我们相信"只有死掉的印第安人才能是好人"，而对美国白人在那个时期对印第安人残忍且野蛮的谋杀和掠夺只字不提，这是我们历史上最黑暗的一面。

第四章

芝加哥的忧与喜

芝加哥仍被秣市骚乱事件①的魔咒笼罩，在此事件和后来的普尔曼罢工②中，无辜的工人领袖和罢工者被合法杀害。这两起流血事件在报刊和反对工人结盟的中上层阶级中引起了歇斯底里的情绪爆发。流血事件让美国工人苦不堪言，受此阻挠，工会的最终形成推迟了一代人的时间。工人工资低下、住房简陋、备受剥削，刚刚要组织起来，就遭到警察、民兵、军队和武装罢工破坏者的殴打和枪杀。最后，死的死，伤的伤，他们的领导者被关入监狱，其中一些还被处死。

我对生活黑暗面的第一次模糊印象来自无意中听见我父母和他们的朋友对这些事情的谈论。这些谈论逐渐印刻在我开始萌发的意识里，引导我去质疑人道何存。半个多世纪之后，我对此仍旧疑惑不解。在秣市骚乱事件之后，号称正义的法庭判处无辜者死刑；而新闻界，甚至新教的讲道坛则对此可耻地欢呼雀跃。发生在文明世界中的一幕幕让我这个小男孩无法理解。从前的男孩现在已近漫漫人生的终点，他目睹了世界上如此多的不公和杀戮，仍旧感到疑惑不解。

事情是这样发生的。1886 年 5 月 3 日，麦考密克收割机制造厂的罢工工人同罢工破坏者发生了冲突。警察向工人开枪，打死一人，打伤了几人，还对许多幸免于枪子者大打出

---

① 1886 年 5 月 1 日，以芝加哥为中心，美国发生了约 35 万人参加的大规模罢工和示威游行，要求改善劳动条件，实行八小时工作制。5 月 4 日，工人在秣市广场（又译"干草市广场"）进行示威，芝加哥政府出动警察进行了镇压。五一国际劳动节由此而来。

② 1894 年 11 月，由于普尔曼列车公司大幅削减工人工资，引发了遍及全美的工人大罢工。总统克利夫兰出动了军队，造成多地的暴力冲突。普尔曼罢工成为美国工人运动史上的重要事件。

手。无政府主义者和工人领袖呼吁隔天晚上在秣市广场召开抗议集会。在这细雨蒙蒙的寒冷夜晚，本期望有两万人参加的集会却只有约 1200 人到场。但集会进行得相当风平浪静。卡特·哈里森市长也来到现场确保集会顺利。他待到最后一名发言人结束发言，集会人群开始散去时才离去。看到这次集会没有导致任何暴力，他松了口气。过了一会儿，被市长禁止到场的 180 人警察队伍却来到了广场，开始攻击离场的人群。突然间一颗炸弹被从附近一座建筑上扔了下来，在警察当中爆炸，当场炸死了七名警员。

不仅是芝加哥，整个国家的报纸都扬言血债血偿。新教牧师也高呼要复仇。八名疑犯被逮捕，并很快被以谋杀罪起诉，其中包括几名来自两份芝加哥工人刊物的编辑（他们在会上还发了言）。虽然没有起诉他们向警察投掷炸弹，甚至不知道是谁投掷的（那人早已逃之夭夭），但所有被告被判有罪。负责该案件的约瑟夫·E. 加里法官，在审判时如此总结了美国司法的理论：

> 判处有罪的条件并不只是狭义上的参与导致德根死亡的具体个人行为，还包括广义上的通过言语和文字怂恿大众进行谋杀的行为。此种犯罪将犯罪方式、时间、地点留予某个人在听信怂恿之后的意愿、闪念或偏执等。

没有任何证据表明投弹者受到任何被告言语或文字的影响，或者听说过这些人，但加里法官在狂躁的新闻的鼓动下坚持认为："由于他们的怂恿，某个未知的人确实投下了炸弹，导致了德根的死亡。"

尽管悖于伊利诺伊州的法律，即从犯只有在主犯被宣判有罪的情况下才能受审，加里法官仍依据他自己的理论，判处七名被告死刑，一人监禁。一人自杀逃过绞刑，两人通过州长被减刑改判终身监禁，而另外四人都被绞死了。

我那身为律师的父亲说这是"司法谋杀"，国内也有一些人这样认为，但只在少数。温和的美国文坛泰斗威廉·迪安·豪威尔斯认为这是"公民谋杀"。他说，这令他感到"心痛和恐惧"。他称这次死刑的判决"在上帝面前永远罪不可赦，对文明人来说令人发指。自由的合众国杀死了五个人，因为不同意他们的观点"。

这在"自由的合众国"的历史上还不是最后一次。40年后，我终于达到了法定年龄时，萨科和万泽蒂①也因为同样的原因被判处死刑。他们也是"无政府主义者"。

那时，生活在美国的人在很小的时候就要面对国内的党同伐异和暴力，面对被不负责任的媒体、卑鄙的政治领袖、虚伪的大企业首脑和盲目信仰者激起的暴怒。歇斯底里有段时间会消停，但过后又会突然间复燃。秣市死刑案后七年，约翰·彼得·奥尔特盖尔德州长赦免了当时还关在监狱里的三个人。这样做不仅出于仁慈，还因为他发现审判和判决是对司法公正的曲解。这引起了芝加哥新一波的歇斯底里，之后又波及整个大陆。这位人格高尚的州长遭到了政治迫害。国内身份显赫的牧师莱曼·阿博特博士在他纽约的布道坛抨

---

① 1920年，马萨诸塞州发生一起运钞车抢劫案。意大利移民萨科和万泽蒂因为无政府主义的政治倾向不为官方和陪审团所喜，被冤枉为凶犯，执行了死刑。1925年真凶被抓获。此案是美国司法史上可以与法国的德雷富斯案（见本卷第340页）相比较的引起了巨大社会震动的冤案。

击奥尔特盖尔德，讽刺他是"西北地区无政府主义者的加冕英雄和受人尊崇的神"。"进步派"共和党人西奥多·罗斯福宣布了秣市一案的判决，攻击奥尔特盖尔德是一个"宽恕并鼓励恶名昭著的谋杀"的人。宽容让奥尔特盖尔德赔上了他的政治生命。

芝加哥对他"罪行"的怒气还未消退，1894 年夏天在普尔曼罢工中再次点燃。我们知道，这一年美国经历了有史以来最为严重的一次经济萧条。所有铁路公司，尤其是普尔曼公司猛降工资，并策划粉碎了脆弱但胆敢组织罢工的工会。在铁路上发生的尖锐冲突持续了几年。一系列的罢工导致许多主要铁路路线暂时瘫痪。罢工遭到州属民兵和联邦军队的破坏，他们毫不迟疑地向工人开火，造成死伤无数。

普尔曼宫殿列车公司的老板乔治·M. 普尔曼给他的工人提供的住所位于芝加哥郊区的"模范"小镇，他将小镇也命名为普尔曼。他在那里进行封建庄园式的管理，向工人收取高于这个地区平均水平 25% 的租金，还通过公司经营的商店压榨他们。而最大的压榨还是削减工资。根据联邦调查局的调查结果，在 1893 年末到 1894 年 5 月之间，普尔曼削减了工人25% 的工资，尽管公司仍旧每年支付 8% 的股息。在国家财政紧缩那年的 7 月底，他还有整整 232 万美元盈余。他的雇员也是尤金·维克托·德布斯新成立的美国铁路工会的成员。他们派出了 43 个代表向管理层抗议。这些人遭到解雇，他们的家人还被赶出住所。两天后，也就是 1894 年 5 月 11 日，工人进行罢工，要求仲裁他们的案件。芝加哥市市长霍普金斯和来自全国各地的 50 位市长敦促普尔曼同意接受仲裁，但他拒绝了。他回应道："工人无权过问他们收到的工资数目。这事全由公司做主。"

6月26日，工会下令在全国范围内抵制普尔曼公司，只让不带卧铺车的火车通行①。总经理协会代表了汇聚于芝加哥的24条铁路，他们为了对抗工人的抵制，拒绝所有列车通过，除非工人让普尔曼列车通过。全国各地马上骂声一片，因为神圣的邮件运送受到了影响。克利夫兰总统在华盛顿声明："如果国库的每一分钱和合众国的每一个士兵都动员起来，我不相信一封寄往芝加哥的明信片会送不到。"但这句虚张声势的话没有说到点子上。邮政列车不会挂带普尔曼的卧铺车厢，而工会也对所有成员下令确保邮件送达。

6月底，在停工或罢工的作用下，12.5万名铁路工人离开了工作岗位。有20家铁路公司不愿或者无法开动火车。尽管德布斯严令禁止使用暴力，普尔曼列车还是被强行从两三列火车上卸下，延误了时间。芝加哥却显得风平浪静，市长拒绝奥尔特盖尔德州长出面召集民兵。城市没有动静，媒体却一片哗然。6月30日，《芝加哥论坛报》头条标题充满不祥的预兆，如《暴徒控制了局面……法律遭到了践踏》等。报纸告诉读者"由于独裁者德布斯带领的罢工群众无法无天的行为，昨日芝加哥上千名市民的生命受到了威胁"。《纽约先驱报》则呼吁铁路公司"打败罢工……和煽动者及阴谋者"。7月2日，《芝加哥论坛报》头条叫嚣："罢工就是战争！"

如果罢工搞得像"战争"一样，那么就非得召集军队不可了。但首先联邦政府就遭到了法院的反对。我记得几年后，我父亲那时已经当上联邦律师，他试着告诉我发生了什么事。

---

① 普尔曼公司生产卧铺列车。

铁路公司游说在华盛顿的司法部部长，请他指派他们自己的律师为芝加哥特别检察官，以破坏罢工。在司法部部长的煽动和一名众所周知的反工会法官的帮助下，联邦政府下达了强制令，禁止德布斯和其他工会领导人通过言语、文字、电报或其他能够想到的方式支持联合罢工。这成了未来40年政府用于阻止和破坏罢工的强制令的雏形。

就这样，铁路公司的律师摇身一变成了特别检察官，开始游说美国总统召集军队破坏罢工。奥尔特盖尔德州长认为，这个行为显然是违反宪法的，总统无权派遣军队进入任何一州，除非是应立法机关或州长的要求。奥尔特盖尔德州长没有提出任何派兵的要求，也认为无此需要。他请求克利夫兰总统撤销这一命令，但总统一意孤行。来自谢里登堡的联邦军队向芝加哥行进并扎营，这时该市正一派祥和地庆祝7月4日的独立日。这是对工人的挑衅。当军队开始试图放行普尔曼车厢的火车时，工人做出了反抗。

他们推倒运货车厢，放火烧车以阻断铁轨。德布斯公开反对强制令，但同时敦促工人们"遵纪守法"，停止使用暴力。不过这只是徒劳。他知道政府从黑社会招募了3500人充当"美国法警"，而放火烧车、率先开枪等多数暴力行动都是这支武装队伍干的。之后，警长和霍普金斯市长也都确认了这一点。工人因为被"法警"和军队射杀而火冒三丈，他们还以摧毁火车和投掷石头。7月6日和7日是情况最为严重的两天。武装人员受命向工人开火，导致30人死亡，上百人受伤。铁路调车场到处是着火的货车车厢。7月8日，国家报纸充斥着怒火冲天的标题：

纵火的暴徒

芝加哥对纵火犯的火把无能为力

（《华盛顿邮报》）

芝加哥的野蛮暴乱

罢工者烧毁了上百辆货运火车

（《纽约太阳报》）

芝加哥《洋际报》的标题极具代表性：

火焰造成的大混乱——前所未有的暴乱场面

恐怖和掠夺

无政府主义猖獗横行——普尔曼和伯恩赛德的暴

徒高举火把

约瑟夫·普利策的思想自由的圣路易斯《邮讯报》力持冷静。其标题准确地描述了暴乱：

格杀勿论

轮番的枪林弹雨射向铤而走险的暴徒

一些神职人员的看法就没这么客观了。纽约的一名牧师指责德布斯是"一个酒吧老板的儿子，一个被往人类毁灭方向培养和教育的人"（《纽约时报》刚刚对一名博士进行了一次采访，该博士错误地断言德布斯是个不可救药的酒鬼）。布鲁克林的一名牧师在布道坛上言明叛乱就要用炮火来镇压。

> 必须开枪，把这帮人通通杀死，这样就再也没有人胆敢公然冒犯法律、破坏公共财产了……士兵必须开枪，必须格杀勿论。

当时西奥多·罗斯福正在自己的西部农场，他也同意这个看法。

> 现在我们多数民众都认为唯有镇压一法……将十几个工人领袖拉出来，让他们靠墙站成一排，再将他们射杀。我认为终会是那样的结果。

秣市骚乱事件后，罗斯福提议派自己农场的牛仔到芝加哥进行平乱，但加里法官用自己的判决完成了这个任务。

在华盛顿，众议院不赞同"法律和秩序"的原则，反而支持总统对联邦军队的调派。最后联合签署了决议，"对干预邮政和州际商业的行为立即采取有力的武力行动"。

联合抵制或罢工遭到了破坏，美国铁路工会被摧毁，不管是铁路兄弟会还是近期形成的美国劳工联合会都没有为此提供一点帮助。德布斯以共谋罪之名被起诉，并因此罪和公然违反法庭强制令被逮捕。只是在芝加哥一个名为克莱伦斯·达罗的青年律师百折不挠的辩护下，对德布斯共谋罪的审判最终告吹。这名年轻人放弃了芝加哥和西北铁路公司收入丰厚的律师工作，转而为德布斯辩护。德布斯因违反强制令被判入狱六个月。因循财产权高于一切的一贯前例，最高法院维持了这一判决。这个国家，包括其法庭和国会还需要经历一代人时间的成熟完善，才能从另一个角度看待强制令，才能或多或少地不再将其用作联邦政府破坏罢工的一种工具。当我在芝加哥长大时，对普尔曼罢工的赞成声和反对声在我耳边和脑际回响了许多年，这塑造了我对劳资斗争是非曲直的看法，并影响了我的一生。

普尔曼动乱中出现了两位我一生敬仰的人物，尽管这两人大半辈子都遭到统治阶级的谩骂。他们是尤金·维克托·德布斯和为他辩护的克莱伦斯·达罗，后者穷尽了几乎一生的时间在法庭上为工人和穷人辩护，成为美国最伟大的律师之一。

达罗是中西部人，为人质朴，脸上沟壑分明，常穿着皱巴巴的衣服。他偶尔到我们家找我父亲喝酒闲聊。尽管在法庭上他们是对头——我父亲是联邦检察官，而达罗是个强悍的辩方律师——但他们还是成了好朋友。达罗当然是两人中更为睿智的一个，他更富激情和同情心，口才极佳，更能感染陪审团。我听说，达罗佩服我父亲在古典学——希腊戏剧、哲学和罗马法上的造诣。达罗崇敬我父亲，不仅因为他在法庭上表现出达罗认为一般政府检察官没有的公正和得体，还因为他在法官和陪审团面前的机敏。尊敬必定是双向的。我父亲是个虔诚的基督徒，坚持去教堂，一定会对达罗的不可知论感到好奇，尽管他也同老一辈一样对《圣经》即历史的教条有所怀疑。不管怎样，父亲的朋友告诉我，我父亲不仅从达罗身上学习他的职业素养，还有哲学、历史和文学。作为两人当中较年轻和阅历较浅的一人，父亲尊敬他，感受他的天才，而我最后同样如此。我经常后悔自己年纪不够大，不能听懂他们的一些对话。直到几年后，我阅读了达罗在法庭上的一些伟大言论和他的著述，我才懂得了这位外表粗犷却心怀仁慈的文明人的伟大、善良和勇气。

普尔曼罢工运动遭到枪炮的镇压，这促使德布斯，这位和蔼、温和而正派的人成为终身的社会主义者。

> （德布斯提起普尔曼斗争时说）我在冲突的咆哮声中受到了社会主义的洗礼……每一次刺刀和步枪的闪光都揭露了阶级战争……这是我为社会主义进行的第一次真正的战斗。

他认为社会主义不久就会在美国取得胜利，正如它有望在欧洲取得胜利一样。但事实并非如此。德布斯一直都是依赖于社会主义者选票的总统候选人。早先，美国工人和广大选民都拒绝社会主义，他仍坚持信奉，并长期为之奋斗。许多美国人都认为一个社会主义总统是对合众国的红色威胁。尽管他在报界和布道坛广受诋毁，他仍是个和蔼的人。达罗曾这样形容他："也许在某个时候、某个地方住着一位比德布斯更和蔼、更温和、更慷慨的人，但我从不认识这样的人。"那时多斯·帕索斯正在写《北纬四十二度》，思想还没右倾，他说德布斯是位"爱人类者"。

先是没有了罢工的权利，到最后连集体谈判的权利都被剥夺了，工人只能沮丧地回到工作岗位上。他们这才发现铁路公司不再雇用铁路工会的任何成员了。他们中有许多人开始相信政府总是站在有钱人那边，让大企业享有最大利益。政府还坚决帮助雇主压制绝大多数的工人，压低他们的工资，阻止他们为改善生活而组织起来。工人的平均工资是每年500美元，每周10美元。北部非熟练工人的工资低于450美元，南部则低于300美元。在纽约、波士顿和芝加哥的血汗工厂里，妇女一周能挣 5 美元就算走运了。工作时间还很长。芝加哥的服装工人一周要工作 70 小时。在钢铁厂一般是每天 12 小时，每两周要加班 24 小时，而一小时的工作只挣 30 美分。

强大的工会也许能减轻苦役的状况，但遭到了镇压。生活舒适的中产阶级认为工会是对美国生活方式的威胁。在 1904 年 2 月 24 日，也就是我出生后一天，市民工业联合会在《芝加哥论坛报》的首页上发表了响亮的宣言："工会是革命，是无政府主义，是对美国整个社会和工业体系的威胁。"需要经过一代人的努力和无数的血腥斗争，富有的美国人经常夸口的自由社会才会意识到工人有组织集会的自由。

住在芝加哥时，每逢圣诞节，我父母都会准备一个大大的盛衣篮，里面装满了食物，有一只火鸡，一大根火腿，罐装的蔬菜和水果、糖果，还有衣服。在圣诞前夕，我们一家人会挤进一辆出租车，到我们家西部的畜牧场附近的栅舍分发东西。那是我第一次见识道路另一边的情况，我为人类要住在脏得如此吓人的环境中而震惊。他们就像猪圈里的猪，我父亲和母亲同样震惊。我们这些孩子静静地站在一旁，窘得说不出话。他们会认真地跟我父母交谈，说明自己的实际需要以添加到赠物单上，并把这张单子交给许多年来给他们派送食物、衣物和一点钱的人。

"他们为什么非要住在那样的地方？"回去的时候，我都会问我父亲。也许他被这个问题弄得有些尴尬。作为联邦律师的他相当富裕，并忠实地相信这个体制，尽管他经常谈论如何让体制更为完善。我隐约记得他提到我们每个圣诞节都要拜访的穷苦家庭。他充满同情地哀叹他们的困苦，向他们保证在我们这个自由的国家，情况很快就能得到改善，因为这个国家比他们之前的迁出地提供的机会更多。这对他们来说必定算不上什么安慰。尽管我们每年圣诞节都会去拜访他们，但直到几年后我读了厄普顿·辛克莱的小说《屠场》以后，我才真正体会到畜牧场家庭的恐怖生活。他们几乎都是外国移民，多数是斯洛伐克人、波兰人和立陶宛人。这本小说有篇震撼人心的序言，是辛克莱的社会主义同志杰克·伦敦所作。那时他作为短篇小说作家风头正盛。

> 小说描述了美国的现实生活面貌，即压迫和不公的发源地。那里是悲惨绝伦的噩梦，是苦难的深渊，是人间地狱和满是野兽的丛林。

而范威克·布鲁克斯在回顾辛克莱对屠宰场生活的揭露时，总结了在那个地方工作的移民的恐怖生活：

> 先是饱受欧洲暴君的愚弄和压迫，最终还要被美国的漠不关心完全摧毁。他们受到房产商、政治首脑……还有拒绝承认他们权利的法官的欺骗。当他们的婴孩被淹死在他们居住的简陋棚屋附近恶臭的绿水里，当他们的女儿被迫沦为妓女，当他们的儿子因雇主未提供安全设备而跌进沸水翻腾的大桶里，没有人知道，也没有人关心。

美国人都不知道、都不关心吗？这是美国人在整个 20 世纪都挥之不去的噩梦。畜牧场离我们家特别近，因而我们家稍有点关心。但我不能说那里的堕落对我们的生活带来了多大的阴影。每次到那被遗弃的地方进行圣诞拜访后，我们很快就能摆脱那种沉闷的情绪，转而开始享受节日的乐趣。我们同大多善良的、忠于教会的、伪善的美国人一样，享用丰富的食物和礼物，同时宣传与人为善的圣诞精神。

到我出生时，芝加哥还持续着一股欢乐的气氛。那是因为1893 年，芝加哥召开了盛大的世界博览会，名为"哥伦布博览会"，庆祝哥伦布发现美洲大陆 400 周年（哥伦布发现美洲大陆 400 周年是前一年的 1892 年）。我在芝加哥成长的那几年，人们仍旧对此盛会津津乐道。一些建筑仍旧矗立在离我们家不远的杰克逊公园里。我们年轻人乐此不疲地参观哥伦布的三艘船的复制品——"平塔号"、"尼娜号"和"圣玛丽亚号"。这三艘船是西班牙女王为探索新大陆派出的，现如今停泊在公园的潟湖上。

芝加哥举办的博览会是合众国前所未有的。有 2700 万美国人参观了博览会，人数已超过美国人口的三分之一。而博览会出其不意地向这些参观者展现了在我们单调乏味、狭隘局限的世界之外的另一个世界，一个艺术和建筑的世界，一个充满色彩和美感的世界。我们的文学和艺术都无法做到的，博览会却做到了。它激发了整个国家的想象力，不仅是对色彩和美感的赞叹，还有对电气时代的美好展望。

亨利·亚当斯几乎不再对美国抱有希望，打算回到中世纪法国的圣米歇尔山和沙特尔的研究和冥思中去，尽他所能发掘人类存在的意义。甚至他也对此博览会印象深刻。他在自传《亨利·亚当斯的教育》中用了整整一章来记录他在芝加哥博览会 14 天的体验。"他找到研究的题材了，"他写道（自传是用第三人称写的），"能用上 100 年……博览会本身挑衅了哲学……展示出的美景连巴黎也无可企及……第一眼吃惊，之后更加吃惊。"亚当斯这时满眼都是奇观，总是持怀疑态度的他坐在台阶上"思索并沉思着"……"在哈佛大学的长椅上"他也没这样做过。他说，"过去受到的教育"，特别是他自己受到的教育，"在芝加哥变得荒谬了"。

他的建筑师朋友理查德·亨特、亨利·理查森、查尔斯·麦金和斯坦福·怀特①的设计风格都派生自巴黎的布杂艺术②建筑风格，而比这种风格更让他印象深刻的是此次博览会上的电气化建筑。嗡嗡作响的发电机将电力接到露天游乐场，让上百万的色彩斑斓的电灯泡照耀着白城。他"久久徘徊在发电机之中"，他写道，"因为这些新生的发电机带来了历史的新阶段……单对历史学家而言，博览会可谓下足了功夫……历史思维只能在历史进程中发挥作用，而这也许是历史学家自诞生以来首次只能无助地坐在一系列机械前发呆。"这片土地上的家庭、办公室和工厂还在用煤气或煤油灯照明，燃煤蒸汽机是主要的动力源，也难怪这位老派却心思敏锐的美国哲学家对电气时代来临的芝加哥的景象叹为观止了。

现在很难理解芝加哥世界博览会对美国和美国人造成的深远影响。我父亲和母亲，还有他们的亲戚朋友，在博览会过去许久之后仍谈论不休。几乎所有美国人都在谈论。几年后，西奥多·德莱塞在他的自传中表示了对这次博览会的雀跃之情：

---

① 这几位设计师设计了此次世博会的主要建筑群——"白城"内的建筑，均为古典式风格。

② 布杂艺术，是一种混合型的建筑艺术形式，主要流行于 19 世纪末和 20 世纪初，参考了古罗马和古希腊的建筑风格，强调建筑的宏伟、对称和秩序性。

"这庞大而协调的建筑群，建造堪称完美，外观洁白无瑕……仿佛天生就超灵的美之精神，久久不去，挥舞着魔杖……瞧，这人间仙境。"朱莉娅·沃德·豪的女儿莫德·豪·埃利奥特同她母亲一样是个热情的女权主义领袖。她评论道，尽管她见过狮身人面像和雅典卫城，

> 可这两样人类留下的顶级遗产都不及这奇迹般的城市让我印象深刻……像是用魔法变出来的一样。美国历史上第一次……艺术本身宣示了自己的地位，战胜了自己一直如婢役般侍奉的商业和制造业。

伟大的芝加哥建筑师路易斯·沙利文却不赞同。那时，弗兰克·劳埃德·赖特还是他办公室里的建筑学徒。沙利文设计了装饰华丽的交通大楼，对其他大多数布杂艺术风格的高楼大厦都不以为意，这些建筑由长期主导美国建筑风格的纽约建筑师设计。他之后写道，"世界博览会的流毒"，引起了"古典和文艺复兴风潮在东部泛滥，并逐渐向西波及，所到之处无一幸免"。

> 建筑在自由的国家和勇士的故乡消亡了……文化的流毒带着一股势利之气，还同这块大陆格格不入，起到了瓦解的作用……世界博览会造成的破坏将持续半个世纪之久。

而亨利·亚当斯原本认为他的祖国是一大片文化荒野，现在却将世界博览会视为美国历史的里程碑。

（他写道，）芝加哥在 1893 年第一次发出疑问：美
国人是否知道自己将何去何从……芝加哥是美国作为一
个整体进行思考的第一次表达。每个人都必须从这里
开始。

每个人也不得不从这里开始，从全新且充满活力的美国文
化的第一次表达开始。在 20 世纪开始后，在芝加哥长大的人
都无一例外地参与了造就这个城市的文学革命。尽管这个城市
执迷于商业和工业的发展，它还是成了美国全新的充满活力的
创作中心。将近一个世纪，芝加哥人都自称为"衰竭的"东
部。而如今的芝加哥同之前大不相同。有股文化热潮激励着我
父亲和他的朋友，也对幼年的我产生了影响。自从 19 世纪 80
年代民粹主义和工会主义兴起后，在中西部崛起的所有力量现
如今集中在文学领域中爆发。新生作家开始进行改革。他们反
对旧文学，反对商业、政府和文学职业的建立，反对镀金时代
的庸俗，反对"神经质"，反对墨守成规的大西洋海岸文学，
反对美国梦的背叛。他们坚决如实刻画合众国的生活，揭露由
少数有钱有势者所把持的社会的腐败、诈骗、伪善、丑陋、贪
婪和野蛮。

从威斯康星州和爱荷华州走出的哈姆林·加兰也许是第一
个大胆打破中西部质朴宜人的乡村生活神话的人。他在其早期
的短篇故事中讲述了在中西部农场严酷困苦且精神空虚的生活
（1891 年的《大路条条》和 1894 年的《破灭的偶像》），这让
许多生活舒适的美国人感到不安，其中就包括我父母。他们总
是带着深深的怀念之情回想在爱荷华州的乡村生活。尽管这些
故事十分荒凉，展现了一幅中部边地单调乏味的画面，让人想

起克努特·汉姆生①的早期作品，但同时表达了农业化的美国对工业化和盲目市场化侵袭的强烈抗议。加兰是中西部的现实主义新生作家之一，尽管他现在似乎被遗忘了。事实上，他对美国工业革命的胜利有更多话要说。他最后在加利福尼亚州陷入了唯心论，成了有前途却早夭的美国作家的先例。

洛克菲勒新捐赠的芝加哥大学校园就在我们家的几个街区外。我父亲的许多朋友都在那里工作。他们是威廉·哈珀总统引进的一群才华横溢的教师，有约翰·杜威、罗伯特·赫里克、托斯丹·凡勃伦和科学家雅克·洛布、阿尔伯特·迈克尔逊②。我父亲极为敬佩赫里克，但他现在基本上被人遗忘了。他从哈佛大学英语系毕业，是个温和友善、学识渊博、彬彬有礼的教师，和这粗鲁且贪婪的城市显得格格不入。他憎恶这城市的庸俗及赤裸裸的物质主义。在他的小说中，他和德莱塞一样对这个城市有深刻的理解。虽然理解，却不能接受。他的所有小说有一个共同的主题：商人的贪婪腐败和华而不实。他们浅薄地追逐利益和成功，他们的生活空虚；他们的妻子装束时尚，人却懒散愚昧；美国却悲剧性地崇拜着这样的偶像，并为之主宰。

虽然他痛恨企业家唯利是图的流行文化，但他居住的芝加哥就在这样的氛围之中，他不抱希望情况能有所改变。他对穷人和受压迫者也不抱什么希望，因为这些人似乎都不加反对地

---

① 克努特·汉姆生，挪威作家，1920年诺贝尔文学奖获得者。

② 约翰·杜威，美国著名教育哲学家，实证主义代表人物。罗伯特·赫里克，美国现实主义小说家。托斯丹·凡勃伦，美国经济学巨匠、制度经济学鼻祖。雅克·洛布，美国动物学家和心理学家。阿尔伯特·迈克尔逊，波兰裔美国物理学家，1907年诺贝尔物理学奖获得者。

接受了悲惨的命运，严重缺乏反抗的意志。他只能同情他们，就好比他在关于普尔曼罢工的小说《命运》中只能表达同情一样，他们被"腐朽、失败、堕落、呻吟和疾病"包围，但是住在湖边崖城的人有谁会关心呢？

> 饥饿、悲痛和贫穷的苦难；芝加哥的污秽生活同 19 世纪极为格格不入；残酷无情的富人、被残忍对待的穷人、愚蠢的好人、空谈家、笨蛋，所有人和所有这一切造就了这觉醒中的世界！

在芝加哥大学的群星当中，有两位后来吸引了我，启发了我的思想，他们是约翰·杜威和托斯丹·凡勃伦。特别是凡勃伦，他在 1899 年发表的《有闲阶级论》开始驳斥曼彻斯特学院的古典经济学（主导大学和商业的经济学思想），比赫里克、德莱塞和弗兰克·诺里斯还更有力地揭露了商人世界的俗不可耐。我记不清我父亲是否提到要阅读这本书。这本书上市的时候，他正开始他的律师事业。尽管这本书在当时不大受关注，但它注定要成为美国的经典著作。我认为凡勃伦的革命思想不曾影响到他。毕竟大多专业学者要么拒读，要么默不作声地避过。在一些教员讨论凡勃伦在大学的困难处境时，我怀疑父亲也没有对凡勃伦发表看法。首先是哈珀总统拒绝提升凡勃伦，因为"他没有为大学做过宣传"，而最后他因为"女人问题"被迫辞职。他的老婆离他而去，接着有个女人搬来和他同居。[1]我父亲在这类问题上极为古板，毫无疑问他对凡勃伦与"其他女人"私通的勾当极不赞同。

在美国，具有独创性并敢于付诸表达的男士常有此遭遇。

凡勃伦几乎被一个怀有敌意的文化毁掉了。他只能从一个低级的大学职位跳到另一个。在他人生的晚期，他来到纽约担任《拨号盘》杂志社的撰稿人以及社会研究新学院的讲师。尽管他的散文最后获得了极高的赞誉，他还是没有摆脱他遗传自父母的挪威移民口音（他的父母是在威斯康星州和明尼苏达州的农场将他抚养大的），总觉得用英语写作很困难。他一直独来独往，独自探索知识并搅乱现状，他还拒绝做出妥协或调整适应。他发表过许多作品，其中的《企业理论》和《工艺的本能》最终深远地启发了美国人的商业社会。他是一个饱受磨难的天才，一个悲剧角色，却也是美国文学史和思想史上的奠基人物。他在帕洛阿尔托褐色山上的棚屋里度过了他孤独的余生，于1929年8月3日离世。那时，我已经在欧洲工作四年，仍在阅读他的作品。他的离世似乎只是他个人的损失。自上大学以来，他成了我的导师之一，帮助我对抗让我自鸣得意的现状。我记得读过凡勃伦的声明："不要用墓碑、厚石板、墓志铭、雕像、碑文或纪念碑来纪念我。"他不需要，因为有他的作品作为纪念已足矣。

约翰·杜威是凡勃伦在芝加哥大学的同事。他与凡勃伦截然不同，用不同的眼光看待美国。因为大学答应提供儿童实验学校的设备，让他检验自己新发明的进步教育理论，他才来这个大学授课。我父母曾考虑让我到这个实验学校上学，但最后还是决定让我去隔壁的公立学校。这个决定与我无关，而我也没什么好后悔的。尽管后来我慢慢发现进步教育的一些好处，它强调让孩子自由而有创造力地发展，而不是靠死记硬背来学习。我甚至让自己的孩子到进步学校就读。但我认为我在芝加哥和爱荷华州的锡达拉皮兹公立学校接受的12年的"孵化"一点也不差。

由于我父亲敬佩杜威，所以我早早地就知道了杜威的大名。之后我又把他忘了，直到在大学期间阅读他的作品以后才记起来。某种程度上说，我并不大理解他。他似乎对美国的生活状况过于乐观了。尽管当时社会充满敌对和不公平现象，他仍旧信誓旦旦地认定只要我们好好整顿教育机构，明智地从经验中学习，我们社会的未来就将是一片光明。作为一个充满善意、明白事理又慷慨大方的人，杜威一度成为美国全新美好社会的先知。但对我来说，随着年龄的增长，我已经能够洞悉他那单调而抽象的散文，而这些散文我之前一直都读不懂。我发现杜威其实是把希望建在了沙地上。我认为他缺乏历史感，更重要的是，他缺乏对悲惨生活的感知。他似乎无法产生悲观的想法，我个人觉得他让自己的思想脱离了造就当下社会的种种因素。有人会被他的理想主义感动，受他信仰的鼓舞，认为全新的文明精神在美国不仅是有可能实现的，而且可能性极大。但有的人会觉得，或者说至少是我觉得他的哲学结构是不稳定的。人们希望他是对的，但是这种希望也在逐渐消失。[2]

熙熙攘攘、奋发向上的边疆中心城市芝加哥由于其工业、商业和交通的繁荣发展，像磁铁一样吸引了中西部大草原的青年作家来到这里的热闹街区。在衰败的 19 世纪的最后几年，西奥多·德莱塞从印第安纳州来到这里打零工，寻找自己的认同感和职业。他不久就步入了正途，先后当上了圣路易斯、克利夫兰和匹兹堡三个地方的报社记者，接着又成了纽约的杂志编辑，最后才跌跌撞撞地找到了真正属于他的职业。当他转行写小说时，他回到了发展壮大中的湖城，在那里搜集他最初几

作者的母亲

作者的父亲

两三岁时的作者

作者在锡达拉皮兹的家

格兰特·伍德在他锡达拉皮兹的画室里。这个画室位于作者家对面，是伍德从一间马厩改建而来，作者幼年曾在马厩中玩耍

锡达拉皮兹市中心（拉尔夫·克莱门茨拍摄）

1921年的锡达拉皮兹华盛顿高中，那年作者毕业（拉尔夫·克莱门茨拍摄）

作者高中毕业照

作者支起肖托夸集会的帐篷

（从左至右）作者的弟弟约翰、姐姐约瑟芬和作者，摄于1923年

左侧的威利斯顿厅是寇伊学院最古老的建筑，后被拆除。学校周刊《宇宙》的办公室就在这一建筑的地下室（寇伊学院所藏）

1925 年，《宇宙》校刊的工作人员。最右是作者，担任编辑（寇伊学院所藏）

COOLIDGE, STECK WAY AHEAD STRAW VOTE HERE SHOWS

President Gets 631, Davis 94, "Bob" 69; Steck Defeats Brookhart 491 to 236.

HOW THEY VOTED

For President

Coolidge	631
Davis	94
LaFollette	69
Foster	1

For Senator

Steck	491
Brookhart	236

Combinations

Coolidge-Steck	410
Coolidge-Brookhart	156
Davis-Steck	81
Davis-Brookhart	13
LaFollette-Brookhart	62
LaFollette-Steck	6
Foster-Brookhart	1

(By Wm. L. Shirer)

Calvin Coolidge is going to walk away with the presidential race and Daniel B. Steck of Ottumwa is going to have easy sailing in the race for United States senator from Iowa at least in this particular section of the prairies if a straw vote taken by Coe students and faculty members Tuesday is any indication at all of how the wind flys.

The republican candidate literally snowed under his opposing candidates, getting a total of 631 votes. Mr. Davis, the democratic nominee, received 94 and LaFollette 69.

Hardly less surprising was the vote for senator, where Steck polled a total of 491 votes to 236 for Brookhart. The democratic nominee for the senatorial toga got practically all of the Davis vote and 410 votes of those who selected Coolidge.

WILL

Tau
ta Ep
Kapp
Stude
Fresh
2);
bate
Cosm
Mana
in-Ch

《宇宙》校刊第一次刊登作者署名的文章（寇伊学院所藏）

中间排左数第三个是大一新生时的作者，当时为校田径队的一名跨栏运动员，
但速度不快（寇伊学院所藏）

SHIRER
Cedar Rapids
story
psilon; Pi Del-
i Kappa Delta;
igma; Sachem;
acil; Treasurer
ass; Track (1,
Choir (1); De-
ws Debate (1);
Sport Editor 2,
litor 3, Editor-

1926 年，学校年鉴《橡子》（*Acorn*），有作者的照片以及个人"活动"的
记载（寇伊学院所藏）

PORTRAIT OF THE WORLD, DRAWN FROM TELEGRAPHIC DESCRIPTION.

WAR FEVER

（上）《芝加哥论坛报》的出版者和总编辑——高傲的罗伯特·拉瑟福德·麦考密克上校（出自《芝加哥论坛报》）

（左上）位于芝加哥的《芝加哥论坛报》大厦（出自《芝加哥论坛报》）

（左下）1904年2月23日，作者在芝加哥出生之日，约翰·T.麦卡琴的漫画刊登在《芝加哥论坛报》头版（出自《芝加哥论坛报》）

"澡堂约翰"考夫林（上），"小豆丁"迈克尔·肯纳（下），他们控制着芝加哥的中心——臭名远扬的第一区，那里充斥着犯罪和利益（出自《芝加哥论坛报》）

部作品的原始材料。

1900 年，《嘉莉妹妹》在双日出版社出版。故事讲述了一个农场女孩到芝加哥后，先同一个自大的推销员私通，然后又搭上了油头粉面的"时尚酒吧"老板赫斯渥的故事。这部小说差点被出版社毙稿。在这部小说被停止发行前，得以阅读的寥寥数人都震惊于德莱塞以如此同情的笔触描写嘉莉，这看起来毫无道德。到 1912 年，小说才再次出版。但让作者最感兴趣的是赫斯渥这个奸商。在他接下来的两本小说《金融家》和《巨人》中，他的主要角色弗兰克·帕伯乌的原型就是现实生活中正称霸芝加哥的金融投机者——铁路大亨查尔斯·泰森·耶基斯，一个典型的野心十足、不择手段的实业收购者。他在费城创造了非凡的金融事业，最终因为盗用公款被判入狱。他于 1882 年来到了风之城①。他的过去对他在芝加哥重新开始并没有造成多大妨碍。

耶基斯在芝加哥的前期生活令德莱塞着迷。我父亲认为耶基斯是个罪犯，应该被关在监狱里。但德莱塞眼中的耶基斯是个华而不实的金融家，也是城市街车和高架铁路的建造者。为了取得并保住他那可疑的特许经营权，他到处贿赂市里的官员。在美国，他代表着成功和权力。小说家德莱塞对他不予置评，只是如实地描述他：他是唯利是图的文明社会的象征，强盗式资本家在这样的社会中大行其道。这就是当时美国人成功致富的手段，这就是当时成功人士的样子及其所作所为。事实上，德莱塞越是深入他小说中主要角色的原型，就越发暗暗敬佩他。

---

①　风之城（Windy City）是芝加哥的别称。

没错，帕伯乌（耶基斯）是个骗子，但他办事是
多么厉害、多么能干！……他是多才多艺的英雄人物，他
就是个艺术家![3]

芝加哥对他来说是再完美不过的背景。德莱塞对改革者毫
无同情，如我父亲那样总是扬言要肃清城市。他劝诫一位对他
的著作进行采访的记者要顺其自然。

大城市并不是老仆人手中风干的茶杯……芝加哥是个
大城市，在那里人人都要为自己奋斗、为自己筹谋……顺
其自然，环境越是残酷，生存能力更强的人就过得越好。
只有芝加哥造就的伟大天才才能看到芝加哥的未来。[4]

结果就是，芝加哥更出名了，至少在美国。不是因为那里
有强盗般的商人，而是因为芝加哥造就的作家。[5]除了凡勃
伦、杜威、赫里克和德莱塞等人，还有在他们之后的一代人，
所有这些人的作品带来了两次世界大战之间美国文学的文艺
复兴。

在世纪之交出现的青年作家中，没有人比昙花一现的弗兰
克·诺里斯引起的反响更大。他命中注定要死于1902年，死
时才32岁，没来得及完成他的"小麦史诗"三部曲的最后一
部。这部小说是他踌躇满志、势不可挡的事业。小说讲述了人
与自然的斗争和人类的贪婪，诉说了美国梦破灭的故事。

1870年，诺里斯在芝加哥出生，他的父母生活富裕。然
后他跟着家人搬到了旧金山，一个和芝加哥同样疯狂的城市。
他到巴黎学习油画时，认识了左拉。他花了一年时间在哈佛大

学听美国印象派倡导者刘易斯·E. 盖茨的讲座。他很快就喷发了创作的潜能，钟情于生活的广阔和狂野，就这样，他投身于写作。他在大学就开始写他的首本小说《麦克提格》，然后在 1899 年出版。小说讲述了一个粗鲁且暴力的牙医在美国荒原城市的生活和爱欲。诺里斯的爆发力、对美国生活的兴趣，在"小麦史诗"三部曲中找到了真正的发泄口。他打算在小说中为欧美文学划上史诗性的一笔。他用小麦象征人的生命力，他讲述了在加利福尼亚州圣华金河谷的广大田野里从种植到收获的全过程；讲述那里的农民对南太平洋铁路公司垄断性的高昂运费的抗争；讲述芝加哥谷物市场投机活动中的操纵定价黑幕；讲述粮食的最终目的地欧洲，购买谷物用以维持上百万饥饿民众的生活。"我的写作计划无所不包。"年轻气盛的诺里斯说道。在"小麦史诗"的背后，诺里斯讲述了美国和欧洲的历史，对西部边境的占领，贪得无厌、冷漠无情的工商企业的兴起，市场交易的无政府主义，以及富饶的土地同盲目的机器的第一次交锋。

三部曲的第一部《章鱼》发表于 1901 年，讲述了加利福尼亚州的小麦种植以及农民同铁路公司抗争的故事。第二部《陷阱》是在他死后一年发表的，辛辣地讽刺了芝加哥谷物市场对种植者和最终消费者的剥削。诺里斯来不及写完第三部小说就过世了，死于阑尾炎。11 年后，我父亲同样死于这个小病。在我父亲生命的最后几天，他还记得自己与诺里斯同病相怜。我父亲在性格和思想上都更为保守，他不相信诺里斯描述的是真实的美国。我听说他在书里对"那种房子"有生动的描写。我父亲认为诺里斯将芝加哥无政府主义和腐败的陷阱都夸大了。像那时多数美国人一样，他相信供求规律在"自由"

市场的作用是神圣的，甚至是神赐的，不应该受到干预。农场的男孩会对此疑惑不解，但男孩所成长的中西部的农民都能明白这个道理。

芝加哥也新出了诗人。与惠特曼那时美国的状况不同，他们出没于芝加哥吵嚷的街道，肮脏的贫民窟，恶臭熏天的屠宰场，女才子聚集的北区，第一区的妓院、酒吧和赌场。他们密集地沿河和湖泊而居，造就了美国、实际上是全世界最繁忙的港口。[6]

其中最优秀的诗人是卡尔·桑德堡。1878 年，他在伊利诺伊州的盖尔斯堡出生。他在年轻时就坐火车到处跑，靠打零工过活。他在美西战争爆发时参过军，进入了西点军校（在那里，他是道格拉斯·麦克阿瑟的同班同学）。在那学校挨过了两周之后，他进入盖尔斯堡的隆巴德学院。在进入 20 世纪不久，他到芝加哥当记者，之后在《芝加哥每日新闻报》做电影评论员。新闻工作是他的谋生手段，也给了他认识这个城市的机会，但他更热衷于诗歌创作。桑德堡热爱芝加哥，也看清了芝加哥的丑陋、粗野和悲剧。他用硬朗、简洁的诗句描绘了芝加哥，给人耳目一新的感觉，而他所用的语言也为美国诗歌注入了新的活力。同时，他感受到了芝加哥的美丽：湖上的雾气，船只的鸣笛声，海鸥滑翔于密歇根大道，"白月光"下沙丘沿着河岸堆积，冬日的暴风雪咆哮、覆盖着街道，马克斯韦尔街鱼贩的叫卖声"引起了类似欣赏巴甫洛娃舞蹈的喜悦"。这个大城市总是在烟尘下"高仰着头歌唱，为活着、为粗鄙、为强健和狡诈而自豪，向没完没了的劳苦工作轻蔑地发出不可抗拒的诅咒……铲走、拆掉、规划、建设、拆掉、再建设，循环往复，无休无止"。

　　没有哪个诗人或作家能体察到桑德堡在他的第一部作品《芝加哥诗集》中所表达的芝加哥。这部诗集发表于 1916 年，那时他 38 岁。常被引用的标题诗歌《芝加哥》两年前就出现在哈丽雅特·门罗的杂志——《诗刊》的前几期当中，开启了他的诗人生涯。

芝加哥

世界屠猪城，

工具场，积麦仓，

铁路的游戏师，全国的运输王；

暴躁、强健、吵嚷，

这城市有着宽阔的肩膀。

　　他们告诉他这个城市道德败坏、充满谎言且野蛮残酷，"而我也相信他们的话"。

我这糟糕的城市，人们曾经这么说：

你让孩子感受不到阳光和雨露，

看不到广阔的天空下草地上摇曳的微光，

还有那连绵不断的雨水；你将孩子关在墙里，

让他们工作，让他们筋疲力尽、喘不过气，只为挣得面包和薪水，

他们喉咙里咽下的是灰尘，死时连心都空荡荡的……

　　诗人桑德堡抓住了我故乡的悲惨和辉煌，比其他任何诗人

更真实、抒情和雄辩。

　　伊利诺伊州大草原还出现过另一位著名诗人维切尔·林赛，他是个四海为家的游吟诗人。他使用强烈的节奏和活泼的旋律，不仅是为了重新树立他所认为的真正的美国精神，还为了引发市民对美的欣赏。美是随处可见的，但在城镇和乡村过着单调而自得生活的人都忽略了。林赛在全国各地旅行，诵读并用吉他伴奏歌唱他的诗篇。他在行装里带上他的 16 页小册子《卖诗换面包》，而他确实也那样做了（在夜晚倾听他的诗篇是我大学生活中最美好的时光之一）。我认为他在千万次校园朗诵会中燃尽了自己；也许年轻人年复一年源源不断的奉承毁灭了他的创作源泉。卡尔·桑德堡就没有遇到这种情况，尽管他也带着吉他和作品向数不胜数的校园观众展示；同样，埃德娜·圣文森特·米莱也没有失去创作力。林赛也许意识到了这点。想到自己的失败，很显然他陷入了绝望。1931 年他 52岁，喝下来苏儿消毒水自杀身亡。

　　芝加哥的另一位诗人埃德加·李·马斯特斯比桑德堡更为忧郁和严肃，他对中西部小镇严酷而令人沮丧的悲剧生活的感受也更为深刻。他在城里当律师，和克莱伦斯·达罗做了九年的搭档。他写下了多卷诗歌和散文，其中《匙河集》尤为优秀，是他构想的墓志铭集。《匙河集》里的多数人从生到死都泰然地待在匙河，且一生不顺。那个地方同马斯特斯长大的伊利诺伊州刘易斯敦十分相像。这些生活在平坦的美国大草原上的市民一成不变，默默无闻，是诗人让他们重新活了过来，允许他们最后大胆地诉说美国乡村生活的欢喜和悲苦。之后我在爱荷华州也见过类似这样的人。

　　马斯特斯在《匙河集》中也写出了自己。一些评论家认为他会被这部作品的成功冲昏了头。而这本书似乎成了奇迹，因为这位诗人接下来的作品，包括小说、自传和诗歌，都不如这部作品伟大。诸如路易斯·昂特迈耶这样的评论家盛赞《匙河集》是美国文学的里程碑，却发现他之后的大部分作品无聊至极。这就是这位诗人的神奇经历的谜团之一。在美国，创作源泉的干涸和荒废是极为常见的。我认为，马斯特斯此后直到1950年过世，他继续出版的诗集中有一些有所不足，但他从未放弃探索存在的意义和悲剧的内涵。

马斯特斯和桑德堡都受到一份刊物——《诗刊：诗的杂志》早期发表作品的影响。该期刊是由哈丽雅特·门罗于1912年在芝加哥创办的。比起国内其他刊物，该期刊更加大力推进和影响了美国现代诗歌的发展。它不仅解放了诗歌和诗人，还让他们爆发出来。对美国新文学形式产生同样影响的还有在芝加哥1914年出现的另一份文学评论刊物。1912年，玛格丽特·安德森从印第安纳波利斯带着重塑文学和艺术的梦想来到了芝加哥。1914年，她创办了《小评论》，一批默默无闻但很快声名鹊起的作家为她撰写专栏，有舍伍德·安德森、哈特·克莱恩、托马斯·斯特尔那斯·艾略特、福特·马多克斯·福特、海明威、乔伊斯、玛丽安娜·穆尔、埃兹拉·庞德、格特鲁德·斯泰因、华莱士·史蒂文斯、威廉·卡洛斯·威廉姆斯、叶芝和其他一些作家。《小评论》读者不多，但作者多如牛毛。和《诗刊》一样，芝加哥的《小评论》带来了美国文学最辉煌的时期。

芝加哥还有一些次要的作家，我父母就十分敬佩其中的一些人。我父亲最喜爱的是芬利·彼得·邓恩。他是第二代爱尔兰裔美国人，没有读大学就当上了记者。他21岁就当上了

《时代》的本地新闻编辑。五年后的 1893 年，他 26 岁（那年世界博览会召开，亨利·福特造出了第一辆汽车）时在文章中创造了一个名为"杜利先生"的角色而在美国文坛大放异彩。这位酒吧老板杜利先生每周都要打扫他的酒吧，随意地操着爱尔兰口音向一个顾客评论时事："我看报纸了，亨尼西……"杜利先生看了"很多报纸"，对政客、权贵的虚伪大肆调侃，25 年来，他的言辞发表在《芝加哥晚邮报》和多家周报的连载专栏上，全国各地逾百万美国人津津有味地品读。[7]

杜利先生的评论很有趣，它和所有幽默一样充满讽刺、机智和怀疑，也许这种特质是以蒙田为文学偶像的爱尔兰裔美国作家与生俱来的。"最高法庭跟着选举转。"① 自这句话起，杜利先生一有新语录就必有回响。我父亲每周都坐在早餐桌旁，将杜利先生的最新名言念给我们听，边念边咯咯地笑。

是芝加哥蔓生草原上冬天极寒、夏天溽热的风滋养了他们吗？这些作家带领美国文学进入了一个崭新的时期，这股风头持续了 20 世纪的前 50 年。或许这只是个地理上的巧合？那时在芝加哥和中西部，带来美国 20 世纪二三十年代文艺复兴的大部分作家纷纷出生[8]：多斯·帕索斯（芝加哥）、海明威（芝加哥郊区的奥克帕克）、阿奇博尔德·麦克利什（格伦科附近）、托马斯·斯特尔那斯·艾略特（圣路易斯）、辛克莱·刘易斯（明尼苏达州的索克森特）、斯科特·菲茨杰拉德（明尼苏达州的圣保罗）、凯·博伊尔（明尼苏达州的圣保罗）和来自伊利诺伊州乡村的卡尔·范多伦和马克·范多伦。一些

---

① 这句话是讽刺法官常迎合一时的政治风潮来决定自己的判决。

作家是在更偏西的地方长大，埃兹拉·庞德是在爱达荷州，约翰·斯坦贝克在加利福尼亚州。薇拉·凯瑟和舍伍德·安德森，他们俩年纪大点，都生于 1876 年。薇拉年轻时在内布拉斯加州的边境生活，她早期小说的背景就在那里。舍伍德·安德森从俄亥俄州搬到了芝加哥，之后一度成为芝加哥的领头作家。这群青年作家当中有许多比我大不了多少，我在巴黎的 20 岁到 30 岁早期这一黄金时期就慢慢认识了这些人。

芝加哥的文学热潮是我成长过程中我们家的长期话题。在我离开爱荷华州后，我感觉它对我的影响深入骨髓。我必须承认，我最初迷上的是相当不同的一类文学，即美国男孩的启蒙读物，青年小说"罗孚男孩"系列，总之，就是小霍拉肖·阿尔杰的作品。现在这个名字被遗忘了吗？基本上是吧。但我还小的时候，在一战前，阿尔杰的书经常给我带来快乐，我们这帮年轻人都如饥似渴地读着。这些书也成了我们的信条。我们就是在这些书里认识到美国人成功故事的奇妙。如果一个小男孩认真、勤劳、节俭、努力工作并坚信美国梦，他必定能够白手起家，成功致富。所有书基本用了这样的标题：《注定富贵》《运气和勇气》《沉浮》《鞋童汤姆》。这些书的总销量达到了 2000 万册，书中 100 多个主角都有同样的经历：一个出身贫寒的男孩，早年丧父，15 岁就被迫自力更生；他遭遇过无数坏蛋的欺骗，受过魔鬼的引诱，但最后由于人格的力量、雄心抱负和坚持不懈的辛勤工作，他成了有钱有势的人。

这些故事都是真的吗？我过去常常问父亲。有时他会犹豫一下，然后对我说如果我不相信阿尔杰故事里的主人公，比如鞋童汤姆的发迹，那就只能放眼四周瞧瞧现实生活中是否有类似的事例。他说，确实有这样的事发生，安德鲁·卡耐基、约翰·D. 洛克菲勒和爱德华·哈里曼三人就是例子。他们刚开始都是一文不名的男孩，靠着辛勤工作和远大志向，最后成了百万富翁，分别在钢铁、石油和铁路方面创造了巨大的财富。阿尔杰那些夸大的故事当然是没什么用的，写这样的故事也毫无意义。但我需要花费几年时间才能将他构造的那些幻想清除出我那幼稚的脑袋，我怀疑我的一些同龄人从未在这点上获得成功。早年从小霍拉肖·阿尔杰那里获知的美国成功故事已经成了他们的一部分，不管最后他们也许会落败到何等地步。他们继续狂热地相信，直到最后惨淡收场。

尾　注

[1] 在他妻子永远离开他之后，在斯坦福的凡勃伦再次受到同样困境的烦扰。"总统不赞同我的家务事，"他写信告诉他的朋友，"我也是。但如果一个女人对你投怀送抱，你能怎么办呢?"见 John Dos Passos：*The Big Money*, p. 118 – 119（paperback edition）。

据我所知，多斯·帕索斯的《美国》三部曲中对凡勃伦的书写是最长的。当中的短篇描述最为动人且充满诗意。

[2] 然而，在他人生的晚期，杜威开始陷入怀疑。直到后来，他在无奈之下得出了一些更清醒的结论：美国大众不必向少数人放弃他们的自由；坚定不移的个人主义已经变成参差不齐的个人主义；单纯谈论个人自由、机会平等和民主带来的福祉就会忽略某些事实（正如他曾经也忽略了）；由于经济大权集中在了极少数人的手中，真正的自由在美国大大被削减。

[3] William A. Swanberg：*Dreiser*, p. 172.

[4] Chicago *Journal*, March 18, 1914.

[5] 大多数芝加哥的企业大亨在世纪之交或之后不久陆续去世。其中最大的巨头塞勒斯·麦考密克死于 1884 年。他的生意最后由约翰·皮尔庞特·摩根接手，发展成为国际收割机公司。乔

治·普尔曼于 1897 年过世，是在普尔曼罢工三年后。菲利普·阿穆尔是 1901 年；波特·帕尔默是 1902 年；古斯塔夫斯·斯威夫特是 1903 年；查尔斯·耶基斯是 1905 年；马歇尔·菲尔德是 1906 年。

[6] 芝加哥河的年航运吨数远远超过苏伊士运河。

[7] 他的影响仍在持续。1972 年夏天，距杜利先生第一次出现在邓恩丰富的想象力中 79 年后，小阿瑟·施莱辛格引用了他的一段话作为《纽约时报》一篇文章的开头，该篇讲述的是本党参议员乔治·麦戈文被提名为总统候选人后民主党的艰难处境。杜利先生早在半个世纪前就阐明了观点，而这位历史学家（施莱辛格）想要再强调一番。

"……我看见民主党无数次地完蛋了。我看见它死了、被埋了，共和党好心地为它建了墓碑……我夜里睡觉时，回想不起自己之后把票投给了哪一方。我醒来后看见一个披头散发的疯子，手握斧头，追着共和党到了草丛中。这事打一开始就不太妙。"

1972 年秋季，总统大选逐渐升温时，杜利先生的睿智之言再次被报纸引用。1972 年 9 月 17 日，周日，在《时代》评论版上方有一篇占了四栏的文章引用了杜利先生的论政妙语。有关于国会的：

"好吧，国会又开始忙活了。"杜利先生说道。

"上帝保佑我们不要受伤害。"亨尼西先生说道。

有论副总统选举的：

"总统是民众赋予的最高职位。副总统是第二高职位，可也是最低的。这不是犯罪。虽然不会因此被判入狱，但总是可耻的。"

[8] 一些画家也在两次世界大战之间给我们中西部当地的艺术注入了活力。他们是在密苏里州的欧扎克斯出生的托马斯·哈特·本顿；在堪萨斯州农场出生的约翰·斯图尔特·柯里；在爱荷华州的小镇战胜贫困的格兰特·伍德，我们不久也搬了过去。

第五章

父亲的早逝

还有其他事物给 20 世纪最初几年成长起来的人带来刺激。不仅是芝加哥、中西部和美国的生活，甚至整个西方世界都在一夜之间发生了天翻地覆的变化。可以说，一次彻底的改革带来了旧世界几乎认不出的新时代。在此之前，物质上除了蒸汽机和铁路，其他的东西都和几个世纪前的基本相同。这时，人类的机械发明突然出现，甚至是孩子的想象力都被激发出来。大人的发明比我们的精致玩具更振奋人心。

1903 年，我出生前一年，莱特兄弟在北卡罗来纳州基蒂霍克的沙滩上试飞了第一架飞机。在底特律，一个名为亨利·福特的机械师发明了第一辆汽车，而当时的汽车市场似乎没什么前途。同年，有完整故事的电影《火车大劫案》上映了。因为还没有电影放映室，所以观众寥寥无几。电影在几个歌舞杂耍表演的房子和空置的简陋商店中播放，这些地方不久就变为了"五分钱娱乐场"。飞行器的出现被大城市的报社忽视了，发明无线电的可能性同样被无视。1895 年，意大利物理学家古列尔莫·马可尼发明了无线电。自以为是的美国报纸编辑认为飞机和无线电简直就是痴人说梦，不可能成真，而电影只不过是转瞬即逝的时尚。

直到 1908 年，距在基蒂霍克的第一次试飞后五年，报社才派出记者去瞧瞧充满奇思妙想的莱特兄弟究竟在干什么。那时候他们已经造了好几架飞机，并在俄亥俄州上空成功试飞。我们这些男孩在芝加哥的街道上玩耍，当然都能看到那些飞机。我们在地上玩的是以橡皮筋为动力的小飞机。1910 年 9 月 27 日是我永远都不会忘记的一天。我父亲在这天的日记里写下，他带着我们到格兰特公园，我们在湖边第一次观看

"飞行表演"。六架发出噼啪声的双翼飞机来回飞转。我当时就在想，这真是我见过的最奇妙的景象。可我父亲不这么想。当小飞机在他头顶嗡嗡飞过时，他喃喃自语道："如果上帝想让我们飞翔，他早已赐予我们翅膀。"

正如我前面提到的，他对汽车也不甚认可。他认为应该禁止汽车在芝加哥街道上行驶[1]，这样孩子才能在街上放心地玩耍，经过的马车才能安然通行。每逢周末，他都会和我们一起在屋前的草坪上除草。有时，我们会停下来看着汽车经过，听它们发出吵闹的声音。"这些车应该是非法的!"他会喃喃道，然后接着干活。但显而易见，时间很快就证明，这样的反对就好比克努特大帝企图要阻止大海上滚滚而来的浪涛。汽车不久就风靡全美并改变了美国的生活面貌，这远远超乎我父亲的想象。

福特是我记住的第一辆汽车的名字，还有其他一些车，有些车靠蒸汽发动，有些则靠电，但我忘记了它们的名字。1909年，亨利·福特开始生产1500万辆低价的T型车。这一做法推动美国进入汽车时代，第一次使大多数美国人拥有了私人汽车。我们家最终也买了一辆汽车。我们买的车装置丑陋、摇摇晃晃，还发出咔嗒咔嗒的声音。在许多人看来这种车就是个笑话，但精明的福特确实就是通过每年出版一本关于T型车的笑话集而最大化地提高了销量。他从一开始就相信汽车行业成功的关键就是生产多数美国人有能力购买的低价车。随着越来越多的T型汽车从生产流水线下线，汽车价格也逐渐降低了，从一开始的950美元，降到1913年的550美元，再到1916年的365美元。而利润提高了，从1913年的2500万美元涨到1914年的3000万美元，再到1916年的5900万美元。到了

1926 年，福特汽车公司的现金结余达到了 3 亿多美元。

亨利·福特成了我年轻时候的传奇人物，但并不只是因为他生产低价车的天才想法。我记得在报纸首页读过他的一些怪异行径。他有段时间办起了名为《德宝独立报》的公开反犹杂志，杂志宣扬犹太人要对世界上绝大多数的罪恶负责。在一战期间，福特资助载着各色和平主义者的"和平舰队"到欧洲，试图阻止大屠杀。这一行为充满善意，却十分荒谬。1914 年初，他在福特工厂实行双倍工资——每天工作 8 小时，工资 5 美元；而当时的标准是每天 9 小时，工资 2.34 美元。这一做法让东部的金融和工业巨头们大跌眼镜。

《纽约时报》哀叹这一举措。报纸说："福特汽车公司的管理理论显然是乌托邦式的，这种做法违反了一切经验。"报纸还预测"其他公司的商店将发生罢工和动乱"，并且"这样的试验势必以失败告终。因为这种做法明显是基于共同富裕的想法，企图通过单一事业来完成慈善工作"。《华尔街日报》则大为惊骇，认为福特公司的双倍工资是不符合基督教教义的。"将最低工资翻倍，却不考虑劳务的时长，这种做法是将《圣经》教义和精神原则用错了地方。"

所以，我们这代人的成长中有了汽车和飞机，而后者的发展速度要慢些。我们目睹这些汽车彻底改革了交通方式，也确实改变了我们的生活。马拉车的时代逐渐过去了。我父亲对这样的变化并不高兴，但他还是能紧跟这些消息。他经常在下班回家后给我们读报，并试着分析最新时事。他常常觉得世界似乎变得荒唐了。我隐约记得，他在某个周日早晨做完礼拜后，试着给我们解释"无线电"这一现象。这件事一定是发生在

1907 年 10 月的某天，因为正是那时，第一条无线电新闻越过大洋，传到了《纽约时报》报社。这一消息就刊登在芝加哥报纸的头版。马可尼的发明在 11 年前公布时受到大众的质疑，但最终被证明是确实可行的。这项发明也将彻底改变世界。

之后我父亲带我到他的一个朋友家，这个朋友在自家阁楼里装了无线设备。对我来说，这个设备能以空气为媒介从远方接收一些点和破折号，并为我们翻译成文字，真是太神奇了。这和飞机一样让我莫名兴奋。

除了这些开始彻底改变我们生活方式的机械发明，在世纪之交，纯科学领域还出现了五大突破性进展。这些进步在当时只有欧美的少数科学家知晓。这些比机械发明还要重要的进步在未来 50 年之内，对世界的改变比人类有史以来的任何时期都要大。阿尔伯特·圣捷尔吉之后表示，这些突破性进展标志着人类历史的崭新时期。这五大突破性进展分别是 1895 年 X 射线的发现，1896 年放射性现象的发现，1897 年电子的发现，1900 年马克斯·普朗克的量子理论和 1905 年阿尔伯特·爱因斯坦的相对论。

也由于这五大突破性进展，20 世纪成了具有重大意义的时代分界线。在短短十年间，这个世界不再是一个能用知觉来感受，用简单的标尺或温度计来衡量，或用牛顿的数学和物理学来预测的世界。人类第一次意识到了宇宙，尽管之前人类就已不再质疑宇宙的存在，但也无法用感官感知宇宙。人类在无意中发现了宇宙，但无力理解它。人类所知的就是，少数的几个天才发现了宇宙的存在，并刺探出了宇宙的一些奥秘。

如果我当时年纪再大一点，听说了这五大进展，也应该不知道它们在理论科学上的意义，更何况这些进展是在我出生前后所取得的。我确信，我父亲和他芝加哥大学的朋友们就算听说过，也未必都知道，除了两个人——1907 年的诺贝尔奖得主阿尔伯特·亚伯拉罕·迈克尔逊教授和 1923 年的诺贝尔奖得主罗伯特·密立根教授。他们都在普朗克、爱因斯坦和其他科学家开拓的领域中有重大发现。我肯定我父亲在大学时就认识这两位科学家，但他也许根本无法理解他们的工作。和大多数人一样，我父亲可能会对此感到费解：随着 20 世纪的到来，世界充满了各种光明前景；我们被带入广袤无际的宇宙，而那里的人如果没有几千年的经验，也许都不能存活太久。父亲不可能想象到，在这个世纪最后的 30 多年，我们要对一切新生事物习以为常：一个疯狂的美国总统或苏联领导人只要按下引爆原子弹的按钮，那么在一两个小时之后便可消灭地球上的所有人。

在我们还小，还不能独自看报的时候，听父亲读世界上发生的大事让我们兴奋不已，如汽车、飞机和无线电的出现。1909 年 9 月 6 日的一则新闻报道皮尔里中校于 4 月 6 日到达了北极点。他的轮船在找到拉布拉多五个月后入港，立马向纽约发电报。尽管我当时只是个小孩，我还是记得这则消息让整个城市，乃至整个美国都为之轰动。与住在我们家周围和在街道上同我玩耍的男孩，我们长期谈论这件事，没有别的话题。20 多年来，探险者都试图登上北极点。皮尔里自己就已经有过八次尝试。而在一年前，也就是 1908 年，F. A. 库克博士宣布自己到达了北极点。在这之后的几年里，我们这些孩子在学校或在空地上玩耍时就会争辩，是谁先到达北极点的，是库克博士还是皮尔里中校。最终我们被告知，那个优秀的博士是个骗子，显然他连北极周边都从未去过。[2]

次年，也就是 1910 年，我 6 岁，到隔壁的公立学校上小学一年级时，谈论的话题变成了那时划过天际的哈雷彗星。报纸预测哈雷彗星的这次到来也许会撞击进而毁灭地球。这一预测引起了我人生中的第一次恐慌。我才刚刚在这个世界上生活，这个世界就要走向灭亡了吗？坐在我隔壁桌的一个男孩说他父亲预测彗星会同地球相撞，我们所有人都会丧命。我记得那时我怕得要死，放学回家后就着急地等着我父亲下班回来，想要问他我同学父亲的话是不是真的，我们都在劫难逃了吗？我父亲消除了这种恐慌。他说哈雷彗星好几个世纪以来都经过地球，但从未靠得很近，根本没什么好担心的。但我还是持续做了好几个月的噩梦，梦到在一道眩光中哈雷彗星撞上了地球。我长大一些后——我的恐慌似乎仍在持续——在一本男孩的天文书上查看彗星的信息。据书中所说，早在 1066 年人类就开始观测彗星了。1456 年，彗星曾非常靠近地球，彗尾在地球上空伸展超过了 60 度，看着就像一把巨大的军刀。1682年，英国天文学家埃德蒙·哈雷发现了这颗彗星的运行规律，所以彗星以他的姓氏命名。哈雷预测彗星每 76 年会出现一次，事实也正如他所料。1986 年哈雷彗星还会回来，也许不会让那时的年轻人像 1910 年那样害怕了。如今的世界，包括男孩的世界都不再蒙昧无知了。

还有一件事，让我们感觉世界潜伏着危险。1912 年 4 月14 日至 15 日的夜里，世界最大最豪华的远洋班轮"泰坦尼克号"从英国到纽约的处女航途中，在北大西洋撞上冰山并沉没了。2200 名乘客和船员中有 1500 人丧生。这是人类航海史上最为严重的灾难。这一事故好几天都占据着芝加哥报纸的头版，而这次我也急不可耐地读着报纸。人们再也不谈其他事了。他们都在问，怎么会发生这样的事，不是说这艘巨型远洋班轮不会沉吗？几百人由于没有足够的救生船而被淹死。他们也许认为在这样一艘"不会沉的"轮船里不需要多余的救生船。因为这次灾难，北冰洋冰山巡逻队成立了，应急的新法规规定要为所有乘客和船员预备救生船。

还有另一件事，一件我父亲直接参与的事，一件他经常向我们提起的事。美国政府控告印第安纳标准石油公司的案件，是他作为芝加哥的联邦律师助理最初参与的案件之一。父亲每次参与重大案件时，我们都能知道。他竭力想要掩藏自己的情绪和承受的压力，却只是徒劳。他会变得有些烦躁易怒，对我们也十分严厉。显然他在标准石油审判过程中也是如此。但我母亲之后告诉我们，联邦法官凯纳索·芒廷·兰迪斯判决标准石油有罪（因1462次收受回扣）并重罚2924万美元。这是美国历史上最高的罚款额。判决那天（1907年4月3日），父亲眉飞色舞地回到家。父亲在那之后向我讲了这个案件的一些情况，还曾带我去拜访这位他敬畏的著名法官。其他律师在法院面对他时也会有同样的感觉。尽管如此，这两人在庭外成了好友。兰迪斯那时快50岁了，是个严厉得令人生畏的人，类似安德鲁·杰克逊总统的形象。但我父亲带我到他办公室看望他的那天早晨，他看上去如寒冰融化了一般。他放下了手头的工作，和我谈起了上学和玩耍的事，还问我是否关注芝加哥白袜队。他和我父亲一样喜爱棒球，特别是芝加哥白袜队（他们的体育场就在我们家南面不远处）。之后这个队在1919年的世界职业棒球大赛上因受贿的丑闻变成了"黑袜队"，而兰迪斯则辞掉联邦法官的职位，当上棒球队的第一个行政管理人，重新整顿比赛，重拾公众信心。

令我父亲大失所望的是，1908 年，兰迪斯法官对标准石油判决的前所未有的巨额罚款被上诉法庭以罚款过重为由而被驳回。我记得他从 1911 年就开始和我讨论许多事情。那年，美国最高法院要求解散标准石油的母公司，对此他大为满意。他显然认为垄断势力最终被瓦解了。可是，他没能活着看到自己的料想错得多离谱。我确信，他要是看到本该依判决解散的标准石油公司仍在新泽西繁荣发展，一定万分讶异。

这形成了一种熟悉的模式。我开始认识到，并长期学习这样的事实：美国的国情就是，巨头企业的势力可以公然对抗本应该更强有力的联邦政府，而后者有时无力依法行事。高薪的公司法律顾问自然也是值得尊敬的，但为了和他们的雇主一样贪婪地在这块沃土上获取垄断利润，他们巧使诡计，最后赢得官司。

在我年轻的时候，芝加哥总是火灾不断，很多建筑被烧毁了。我最初的记忆就有围观四匹大马拉着灭火装置在德雷克塞尔大道上疾驰的画面。听见铃铛的叮当声和马蹄在铺砖人行道上踏得铿锵作响，我们不由一阵兴奋。1871 年，这个城市几乎葬送在一场大火当中，这是在这个城市长大的所有男孩都知道的事故。我父亲经常说起那场火灾。火灾的起因是奥利瑞太太在畜棚挤牛奶时，那牛踢倒了油灯，点燃了稻草。大火烧到了爱尔兰区的德科文大街，然后在大风的作用下，火势从那里蔓延到了整个城市，先是烧着了商业区的废品，再跨过河流蔓延到了北区，最后焚烧了一块超过 3 平方英里的地方，1.7 万座建筑在熊熊烈火中化为灰烬；10 万人，相当于芝加哥三分之一的人口无家可归。

芝加哥另一场火灾的死伤情况更为惨重，这场火灾对我父亲个人也造成了影响。1903 年圣诞那天，他在日记里写道："贝茜·查普曼和尼娜·查普曼来电。"根据他之后告诉我的，我推断这两人是他的远房表妹。她们要来芝加哥度假，想要尽可能多地到剧院看演出。他许诺带她们到易洛魁剧院观看埃迪·福伊的日场演出。埃迪是他最爱的喜剧演员之一，演过《蓝胡子先生》。可是，他三岁半的女儿患上了百日咳，而正怀着我的母亲也犯头晕。他只能失约了，告诉他表妹他会把他买的两张票送过去。12 月 30 日那天，他在日记里写道："易洛魁剧院着火了。600 人丧命。贝茜·查普曼和尼娜·查普曼也命丧于此。"

这是美国历史上最严重的剧院火灾。

我在芝加哥长大，受着纪律严明的父亲的管束。这对男孩来说，有时是有碍他的自由和想象力的发展的。在那个时候，即使是最好的家庭都习惯实行体罚，而我也不能幸免。通常是我惹得我那温柔的母亲采取极端手段，用毛刷柄狠打我的手心。也许还有我父亲给我的两三鞭，那样的伤情更重，也更丢脸，因为他使劲挥打的鞭子是磨剃刀的皮带。挨了一顿打之后，我就会被安置在床上，晚饭也没得吃了。我会感觉自己太不幸了，这两名作恶者粗暴的惩罚也让我心中燃起仇恨。我还记得这些场景，但我记得更牢的是所有的开怀时刻：在附近的空地扮演牛仔和印第安人，在那里挖过洞，在没有汽车的街上扔掷大理石块或用轮式溜冰鞋改做的滑板车比赛，冬天就到娱乐场滑冰。总的来说，我父母会陪我度过假期。我们曾在密歇根州的奥内卡马度过漫长而美好的暑假，那是在密歇根湖的对岸极靠北的地方。有时，在度假之前或之后，我们会到我祖父爱荷华州弗农山的农场待一个月。在那里我们帮忙喂牛、猪和鸡，还去爬树。我们几乎每天都会驾着马车从主干道滑下一英里长的陡峭小山，玩"过山车"。之后就匆忙赶往游泳池，一个在废弃的采石场里，另一个在小溪弯曲处。我们脱掉衣服，跳进水里。这是一天中最精彩的时刻。在那时候的夏天，这几个年代久远的游泳池成了我们生活的中心。我们在农场度过两三次圣诞假期，在深厚的积雪里乘着雪橇滑下小山，感受那种新奇的惊险刺激；或乘坐祖父那辆由两匹马牵引的雪橇，倾听铃声叮当，看着马鼻和马嘴在冰冷干燥的空气中呼出白色的雾气。

在奥内卡马，有一个美丽的湖泊通过一条狭窄的水道连接着密歇根湖。我父亲在那里教我们游泳、划船、用帆和钓鱼。在那里，他身心都得到放松时，我才更好地认识了他。在驾船或钓鱼时，或徒步野炊经过乡下的沙地顺便摘草莓时，他都会讲些离奇的故事，有时会讲他年轻时在爱荷华农场、在中学和大学的经历，或者他近期在法庭受理的案件，我们总是听得津津有味。他是个热情的渔夫。有时他回来时得意扬扬，可能是因为钓到了一条大梭鱼、岩鲈或河鲈。我母亲会取笑他"还像学生一样"。对我来说，或许对他也是，假期真是一眨眼就结束了。

然而，从他的日记里我看得出他很乐于重返工作。他热爱法庭，热爱法庭那里的混战和战斗策略，以及常常出乎意料的结局。同辩护律师交锋，试着说服陪审团或同一个意料之外的法官周旋是他最快乐的时刻。显然他并不大在乎钱，他从未想过放弃在联邦律师办公室的工作，到市里享负盛名的法律事务所谋求更有"钱途"的工作。那里的公司法律顾问处正开始吸纳想要挣快钱的青年律师。他觉得同公司打官司更加自在，他处理的大多案件都是这个类型的。他作为美国联邦律师助理的工资少得可怜。我在他的论文里发现一封华盛顿的查尔斯·J. 波拿巴于 1908 年寄给他的信："先生，您今后的报酬由每年 2500 美元升到 3000 美元，从 1908 年 4 月 1 日开始生效。"五年后他过世时，他的年薪是 4000 美元。乘个四五倍，在今天这仍旧是极低的工资。而在私人官司中他还能多赚一部分钱。

父亲缓慢却稳定地走上了从政之路。我也认为到最后他会往这个领域发展。1904 年，他是芝加哥共和党大会的警卫官。那年，大会再次提名西奥多·罗斯福竞选总统。[3]那年在提名到选举这个时期，他兼职为共和党全国委员会工作，工资是每周 20 美元。两年后，他受到罗斯福联邦政府的任命，继续作为政府官员为共和党工作，这是被允许的。他加入了汉密尔顿俱乐部，这是共和主义在芝加哥的大本营。他为他所在地区的国会议员詹姆斯·R. 曼恩的连任选举而奔走。詹姆斯是著名反对白人蓄奴的《曼恩法案》的起草者，他显然将我父亲当作他的继任者培养。我想我父亲把自己归为"进步主义的"共和党人，追随他在白宫的那位名义上的老板泰迪·罗斯福（西奥多·罗斯福）。他也许注意到了是共和党给他提供了最大的好处。从内战前到现在，白宫只出现过一位民主党总统，即格罗弗·克利夫兰。"林肯的共和党，"我记得他说过，"是引领未来的政党。"（在我长大成人后，事实并非如此。）

1912 年共和党就失败了。那时泰迪·罗斯福脱离时任总统的塔夫脱，开始争取进步主义者的投票，这就分化了共和党的选票，确保了民主党候选人伍德罗·威尔逊的当选。这使得我父亲尝试竞选选举职位。他认为白宫的总统一旦是民主党人，那他就没有指望当上联邦律师了，甚至连保住联邦律师助理的职位都有问题。民主党人在野多年，都极需工作。1912 年 11 月，伍德罗·威尔逊当选后不久，父亲宣布他要成为共和党在第七区的市议员候选人。他说，如果他当选了，他会利用自己在市政厅的职位帮助整顿城市，并遏制臭名昭著的第一区里诸如"小豆丁"和"澡堂约翰"这类势力的发展。我想我父亲只是把这个职位当作一块踏脚石，他最终是要到国会接任他有意退休的朋友曼恩的工作。那年整个秋季和冬季早期，他都在开展非正式的活动，在会上发言，到商店同店主和顾客攀谈。他经常会带上我。离开了家的庇护，这样的出行让我第一次见识了大人的世界。我感觉自己是身长六英尺的成人。

四处走动使我慢慢意识到人们如何穿衣打扮，男人、女人和小孩都穿什么样的衣服，还有老一辈人抽烟喝酒的习惯。尽管现在很难记得一清二楚，我必须翻看旧时的广告目录才能回想起来。现在几乎都认不出那时的穿着了，男士服装的变化没有女士的大。那时候女士穿着花边修饰的紧身鲸骨胸衣（这些胸衣是为了让女性显现沙漏状的体型，以及"双手轻易就能环抱"的腰身），拖在地上的长裙，长袖的衬衫及紧得让人透不过气的领子，一层覆盖着一层的内衣，黑棉质或毛线的长筒袜，还有用帽针别到头发上的装饰着羽毛或花边缎带的大顶帽子。女性的裙子慢慢变得越来越短，部分原因是 19 世纪 90年代"安全"自行车代替了高轮车，促使女性也登车骑行，却发现长裙会卡在车轮的辐条里。甚至女人在洗澡的时候，她们都极为注重礼节。我还记得她们在奥内卡马的海滩上，一丝不苟地穿着泳衣成群下水。她们的裙子长及膝盖，腿上穿着长筒袜，脚上还穿着拖鞋。

女人的波波头是难以想象的，她们的裤子同样是种禁忌。美国大多数州的法律禁止女人穿男人的服饰。在爱荷华州康瑟尔布拉夫斯有个身材肥胖的中产阶级女士阿梅莉亚·詹克斯·布卢默，她是一位著名律师的妻子。她自 19 世纪 50 年代开始从事合理改善女性穿着的运动，她设计了一款女性的裤子，之后以她的名字命名为"布卢默裤"（灯笼裤）。她受到牧师的公然抨击，报纸也对她大加讥讽，最后她被迫将战场转移到英国，但在那里情况也好不了多少。另一位美国女士玛丽·沃克博士在南北战争期间做过护士，她发现在战场上护士不得不穿男士服装。后来她因为在恢复和平后仍旧穿着男人的衣服而数次被捕。她还是依据国会一项特殊的法案才免受牢狱之灾。

那个时候男性的衣服几乎同女性的衣服一样束缚得人极不舒服。男人一年到头都要穿着三件套的羊毛衣服，通常是黑色或深蓝色的哔叽套装。就算是在炎热的夏天，那时候还没有空调，裁缝或衣服生产商设计的轻质套装都还未出现。而一些人设计了法兰绒夹克衫和裤子，总算让人稍感舒适。男士衬衫的高领和袖口都可拆开，但像纸板一样坚硬。如果某个男人是商业或政治上的大人物，他经常要穿着双排扣长礼服，戴着高顶大礼帽到办公室或会议室。普通男人就不用穿得那么正式严谨了，戴圆顶窄边礼帽就行，到了夏季就换成硬草帽或巴拿马草帽。男人在街上都要戴着帽子，系着领带。通常，他都穿着用纽扣装饰的鞋子。所有男人的穿着中都有纽扣挂钩。

那时候的孩子穿什么样的衣服呢？照片显示，我们男孩四五岁前穿蓝白色的水手服（女孩在长大前穿水手领罩衫），我们要穿滑稽可笑的"小公爵"服参加聚会。6 岁时，男孩子开始穿那备受嫌弃的"短裤"和夹克衫。直到 14 岁上高中，我们才能穿上我们引以为豪的第一条"长裤"，这标志着我们长大成人了。

那时只有少数男人抽烟，女人都不抽烟（除了那些"堕落"的女人）。我认为我父亲就是其中的典型。他喜欢在晚饭后或和其他男士探讨社会问题时享用雪茄。在办公室、在家休息或度假时，他会抽烟斗。我一定是继承了他这个习惯，我从 16 岁就养成了长期抽烟斗的习惯。嚼烟叶的美国男人多得惊人。每个办公室、酒店大厅、公共建筑，甚至家里的客厅都有痰盂供男人仔细投掷烟头和吐烟色的唾液。来美国的欧洲人看到这种场景都瞠目结舌。

尽管在性格上大相径庭，我父亲和我母亲却相处得极为融洽。他们之间肯定充满了爱和奉献。我想，他们不仅对对方忠贞，对婚姻本身也是如此，因为婚姻在他们看来是神圣的。和所有夫妻一样，他们有时也会吵架。有两三次我目睹或偷听到他们恶语相向。虽然这说明吵架是人之常情，但对我来说，这真是可怕的经历，这大概是我一生中第一次感到恐惧的时刻。我想任何孩子知道父母也许会分开或离婚都会恐惧，虽然我确信他们一点都不会考虑这个问题。离婚在当时的美国社会极受鄙视。尽管离婚率没有现在高，1905 年大概十二对夫妇中有一对会离婚，而 1970 年则是三对中就有一对。我很肯定我的父亲和母亲都期望能够长久且快乐地生活在一起。他们要抚养三个孩子，三个他们疼爱有加却明智地不会过分溺爱的孩子。

就在这一刻，我回顾我本章所写（还有我删掉的许多内容），我才意识到父亲在我早期生活中是一个多么高大的形象。不知不觉他就进入并占据了好几页的篇幅，我现在还能记起他为家庭生活所做的一切。他那么早就去世了，那时我才九岁，在我余下的漫长人生中，他似乎已经模糊到我仿佛不曾认识他。我还记得一些事。在那个年代他长得特别高大，有六英尺高并且身材匀称。我还记得他那中分的黑发，明亮而慈祥的双眼时而陷入沉思，时而显露悲伤，还有笔直坚挺的鼻子，坚毅而性感的嘴和结实的下巴。

他去世后，他的朋友试着总结他的性格，我自己也回想起一些。他的主要特质，有优雅、耐心、勇敢、坚定、勤奋、坚持不懈和绝对的诚实和正直，和所有人一样，其中不无矛盾之处。他的朋友和同事谈到了他的崇高理想和坚定信念，以上两点他持之如磐石一般，也并不偏狭。他们说他为人低调，甚至在法庭的战斗中也是收敛、克己。身为检察官的他对公平有着本能的追求，有时甚至让辩方律师都大吃一惊。他们赞扬他为人可靠、值得信任，对同事、家人和朋友都是绝对忠诚。他们惊叹他投入每一件事的热情，不论公民义务、教会服务，还是检察官工作，他都兢兢业业。《芝加哥论坛报》认为，他因为最后一件案子频繁出庭，过度操劳而丧命。

他留下的藏书和笔记显示他读过大量的史书和传记，还有一些诗歌，而小说极少。他喜欢阅读古典希腊语和拉丁语的书。在这些几乎已经死去语言的字里行间，满是他的下划线和评语。这些书一定占据了他大量的阅读时间。为案件做准备他需要用大把时间去读法条，还要抽出时间陪孩子，我不知道他怎么可能有多余的时间来阅读。他在周末和假期都陪我们玩耍，到他在地窖的工具车间教我们木工，冬天带我们去滑冰，夏天则在杰克逊公园的潟湖里划船，并且如前所述，和我们分享他对钓鱼和划船的爱好。

自弗洛伊德以来，人们通常将人的情结、障碍和失败归结于孩童期同父母的敌意。但我实在无法将这作为我各种缺点的借口，因为我由衷敬佩并爱我的父母。我这么说没有夸大，也没有丝毫不情愿，而是出于真心。我们之间毫无憎恨，毫无敌意，也未曾忽视对方，我们是亲密无间的家庭。也许部分原因是那个年代的生活节奏比较缓慢，没有刺耳的摩托车、电影、收音机和电视的干扰，没有现今人们司空见惯的其他玩意儿，没有这些占据我们大部分生活的事物。父母有更多的时间陪伴孩子。我们很满意彼此的关系，喜欢在家里进行愉快的谈话。我们家不会全家老少围在电视旁，呆呆地盯着愚蠢的电视机看上几个小时。如果我父亲没有那么早去世，我也许会和他闹叛逆，起码会反对他的保守和顽固的原则，但那已经是不可能的事了。

抛开遗传的因素，我父亲对我有什么影响呢？这很难说清楚。也许最大的影响是诚实、正直、谦逊和忍耐的品质，以及对音乐、学习、文学和生活的热爱。

1913 年 2 月中旬，阴冷而灰暗的一天，街道和人行道上都积满了雪。一个突如其来的变化到来，我认识了九年的芝加哥的奇妙世界戛然而止了。到 1 月底，我父亲患病卧床，这在我们家还是第一次。他在一个大案中担任政府首席检察官，为此他劳心劳力。这个案件在报纸头版已经刊登好几周，为了这个案件他持续好几个月日夜不停地工作。他一直抱怨自己腹部右边剧烈疼痛。医生诊断是由于神经疲劳引起的肠胃病。他们适量地开了药以缓解病情，但是结果适得其反。我们好几天都听见父亲在楼上卧室吃痛呻吟。对我们来说这十分罕见，因为他一直都是个坚忍的人。最后，陷入绝望的母亲打电话给芝加哥的一流内科专家比林斯医生。他过来看了一眼我父亲，摸了摸他的腹部及其两侧，很快诊断出是阑尾炎。他马上叫来了救护车，载他到医院做切除阑尾的紧急手术。在救护车到达医院之前，阑尾穿孔引起了腹膜炎。医生实施手术切除阑尾后，将父亲列入了"病危"名单。

匪夷所思的是，那时的医学界对阑尾炎知之甚少。现在的阑尾炎还不如必须切除的扁桃体感染严重。现在阑尾炎很容易诊断，切除手术也只是常规做法，病人四五天就能出院。但在1913年，人们对阑尾炎所知不多，不容易诊断，也不容易手术，许多人因此丧命。

人生中第一次面对父亲即将死去的事实，这是任何一个九岁男孩无法想象的，我同样不能。有两三次我们这些孩子被带到父亲的病房。看到他备受折磨的脸，听见他微弱的声息，我们怕极了。医生说他正在为自己的生命进行着搏斗，他的忍耐力和求生意志也许能带来一线生机。手术后十天，情况似乎有所好转。我们再次见到他时，他看上去好了一点，说话稍微有力了点，脸颊也红润了些。他对我们微笑，向我们保证过不了几天他就能回家了。我们真的大大松了口气。我母亲一直装出镇定自若的样子，这回才真的松了口气，回家途中还给我们买了冰激凌。2月12日，《芝加哥晚邮报》发布了一条振奋人心的新闻：

> 华盛顿公园医院的医生宣布美国地方检察官助理苏厄德·S. 夏伊勒已经脱离危险。夏伊勒先生在两周前做了阑尾切除手术。他的病情一度极为严重，性命堪忧。

待在家里的我们为这个好消息欢呼雀跃。我们开始为他的归来做准备。母亲提到要带父亲到加利福尼亚南部调养，她说她会顺便带我们见识"西部荒原"。那时上四年级的我就坐在教室里发呆，没法专心听课。我重新振奋了精神。但没过多久，我们才刚刚消化了好消息，坏消息就随之而来。腹膜炎的毒素之前似乎已经得到控制，但又开始扩散。医院马上召集专家进行二次手术，结果抢救失败。2 月 18 日的凌晨 0 时 40 分，再过半年就是他 42 岁的生日，再过两天就是他结婚 14 周年的纪念日，我父亲却死了。我母亲、他的父亲和哥哥、美国检察官詹姆斯·H. 威尔克森陪伴在他身旁。我们这些孩子是在夜里被叫醒后知道这个消息的。我根本不能理解我父亲永远离开我们的事实。

"他在人生的黄金时期离世。"在我们家客厅和餐厅举办的私人告别仪式上，我听见长老教会的牧师这样吟诵。之后是伍德朗公园会所的共济会追悼会，在那里将随这个男人的棺木深埋黄土的悼文被一一诵读。但我还是不大相信他已经死了。我总有种感觉，他会像《圣经》里的耶稣一样复活，再次来到我们身边。直到几天后，我们到伍德朗墓园进行简单的火葬，我看见他唯一留下的躯体被烧成灰烬时，才接受了他死亡的事实。

在那时，我对这事似乎没有了知觉，在那之后永远地无知无觉了。在成长过程中，我越想这件事，就愈发肯定生活没有意义、没有目标。我父亲到了濒死之际还在思考，有人告诉我，这是上帝的旨意，我们都得接受。可我就是接受不了。如果他的死是上帝的旨意，那我怎么能相信上帝是公正的？有什么正义会在一个 41 岁男人为人生做好长远充分的准备、正要实现自己抱负的关头，夺走了他的生命？人生来不就是为了实现自我吗？如若不然，我们为什么要出生，为什么要做那些无谓的挣扎？

1913 年，一个世界随着我父亲的死而消弭。在那之后不久，也就是第二年，第一次世界大战爆发，我父亲所熟知的世界陷入动荡不安。两代人以来，西方世界处在和平之中。人类相信自己、信仰上帝、憧憬未来，他们感觉自己的生活安然无忧。他们相信进步是生命的外部规律。尽管社会有不足之处，但是人类在通向自由、快乐、富足的应许之地的辉煌道路上势不可挡。科学、技术、发明让人看到黄金时代的希望。机器将人类从单调沉闷的工作中解放出来，带给他们优越的生活和追求休闲的自由。医学的进步延长了人类的寿命，让他们的身体更加健康。长途运输的快速发展，铁路交通的发达，大西洋的特快客轮、电报、电话和无线电，还有初露端倪的汽车和飞机，把全国各地乃至全世界的人都连在一起，使他们成为和睦的邻居。自从文艺复兴以来，人类天才的奇思妙想从未如此源源不断。人们那时很少有疑惑，而之后我们迷茫的年代，诗人奥斯伯特·西特韦尔回顾 1914 年前的黄金时代，对那个时代的高昂情绪、优雅美好的生活以及充满幻想的人们惊叹无比。

我父亲就生活在那样一个年代。那个年代没有世界大战、冷战、革命、种族灭绝、法西斯主义、共产主义、极权主义独裁者和原子弹。我确信，在我父亲过世时，世界仍旧完全处于一片祥和之中。他完全想象不到一年后斐迪南大公这个他也许闻所未闻的人，在萨拉热窝这个他必定也是闻所未闻的巴尔干半岛边远小镇遇刺，此事引起了他原以为理智而美好的世界横尸百万，而这些死者和他一样正派，一样天真，一样充满希望和信仰。他也根本不会预料到，这样不可理喻的大屠杀会在25 年后的第二次世界大战中再次出现，且规模更为庞大。而之后，地球上的孩子都将生活在一个恐惧弥漫的世界，生怕原子弹爆炸一两个小时后将一切化为乌有。在 20 世纪过了将近75 个年头时，他的祖国，当时世界上最富有、军力最强、宣称自己爱好和平的国家却用炮弹摧毁了一个偏远的亚洲农业小国，而这个国家从未对我们造成任何威胁。忠诚直率的父亲也绝不会预见到美国总统对大众的洗脑——宣称"战争即和平"。

正如我们所见，一些美国作家和哲学家开始发出警示，尽管美国 20 世纪的第一个十年承蒙天眷、成就斐然，但事情远没有那么好。我怀疑父亲是否听到了他们的警示。例如，我想他没有注意到他钦佩的美国文学泰斗威廉·迪安·豪威尔斯得出的苦涩结论：文明到最后才发现走错了方向，而他憎恶这样的文明。我想父亲也不会认同，他最喜爱的作家之一的马克·吐温在私下写道"该死的人类都是一群胆小鬼"，文明在掠夺财富中败坏了，美国梦破灭了。相反，我确信我父亲虽然过世，但他至死相信美国梦正在一步步实现。

几周后，我母亲出租了芝加哥的房子，我们打包好行李准备到她父母所在的锡达拉皮兹的家。在那里我正好赶上学校第二学期的开学时间。就在那爱荷华州的滚滚玉米地里，我长大成人。

尾　注

[1] 爱荷华州得梅因的威廉·莫里森是美国公认的第一个制造汽车的人。1892 年，他来到芝加哥之前，汽车就已经出现在这个大城市的街道上。起初芝加哥人都不敢相信自己眼前所见。当地报纸这样描述汽车的出现：

> 自汽车出现后，满载的马车前头无需马匹牵引就能在街道上疾驰，而车上显然也没显示它的动力来自哪里。这样的景象哪怕是机警的芝加哥人都觉得不可思议。
> 人们好奇地围观，驾车者穿过繁忙的街道时都不得不请警员帮忙疏通道路。

> 目睹这"前头无需马匹牵引"的奇妙装置，人们都吃惊不已。美国军队则十分谨慎，在 1899 年宣布："陆军部打算购买三辆汽车供军官使用。但每辆汽车都要配备一头驴，以防车子突然不跑了。"

[2] 将近 75 年后，也就是 20 世纪 70 年代，人们仍然不大确信。有证据表明，库克博士很有可能如他自己所宣布的那样到过北极点，或者是到过接近北极点的地方。皮尔里得到了美国海军、美国总统和国家地理协会的赞助，而孤单的库克博士几乎没有参加过一场公正的听证会，媒体也说他是个骗子。后来他被判邮件诈骗，因为他在邮件中夸大了他的公司在得克萨斯石油开采中的生意前景，随后公司股票大跌，他本人也在莱文沃思度过 12 年监禁生涯。两位享有声望的作家调查了库克的一生。安德鲁·A. 弗里曼在《库克博士的案件》（1961 年）中、

休·埃姆斯在《赢者输光：库克博士和被偷走的北极点》（1973 年）中，都认为他在得克萨斯案件中是无辜的，他也确实是第一个到达北极点的人，他也许是"美国历史上含冤受屈的头号人物"。

[3] 1901 年，麦金莱总统在布法罗泛美展览会被无政府主义者利昂·乔尔戈什暗杀后，副总统罗斯福继任为总统。俄亥俄州的百万富翁、政治首脑马克·汉纳为麦金莱策划过 1896 年和 1900 年的总统选举，听到这个消息，他大呼："看看，这该死的牛仔竟然当上了美国总统！"

第三篇

在爱荷华州的成长：
1913—1925

第六章

锡达拉皮兹

锡达拉皮兹是爱荷华州的新兴城镇，坐落于锡达河两岸，处于玉米带的中心位置，拥有在全世界都数得上的富饶农田。1913 年春季，我们到达这里时，小镇的人口不过3500 人。一座座谷仓耸立，其升降机足有 12 层楼之高，在群山的环绕下，俨然是地平线上的一景。这些谷仓属于桂格麦片公司——世界上最大的谷物加工商。繁华的商业区占据四个街区，四处分布着六至十层高的办公楼，从河流下游延伸到同等距离的铁路干道。在那里，四大主要铁道上的乘客和运货车没日没夜地喧嚣不止。其中一条是芝加哥和西北地区的主干线之一，列车从芝加哥横贯大陆到达奥马哈，再经联合太平洋铁路到达西海岸。出入商业区的人不得不冒着生命危险横穿过道，还常常要耗上起码 15 分钟等一列货运列车经过。那时还没有交通灯，只能见到举旗看守那熟悉的身影。他们站在六个人行道口，白天挥舞着手中的红旗示意火车来了，夜间则手提红灯指示。遇到雨雪天气，特别是到了晚上，要看清看守们模糊的手势尤为困难，那就只能碰运气了。而在这样的赌博中，有许多人轻则缺胳膊断腿，重则搭上性命。

这个城镇整洁、保守、自足、尊教（主要是新教），繁荣并茁壮地发展。商人、银行家、制造商和房地产经纪人主宰着城镇。这些人多出自拓荒者之家，从地价飞涨的房地产中攫取了第一桶金。因为这地方逐步从河村发展为热闹的"大都市"，成为爱荷华州中东部的交易中心。早期的定居者几乎不费一分一毫就能买到大块土地，通常是按照政府每公顷 1.25 美元的定价。当农场被分割成商业区、工厂和住宅区这些价格奇高的小地块时，这些土地又能以五倍、十倍、百倍、千倍甚至更高的价格出售。

在榆树成荫的宽阔街道两旁排列着白框红砖的维多利亚式房屋，沿着缓坡延伸到铁路干道，那些定居者的子孙就住在这里。我们到这里的时候，他们正开始搬往丘陵起伏、树木繁茂的郊区，那里有更好的房子。他们也正开始丢掉漂亮的马车和活泼的马匹，换乘了汽车——有电动轿车、斯坦利蒸汽汽车和嘎嘎作响、吵人的汽油驱动车。

在我们还住芝加哥时，我在假期偶尔来过这个城镇，但我这次到来感到全然陌生。我母亲、弟弟、姐姐和我从联合火车站飞奔而下，投入鬓发斑白的外公、外婆热情张开的臂弯里，他们帮我们搬行李，用马车载着我们离开车站。我母亲看上去同我一样消沉，她还未从丈夫猝亡和梦想破灭的创伤中恢复过来。时过境迁，她不得不回到故乡的父母身旁，但她婚后过惯了芝加哥的大城市生活，她感到故乡太小了。尽管我们都还年幼，在父亲死后那个惨淡的 2 月，她还是和我们讨论了今后的打算。父亲留给她一万美元的人寿保险赔偿金，还有在芝加哥价值 6500 美元的房子，她每月从中可以收到 50 美元的房租。现在似乎只剩一条出路了，那就是回到她出生的地方，回到她父母的身边，在他们的帮助下，尽最大努力养育三个孩子。

从联合火车站可以看见商会竖立的一块大型标志牌，目的是吸引四条铁道客运列车上往来乘客的眼球，上面写着："锡达拉皮兹令我满意！也会令你满意！"在我看来，忽然从大城市搬到这样的乡下，这话还有待商榷。

我渐渐长大，慢慢了解了这个城镇的一点历史。尽管镇里的商会和大批热情的拥护者都不愿提起，但锡达拉皮兹确实是由一个臭名昭著的偷马贼建立的。这个小镇的第一个市民居然是个人见人憎的家伙，名叫奥斯古德·谢泼德。此人于1837年来到这里，而在一年后国会将爱荷华划入国家版图，印第安人被驱逐出去，为美国白人来此定居打开大门。谢泼德就在湍急的河流边上搭了所木屋，之后这个城镇就以"湍流"——"拉皮兹"（rapids）命名。次年，他就接来了妻子和两个孩子，将他简陋小屋扩建成一家"酒馆"。酒馆的生意极好，有上百名拓荒者会在这里歇脚，让马、驴歇口气，自己也养足精神，接着涉过河水的湍流继续向西行进，但谢泼德最来钱的业务显然还是盗马。有位虔诚的长老教会的牧师在汇编小镇的历史资料时提到，他小时候就认识谢泼德了，他还说这酒馆后来成了一帮烂酒鬼的巢穴，这帮声名狼藉的人还组成了战绩斐然的盗马团伙。谢泼德用他随身携带的步枪保住了自己的利益，赶跑了企图夺取附近土地的移民，还恐吓试图觊觎他"贩马"生意的所有人。最后在1841年，他将土地所有权转让给了一群新到的移民，这些人早就盯上了这地方的湍流，将之视为磨坊的水力资源。

这些新来的移民有不同的出身背景，他们从东部取道俄亥俄或密歇根而来。他们老成持重，是正直的基督徒，还受过一些教育。他们独具慧眼，看到了在这尚未开发的地区经商的机会。他们认为这落差14英尺的湍流是建立水坝、发展水利的绝佳地点，可以利用水车来伐木，磨小麦、燕麦和玉米，还能转动织布机织羊毛。用于种植和畜牧的农田可谓物产丰饶，成品就用平底船顺流而下运到密西西比河，再从那里运往广大的陆地市场。小镇的繁荣壮大首先依靠河运，其次，东部正在修建的铁路可能连到这里，带来新的机遇。小镇位于芝加哥的正西方，从芝加哥来的成百上千的移民越过密西西比河向西行进，进入刚被纳入国土的爱荷华州乃至更远的西方。

七个移民买下了谢泼德的所有产权，包括湍流两岸的土地。19世纪四五十年代，又有十余人被他们鼓动，带着资金和技术离开东部来到这里。他们在这里修建水坝和磨坊，开设商店，发展交通，规划城镇建设，鼓励在所有肥沃的土地上种植和畜牧，这些人就组成了我们那个时期的"第一家庭"。我母亲过去常常向我父亲提起他们，但父亲不大感兴趣。他只想尽快摆脱爱荷华州的小镇生活，摆脱精英人士狭隘的思想。

这些第一家庭通过相互联姻，接二连三地建立新事业，形成伙伴关系，紧密地结合在一起。他们开办了一家家新的企业，积累了大量财富，拥有了大部分的土地和生意的命脉。他们修建了铁路，开通了汽船航线，办起了报纸，创办了新教教会，成立了一所大学，建了旅馆，其中一人还建了歌剧院。这个歌剧院半个世纪以来都是爱荷华州的骄傲。我年轻的时候常到那里聆听诸多伟大歌手和音乐家的演唱，观看世界著名演员的演出。和欧洲的贵族一样，他们偶尔会引入新的血液来巩固势力，给女儿挑选合适的丈夫，以及有资本、有干劲、具有开创新事业动力的年轻企业家。在后一种人中，就有一个人的磨坊成了桂格麦片公司的总部，还有一个人的工厂在半个世纪中都是芝加哥西部最大的肉类加工厂。

一开始，吃苦耐劳的开拓者都没受过什么教育，没有文化，没时间也没机会学习，而在我这个年代，他们的子孙纷纷送年轻一代到东部的常春藤诸大学深造。他们资助交响乐队在当地演出，如帕岱莱夫斯基[①]和克赖斯勒这样的音乐家，萨拉·伯恩哈特这样的舞台之星，还有一开始饱受贫困，最后风靡全美的年轻画家。他们懂得如何握住到手的钱，如何让钱生钱。他们中许多人也乐善好施，支持并时时关注镇里的福利事业。此外，他们还将社区的公立学校办得和国内其他地方一样出色。医院更是一流。继卡耐基为大型建筑提供资金后，他们也纷纷慷慨解囊，资助公立图书馆，给教会捐款，如基督教青年会、基督教女青年会和男女童子军，还做了其他慈善工作以维持社区居民的日常生活，特别是那些焦躁不安的年轻人，让普通民众多少能安于现状。

然而，我在这个小镇长大成人的过程中，发觉他们虽满怀着基督教热情，实际上却极端保守，顽固不化，有点自以为是，略显势利，还一意孤行，强迫其他人遵守他们狭隘且枯燥的道德观念。这是这种传统小镇的一大特征，而我拒不接受、抗争到底。我渐渐发现镇里的上层社会——如果这个说法可行的话——和美国其他地方没有两样，仅仅只是靠金钱来获得优越感。从某个角度来说，确实是他们让小镇从开始的不毛之地发展到如今的繁荣昌盛，而现在他们就理所当然要主宰它。

1841 年，这七名定居者买下了偷马贼窃据的所有财产。同年，其中的一人还购买了 4000 蒲式耳[②]的小麦，装到三艘平底船上，涉险往河流下游驶去，经由密西西比河到圣路易斯，最后在新奥尔良卖掉。这是这个小村庄的第一笔冒险买卖，在水坝边的磨坊还未建成前就已经做成的买卖。两年后，

---

① 帕岱莱夫斯基，波兰钢琴家、作曲家和政治家。波兰独立不久即出任第一任总理（1919），但十个月后辞职重返乐坛。

② 蒲式耳是谷物和水果的容量单位，1 蒲式耳相当于 8 加仑，即 35.2 公升。

第一艘明轮汽船"爱荷华女仆号"抵达湍流下游，载来了50名乘客和100吨货物。多数乘客，包括一名卫理公会派的牧师都留在了当地，并免费分得土地，兴屋建舍，人口陡然倍增。镇里货物的出口和廉价的进口运输渠道就这样开通了。经过几年的努力，河上交通兴旺了起来。为了分一杯羹，多数为早期移民的当地商人投资了两万美元在匹兹堡制造了自己的明轮汽船，这艘浅吃水船尺长155英尺，从俄亥俄河顺流而下，先后经过密西西比河和锡达河到达小镇。1858年夏季，这艘船载着84名乘客和300吨货物来到小镇，受到礼炮和烟花的迎接，人们大肆庆祝。在河水结冰前，船可往返圣路易斯12趟，这大大地促进了小镇的兴盛发展，也让船主的银行存款猛涨。

可是，虽然航运事业干得热火朝天，他们还是转向了更为便捷的交通方式，而这一做法推动小村迅速地发展为大城镇。他们盯准了铁路建设的动向：铁路线已经开始从芝加哥向密西西比河延伸。1856年，芝加哥和西北铁路线扩展到了锡达河，当地官员积极参与了芝加哥、爱荷华州和内布拉斯加州的铁路建设，让铁路线向西经过锡达拉皮兹，最后到达密苏里河河畔的康瑟尔布拉夫斯和奥马哈。

就在1859年6月15日的炎炎夏日，第一辆火车从芝加哥开入了锡达拉皮兹，五节简陋的客车车厢满载着从纽约远道而来的达官贵人。村里的1600名居民，再加上从周围县簇拥而来的2000人，包括附近塔马保留地的印第安人都赶来参加了庆祝仪式。他们视察了发出呼哧呼哧声的烧炭的"铁房子"后，列队穿过车厢，在铁路干道几个街区外的"小果园"会合，坐在榆树下的长桌旁，享用烤牛肉，畅饮当地的苹果酒。这些贵客用完餐后，就聚集到丹尼尔斯大厅参加盛大的舞会，一直闹到了第二日拂晓。这必定是锡达拉皮兹的市民举办过的最大的狂欢会。我年轻的时候，年迈的居民还会提起这一盛事。他们说这个城镇就是这样来的。

之后十年里，小镇人口增加了两倍多，达到了 7000 人。这是火车载来新居民、发展新商业的结果。紧接着的十年，同样这批城镇推动者又修建了 400 英里长的新铁路，先后连接了伯灵顿、锡达拉皮兹和明尼苏达州，最后还连上了北部的明尼阿波利斯和圣保罗，以及南部的圣路易斯和堪萨斯城，人口因此又增加了一倍。这里成了繁忙的铁路枢纽，铁路通向四方。有新建的蒸汽厂提供动力，建造业如雨后春笋般大量涌现。周围的农民，我祖父夏伊勒就是其中一人，也开始用火车载着玉米和原木到芝加哥卖个好价钱。作为回报，他们以低于之前很多的价格购买了农用机械。几条主要铁路最后接管了当地交通线路。我到的时候，小镇共有四条铁路线，分别是西北铁路线、罗克艾兰铁路线、密尔沃基铁路线和中伊利诺伊铁路线。

在我生活的那个年代，有个精力充沛、富于创造力、积极进取、野心勃勃且敬畏上帝的人，名叫乔治·格林，他是大众印象中锡达拉皮兹的第一个市民。而真正的创始人、擅自占地者谢泼德因为格林和其他六位同伴向他买下了所有地产，揭发了他的盗马行为，最后被投入监狱。人人都夸格林是个杰出的人物，是早期移民的象征，因为他在 19 世纪的几十年间就将印第安人的中西部荒原改造成为世界上农业、商业和工业最为繁荣的地区。

1817 年，格林在英国出生，两岁时被带到纽约布法罗，十岁成了孤儿，只在纽约州立"院校"上了四年学，但腾出时间攻读法律。1838年，他带着女友来到爱荷华领地，在锡达拉皮兹附近定居，取得了土地所有权，教书并继续攻读法律。1840年他获得律师资格，同年，被选入地区法院工作。那年他才23岁。次年，他劝其他六个定居者一同谋取锡达河水力丰富的湍急处的所有权。从那时到1880年他去世的这段时间，他兴建了这个从无到有的小镇，拥有或参与了镇里的多数事业，建磨坊，搭桥梁，兴铁路，造汽船，起办公楼，开工厂，设旅馆，还创立银行，开印刷厂，兴办报纸，成立教会，甚至办起了大学。他还主导着密西西比河谷地的房地产生意，在纽约也有涉猎。他不仅在小镇当律师，还在芝加哥干过四年，担任爱荷华州最高法院的法官七年。他将他在小镇边郊的上千英亩农田发展为农业试验站，从15万棵水果树和装饰树中小赚了一笔；有过两任妻子，共生了12个孩子。

虽然我不是英雄崇拜者，但在我了解了这个人的各种事迹后，我感到疑惑不解，他怎么能够用短短的一生在荒蛮的边疆干出如此多的大事业，他才活到63岁。如果不是他有极强的占有欲，我不禁要佩服他纯粹的创造力，还要敬佩他的慷慨无私，因为他将他的多数土地财富和财产捐赠给了社会。这位老人早在我生活的年代之前就过世了，但是我相信格林家族还是当之无愧的第一家族，尽管这个家族不再是当地贵族圈里最富有的一家。

我母亲的父母无缘参与小镇的建设。尽管他们有纯正的英格兰、苏格兰和威尔士血统，但他们到锡达拉皮兹的时间相对要晚，是在内战后三年，而且他们一直以来都维持在中等收入水平。我慢慢才知道，这样的家庭也书写了美国的大量历史，只有小镇的少数精英人士才能相较一二。但是他们对此十分谦虚，特别是我外公弗兰克·坦纳，我一下子就喜欢上了这个老人。

　　他所传承的坦纳家族是 17 世纪中期来自威尔士和英格兰西部的移民，在刚成为殖民地的罗德岛定居。据家谱所载，他们是"对严格的清教徒持异议者，支持罗杰·威廉姆斯的自由原则"。我很快就发现，我外公绝对称不上是个清教徒，也许在我们的友谊发展之初，就是他的这一品质打动了我。

　　1740 年，他的曾祖父从罗德岛往"内地"迁移，搬到了康涅狄格，在一个叫作康沃尔的地方定居，就在这一殖民地丘陵起伏、树木茂密的西北角。生活中总会遇到这样的巧合，二战后，我就是在康沃尔附近买了个小农场，然后我惊奇地发现，不仅是坦纳家族，我外婆的先祖劳伦斯家族，也是 18 世纪 40 年代来此定居的第一批移民。在此之前，我对家族历史和族谱都没什么兴趣——这种话题吸引不了我——但也许是年纪渐长的缘故，我居然能在周围挖掘出如此多早期移民的家族历史。一旦遇到不解之处，我就会通过古老的乡村记录和家庭文件，开始深入探究自己的背景。弗兰克·坦纳的祖父和父亲竟然是出现在美国早期历史中的人物。

　　他的祖父叫托马斯·坦纳，1741 年在康沃尔出生，这地方离我农场不过几英里。他 18 岁时被征入康涅狄格军团，在法国和印第安人的战争期间服役两年。1773 年，在祖国受到战争威胁的时刻，他在康沃尔协助建立民兵组织。战争爆发后两年，他被任命为民兵组织的少尉，投奔华盛顿将军，加入战斗。在长岛，他参与了这次战争的前几次战役，后来撤退到纽约、哈勒姆、华盛顿高地和华盛顿堡，在那里他同两千多名来自康涅狄格和马里兰的军队一起被俘。战后，他被释放之后，越过战线到了纽约州，在新黎巴嫩定居。巧合的是，这地方距离我的现居地伯克希尔丘陵不过几英里。他在那里继续务农和建房，他是个熟练的木工。他开始接触震教徒①。1787年，他们中有几百人到此定居，成立了七个社区。他显然搞不懂他们，但还是钦佩他们。他在家庭记事簿里这样评价他们："一群坦率、诚实且勤劳的人，主要从事农业、园艺和扫帚制造这些职业。虽然他们的社会秩序单一，但生活一直都宁静而富足。"

对他来说，震教徒也许有点过分庄严了，所以他才会在1793年移居纽约的库珀斯敦，我外公的父亲就是在那里出生的。族谱对他的生平介绍十分简短："他只有小学文化程度，结婚，务农，有四个孩子。1852年，受到盛行的'加利福尼亚淘金热'的影响，他投身其中，'绕过合恩角'，却在8月11日丧生海上，时年47岁。他是个积极且优秀的基督徒，他最终的死亡令人哀叹。"

我本人不大相信遗传，但有趣的是，我发现我的这两位直系祖先都是富于想象和冒险精神的人，一个是我国最初两场战争的战斗英雄；另一个为了到加利福尼亚淘金，竟敢搭乘破旧的横帆船绕过合恩角，进行危险的远洋之旅。在我们生活的舒适年代，通过族谱了解不久以前祖先的艰苦生活是极富启发性的。一个家庭成员回顾在康沃尔和新黎巴嫩的"古时候"提到，"那时候我们的祖先就住在那里的小木屋，吃的是勉强够饱的粗粮，穿的是手工亚麻布和毛织品，几乎没有机会接受教

---

① 震教徒，又称为震教教友会教徒，是贵格会在美国的支派，现已基本消亡。震教徒的赞美诗、灵歌、舞蹈等非常著名。

育、学习文化，忍受着匮乏和困苦，但是对生活总是充满美好的希望，希望过上好日子，希望过得更幸福"。

他们给孩子取的名字当真千奇百怪！威廉·坦纳是托马斯的兄弟，也是在康沃尔长大的，他给他的几个孩子取名叫泰艾尔（Tryal）、伊弗雷姆（Ephraim）、埃比尼泽（Ebenezer）和康西德（Consider，意为"考虑"）。他的妹妹米赫塔珀尔（Mehetabel）给她的一个孩子取名萨布米特（Submit，意为"屈服"）。

弗兰克·坦纳的父亲在海上丧生时，他才八岁，也就是说，我外公比我小一岁时丧父。他自幼就相当独立，我也是。1861 年，17 岁的他加入了北方的联邦军，先是担任鼓手，战争期间在步兵团工作，参与了几次重要战役，其中的葛底斯堡战役中双方都伤亡惨重，对此他比谁的印象都深刻。

他的小图书馆里的大半藏书是关于内战的，许多是写葛底斯堡战役的。他常同共和大军的老兵兄弟一次次复盘那次战役。在他去世前，我们到这里的那一年，我两三次吵着让他给我讲那场战争。他起初不愿意，也许认为我太小了，不会明白，但最后他还是取下了书本，铺开了地图，将这场战役从头到尾讲了一遍，高潮是他回忆了血腥的皮克特邦联大军冲锋战，这是他生平所见最凶残的大屠杀。他是个谦逊的人，不大能言善道，可是唯独在这一时刻，他似乎受到鼓舞，而我则坐在一旁听得入神，聚精会神地阅读书里的事迹，研究地图，同他寸土不让地重打这一场硬仗。

根据家族传说，他在战争中受过三次重伤，但我每问起这事，他都闭口不谈。他用舍曼的俏皮话打发我，说战争是地狱，还补充道："孩子，这可不是什么好玩的事，那场战争中的打斗场面，谁要说很好玩都不要相信。"但很快，我就发觉他跟随联邦军队的四年是他人生中一次伟大的冒险。战争在他21 岁时结束，而他的成年生活才刚刚开始。1865 年，他退伍后回到了北部纽约的故乡，两年后同他之前抛下的女孩成婚。经历了这么多年的惊险刺激，他按捺不住，向西行进，在锡达拉皮兹定居，担任纽约格洛弗斯维尔的手套制造公司的中西部代表，以此养家糊口。

我对外婆的家族所知不多，也许因为她是我逐渐心生憎恨的女人。但再次巧合的是，二战后，我住在康涅狄格州的农场，发现她的一个祖先正是康涅狄格西北部的第一个定居者，他在康沃尔北部发现了他的"迦南城"，最后在那里建了一所大木屋。这房子现在仍保存着，我还时常经过。他是劳伦斯"上校"——"劳伦斯"是我外婆的娘家姓。外婆偶尔会提起"马萨诸塞的劳伦斯家族"，有时我外公会插上一句："该死的圣公会信徒和卫理公会主教，那帮姓劳伦斯的！"他们中的一些人确实该死，可到了我生活的年代，他们依旧生生不息。我从家族照片和报纸图片看出，他们大多长着球状的鼻子，且鼻孔大张。外婆也不例外。我们用"劳伦斯鼻子"来称呼这个家族的人，特别是称呼我外婆，她那张有点刻薄的嘴脸，让我看着就心烦。

她确实是个刻薄的女人。她不仅爱责骂、唠唠叨叨地烦她丈夫，对我也是这样。她对我尤其严厉，揪住一丁点错就打，因此我们几乎不住第二大街811 号的屋子。这屋子在辛克莱别墅的街对面，同范韦克滕①就隔着几户人家。我受了数月的责打后才接受这样的事实：同一个丑陋的老太婆同住，就得适应

---

① 他的儿子卡尔·范韦克滕是美国作家、摄影师。

这样的日子。我开始琢磨她的种种蛮横举动。有天我突然想到，我块头比她大，身体也比她健壮。于是我决定，她下次如果再打我、使劲推我的时候，我一定要反击。某天早晨，她又重重打我一拳，把我打倒在客厅地板上。这正是我等待的时机，心头大喜。我站起身来，正视着她。"外婆，"我说，"这是最后一次了。你再也没机会这样打我了。"

"为什么没机会了，小鬼？"她大吃一惊地问道。

"因为……"我猛地一拳打在她脸上，把她推出房间，结果她被椅脚绊倒，直直地躺在地上，呻吟着，号叫着。我母亲闻声从厨房赶来，场面陷入一片混乱。我内心不由升起一股罪恶感，我不是有意让她跌倒的。我和母亲跪在她旁边，吓坏了的妹妹取来了嗅盐。我们弄醒她，将她扶到床上，她躺在床上咒骂了足足一天。这事之后，她再没打过我，连责骂也少了。虽然我母亲臭骂了我一顿，但我能感觉到她心里其实站在我这一边。

对这个外婆我一直有个疑惑。她虽然又刻薄又暴躁，却对养花满腔热血。从早春到晚秋，她不停歇地专注于花园的工作：紫丁香、牡丹、玫瑰，还有为插花准备的植栽。她的花坛干净整洁，她每天都除草。我们的一大矛盾就是我一点也不乐意给她帮忙。我讨厌除草，但我得承认除草是有必要的。周围的邻居都对她的花赞不绝口。外婆不但给房子装点了各种各样五彩缤纷的花朵，也给邻居送去大把花束。她完全有理由以此为傲。但是，我想不通的是，这样一个酷爱花的人怎么会对人这样凶狠？如果你热爱生活，热爱美丽的植物，为何就不能对自己的丈夫、外孙子和外孙女展露同样的爱和体贴呢？

我恨她，却十分喜爱我的外公。他是个极其温和的老人，顺便提一下，他比外婆还小五岁。他是个极为幽默的人，有容人的肚量，甚至对他那个难缠的老婆也宽容大量。面对她的指责，他从未回嘴，只在他海象式胡子下苍白无力地一笑而过。每次等到她发威完毕，他都会悠闲地走到二楼那间小巧舒适的书斋，坐在书桌前抽烟斗、看报，或从书架取书来读，通常是关于内战的一卷书。在我看来，他似乎多数时间都窝在那里，这没什么好指责的。

他称不上知识分子，我父亲也称不上。我想，他从战争归来后就再也没有回过学校。他接下来的生活就是在大马路上替格洛弗斯维尔手套制造公司兜售手套。1913 年，我们到他家的时候，他基本上退休了，显然他的银行积蓄只够他在这大木屋里舒适地度过余生。这房子有四间大卧室，二楼有一个浴室，他和他妻子住在一楼的一个卧室里，附带一间浴室，还有一间宽敞的餐厅，一间更为宽敞的休息室，一个奢华的会客厅，会客厅外有一条沿房子正面和一侧的走廊。

在那个年代的那些地方，走廊通常是房子和家庭生活的必要组成部分。每到夏日温暖的午后，女士们就会坐在长廊的摇椅上，摇着扇子，啜饮柠檬汁或冰茶，相互问候、闲谈，或留心观察人行道上经过的人，看着双轮单座轻马车或新发明的汽车在街上穿行。镇上的人都是这样度过他们的夏日午后，除了一些显要人物，他们的大别墅建在常春藤环绕的砖墙后，和街道隔着很长一段距离。在爱荷华州暑热难耐的夜晚（附近农民发誓他们真的**听见**了玉米破土生长的声音），老人都会相聚一堂，男人加入女人的阵营，也躺在摇椅上，一只手扇风，另一只手用火捻赶蚊子。一些家庭在走廊前设置围屏，而我外婆反对这样的做法。她会说："隔着围屏，谁能看清人的灵魂？"

　　我猜想我外公在思念他过去住在大路边的日子。那时他同售货员、旅游的律师和法官都相处融洽。他或在列车的吸烟车厢里，或在这新兴小镇旅馆的走廊和酒吧里住上一两天以展示他的商品。他虽算不上自来熟，但也是个温和友好的人。

　　他依旧喜欢在傍晚晚饭前到酒吧闲逛，畅饮一两杯酒水，通常是和共和大军的老兵兄弟一起，这样的举动每每让我外婆间歇性发作一通，因为她自己是个禁酒主义者，就想让其他人也禁酒，特别是她的丈夫。我们透过休息室的凸窗看着他从常去的地方归来，欢快地大步跨上木质人行道，也许嘴里还在哼唱过去军队的调子。而我外婆就会认定他是喝酒了才步履蹒跚，尽管在我眼里，他的步伐还挺稳健的。没等到他走进自家房子，把礼帽搁在衣帽架上，外婆就已经冲到他跟前，凑到他脸上，可不是为了索要亲吻，而是要嗅他的口气。紧接着，她就雷霆大怒，照她的话说这是"恶魔朗姆酒"的罪恶——尽管外公只喝威士忌，从未沾过其他酒。他会设法绕过这个老女人，和我们打招呼，还轻声问道："晚饭做好了吗？我的小宝贝们，我不介意告诉你们我饿了。"

　　"不为了我，也为了这几个无辜的孩子，行行好吧！"外婆若是能逮到他就会这么叫道，"你该戒酒了，弗兰克！你要知羞啊！"说得好像她多爱护我们似的！而外公唯一的回应就是，抱起我们其中一个，领着我们到餐厅。我母亲会在那里摆放餐碟，他就反复说着："我敢发誓，我现在就是一头饿狼。"在他拒绝回应他泼妇一般的妻子后，一切也就恢复了平静。他会同我们一道入座，饱食这顿可以填饱长尾鲨肚子的中西部豪华晚餐。

　　就在我们来这里的第一年年末，外公在熟睡中平静地离世了。对我来说，这是我在那一年里遭受的第二次沉重打击。我父亲走了，接着我外公也走了，这两个我深爱且敬重的人。外婆度过了之后痛苦难忍的四年，1917 年，美国参战那年，她也在睡床上过世。我必须承认，虽然我之前从未向人提起，我很高兴能见着她最后一面，这是我第一次也是最后一次对人有那样的感受。

在爱荷华州小镇的第一年里，我还是能知晓世界各地的消息，我养成了个习惯：将报纸从头到尾一页不落地通读一遍。尽管外婆认为这是浪费钱的行为，但我母亲还是订阅了《芝加哥论坛报》，最早的一版在早饭前送到。也许部分原因是她怀念那个城市，尽管在那里的生活十分短暂，却让她感受到莫大的幸福和满足。还有一个原因是她想让我们读着大城市的报纸长大，不管《芝加哥论坛报》多么糟糕——虽然它扬言要成为"全世界最伟大的报纸"。下午我们阅读两份当地的刊物——《公报》和《共和时代报》，这两份报纸的相互竞争给小镇提供了不少娱乐谈资。唉，由于它们后来的合并，这些趣味就不在了。

我最近查看小镇报纸的旧资料，想起了 1913 年春夏间一些振奋人心的往事。当地报纸刊登了许多内战老兵的讣告。《公报》指出仅在爱荷华州，每年就有 400 名老兵过世，很快内战纪念日的阅兵人员就不够数了。但在我们去那里的第一年的内战纪念日时，外公还是穿上了褪色的旧蓝色制服，参加了阅兵式，这也是他最后一次参加。我们在路边骄傲地站着，注视着他从我们面前经过，看外公同他那些同样白发苍苍的战友，和着伴奏鼓笛的节奏调整着步子。时光流逝，共和大军只剩下了几个人，纪念日游行也进行不下去了，人们对内战的记忆也日益模糊。我这时并不能未卜先知，但我很快就发现，许多规模更大、更血腥的战争将接踵而至（事实上在第二年就有）。在我今后余下的人生中，将会有上百万的老兵让各种老兵游行得以延续。

一篇报纸的头版消息《淫乱房子被突击检查！》想必吓到我外婆了，而她宽厚的丈夫应该不会大惊小怪。他们就在小镇干这样的事，就是这样表达对基督的忠心的！之后，当我更懂这个世界之时，我才知道河岸边确实有片"红灯区"，妓女在那里的第一街游荡，"那种房子"更是蓬勃兴旺。一些小镇老人谈起"泰勒太太和她的姑娘们"，尽管警察经常"突击检查"，但她们在世纪之交依旧生意兴隆，因为私下经常光顾的都是一些无可指摘的公众人物。毕竟这个小镇还是通晓人情的。另一篇头版报道的标题是《州立酒商协会宣称反酒吧团体是种威胁》。很快事实就证明，这种威胁超出他们的认知。

还有一个标题是《樱桃姐妹在水果雨中解约》，报道来自波士顿。樱桃姐妹就算不是锡达拉皮兹最大的骄傲，至少在当时也是名声大噪。她们的舞台表演糟糕至极，上百万人不过是出于变态的好奇心才买票观看。她们的表演滑稽可笑，所以必须在舞台前竖起铁丝网，保护她们不被起哄欢闹的看客投掷的卷心菜、臭鸡蛋、西红柿和旧鞋子击中。从我母亲和其他人那里我逐渐得知了这几位著名女士荒诞不经的事迹。她们出生于离小镇几英里远的农场，图谋"登上舞台"来还清贷款。在附近的马里恩小镇"试演"后，1893 年 2 月 17 日，她们在锡达拉皮兹的格林歌剧院"出道"。次日，《公报》这样评论：

昨晚在格林歌剧院，樱桃姐妹那没有尺度、令人难以忍受的表演超出了芸芸众生的理解范围……她们对戏剧没有一丝一毫的理解，她们一定没有意识到昨晚的自己像几个可笑至极的傻瓜。

稳重起见，我们不会明言她们是在演猴戏，但向她们扔鞋的举动已经足够具体地表达这样的想法……但是没有什么能赶走她们，哪怕是喊叫声、口哨声、咆哮声和尖叫声的多声齐响都不能降住她们。

我们须知一点，观众不是暴徒。恰恰相反，剧场正厅座位和特等席坐着的都是市里最优秀的人。

我父亲整理的《芝加哥记录报》的剪报，里面对樱桃姐妹光临芝加哥表示热烈欢迎，还介绍了继《公报》评论后的情况：

樱桃姐妹深受其伤，她们要告这个编辑诽谤。而在法庭受理这起案件时，法官决定让陪审团亲眼观看表演，这样才能判断这篇文章是否有恶意中伤的成分。但是，陪审团主席站起身来说道："法官大人，我们当中就有七人看过那场表演，我们宁可担着藐视法庭的罪名蹲监狱，也绝不忍受再看一遍的煎熬。"

尽管樱桃姐妹受到了这样的警告——也许正是因为这次风波，总之，她们声名远播了，不久就在纽约哈默斯坦的奥林匹亚剧场演出，座无虚席，每周有1000美元进账。我肯定正是这位伟大的经理人哈默斯坦，看到第一晚表演时的蔬果齐发，才好心地设计了金属丝网来保护她们免受掏了钱的观众的攻击。这铁网也成了她们环美演出必不可少的道具。这三个女孩，阿迪、杰茜和埃菲，她们的表演——如果这也能称作表演的话——包括用国旗包裹身体的爱国朗诵；各种愚蠢的歌曲，例如她们自己创作的《嗒啦啦》；她们还写了两部滑稽短剧《流浪者归来》和《吉卜赛人的警示》，内容是关于单纯无知的年轻女士在缺德的城市受到围攻。

一战结束后不久，樱桃姐妹就回到了锡达拉皮兹，显然是破产了，尽管报道称她们赚了大钱。她们开了家面包店。我母亲常常打发我到那里买自制的面包、馅饼和蛋糕，确实美味可口。这三姐妹让我这样的年轻人想起了旧时代残留的遗迹。她们围裙下穿着 19 世纪 90 年代的紧领长袍，干瘪的脸上浓妆艳抹。

"给我讲讲你们曾轰动一时的表演。"有天我到店里买了一条面包和几块蛋糕，这样请求埃菲——她是大姐。那时我已经是个有抱负的新闻记者。她开始支支吾吾，她两个妹妹更是一句话都没说。"我们正把这些经历写成书，"埃菲说道，"你到时就知道了。"据传言，这份手稿"弄丢了"。不管怎么说，这书从未出版，如果她们真的写过这本书，也应该无法出版。

1924 年，我永远离开小镇的那一年，埃菲跑去竞选市长，以"改革"的承诺拉票，最后她真的拉到了几百张选票。她是三个姐妹中活得最长的，1944 年去世，死在专为老人提供的简陋的寄宿房里。《纽约时报》倒还没忘了她这个人，用了一整个专栏刊登了她的讣告。

1913 年在小镇飞快地过去，报纸还报道了其他新闻。报道说布法罗·比尔"行将就木"，他是我崇拜的英雄之一。

在芝加哥时，我父亲还带我去拜访过他。约翰·皮尔庞特·摩根，这个非英雄人物，死在了罗马。报纸的头条新闻还说，在华盛顿，刚上任的民主党总统伍德罗·威尔逊曾向国人保证创立"一种新的自由"，宣告了托拉斯和游说团体的"终结"——我们当时还不知道，这是永远都无法实现的。我母亲兴味十足地看着报纸上对女性投票权的激烈争论，这类新闻多数来自遥远的伦敦。新闻标题称潘克赫斯特夫人"为纵火罪辩护"。来自英国的另一则快讯标题为《英国女权主义者扰乱德比郡——企图阻拦国王的马车》。母亲为镇里人对女权运动毫无兴趣表示悲哀，而外婆则说她搞不懂这样小题大做是为了什么。

我母亲吃惊地发现在她离开这么久后，这样的一个小镇竟有如此多的"娱乐"。她剪下了格林歌剧院的一则广告：

亨利·W. 萨维奇为您带来盛大演出

《普通女人》

150 人

交响乐团特别演奏

盛大的布景和绝佳的效果

她嫌价格太贵了吗？剧场正厅前排和贵宾席是 2 美元，楼厅一楼 1 美元，二楼为 75 美分，"观众席背后区"也称"黑鬼天堂"，只需 50 美分，那是我们年轻人的最终选择。

帝王剧院有"欧菲恩连锁剧院的顶级歌舞杂耍表演"，"所有座位，不分时段，统一价 10 美分"。虽然哥伦比亚和克里斯特尔这两个剧院有管弦乐队伴奏，并由好莱坞大牌明星出演，但票价只用 5 美分。这些大牌明星很快就成了我崇拜或暗恋的对象，他们是查理·卓别林、道格拉斯·范朋克、蒂达·巴拉、玻尔·怀特、诺玛·塔尔梅奇、玛格丽特·克拉克和玛丽·璧克馥。人民剧院的全部剧目"周日和周四下调价格"，有 1000 个 10 美分的座位，预留座位只要 15 美分。

所以说，这样的乡下地方也不是没有"娱乐"的。

我记得最清楚的是在锡达拉皮兹的第一年，报纸谈到欧洲正处于爆发战争的危险边缘。头条新闻报道巴尔干半岛的战争结束了，但能不能恢复和平还是未知数。支离破碎的巴尔干半岛小国卷入了几大强国，特别是俄国和奥匈帝国的纷争之中。在柏林，德皇威廉二世继续宣扬言过其实的威胁论，敌视俄国、法国，甚至是英国，英国也对德国海军力量的迅速增长忧心忡忡。欧陆强国狂热地秣马厉兵。我津津有味、不求甚解地关注着这些消息。

"你怎么总在看战争的报道？"外婆会这么问我，"那和你没一点关系。欧洲同咱们隔着十万八千里呢，孩子。"这话说得在理，欧洲离我们爱荷华州的玉米田就更远了。但是……

1914 年夏天，世界大战爆发了，那时我们在蒙大拿拜访舅舅，他是我妈妈唯一的兄弟。对我们孩子来说，这是第一次见识"西部荒原"：牛仔、印第安人、被赶拢的牛羊群、不羁的野马。山上空气清新，夏日落基山的户外生活无忧无虑。我们爱极了这样的日子。多德舅舅是个大腹便便、天性快活、大大咧咧的家伙。他一生都在铁路上工作，他是迈尔斯城密尔沃基铁路工厂的领班。迈尔斯城是个全面开放的边疆小镇，约有一万人口。和多数肥胖人士一样，他是个开怀的人，他大笑的时候连房间都在震动，他的脾气也很火爆，特别是被他老婆惹火的时候，这女人和我外婆一样也是个泼妇。

他们之前分开或离婚了，但近来又复合了，没有孩子。她很不满我们三个小捣蛋在她房里胡作非为，整个夏天都在限制我们的行动。"不要跑，不要吵！"她总是这样责备我们。舅舅听到就会吼她，有时受不了她或我们，他会跑到埃尔克斯饭店找他好友吃饭，以此调节心情。尽管多德舅舅时不时会在饭桌上发火，但他还是喜欢上了我们。他大手一扬，领着我们到埃尔克斯饭店吃午饭，或是到闹声冲天的周六晚"娱乐场所"，然后不无自豪地向老友们介绍我们。他领着我弟弟和我在密尔沃基工厂到处逛，让我们坐到火车发动机室里，有次还坐到了火车头里司机的座位上，这是辆向海岸进发的过路车。这更加坚定了我从未与人说过的抱负——我长大了要当一个火车司机。

迈尔斯城是两大横跨大陆的铁路——密尔沃基铁路线和北太平洋铁路线的经停站，这两趟铁路搭载的乘客和货物往返于明尼阿波利斯和圣保罗以及西北海岸的波特兰和西雅图之间。我弟弟和我，一个八岁，一个十岁，呆呆地注视着巨大的、喷着蒸汽的火车头牵引着横越全国的载客列车，不知疲倦。几乎每天我们都会到两个车站中的一个去看火车进站。[1]

当然，那年夏天，在蒙大拿度假的男孩还有许多其他的活动。我舅舅的"克里特车"（Krit）是镇里的头几辆汽车。每天晚上，他都会把我们放进车里，载着我们到乡下"乘凉"。每到周末，他会载我们参观大农场。我们可以在那里骑马，和我新近崇拜的牛仔英雄对话，或到黄石河边和山顶野餐。我从未有过这般妙不可言的夏季——虽然有个讨厌的舅母。

就在这年 8 月，欧洲爆发了战争，我缩短了户外活动时间，待在屋里看报纸。明尼阿波利斯和圣保罗的报纸会晚到一天，还有当地的《公报》，这些报纸头版标题都是粗黑大字。首先是 7 月底 8 月初的宣战，奥匈帝国战塞尔维亚，德国攻俄国，接着打法国，当德皇的大军入侵比利时时，英国向德国宣战。8 月第一周后，除了意大利，所有欧洲大国都加入了战争。我每天都详读报纸，研究我外公已经教会我怎么去看的地图。看到俄国攻入东普鲁士，法国攻入阿尔萨斯－洛林，比利时人通过列日和那慕尔两大坚固要塞顽强抵抗，我激动万分。因为我已经以我有限的知识决定了自己要支持哪个国家、反对哪个国家。德国对比利时的入侵使我轻易就能得出结论，必须阻止穷兵黩武的德皇。普鲁士的军国主义者，侵犯勇敢、中立的小国比利时的国家都该被击败。法国、英国和俄国必须担此要务。同我一起玩耍的一个同龄男孩的父母刚从德国归来，他的英雄居然是德皇，他吹嘘德国很快就会占领法国和圣彼得堡。我们先是唇枪舌剑，之后拳脚相向，非要辩出谁对谁错，最终胜利将属于哪一方。最后，年幼单纯的我对他说，我再也不想见到他了。

"为什么?"他问我。

"为什么? 因为你是我的敌人，"我回答，"你，还有你支持的德国人。"两者我都恨得牙痒痒。

临近 8 月底，在回家的途中，我们在圣保罗度过了几天。妈妈和妹妹忙着采购，弟弟和我就跑到旅店角落附近的报社办公室前站着看报纸，一看就是一整天。大布告牌上登出了战争前线的最新消息。比利时坚固的列日要塞已经顶住了强大的德军两周的攻击。我还记得，在列日被攻陷后，一篇布告说比利时的第二要塞那慕尔仍在艰苦抵抗，街道上的人群发出了欢呼声。

9 月初，我们回到了锡达拉皮兹，新闻上却噩耗频发。俄国在最初几次胜仗后，在坦嫩贝格遭遇了惨败，败在了名叫兴登堡和鲁登道夫的德国军官手下。西线的比利时终于失陷，法国北部被侵占，德军长驱直入奔向巴黎。那个秋季，我都无心上学。

9 月第一周结束时，好似奇迹出现一般，法国眼看就要落败，政府官员早从巴黎逃到了波尔多，法军竟又在英国的微薄支持下，在首都前停止了撤退，猛然反击德军，使之慌乱地退过了马恩河，打破了德军战无不克的传奇。我接连几周都在阅读当地和芝加哥的报纸，拼凑出那场不可思议的马恩河战役的"奇迹"。

巴黎，还有法国就这样奇迹般被保住了。大家都说战争估计在圣诞节前就能结束。时事评论员在报纸上写道，在圣诞节前，交战双方都无力再进行这样大规模的战斗了。在美国，特别是在我们这个小小的爱荷华州小镇没有人知道，似乎遥不可及的四年战争即将到来，我们的国家也会卷入其中，我们街区的年轻士兵会因之丧命，千万人遭到屠杀，欧洲的财富也将在烽烟中耗费一空。

9 月末的一天，当我蹲在地上，全神贯注地看着战争地图时，我母亲训斥我："你要到什么时候才回去读你的书？他们和我说你在学校表现不好。这很丢人。"

杰克逊小学——镇里所有小学都是以总统的名字命名的——是个方形的、铺着红砖的两层房子。八个年级分布在每层楼四角的大教室里，从楼梯上到第二层就正对着校长办公室。我很快就发现使用这间屋子的弗朗西丝·普雷斯科特女士是个了不起的人。她是爱尔兰人，身材高大，头发蓬松，性格活泼，精力无限。在她的管理下，这个学校，至少对我来说，是个有趣且充满挑战的地方。她是三四个教员中第一个教我的老师，激发了我对学习的兴趣和对生活的好奇。

虽然这只是在中西部小镇的一个小型公立学校，但这学校还是有自夸的资本：从这里毕业过两个已经闻名于世的学生——莱特兄弟。我们没过多久就发现他们曾经就住在学校旁的第四大街，他们就是在那里和在学校时第一次有了造飞行器的灵感。他们的父亲米尔顿·莱特是联合兄弟教会的主教，1879年带着家人从俄亥俄州的代顿搬到了锡达拉皮兹。那时两兄弟中的威尔伯11岁，奥维尔7岁。米尔顿帮孩子们在杰克逊小学办了入学，当时我妈妈正在上三年级。

伴随我成长的故事是这样讲述的（奥维尔·莱特的自传也证实了）：有一天，主教带回了法国人阿方斯·佩诺制造的直升机模型玩具，靠橡皮筋发力，飞机能飞向天花板，然后坠落。年轻的莱特兄弟对此痴迷不已。在这架玩具飞机坏掉后，他们自己动手造了一架，之后又造了好几架。他们在后院制造体积大许多的飞机，却飞不起来。奥维尔写道，飞行器越大，就需要更多的能量才能起飞，他们还不懂这个道理，所以只得放弃这一项目，转而放风筝去了。我还记得镇里有个老太太，沃尔特·道格拉斯太太，是个大美人，曾目睹自己的丈夫跟着"泰坦尼克号"沉入海底。她提过她小时候曾用破旧的布料给他们兄弟做风筝的尾巴。她记得，莱特兄弟甚至对所有能飞起来的事物都十分着迷。

另一个出自杰克逊小学的学生，高我八届，也命中注定要闻名全国。她是个活泼的年轻女士，名叫玛米·杜德，她父亲是辛克莱加工厂的高管。我之后某个夏天在这家加工厂的宰猪生产线上辛苦工作过。杜德家就住在学校的正对面。19岁的玛米在家人搬走后，嫁给了一个名叫德怀特·艾森豪威尔的年轻陆军中尉。

早在上小学前，我就产生了对写作的热情，我将写好的作文源源不断地交给老师，不管他们有没有布置这样的作业。我还记得这些幼稚的文章中，有一篇标题是《伏特加酒如何挽救这个城市》，我已经记不起来伏特加酒怎么会有如此威力，以及我到底是怎么知道我没有尝过的这种俄国烈性酒的。也许是从我阅读过的杂志中学来的，其中谈到了圣彼得堡的俄国革命热潮。我无疑受到了陀思妥耶夫斯基的影响，我自己在公共图书馆发现了他的书，之后就如饥似渴地读了起来。除了阅读和写作，我也对地理和美国历史感兴趣。我那时还没意识到，我的历史是由糟糕但宣扬爱国思想的课本启蒙的。我对其他科目没什么兴趣。我讨厌算术，考试几乎都不及格。

至少在我记忆中，校园外的事情远比校内的有趣得多。爱荷华州的冬季极冷，温度通常会降到零下，街道上也堆积着厚厚一层雪。我在家的主要工作就是保证地窖的烧煤火炉不熄灭。我们家有个装着十吨烟煤的大箱子，还有一个小点的，装一两吨的无烟煤。我整个冬天都忙着铲煤。每天清晨，我都早早跑到地窖给炉子添燃料，抖掉灰烬，取出炉渣，堆在煤炭上。晚上的最后一件事就是准备好过夜的燃料，尽可能多地添加到烧煤大炉子里，在上面撒点灰，减缓燃煤速度，以期能烧到第二天早晨。

草原上的大风刮到脸上，冻僵了手指，当真刺骨严寒。尽管如此，我还是喜欢冬季。在过道上铲雪是件充满乐趣的事，而且给一两个邻居清理过道总能顺便获得 15 或 50 美分的报酬。还可以和朋友一起乘雪橇，由他们的家人牵引马和雪橇，到附近的池塘或河上滑冰，最棒的是乘坐自己的雪橇从 B 大街又陡又长的山坡滑下。在离街道有一定距离的山顶别墅里住着一位美丽的姑娘，我认识她，她叫玛丽·谢福利。我想，我们在主日学校见过，当我们玩完雪橇，又累又冷的时候，她会请我品尝热巧克力和饼干，这会给几近完美的一天画上圆满的句号。

在这样冰天雪地的冬季，送报可不是愉快的工作。12 岁上七年级时，我有了一条送报路线。每个上学日下午放学后，还有周日早上日出前，我都会使劲扛着一麻袋的报纸，里面装着五六十份《共和时代报》，从报社派发到小镇郊区，即我"负责的地区"。我将每份报纸卷成一卷，投到订报人家的前廊上。春夏秋三季的派报工作十分轻松，我骑着自行车送报，一小时就完成了。但到了冬天，积雪堆得很高，气温通常降到零下，我不得不在寒风中吃力地拉着雪橇往前行，雪橇上绑着包裹得鼓鼓的报纸。周日早晨，天还没亮，太阳还没出来提升温度，那时情况最为严重，我回到家时，经常是脚趾、手指和耳朵已经冻伤。

送报的薪酬是每月 5 美元（如果有人投诉没收到报纸，那就每次罚 10 美分，如果是报纸被风吹走了，那抱歉，还是要照量罚款）。但就是这样微薄的收入，我们家也是需要的，我为自己能赚点钱养活自己感到十分自豪，我自小就有了这样根深蒂固的想法，并一直坚持。在此之前，我靠卖了后院鸡下的蛋和花园里的菜赚了点钱。我还帮邻居除草，挖蒲公英，照看火炉，干点零碎的杂活得点小费。这不是因为我认同尼克松总统在 20 世纪 70 年代极为推崇的美国职业精神——比起工作我当然更喜欢玩耍——而是我觉得自己必须为我所爱的家庭贡献一份力量。

1917 年，美国加入战争后，劳动力日益匮乏，我就谎报自己的年龄为 13 岁，干起了其他工作。周末、假期、夏天都不闲着。我在西北部地区运货卡车站干过一段时间，有个夏天在国家燕麦厂工作，一天工作 10 小时，薪酬 3 美元。他们还对我们说我们在为"赢得战争胜利"做贡献，因为我们生产的燕麦能让海外英勇的战士饱腹。我还是个孩子的时候就去干大人的活，这当然丝毫没有阻碍我的成长。情况正好相反，这样的体验给了我在学校、在家庭基督教长老会、在家里都不能获得的教育。这份工作让我第一次接触了体力劳动者，感受他们生活的艰苦和沉闷，还有他们粗野的用语——也许缺乏我们中产阶级谈话的优雅（及一些虚伪），但极为生动。起初这样的言语把我吓傻了，但是我很快就欣赏起来，特别是某个夏天在国家燕麦厂生产线工作的时候，那里的多数工人都是年轻女子，她们同警察一样破口大骂，操着我闻所未闻的下流词语。他们一天十小时都在努力地跟上生产线的机器，之后会邀请我到附近的丹尼尔斯公园"喝一杯，扔个骰子"，我很感激这样的邀请，但我太累了，并且更重要的是我心生畏惧，在我童子军的纯洁心灵中感觉这不太好。我还发现，这些工人比我在学校、教会接触的那些人更有趣且实在。我喜欢他们。

1917 年春季，美国参战时，我也努力把握战争动向。我已经是个冒着傻气的小战士，我想为自由而战。在前一年春季，我常常逃学，跑到国民警卫队的军械库周围乱逛。两个连队在那里集结人马，动身前往美国和墨西哥的边境，保护我们神圣的领土免受庞丘·维拉①及其墨西哥"强盗"的掠夺。因为我显得比实际年龄12岁大多了，所以我试过报名参军。次年春季，美国加入欧洲战团，不仅召集了我们当地的国民警卫队，还召集了一支新炮兵部队。这支队伍里征入了寇伊学院的几乎全体男生。我再次发起战争烧，想投军参战，但依旧不走运。我只好等到高中才加入了后备军官训练团。我自豪地穿上制服，携带枪支，每日操练，时时期盼山姆大叔不计我们年龄幼小，派我们去剿灭"匈奴"②。

1918年11月11日，停战协定签订，小镇欣喜若狂地大肆庆祝，我却感到失落。我长了年纪，和我母亲一样，知道有些事该感谢上帝，因为从我们镇子出发的不少人都幸免于难了。我认识这一千多年轻的兵丁。[2]一些人死在了战场，这些人家窗外都挂着金色的星星。一些伤员回来了，有瘸着腿的，缺了胳膊的，还有瞎了眼的。有个年轻的医生，他是我们一个表姐的丈夫，战时被派到法国，也刚刚回来，他因吸入德国的毒气烧掉了肺，慢慢死去。

然而，我发觉自己很难消化这样的事实：我不能去打仗了，不能去保卫世界的民主了——这是威尔逊总统的话，我对之坚信不疑。可我还是会为下次战争做准备。第二年1919年的夏季，军队复员，我再次谎报了年龄，这次只虚报了一岁，

---

① 庞丘·维拉，墨西哥北部革命领袖。1916年他进攻了美国新墨西哥州的哥伦布，造成多名美国士兵和平民死伤。为此美国进入墨西哥讨伐维拉。

② 因本书第71页所述德皇的言论，一战中英美常用"匈奴"指代德军。

然后跟着后备军官训练团到堪萨斯州的芬斯顿军营，学习如何成为一名军人。这是我度过的最刺激的夏天，整日都在操练，整日都在扮演着士兵的角色，整日都在给家乡基督教青年会的一个漂亮女高中生写信。我总在信的开头写上"服兵役中"，这给她留下了深刻的印象。我怀着如此强烈的尚武精神，以至于夏令营结束后，我继续留在训练团里，担任陆军战地职员。薪酬很好（每月100美元），穿制服，和常规军士吃住都在一起。他们刚从法国战场归来，我想他们已经把我当成自己人，甚至给我的袖子缝上了红色退伍条——我本来是没这个资格的。1919年秋季，学校开学，我母亲发来电报提醒我该回家了，得回学校上课了。我只得万分不情愿地舍弃了我的职位。但是当我重返学校时，倒是享受了几日的荣耀，我穿着制服，佩戴假退伍条，趾高气扬地走过一个个班级，像凯旋的战斗英雄一般。最后，耐心十足的校长、我年轻时候遇到的杰出女性之一的阿比·S. 阿博特小姐循循善诱地告诉我，战争结束了——事实上早就结束了。我只好收起制服，和其他人一样，回到学习中。

我在高中过得一点儿都不痛快，不管是在我愚蠢的军事亮相之前还是之后。但是阿博特小姐在我陷入困境的几年帮了我一把，还教给我不少道理，涉及教育、生活，以及处理生活中的起伏。在我眼里，她有点印第安人的特征，高高的颧骨、鹰钩鼻、黑皮肤和黑头发。我猜想她来自东部，也许是俄克拉何马州。但她实际上来自西部的马萨诸塞州——新英格兰赠予中西部的礼物。1886年她接管华盛顿高中，那时候这个高中还只有4间教室、60个学生和3名老师，位于联合火车站对面的格林广场边。是她将这个学校发展为雄伟壮观的大楼，拥有

1000 名学生和 50 位老师，成为国内最优秀的公立中学之一。她不苟言笑，但让人感到温暖和友好。她那忧郁深邃的双眼偶尔会闪现出幽默的光芒。在我看来，她似乎有点多疑，在人生观、对学校和小镇的态度上甚至偶带讥讽，同满怀激情的支持者并不一致。我一开始就感受到她的与众不同，经常跑去与她讨论我的问题，有时非常深入。她个人似乎明白我的困境、挫折和不快，她教我如何在这样的处境下生活。

总的来说，我遇到了两大挫折，现在回想起来显得幼稚可笑。第一是我没能加入两个希腊字母"文学社"的任何一个，这两个团体其实是兄弟会①，根本没有丝毫文学成分。另外，我竟然连专为高二学生设立的社团都进不去，只有加入了这个社团，高三时才能进入那两个兄弟会。这是我人生中第一次遭到忽视、轻蔑和拒绝，也是我第一次见识美国乡巴佬的势利眼，以后这种经历还将从高中延续到大学的各种兄弟会。高中的 500 名男同学中只有约 80 个人进入了那两个希腊字母会。但是知道自己属于被拒收的大多数并没有使我感到安慰，因为我不久就发现，如果不是社团会员，和靓女约会的机会几乎为零。还有，学校辩论队的辩手自动从这两个兄弟会中产生，我发现我根本没机会参与这项自以为擅长的事。这两大团体几乎占据了学校活动的所有名额。

校报《脉搏》的工作人员都是从高三、高四学生中选出来的。高三那年，我已经是当地日报的高中通讯记者，小镇的各种专题报道中都能找到我的名字，有次是关于阿曼那附近的

---

① 兄弟会（Fraternity）是美国高中和大学一种独特的学生社团，由于都以希腊字母命名，又称希腊字母会（Greek Letter Society）。

"荷兰人聚居区"①。我的雄心是要办校报，但不能如愿，这让我痛苦不堪。我想不出为什么。阿博特小姐安慰我，怂恿我自创一个"反叛者"兄弟会，因为我是她见过的最有前途的反叛者。"我要向你挑战！"她这样说，双眼含光，但是我可笑的虚荣心让我没有接受她的提议。"既然你已经在给一家日报写稿，怎么还会想加入一个不起眼学校的校报？"她这样问我，但我不这样想。

至少事后我感激的是，这个聪明的女士教会了我如何处理看似不幸的问题，如何不被困难打倒。总之，她给了我一段不同寻常的友谊，一个校长和一个幼稚学生的友谊。作为朋友的她在学习和生活方面给我忠告。我是个幸运儿，能在这个学校遇见她，就像之前在杰克逊小学遇见对我像对幼儿一样呵护备至的弗朗西丝·普雷斯科特校长一样（阿博特小姐对一个年轻的天才画家的影响更为巨大，他叫格兰特·伍德，在贫困中生活艰难。她待之为朋友，让他在她的学校担任美术老师，并用她坚定不移的信念激励他，让他成了举足轻重的艺术家）。这两位杰出女性，乡村小镇公立学校的校长普雷斯科特小姐和阿博特小姐，她们同我的友谊，对我的鼓励和信任，对我产生的影响之大，超乎她们自己的想象。

我是很久之后才意识到这些的。在华盛顿高中高三结束之际，我怎么都静不下心来，总想着要逃离学校和小镇。于是，最后一场考试一结束，我立马离开了，到肖托夸集会当了个帐篷管理员。我再次谎报了年龄，往上加了几岁（我那时实际是

---

① 阿曼那也称"阿曼那聚居区"，是爱荷华州七个村镇的合称，由在欧洲受到宗教迫害的日耳曼人在 19 世纪中期迁居建立。其附近的"荷兰人聚居区"可能指爱荷华州由荷兰人建起的佩拉城（Pella）。

16 岁）。一年后，我没去参加毕业典礼，我母亲大为失望。我请在学校工作了 35 年、那年刚好退休的阿博特小姐将毕业证书寄给我，接着便又回到了肖托夸集会。我在那里工作、逛乡村，近距离地观察美国中部地区小镇，[3]辛克莱·刘易斯的小说《大街》描写的就是这些地方。在肖托夸的棕色帐篷里，在外久经世故、见多识广的人冒着暑热为小镇居民演讲，提供娱乐活动。

肖托夸集会现已不复存在，大概也被人遗忘了。现在和我谈话的多数年轻人都没有听过。但肖托夸集会曾经是美国最独特、最持久的机构之一。西奥多·罗斯福就参加过集会，他称之为"美国最重要的美国特色"。半个世纪以来，这集会给全国两万大街的上百万美国居民单调而局限的生活带来了文化教育和精神鼓舞。

肖托夸集会最终得到完善，采取了在帐篷下举办集会的形式，这是锡达拉皮兹一个想象力丰富的年轻人的点子。我有一个暑假给他干过活，在收发室分发堆积成山的促销材料，并用高中的最后两个夏天在那里做帐篷管理员。那时我乘着烟雾弥漫、煤渣四溅的火车日夜行走在颠簸的支线铁路上，在 20 个中西部小镇搭帐篷，拆帐篷，摆放座椅，布置舞台、灯光和收票。我在有人生病或失踪的时候充当合唱队的替补队员，聆听威廉·詹宁斯·布赖恩和其他杰出人物酣畅淋漓的演讲，同"百老汇"和音乐公司的女演员调笑，我就像航行于世界各个港口的海员一样，新到一个小镇，就短暂地和某个当地姑娘一见钟情，每周如是。[4]这是我年轻时一段奇妙而浪漫的插曲，大大填补了我空虚乏味的高中生活。这段时间，我在国家的一隅中大开眼界，还认识了我们的国民，感受到所有大街居民生活的巨大限制和许多人的无限渴望。许多人，特别是年轻人，想要挣脱小镇的束缚，去寻求"文化"，寻求优秀的音乐和舞台戏剧，渴望同那些冲破了灰暗、狭隘乡村文明束缚的伟大心灵交流。某种程度上说，为期一周的肖托夸集会响应了这些渴望。

尾　注

[1] 就在半个多世纪后的 1971 年 5 月 1 日晚上，我正在整理这一章的笔记，但那一刻正开进迈尔斯城的却是最后一班客运列车。《纽约时报》从迈尔斯城发回了长文报道，附上一张照片和一张地图，宣告了一个时代的结束。同日，锡达拉皮兹的最后一辆直达快车也到达了，在惊鸿一现之后就黯然消失。那个周末，上百个城镇都与迈尔斯城和锡达拉皮兹一样，横跨东西海岸的火车停止了客运服务，由美国国家铁路客运公司（Amtrak）接手，仅在几条曾经的铁路干线保留基本服务。据《纽约时报》报道，令迈尔斯城市民尤为恼火的是，蒙大拿的铁路公司可以保留 1439137 英亩的土地，这是联邦政府在 19 世纪赠予以鼓励他们向海岸扩展铁路线的土地。蒙大拿的多数土地都十分适宜建造农场，煤炭和石油资源也极为丰富。

"该死的，"迈尔斯城金马刺酒吧的一位顾客一边跺着牛仔靴，一边对《纽约时报》记者说道，"如果铁路不再载客了，照我说，应该把我们给他们的土地、石油、煤炭全部还回来。"

[2] 但是，我年纪尚轻，还不明白，如果不是美国（5.3 万人死于战争），也必定是英国（90 万人死于战争）、法国（135.78 万人死于战争）和德国（180 万人死于战争）的花季少年在残酷的战争中丧生。

[3] 锡达拉皮兹现在的人口已经突破 4.5 万人，照我们看，是个名副其实的城市了。

[4] 尽管我同管理部门签订的合同这样规定："禁止'泡妞'。这里不是社交场，而是夏季实习。"合同还规定"对神明言语不敬者将被立即开除"。规定还禁止吸烟，"在员工帐篷里除外"。工作人员大多是大学男生，显然应该做出有益健康的榜样。

第七章

肖托夸的风潮

在锡达拉皮兹有个叫基思·沃特的 31 岁的商人，经营雷德帕思－沃特书院办事处①，1903 年初的一天，他写信给内布拉斯加州书院办事处的管理人 J. 罗伊·埃利森："过来找我。我有个想法。带上你所有的积蓄。"他确实有了成立肖托夸集会的新想法，由此它成了国内首屈一指的组织。其实早在 25 年前，新泽西一个年轻的新教牧师约翰·H. 文森特和俄亥俄州阿克伦一个商人刘易斯·米勒就在纽约肖托夸湖（集会就以此命名）创立了这样的组织。他们的想法是给主日学校的教员组建某种夏季学校，并享受湖岸边的怡人风光。这一想法一炮而红。第一个夏天就有 40 名热心的年轻人到场，然后是上百人、上千人，为的是汲取时下杰出人物的智慧。美国的好几任总统，不管是过去的、现任的还是未来的，都去演讲过，有格兰特、加菲尔德、海斯、麦金莱和西奥多·罗斯福。威廉·詹宁斯·布赖恩、布克·T. 华盛顿、马克·汉纳、尤金·德布斯和其他一些人也参与其中。

事实上，肖托夸集会就是由旧式的书院（lyceum）演变而来的，由马萨诸塞州米尔伯里的乔赛亚·霍尔布鲁克于 1826 年开始兴办，他组织了一批知名演说家和艺术家，为地方人民开阔眼界。到 1835 年，他们在 300 个地方进行集会活动，请来了诸如拉尔夫·沃尔多·爱默生、霍勒斯·格里利、丹尼尔·韦伯斯特、奥利弗·温德尔·霍姆斯，还有最受关注的查尔斯·狄更斯。詹姆斯·雷德帕思在 1842 年首先赞助了这个

---

① 书院办事处（Lyceum Bureau）为全美的书院运动提供讲演和表演者。书院运动兴盛于 19 世纪中期，是成人教育的一种形式，为美国各城镇提供演讲和娱乐活动，被认为是肖托夸运动的前身。

运动，由于活动成功，接着创办了雷德帕思书院办事处——所有书院办事处中最成功的一个。办事处设在城市，书院活动限于城市和大城镇，而肖托夸集会是专为小地方量身定做的。

从肖托夸湖兴起的集会运动的涟漪波及全国。到了1900年，有31个州建立了200个肖托夸集会，几乎都在某个湖边建立了永久场馆。从本质上说，这是一个接受教育和自我提高的活动，在怡人的夏日风景中，创造了聆听优美音乐和著名演说家演说的机会。但是场馆的数目还不够，附近也没那么多湖泊来容纳众多观众。年轻的沃特在爱荷华州经营了六个"湖边肖托夸集会"，他考虑到这种限制，想出了解决办法。埃利森带着他一生的积蓄和接纳的态度，从奥马哈来到锡达拉皮兹。沃特建议购买圆帐篷，这样肖托夸集会在没有常规场馆的小镇也能办成。1903年，第一个夏天，他们成功地在六个小镇成立了帐篷里的肖托夸集会。夏季结束前，他们耗尽所有积蓄，还负债累累。仔细总结了自己的失败，他们想出了两个新主意，由此带来了肖托夸运动的革命，使其遍布东西两岸，也让自己赚得盆满钵满。

第一个主意是建立一条巡回路线。他们购买了一打帐篷，每周用七顶做活动，每天都在帐篷里进行一项表演，周周不停。因此演讲者和巡回剧团就可以连续一个星期在一个新的小镇的新帐篷里表演，直到夏天结束。这就保证了他们一周七天的工作，在受雇期间做短途旅行还能缩减旅途经费，从而保证了可观的利润。每天七个帐篷，每个帐篷吸纳约1000人到场，这么算来每天就有7000个付费顾客来观看巡回演出，钞票必能滚滚而来。

但这两位主办人还想出了更妙的点子，这点子基本上保证了买卖毫无风险。他们利用各社区渴望集会活动的虚荣心态，劝诱热心公益事业的商人提供肖托夸集会为期一周的资金保证。每周保证金从 2000 美元到 2500 美元不等，通常如果当地能卖出足量的帐篷季票，那就挣回了成本。如果不能，则用保证金贴补亏损。这样做万无一失。如果沃特及其搭档在"大街"上这样操作他们的事业，必能大赚一笔。

他们做到了。他们对这些小镇了若指掌。我曾听我的"主管"——一个年轻的能说会道的牧师（沃特只雇用福音教派的牧师担任此项工作），在集会逗留期间，摇唇鼓舌地续签来年夏季的合同。他只字不提雷德帕思-沃特肖托夸集会可能感兴趣的利润问题，只字不提当地委员会承担所有风险，而沃特将获得所有利润。他靠着在讲道坛上习得的满腔热血，劝当地的"巴比特"们，作为"社区的领袖"，他们有义务在明年夏天继续支持给小镇带来提升、文化和鼓舞的神奇机构。"没有这笔钱，这绝佳的活动就办不成了，这点你肯定比我清楚。"他拖长了音调说道。如果对方迟疑——当良好市民得知每人将付出 100 美元以填补亏损时——他就会开始危言耸听。

"我实话和您说吧，"他会这样说，"等着办活动的人非常多。单这个州就有几十个小镇，有些离得还不远，他们可嫉妒你们了。要是现在把这份合同给他们，他们一分钟不到就会签字。他们就盼着肖托夸集会到他们那里。"

这样的劝说法还真管用。25 年来，年复一年，当地的社区都签约参加，有时出现赤字就被迫出钱贴补。夏天一到，肖托夸集会那棕色的帐篷就遍布美国各地。集会还增添了巡回表演。我在那里工作的一个夏天，单在爱荷华州，肖托夸集会就为 500 个小镇提供了表演。锡达拉皮兹还以"肖托夸集会周"

为豪，寇伊学院的运动场上就有一顶大帐篷。

对我这样十六七岁的爱荷华高中男生来说，发现在帐篷工作的同伴都是在校大学生，大我三四岁，这点让我更为自负。在肖托夸集会工作的两个夏天虽然辛苦，却很愉快，也是种进修。我热爱旅游，喜欢饱览大地风光，在一天里穿过爱荷华的滚滚玉米地、明尼苏达乡下星罗棋布的湖泊、达科他平坦的麦田，还有带着些许南部风味的密苏里丘陵。火车上和涂红漆的车站的生活对涉世未深的年轻人很有吸引力，我们在这里来往换乘。我羡慕乘务员的生活，他们活在自己的世界，拥有同志情谊和独特的生活方式，他们似乎比我见过的在办公室和工厂工作的人更加满足。另外，他们都是"大胃王"。我记得在车站广场对面的寄宿处，我们待在小镇的一周就在那里找食物。我们每天清晨在那里都能看到换班归来的铁路工人，他们狼吞虎咽地吃下巨量的早餐，有燕麦粥、培根、鸡蛋、煎饼、刚出炉的饼干还有咖啡。

在一周表演结束的最后一个晚上，我们会拆下大帐篷，将帆布折叠好放入大袋子里，将道具整齐地堆到卡车上，在午夜前后搭上火车（那个时候就算只是支线，乘客也是蜂拥而上）到下一个地方，通常会在凌晨或正午前到达。吃过丰盛的早餐或午餐，我们就在草地上、当地高中或大学的足球场上搭帐篷。帐篷很快就能搭好，再把舞台布置好，灯光连成一线，长条座椅也摆放好。我们在舞台后方搭了自己用的小帐篷，工作人员在那里睡觉、站岗，随时待命。沿着大街漫步去买冰激凌时，我们看见广告宣传员已经在干活了。大街上挂上了"肖托夸集会来了！"的横幅，这一消息到处都有，汽车、卡车、运货马车、四轮马车上都有同样的横幅飘动，走在人行道上或在办公室和商店的商人都佩戴着大徽章，上面写着"我一定要参加！"

在肖托夸集会第一天日场演出开始前，我们要回场地做最后一项工作：将一架竖式钢琴推到舞台一角，在后面挂上星条旗。这样我们的演讲者需要循例展示爱国自豪感时，就能指着这面旗帜。还要搬来一大罐冰水，他们顶着难忍的酷暑老远跑过来后，可以领一杯水。帐篷里人满为患，传教士主管满脸堆笑走上台去，一阵掌声过后，开始了一周庆典的开场白："朋友们，我们将为你们和这个伟大的城镇（如果他记得小镇叫什么，就会顺便提到）带来又一周的肖托夸集会。如果你认为去年办得好，就静待我们今年为你们带来的节目，我可以毫不夸张地说，这是肖托夸集会中最棒的节目。在接下来的七天，每天下午和晚上，在此为你们倾情表演。"接着他停顿一下后说，"无与伦比的美国政治家威廉·詹宁斯·布赖恩"回来了，但是还未等他说完，掌声就响起了。因为布赖恩是整个肖托夸集会中最能吸引听众的王牌演说家，其表演也最叫座。当然，随行还有其他演讲者，一个"百老汇新星"，带来新版《哈姆雷特》的本·格里特剧团①，两个管弦乐队，苏泽②的大乐队，"直接从纽约而来"的著名六重奏，演出歌舞喜剧《围裙》的"来自芝加哥"的歌剧团，还有来自"纽约大都会歌剧院"的著名"歌剧名伶"。他不停歇地一一介绍，观众则屏息期待，尽管几周前的宣传单上早就列出了表演剧目。

最后，这个主管请一位漂亮的年轻女士出场（一直都是

---

① 本·格里特，英国莎士比亚剧演员、导演和演出策划人。

② 菲利普·苏泽，美国作曲家、军乐指挥家。

那个来挣下学期学费的漂亮女大学生，她在我们工作组非常受欢迎），负责"青少年肖托夸"。她不仅让这些孩子在他们父母吸收文化的时候也有事做，还在一整周里任劳任怨地督促他们排练最后一天下午的汇报表演。不管这个表演多么糟糕，都会取悦他们慈爱的父母，加深肖托夸集会对社区有益的印象。

有益健康、鼓舞人心、振奋精神、具有启发性、高尚虔诚的道德基调，这些都是肖托夸集会费尽心思向思想匮乏的小镇兜售的。集会的表演项目迎合了清教徒的道德、强烈一致性和其宗教信仰上的原教旨主义。他们做的不止这些。如果讲座（布赖恩的演讲，拉塞尔·H. 康韦尔牧师必定走红的演讲《万亩钻石》，以及福音教派愤世嫉俗的牧师比利·桑迪的演讲，还有其他数不清的演讲）充满了道德升华和"启发"（宣扬"母亲、家庭和天堂"），那么动听的音乐、优秀的演出（有时语调再和缓一些就好了）、偶尔的非牧师的讲座（北极探险者斯蒂芬森，幽默作家奥佩·里德，德布斯、威廉·霍华德·塔夫脱、赫伯特·胡佛、阿尔·史密斯等政治家，以及参议员乔治·诺里斯和罗伯特·拉福莱特）则滋养了渴求思想的民众和心灵受压的乡下人，也许还激发了他们曾经被击垮的理想。

尽管我们视肖托夸集会为崇高道德的缩影，有时我们还是会遭遇现实问题。不止一次，"百老汇"的演员或乐队的"外国"成员（法国人？还是意大利人？）引诱被表演迷住的年轻姑娘到后台向他们倾吐心事。有个夏天，我们英俊不凡的年轻主管——那个诱导商人签合同很有一手的浸信会牧师，也陷入了麻烦。我曾十分艳羡他，对每个所到小镇的当地姑娘都手到擒来。他经常给我看他妻子和三个孩子的照片，还表明了自己无与伦比的忠心，我对他的滥交大为吃惊。那年夏天，我们在最后一个城镇，一个年轻美丽的女大学生暑假回家前给我看了牧师送她的订婚戒指，他们也确实在夏季过后结了婚。这可是我亲眼见识的首个重婚案件。基思·沃特笃信宗教、品行端正，当他先后从牧师受害的第一任妻子和政府当局得知此事后大发雷霆，在我回到锡达拉皮兹后还责备我，因为我没有及时汇报这件事。

夏季的肖托夸集会于我有太多的教育意义。我第一次注意到女孩，她们中的一些是那么有魅力，有她们相伴真是此乐何极。我们"百老汇"公司里的年轻女孩的"纽约"风度深深吸引了我，而从大学放假回家的当地女孩也十分有趣。另外，我更清楚地看到辛克莱·刘易斯对"大街"真实而准确的刻画。他那名为《大街》的小说在1920年10月一经发表，就迅速地登上了畅销榜榜首。1921年，我在肖托夸集会的第二个夏季，这本小说席卷全美。锡达拉皮兹人手一本，我才发现连这么小的城镇都没逃脱它的影响。有一周，我们在离索克森特不远的明尼苏达州小镇搭帐篷，这里正是书里提到的地鼠大草原，刘易斯成长的地方。他对这地方极尽讽刺，引起了周边乡村的强烈愤慨。他们说辛克莱·刘易斯中伤了他们。他们辩解道，和这位迅速蜚声国内的作家描述的不同，他们的"大街"没那么沉闷，他们也没那么土气。我在肖托夸集会工作的第二个夏季结束时，已在20条大街工作过，而我的结论是，刘易斯并未过分夸大。在小镇交叉路口的生活确实乏味，他们强迫其他人因循守旧到了极可怕的地步，他们的小镇一点也不可爱。虔诚和热心拥护并不足以令生活体面和有意义。然而，必须承认的是，他们不曾意识到自身所缺乏的东西。他们看起来够幸福，起码很满足。肖托夸集会的作用并不大。

那时我就看出，这个集会正在毁灭威廉·詹宁斯·布赖恩。他毕竟是美国首屈一指的政治人物，三次成为民主党的总统候选人，有段时间还担任威尔逊总统的国务卿。他在1896年声名大噪，作为中西部民粹运动的领导人，誓要制伏大贵族强盗、有钱的"作恶者"，将政权还给民众。他是百万人民的偶像，包括我在内。现在，到了1920年和1921年，他曾经的所有抱负都被抛之脑后。对我来说，他似乎成了一副空壳，一个空虚和弱智的老头，喋喋不休地说着陈词滥调，重复说着新教原教旨主义的奇妙和罪恶的耻辱——特别是喝酒。然而，仍要感谢他的是，他一直在孜孜不倦地颂扬和平的美好。

作为我个人的偶像，他败落了；但我发现，他仍是千万民众的偶像，他们跑到闷热的肖托夸集会帐篷里听他演讲。他把他们拉进帐篷，日复一日，周复一周，一夏接着一夏，持续了25年。如果说他比其他人更多地成就了肖托夸集会，显然肖托夸集会在1920年和1921年也毁了他。集会愚化了他的思想，在这个持续变化的世界里，他脑子僵化，无法接受新思想。他重复着一成不变的演讲，日复一日，年复一年，震耳欲聋的掌声满足了他的虚荣心，却让他的思想空洞、思维干涸。没有人能同他论辩以激励他思考，站在讲坛上的他口才依旧，魅力依旧。尽管他那重复的言辞依然能影响大众，但他离现实越发遥远了，也许根本不能意识到他所依托的肖托夸的避风港不过充斥着老生常谈，琐碎无聊。

毫无疑问，他也没意识到1924年他在肖托夸集会的最后一次出场不仅标志了自己走到尽头，也为肖托夸画上了句号。那年是肖托夸集会的周年庆，距肖托夸湖的首次会议 50 年。来自全国各地 1.2 万个城镇、为数 3000 万的美国人纷至沓来，成为有史以来最盛大的一次集会。我刚完成大三学业，在一家日报社打工，还不知道肖托夸的谢幕。我若是个机警点的记者，兴许就能知道。这是美国人生活方式改变所带来的必然结果。

肖托夸集会戛然而止。1925 年，50 周年纪念结束后的夏季，正当我出发前往欧洲，几百个城镇都推诿交纳肖托夸集会的保证金。几十个帐篷仍堆放在锡达拉皮兹的大仓库里。是什么扼杀了肖托夸集会？慌乱无助的管理层首先指责当地的商人，商人们终于厌烦了每周肖托夸集会的花费。但这不过是表面的解释。令肖托夸集会突然终结的是汽车、电影，尤其是收音机的出现。20 世纪中叶，美国几乎所有的乡村家庭都有了汽车，可以开着车到大城镇看电影、听音乐会和看戏。但致命的一击来自广播。成百上千个小镇都建起了无线电台，广播网开始形成。村民坐在客厅里，不花一分，就能收听到更加优秀的音乐和更加丰富的谈话节目，以及一年里大城市每周的戏剧演出。相较之下，可怜的肖托夸集会每年夏天才有一周。肖托夸集会也算功德圆满，半个世纪以来，它在美国生活中发挥了重大作用。一代人以后，肖托夸集会被广播挤出历史舞台的故事再次重现，那是《观察》《生活》《星期六晚邮报》等全国性媒体面临电视机的挑战。交流的媒介已经改变。1932 年，肖托夸集会的最后一个帐篷被永远地存放入库，或另作他用。

　　1921 年，我在肖托夸集会的第二次巡回演出工作时，我们工作小组来了个招人喜爱的女孩，她刚从大学出来，名叫佩姬·奥尼尔。她在管教和看护小孩让他们排练汇报演出方面聪颖过人。她有黑头发、蓝眼睛，形似爱尔兰人，相当漂亮。我们整个夏天都在一起，然后深深地爱上了对方。夏天快要结束时她提议我们结婚，到某个大学城定居，在那里开家图书和艺术品店。可是我还没上大学，我想自己先上个大学试试，而且我还没到堕入爱河不能自拔的地步。

　　整个夏天，我都在琢磨该到哪里上大学。我首先想到的是芝加哥大学，我还小的时候就知道那个校园。然后我又想到了附近的爱荷华大学，想到了得梅因的德雷克大学，但我们付不起那笔学费。所以那年秋季，我到当地的寇伊学院报名，我姐姐就是那里的大四学生。我和她一样住在家里，这样就能省下膳宿费这一大笔开支。和我一样毕业于华盛顿高中的同学大多系出名门或家境殷实，他们正动身前往东部的院校，如耶鲁大学、达特茅斯学院、普林斯顿大学、威廉姆斯学院和阿默斯特学院。我记不得当时是否嫉妒过他们，因为当时的我仍然眼界未开。至于去附近的康奈尔学院和我父亲当校友、已去来生的他肯定不会有意见。这两所大学很像，不同的是康奈尔位于乡村，属于卫理公会，而寇伊学院属于长老会[1]，坐落于一个快速发展的城镇的中心。在有 5 万人口的地方找工作可比在弗农山容易得多，那里依旧是个只有 2000 人的乡村。一方面，锡达拉皮兹有两份日报，我还盯着其中一家的招聘信息，这工作不仅能帮我支付大学学费，还能作为我已决心追求事业的学习机会。

　　对高中失望透顶后，我不再抱太大希望了，但还是决心要接受些大学教育。9月初，我从肖托夸集会回来，向佩姬·奥尼尔深情道别，到寇伊学院报名，成了一名大一新生。

尾　注

[1] 为了从卡耐基基金会申请教师津贴和一栋新的科学楼，寇伊学院已经解除同教会的从属关系，这一做法表现了基督教教学机构足够世俗地意识到谁才是金主——是基金会，而不再是从前的教会了。

第八章

寇伊学院

寇伊学院和多数中西部教会大学一样，最初虔诚且朴实，思想狭隘，充斥基督教狂热；到了我那个年代，即这个世纪过去 75 年之后，寇伊学院也没有彻底摆脱，更无意图摆脱这些特质。寇伊学院的前身是 1851 年成立的简陋的神学院，旨在培养年轻牧师，由长老会主持，一个叫威利斯顿·琼斯的人和他的妻子教授写作、语法、地理、代数、算术、《圣经》、拉丁语和希腊语，在他们家或教堂上课，他们的土地在 16 年前还属于印第安人。

学校几番更名，从锡达拉皮兹中学、牧师神学院到寇伊中学，历经兴衰，到了 1881 年才再次重组为寇伊学院。1853 年，纽约卡茨基尔长老会的一个叫作丹尼尔·寇伊的农民捐了 1.5 万美元，购买了小镇边缘 80 英亩的土地建了校园。[1] 其后 40 年，学生从 50 人发展到 900 人，教员和教学楼也随之增加。多数学生都同我一样，来自稳定收入的中等家庭，许多是刚从农场或小城镇过来的。许多学生要自己挣生活费，起码是一部分。老师们同他们的学生一样囊中羞涩，因为工资特别低。而他们献身于教育的举动每每令我惊叹不已，其中还有几个非常出色。我在那里的四年，就有两三个老师唤醒我迟钝的头脑，我不认为哪个地方、哪个大学的哪个学生能比我更幸运地遇到这样优秀的老师。

当然这里也有不足，我们离学术中心的距离比实际上的路途还要遥远。图书馆的空间小得可怜，书也少得可怜。科学实验室的设备不足。这地方的文化水平很低，[2] 不仅是学生，教员也是，良莠不齐，还有很多人极端保守。学生和老师，当然也包括管理人员和学校董事都以校园的基督教氛围为傲，仿佛这就能弥补学识和文化上的不足。[3]

这里必须学习两年的《圣经》，却连一小时的哲学课也没有。事实上，根本就没有哲学课程。[4]我完全是无意地发现了桑塔亚纳、伯特兰·罗素、威廉·詹姆斯、杜威和柏格森，快毕业前还找到了更久远的哲学家。历史、经济学、社会学和心理学都讲得很单调乏味，但这些已经是仅存的例外。英语系几乎没出现维多利亚时代以后的作品，外国文学完全被无视了，就好像从未有过索福克勒斯、欧里庇得斯、萨福、但丁、蒙田、塞万提斯、歌德、巴尔扎克、司汤达、托尔斯泰、陀思妥耶夫斯基这类人。然而所有这些不足几乎没有妨碍到校园里的自满情绪。只要你一直是个善良的基督徒，你不懂或没学过什么知识并不要紧。我想，这所大学反映了中西部乡村的教育和文化水平。尽管新校长——这个学校在一连串牧师之后的第一位职业教育家——想竭力改变这样的局面。

我最终还是学到了这些。起初我遵循长老会，懵懂无知，乡巴佬一个，幸好我从高中开始就到公共图书馆借书，读了不少小说和历史书，才让我的头脑稍稍成熟了些。上寇伊学院前，我就已经读了莎士比亚、弥尔顿、狄更斯、乔治·艾略特、欧文·费雪、库珀、霍桑、爱默生、梭罗、马克·吐温、巴尔扎克、大仲马、笛福、托尔斯泰、陀思妥耶夫斯基、雪莱、济慈、拜伦、惠特曼（当然还有朗费罗和惠蒂尔）、吉本、普雷斯科特和莫特的大量作品，但显然这些远远不够。

尽管整个学校、整个小镇都沉浸在扬扬自得中，但1921年的世界动乱也波及我们。第一次世界大战致使世界发生了翻天覆地的变化。我出生的那个年代于1918年告一段落。保守的顽习、单一的信仰在这场大屠杀中一扫而空。虽然美国很晚才参战，没有承受太多苦难和牺牲，但国民也受够了战时的限制，和从前一样没精打采。他们也听厌了威尔逊总统的美好构想和长篇大论——为民主营造永久和平和安全的世界环境。一年前，1920 年 11 月，他们抛弃了威尔逊主义，以将近两倍的票数优势选了共和党人沃伦·甘梅利尔·哈定为总统，他是俄亥俄州小镇一个温和而平庸的报纸出版商，也是国会参议员。爱荷华州以三比一的票数支持了他。哈定保证，会带给美国一段时间的"正常状态"。现在我们的良好市民有指望了：没有政府的干预，没有历史的束缚，可以一门心思赚钱，无所顾忌地狂欢，不必忧心海外饱受战乱摧残的悲惨世界。

我们继续这种无节制的纵乐，跃入了爵士时代。这是一个美妙而荒诞的时代，是轻佻女郎和风流情郎、汽车、生动的好莱坞电影、时髦的广播、酗酒走私和性开放的时代。就在一年前，斯科特·菲茨杰拉德刚从普林斯顿大学毕业三年，就发表了小说《人间天堂》，赞颂大学青年的新自由，特别是在酒和性上的解放。这使整个小镇和我们大学都大为震惊，但让人印象深刻。我上大学的时候，这本小说仍在校园内私下流传。还有酒——在《第十八修正案》通过前国内饮酒仍然违法，我们学生更是被严令滴酒不沾，否则将承受被开除的痛苦。

和性一样，这在神圣的校园内也引起了一些问题。1917年，寇伊学院的所有男学生都奔赴战场，现在多数都回来了。他们在法国的战斗中得到历练，回来后对清教的道德冷嘲热讽，憎恨他们在外时整个国家强硬执行的禁酒令。在法国期间，他们学到的不单是战争的残酷，不单是生死存亡，还有女人和酒。他们没有接受基督校园严肃的道德训诫，而校园内单纯的年轻学生没有他们热血沸腾的经历。我加入的兄弟会里都是这些人，他们磨炼得比实际年龄更加坚毅，我们这帮年轻孩子对他们满怀敬仰。他们把这里搞得天翻地覆，狂饮烂醉，以致全国总会将我们分会暂停一年，由学校进行惩戒。

所以，在这所长老会的学习机构里，从这些真正的男人身上，我最先学到的就是喝酒。在禁酒令肆虐全国时，我学会了如何在各种酒精混合物的毒害中活下来，以及如何有所节制地饱览秀色。

来自稳定乡村的敬畏上帝的年轻女生也受到了自由新时代的影响。尽管严肃的女院长明令在先，她们还是让裙子从脚踝缩短到了膝盖；还烫了波波头，这自然也是惹人皱眉的；她们也开始偷偷抽烟，更可怕的是，竟然和情人接吻、爱抚。

这一切在20世纪70年代的大学生看来就是小儿科，除去他们的毒品文化不谈，他们在更加文明的两性关系上走得可就远多了。但在我们那个年代，在我们的校园，爵士时代的道德松散对家长、教员和许多虔诚学生来说就是丑闻。跟着男生到公共舞厅的女生都会受到严厉处分，还有被开除的危险。年轻男子若被发现在女生宿舍走廊的黑暗角落里搂抱女生，那么，他非但要被赶出宿舍，还会被赶出学校，被抱的女生也是。

起初，大学比高中更有趣，更让人受益。我的研究和老师的一些研究更具挑战性。除此之外，我感到被接纳了，这是我高中一直没有的经历。在大学我被邀请进入兄弟会。我成了校报的一员，这是全国办得最好的大学周报之一。我很快在辩论队大展身手。而在高中，我无缘这三项作为。

我还受到这个地方性大学传统的大学生精神的感染。之后几年，我还对自己说这种事情绝不会在我身上发生。我从前一向老成持重，根本不屑做这种蠢事。但实际情况是，至少在前几年，我和其他人一模一样。我为橄榄球队喝彩，特别是它同威斯康星州的强队扳平了得分，让爱荷华州炸开了锅。我在鼓舞集会和比赛过程中声嘶力竭。我兴高采烈地参加同乡会，挥舞滑稽可笑的旗子游行。在晚会和舞会上，我欢迎激动的老校友回到这个他们曾经饱尝快乐的校园，还同康奈尔或格林内尔学院举行将气氛推向高潮的橄榄球赛。半个世纪后，我读着我在校报《宇宙》"幽默"专栏写的那些幼稚玩意，我臊得脸红。那里满是令人生厌的琐碎和一股子大学生的自作聪明。

尽管如此，我开始慢慢成长，也许是漫长暑假中的校外经历帮助了我成长。1922年，大学的第一个暑假，我在内布拉斯加州西部田地里收割庄稼，之后的两个暑假在锡达拉皮兹《共和时代报》担任体育编辑和专题写手。这些工作多少让我扩大了眼界，了解了成人世界，与高中在芬斯顿营地"当兵"和在肖托夸集会工作一样。

大学第一个暑假，在世界产业工人组织（Industrial Workers of the World, I. W. W.）退出历史舞台之前，我在麦田里得以窥见其精彩。这个杰出的美国流动工人组织给西方留下了激进主义的印记。将近25年，"大比尔"海伍德组建的世界产业工人组织在全国闹得风生水起。他们发起罢工，同雇主、罢工破坏者、州卫队和联邦军队战斗。1922年夏天我在田里干活时，这个海纳百川的工人组织也快走到了尽头。我的工友多数是工人组织的正式会员，他们在繁重的劳作过后，晚上常常围坐在谷仓旁唱起乔·希尔的老歌[5]，他是世界产业工人组织的民谣歌手。人们还讲起了他最终被设计陷害，在犹他州被控谋杀，在盐湖城的监狱里被处极刑。[6]

我必须说我喜欢这些糙汉，他们乘着火车浪迹西部乡野，四处打工，夏天在农田里收割小麦，冬天在加利福尼亚州摘生菜、葡萄和橘子，冬夏间的几个月则四处游走。他们唾弃权威，耐不住"定居生活"，乐于四海为家。他们看起来潇洒自由，有几个还读了不少书。有个喜欢自称"流浪汉"的老头，他的脸凹凸不平、饱经风霜，但又显出充满慈爱、满腹学识的样子，他的行李中总有一袋书。他整日引用杰克·伦敦、厄普顿·辛克莱、亨利·乔治、斯宾塞和马克思的话，还责备我对这些人的了解不够，不能同他讨论一二。

"你们在大学究竟读的都是什么书啊？"他会这样取笑我，"什么书都没读过，我们怎么能进行学术讨论呢？"

周六晚上，附近的劳工会聚集到谷仓里开舞会，唱歌、跳集体舞、喝酒。尽管多数农场对世界产业工人组织的游民心存怀疑——因为他们的自称就说明了问题（他们会说："I. W. W. 不就代表'我不工作'吗？"①），而且一些人害怕布尔什维克一心想着推翻合众国，但那个夏天我们那里的农场主非常宽容，毕竟收割小麦没有这些劳工可不行。大家会在一起举办谷仓舞会，雇个小提琴手，再接来妻子女儿做舞伴。也许，农民们认为这是繁重的收割劳作后放松的好办法。有几次，当地的帮工和工人组织成员因为争夺姑娘而大吵大嚷，有一次还动了手。但总的来说，谷仓舞会还是一片祥和，世界产业工人组织的游民一贯秉承四海之内皆兄弟的原则，我也过得很愉快。

所以在那个夏天，甚至在那个丰收的农田里，我仍然在接受着教育，只不过这种教育同学院式的教育全然迥异。这些游

---

① 此处世界产业工人组织的缩写 I. W. W. 被戏解为 I Won't Work。

民劳工，这些马路骑士（他们玩笑的自称），引发了我的思考，我在大学的第一年没有哪个教授能激发我如此的思考。我在学校受到的教育是让人相信辛勤工作、滴酒不沾、恪守基督教规范和接受大学教育就能过好日子。但是整个夏天我跟着这些"流浪汉"日出而作日落而息，他们四处漂泊不定，所挣不过勉强吃饱饭，乐得却像只小云雀。他们的生活比我的更和谐自然，他们向我展示了生活并不非得规规矩矩地定居下来，找份稳定的工作，结婚生子，加入教会，或扶轮社、吉瓦尼斯俱乐部①等归宿，才能实现自己的抱负。

这种想法在虔诚信教、信奉共和、家庭至上的锡达拉皮兹和寇伊学院中必为异端。而我带着这些反动思想在秋季回到了学校。第二学年几乎没什么事发生，而在校外我取得了期待已久的突破。那年秋季，我当上了日报《共和时代报》的体育版编辑。每天早上从7点到10点，我赶出两页体育报道，然后匆忙赶上电车来到课堂。这份工作最吸引我的是周薪25美元，这样我就能补贴家中的饮食开销，买几套急需的新衣服，换掉破鞋，还能剩点钱在周末和女生挥霍。

之后的两个暑假，我干了全职工作（工会出现前，小镇日常的工作时间都是每日10至12小时），编辑体育新闻的版面，报道"三一联赛"中的本地棒球队，在当地新闻版面发布日常的大众专题报道。我的全职工作的薪酬升到每周35美元，最后到了50美元，这可比"全世界最伟大的报纸"的巴黎分社最初几年付给我的还多。不用说，我的多数报道都没有任何价值，但也许还能及时记录并且如实反映爱荷华州小镇在

---

① 吉瓦尼斯俱乐部，美国工商业人士的一个俱乐部。

20 世纪 20 年代禁酒令施行期间的生活面貌。

有一天，一位教堂发言人悉尼·F. 威克斯给了我一点关于进入新闻行业的建议。他同时是《曼彻斯特卫报》的编辑，这曾是世界上最伟大的报纸。他说："在报社待三个月，保准你学会所有的办报技巧。"我发现他说得没错。早前的报道、编辑、重写稿，还有在最后关头换大标题等各种经验可以在我给《芝加哥论坛报》巴黎分社做编辑的时候救我一命，起码能让我保住饭碗。

威克斯还给了我另一条更长远也更重要的建议。他告诫我："学点背景知识，读读柏拉图、苏格拉底、莎士比亚、卡莱尔、阿纳托尔·法朗士这类人的作品，多多益善。比起只学经营报社，这花费的时间更多。可是，如果你没有这些知识，那你绝不可能干出成果。"我终生以此建议为戒，不断努力。

尾　注

[1] 那年学生的行为规范如下。

　　（1）所有人必须出席晨祷和晚祷，在安息日必须到教堂和主日学校。

　　（2）不允许任何取巧行为。严禁使用轻武器和弹药。

　　（3）严厉禁止在校园内使用不敬言语、打牌、饮酒、抽烟，不得到舞会和剧院，酒吧和台球室……

[2] "20 世纪的思想胎动并未到来，"校友的官方报刊《寇伊学院通讯报》在 1951 年的百年纪念版时回顾，"唯有夏伊勒兄弟发出了自己的声音……多数女生到寇伊学院就学不过是为了寻个丈夫。"

[3] 乔治·W. 布赖恩特教授是我的拉丁语老师，也是田径教练，毕业于寇伊学院和普林斯顿大学，25 年来，他不知疲倦地要将

上帝带到体育运动中。"高度虔诚的宗教人士，"他说，"才能成为最优秀的橄榄球选手，无神论者都是冷冰冰的。让我们把橄榄球变成宗教游戏，把宗教变成橄榄球游戏。"最后这句劝诫暴露了他并不如自己所想那般笃信宗教。

　　另一位女生在基督教女青年会的发言就真诚得无可置疑："健康并不是奢侈品，也非个人的便利，而是宗教的必需品……我们这些女大学生能否在进行各项运动时都能想到这是对审判者耶稣的致敬呢？"

[4] 校长在哥伦比亚大学读过研，学的是哲学，捍卫了学习《圣经》的必要性。他向校董表示："虔诚的基督教学生学习《圣经》将受益一生。《圣经》是世界上关于'奋勇向前'和'出人头地'的最好专著。"

[5] 他们最爱唱的是《哈利路亚，我就是个流浪者!》。

[6] "别为我哀悼，要组织起来"是乔·希尔对世界产业工人组织的劳工发出的最后一句话。当时他靠在监狱的墙上，注视着无数的枪口，自己下令开火。

　　"他们给他穿上了黑色西装，在他脖子上围上硬领，系上领结，悄悄运到芝加哥举行葬礼，拍了张他凝视未来的冰冷俊朗的面孔。"见 John Dos Passos：*Nineteen Nineteen*，p. 421（paperback edition）。

第九章

初涉报业

《共和时代报》是锡达拉皮兹两份日报中较早创办的一份，从 1872 年开始发行。而在我于 20 世纪 20 年代开始为它效劳之前，它的发行量排行第二，也不如《公报》出名，从 1898 年开始逐渐走下坡路，直到近来一位杰出的编辑塞里纳斯·科尔为之带来了一定荣誉。他是爱荷华州的威廉·艾伦·怀特，他饱读文学，包括《圣经》、古典文学和现代文学，对《圣经》、希腊罗马古典文学，还有莎士比亚、弥尔顿、巴尔扎克等人的作品信手拈来。他的写作风格简单、优雅，令人有些难以忘怀。在我来之前不久，他就当选为国会议员，动身前往华盛顿了。对我来说，他是镇里我极感兴趣的六个人之一，我年轻时就如饥似渴地读他的书，我还是高中校报通讯员的时候就已经知道他。

之后我时而会回想起科尔和他的事业。他是个天赋异禀的编辑和作家，《纽约论坛报》曾企图以社论主笔之位相诱，这是无数从籍籍无名到享负盛名的人的致命弱点，他也不能免俗。他登入上流社会，挣得腰包鼓鼓。他的父母是荷兰籍，他生于爱荷华州的农场，一开始一文不名。尽管他满腹才华，可是爱荷华报社给他的工资少得可怜。他拒绝民粹主义和中西部的激进主义，不赞成我们普通劳苦大众反对东部富佬控制国家，成了固执保守的共和党人和极端保守主义者（赫伯特·胡佛出生于西布兰奇，距锡达拉皮兹 20 英里，很小就成了孤儿，也是这样的人生历程）。1900 年，科尔对俄亥俄州的老板马克·汉纳言听计从，这人正使手段让麦金莱总统再次连任。在汉纳的坚持下，科尔写了一本给共和党助选的著作，旨在对抗布赖恩在中西部的民粹主义及其竞选伙伴阿德莱·E. 史蒂文森的金银复本位制。在我的时代，当爱荷华州民粹主义人物史密斯·怀尔德曼·布鲁克哈特反对保守分子，并在1922年作为共和党人在参议院赢得一席时，科尔鄙称他为"疯子"布鲁克哈特。

1912年，他亲爱的共和党分裂为塔夫脱总统和前总统西奥多·罗斯福两派，民主党候选人伍德罗·威尔逊坐收渔利当选。他后来坦露，他感到心痛万分。

> 我伤心地坐着，身边是保守分子的残骸（他后来在自己的回忆录里这样写道）……对我而言，共和党同我的祖国一致，而保守分子是我这艘政治方舟的旗手。

他从此一蹶不振。到了1921年，他终于辞去编辑一职，赢得了我们州在国会的议席。这时，他文明、优雅的作家天分全部耗尽。他每周从首都寄出的信件成了一堆陈词滥调。他兜售着顽固保守分子的共和主义，似乎完全局限于自己的政党归属。他发现资质平庸、错误百出的哈定是"一个伟大的总统"，还为柯立芝疯狂着迷。"一想到白宫里的卡尔文·柯立芝及其夫人格雷丝·古德休·柯立芝，"他写道，"我就希望美国所有家庭都能过上他们那样的生活。"对我来说，科尔的这种成功，不仅毁掉了他的写作，还有他的判断。在我的记忆中，他作为新闻人、国会议员和哲学家的事业让我想起了亨利·亚当斯的兄弟布鲁克斯·亚当斯对霍姆斯法官的评价："哲学家不过是阔佬雇来证明一切都好的人。"

每个新闻编辑部都会出几个怪人，我们的编辑部也不例外。贝尔·贝弗是社会新闻编辑，年过花甲，至今未婚。她总是将齐整的白发塞进一顶大帽子里，她从未摘下帽子。她来自古老的家族，自己从未忘记这点。她僵直地坐在办公室的一个小隔间里，用铅笔潦草地写着稿件。自 19 世纪 80 年代起，她就在这个报社工作了，还成了小镇的某种社会仲裁员，对各个家庭的社会阶层了若指掌。她详细记载了他们的婚姻状况、社交聚会和孩子的生日。她还知道各种秘密，各种不可外扬的家丑，但这些绝不会被登到报上。她避开编辑室里的嘈杂声，终日待在自己的隔间里，遗世独立。我对她有些敬畏。对我来说，她似乎是旧时代存留的怪物，我同她之间的代沟太大，根本无法交流。她对社会名流的活动进行冗长的记载，在我看来不过是一通流水账，可她深信这是报纸中最为关键的一部分，兴许我们的多数读者也会这样认为。我曾经想，她要是有点幽默感，不那么一本正经，再有点怀疑精神，她也就不会成为一件干瘪的古董。每个新闻编辑部都会有个老古董，代表同过去的联系，算是斗转星移、世事变迁的见证。

弗雷德里克·J. 拉泽尔自 1896 年起在《共和时代报》工作，接任科尔做了编辑。是他很快教会了我报道和编辑的窍门。他做事惊人，从早到晚能对着打字机打出一篇篇社论和文章。报业融入了他的血液，《共和时代报》每天的出版工作是他生活的全部，只有一个例外。他是个热情的园丁，类似当地的约翰·伯勒斯①，他的花园当属镇里最美丽的。他不仅在周末抽出时间进行园艺，还写了五本关于园艺的书。我喜欢他，也敬佩他，从这位谦和慈爱的人身上学到许多。他热爱报业工

---

① 约翰·伯勒斯，美国作家，以描写自然的散文著称。

作，爱墨水和报纸的气味，在编辑室里遇上爆炸性新闻时会激动不已，这些都影响着我，在今后的人生中也成了我的一部分。

像科尔和我后来合作过的许多编辑一样，他也不是完人。尽管他掌握了报业技巧，但他是个不敢对潮流说不的人。在办公室里，他屈从于权力；在家，他打理花园。

由于《共和时代报》在走下坡路，在我来的第一年，报社两个新的年轻出版商决定任用一个"能抓大选题"的社会新闻编辑给专栏添点生气。那是一个40岁、脸上凹凸不平的男人。他是最后一批旧时新闻工作者之一，在国内四处都漂过，为人冷静自持、愤世嫉俗、富有才干、伶牙俐齿，嗜好饮酒和泡妞。一周内，他给我们一贯沉闷的周报以更适合赫斯特①报系的激情四射的标题。小镇对这样一份保守的老报出这样的标题表示大惑不解，我们这帮记者也有同感。可是，我们喜欢他这个人。报纸出版后，他会给我们这群乡下人大谈大新闻里的内幕以及他在多家大报社的经历——《纽约世界报》、旧金山的《历代志》，还有其他不少报社，也许他真在其中几家干过。

一个周一的早上，他没有露面。他好几天都在抱怨有个姑娘正在拼命追他，而且他喝酒比往常更凶了。他还沦落到借钱的地步，借得不多，但向我们每个人都借过。5美元、10美元、15美元，要拿去"偿还在纽约的烦人债务"，但都及时地写了借据。那天下午，在没有他的情况下，我们刚刚勉强编辑

---

① 威廉·赫斯特，20世纪初美国报业大亨。他在20世纪初掀起的黄色新闻浪潮，对后来的新闻传媒产生了深远影响。

好了报纸，办公室里开始聚集起镇里一位年轻女孩的家人和律师，最后挤满了房间，控诉我们这里有一个打扮花哨的编辑骗了她几百美元，还答应要同她结婚。跟着又来了几个商人，拿着长期拖欠的大笔账单。可惜他们都来晚了。周末时间就足够我们这位编辑改头换面了。我寻思着，他也许已经坐在其他小镇的新闻编辑部里，顶着新换的名字。

我在享负盛名的《共和时代报》做兼职和全职的两年过得飞快，也很愉快。1923年，第一个暑假，我的工作因为一个转变而势头高涨，我有两篇报道不再只是当地新闻了。运送哈定总统灵柩的火车于8月6日早晨在锡达拉皮兹短暂停留。如今，我已经难以回想起举国人民为这个平庸总统的去世流露出的悲痛。他的政府是合众国有史以来最腐败的政府之一，但在此消息被公布前，他于8月2日在旧金山突然离世。我得承认，我也为他伤心了。经过多年的成长之后我才意识到我们美国人在这样的场合是多么爱哭。到那时，人们将更了解哈定，而此时，炎热的8月，列车载着他的遗体经过我们的小镇，教堂奏起晚钟，众人垂泪。

当天，美联社的新闻标题是《哈定坚信基督，一生使命建立亲民政府》（当时我们何曾知道他反倒让政府更亲近恶棍骗子们）。《公报》头版的一篇社论哀悼："这种不幸造成最出人意料的打击……这样一位伟人悄无声息地亡故让人不得不感伤……他的精神永生不灭。"1.5万锡达拉皮兹市民，相当于市里总人口的三分之一，在灵车经过时到场，表达他们的悲伤，沿海几十个城镇也纷纷效仿。《纽约时报》记者当时就坐在火车上，他写道："这样真情流露出对亡者的爱戴、敬意和拥护，是美国历史上最举世瞩目的一幕。"近十年后，弗雷德里克·刘易斯·艾伦在他的经典名著《只在昨日》里反思了这一举动。

　　……所有人都认为这样一个热心的人为劳工鞠躬尽瘁，代表了他们的利益，是当之无愧的为国捐躯的烈士。过世的总统被称为"庄严的人物，犹如坚不可摧的磐石"；据说"他的视线总在精神层面"；纽约的曼宁主教在神圣的圣约翰大教堂的追悼会上致辞落泪，似乎对这陨落的英雄也深表认同："如果只能在他的墓碑上写上一句话，我会这样写，'他告知我们手足之情的力量'……愿主赐予我们国家忠实、睿智、精神高尚的领导人，如我们正悼念的这位。"

　　但事实上，（艾伦认为）还存在些问题，至少对于一位美国总统来说，单靠兄弟之爱和善良是无法解决的。这问题是，如果你们友爱的人使政府陷入贪污，你明白这样的丑闻终将会被揭发，你发觉自己毕生的事业将被蒙上污点。这才是导致沃伦·哈定死亡的问题。

　　艾伦是《哈珀斯杂志》的一个冷静的编辑，他叙述了哈定服毒自杀的传言，这也是塞缪尔·霍普金斯·亚当斯的小说《狂欢》的主题。艾伦同时考察了加斯顿·B.米恩斯说法的真伪，后者是司法部的探员，也是与华盛顿腐败案有重大牵连的帮派成员。艾伦暗示"总统是被自己的妻子毒死的，他的私人医生索耶是同谋"。

根据米恩斯所述，其动机有二：哈定夫人发现娜恩·布里顿和那个私生女后，饱受嫉妒的折磨，几乎丧失理智；她全然识破了哈定朋友的诡计，他们对他施加压力，逼得他觉得只有一死才能挽救自己的名声。

"自杀理论和米恩斯的故事，"我见过的最负责任的编辑艾伦写道，"都貌似合理。"但是，这两种理论当然都不对。公布的报道称，从阿拉斯加州返回的途中，总统是在其专用船上吃了蟹肉中的毒。艾伦持怀疑态度，因为他发现，乘务员的备膳室里根本没有蟹肉的踪影，总统的晚宴上也没有其他人得病。而且他指出，总统在旧金山从肺炎恢复的过程中曾出现致命的"突然中风"。

哈定夫人当时显然是单独和他在一起的，而内科医师的口供并不是基于验尸报告，不过是在表达自己的看法。

所有这些猜测是真是假，我们永远也别想得出定论。我们真正知道的是，正如艾伦所说，哈定在其任职期间获知了太多的舞弊，他无法面对未来。在阿拉斯加的旅途中，据威廉·艾伦·怀特所知，他一直在向秘书赫伯特·胡佛和其他亲信抱怨，称他被自己的朋友"出卖了"。"不管是什么造成了他的死亡，"艾伦总结道，"毒药或是心力衰竭，能够这样轻而易举就弄死他，归根结底是因为他已经失去活下去的意愿。"[1]

这些内情，我们在8月那天早晨，哈定灵车经过时一无所知。现在摊开在我面前让我难堪的是我写下的悲痛欲绝的报道，我们最好默默地忽略它。但最后两段很有代表性：

哈定太太坐在桌旁透过玻璃窗远眺，当汽车……经过，人群向她拥来，她在不久前还是美国第一夫人。

"多么勇敢坚强的女人啊。"一个女人说道，其他人都默认了她的话。

"独家新闻"（Scoops）即获取独家报道，是报业竞争中最为辉煌的一瞬间，我想，我随后的 25 年在欧洲、亚洲也分享过此等辉煌，但我慢慢发现这并不比多数编辑和记者所以为的那般重要。

毋庸说，我在报道 8 月哈定灵车到来后的几天，有点飘飘然了。因为我给我的体育专栏拿到了独家新闻——在杰克·登普西去纽约同路易斯·菲尔波交战的途中采访他。[2]这算不上是一篇完整的报道，但此前，我们当地的两家日报还没有人同这位杰出的重量级冠军说过话。

联合火车站的站长向我透露，登普西会乘坐从西部海岸驶来的火车。他给了我登普西的车厢号码。我像初生牛犊一样冲入他的包厢，用手肘推挤开几个其实是保镖的挡道者。糟糕的是，登普西正在熟睡打鼾，我把他吵醒了。

"打扰了，杰克，"我高声说道，"请问你会怎样对抗菲尔波呢？"他揉了揉眼睛，不悦地看了我一眼，喃喃道："什么事？"我重复了一遍问题。"我会把他打倒在地。"他回道，怒意更盛，我相信拳台上他许多倒霉的对手见过这个表情。"该死的是谁让你进来的？该死的你是谁啊？"我自报了家门。"好吧，你想干什么？你把我吵醒了。"我又说明来意。他从床上坐起来，怒瞪着我，最后却露出了微笑。"好吧。你想知道什么？我们这是到哪里了？爱荷华州？俄亥俄州？"

我告诉他是在爱荷华州的锡达拉皮兹，看他露出的神色，我才发觉他从没听过我们小镇。"接着问吧。"他嘟哝道。"你打算怎么打败他？"我又接着问了几个问题，而他给的答案只要是个记者都能编得出来。

"非常感谢你，杰克。也祝菲尔波好运。"我边说着，边向这个大人物伸出手。"好的，孩子。"他说着，握握我的手，然后把脸转向墙壁，接着睡觉。

隔天，我在街上偶遇对手《公报》的编辑维恩·马歇尔。"该死的，登普西的独家采得真好！"他说，"我们的体育编辑到现在还没跟进。"

镇里我关注的六个人中，维恩·马歇尔也是其中之一。他很有可能在"重大关头"大展身手，事实上他几乎做到了。自从他在一个集会上绘声绘色地描述了他在凡尔登当救护车司机的经历，他就成了我高中时的偶像之一。他是个激进的编辑，有头版的社论专栏，模仿阿瑟·布里斯班①在赫斯特报系的风格，常常把我们宁静的小镇搅得不得安宁。其后在1936年，他为《公报》赢得了普利策"年度公益服务最有价值奖"，因为他揭露了州政府官员的贪污及赌博链。

反对美国加入二战的激烈论战让他热血沸腾。他成了美国优先委员会和无外战委员会②最勇猛、最有作为的演说家（继林德伯格之后）。他将所有时间和大量的精力贡献于此项事

---

① 阿瑟·布里斯班，美国著名报纸编辑，为报业大亨赫斯特写作专栏，也是其私人密友。
② 美国优先委员会，美国历史上最大的反战组织之一，非干涉主义的压力集团，反对美国加入二战。无外战委员会（No Foreign War Committee）是美国优先委员会的分支，维恩·马歇尔任会长。

业，日夜不停地在东西海岸的集会上演讲，和全体参与者进行广播辩论，取得了也许最令他欣喜的全国性的认可，和我们国家主要的孤立主义者赫伯特·胡佛、罗伯特·E. 伍德将军、伯顿·K. 惠勒参议员和林德伯格在讲台和无线电台中同领风骚。但这样的紧张节奏也导致了一些问题。马歇尔的狂热和无休止的活动必然让他不堪重负。他无暇顾及《公报》，最后在1940 年 12 月完全离开了报社的工作。

我记得 1941 年夏季的一个周日晚上，我在威廉·佩利位于长岛的家。他是哥伦比亚广播公司的所有者，我当时正给他写稿。那时我刚从柏林返国，刚做完二战第一部分的报道。维恩·马歇尔正在我们纽约的摄影棚等候演讲，控诉罗斯福总统企图将我们拖入战争。哥伦比亚广播公司的明星新闻记者埃尔默·戴维斯负责向听众介绍他。突然，戴维斯打电话告诉佩利，马歇尔拒绝让他介绍。"他骂我是战争贩子，他看起来像是要砸了播报场地，"戴维斯用他那拖长腔的印第安纳口音说着，"他说除非让他在锡达拉皮兹的老朋友比尔·夏伊勒①介绍，否则他不干了。怎么办？"

我回国之后就和马歇尔谈过，我们都不同意以暴制暴。我对佩利说，既然哥伦比亚广播公司给了马歇尔"同样的时间"向总统表达意见，如果他拒绝利用这一时间，那就是他自己的问题。佩利把电话递给我，让我和他说。我告诉马歇尔，尽管戴维斯有其个人想法——而且我同意他的想法——但他是世界上最公正、最厚道的人，比我更能得体地介绍他。最后，他冷静下来，同意继续。他的演讲反响极佳，他在广播中总

——————————

① 比尔，后文还有威利，均为威廉的昵称。

是魅力十足。我记得他吓到了佩利的几个客人，包括几个显要人物——赫伯特·贝亚德·斯沃普和几个编辑，有人害怕美国优先委员会在国内占了上风。

　　在纽约的第二天，我带维恩出去吃午饭。我见识过他在我们小镇的全盛时期，此时我很难过，因为他正处在崩溃边缘。很快他就彻底崩溃了。

尾　注

[1] 所有引用来自艾伦的《只在昨日》，120—121页。

[2] 他在几周后打倒菲尔波，蝉联世界重量级拳王的称号，他也许是我们有史以来最伟大的拳击手。那场比赛是用时最短、场面最激烈的重量级拳王比赛之一。第一回合，菲尔波两次击倒登普西，其中一次把他打出了绳圈；登普西则打倒菲尔波五次。在第二回合，登普西一分钟内就解决了他。

第十章

小镇奇人

在锡达拉皮兹的其他人当中，对我产生了影响的还有两位学识渊博、能言善道的牧师。其中一个如果他有意作为的话，一定能在外面的世界大展宏图；而另一个则已经大有作为。爱德华·里德·伯克哈尔特博士于 1913 年步入了 70 岁高龄，我们搬来的时候，他已经在第一长老会做了 37 年的牧师。他在纽约出生，在纽约成长，毕业于普林斯顿大学和联合协和神学院，还在德国拿了博士学位。他 26 岁时当上纽约郊区新罗谢尔长老会的牧师和联合协和神学院的希伯来语教师，十拿九稳会升为教授。他为何离开那富裕文明的地方，来到我们这样一毛不拔的平原地区，虽然他经常和我说明原因，但这在我们小镇仍旧是个谜。他爱上了曼荷莲女子神学院（那时候是这个名字）的一个年轻的毕业生，她住在爱荷华州伯灵顿。他们结了婚，他立刻喜欢上密西西比河以西的这块土地。在新罗谢尔六年，生了三个孩子后，他抵挡不住西部的召唤，1876 年，他们应锡达拉皮兹的邀请来到这里。那时这里还是个只有 7000 人口的边疆小镇，二人接受了，也从未后悔。

伯克哈尔特是我的邻居，也是我早年的导师。他学识高深，特别是希伯来语、希腊语和拉丁语，就算我都遗忘殆尽，他对此的热情也一如既往。篱笆将我们两家的花园隔开。我们好几年就这样隔着篱笆聊天，一聊就是几个小时。对我来说，他是同过去、同历史最鲜活的联系。他六岁时，透过纽约的巴纳姆博物馆的窗户，观看扎卡里·泰勒总统的送葬队走上百老汇大街。1861 年，他是普林斯顿的学生，他注视着当选总统的林肯途经托伦顿到华盛顿就任。次年，他从普林斯顿毕业，由于健康问题免服兵役，在内战的最后两年在德国的波恩、海德堡和柏林求学。

他能讲上个把小时自己在普鲁士首都的生活，大学的独特风情——那里是费希特和黑格尔19世纪最初几年教书的地方，而那里又是特赖奇克现在任教的地方。这三位卓越的哲学家对德国人和德国产生了不可磨灭的灾难性影响。而大学并不是年轻的伯克哈尔特生活的唯一中心。他说，他喜欢看普鲁士年迈的皇帝在菩提树大街阅兵。他最大的遗憾是他从未亲眼见到俾斯麦——六年后让普鲁士国王成为德国皇帝，并助其大败法国后，使其在凡尔赛宫的镜厅加冕为威廉一世的人。

这个年轻的学生同美国驻柏林公使N.B.贾德是好友，通过公使时常可以了解美国国内的情况。贾德同林肯私交甚笃，还和他分享总统的各种事迹，迫不及待地告诉他北军胜利的最新时事，反复向他保证美利坚合众国很快就要取得胜利。生活对这位美国青年来说格外刺激，他在大学每天听各种讲座，关注俾斯麦将好战的普鲁士发展成德意志帝国，以及通过林肯的公使，了解到美国内战的进程。

显然，柏林给伯克哈尔特留下难以磨灭的印记。在那里他产生了追寻学问的信念、感知历史的能力和对德国人的感情。我为他的经历着迷，柏林似乎是个遥不可及的地方，同我无关，不像他在柏林受到的重大影响。我祖父夏伊勒憎恶霍亨索伦家族和普鲁士人。他曾对我说，柏林是个鬼地方，那地方的人也丑陋不堪。当我隔着篱笆听伯克哈尔特谈论这个时，当真一无所知。年轻时我的眼界也就局限在小镇。之后我命中注定在纳粹党肆虐时在柏林居住、在柏林工作，这个大都市在我身上留下的印记甚至要比在他身上的深刻得多。

我对伯克哈尔特有些敬畏，但我并不能欣赏他的学识。在我高中和大学的最初几年，他尝试让我对希腊语和拉丁语产生兴趣，却没能成功，倒是成功地扩大了我的阅读面，起码他让我为他的研究课题做了一些笔记。这些对于我那未经教育的脑袋大有裨益。和所有伟大的学者一样，他对所学知识信手拈来，对我智识的局限也表示宽容。

"你一定要读奥古斯丁的著作。"他总是这样嘱咐我。他还说，他已经从头读完这位圣人八卷著作的拉丁语版，以及六卷克里索斯托的书。"再不济也要读读《忏悔录》。这些比《上帝之城》好太多了。当然由于奥古斯丁懂得的希伯来语不多，希腊语就更少了，他只会拉丁语，因此他有时会出错。但还是要读他的作品！他是天才，是哲学家，是诗人！"

我想，这是我在锡达拉皮兹第一次听人这般激动地谈论诗人，谈论奥古斯丁，谈论几十个其他古代作家，谈论历史、古典哲学及其争论。他经年埋头于尼西亚大公会议和阿里乌斯派争端的研究，引用索佐门、狄奥多莱、阿塔纳修斯、普瓦捷的希拉里、巴西尔和格雷戈里的著作。他会讲述他在芝加哥大学的图书馆发现克莱尔沃的圣贝尔纳的《布道辞》时的欣喜，以及他对托马斯·阿奎纳的《神学大全》的失望透顶。他购买了《神学大全》的六卷书，但他认为书里尽是经院哲学的恶习，枯燥无味。

伯克哈尔特不仅对古代文学研究颇深，他对小镇的近况也兴趣盎然。他是普世教会运动的早期倡导者，那时这运动在我们这地方并不出名，知道的人不多。他坚持让我们教会的所有牧师，包括两个天主教教堂，组成牧师联盟。由他主持这一联盟，讲述彼此要包容对方信仰。由于把天主教也囊括在内，他起初受到严厉批评。我们这个新教占主导地位的社区对他表示怀疑，甚至还充满敌意，但他不予理会。有个有趣的爱尔兰牧师图米神父在迪比克加入了新教兄弟会，以此挑衅其主教，后来他成了伯克哈尔特最亲密的朋友和敬仰者之一。"那位圣人教导了我！教我生活、宗教，还有我们的初期教会！多好的一个朋友啊！"伯克哈尔特曾经这么和我感叹。

在我上寇伊学院大二那年，伯克哈尔特在将近 80 岁时过世。他比其他任何人都要努力地将一个残陋不堪的神学院发展成为真正的知识殿堂。他从未赢得全国性的声誉，尽管他的学识是长老会全体大会公认的，在那里他为了《威斯敏斯特信条》的修改工作斗争了好几年，带领教会进入了 20 世纪。他于我是伟人般的存在。在我们这样的小镇总有两三个这样在国内籍籍无名的人，但他们对小社区以及我这样的人的启发却至关重要。

约瑟夫·福特·牛顿在离开我们小镇后倒赢得了国内的知名度。当伯克哈尔特博士不讲道的时候，我常常从第一长老会的长凳上溜走，偷偷摸摸沿着第三大道到人民教堂，聆听一位更为雄辩的牧师的布道。他是又一个早年改变了我人生的当地人——牛顿博士。在他当上牧师前，曾跟随亨利·沃特森在路易斯维尔《信使报》学习了新闻写作。他不仅是个鼓舞人心的演说家，也是个文质彬彬的作家，同样对自己的学识信手拈来。他在那座用砖头砌成的小教堂宣扬一神论和普救论，没有书面教条，门庭若市。我只能挤进去，站在后面。

牛顿爱刨根问底（我所见到的第一人），常对宗教、哲学和生活提出强有力的质疑，这些高论在我们这里很少听闻。有人称他为"激进分子"，对他感到不安，因为他对小镇的影响与日俱增，特别是对年轻人。但由于他是如此雄辩滔滔、令人信服，加上品格和外貌又如此让人难以忘怀（两者都和林肯很像），所以对他异端思想的批评和怀疑一直不曾得势。他个人为我做了两件事：他帮助我开启了尚未成熟的心智，质疑宗教和美国社会现状；他激发了我对文学的热情，激励我更认真地阅读文学作品。虽然他晚年（在其自传《岁月之河》）说他"是在锡达拉皮兹发现了自己"，但我常常质疑这点是否属实。他对我们小镇来说，有点过于先进了。在小镇住了八年后，他不但离开了我们小镇，还出了国，当上了伦敦城市教堂的牧师。其后，他回到纽约和费城的一些大牧师团，写了许多书，在全国多家报纸期刊上发表专栏文章，还成了广播节目中受欢迎的演说家。

比利·森戴是他那个年代最出名的福音传道者，就出生在锡达拉皮兹附近。他经常回到这里，在当地市民特地为他搭建的帐篷里举办为期 14 天的复兴狂欢。我过去常常跑去观看他的表演，因为他是个厉害的煽动家和表演者，他能在每个地区鼓动上百人"皈依耶稣"。显然，不看他的表演技巧，他是个温和、正派的人，是嗜酒的前职业棒球选手，"找到上帝"后想分享他的发现而已。但是，我发现他调动我们社区的上千人，还有国内其他地方的成百上千人皈依的宣传有点俗气。他让我觉得乏味，就好像现今的比利·格雷厄姆教士。

生长在这里的卡尔·范韦克滕仍旧是镇上的一股隐形力量，特别是对镇里反叛的年轻人来说，虽然他在我那个年代早就不住在锡达拉皮兹了。他用小说丑化了这里的正人君子——他们认为那些小说就算不是彻底的罪恶，也起码是肮脏的，但小镇还是密切关注着他越来越大的各种名声：小说家，纽约剧

238 / 二十世纪之旅：人生与时代的回忆（第一卷）

评家、乐评家，"艺术"摄影师，哈勒姆爵士乐冠军，还是美丽的俄国女演员法尼亚·马里诺夫的丈夫——他同一个同乡女人离婚后娶了她。范韦克滕的房子在第二大街，在我们家北部，就隔着几户人家。我过去就在那里挣了点零花钱：给草坪除草、摘蒲公英。卡尔的父亲老范韦克滕先生是个和蔼的老人，他会对我露出会心的微笑，邀请我坐到轻型四轮游览马车里，由两匹马拉着快步行走。但我没能让他讲讲他那出名的儿子，因为他似乎对儿子的名声茫然无知。

1924 年是我在大学的最后一年。范韦克滕的小说《文身的女伯爵》一发表，我们小镇就陷入一片喧嚣。小说发生的地点枫之谷的原型正是 1897 年的锡达拉皮兹。1897 年正是我们这位作者从华盛顿高中毕业的前两年。一些人认为他们不仅认出了主角埃拉·普尔——纳塔多里尼女伯爵，还认出了书中的其他人物是谁。但是他们不喜欢女伯爵对她出生地的评价。在小说中，她在欧洲闪耀地生活了 25 年后，作为意大利贵族的妻子回到了故乡："……连上帝都不要了的小地方到处是愚不可及的傻瓜……沉闷肮脏……狭窄的乡村……混乱的生活，人人都忙于遮掩自己的恶行……""做好大吃一惊的准备吧！"《公报》的评论在该书出版时这样提醒道：

> 卡尔·范韦克滕在他的新书里用枫之谷代表他的家乡，描述的是锡达拉皮兹 19 世纪 90 年代的风貌……如果锡达拉皮兹的上一代人用实证的眼光翻看这本书，就能把书和现实做出相当准确的对应。一些读者会很难原谅作者的描述。

范韦克滕是个勇敢的人，那个秋季他回到家乡，满怀和善，赞美我们的城市取得的进步。对谁都能在现实生活中找到他角色的原型，他直言自己大吃一惊，因为他说过，这些人物是他"编造"的。那时我第一次私底下见到他，他建议我赶紧离开锡达拉皮兹，能多快就多快。他温文尔雅，看上去很有教养，却过分精明老成，在曼哈顿岛定居的爱荷华人都是如此。他是学者酒吧的"代言人"，执迷于纽约波希米亚人的生活方式。这群人就如艾尔弗雷德·卡津①所说"什么都不干"，尽管在我看来，他们干了不少事，比如喝酒和睡觉。范韦克滕的小说吸引了我，那时我正是 20 多岁的年纪，青春躁动。但在 20 世纪 70 年代，我重新阅读这些书后发觉它们不过是低俗的闹剧，这些书经不起时间的考验。之后，我常常能在纽约见着范韦克滕，他一次也没提过我们共同的家乡爱荷华州。也许在他丰富的人生的最后十年——他活到了 1964 年，去世时 84 岁——他害怕想起它。纽约成了美国唯一供他文明生活的中心（并没有成为我的）。

在锡达拉皮兹成长的几年，我慢慢认识了一个在贫困中苦苦挣扎的青年画家，他后来成了美国最为优秀的艺术家，以及我们小镇最著名的公民。格兰特·伍德的一生上演了天赋超然的中西部农家男孩不屈不挠，大器晚成，最后成为天才的故事。他的前半生不断挣扎，不仅对抗贫困的磨难，还要面临无数的失望，以及不论国籍和年代的艺术家都会遇到的错误尝试和挫折。

---

① 艾尔弗雷德·卡津，美国作家、文学批评家。

他的家庭是老教友派信徒的后代，和我们社区许多人一样，内战后来到西部。他们是从弗吉尼亚州来这里务农的。他的祖父和父亲在阿纳莫萨开垦了几百英亩土地，那是离锡达拉皮兹不远的小镇，宜人却沉寂。25 年后，他父亲在 1901 年过世，当时格兰特 10 岁。母亲带着四个孩子搬到了锡达拉皮兹，卖了农场的钱也就剩下 5000 美元，在离我们家不远的第 14 街买了所中等大小的房子。她启迪了格兰特的生活，某种程度上也启发了我。就是从她身上，我第一次体会到人类坚韧不拔的神奇和美妙，一个人如何在饱受屈辱的贫困中活下来，如何在令人麻木的辛酸和困顿中保持优雅和尊严。和她的儿子一样，不管生活多么艰难，她都不会被打倒。格兰特为子孙后代保留的画作《女人和植物》就描绘了她，现在这幅画挂在我书房里。这是我们那个年代最伟大的画作之一。格兰特认为这是他最为不朽的作品。

我记得，1916 年，格兰特回到锡达拉皮兹，那是在一战中途。1910 年从华盛顿高中毕业后的某个时间，他出外谋求自己的绘画之路。先是在明尼阿波利斯设计学院向欧内斯特·巴彻尔德学习，后来到了芝加哥艺术学院。他在银器铺工作一天后上夜校，他认为学做生意对他的绘画有助益。不久，他和三个朋友开了家银具店，但是这生意没能养活他们。过了两年，格兰特放弃了，破了产回到锡达拉皮兹。

他才知道自己的妈妈就要被赶出家门了。她靠缝缝补补和烤面包的收入不够还清贷款，而我们最好的银行之一无情地收回了抵押品，银行家在何时何地——包括在我们小镇（商会广告牌上这么写："锡达拉皮兹，有人情味的小镇"）——会有同情和体谅之心呢？格兰特一家搬到沥青纸糊的棚屋。这是格兰特匆忙搭建的，他一个慷慨的朋友把自己位于小镇边缘的地给了他。过后，格兰特把棚屋改成了一层木屋。家人总算能有点尊严地安居，他还能在那里作画。

与此同时，美国加入了战争，格兰特入伍，在陆军伪装工兵团服役两年。返家后，他终于找到了一份能养活自己和家人的工作。我杰克逊小学的老校长、可爱的热心肠爱尔兰人弗朗西丝·普雷斯科特请他做了美术老师——薪酬一般但稳定，我记得是一年 1200 美元——并保证他有充足的时间画画。有了这笔非同寻常的财富，格兰特攒了些钱，再借着工作的优势借了些钱，1920 年到欧洲度过了夏天，1923 年到巴黎朱利安美术学院又学习了 14 个月。在那里他深受法国印象派的熏陶和启发，自己也开始画出相当不错的画作。

奇怪的是，在家乡，对格兰特鼓舞最多的竟是我们优秀的殡仪员约翰·B. 特纳和他的儿子大卫·特纳。老特纳是个精明、热心的老苏格兰人。这些奇怪的殡葬业者，在忙于尸体的防腐和埋葬工作之余，看出格兰特·伍德的人生大有前途。如果他能逃脱单调沉闷的工作，在一个良好的工作室里把所有的时间都花在绘画上，他们有信心，他不仅能成为一名伟大的艺术家，还能从作品中获利，足够让他和他的母亲过上体面的生活。他们把停尸间搬到我们街对面的辛克莱别墅，并且不再用马车，改用机动车辆了。他们把宽敞的谷仓和马车房借给了格兰特，让他改成了住所和工作室，房租全免。我小时候同辛克莱家的孩子在这里玩耍过。他们还请格兰特为他们重新装修屋子，付给他大笔费用，并承诺要买下他的画作挂在墙上。就是在这间格兰特自己收拾出来的工作室——他是个优秀的木匠和室内装潢师——诞生了几乎所有让他扬名立万的画作。

特纳父子就买下了其中的 70 幅。最后，格兰特实现了当画家和作家的目标：靠艺术创作为生，不在其他方面浪费时间和精力。

而这还不是最终的胜利，这仅仅只是开始。格兰特仍旧无法确定自己该用这天赋干什么。他给本地贤达作的肖像画相当不错。在欧洲的几个夏天，他画了一些巴黎卢森堡公园和法国郊外的风景画，很漂亮，但并无太多原创性。在我大学的最后一年，我们时常能遇上，那时的他对自己特别不满意。尽管他已 34 岁，年轻时就开始画画，现在全部时间用在绘画上，但他还在为寻找自我苦苦挣扎，在自己身上寻找能实现真正成功的灵光一现。

在巴黎的第二个夏天，他找到了，在他的法国风景画展上。这是他在锡达拉皮兹以外的首次展览。一个宜人的 8 月的晚上，我们坐在双叟咖啡馆的露台上，就在古老而迷人的圣日耳曼德佩教堂对面。一向犹豫不决、沉默寡言的格兰特居然一个小时接一个小时地大谈这次展会，如同扫罗前往大马士革一般欣喜若狂。这是他艺术生涯的转折点。

这几个与众不同、生机勃勃的人，其中三个编辑、两个牧师、一个小说家，还有一个画家，帮助我摆脱了在中西部小镇成长的寨臼。他们当中没有商人，倒是有两个工人领袖不得不提。

那个时候的锡达拉皮兹并不认可工会，甚至有点反对工会。大工厂都没有组织起来，而工人领袖同工人一样，是社区里的二等公民。他们不见于不计其数的民间组织，也未入教堂执事之列——也许他们多数信奉天主教。那些位置是给商人和专业人士等纯正的中产阶级预备的。但对我来说有两个工人领袖很有意思，称得上是重要人物。开始，我遇见他们时身上总背着报纸，因为我送报的最后一站就是他们的办公室。后来，作为个人或是作为记者，我也时不时会顺道拜访，和他们谈上几句。

列车长协会的全国总部就在锡达拉皮兹。这是客运列车时代最大的工会联盟。当时的主席谢泼德是个沉默寡言、穿着正式的人，和我们银行和大企业的主席一样，每天早上坐着配有司机的大型轿车上班。他不爱说话，但有时我会揭去他的保留，有次我问他为什么一个劳工领导人需要皮尔斯银箭轿车和司机接他上下班。

"好吧，也许和银行家是同样的原因，"他笑道，"虽然镇里都不知道，但这个机构至关重要。我要处理事关 25 万人的问题，铁路大亨一直在残酷地压制他们。我可不能在驾驶这些汽油玩意儿上面浪费时间。"

尽管他对联盟充满热情，但他是个保守的人，这多少让我有些讶异。"是这样的，建立铁路兄弟会得花上半个世纪的时间，"他解释道，"你们这些家庭宽裕的人当然不知道我们为了体面的工资和工时同雇主做了多少斗争。我们赢得了不少，所以我们想保住胜利果实。乐意的话，你可以说我保守。"

"你穿得像个银行家。"有一次我在他离开办公室时奚落他。他穿着平时那套熨烫整洁的黑西装，燕子领一如既往地挺直，手握价格不菲的圆帽。

"那又怎样呢？"他笑了，"没准我也是个要员。"我不敢保证我们小镇也这样看，谢泼德似乎是我们以商业为导向的中产阶级中孤单的一员。但是从他身上，我第一次见识了我国崛起的新生代大工会主席，他同其他商人一样睿智、一样谨慎、一样保守，也一样享受高薪。和其他商人一样在意自己的工作配备，例如乘坐配有司机的轿车。就像美国劳工联合会的主席塞缪尔·龚帕斯，他们决定让集会活动仅限于狭隘的手工业领域，同商会一样反对社会主义和"激进主义"。和欧洲相比，那里强大的工人政党正在崛起，而美国的工人运动并不触及政治领域，不温不火地推动着社会经济改革。我经常想起谢泼德呼应龚帕斯的话："我们不参与政治。我们只关心工人的工资、工时和工作条件。"显然也只能这样，但于我似乎还不够。

一家劳工周报《论坛报》的编辑 R.G. 斯图尔特显得更温和、更外向。他的读者绝大多数是社区的几千熟练工人，如印刷工、铸字工、压制工、木工、油漆工、砖匠等。如果说他的读者面很小，那么他则认为他自己、他的报纸、工会和工人与锡达拉皮兹其他人和事同样重要。他在他极具攻击性的社论中就这样说。他的文字说服力强，他不仅对当地事务感兴趣，对国家事务、全球时事也充满兴趣。在这些领域他如饥似渴地阅读和思考，胜过镇里的大多数人。我从前派送报纸时常常把他的留到最后，这样我就能在他办公室里久留一会儿，和他一起"大快朵颐"当天的新闻。我住在小镇时，一有空就去拜访他。我们面红耳赤地争论过许多问题，我的思维也因此变得敏锐。总的来说，他对新闻写作感兴趣，他会驳斥或表扬我在当地报纸，特别是每周校刊上的社论。恐怕他比任何学生和教员都更密切关注我们的校刊，更具批判精神地阅读我的文章。我毕业时，他在报刊上盛赞了我一番，我都不好意思引用，尽管有所夸大，但他比谁都鼓励我投身新闻行业。

给值得赞美的孩子的颂词

约一个星期后，寇伊学院将列出毕业生名单，其中有一人将在报业留名。他叫威廉·夏伊勒……他作为学校周刊《宇宙》的编辑表现突出。在他的指导下，社论版面焕然一新，同大学新闻截然不同……编辑夏伊勒也投入写作，他对人性、时事和国际事件的把握，远超有同样际遇、年龄相当的一般作家。

如果日报报社给他更大的发展空间，他的文字会更加优秀，逻辑会更加严密，语句会更加优美，对一般市民会很有说服力。报界的许多人都没有这位年轻大学生的能力。不过他有时有点悲观，大概是为了顺利毕业而遇到了困难……他认识到当今井井有条的社会规范和习惯视为平常的许多不公现象。"比尔"自己可能还未发觉，但他在报业这个层次已经是个大人物。随着他阅历的增多，他将变得更加伟大。

这当然还有待观望。但斯图尔特的话确实极大鼓励了这名"值得赞美的孩子"继续前进。这样的评价激发了他的雄心，给予了他信心。但除斯图尔特之外，市中心再没人注意到他。

除了以上那些人的影响，还有其他三种人拓宽了我这个乡下人的生活。第一种是人数众多且团结的捷克人群体，我们称他们为波希米亚人，他们来自故土波希米亚。他们占据了锡达拉皮兹四分之一的人口，坚守着自己的生活和语言，一些古老的家族坚定地认为自己就算不上美国人。他们把欧洲的某些价值和特色带到了我们中间来。第二种是附近阿曼那"荷兰人聚居区"的居民。当热血奔涌的美国人对俄国甚至本国的共产主义咬牙切齿时，这里成功地完成了基督教共产主义的社会试验。第三种是外面的来访者，他们带给小镇和校园音乐、诗歌和先进思想，让人们为远方广大世界的艺术和思想激动了一番。

每逢春季，沃尔特·达姆罗施都带着他的纽约交响乐团在五月节进行三天音乐会，其后由明尼阿波利斯交响乐团接替。虽然我还是小孩的时候就在芝加哥初次体验过交响乐，但直到锡达拉皮兹的春季音乐会，我才对此产生了经年不息的激情和爱好。

与对"文化"不怎么感冒、对此有些怀疑的小镇相对，我们听的大多数音乐是在大学里。正是得大学的福，我初次听到了许多伟大的音乐家的作品：帕岱莱夫斯基、克赖斯勒、海费兹、卡萨尔斯、舒曼－海因克、吉拉尔汀·法拉尔和阿梅丽塔·加利－库尔奇。同许多年轻人一样，我迷上了法拉尔和加利－库尔奇，后者长着蒙娜丽莎那样的意大利脸，我还在书桌上摆放她们的彩色照片。我还记得我第一次听到加利－库尔奇纯正的女高音时惊为天籁，同时为她的体态所折服。在一次咏叹调的演唱中，旧礼堂廉价的棉布人造天花板掉落，吞没了正听得入迷的观众。她的声音戛然而止，而她就站在那里，镇定自若，仿若一尊雕像，注视着大窗帘似的棉布飘摇而降，直到多数听众被盖在了下面。一些人害怕破旧的老建筑突然倒塌，开始忙不迭地逃走。碎屑清理干净后，担惊受怕的人们才回到了各自的座位。加利－库尔奇继续表演，全不受影响，她那动人的抒情歌喉一如既往。

如果说诗歌在锡达拉皮兹不被广泛叫好，那也不是大学的过失，虽然我们有莎士比亚和布朗宁俱乐部。大学接二连三地请来了诗人：米莱、桑德堡、维切尔·林赛、约翰·考珀·波伊斯等。对我而言，欣赏完他们朗诵自己的作品之后与他们交谈至深夜也是一大乐事。

除了吉尔伯特和沙利文①的作品，格林歌剧院给我们提供的戏剧并不多，而我从没喜欢过这两人。我的歌剧教育得等我到了维也纳、柏林和纽约之后才开始。不过它确实给我们带来了很多剧目和一些有名的演员。对于在芝加哥、奥马哈、明尼阿波利斯和圣路易斯等地的演出旅行来说，锡达拉皮兹是铁路线上便利的停靠站。现在除了莎士比亚的戏剧，其他的我都记不起来了。大多是百老汇的热门剧，例如《东林怨》和《赖婚》，但现在也已被遗忘了。但是一些舞台名家的大名还在我的脑海：奥蒂斯·斯金纳、约翰·德鲁、理查德·曼斯菲尔德、莉莲·拉塞尔、玛丽·德雷斯勒、伊娃·坦圭、莫杰斯卡、斯科特·西登斯太太和明妮·马登·菲斯克。当今的一代都不知道这些名字了，但如今本该承接他们衣钵的人又在何处呢？

我记得最清楚的就是萨拉·伯恩哈特。她在一战即将结束之际来到这里，那时她已年逾古稀。1915 年，她的一条腿被截肢了，带着木质假腿她几乎不能移动，而帷幕会短暂地降低，以便她能重新站好。除了她"神圣般"的存在，大家还记得她那副金嗓子，她那抑扬顿挫、连绵起伏的法语，尽管那时的我一个字都听不懂，但仅是发音就那般浑厚动听，如音乐

---

① 威廉·吉尔伯特，英国剧作家、文学家、诗人。他与作曲家阿瑟·沙利文合作的 14 部喜剧闻名于世。

一般。为此我发誓以后一定要学会法语，而在巴黎的几年，我如愿以偿。[1]

远道而来的访客中还有牛津大学辩论队的三名成员，他们是截然不同的一类人。我大四那年，他们来到我们学校辩论，驳斥禁酒令的好处。他们正在做环球的巡回辩论，已经同美国的一些一流大学交过手。他们怎么会在我们这个中西部小镇停留，我记不清了，但我能回想起他们给我留下的深刻印象。从他们截然不同的辩论风格上能看出他们接受的教育和我们的大不相同。他们即兴讲话，谈吐智慧风趣，对支撑论点的史实信手拈来之余，还能不失时机地说一些活跃气氛的玩笑话。相比之下，我们的辩手不过是背熟了演讲稿后照本宣科，他们甚至连反驳的词句都是事先背好的。他们严肃地叙述着数据，意图证明为获得"工业效用、社会进步和高生活水平"，并由此建立"健全经济"，禁酒令必不可少。这些意在讨取掌声的话干瘪而无味，真叫我不敢恭维。

"酒精是毒药，会减少人的寿命。"我们一位辩手信誓旦旦地说道。

"兴许是那样，"客方辩手答道，"但是，酒精已经有七千多年的使用历史，如果它是毒药的话，你必须承认它的毒性发作得非常慢。不管怎样，我情愿寿命减半，但有双倍的见识。你愿意牺牲掉这种与生俱来的权利而保留一个稀里糊涂的老年时光吗？"

来访辩论队的马尔科姆·麦克唐纳是英国历史上第一届工党政府首相的儿子，他两次让一本正经的观众大跌眼镜。一次是他引用林肯的一封信，信中林肯严厉批评了那些反对喝啤酒的人；另一次是在饮酒是否对身体有害的论战中，他透露英王的医师给国王开的药就是酒。

最终现场起立表决，437 对 95，观众支持了我们的辩论队对禁酒令的辩护——在我们循规蹈矩的观众中，没人敢在大庭广众之下站起来反对。之后，我邀请这三位绅士到我的《宇宙》校刊办公室，喝点我藏在办公桌抽屉底层的走私威士忌，再以闲谈佐酒。我们谈起即将举行的英国和美国的选举。他们不能理解像柯立芝这样的傻瓜怎么能受到如此偏爱，连任总统。[2] 麦克唐纳的父亲正遭遇败选，而年轻的马尔科姆·麦克唐纳第一次竞选职位，希望能在下院谋得一职。在我看来，他是个激越向上的年轻人，但之后我在英国和世界各地遇见他时大失所望——他最终成了著名的殖民地官员——他和他光彩炫目、英俊不凡的父亲拉姆齐·麦克唐纳比起来光芒黯淡，虽然能胜任工作，但没有达到很高的声望。另一个人克里斯托弗·霍利斯后来成为非常有名的记者和作家，是《研究乔治·奥威尔》的作者，他和奥威尔同念伊顿公学时就认识了。

这些访客来自我们爱荷华州弹丸之地之外的世界，让我们摆脱了小镇死气沉沉的生活。与其说他们缓解了我的饥渴，倒不如说他们刺激了我的渴望。他们激起了我内心，至少是在将来某一天挣脱中西部乡村生活的决心。而实际上，当时我不能也不会抱太大的希望。我的自信会慢慢成熟。

住在我们小镇的波希米亚人勾起了我的兴趣，因为他们和我们中的多数人迥然不同，以自成一体而自豪，坚守着欧洲斯拉夫人的生活。这种对他们来说最好的生活方式对于我们来说却很奇怪，并认为肯定不如我们的。不过之后，这一切都将发生变化，他们将像国内其他民族一样，最终被主流的盎格鲁－

撒克逊文化同化。

但在我那个年代，约有一万名捷克人独自住在小镇南部，远离河流和铁路的另一边。美国许多城镇都有这种分界线，隔开穷人和富人。而我们小镇的情况是，这条分界线不仅隔开了贫民，还隔开了捷克人，尽管后者似乎毫不在意，甚至当中有些人已经致富，搬入了更富裕的邻近社区，还和我们这些盎格鲁－撒克逊裔白人新教教徒通了婚。

他们中的多数人还是待在原处不动。这样就让小镇南部成了波希米亚人的聚居地，他们用学校、宗教、社团、兄弟会组织捍卫着他们的身份意识。人数最多的组织是索科尔协会①，就像在故国所做的一样，不仅是为了发展体育文化，还宣传了捷克的民族主义和文化。在我们当中的这些"外国人"民主、节俭、勤劳，职业有裁缝、铁匠、马具制造者、面包师、食品商、木工、雪茄制造商、屠夫、鞋匠，还有咖啡店店主。我们盎格鲁－撒克逊的良民把他们的咖啡店称为"酒吧"，对里面乌烟瘴气的饮酒和歌舞摇头。然而禁酒令一下，他们也欣然去找捷克人买酒。这种自制的啤酒即使不能称为原汁原味的比尔森②啤酒，那也是在这个渴望酒精的爱荷华州能买到的最好的酒。

我们当地的音乐大都是波希米亚人创造的。他们产出了我们家乡所有的乐队和大多数音乐老师。我姐姐学钢琴，我学小提琴，老师都是波希米亚人。他们中还出了两三个名扬海外的

---

① 索科尔协会（Sokol），19 世纪中叶在布拉格建立的一个体操组织。当时捷克属于奥匈帝国，索科尔协会在推广强身健体的同时，还设讲座、开论坛、办杂志，对捷克的民族主义发展起到了重要作用。

② 捷克的一座城市，以产啤酒著称。

钢琴家。他们最骄傲的就是他们伟大的作曲家安东·德沃夏克。他在 19 世纪末的几年和我们一起度过了两三个夏天。一有交响乐队到我们小镇来,他们都会说服指挥演奏德沃夏克的 E 小调交响曲——《自新大陆》,这首曲子就是作曲家在爱荷华州写下的。

波希米亚人给单调沉闷的中西部乡村生活注入了许多色彩。每逢周末,特别是大斋节前,他们就会将他们的民族舞蹈搬上舞台,女人穿着五彩缤纷的农装,乐师奏起欢跃的古老中欧民歌调子,欢声笑语和善意的玩闹让场面更加火热。

他们渐渐将我引入一个新世界,也就是他们原本出走的旧世界,让我接触欧洲历史的片段,我们公立学校可不会教这些。我记得有个捷克医生对我说过:"你们都记得 1620 年清教徒移民到达普利茅斯岩。而对我们来说,这也是历史性的一遭。三十年战争期间,1620 年,在布拉格附近的白山战役中,我们丧失了主权。奥地利人,我们的征服者,自此压迫着我们。"

但是奥地利人压迫不了整个捷克民族,他们为保持民族独立、重获自由的奋斗持续了数个世纪,这一直挂在锡达拉皮兹的波希米亚人心头。我记得在一战期间,他们怎么为托马斯·马萨里克和捷克斯洛伐克在美流亡政府工作,如何筹集大量的钱财去资助政府。我还能回想起,1918 年,当马萨里克返回布拉格宣布捷克斯洛伐克共和国成立时,"波希米亚镇"庆祝战争结束。我当时还是个 14 岁的少年,也加入了庆功会,还不知道我未来的生活和工作将同在欧洲的捷克民族交织在一起,我还会认识他们的两位英雄马萨里克和贝奈斯,还和老总统的儿子扬·马萨里克成了好朋友。我经历了捷克斯洛伐克共和国在二战期间的跌宕起伏，看着它在慕尼黑被英法两国的首相和总理出卖给了希特勒。而最后，二战后在纽约的某一天，我通宵和已是外交部部长的扬争辩，反对他回到布拉格。不久那里就被共产党人占领，他在那里英年早逝，死因不明。命运总是冷酷无情。

早年在爱荷华州，在我们尔虞我诈、道路崎岖的资本主义的包围中，我就见过基督教共产主义是怎么回事。我们多数良好的市民憎恨共产主义，或是认为自己憎恨共产主义，或是被告知一定要憎恨，尽管如此，他们还是喜欢到访阿曼那的"荷兰人聚居区"，那里有一群日耳曼血统的人就坚定地生活在共产主义制度之下，热爱它并欣欣向荣地生活着。

阿曼那虔诚的、壮大的共产主义者当然不是从马克思那里得到启发的，他们也许根本没听过此人。是耶稣基督传递的信息让他们相信，人注定要把公社生活作为最好的生活方式。但这被我们假装虔诚的人认为是亵渎神明的做法，他们更相信广告骗子布鲁斯·巴顿鼓吹的"基督是现代商业的奠基人"以及"自由企业资本主义"才是真正的基督式生活方式。

阿曼那社区在距锡达拉皮兹 20 英里远的爱荷华河河岸，占地 2.6 万英亩，以"真灵感社群"闻名，其源头可追溯到 1714 年，一小批德国虔敬派教徒脱离路德教派，寻求他们自己的宗派。信众相信上帝通过选择先知或"圣器"，也就是他们说的"真灵感"显灵。在德国，他们拒绝服兵役，拒绝宣誓忠于国家，为此受到路德教派和世俗权威的迫害。为了逃离迫害，大约 800 个教徒，在他们主要的倡导者克里斯蒂安·梅茨的带领下，于 1842 年移民到了美国，定居在布法罗附近一片 5000 英亩的土地上。梅茨就是在那里宣称自己受到了上帝的启示，全体基督徒要执行"绝对共产主义"，共同劳作，共享劳动成果，住公共房屋，在公共厨房做饭，在公共食堂吃饭，消除任何形式的私有财产。后来，布法罗周边人满为患，加之房地产价格飞涨，定居者想要获取更多的土地困难重重。1855 年，他们搬到了爱荷华州，买下了 1.8 万英亩的肥沃农田以及爱荷华河沿岸的林地，没过多久又买了 8000 英亩的土地。梅茨想给这个新社区取名布莱布特罗伊（Bleibtreu，意为存真），还写了歌以表纪念：

> 布莱布特罗伊应是他的名字
> 在这里，在爱荷华的社区①

但是，老一辈人经过再三考虑，决定采用听起来更英式的名称——阿曼那，就是《雅歌》里提到的那座山，在希伯来语里也是同样的意思。根据社区记录，这一称谓于 1855 年 9 月 23 日经主同意。基督徒梅茨，神的重要"圣器"，在 12 年后过世，享年 72 岁。他活着看到了他的爱荷华定居地建成，在神启的共产主义规范下繁荣发展。他的继承人芭芭拉·海涅曼于 1883 年过世，享年 90 岁。其后，直到我生活的那个年代，就再没"圣器"带来过上帝的只言片语，而社区在长老们的管理下发展得蒸蒸日上。

和锡达拉皮兹的数千人一样，我们过去常常坐火车到阿曼那，在一间公共食堂吃周日"晚餐"，然后四处走逛，见识共

---

① 原文为德语。

产主义的生活。那是个截然不同的世界。在旧阿曼那周边散布着六个小村庄，街道在一排排尖顶房子旁蜿蜒交错。房子都是仿造老式的德国村落建造，不同的是，房屋、教堂和其他各种建筑都没有刷漆，因为阿曼那居民认为那是世俗的奢侈。在村庄的一头还有许多大谷仓和棚屋，另一头是整洁的工厂和作坊。每个屋子后面都有个干净的菜园，放眼望去其后是开阔的公共花园、果园、草坪和谷地。

他们的住房里没有厨房和餐厅，因为家家户户都在公共食堂吃饭，饭已经在公共厨房做好。尽管多数成员结婚生子了，但我吃惊地发现，在食堂或教堂，男女都分开坐，开会的时候男人坐一头，女人坐一头。男男女女都穿着简朴，服饰单调，要么是自己做的，要么是社区的裁缝做的，表明自己决心要过超然于世的生活。

几年以来，我开始观察这一独特的共产主义试验如何运作。开始的时候，同马克思主义相比，它是完全民主的。每年选举管理委员会的成员，他们主持社区的精神生活和俗务，每年都要向全体成员出示社区商业活动的账目。此外，委员会还充当法院，那里的裁决就是最终裁决。

管理公社的规则要求每个成员都能得到"免费的膳食、住所以及老、弱、病时的救助"，并且"由公共基金支付每年生活的总费用，不论男女、小孩或亲属"。社区负责给每位公民提供工作、食物、衣物、住房，并看护老人的想法在那个年代的美国还未被理解，更遑论全盘接受了，时至今日，才有了一些实践。

在锡达拉皮兹，有许多人认为这很奇怪。他们佩服阿曼那居民的节俭、虔诚和勤劳。来自阿曼那农场和工厂的产品

（特别是高级丝织品）是该州产出中的上品。但是我们无法接受他们，因为在那里我们神圣的"自由企业"不被认可，农民和商人无利可获，卖到外面世界所得的利润归社区共有。此外，这帮怪人还说着我们听不懂的语言——德语是阿曼那的专用语言。他们死活都不愿和我们一样讲英语。

　　但我们还不能忽略这样一个事实：阿曼那的人们，尽管实行共产主义，穿简朴的衣服，住简陋的房子，可看着异常幸福。商人们无法理解，在作坊和工厂工作的阿曼那人怎么会对无薪酬的工作全无怨言。然而，他们也不能不信伯莎·M. H. 香博的话，她是爱荷华州研究这个"聚居区"的一流历史学家。她写道："每个劳工都身体舒适，心平气和，为自己工作精力无穷，期待着享受自己的所有工作成果。"

　　太奇怪了！这让《共和时代报》的德高望重、见多识广的编辑大惑不解。"获得并拥有，"他写道，"是人的本能，即使以宗教的名义也不可被剥夺。"他引用夏多布里昂[①]的话："别犯错。没有了个人财产，什么都不能免费。"

　　但是阿曼那的成功证明这些话错了。然而，这是个孤独的荒岛，处于美国残酷的个人主义世界之中，显然不可能永远不受其影响。我离开爱荷华州很长一段时间后，美国的"自由企业"文明的影响力开始显现，特别是对年轻一代。阿曼那必须送一些年轻人到州立大学学习新的农业技术、工程学、医学、药剂学，甚至是市场运作，因为阿曼那的产品，尤其是优质的羊毛制品畅销全国。外面更加多姿多彩、物质至上、错综复杂、寻欢作乐的俗世生活对年轻人自有其诱惑。

---

　　① 夏多布里昂，法国作家、政治家、外交家，法兰西学院院士。

一些人就没再回去，还有许多人质疑起严格的公社生活的价值。

1932 年，在大萧条期间，公社和美国所有的资本主义企业一样遭遇经济困境，尽管阿曼那粮食储量丰富。但就这一议题进行投票后，阿曼那公社的纯共产主义被弃用了，一种新型的合作化公司应运而生。2.6 万英亩的土地和所有的乳制品厂、商店和工厂维持原样，只是转变成为合作企业。成员分到股份，共享利润，还引进了工资制度。一位代表我们州的国会议员表达了欣喜之情。他是《共和时代报》的前编辑，现在是忠诚而保守的共和党人。他对我们当中纯共产主义的终结拍手称快，尽管它从未真正败坏过我们。他说他很高兴，看着它最终被他所称的"改良型资本主义"取代。诚然，这不是纯资本主义，但也不是纯共产主义了。我们贪得无厌的、以利润为基础的生活方式，在某种程度上，取胜了！

1925 年春末，我的大学生涯终于结束。这个春季比我在中西部大草原度过的都要美好，也许只是因为我正在和一个年轻女生谈恋爱。我想快点和她结婚。从 4 月初开始，每天早晚都和煦温暖，空气中弥漫着丁香花和其他春花的芬芳。我青年时代的最后章节是在这样一个华美的季节告结，我很满意，也松了一口气。21 年的成长是漫长无比的时间。

我在大学四年学到了什么？在最后几个月，我都在想这个问题。我的笔记中有亨利·亚当斯对自己在哈佛四年的看法。

亨利·亚当斯 1858 年那届……再普通不过了。

尽管评判标准有所不同，这话不也能用来形容我 1925 年的这届吗？

以他的目的来说，大学四年白过了。

我倒不认为我在这次等大学的四年白过了。

亨利·亚当斯从未表示相信过任何大学教育……对大学毕业生也没有特别的敬意，不论欧洲还是美国的……

在我看来，这还有待观察。尽管在接下来的 50 年，我虽然不是完全，但也基本上和他一样对大学缺乏信任。

现在教育的最大奇迹在于它并没有毁掉所有参与者、施教者与受教者……哈佛大学所教甚少，损害也就少，它让思维开放，使人免于偏见、无知，但驯服了学生……毕业生所知不多，但思想保持灵活，随时都能接受新知识。

这不就是我在大学学到的最重要的东西吗？我在历史、文学、外语、经济学、科学方面没学到什么，但这个草原上的大学至少没有局限我的思想，事实上它还开阔了我的思想，使之"随时都能接受新知识"。不管最终是怎样的知识，都是通过非学院得到的，除了我在巴黎一家报社工作时，在法兰西公学院听了两年的讲座。

圣雄甘地是非学者的天才，我在印度和伦敦同他共同度过了一段时光。他成了对我影响最大的私人教师。剩下的，我同所有人一样，都将从生活中学来，虽然学不来全部。从书本学到的比上大学得到的多得多，当一个人开始广泛涉猎书籍，此人知识的深度和广度都将增加，对过去和现在众多进步思想和精神的联系将理解得越来越透彻。书本之外还必须有艺术和音乐的教养。尽管在法国、德国、奥地利、意大利、西班牙的工作和生活给我的外语学习提供了难得的机会，但学习外语的过程对我而言是缓慢而痛苦的。我在欧洲的 20 年习得的这四门外语，回国长住后，有两门（意大利语和西班牙语）因为缺乏使用机会都忘了，只剩下德语和法语。懂得这两门外语（特别是法语）的人能沉浸在丰富的文学作品中，继续同来自这两大古老文明的市民交谈。

"思想，和心灵一样，"安德烈·莫洛亚在其回忆录中写道，"早就定型了，我们多数人的一生不过是童年的延续。"当真如此的话，那就太不幸了。因为尽管童年会影响我们，但持续受着这样的影响将宣判许多成人的发育停滞。他们再也长不大了。

在某个时候，也许是在我大三那年，我开始慢慢觉醒，对一些事生出了质疑。我很困扰，还没有成熟地意识到这是在向好的方向发展。这是对我出生即信仰并毫无异议的宗教的疑惑。我做编辑的最后一年，在校刊写的社论中就提到这样的一些疑问，也许读过的同学没几个，如果有老师读的话，也多半不会喜欢（我弟弟两年后因为提出同样的问题被取消了编辑职位，迫使他转学才完成了大学学业）。

25 年后，在庆祝大学百年校庆时，官方校友刊物还提到我是"《宇宙》校刊锐意进取的编辑"，回顾我曾"批评"英语系为"维多利亚时代的垃圾",并"呼吁多读刘易斯、德莱塞、华顿和门肯",而我的"鼓动"最终(在我离校后许久)将"现代文学自由写作的药方"注入了莎士比亚和弥尔顿盛行的校园。我的社论标题是《给我们光!》——这对任何大学都是苛求。

看一眼我最后一年发表的年轻气盛的社论,就会发现,我大动干戈,试图唤醒死气沉沉的校园。每天必须去礼拜的小礼拜堂如此乏味无趣,有一周我终于爆发,发表社论,题为《小礼拜堂:打盹的好地方》。我一直苦心研究其他不足,带着被唤醒的土包子的热情,我劝告行政机关、教员和学生,让大学成为真正学习的地方,因为大学还不是。我给《宇宙》"讲坛"追加了一条纲领——"让寇伊学院在学术上变得卓越"。这又是一个苛刻的要求。"这所大学的教育做得仍很原始,"我在一篇社论中感叹并问道,"我们寇伊的学生都智力破产了吗?"

困扰我的不仅是大学的现状,还有小镇、国家乃至世界的现状。我的疑问涉及广泛,使得许多同学和老师问我是在编辑**校**报还是国际新闻报。"这是一个浅薄无知的时代。"我在我的编辑生涯结束之际总结道。当地一名牧师在 1924 年的总统大选时布道,题目是《基督徒为何不能把票投给拉福莱特》。我给了他当头一棒。我厉声指责镇里的显赫市民,包括我们大学的校长,因为他们反对《童工修正案》,这法案当时正等着各州批准。当 13 个州都拒绝批准这法案时,我苦涩地写道,这是被雇主的谎言打败了,现在他们可以接着利用过度工作的孩子来催肥自己的腰包了。甚至有人提出,这是共产主义的邪魔在作祟,结果事实表明,这种说法并不是最后一次。

有一种观点，认为修正案的提出是受到苏联人和布尔什维克党的影响。这样的故事五花八门……说起这些来，美国人仍然谈之色变。

……《童工修正案》一直被搁置，直到美国进入更开明的历史时期……我们只能认识到这是我们领导人的智力在衰退……但也许情况会适时好转。就像梅特涅①的反动政府最后终于适时地倒台了一样。

我也不是一直都这样愤愤不平。我发现自己还写了一些社论称赞一些伟人的生平，他们都死于 1924 年至 1925 年间。有对康拉德的悼词："一个伟大的作家过世了。"另一个写于滑稽可笑的校友会期间，是对阿纳托尔·法朗士的颂词。我在其中惊讶于在这个大作家的葬礼上巴黎市政府对他的致敬，一般法国的战斗英雄才有此殊荣。我在 1924 年还为普契尼、伍德罗·威尔逊和列宁的过世写了文章。

列宁也在历史上留下了深刻的印记，而美国商会、国务卿休斯和锡达拉皮兹的《共和时代报》则无法办到这一点……他在世界名人的前列赢得了一席之地。

那个布尔什维克党人！董事们和镇里的知名人士都气得直冒烟。我那可怕的颠覆性评论引起了大学校长的注意。我向美

---

① 梅特涅，奥地利公爵、政治家和外交家。1809 年任外交大臣，此后，他主持外交和内政长达 40 年之久，维护封建君主专制统治。他是维也纳反法联盟会议主席和神圣同盟的组织者之一。1848 年奥地利革命时，逃亡英国，1851 年重返维也纳，担任皇帝顾问直至去世。

国劳工联合会主席塞缪尔·龚帕斯的死致敬时，这场叫嚣还没消退。"一个杰出的美国人，"我一再提到，"未来书写美国历史时，塞缪尔·龚帕斯将被列为国内最伟大的人之一。"

太可怕了！那样的人！那个煽动劳工者！为什么，在他死去之时，他还在因藐视法庭罪被判一年监禁的服刑期中呢？我们无工会、反工会的小镇对此篇文章的反应比校园还要强烈。可能因为多数学生都没有听过龚帕斯、普契尼、康拉德、阿纳托尔·法朗士、列宁这些名字。

如果说我也不是一直这么愤世嫉俗的话，那我一定一直都充满怀疑，至少是在大学的最后一年，那时我能将自己的所思所想发表出来。马克·吐温一直都是我的灵感源泉。我过去常常每周在社论专栏的开头引用一句话，多数引自马克·吐温，或是伯特兰·罗素——忠诚美国人眼中的另一个叛逆分子。以下是我在某一期引用的马克·吐温的话：

> 我认为我们的文明就是一件寒酸破烂的事物，充满了残忍、虚荣、傲慢、刻薄和虚伪。

马克·吐温在死后的 1924 年发表的自传，让我深受吸引，并多少受到震撼。他是我们最受欢迎的作家、最伟大的幽默家，是银行行长和商业巨头极力夸赞的人物，他对美国生活本该持乐观态度，可私下竟认为我们吹捧的美国文明寒酸和畸形，甚至虚伪。在他有生之年，他不敢出版这本书，这本书在他 1910 年去世后搁置了 14 年才公之于世。有一周，我同不能第一时间读到此书的读者分享了书的一小部分内容。这对年轻人来说无异于一剂猛药，因为他们接受的教育让他们信奉并遵守所有美国式的生活及其特质的神话。

> 我们都是小心谨慎的羊，我们等着观察羊群的走向，然后跟着羊群的方向。我们有两种观点：一种是私人的，我们难以启齿；另一种，是我们用来取悦葛兰地太太的。

我注意到，马克·吐温下面的话听着像是在讽刺当年的总统竞选：

> 忠于党派的思想是狡猾的人为了实现其自私的目的而设计的陷阱——将投票民众变成奴隶、家兔，他们的主人以及他们自己满嘴空喊着自由、独立、思想自由、言论自由……却忘了他们上一代的父辈和教会也曾叫喊着同样的话……

可是美国人不是出了名的包容吗？他们却不能包容马克·吐温。

> 所有关于包容的言论，无论在何处，说的是什么，说白了就是令人顺从的谎言。它根本就不存在。宽容并不在人心中，而是……从所有人嘴里不自觉说出的傻话。

给我们的读者透露了马克·吐温的颠覆性言论后，我等待着轩然大波。我们的读者在课本之外所读甚少，这一定会激怒他们。然而，没有一个学生或教员回应我。也许那些读着《哈克贝利·费恩历险记》和《汤姆·索亚历险记》长大的人会认为我是在开一个文字玩笑。这还算是仁慈的了，至少。

尾 注

[1] 渴望当演员的年轻人（有时，如果我想近距离观看的大明星来我们小镇了，我就会充当舞台工作人员，在幕间更换场景和道具）在锡达拉皮兹的成长过程中必定听过萨拉·伯恩哈特的传奇故事。她在锡达河下游 25 英里的罗切斯特小村出生，名叫萨拉·金。她五岁丧母，之后很快就逃跑离家，进了圣保罗的法国女修道院。学会这门新语言后，她前往巴黎，在那里开始了她辉煌的戏剧事业。1905 年的报道称，有个面纱遮面、穿着优雅的女士在罗切斯特短暂停留，给金太太的墓地放了一束玫瑰花。记者注意到，萨拉·伯恩哈特前一晚就在爱荷华市附近演出，他们将两件事联系起来，并依此推理（记者有时倾向于这样做），正是这个伟大的巴黎女演员秘密去了墓地，而墓中人一定就是她的母亲。所以说啊！伟大的萨拉·伯恩哈特，我们那个年代最有名的法国女演员，其实是出自爱荷华州的姑娘！

[2] 一天前，我们的学生和教员已经展示他们的共和党保守主义倾向。在民意调查投票中，投给柯立芝 631 票，民主党候选人戴维斯 94 票，而进步党候选人拉福莱特，也是我的最爱，69 票。

第十一章

寇伊的校友

在大学的四年里，几位教授和校长稍微开阔了我的思想。我认为，任何学校的任何学生能有此收获都应该是幸事一件了。这样的老师有三两个就算极限了。也许某个时期的某些大学生更走运，例如在世纪之交的哈佛大学，威廉·詹姆斯、乔赛亚·罗伊斯、桑塔亚纳、帕尔默、查尔斯·科普兰和埃利奥特·诺顿这样一些人激励了一代学生。在20世纪五六十年代，我的两个女儿分别作为拉德克利夫学院的学生拿到了哈佛的毕业文凭①，她们似乎也就记得两三个老师。也许这些年是那个著名学府学术上的荒年。

哈里·莫尔豪斯·盖奇于1920年来到寇伊学院，即我入学的前一年。他是第一位真正的教育家校长，而他的前任全是心属长老教会的牧师。在他21年的任职期间，他成功地让寇伊学院成为中西部同类大学中的佼佼者。他是在哥伦比亚大学取得的哲学硕士（他在纽约联合协和神学院取得神学博士学位）。1920年，他到了这所死气沉沉的爱荷华大学，下定决心，尽他所能将之塑造成学术之地。他从不放弃这一目标，尽管和所有大学校长一样，他要把大量时间和精力用在筹集捐款上，以及安抚保守的董事会和同样保守的主宰这个小镇的名流。这就是他被迫妥协的原因，我常不满于此。

我们经常争论这些问题，因为在我大四那年我们成了相当亲密的朋友，有时几乎是盟友。我欣赏他对学术的热情，特别是对哲学和文学，但我讨厌他妥协的限度——对任何事。与锡达拉皮兹和爱荷华州的多数人一样，他是个坚定的共和党人，

---

① 拉德克利夫学院是一所女子文理学院，自1963年起授予其毕业生哈佛－拉德克利夫联合文凭，1999年已并入哈佛大学。

但在我在校期间，他一度也是当地扶轮社的社长。这让我困惑，有次我脱口而出："看在上帝的份上，你这样一个哲学家、一个文明人怎么去领导那群文盲？"

他是个极有耐心的人，他最后让我明白了，他对那些试图以自身狭隘眼光经营大学的人所做的许多妥协，归根结底是为了推进他的主要目标，那就是使这所大学，同时使这个小镇，成为更加文明的地方。他说，生活就是接二连三的妥协，但是，如果妥协能让你实现目标，那么这些都是可以忍受的。他会眨眨眼，要我对我的社论加以解释，据他说是要记录在案。他私下里鼓励我再接再厉。"你是这里的师生中为数不多的一个，"有一次他说，"有刨根问底的脾气。这就是教育的全部内容。你有批评精神，但你的批评都基于事实和智力。你要继续坚持，但别引用我的话。"

尽管不能次次都成功，但他尽了全力劝服董事、教员和学生，认为不管有怎样固执的偏见，大学必须是真理和自由的殿堂。他借着祈祷说过（那样就显得不那么激进）："不拘一格的真理和不受约束的自由可以挽救那些被真理固化的人。"

他是最早教我容忍别人言行的人之一。对我来说，这一课很难学。他鼓励我多读哲学，这样我就能知道没有哪种伟大的思想能独占真理，一个伟大的哲学家和另一个伟大的哲学家之间常常有根本矛盾。尽管他对我质疑基督教表示失望，但他还是激励我努力走自己该走的路，我们成了至交好友。1925 年 6 月我毕业时，他借给我 100 美元，资助我到欧洲去。

社会系主任林恩·加伍德是教员中最具争议的人物，但他给我迟钝的思维带来了改变。有两位老师对我有这样的影响，他是其中一个。尽管他本该只教他的社会学，但在讲座中，他总是口若悬河，讲到经济学、历史学和政治学，探索并追问所有神圣不可侵犯者和美式生活深信不疑的神话。他在试图增长我的知识的同时，也加深了我的怀疑主义。他在俄亥俄州的一个小农场长大，一路拼搏上了大学，吸收了中西部的民粹主义，不信任所有同麦金莱总统一起主宰美国的反动势力。他大胆直言，不仅吓坏了校董，还吓坏了许多教员同事，他们认为他是"激进分子"，认为他在毒害年轻的基督徒学生的思想。我敬爱他，不仅因为他不断用探索精神震撼着我，还因为他是个雄辩、博学、文明、无畏的人。我们一见如故，多年以后他退休了，我在他住的俄亥俄州农村附近演讲。他在讲座结束后找到我，我们在酒吧，随后又到了我酒店的房间，几乎整晚我们都在重温大学时的所有谈话。他绝对是我那一代最出色的教师之一。

英语系和新闻系的教授埃塞尔·R. 奥特兰可能是教员中另一个把我从小城镇的麻木中唤醒的人。她于寇伊学院毕业，在拉德克利夫学院完成了研究生学业，获得了威斯康星大学的文学硕士。她的多数学生都不怎么喜欢她，因为她对文学学习和写作的要求非常严格。她不能忍受学生们对此草率的态度，尤其是他们敷衍了事的写作。从她那里，我才知道用美国的语言写作是多么痛苦的一件事，而当你意识到这点并坚持下去，又是多么欣慰的事。随着时间的推移，她将越来越多的精力从文学转到了新闻学，也许是认识到我们当中没几个人能当上作家（她的一个学生保罗·恩格尔成了我们当中最好的诗人之一），而我们在报界倒还能有立足之地。在这个领域，她同样强调简洁明了的写作，将文科教育尽量拓宽，特别是在文学、历史学和经济学领域。在她的影响下，学校的周刊在全国的校刊中编辑和写作质量都是一流。与一些教员和行政人员不同，她讨厌审查制度。在我那个年代，没有任何干预学生经营出版物的制度（显然两年后有个失误，我弟弟从校刊编辑岗位上被强行劝退）。

《宇宙》的一些编辑在报业建立了辉煌的事业，这是奥特兰小姐有生之年最为欣喜的事。她常与他们保持联系，阅读他们的报道和文章，还常常因为他们的马虎而批评他们。她于1949 年退休，结束了 40 年教学生涯，在退休多年后，她仍用剪贴簿收集我的报道、文章和我一路走来收到的批评。在我写作这些陈年回忆的时候这些东西帮助不小。

谢谢这些出色的老师，谢谢大量的课外阅读和年轻时候的积累，我当时基本上毫无察觉，也无法解释，也许这只是偶然，但我认为我的大学四年得到了所有大学教育中最关键的东西：对学习的渴望，并意识到大学不过是个开端，人要不断学习，如果你有此意愿，活到老，学到老。

更确切地说，在大学所受的基础教育是极不扎实的，但至少一切都建立在这个基础之上。没有大学，除非你是天才，否则你是残缺的。

大学对于其他许多人来说意味着人生最快乐的经历，让你带着怀念之情回顾过去，想着这是你度过的最美的时光。但我并不这样认为。因为大学后的成长，才是一个人的生活真正展开的时刻。我发现，有些人离校后的生活每况愈下，他们的梦想破碎了，他们的雄心受挫，他们的内心不够坚定，不够深邃，无法挺过所有挫败。看着校友回去参加同学会或毕业典礼，决定重新来过，回归快乐无忧的大学时光，我感到有些悲哀。这是美国故事的一部分，关于大学毕业后的男男女女不再成长的故事。

寇伊学院有两个男校友倒是成长了，都是 1886 届的毕业生。他们靠着全然不同的成就，真正地举国闻名，我经常想起并玩味他们的人生和声誉。他们时不时会回校演讲。我的大学称其中一人，那个标准石油公司的巨头，为本校最出色的毕业生；称另一个为本校走出的最知名的学者，尽管他有点 "激进"，他的思想和文字在我们认为的 "安全" 范围中稍稍偏左。

在我那个年代，爱德华·阿尔斯沃斯·罗斯已经成为国内首屈一指的社会学家，在威斯康星大学任系主任。他八岁就成了孤儿，辗转于姑妈、姨母之间，后来被送到了附近的农民家里，这个虔诚的长老会教徒将这男孩送到了寇伊学院。罗斯毕业后，到德国攻读博士学位，很快就遗弃了他在我们大学的多数所学，不再相信传统经济学和主流社会观的信仰，接着将长老会信仰转为了哲学信仰。经历了一场狂风暴雨的学术处女秀之后，他在 1900 年被赶出斯坦福大学，因为他对黄金本位和进口中国廉价劳动力持异议。不过，他在威斯康星州找到了避难所，在那里他可以自由地表达和发展他的进步思想，在那里他成了拉福莱特的智囊团成员。

25 年来，罗斯的激进书籍和讲座搅动了整个国家，他的一部作品《社会控制》（1901 年）不仅指出了社会规划的道路——这一点我们国家最终被迫采纳——还极大提高了在日趋复杂的社会中知识分子政治家的地位。他预见了富兰克林·罗斯福和肯尼迪的智囊团，以及政府高层将由一大群大学教授担任。幸运的是，他没能活着看到他期望甚高的学术界在手握大权后，被其所不习惯的权力腐化成了什么样子。

20世纪中期，所有的大学都认为，贫困的男孩一朝发迹，发财致富，成为商业大亨，就是个英雄。就连寇伊这样的基督教大学都认为1886年毕业的罗伯特·W. 斯图尔特上校①是其"最出色的毕业生"。他是印第安纳标准石油公司的现任董事长。但柯立芝总统任命的负责调查哈定总统丑闻的参议院调查委员会和特别检察官已经得出结论，斯图尔特上校参与了其中一起见不得光的石油交易，引得小约翰·D. 洛克菲勒让他从高层辞职。

和罗斯一样，斯图尔特也出身贫苦。他父亲是锡达拉皮兹的铁匠，后来在附近买了农场。他就在那里长大，帮忙做家务，还要干犁地的重活。他是一个聪明伶俐、雄心勃勃的年轻人。从寇伊毕业后，他进了耶鲁大学，用两年时间拿到了法律学位。接着他回到西部，到了南达科他州，开始律师工作。他帮大公司打官司场场皆赢，其中最大的一家是标准石油公司，这使标准石油聘请他当西部地区的辩护律师——在我们那个年代的那个地区，这种事很常见。自此，他迅速攀爬到这家美国最大的石油公司的高层。

到了20世纪20年代早期，他麻烦缠身。1924年，我大三那年，茶壶山石油丑闻案轰动全国。两年前，新墨西哥州的前参议员、哈定总统的内政部部长艾伯特·B. 福尔私下将国有的茶壶山油矿储备出租给了哈里·F. 辛克莱的猛犸石油公司，因为辛克莱给了他个人26万美元的好处。对辛克莱"礼物"的调查牵扯出了其他有问题的石油生意。我们的斯图尔

---

① 他在美西战争（1898）中任骑兵团少校，后升任上校。

特上校也被牵扯进来。

1921 年，他和其他三位石油公司高管，包括辛克莱，建立了空壳的加拿大公司——大陆贸易公司，为的是掩盖他们同油量丰富的梅希亚油田所有者的交易，这四个人每人可因此将 75 万美元的快钱收入囊中。当参议院调查委员会和特别检察官开始追查后，这个大陆贸易公司立马解散，所有记录也被销毁了。

斯图尔特上校将他分到的 75 万美元转交给一名雇员代管，信托协议是用铅笔写的。但他没有告知董事会这笔意外之财。直到 1928 年，也就是七年后，那时政府调查员强制关闭公司。和其他多数大陆贸易公司的创办人一样，这位上校暂时跑到外国避风，他去了古巴。1928 年，洛克菲勒先生劝他回国面对参议院委员会的调查。在这个质询机构面前，他先指天发誓："我个人绝没有收到这些债券。我从未从这笔交易中赚过一分钱。"两个月后，辛克莱无罪开释，[1] 斯图尔特才开始坦白，他承认这笔债券曾私下送到他手上，但他几年后才告知了公司的其他董事。

洛克菲勒先生已经受够了。他撤销了斯图尔特印第安纳标准石油公司董事长的职位。但正如《哈珀斯杂志》聪明的编辑的评论："总的来说，商业世界似乎也没觉得斯图尔特上校的行为有什么错。"

我那小小的长老会大学也没觉得有什么错。它既欢喜又感激地收下了斯图尔特 20 万美元的捐款，建了一座豪华的新图书馆，命名为斯图尔特纪念图书馆。在此之前他已经当选学校董事，还被指名做 1923 年毕业典礼的发言人。

当时我还在那里读书，就跑去听他的发言，满心好奇地想看看这个人物，因为他一直以来都被树立为我们这所无名大学的毕业生在广阔天地出人头地的榜样。因为他要来参加毕业典礼，所以校刊称赞这个 1886 届的毕业生为"我们最著名的校友之一"。他用演讲题目——《法庭作证的今日趋势》暗中回应了当前报纸的新闻。他在参议院委员会发过言，但是没有透露这些意见。就他的毕业典礼致辞，校刊写道：

斯图尔特上校的演讲对党团政治、激进主义、工团主义和其他"主义"疾言厉责，巧妙地维护了资本主义，他称工团主义的力量正图谋瓦解资本主义。

"资本主义，"他说，"从根本上是基于自由主义……世界没有逃避工作者的栖身之所，而工团主义的倡导者本质上就是逃避工作者……"

斯图尔特告诫大家，美国正流行一种看法，认为共产主义宣传不足为惧……

"一个大国，"他高呼，"需要大买卖。"斯图尔特承认美国有不公平现象，但他提醒："人性是人人不平等的起因，而本性难移。"

所以，"人性"，而不是"资本主义"，才是这块土地上不平等的起因。是"工团主义"——我认为他指的是商会联合运动——通过鼓励"逃避工作者"要来逐渐瓦解我们"基于自由"的资本主义。我记不得我那时是否发现这唬人的上校的"疾言厉责"充满了胡扯和遁词，尽管我开始产生怀疑。当时我才 19 岁，满脑子还是乡巴佬的无知思想。

日记表明，一年后，我一定是开始觉醒了——对许多事情。那天是 1924 年 6 月 29 日，我刚完成大三学业。秋季我将回学校完成最后一年的课程。明年 2 月，我将长大成人。日记标题是《快 21 岁了》。接着写了 1500 词。我要引用一部分那时候的文字，因为它们真实记录了我从前纯真、幼稚的想法，而不是半个世纪后我认为的我当时的想法（50 年的时光可以将真相打扮得面目全非）。

我不知道 21 岁意味着什么，使我陷入了自我怀疑……真是奇怪……我发现自己对早前生活的一切不那么确定了。关于道德、宗教、政治、教育问题……我发现自己表达了强烈的质疑。我陷入迷茫……直觉告诉我起码应该肯定一些基本的原则，但我发现自己什么都不肯定。

在道德领域，我发现自己质疑普遍标准所依据的原则……我不知道"正确"到底指的是什么？……

禁酒令就是一个例子。如果我喝酒，我就违法了。但我无法理解我怎么就违犯了道德律令……

对于宗教，我也不再那么确信了。我偶然研究了一下《圣经》，就动摇了我早年持有的正统概念。如果我不带"字字圣人言"的狂热去读《新约》，那我就会疑惑，怎么那么多人从基督的一生中看见了无比经典的箴言，奉他为神，认他作造物主的儿子……对我来说，基督似乎就是一个人，一个革命领导人，带着革命思想，有一套多数我都认同的新的人生哲学。作为历史人物，我认为他是个伟人……但作为唯一的真神……值得质疑的地方还很多……

如果基督教是唯一真正的宗教，那么我想知道，它天堂的最高掌权者，会对千百万相信穆罕默德、孔子、佛陀是真神的人做什么。那些人当然不能因为信仰了他们生活环境所认可的唯一宗教而受到谴责……那么应该如何处理这些非基督徒的来生奖赏呢？

我在日记中怀疑我们的宗教组织是否如它们在教堂里表现的那样"对现实问题直言不讳且不虚伪矫饰"，因为它害怕失去经济支持。例如就基督教教会对战争的态度，我写道："信仰基督的教会为什么不敢就非法战争表明立场？"我还表达了怕自己失去爱国心的恐慌，而13岁的我在一战时千方百计要参军，15岁的我还投身芬斯顿军营想实现我那愚蠢的军人梦。

日记在这些精神拷问中中断。也许我情难自控，也许我跑去参加棒球比赛，以摆脱这些颠覆性的思想。但在大学的最后一年，这些想法仍旧挥之不去。

1925年6月，毕业典礼突然降临到我们身上，大学生涯结束了，我在爱荷华小镇的青年时代也随之结束。盖奇校长在告别训中呼吁毕业生"将美国建设成为基督教民主的大殿堂"。"异教，"他说，"是反动思想……是对新生活的拒绝。"

撇开其中与异教不相关的评论，这本质上是不错的建议。基督教民主可以是好的，理论上也会导向基督教社会民主。但问题是，对我来说，我们从未有过，也不相信我们能拥有这种民主。在我们这个唯利是图、金钱至上、精英统治的民主制度中，没有什么是恪守基督教的，甚至也没有什么是非常民主的。

带着这些疑惑不定的想法和在这个田园般的校园四年来的

零散所学，我拿到了毕业证书，溜出了我 12 年来成长的小镇。

我不知道这一走就再没回头。这不是一段离家的旅行，尽管我有时会骗自己。我在这里度过了漫长的岁月。小学、高中和大学都有精彩的瞬间，在我的回忆中那段时间是相当有趣、愉快，甚至多少是有意义的。我得承认，在最后两三年，国家和小镇的状况越来越让我灰心丧气。这个社会偏执、庸碌、浅薄，被庸众、原教旨主义、清教主义和柯立芝总统的幼稚控制，这不是年轻人希望回到并开始生活的地方，过那种没得选择的生活。然而，这就是你在地球上出生的地方，你要尽力让它变好。也许有点办法，我愿意一试。

同时，前方是将近三个月逃离这个中西部小镇的时间，在我梦寐以求的遥远城市中享受自由和放逐的三个月：华盛顿、纽约、伦敦和巴黎，特别是巴黎！想想那场景就让我激动万分。在我脑海中隐约有一种想法，尽管成功的可能性微乎其微，但我常常相信，如果交到好运的话，我有可能延长我留在国外的时间。或许能够长到我安顿好自己，找到另一种生活方式的起点。

最后看一眼如今冷清的校园，我和叔叔开着廉价小汽车动身奔赴芝加哥。此时我不知道，这是我前往新生活的第一步。再次回家前，我将在这条路上走 20 年，它将带我前往欧洲、近东和亚洲那些遥远的地方，度过一个极其动乱和野蛮的时期。

尾 注

[1] 尽管联邦法院宣布茶壶山租借无效，因为这属于非法所得，但

辛克莱诈骗政府的共谋罪最终不成立。他确因两罪在狱中短期服刑，一条是藐视议会罪，因为他拒绝回答问题；第二条是藐视法庭罪，他被曝出雇用伯恩斯私人侦探所跟踪他的陪审团成员，一名陪审员说有人告诉他如果他投票正确，就能收到"一辆和这街区一样长的汽车"。

WILLIAM L. SHIRER
Cedar Rapids
History

Tau Kappa Epsilon; Phi Gamma
Pi Epsilon; Pi Kappa Delta;
Kappa Phi Sigma; Student Council; Treasurer
Freshman Class; Track (1); Vesper Choir (1); Debate (1); Dows Debate (1); Connor (1); Sport Editor 2; Managing Editor 3; Editor-in-Chief 4).

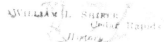

们 中肯文 3

退

20th CENTURY JOURNEY: THE START: 1904-1930 By WILLIAM L. SHIRER

Copyright: ©1976 BY WILLIAM L. SHIRER

This edition arranged with DON CONGDON ASSOCIATES, INC.

through BIG APPLE AGENCY, INC., LABUAN, MALAYSIA.

Simplified Chinese edition copyright:

2020 SOCIAL SCIENCES ACADEMIC PRESS(CHINA), CASS

［美］**威廉·夏伊勒** 著

汪小英　邱霜霜 —译

人生与时代的

20th CENTURY JOURNEY 二十世纪之旅

Volume 1

A Memoir of a Life and the Times

回忆（第一卷）

「下」

WILLIAM L. SHIRER

世纪初生

1904—1930

THE START:1904-1930

社会科学文献出版社

SOCIAL SCIENCES ACADEMIC PRESS (CHINA)

目 录

（下册）

第四篇

巴黎岁月：1925—1927

第十二章

报社诸君

1925 年，我将满 21 岁，刚从爱荷华老家来到巴黎，只身一人，了无牵挂，并且在这里有了一份工作！在后来的日日夜夜里，甚至持续多年，我觉得自己成了世界上离天堂最近、最幸福的人。如果说这段日子不是那么重要、没有什么大事发生，却是我一生中感到最为幸福和奇妙的一段时光。这些时日美好而新鲜，少有挫折、失意和悲伤的侵蚀。尽管后者迟早会有，只是晚些才来，并且大多发生在别处。

这是黄金一般的年华，在这个美丽、文明的城市，人可以无忧无虑地生活，全然不顾清教徒、资产阶级的禁忌，这些禁忌在美国使青年窒息。每一天我都过得很充实：有合意的工作、友好的朋友、真正的乐趣和新鲜好玩的地方。我有了时间和适当的环境进行一些思考、大量阅读、尽情交谈、大啖美食，经常漫步在狭窄蜿蜒的街道，穿过公园，走过起起伏伏的林荫大道，去博物馆、古老的教堂、华丽的主教座堂、繁忙的市场，最后来到无数露天咖啡馆中的一家，坐下来。我在这里看人流经过，读报纸或读书，和新交的朋友天南海北地闲聊，和姑娘调笑，畅饮或浅酌，随心所欲。

每周休息一天，我就会去乡间——巴黎的周边：圣日耳曼、谢弗勒斯山谷、凡尔赛、枫丹白露、巴尔比宗。要是有几周长假，我会去有天主教教堂的小镇：兰斯、鲁昂、博韦、沙特尔。沙特尔我们去得最多，那里的教堂达到了哥特式建筑的顶峰。在春天或是秋天，我们偶尔会骑车穿过一战的战场，我只差几年就赶上了这场战争。我们注目观看凡尔登一带废弃的要塞，在这里 100 万法军与德军互相杀戮。1918 年 11 月 11 日，法德两国在贡比涅签署了停战协议。签协议所用的那节卧车车厢，现今保存在一家博物馆里。要过很久，在一个令人悲伤的场合，我才会见到这节车厢，那时世界已经经历一场灾难性的巨变。

在巴黎最初的岁月就是这样令人兴奋，而我马上就要开始一场轰轰烈烈的恋爱，我将爱上一位黑色头发、深色眼睛、活泼的巴黎女孩。我们叫她伊冯娜。

1925 年 8 月 20 日，在这个怡人的夏日夜晚，9 点刚过，我原来打算乘坐的火车已经从巴黎北站开出了几个小时，而此时，我当上了巴黎版《芝加哥论坛报》的晚班编辑。几分钟前，少言寡语的年轻编辑大卫·达拉录用了我。他不顾我作为新闻工作者的有限阅历，对我更加有限的法语也不以为意。而我们需要把哈瓦斯社（法国新闻通讯社）的通讯稿以及桌子上巴黎报纸上的剪报译成英语，再重新编写。也许，他需要的只是一个从芝加哥大本营"来"的文员，而此人理当对办报略知一二。也许我并没有提到我九岁就离开了芝加哥，对它所知甚少，对已知的也并不赞赏。无论如何，他赌了一把，录用了我，工资是一个月 1200 法郎，也就是 60 美元。他让我马上开始工作。我坐在宽大的编辑桌前，看着周围的人，十分紧张。自己既无知又缺少经验，我担心不能应付考验，让工作的第一晚成为最后一晚。

一位戴着厚厚的眼镜、环睁着一双猫头鹰眼睛的瘦高个儿坐在我旁边。他自报家门，说他叫吉姆·瑟伯。他看起来热情且友好，很快把我介绍给其他人，并不时插上一两句："埃利奥特·保罗，我们这些写手中唯一出了书的人，我想他出版过三部小说。"保罗温和地笑了，他身材矮胖，留着胡子，有些秃顶，看似无辜，目光中却有一丝狡黠顽皮。瑟伯又指着另一位介绍给我："尤金·乔拉斯。"此人身材魁梧，肩膀宽厚，典型的古罗马人五官，相貌可亲。瑟伯说："这是咱们的诗人，用三种语言写诗，德语、法语、英语。有时他把不同的语言混合起来。"他接着说："那边是我们的另一位诗人。"他指着单独坐一张桌子的神态和蔼的、长得有点像莎士比亚的人。瑟伯介绍说："弗吉尔·格迪斯，我想他是财经版编辑。"他把桌边的人很快地介绍了一遍，可是我一时不能记全人名。有位英国人说话带着重重的牛津口音，看起来很有学识；还有位爱尔兰人，语调轻快，带着同样重的爱尔兰口音。他那晚对我说，他和他的小说在爱尔兰全部遭禁，"那倒霉的地方"。在这里还有位高高兴兴的矮胖子伯恩哈德·拉格纳，他是夜班编辑，分给我容易的稿子和标题，并没有要求我编译所有的法文消息，只让我做了两三小段，我这才顺利度过了第一晚。

后来，这里在座的好几位都成了著名的作家：埃利奥特·保罗、乔拉斯（他和保罗两三年后创立了《过渡》杂志）、弗吉尔·格迪斯，尤其是瑟伯，加盟《纽约客》之后，他成了我们那个时代最著名的幽默作家，也是我终生的好友。但这一切当时还没有发生。除了保罗，我们谁也没有察觉到后来会发生什么。我们还是年轻的无名之辈，快快乐乐，或许满怀希望。当晚的工作还没有结束，我就感到十分幸运，结识了这样一群如此相投、开明、独特的人。

开始工作后不久，有个人拖着脚步进来。此人三十五六岁，神情沮丧，似乎十分潦倒，胡子大概有两三天没有刮。他来找我们的体育编辑。体育编辑是个活泼多话的得克萨斯人，叫赫罗尔·伊根。我听他们聊如何选赛马，好像十分在行。

瑟伯小声对我说："哈罗德·斯特恩斯。"

我不敢相信，说："不会是**那个**哈罗德·斯特恩斯吧？"

瑟伯说："是**那个**。"

他戴着一顶满是尘土的卷边毡帽。晚上很暖和，他却不摘下帽子，那帽子就好像长在他头上。他那张悲伤的脸既没洗过，也没刮过，他的手和手指甲也脏脏的。他这副破烂相惊呆了我。眼前的哈罗德·斯特恩斯完全不是我上大学时想象中的那一位。他是我的偶像之一，是美国格林威治村中名震全国的青年知识分子之一，他批判美国缺少文化、品位，呼吁它注意年轻作家和新文学。他从哈佛毕业之后，成为刚成立的《新共和》的主要撰稿人，后来又成了《拨号盘》杂志的年轻编辑。1921 年，他刚满 30 岁，交给出版商一本他自己构思并编写的《美国文明》，这本书一年之后出版，震动了全美国，也震动了我。有一天在大学图书馆时我得到了这一消息。我翻阅《国家》杂志时，看到了这本书的书评。这本杂志由卡尔·范多伦主编，他在这期杂志上一口气登了**六篇**这本书的书评。第二天清早，我就向图书馆申请预订。他的这本书和他同时出版的散文集《美国与青年知识分子》把我从乡下人的浑浑噩噩中惊醒。他在这两本书中提出，美国的文明是完全错误的，生活变得庸俗、浅薄、没有新意，只是疯狂地追逐金钱。画家和作家，这些有创造力的人，在如此贫瘠的土地上不能生长，他们只有逃亡，如果可能，最好去巴黎。只有这样，他们才能实现自己。

哈罗德出过这两本书之后，采纳了自己的建议，于 1921 年夏天乘船去了欧洲。几十个记者闻讯赶到纽约码头，报道这位年轻文学天才的离去，记下他最后说的话。

有人问："你要去多久？"

他回答说："也许永远。"又补充说，在美国这片荒原，作家没有前途。你无论如何也要去欧洲，不只是为了在那里写作，也为了在那里生活。他去了巴黎，之后，我再也没听到他的消息。

现在，我既惊奇又失望，他就在眼前，愁眉苦脸，和体育编辑聊赛马。我当时不知道，他十年之后才在回忆录[1]中写出，1924年底，他回到美国看望儿子（他儿子的母亲因分娩过世），住了几个月。他比离开时对美国更失望，之后返回了巴黎，就在我入职《芝加哥论坛报》这晚之前的几个月。就像他说的那样，他那时"几乎完全垮掉，没有工作，也没有朋友或女人收留我。1925年的夏天和秋天是我很不满意的阶段"。他说："一个叫贝琳达的女子给了我一笔钱，只够维持几个星期的。"钱很快就花完了，他在巴黎的大街上游荡，"简直不知道下一餐会在哪里"。[2]

结果，1925年8月的那个晚上，他的下一餐就在我们的体育编辑这里。晚上10点半是喝咖啡的时间，我们一起去三门咖啡馆的露台，伊根说，斯特恩斯来并不是为了聊赛马，只是想和他"借"上100法郎。

伊根告诉我们："他说他一星期都没吃东西，下一次我可要把他转给你们了。这个负担咱们得一起分担。"

过后的几年，我们确实共同分担着这个负担，至少有一百多个像我们这样的人，既喜欢着斯特恩斯，又悲伤地眼看着当年才华横溢、前途远大的他这样慢慢衰颓。他已经成了过去，像海明威说的那样，"进入了不再可靠的阶段"。斯特恩斯的朋友埃文·希普曼补充说："他丧失体面，生活过得像杂耍艺人一样。"海明威于1926年出版的《太阳照常升起》中，把他写成了里边的哈维·斯通。而凯·博伊尔，这位美国最优秀的女作家则把他写成了自己小说的主人公。[3] 她说："这是我写过的最令自己满意的一本书。"[4]

我在之后的几年经常看到斯特恩斯，有时是过了午夜，只见他独自坐在蒙帕尔纳斯精选酒吧里，喝着香槟，已经醉了，像尊沉默的菩萨。有人残忍地讥讽他："那里有美国的文明。"第二年，他就来到《芝加哥论坛报》写赛马专栏，笔名并不十分文雅，叫作彼得·皮金。那时，他自己发明了一种"万无一失"的选冠军马的方法。他说，他经过了深思熟虑才想出了这个办法。我按他的办法下注，输了许多100法郎的钞票，每一张都是我月薪的十二分之一。可是斯特恩斯许诺的马到头来都没有赢过，他总解释说他的系统还没有"理顺"，一定还有些问题。可是他偶尔也会让你赌的马赢，这时从赛场回来的斯特恩斯会满脸沮丧地告诉你，他忘了替你下注——也许他真的就是忘了吧。

我在编辑室的第一晚顺利通过。1点收工后，保罗、瑟伯、乔拉斯和我一同前往我们住的拉丁区，大概有两三英里的路程。这样美妙的散步几乎每晚都会有。我们从拉斐特街出发，经过卡代街，过马路，再走上蒙马特尔路，穿过中央市场。这个巴黎著名的露天市场此时开始生意兴隆。到处都是往下卸货的大车、推车、卡车，水果、蔬菜、鱼、肉堆积陈列，小贩和运货人之间的吵闹声不绝于耳。这里的咖啡馆彻夜开放，我们可以在吧台前喝一杯白兰地干邑，休息一下。然后，我们接着走，经过沙特莱广场和萨拉·伯恩哈特剧院，过塞纳河的北段，到了西岱岛，绕过巴黎高等法院，过第二座桥，来到圣米歇尔广场，再过几条街，进入学院路，巴尔扎尔啤酒馆好像专门在这里等候着我们。这家阿尔萨斯的啤酒馆有巴黎最好的啤酒，我后来还尝到很好的阿尔萨斯酸菜。这里不可避免地成为我们的最后一站。我们喝上几杯啤酒，就着一盘德国酸菜加香肠。餐厅四周是索邦神学院的一些建筑物和巴黎大学的其他分支的楼群。虽然已是深夜，此时大约午夜2点，但这里总有一群教授在喝酒。我刚到这里的第一晚，就有人认出了爱德华·赫里欧[①]。这位矮墩墩的男子显然十分喜欢这里的美酒佳肴。他最近当选了法国总理，无疑他还会连任。

巴尔扎尔啤酒馆于凌晨3点打烊，服务员催着我们离开。我走在圣米歇尔大街上，经过卢森堡公园，天一黑公园就关门。我回到皇家港大街的住所，里面黑漆漆的。就在几个小时之前，我还在想着永远离开这里。再想想乔治，他这时一定正在去曼彻斯特的路上，去赶那艘回美国的运牛船。房间里少了他显得空落落的。我有些想念他，却为自己没和他一起走感到由衷高兴。虽然很累，但我没有困意，躺在床上想着这重要的一天。在《芝加哥论坛报》工作的第一天十分美妙，我有信心保住这份工作，那意味着我将继续留在巴黎。我迫不及待地想第二天晚上再回去工作。

巴黎版的《芝加哥论坛报》和世界上任何一家报纸都不一样。美国版的《芝加哥论坛报》每天都在报头宣称自己是

---

① 爱德华·赫里欧，法国政治家、学者。1924—1932年三次出任法国总理。

"全世界最伟大的报纸"，这点很惹人怀疑。实际上，它离"最伟大"还相距甚远。有些芝加哥人，当然还有别的地方的人甚至觉得它是世界上最差的报纸之一。

可是，毫无疑问，它的巴黎版是世界上最好的报纸，其疯狂程度无人能比，全然不是他的拥有者——高傲的罗伯特·拉瑟福德·麦考密克上校所希望或者以为的那样。

巴黎版的第一期于1917年7月4日发行，当天约翰·约瑟夫·潘兴将军正率领第一支军容不整的军队来到欧洲，戴着宽檐帽的美国士兵踏上了香榭丽舍大道。那时的这份报纸被称为军队版的《芝加哥论坛报》，目的只是供给士兵一些思乡的慰藉：有漫画、有体育，还有家乡父老是多么支持这场战争的报道。正如后来《星条旗》上亚历山大·伍尔科特所言："它是麦考密克上校送给美国远征军的礼物。"当时麦考密克上校指挥着炮兵团，对此感到很骄傲。战争结束前夕，这份报已经有了上百万士兵读者，甚至有了一点点盈利。这笔收入都上交给了美国远征军。

停火之后，麦考密克决定把这份报纸继续办下去，他想给巴黎版《纽约先驱报》制造一个竞争对手。巴黎版《纽约先驱报》30年前由《纽约先驱报》的詹姆斯·戈登·本内特在巴黎创办。麦考密克上校对纽约的出版商和报纸都不看好，觉得其缺少美国味。对于这一点，我将亲身体会。他决定，要在欧洲创立一份有血有肉的美国报纸，代表美国对欧洲的态度。他认为是我们的军队把欧洲从德国人的统治下解放出来，他要让欧洲人知道《芝加哥论坛报》以及美国对他们的想法：他反对《凡尔赛和约》，他希望立即偿还战争贷款，他认为国际联盟具有破坏性，他不大赞成联合占领德国的莱茵兰。他想加深欧洲人对美国新兴大国的印象，并且让他们认识到美国将如何运用自己的权力。他相信，所有这一切，都需要通过欧洲版的《芝加哥论坛报》来实现。他说，它"将是美国在欧洲的声音"，他强调，"是美国的，而不是欧洲的"。

可惜天不遂人愿。专横的上校以及任何人都不明白个中缘由，这也许永远是个未解之谜：巴黎版《芝加哥论坛报》变成了给巴黎左岸的美国侨民办的报纸，大部分的文章由蒙帕尔纳斯不羁的文人所写，读者也基本是他们。这些人鄙视一切美国的标准和价值观，尤其讨厌上校喜爱的中西部。巴黎版《芝加哥论坛报》的主要关注点是作家、画家以及拉丁区的醉鬼，报道他们写的书，办的小报，他们的画作、生活、爱情；它更加重视文学、戏剧、画展、音乐会和左岸咖啡馆的传闻，却不在乎美国商人、巴结权贵者居住的右岸。它还关注短暂和平期间欧洲凋敝的政治、经济情况，甚至有来自美国的消息。

它根本不是什么"美国在欧洲的声音"。这份小小的奇妙的报纸结果成了逃离家乡、自我放逐的美国人的声音。这些人怀疑美国是否还有药可救，相信他们在欧洲才能有自由和尊严地居住和工作。假如麦考密克读了上面的专栏文章，明白说的是什么，他要么会气得中风，要么会马上停办。也许两者都会发生。他痛恨纽约报纸的"非美国化"，可是这份报纸有过之而无不及。

后来我认识到，每晚出一份巴黎版的《芝加哥论坛报》是一项需要想象力的工作。我们的新闻来源极为有限。因此为了填满八页报纸，我们需要很多装饰和润色，有时还要胡编一气。每天晚上较早时候，伦敦编辑室会发来几百词的电讯，提供一些可以从英国报纸和通讯稿上摘录的内容，但是其中关于美国的消息非常少，而欧洲的美国报纸恰好需要这类消息。每天晚上 10 点左右，美国本地报纸的纽约通讯员会发来一百多词的电讯稿，我们就凭着这一百多词发消息。如果照登原件，它只能在一个栏目中占上几英寸，可我们的头版和内页一共有 10 个栏目。于是，当我们喝完咖啡，休息完毕，就要全力以赴把收到的一百词的电讯扩充成好几千词的报道。这就需要我们的想象力了。

这尤其要仰仗瑟伯。他实际上是个天才。夜班编辑扔给他电讯中的八个或十个词，告诉他说："吉姆，给我写一整栏。"他像猫头鹰一样的脸微微一笑，说："遵命！"接着他就一边看着电讯一边开始愉快地工作。那年的秋天和冬天，他似乎包揽了有关柯立芝总统的一切，后者的愚蠢似乎使他十分开心，让他对阴沉、寒冷、多雨的天气毫不在意。

10 月初，总统对在奥马哈举行的美国退伍军人协会大会上讲话。当时收到的电讯上只写着"柯立芝对奥马哈退伍军人说反对军国主义倡导宽容的美国生活"。瑟伯只需要这么多，就能写出半栏的精美废话。我毫不怀疑，就是那种柯立芝在华盛顿或是奥马哈一定会用到的讲话。

过了几周，总统又在华盛顿对基督教青年会演说，瑟伯重施故技。电讯稿上是"柯立芝对基督教青年会国际大会说美国青年需要更多的家庭管教"。总统空话连篇的说教，爵士时代美国自负、叛逆青年的颓态，以及他们在禁酒令下酒瘾催肠和在经济繁荣时代中渴望致富的父母——吉姆把他们写得活灵活现，又成就了一篇典范文章。

如果柯立芝长时间没有动静，瑟伯就会变得烦躁不安，失去控制，只好自己编造一段这位伟大的北佬总统的消息。有一次，他居然让柯立芝在新教大会上宣布："如果一个人不祈祷，那他就不是一个祈祷的人。"

那一年秋天，著名棒球投手克里斯蒂·马修森死了。我记得当晚编辑把电讯交给瑟伯，上面只写着"克里斯蒂·马修森今晚萨拉纳克去世"。吉姆和我都热爱运动，而且在当时都特别喜欢棒球，关于棒球他懂得很多。他接过这行电讯稿，咕哝着："真是太糟了，伟大的投球手，了不起的人。"他坐在那里凭记忆写作。编辑室并没有背景资料和剪报，但他写出了我读过的最好的颂词，其中不乏这位投球手的投球纪录，有关世界联赛中他的精彩比赛的逸事，以及对他本人性格的中肯评价。[5]

我们这些坐在编辑桌前的人对于这样的"扩写"多少都会两手。工作刚满一周，我就遇到了这样一次任务。当时美国海军的"谢南多厄号"飞艇在俄亥俄遭遇暴风雨坠毁，根据 10 个词的电稿，我编出了两整栏的"生动"描写。过了不到一个月，美国潜艇 S-51 在布洛克岛撞沉，34 名船员丧生。我又故技重演。如果我知道了这两场悲剧的实情，那些完全出于我想象的描写也许就有些夸大其词了。就像瑟伯是我们之中杜撰柯立芝的高手一样，我主要负责编写可怕的海难、空难的细节。

我们还共同分担体育"报道"。关于那年秋天的橄榄球大赛，电讯稿里只有每一节的比分。我们于是动手"搭建"每一场赛事，绞尽脑汁地添油加醋，关于哈佛对耶鲁、陆军学校对圣母大学的赛事描写可谓登峰造极。本地记者告诉我们，就我们胡编的那些了不起的边路冲刺、强行突破、长传、阻截和精彩的踢落地球（现已失传的绝技），那些在巴黎的老毕业生会热火朝天地讨论好几天。当然，比分还是真的。

即使靠着天马行空的想象，家乡来的消息仍然不够填满一期报纸。我们还得再写一些地方消息，大多是巴黎的英美聚居区发生的事情。这常常让我们的记者觉得乏善可陈，干脆开玩笑地写一些离谱事件，当然是杜撰的。他们以为编辑会注意到，觉得好玩，然后在印制前毙稿。然而，这些东西偶尔会逃脱审稿人、校对人和编辑的注意，被登上头版或者内页，引发令人震惊的结果。

有篇报道称一个热恋上电影明星的美国青年，遭到冷遇，绝望中开枪自杀。可是他没对准，只受了些轻伤，在医院包扎后就出院了。记者在消息的末尾写道："因此，今夜，对爱情绝望的青年回到了母亲而非耶稣的怀中。"这篇消息发在头版。第二天巴黎虔诚的美国基督徒纷纷打电话来抗议这种亵渎，于是记者被开除了。

瑟伯本人就不可救药，总是编出最荒唐的故事，邪恶地等待着，看是否会被编辑抓到。有一回，被无聊的消息泡了一晚上，他写出了一篇长文，讲的是包括西欧著名的政治家和领袖在内的十几位国际名人，参与了勒索、抢劫、强奸、赌博等种种犯罪活动。这个骇人听闻的故事通过了审稿、校对，被加上了一个耸人听闻的标题，就要去制版，幸亏在最后时刻被总编辑达拉发现。瑟伯拼命道歉，达拉几乎立即就要解雇他。达拉警告他："这会使《芝加哥论坛报》因为诽谤赔上 10 亿美元。"即使麦考密克上校也赔不起这笔钱。

我来上班时，编辑们仍然津津乐道着一个恶作剧新闻被刊出的经典逸事，虽然那件事已经过去两年之久。当时的威尔士亲王、其后短暂的英国国王和后来的温莎公爵访问了巴黎，举行了一贯无聊的奠基仪式，参观了医院，接见了退伍军人，与英国侨民开了茶话会。记者厌倦了跟着亲王跑来跑去，英国大使为了帮助他们，发了一张当天皇家活动的日程表。那位叫作斯宾赛·布尔的《芝加哥论坛报》记者拿到了最后一天的时间表，在近处一家咖啡馆先喝了几杯，再到报社写消息，写完之后觉得非要添几句自己的编造，不为发表，只为逗编辑们一乐。时间表上写着亲王检阅了一队英国童子军，而这件事大大激发了这位记者的想象，于是他在报道末尾加上了如下一段：

> 亲王走到一个年轻人面前停下。亲王问："孩子，你叫什么？"
>
> 这孩子回答："关你屁事，先生！"听了这话，亲王从侍从那里要来马鞭，将他狠狠教训了一番。

第二天一早，这条消息原封不动地登上了头版，最害怕的莫过于斯宾赛·布尔本人了。他说，他虽然经常夹带私货，但每次总能被及时发现。拂晓时分，编辑发现了这条消息，立即把《芝加哥论坛报》所有的编辑和管理人员叫来，让他们去报摊上把报纸收回来。可是已经有好几百份发回伦敦。据编辑说，《芝加哥论坛报》此后被禁了半年之久。威尔士亲王算得上宽宏大量，接受了《芝加哥论坛报》的多次道歉，没有起诉。斯宾赛·布尔因此被开除。

不过，恶作剧并不是这份滑稽报纸的全部内容。那一年，巴黎的文学艺术界正在酝酿发酵。欧洲本身经历了长期战争的伤痛、和平之初的动荡，似乎正在平静下来，试图通过国际联盟和多种互不侵略协议避免再一次的灾难性战争。除去那些戏谑的玩笑，巴黎版《芝加哥论坛报》对这些进展的报道比其对手巴黎版《纽约先驱报》和《时报》[6]更加详细，这主要归功于其国内版派驻欧洲首府的记者给他们写回的电讯，以及本地记者的辛勤努力，后者对艺术家和作家抱有极大的兴趣。而这些也是我的主要兴趣所在，超越了我的个人生活，让我沉浸在探索巴黎的兴奋之中。

这时，达达主义①已死，代之以超现实主义。我开始阅读法语的文学评论，评论对这些思潮十分重视，并记录了派别之间的纷争、各自的宣言和荒谬之处。我发现它们理解起来很困难。用法语写作的狂野的罗马尼亚诗人特里斯坦·查拉，一战时在一家苏黎世夜总会创立了达达主义，他宣称："达达是无意义的。"在我有限的阅读中我同意这点，尽管还有马尔科姆·考利这样的人，他于20世纪20年代初迷上了达达主义，认为它折射了战争带来的混乱时期，并且这个时期，如达达主义者所说，是被"好斗的疯子"主宰的。如果政治是疯狂的，文学也可能如此。但是，我并不觉得这有趣。

在巴黎的年轻美国作家并没有被达达主义和超现实主义的喧嚣影响。他们似乎在想怎样努力将自己的本土语言从战前文雅、贫乏的形式中解救出来。这耗费了美国作家大量的精力和时间。这些年轻作家受到一位爱尔兰天才——詹姆斯·乔伊斯的强烈影响。此人战后移居巴黎，并于1922年发表了英语世界的惊世之作《尤利西斯》。在我初来乍到的无数个寒冷冬夜，我们在编辑桌前等电讯发来时都在谈论它。可是，我还没有读过这本书，它在美国因道德堕落和淫秽被禁。这部书的勇敢的出版商、西尔维娅·比奇的莎士比亚书店从巴黎寄往美国

---

① 达达主义，1916年在瑞士出现的文学艺术运动，通过反美学、反艺术的作品颠覆了传统的艺术和文化价值。

500 部书，结果都被扣在纽约港，被美国邮政部门烧毁。这样一来，我就插不上什么话。还要过一阵子，我才有足够的钱去买一本来看，这本书的价钱是 125 法郎。我一般总是在塞纳河河边的书摊上买一两法郎的法语书，这样我就能尽快学会法语，开始从事法语写作。

我多少感到这些在巴黎的美国年轻作家的躁动不安。编辑桌旁的保罗、乔拉斯还有瑟伯谈到一位前途远大的人——欧内斯特·海明威，我从没听过这个人。他也住在拉丁区，曾经是国际通讯社和多伦多《星报》的兼职驻外通讯员。他已经写过两本小书——诗歌、随笔和短篇小说集，由不知名的巴黎前卫的美国出版社出版。人们说，他现在正在写他的第一部长篇小说。我发现，大多数左岸的美国作家只是空谈写作——说自己下周、下个月就要开始认真"写书"，但是从不开始。他们只会在咖啡馆、酒吧闲坐。而海明威不一样，人人都说他很勤奋，真正把写作当回事。

一天下午在丁香园咖啡馆，我第一次遇见他。当时，我与乔拉斯和保罗在一起。他和埃兹拉·庞德坐在那里。庞德被称为美国最伟大的诗人之一，我有些敬畏他，这也是我继埃德娜·米莱之后见到的第二位大诗人。他十分有诗人的气质：红胡子、艺术家的宽檐帽、表情丰富的面孔。我曾听说格特鲁德·斯泰因取笑庞德，说："他好为愚人师，如果你是个愚人，那他就是个好老师；如果你不是，那他也不是。"[①] 我认为，这句话是她典型的胡言乱语，虽然并非她所有的话都这么

---

① 这句话很出名，原文是 "A village explainer, excellent if you were a village, but if you were not, not"。

不着边际。我听说庞德对年轻作家非常慷慨，会时常鼓励和帮助他们，给他们提些个人建议。他在栽培海明威，还有人说，他给 T. S. 艾略特的《荒原》提出了大量的修改意见，把艾略特从灾难中解救了出来。我们这代人仍然为这部诗集着迷，40 年后，他的原始手稿和笔记的影印件公之于世，证实了这一传闻。

庞德与我的同伴立即争论起当时风行巴黎的文学小报有无价值。玛格丽特·安德森刚刚把她的《小评论》搬到了巴黎；欧内斯特·沃尔什和埃塞尔·穆尔黑德也在这一年的稍早时候创办了《本季》；乔拉斯和保罗正在筹划创办《过渡》，他们希望以此发动一场"文字革命"。而庞德本人和福特·马多克斯·福特正在编辑《跨大西洋评论》，海明威是主要撰稿人之一。

海明威没有参与我们的谈话。我有些意外，因为和我听说的比起来，他的谈吐和外表都不太像作家。他身材魁梧，体格健壮，肤色红润，目若朗星。他转向我，开始聊起运动来：自行车冬赛馆为期六天的自行车比赛，巴黎马戏馆的拳击赛——他猜有位中量级法国新秀可能会赢。他还聊了网球和网球明星苏珊·朗格伦——那位活泼又不失优雅的法国冠军。他说他常打网球，更常练拳击，他甚至想教会庞德打拳击。没有业余的对手时，他就去找职业拳击手。他当赛前陪练，每次还能挣 10 法郎。我心中纳闷，他这么忙，怎么有时间写作？虽然我心中期待他谈谈写作的事，他却只字未提。像所有在巴黎的美国小青年，我也跃跃欲试，想写些诗歌和短篇故事，却发现比之前料想的要难得多。我开始时想，这是个听他谈一谈这方面的事的好机会，他虽然没有声明，但是很明显，他不想谈这个话题，而我太拘谨，也没有主动提出。尽管如此，这次相遇仍十分愉快。他对陌生人很友善，我在他眼里十分年轻，乳臭未干，有些像他的中西部老乡。他的坦诚，尤其是朴实打动了我。这种朴实后来会减退，所有的作家出名后都会这样。第二年，《太阳照常升起》一炮打响，他声名鹊起，像庞德一贯认为的那样，评论家们说他是新一代中最好的小说家。

我来巴黎的第一年，也见过詹姆斯·乔伊斯。下夜班之后的第二天我往往一直睡到中午，所以午饭是我一天中的第一餐。我经常去奥德翁街尽头的一家不错的小饭馆，那里挨着圣日耳曼大街。西尔维娅·比奇的书店也在同一条街上。乔伊斯逛完书店，也常来这里用餐。开始，我只是注视着这位伟大的作家，看着他的外表：瘦削，中等个头，头发向后梳，露出高高的前额，优雅纤细的手指，精神好像高度紧张。他常常戴着墨镜，所以人们没法看见他的眼睛。他有严重的眼病——青光眼，会导致失明。对一位作家来说，这种命运太可怕了。我们见了只是点头。有一天，我鼓足勇气走到他的桌前，介绍自己是《芝加哥论坛报》的记者，非常崇拜他。他极其客气，但是我能觉出，他不想透露隐私，所以我也没有问他什么问题。于是，我们之间只是打打招呼，说些客套话。我很是失望。正如遇到海明威那样，我一心想和他谈一谈写作。乔伊斯确实请我去西尔维娅·比奇的莎士比亚书店后面听他朗读作品，但我一周只休一天，所以只去过一次。那是个难忘的晚上。乔伊斯那时正在写一部新书，提到时他称之为"正在进行中的那部书"。我在一些短评中读到过其中一些段落，但是大部分读不懂。他好像在其中混合了他懂而我不懂的多种语言，并在写作中创造出一种很难说是英语的新语言。这些文字印在纸上很难读懂，但是当他用音乐般的男声朗读，并带有一些轻快的爱尔兰口音时，作品一下子鲜活起来。这本后来叫作《芬尼根的守灵夜》的书，由乔伊斯口中读出令人愉快，但我自己几乎读不懂。

其他一些作家也到过巴黎，你会在穹顶咖啡馆或是什么聚会上撞见辛克莱·刘易斯、多斯·帕索斯、德莱塞、舍伍德·安德森。见到他们真令人兴奋，虽然我从没和他们有过深交。安德森是个例外，他极其讨人喜爱，我和他就作家和作品有过一两次深谈。后来我也结识了刘易斯和多斯·帕索斯。

我十分景仰伊迪丝·华顿，她的《伊坦·弗洛美》是我读到的最好的短篇小说之一。她住圣布里斯－苏福雷的一座雅致的乡间别墅，离巴黎十几英里。她战后一直住在瓦雷讷街，后来才搬到乡下。我当了日间记者之后，常常想找个理由去采访她。但是，听别人说，她对记者很是傲慢无礼。而我从来就没有足够的勇气登门拜访。

那一年秋冬季节，另一个更伟大的文学偶像住到了右岸的星形广场附近。我没去见他，有一天夜里，他不请自来。

那天将近半夜，他摇摇晃晃地走进编辑部，径自坐在了编辑桌边，那里刚巧空着。这人已经醉到了家，眼神迷离地望着我们，大声喊："小伙子们，过来！咱们赶紧把这该死的报纸出了！"

我小声问瑟伯："这人是谁？"

瑟伯对我大声说："他叫斯科特·菲茨杰拉德。"

这时菲茨杰拉德充满敌意地看着我，问："从来没听说，呃？你还太年轻，呃……所以没听说过。"他像箭牌衬衫广告上的年轻模特，长得轮廓分明，只是鼻子瘦削，向前突出的尖下巴使他的薄嘴唇看起来像陷了进去。这让我很震惊，他并没有传说中那么英俊。他的头发中分，更加重了他的学生气质，让人想起那种穿着浣熊皮大衣来看球赛、怀里拥着傲慢的漂亮女友的傲慢大学生。

我说："我当然听说过您。而且，我也**读**过您的书。我觉得您真是棒极了。"《了不起的盖茨比》这时刚刚出版，瑟伯把他的书借给我，我觉得这本书是新作家里写得最美的。当然，自我在大学里读了他的第一本小说《人间天堂》，就认为他很了不起，而且他比别人更能代表禁酒时代的一代反叛青年。

菲茨杰拉德说："好吧，谢谢。现在，是不是拿点破稿子来，我们把这破报纸出了？"

瑟伯插话说："是，先生。"

那一晚的出报工作很不顺手。菲茨杰拉德坐在那里不走，所以夜班编辑拉格纳回来时，他不得不在编辑桌边找了个地方坐，悄声吩咐手下，把我们的稿子塞进他的大衣口袋，不然菲茨杰拉德会把它们一一撕掉。这位大作家又添乱地大声唱起来，还让我们跟着他一起唱。

把菲茨杰拉德送回家比编报纸还要难。酒精使他变得好斗。夜班编辑口袋里揣着编辑好的稿子悄悄溜了出去，下楼去印刷厂。我们终于将菲茨杰拉德拉出座位，半拖半抬地把他弄下楼。他见楼对面有个酒吧，就直奔过去，还让我们两三个人跟着他。我们一路上进了五六个酒吧，他终于醉得不省人事。

乔拉斯提议说："咱们叫个出租车，把他送回家。"虽然乔拉斯长得高大魁梧，我、瑟伯、保罗也不瘦弱，可和今晚的其他事情一样，要完成这件事一点都不容易。斯科特听说回家坚决不干。可是在下一家酒吧，他完全烂醉如泥，我们推搡着把他塞进了一辆出租车，在他挣扎时我们几乎坐在了他身上。这样才把他送回了星形广场附近蒂尔西特街的家。

但是一切还没有结束。这座公寓楼外有一道铁丝栅栏，楼上有个女人透过窗户喊道："斯科特，你这个浑蛋，你又喝醉了！"

"泽尔达，亲爱的……你……你……错了……全……错了……我……我没醉，亲爱的……真的……我就像……像……北极熊……一样。"他竭尽全力大声喊道。

那么，这就是有名的泽尔达了，斯科特美丽的妻子，反叛一代的皇后。她是一位活泼的、具有破坏性的伴侣，是菲茨杰拉德传奇的重要组成部分。他的神话在两次大战之间发酵，不管日子好坏，都被越传越神。

我们中的两个人架着他，另外两个在后面推，想把这位大作家弄进门。他挣脱了，像醉汉那样被激怒了。他跑到我们身后，跑到马路边上，从树干旁捡起一条栅栏的铁条，打算冲着瑟伯的后脑打下去。幸亏乔拉斯扑上去，把他制伏。吉姆一只眼失明，没看见他冲上来。最后，我们把他抬进了家。泽尔达穿着睡衣，对他一通怒骂，然后突然改变情绪，坚持要我们留下喝杯茶，我们好心地拒绝了。她的美丽几乎和她朋友所说的一样，只是，对于我来说，在灯光下初见，她的美丽还是有些瑕疵，我却说不清具体是什么。可能是整体不太协调。

这一晚令我感到幻灭。我想我还没有足够成熟，不懂得这并没有什么大不了：一个作家会变得相当讨厌，尤其在喝醉酒时。重要的是他写得如何，菲茨杰拉德写得很好，和其他作家一样好，在《了不起的盖茨比》中超越了很多人。在巴黎，我没有参与菲茨杰拉德身边的圈子，后来到了20年代中期，我也没参与过在里维埃拉的杰拉德·墨菲、阿奇博尔德·麦克利什、海明威和多斯·帕索斯的圈子。我偶尔在里茨饭店的酒吧里见到菲茨杰拉德。当我成为记者时，那也是我经常去的地方。比起蒙帕尔纳斯的咖啡馆，他似乎更喜欢这里。这个酒吧里有很多常春藤大学的毕业生，大多进入了商业或者银行业，明显配得上毕业于普林斯顿的斯科特。虽然如此，我仍然关注他那些年的生活和写作，猜测酒精、愚蠢的放纵、过度浪费精力是否最终会毁了他的才华和前程。

因为在《了不起的盖茨比》之后，他就一直走下坡路，最终悲剧性地离世。终年只有44岁，这在欧洲正是一位作家大展才华的年纪，例如托马斯·曼。如果不是把上天赐给的禀赋虚掷一空，他至少还有几十年的创作力可以发挥。我从第一眼就看出，泽尔达没有帮他，而那应当是身为作家妻子的责任。海明威有些道貌岸然地指出，是泽尔达毁了菲茨杰拉德的作家生涯。不错，她或许确实有些破坏力，对自己、对菲茨杰拉德都是，但她是否要对他的死负主要责任呢？我对此表示怀疑。他本人都似乎盲目地、傲慢地如此认为。像很多同时代的作家一样，事实将证明，他不能承受少年得意，以及随之而来的名声、赞誉和财富。他曾经写道，美国生活没有第二幕，而他似乎要亲自来证明这一点。

尾　注

［1］ *The Street I Know.*

［2］ 同上，第 255—259 页。

［3］ *Monday Night.*

［4］ Kay Boyle and Robert McAlmon：*Being Geniuses Together*，p. 328.

［5］ 查尔斯·S. 霍姆斯在他所写的瑟伯传记《哥伦布的钟：詹姆斯·瑟伯的文字生涯》（*The Clocks of Columbus：The Literary Career of James Thurber*）第 75—76 页的记述，也证实了我记忆中的瑟伯了不起的编写水平。

［6］ 1924 年，巴黎版《时报》成立，由居住巴黎的美国百万富翁考特兰·毕晓普创办，与美国《纽约时报》并无关系。严格意义上说，它并不能算是一份报纸。它的消息来源只限于巴黎和伦敦的其他报纸，几乎没有发行量，但是其写手是一群有才华的年轻人，收入比我们还要低。这些人中就有文森特·希恩，他总是说他是被《芝加哥论坛报》解雇的（那是他在里夫独家采访阿卜杜勒‐克里姆之后），因为他有一晚出去吃饭的时间过长，而且他时干时歇，终于离开。还有希勒尔·伯恩斯坦、拉里·布洛赫曼、乔治斯·雷姆，他们后来都有多部著作出版。这里也有马丁·萨默斯，他后来成为《星期六晚邮报》的驻外编辑。

第十三章

探索巴黎

巴黎人抱怨说，1925 年至 1926 年之间的秋冬特别难熬，沉闷得非比寻常。先是不停地下雨，接着又是下雪。塞纳河的水位涨到 25 年来的最高点，河水冲破了堤岸，淹没了河边房屋的地下室。温度和法郎都创下新低，即使你拥有新式中央暖气，也不容易让自己暖和起来。下跌的法郎——部分源自下台的政府——引起物价飞涨，我微薄的工资变得一钱不值。罕见的大雪使这座都市几乎瘫痪，这里没有铲雪机械。我遇到的每个法国人都说，这是他们记忆中最惨的冬天。而我并没有抱怨。虽然我在巴黎的第一个冬天又阴又冷，可是我感到生活很美妙。巴黎在向我展现出她所有的光彩和迷人之处。

我在沃日拉尔街找到一家旅馆，就在圣米歇尔大街和卢森堡公园的一角之间。公园的对面就是奥德翁剧院。《芝加哥论坛报》是个绝妙的东家，而这家里斯本旅馆是个绝妙的住处。就像附近所有 18 世纪的房屋一样，这家旅馆有向人行道伸出的坚固扶壁支撑，所以整体向街道倾斜。这里有一块指示牌，说明两位伟大的法国诗人曾经住在这里，前一位是波德莱尔，后一位是保罗·魏尔伦——疯狂的魏尔伦，评论家朱尔·勒迈特说他野蛮、粗野、天真，灵魂中却有音乐，能从远方听到别的诗人听不到的声音。疯狂的魏尔伦有一天在布鲁塞尔喝多了酒，大发脾气，想杀死他的密友兰波。兰波也是个疯狂的诗人。虽然兰波侥幸逃脱，子弹只打穿了他的手腕，魏尔伦却因此在比利时的监狱中被关了两年。魏尔伦狂暴的灵魂在这个旅馆中徘徊。我们都热切地读着他的作品，我猜可能是想要在写作和饮酒上赶上他——显然我们在后一个方面更为成功。

房间相当大，有一张大书桌和一个书架。宽大的落地窗从地面直达天花板，采光很好。有一张宽大的双人床，一个梳妆台，一个大镜子下有个洗脸池。因为房间不带浴室，还有一个代替浴缸的坐浴盆（一层有个浴缸，可是旅馆主人用它来装煤了）。墙纸刺目的色彩和肉麻的图案能让人晕头转向，除非你不去看它。房间虽然破败，却有一样现代的设备，那就是中央暖气。只可惜它时时会停。不过当它不运转的时候，你可以用壁炉烧煤取暖。

这家旅馆一个月的租金只有 250 法郎（相当于 10 美元），你还有什么奢求？只有一件事：还缺个好点的厕所。每一层的楼梯口处只有一个所谓的"站式厕所"，需要相当的练习和娴熟的技巧才能掌握它。法国人叫它"土耳其厕所"，也许土耳其人用起来更熟练吧。它明显是土耳其人的发明。这间小小的厕所只有衣橱大小，当你关上门时一只 25 瓦的小灯会发出昏暗的亮光，照着那个四英寸大小的水泥茅坑，坑的两边有两块凸起的踏脚，类似擦皮鞋摊上的那种。问题在于要掌握好平衡，不能向前摔倒。潮湿的墙上有个钉子，插着一摞裁好的旧报纸，这就是厕纸了，你完事之后还要保持住平衡去够到它们。最后，你要在昏暗中摸索那没了把手、生锈的水箱铁链。使用者逐渐变得驾轻就熟，因为没有其他地方可去，你的大腿肌肉也发达起来，差不多能演杂技。不过你的客人，特别是从美国来的那些人就难以适应了。头一年冬天，就因为这个过道尽头的土耳其厕所，我险些失去了一位可爱的女友。这姑娘毕业于美国瓦萨学院，来索邦神学院学习法国文化。她出身于纽约的富人家庭，家教良好，从来使用着美国文明提供的最先进的设施。她说这使她对法国人很生气，她渡过大西洋，远道来学习，她崇拜法国文明，但不崇拜这个。

　　我在欧洲其他地方没遇到过这种土耳其厕所，即使在土耳其本地也没遇见过。但是，几年后的一天，我从白沙瓦去喀布尔，经过贾拉拉巴德的阿富汗国王冬宫，在国王房间的一角中我见识了同样的厕所。同行的一位法国考古学家觉得它非常原始，但是我告诉他，这样的厕所就在他祖国闪亮的首都中心，我已经习以为常。

　　当我到达的时候，里斯本旅馆里住的都是美国人，大多数在巴黎版《芝加哥论坛报》工作。我们将近一半的工作人员都住在这里，因此气氛十分活跃，只是不太能保留个人隐私。人人都知道别人的事，尤其是恋爱方面，但是在我们那个年纪，这并不算什么。我们总是在别人的房间里聊上好久，阅读并评论他人的作品，争论对一本书的看法，尤其重要的是，商量下午或晚上合资喝酒吃饭，给喝醉的、失恋的人一些建议和安慰。编辑部里建立的友谊在旅馆里得到进一步巩固，这样结下的友谊有些长达一生。[1]

　　里斯本旅馆很快成为我们工作之余的地理中心。这里与圣米歇尔大街只有几步路，后者是拉丁区的中心，路边是一家挨一家的书店，挤满了索邦神学院或其他大学的老师或学生。这些大学都分布在这条大街的附近。学生们挤在露天咖啡馆或廉价的小饭馆中，比书店的人还要多。大街两侧坐满了活力四射的青年人，显得生气勃勃。对于与他们同龄且刚刚走出校园的我来说，我发现我们很合得来，在某些方面，他们也许比我这一代的美国大学生更加成熟，更加自由开放，这可能是因为他们不待在校园、宿舍，或者愚蠢的兄弟会和姐妹会，而是住在无人监管的、膳食便宜的公寓或旅店中，像所有巴黎人一样自由自在地独自生活，没有可怕的男女学监成天紧紧盯着他们。

往另一个方向走几步就是卢森堡公园。早在工作之前我就喜欢上了这里。如果天气好，我几乎每天下午都去那里散步。有时我会在奥德翁剧院停下，剧院的柱廊下是一个个的书摊，可以买到各种便宜的法文书。然后，我会穿过街道进入花园，经过美第奇宫，庄严的议会就在这里，后面是大喷泉。那里年轻人的穿着比美国同龄人整洁，他们下了课就聚在这里，在喷泉八角形的大水池中划船，或者骑着老驴游览法国皇后雕塑群像，驴是一对握有经营许可的老夫妻养的。

冬天还没有来的时候，我通常带着一本书，绕着公园散步一周后，找条长椅坐下。这需要我先付10生丁给一个老妇人，她戴的帽子标志着她在第三共和国中的职位——有轨电车的售票员。付钱之后，我坐下开始看书。我偶尔抬头看看过往的人流，惊艳于一些法国女子的美丽、风采和整洁的衣着。有时，她们中有人愿意坐下和我分享长椅，我会和她们聊上一会儿（我抓住一切机会练习说法语）。偶尔我们最后会一起去咖啡馆或饭馆接着聊，彼此认识。她们大多是学生，我感到，她们比我美国的大学女同学更有趣，明显更加开放。在我看来，她们学识惊人，学到的历史、文学甚至哲学知识比我多得多。也许她们也像美国女大学生一样，在上学期间物色丈夫，不过我从来没有收到这方面的暗示。她们显然不是为了享受两性之爱而盼望结婚。我在巴黎的第一年在姑娘方面大长见识，在此过程中还大大提高了法语水平。也许，像伏尔泰所说，这才是学外语的最佳方法。

里斯本旅馆对面还有另一家旅馆。虽说不上豪华，但确实比我们的更有情调。乔治·桑塔亚纳每年都会在那里住上一段时间。尽管他作为哈佛的交换教授在索邦神学院教过一年书，却从未对法国的这套风味感到自在。他虽然用英语写作，学术生涯也尽托哈佛，但他的内心或许仍然是个地道的西班牙人。我在上大学时开始读他的五卷《理性的生活》，近来高兴地发现，我可以在巴黎的美国图书馆借到第五卷。我认为，桑塔亚纳是美国（或许也是他的出生地西班牙）最富有原创哲学思想的人。他的哲学试图通过文学、艺术和科学朝向某种理性生活的发展来评价人类的进步，这强烈地拨动了我的心弦。只是我最终放弃了这种主张，通过他后来的论述，我认为他同样放弃了原来的主张。与其他哲学家，特别是德国的哲学家不同，他用优美的散文体写作，他的作品中浓重的诗意注定会对你产生影响。当我听说他就住在对面的旅馆时，我决定去见他，哪怕只是去告诉他，他的书对我来说多么重要。

我进入巴黎版《芝加哥论坛报》时，哈佛的荣誉毕业生亚历克斯·斯莫尔在《芝加哥论坛报》值白班。哈罗德·斯特恩斯在战前上大学时听过桑塔亚纳的课，下晚班后大家一起去喝酒时，他们谈到他的话也非常有意思。这两个人一再向我保证会带我去对面的旅馆见他。可惜，他们总是一直喝酒，直到凌晨3点，然后对我说："来吧，让咱们去叫醒桑塔亚纳！他肯定还记得我们。我们和他好好聊一聊。"时间已晚，大家又醉得不成样子，我当然打消了这个念头，劝他们也放弃。有一回斯莫尔兴致颇高，挣脱了我，说自己要去见那位伟大的哲学家，不过我怀疑他能否走到那里。也许门房就会把他扔出来。我始终没能让朋友在一个礼貌的时间带我去见他，而我又太拘谨，或者说是桑塔亚纳的伟大使我过于拘谨，不敢独自前往。

也许这样倒好。我后来发现拜会伟人非常令人失望，除了甘地和极少数人。也许桑塔亚纳不会。读他的书总使我感到我与他有某种紧密的联系，至少是在精神上的。读过《理性的生活》之后，我又读了他的讲稿、论文、自传《人与地方》，以及他的小说《最后的清教徒》。后两本书，出乎他的意料，在美国被每月读书俱乐部选为畅销书。他著述不断，直到1952年，以89岁高龄在罗马一所修道院中去世。虽然出生于西班牙天主教家庭，但他拒绝了现行的宗教信仰，而将信仰投给了他所谓的不可知论，坦然接受了生命的神秘。

从奥德翁剧院出来沿路一直走，奥德翁路12号就是西尔维娅·比奇的莎士比亚书店。在这里不仅能买到，也能租到美国和英国的书。这地方成了左岸的美国地标，你几乎每天都会在这里偶遇美国作家。西尔维娅说，海明威是她最好的顾客。她告诉我，1921年的一天他来到这里，带着他芝加哥时期的好友舍伍德·安德森的信。西尔维娅说，他非常害羞，却有魅力，贪婪地看着她的书架，并沮丧地说，他没钱成为租书会员。西尔维娅是个对作家很慷慨的人，尤其是对乔伊斯。是她精心呵护，使《尤利西斯》在1922年出版，并倾其所有在经济上资助乔伊斯，有时甚至超出了自己的能力。西尔维娅告诉局促不安的海明威，可以等他有了钱再付押金。他走时，高兴地抱着满满一怀书。[2]

西尔维娅·比奇出生于一个美国长老会牧师家庭，父亲是普林斯顿大学教会的牧师，那时伍德罗·威尔逊任该校的校长。她的父亲和威尔逊成了好友，后来比奇先生在白宫为威尔逊的两个女儿主持了婚礼。一战时，西尔维娅跟随美国红十字会来到巴黎。吸引她的不仅是巴黎，还有与阿德里安娜·莫尼耶的友谊。莫尼耶在奥德翁路 7 号开了一间名为"书友之家"的法文书店。比奇留了下来,莫尼耶帮助她建立起了自己的买卖。她们难舍难分,形影不离。我第一次见比奇小姐时,她是位愉快的年轻女子,五官分明,有一双快乐的棕色眼睛,散在肩上的棕色头发有些乱。她的举止和衣着像她的伙伴一样,有些男性化,让我这样一个天真的中西部青年刚开始有些退缩。但是她很友善、热情,时时大笑,讲笑话,还说些常来她书店的作家的闲话。她不怀一丝恶意,除了对格特鲁德·斯泰因。后者偶尔和她的同伴艾丽斯·托克拉斯来这里。比奇喜欢托克拉斯,会说"她心细、成熟",但说"格特鲁德还是个孩子,她只关心自己,只关心自己的写作"。这样的评论开始让我感到意外,但是后来我理解了。也许西尔维娅的态度是出于斯泰因对乔伊斯明显的嫉妒,以及对他作品的尖刻评论。对西尔维娅来说,这等同于亵渎。

我买不起美国书,就把大部分钱和时间花在法文书上。我的法文提高了之后,全部法国文学展现在我的面前。我喜欢在莎士比亚书店的书架和桌椅间流连,或是被请去里间喝茶。冬天,那里的壁炉生着火,发生了很多有意思的谈话。虽然如此,我不像海明威、庞德、罗伯特·麦卡蒙和其他年轻作家那样经常去。

我把更多的时间花在街对面的莫尼耶书店里,那里法文书的价钱只是美国书的四分之一。那是个奇妙的地方,很多我正读着他们作品的法国作家在那里聚集,其中不乏成名作家。你会走进去看看出了什么新书,或者找些旧书来读,也许你能看见角落里有一群法国作家争论、比画着。有时你会看见安德烈·纪德、朱尔·罗曼、保罗·克洛岱尔、路易·

阿拉贡、安德烈·布勒东和瓦莱里·拉尔博①。纪德和罗曼的小说、克洛岱尔的诗和戏剧已经在法国文坛大放异彩。我热切地读着这些作品，但后来我对它们的兴趣逐渐减退。尽管纪德十分著名，后来得了诺贝尔文学奖（1947 年），但我觉得他从未写过一部伟大的小说。但多年以来我对他清晰易懂的散文十分着迷。

1925 年，安德烈·布勒东是公认的超现实主义领袖，莫尼耶的书店是它的总部。布勒东固守超现实主义到了最后，而他的弟子阿拉贡则早早离开，倒向了共产主义和它的日报《人道报》。拉尔博虽说是个没什么名气的诗人，但人很有意思。他这时十分钟爱乔伊斯，特别是对他的《尤利西斯》。他称乔伊斯为"最伟大的作家"，《尤利西斯》则是"我们这个时代所有语言中最伟大的小说"。他极为用心地把这部作品译成法文。在莫尼耶的书店里，还会遇到一群当代法国作曲家：达吕斯·米约、乔治·奥里克、弗朗西斯·普朗，还有阿蒂尔·奥内热。在巴黎，你会越来越多地听到他们的作品。我虽然认为这些作品都源自德彪西②，但是听来十分新鲜且有创意。

在莎士比亚书店上层的公寓里，住着一位大男孩似的美国年轻作曲家。他在 1925 年到 1926 年间突然成名，又同样突然地在 20 年代末遭到冷落。此人便是乔治·安太尔。至少在 20 年代中期，乔伊斯和庞德这两座文学灯塔对这位少年天才寄予

---

① 安德烈·纪德，法国著名作家，1947 年获诺贝尔文学奖；朱尔·罗曼，法国作家、诗人；保罗·克洛岱尔，法国著名诗人、剧作家和外交官；路易·阿拉贡，法国诗人、作家、政治活动家，战后参加了达达主义和超现实主义文学运动；安德烈·布勒东，法国诗人和评论家，超现实主义创始人之一；瓦莱里·拉尔博，法国小说家、诗人、评论家。
② 德彪西，法国知名作曲家，近代"印象主义"音乐的鼻祖。

无限的厚望。安太尔出生于新泽西州的一个波兰家庭，后来来到欧洲，想让自己的作品在欧洲得到演奏——对美国来说，它们太高端了。是巴黎人将他捧红，使他轰动一时。法国评论家并不喜欢1924年他在普莱耶尔音乐厅的首演，认为他的钢琴与小提琴协奏曲和四重奏"无力而嘈杂"，"只不过是一场不和谐音的大杂烩"。但是1925年，当我到达巴黎之时，法国和美国的新闻报道都开始对所谓的现代音乐上的革命性突破大感兴趣。报纸报道说，安太尔在他的《机械芭蕾》中写下了惊人之笔，他对现代音乐的影响，如毕加索对现代绘画的影响，即打破了传统的形式，创造出全新的作品。法国画家费尔南·莱热正在制作一部短片，配合《机械芭蕾》的演奏放映。正如音乐所表现的，这部电影描述的是大战后的世界，工厂、电机、机器和转动的车轮主宰了这个世界。乐评家透露，管弦乐队中包括了16架靠电力连动的钢琴，同步演奏，6台电动的飞机螺旋桨，12个较小的风扇，大量木琴、铃铛、锣、鼓和其他打击乐器来一同制造声响。

我在巴黎度过的第一个夏天和冬天，大家都在谈论正在到来的音乐艺术上的重大突破。报纸上引述乔伊斯，还有尤其是庞德的赞誉，称赞安太尔是20世纪的新音乐家，他的新作品会成为音乐史上的一个重要事件。那年冬天，安太尔正在修订他的杰作，时常也会和埃利奥特·保罗、欧文·施韦克一起造访《芝加哥论坛报》报社。施韦克是我们报纸的乐评人，是一位知名音乐人，曾和莫利茨·罗森塔尔①一起学过钢琴。他对新涌现的很多作曲家极力推崇，尽管去年他对安太尔的第一

---

① 莫利茨·罗森塔尔，波兰知名钢琴家和作曲家。

场音乐会评价不高。我发现这位才华超群的年轻作曲家非常招人喜欢。他的脸几乎像天使一样可爱。他懂得幽默，为人谦逊，言谈朴实，似乎熟知古典音乐，会解释说，他只不过在继承古典的基础上探索新的形式。

终于，1926 年 6 月 19 日，伟大的时刻来临了。《机械芭蕾》首场演奏会在华丽的香榭丽舍大剧院举行。庞德来了，他亲自组织并宣传了这场音乐会。到场的还有乔伊斯、T. S. 艾略特、谢尔盖·迪亚基列夫①，以及巴黎音乐、戏剧、舞蹈、文学、美术方面的许多顶尖人物。

芭蕾刚刚开始，安太尔坐在主钢琴边，操作着电动控制，此时混乱开始了。16 架电动钢琴声、旋转的螺旋桨和风扇声、锣声以及种种音响之上，你能听见观众在大声喊叫——支持和反对的都有。一些人动起手来，这种事我没见法国人干过，或许大部分是美国人吧。螺旋桨带起的风把一个胖老头的假发吹到了空中，落到了后排。我周围的男男女女都把领子竖起，挡上耳朵，或是把帽子拉低，并且支起雨伞。他们是想保护听力，还是挡风，抑或是表示不满？我不得而知，或许三者兼有。许多雨伞被吹得里朝外翻了过来。

突然，埃兹拉·庞德大步登上舞台。

他用法语和英语喊："安静！安静！你们要是不喜欢就滚蛋！要么就做到起码的尊重！"这时的诗人变成了普通的美国佬。他请他的被保护人继续。其实大可不必。虽然观众席上已经大乱，这些机械装置却径自演奏了下去。它们一经启动就再也停不下来，即使安太尔本人也无能为力，他神情沮丧地坐

---

① 谢尔盖·迪亚基列夫，俄国艺术评论家、赞助人，芭蕾舞经纪人。

在控制台前，直到结束。结局就像埃利奥特·保罗第二天在《芝加哥论坛报》上的报道，"打架的人静静地离开了"，安太尔获得了留下的听众的"热烈掌声"。保罗接下来幽默地评价："剧场的气氛对音乐艺术来说是完美的，每个人都获得了一种非凡的体验。"

确实如此。除了巴黎，世界上没有别的地方让人有如此不平凡的经历。对我来说，这是个令人兴奋的晚上，虽然安太尔的噪声与我对音乐的理解毫不相干。对年轻的安太尔来说，这一定也令他兴奋。他一定以为他或许正在成为新一代的贝多芬。他已经开始批评那时在巴黎生活和作曲的斯特拉文斯基①，说他是"冒牌的记谱员"。在那个电器轰鸣的夜晚，他不会知道自己的人生和事业究竟会有什么结果。

四年以后，1930 年春天，我任《芝加哥论坛报》驻维也纳记者。奥地利和德国的报纸都在报道安太尔的歌剧《横渡大西洋》（它在美国叫《人们的选择》）在法兰克福的首演。德国和奥地利的乐评家对他的歌剧评价很高。施韦克起初对安太尔的态度有所保留，但也从法兰克福向巴黎版《芝加哥论坛报》发来报道："这是现代歌剧史上的伟大成功……展示了我们这个时代作曲家的杰出才能，这出歌剧使美国人感到自豪。"

这位才华横溢的年轻美国作曲家之后的境况如何呢？我在欧洲再没有听到有关他的消息。数年之后，我回到美国休假，暂时待在加利福尼亚。有人给我看一张旧金山或洛杉矶的报纸

---

① 斯特拉文斯基，美籍俄国作曲家、指挥家和钢琴家，西方现代派音乐的重要人物。

上的联合专栏，作者署名是好莱坞的乔治·安太尔。专栏内容与音乐无关，却是给失恋者的建议。会是巴黎的那位乔治·安太尔吗？我不敢相信。

施韦克称巴黎是世界音乐之都。也许是吧。我来这里的第一年，听了很多音乐，一般是在我不当班的晚上。我会去歌剧院，坐在顶层的座位，这个位置的票只要 25 美分。无论演什么，我都享受着每一分钟，渐渐开始熟悉了大量的剧目。每个周日下午，上班之前，我都会去听一场交响乐演奏会，一般是和埃利奥特·保罗一起，他的音乐知识非常丰富。他挑剔演奏和指挥，但和我一样热爱音乐。一天下午，他低声对我说："看看中提琴席上的这些混蛋，他们在读《不妥协者报》!"《不妥协者报》是当时巴黎销量很大的一份下午发行的报纸。的确是这样，一到中提琴的演奏间歇，这些乐手就从地板上拾起这份报开始浏览。也许他们在看体育版，因为他们在赌马。尽管那种演奏马马虎虎，却可以让我入门。我很早就开始听伟大作曲家的音乐，最早在芝加哥，后来在爱荷华，熟知巴赫、贝多芬、莫扎特、舒伯特、勃拉姆斯、柴可夫斯基、圣-桑、柏辽兹等。克赖斯勒、海费兹和鲁宾斯坦每年都来巴黎开音乐会，我会攒下法郎买票听他们的演奏。在普莱耶尔音乐厅，我第一次感受塞戈维亚弹奏吉他的魅力。室内音乐会贯穿整个冬天。这种音乐形式对我来说虽然陌生，但我一开始就爱上了它。我日后到了维也纳、柏林，又回到美国，在纽约或是坦格尔伍德，这种热爱与日俱增。

在巴黎还有非常好的教堂音乐，我总是去那些天主教教堂聆听它们。午饭后，我就沿着奥德翁路出发，逛完书店后，转过街角去圣叙尔比斯教堂。几乎每个星期天下午，马塞尔·迪普雷都在那里练习他认为全法国最好的管风琴。我在家乡听过他的演奏。他去过寇伊学院，主持某个百万富翁赠送小教堂管风琴的仪式。现在，我却能坐在这座宏伟的古老教堂里，欣赏巴赫等人如雷贯耳的音乐，也只有迪普雷——我们这个时代最伟大的管风琴家才能奏好它们。

在巴黎的第一个冬天，我继续学习法语和一些历史、文学知识，为此我开始在法兰西公学院听讲座。这个学院享有盛名、独树一帜，在著名的古典主义者纪尧姆·比代的劝说下由弗朗西斯一世于1530年建立。比代想让高等教育从教会把持的索邦神学院的陈腐中摆脱出来。在那时，索邦神学院只教神学，固执地将科学、希腊和拉丁文学的课程排斥在外。法兰西公学院很快便成为法国的知识中心，不只因为它教授所谓的"异教"经典，也因为它的科学课程。在19世纪和20世纪初，它的数学、化学、物理、生物、哲学和经典研究遥遥领先。它不受国立大学所受的限制，没有正规的入学，不用交学费，也没有考试，没有评分，也不授予学位。我随意去听讲，那是完全免费的。主讲人都是法国当时顶尖的学者。亨利·柏格森是那时法兰西公学院的灯塔，但是那年冬天他生病了，没有开设讲座。这让我有些失望。但是其他的课也一样好，我不只在法语上，也在历史和文学方面有进步。

没有听到柏格森的课，我有些失落。尽管他的文笔优美流畅，有时像诗人一样激情澎湃，我觉得他的哲学却很难读。在一战前，他对法国作家、画家、教育者、劳工领袖，特别是军人的影响非常大，这种影响在一战后也未曾减少。我想知道究竟为什么会这样。你仍然能感到他的《创造进化论》对法国的影响。该书出版于1906年，至今仍然读者甚多。我记得威廉·詹姆斯读过这本书后欣喜若狂，给柏格森写信说："您是位魔法师，您的书令人惊奇，是真正的奇迹……作为伟大的有创意的哲学家，您的名字将流芳百世。"在我看来，这本书过分强调了直觉和非理性而非智力是人类创造力的源泉，也过分强调了"生命冲力"为人类和社会的驱动力。对诗人和画家来说，这当然是千真万确的。但他的理论同样影响了乔治·索雷尔、普鲁斯特和弗洛伊德。一战前，在法国军事学院中的福煦①和青年土耳其党人把他的理论发展成全面攻势、突袭、生命冲力，想以此赢得世界大战。还有一位无名的年轻军官，我和全世界会在很久之后才知道他的名字——夏尔·戴高乐，他当时以柏格森主义为其行动的哲学核心。尽管如此，柏格森的反智主义（他自己却是位不折不扣的学者）、他对理性和理性主义价值的拒斥使我感到困惑。渐渐地，我被他流畅的文笔俘虏。巴黎人一点也不感到意外，1927年，柏格森获得了诺贝尔文学奖。他已经是法兰西学院的院士，也是法兰西公学院中最重要的人物。我注意到，哲学家在法国有他们应得的地位，在斯德哥尔摩也是这样。

我偶尔也去索邦神学院，听听告示牌上标出的一些特别讲座。顺带一说，1927年将发生我人生的另一次转折，带来工作的新方向，这使我不得不中断在法兰西公学院的学习。这年一个春天的傍晚，我去索邦神学院的圆形剧场，听赫伯特·乔

---

① 法国元帅，第一次世界大战最后几个月任协约国军总司令，被公认是协约国获胜的最主要的领导人。

治·威尔斯的讲座。他当时是世界知名的小说家、杂文家、记者、预言家，最近又新添了历史学家的头衔。他的《世界史纲》于1920年出版，横扫英美，已经售出200万册。在法国和欧洲其他地方，这本书同样受到热烈的欢迎。不仅普通人读它，它也获得了很多史学家的称赞。汤因比①就认为这是一部杰作。

在我看来，威尔斯在讲座中总结了他所有作品的一个主题：除非建立一个世界性的国家，否则可怜的人类将毫无前途，而建立这个世界性的国家必须依靠一小部分有创造力的、致力于拯救人类的精英。他在每部作品中都强调这一点：我们要把自己的命运交付一小群上层阶级，他们会为我们着想，让我们为了人类的美好而努力。而威尔斯和他们保证会做到。

我觉得这很可怕。但是威尔斯一再解释，除此没有别的选择。他说一口蹩脚的法语，不只有英国音，而且带着伦敦腔，声音尖锐。那种声音让我觉得难以信任。

威尔斯毕生是自由主义者，现在又以社会主义者自居。可是他迷恋精英集团，要把我们不完美的世界全部交托于他们，这种态度真让人感到意外。精英主义实际上是法西斯主义的核心，如果法西斯真有所谓核心的话。意大利的墨索里尼鼓吹的就是这个。德国有个右翼分子名叫阿道夫·希特勒，刚刚出版了《我的奋斗》第二卷。我读过一家法国报纸的介绍，他在书中宣扬的和威尔斯一样：只有精英才能拯救世界。一个优秀的种族，通过生物选择获得纯正血统，智慧并且冷血，能让我们错误的世界恢复秩序。从慕尼黑发出的报道说，这本书成为

① 汤因比，英国著名历史学家，著有史学名著《历史研究》。

国家社会主义——一场新兴的法西斯运动的"圣经"。该运动在一战后混乱的德国方兴未艾，随后，1923 年，希特勒发起的愚蠢的啤酒馆暴动失败，他因此入狱，这场运动也就渐渐消亡。现在，这位社会主义者赫伯特·乔治·威尔斯，最受欢迎的英国作家，竟在索邦神学院对法国人鼓吹墨索里尼和希特勒采取的为独裁辩护的扭曲理论，而他本人还是位反法西斯主义者。太令人失望了！我的又一位文学偶像倒下了。

那时的我，在初到巴黎的那些年，发现了法国菜和法国酒。我是个来自中西部的乡巴佬，饮食简单，不过是猪肉、土豆、苹果派和牛奶。吃法国餐对我来说无异于一场冒险，一种教育，在当时和将来都让我享受，感到生活的幸福。不像 20 世纪 70 年代的现在，那时的法国餐很便宜。巴黎人，只要有工作或者有少量收入就吃得起，虽然不是顿顿如此——那样会失去乐趣——但也时常能享受到。

我平日在一些不起眼的地方解决三餐，有之前提到的奥德翁路口的那家餐厅，还有家叫季纳姆的俄式小餐馆。后者在万神殿附近窄小的鲁瓦耶－科拉尔街上，我上班前就在那里吃晚饭。还有家叫作吉洛特的小酒馆，就在拉马丁路上巴黎大报《小日报》的楼下，我报也由这家报社出版。我们这些薪资微薄的麦考密克上校的奴隶就在这里上班。吉洛特对我们来说不仅是个聚会、吃喝的理想场所，在我们工资没发下来前就已花光钱的时候，吉洛特太太还允许我们赊账。虽然有吉洛特先生，但这里真正的东家是吉洛特太太。她 40 多岁，身材敦实，嗓音低沉，人很健谈，也爱说笑，总能因为一点小事开怀大笑，笑声极富感染力。在粗犷的外表下，吉洛特太太有颗金子般的心。她说自己绝不会让报社的任何人挨饿，不管是法国人还是美国人。吉洛特酒馆的酒又好喝又便宜，饭菜也不错，特别是吉洛特太太的拿手菜：炖小牛肉、烤兔、图卢兹烩什锦。

季纳姆不是一家普通的俄式小餐馆。在巴黎，这样的俄式餐馆有上百家，都是逃离布尔什维克俄国的移民经营的，老板们大都是，或声称自己是贵族。除去它便宜得不可思议的精美饭食外（一顿饭的价钱只有 6 法郎，也就是 30 美分），季纳姆还有其独特之处。饭馆的主人是位 30 多岁的瘦削男子，我肯定他曾是莫斯科大学的教授；他的夫人结实丰满，头发乌黑，十分美丽，在中学当老师。他们的小饭馆成为巴黎大学的教员聚会的地方，尤其是那些逃离了俄国布尔什维克和匈牙利法西斯的难民，这两种人的投合令人感到惊讶。我们也来这里聚会，我们把自己当作逃离美国清教主义的难民。《芝加哥论坛报》的很多人经常在这里用晚餐，然后在附近的盖吕萨克街乘上公共汽车。这辆车准时把我们送到报社大门口。可是，下了班之后，我们又返回季纳姆，叫一餐贵得多的菜肴，以鱼子酱和伏特加开始。夜色渐浓，每个人都在叫他们的第二瓶或第三瓶葡萄酒，或是更多的伏特加。男男女女的俄国服务员、俄国厨师和俄国客人，会拿出俄式三弦琴和吉他，送上欢快的音乐、演奏和唱曲，最后还要跳舞，直到男女主人来到，给大家倒上几杯免费的伏特加，然后不情愿地宣布，早已过了法定的关门时间。

就是在季纳姆，我初次遇见俄国人，一下子就喜欢上了他们。比起其他民族来，似乎他们与我们美国人有更多相似的地方：爱说、爱唱、能饮酒。也许是因为这两个国家都幅员辽阔，我们才有相似的性格和人生观。

也是在季纳姆，我第一次认识了几个匈牙利人，也是立刻就喜欢上了这些粗犷的、脾气不定的人。不论眼前处境多么艰难，他们总能从生活中找到乐趣，这似乎出自他们的本能。米哈尔·卡罗利伯爵常来这个小饭馆。他身上没有丝毫匈牙利人的粗犷，举止非常温和，像个心不在焉的教授。1918 年，他在布达佩斯领导了一场不流血的革命，接管了倒台的哈布斯堡王朝，建立起了一个新型的温和的社会主义政权，并率先将自己无数的田产交给农民。不到一年，他被迫下台，他的政府也随之完结。取代它的是贝洛·库恩领导下的短短五个月的共产党统治，而这一统治又被白色政权推翻，匈牙利由此成为欧洲的第一个法西斯国家。那些得胜的协约国在巴黎背叛了卡罗利，虽然如此，仍然不难看出，卡罗利为什么会遭到如此下场——他太高贵，过分相信人的正直，丝毫没有他继任者的冷酷和残忍。

可是，正是他让我开始了解欧洲正在酝酿的事情。无情的人，残忍的一伙，他们知道自己想要什么，他们有的已经得手，有的伺机待动。他坚持认为，是法兰西共和国领导下的所谓民主协约国联盟，纵容匈牙利建立了欧洲第一个法西斯国家。

他会告诫我："你看，我们的法西斯比墨索里尼进军罗马①还要早三年。不要小看了它对德国的影响，近在巴黎这里，远在伦敦，每个人都对布尔什维克感到恐慌。而我感到法西斯更为危险，更有可能得手。留意一下慕尼黑的小个子希特勒，他的样子虽然像卓别林那么滑稽，但他其实一点也不好玩。"

---

① 1921 年，意大利国会选举中法西斯党在 535 席只取得 105 个议席，1922 年 10 月，墨索里尼不满，号召三万名支持者进入罗马。意大利国王维托里奥·埃马努埃莱三世被迫任命墨索里尼为首相，标志着法西斯主义在意大利乃至欧洲的兴起。

　　我喜欢卡罗利，但是没有把他的政治警告放在心上。我能看到，他的失败富有典型性：高贵的、民主的欧洲人在战争和革命中取得了胜利，构建了差强人意的社会。但我不能像他一样看出，未来只属于那些残忍的极权主义者。墨索里尼在巴黎人眼中是个笑话，可是他能让火车正点。无论在巴黎还是伦敦，甚至在德国，据我所知，没有人留意过那个慕尼黑的留着查理·卓别林式小胡子的小个子。

　　1925 年 10 月，我到巴黎没多久，《洛迦诺公约》就签署了。这给欧洲带来了一种缓和。这个协议把战败的德国又纳入了欧洲国家。签署这个协议的德国政府不只民主，而且十分稳定，因此，所有的巴黎人都觉得，《洛迦诺公约》保证了世世代代的和平。几个世纪以来，在法国和德国的边界，以及比利时与德国的边界上纷争不断，战争频发。现在，法国、英国、德国和意大利这四个强国共同签署了和平协议。遵照《洛迦诺公约》的条款，它们欢迎德国回到国际联盟之中，国际联盟应当维持世界和平。伦敦大报《泰晤士报》和巴黎《时报》发布了社论，向人们保证，是民主与和平最终使德国回归。

　　因此，我也没有太多关注卡罗利伯爵的警告。他身边经常围着一群年轻的匈牙利青年，大多是流亡的学生。和我一样，他们对这位可爱之人的政治预言持怀疑态度。他们是精力旺盛的青年人，很吵闹，非常可爱。像我一样，他们也想在这个使他们暂时流亡的世界里找到一些个人的前途。眼下，他们想尽可能地享受着生活给予的一切，而他们也正是这样做的。

　　若是晚上不用上班，而我又有些余钱，我就去更豪华一些的餐馆，不妨把这称为庆祝。巴黎那时还没有被美国化，没有几家"美国酒吧"。我们不会一上来就喝鸡尾酒或烈性酒，而是先聚在一家露天咖啡馆，要些开胃酒。例如在双叟咖啡馆，它正对着老圣日耳曼德佩教堂，11 世纪的罗马式塔楼巍然耸立；或者在蒙帕尔纳斯的穹顶咖啡馆，这里活跃着左岸的美国人，还有性感风骚的法国模特吉吉，我们都爱她；[3]还有和平咖啡馆，它在大环路，正对着街角的大剧院，这里能看见来自十多国的外国人，主要是美国人，在这个欢乐之城寻欢作乐。我们随便找一家咖啡馆，在外边喝着雪莉酒或苦艾酒。这是晚上美食美酒之前的最好的开胃准备，令人食欲大开。几杯马丁尼或威士忌会毁坏你的味蕾，麻痹你对食物和酒的感觉。

一部分的乐趣在于商量在哪里吃。如果想吃牛排，那你就需要乘出租车到东北部肉铺区的达戈尔诺饭馆。这家饭馆的牛排是全巴黎最好的。要是想吃鱼的话，你就得去马德莱娜附近的普吕尼耶餐厅。当时，这里的鲜牡蛎和干白葡萄酒真是一绝。假如你想去享受真正的美食，那就要去香榭丽舍大街的富凯饭馆。你可以在那里的露天座直接叫开胃酒，看着宽阔的人行道上行人来来往往。那时香榭丽舍大街上还没有什么车辆污染空气，也没有震耳欲聋的汽车喇叭声。有时，我喜欢去阿尔玛广场的弗朗西斯之家，在那里俯瞰塞纳河，河对岸的左侧是埃菲尔铁塔和荣军院的金顶。这里有很多露天座位，在天气好的时候，你可以在外边享用，看着左岸和埃菲尔铁塔上灯火明灭。那里的饭前小点比目鱼和鲑鱼棒极了，与之相配的是上好的干白，价钱也很公道。

餐馆很多，任由你选择。我们可能会去中央市场中心的法拉蒙餐馆，那里的卡昂牛肚久负盛名。我们也会去歌剧院大街上的小里什餐厅，从它古老的装饰来看，这家餐馆一百年来没有多大改变，在这里你可以找到武夫赖干白。这种多变的葡萄酒是法国的荣耀之一。还可以去小马棚街的芙洛餐馆，那是一个阿尔萨斯人开的低矮的老式饭馆，它的酸菜、香肠和啤酒是最好的。这个地方离圣德尼街不远，在一座古老的弃置的空地的深处，两侧是旧马棚，游客很难找到。通常大家最后会去我最爱的圣米歇尔广场，那里离我住的旅店不远。

广场上的那家饭馆叫作鲁齐耶旋转餐厅，它在菜单里自夸说，这里是"美食家的圣殿"，而在当时确实如此。这里有各种牡蛎和扇贝，它的什锦白拼盘也多得惊人，分别用两三个不同的小推车送上。它用鱼和肉做的菜名目繁多，十分可口，让人不知如何选择。地方特色菜目下有一种龙虾，叫"烩油煎鳌虾馅饼"，烤兔肉被标为"强力推荐"，松露则埋在炭火下面烤熟。甜点是圣米歇尔蛋奶酥，由主厨亲自操刀，不负盛名。这里的酒水清单也是我在巴黎餐馆中所见最多的——200多种葡萄酒，从近期酿制的梅多克红葡萄酒（10 法郎，相当于 40 美分一瓶）到 1902 年酿制的三种葡萄酒，酿制了 25 年，分别是波尔多红葡萄酒、勃艮第红葡萄酒以及勃艮第白葡萄酒，价格从 50 法郎（2 美元）到 75 法郎（3 美元）不等。菜肴也相对不是很贵，鱼和肉菜——龙虾、比目鱼、黑椒牛排或小牛排佐嫩蒜青蔬，这些菜的价钱只在 50 美分到 75 美分之间，是现在的几分之一。

鲁齐耶餐厅就在附近，很方便。要是时间太晚了，还可以去双叟咖啡馆对面的利普啤酒馆。那里的啤酒、酸菜和奶酪都非常好。到了午夜，利普里满是来自左岸的美国人。我就是在那里，和别人一起，遇到了美丽的凯·博伊尔——她代表了一种美国女作家中更为自由的精神。她的艺术生命与他人相比更为长久，半个世纪后的今天，她仍在创作诗歌、散文、短篇小说和中长篇小说。有时，当文森特·希恩和希勒尔·伯恩斯坦来了（那就是说，没钱了，正为巴黎版《时报》干活），会带我去他们喜欢的一处意大利小饭馆，这家饭馆在圣米歇尔大街上，卢森堡公园的对面。那里的意大利面、黄油浇汁面和基安蒂红葡萄酒是这一带最好的。而且，当其他的顾客走了之后，主人、他胖墩墩的妻子还有希恩会坐到钢琴旁，唱十几首意大利歌剧咏叹调（希恩似乎记得所有曲目），一直唱到夜深。年轻时在巴黎的好日子总是离不开咖啡馆和餐馆。我们不是只为了吃喝才去那里，也为了在那里能够谈话、唱歌、欢笑、争论、谈情说爱。

除了以上这些地方，我们还有一个去处，只在非常特殊的场合才去。一年之中只有三四次，下了晚班，我们会去那里狂欢一下。这个地方就是洞穴旅舍深深的地窖，我们在那里大吵大闹也不会惊动任何人。埃利奥特·保罗在《我最后一次见到巴黎》中回忆这家小旅店和它的地窖，以及它所在的蜿蜒的胡切特街。时过境迁，在我眼中，这个地方是巴黎最奇妙的一条街道。

这条街只有 300 码长，从圣米歇尔广场起，延伸到小桥街，在码头和塞纳河后面，并与之平行，相距大约 30 码。虽然不长，这条街上却有三家妓院，主要的一家就在警察局对面，只隔着一条窄窄的街道。乌沙玻璃外面的招牌上写着"花篮"，老鸨是个厉害女人，我们听说她叫马里耶特夫人。爱荷华老家的法国叔叔当着母亲的面警告我，法国到处是"那种房子"，他心中想的一定是这条街道。

胡切特街朝向巴黎圣母院方向的尽头，就是洞穴旅舍。这地方古老失修，有些向后倾斜，里面又黑又潮。埃利奥特·保罗写道："我在这里发现了巴黎和法国。"在这里，旅店地窖的凹处，我们发现了一个偶尔寻欢作乐的理想场所。下一段螺旋的石头台阶，就来到第一层地窖，再下到第二层。第二层的四周是罗马和拜占庭时期的拱顶，地上垫着的石子是不同时期从塞纳河运来的。它曾经是个地牢。店主人将我们的盛宴摆在大地窖中间精致的桌上，烤乳猪或全羊，从近处一道铁栅栏后面的酒窖取来上好的陈年葡萄酒。同是哈佛毕业的哈罗德·斯特恩斯和亚历克斯·斯莫尔喝多了之后，就开始说荤段子。夜深了，保罗拿出吉他唱上几首法国和美国的老歌，之后劝我们大家加入他，我们就号叫起来，没人在调上。我们只有在这个地方，才能放声吼叫，不会打扰到任何邻居或引起警察的注意，地牢的厚墙不会传出一点声音。到了早上六七点钟，我们终于乐够了，努力打起精神，晃晃悠悠地回家去。

那时，马里耶特夫人的"花篮"也已经关门。它每天 2 点开门，营业 12 个小时。我们有时下午，或者不上夜班的时候也来这里看看，在这里与夫人和她的女孩子喝杯香槟。她们待客十分热情，那些女孩虽然远说不上美丽，但也十分动人。她们和夫人都没觉得自己或自己的生活方式有什么不道德。她们总是喜气洋洋，乐在其中。开始我感到惊讶，我一直想知道色情业是怎么回事。我不只是中西部的清教徒，也是社会伪善的热心批判者，我谴责这个社会对年轻女子的剥削。可是，我现在想，为什么色情业贯穿历史、遍布各种社会，成了一个至今最古老的行业？我很熟悉有关理论，并且相信，原因在于经济上的困境，这种贫困损害和欺骗了穷人，而社会也默许男人玩弄女人。而现在，在这座警察局对面的妓院，我觉得我能够找到第一手的答案，并且能够考察这些理论。

　　但是，我始终没有获得成功。很明显，这些女孩子认为妓女是一种正当行业，趁还年轻可以赚到高于一般水平的钱。与其天天在百货商店里站得脚疼，为了生存甚至还要多站几个小时，这个职业更为划算。我认识一位年轻女子：浅黑色皮肤、聪明、活泼而有教养，她在老佛爷百货公司卖东西，工资少得可怜，她要用这份钱来支付房租、买菜、买衣服、抚养孩子。而马里耶特夫人的女孩们并不觉得她们被经济或男人剥削。并且她们说，婚姻，尤其是阔人的婚姻，难道不是另一种形式的卖淫吗？女子为了钱出卖自己去结婚，不是这样吗？我必须承认，这些事情对我们，或者以我之见，对于"花篮"的女孩来说，并不十分重要。我们坐在"花篮"的客厅里，喝着香槟，与女主人和她的女孩们聊天。每个女孩——米雷耶、玛多、苏茜、黛茜、热尔梅娜（我要感谢保罗，他写的书里记录了这些名字），都是独特的人，每个人都有自己的个性。大家都接受了命运。她们眼看就到 30 岁了，会按照法国旧有的习俗回到家乡的小镇或者小村，带着一笔不菲的嫁妆，那是从每天五美元的收入里辛苦积攒下来的。她们会找个男人，结婚生子，安顿下来，过上体面的中产阶级乡村生活。

　　至于马里耶特夫人，我们都把她当成好朋友。保罗在《我最后一次见到巴黎》中称赞她："我把她当成朋友，一位有趣而美丽的女人……她对法国的爱和关怀在这条街上当属第一……"她不仅视自己为爱国者，而且视自己为深爱的祖国的有为公民。

　　我们去洞穴旅舍大多是安安静静地喝酒、吃饭。大约一周两次，我们会跑到旅舍顶层保罗两居室的寓所，他和一位迷人的中年法国黑发女子合住在那里。她会亲切地给我们倒茶，用法语与我们交谈一两个小时，帮我们提高法语水平。她的黑发向后梳得一丝不苟，衣服的颜色也是一成不变的黑色。从外表上看，她是一位受人尊敬的中产阶级妇女。听保罗说，她来自图尔，那里人说的法语最纯正。因此我们受的训练应当是全巴黎最好的。她的语调和发音很文雅。她几乎可以引入任何话题：音乐、美术、历史、文学、戏剧。她的修养和雕塑般的面容让我着迷。她的眼中有些神秘的色彩，我察觉到她的躁动不安，她就像福楼拜笔下的包法利夫人。关于这些，保罗却浑然不觉。

某个夏日，她不见了。我们照常来喝茶、上课，她却不在。保罗也不知道她去哪里了。他似乎很困惑。我们奇怪，他这么放荡不羁，却与这个中产阶级的一板一眼的女人相处得如此融洽。这不大像他的所为。现在她走了，他有些伤感和不安。

夏末的一天，我正和《芝加哥论坛报》的校对员斯韦德·斯温森一起去上班。当时我们正经过法国国家图书馆，在黎塞留街附近的一条繁华小街。他忽然对我说："这里有家'房子'，我们去歇歇脚，喝杯香槟。那里有个女人，你一定有兴趣。"我怎么也想不出我想见那里的什么人，而且不想现在喝香槟，因为上班已经晚了。但是他坚持要去，于是我们就进去了。这里虽说比胡切特街的"花篮"高雅多了，但无疑仍然是同样的场所。我大吃一惊：主人就是那位端庄的女人。她坐在高高的前台后面看书，有几个女孩斜倚在那里，在看电影杂志。那女人看到我们，微笑，走下来，指了指长沙发，然后与我们一同坐下来，坚持请我们喝香槟。

她问："在这里看到我你很吃惊？"

"没有。"我撒谎。

她说："你虽然天真，可我想你注意到了，我和埃利奥特在一起时并不自在。"

我回答说："我想你有时烦躁不安。"

"是的。所以我才回到这里。"

我说："你是位好老师，我向你学了不少法语。"

"有用就好。"她笑道。

我们干了香槟，起身告辞。

这时我说："我能问一个问题吗？"

她点头微笑。她真是十分有魅力，不像是这种地方的人，而是稳重、有教养的中产阶级。

"你在哪里认识埃利奥特的？"

"这里，"她回答，"是他带我离开的。"

尾　注

[1] 内德·卡尔默是巴黎版《芝加哥论坛报》的一员，后来成为哥伦比亚广播公司的战地记者和评论员。他发现里斯本旅馆对他产生了重大的影响，25 年之后，他以此经历为题材写了小说《夏日》（*All the Summer Days*），1961 年出版。

[2] 海明威后来这样描述在莎士比亚书店与西尔维娅·比奇的初见："我认识的人中，没有人比她对我更好。"见 *A Moveable Feast*，p. 35（paperback edition）。

[3] 海明威曾为吉吉的回忆录作序，这也是他第一次为人作序。吉吉，在我的记忆中，有浓密的黑发，珍珠一样洁白的皮肤，性感的鼻子和嘴，大而明亮的眼睛。海明威写道，她有"精致的面庞"和"异常美丽的身体"，认为她在 20 世纪 20 年代"征服"了巴黎。

第十四章

成为记者的夏天

在巴黎的第一年过得飞快，我爱这里的每个时刻。1926 年的夏天，我来巴黎整整一年。这个夏天奇妙无比，是我度过的最美好的夏天，它带给我另一个转折点，对我的两位朋友来说也是这样。我的一个朋友是勤奋的画家，另一位是勤奋的作家。为了寻找自我，他们离开了巴黎，回到美国，而且很快就有所成就，理所应当地出了名。

那个可爱的夏天里，发生了太多的事情。《芝加哥论坛报》日间记者的新工作使我开启以后长达 20 年的记者生涯，尽管我在当时并没有立即察觉。这份工作还促成了很多其他事情，例如，见到三位了不起的美国女性，她们在欧美已经成名，是极具创造力的艺术家。我多情地喜欢上了其中的一位，尽管她并不知情；而此时我实际上正和一位活泼的巴黎女子火热地相爱。这一定是季节使然，白天温暖明亮，公园和乡间开满了鲜花，夜色又十分温柔。白天，蓝天上飘着羊毛般雪白的云朵；晚上，夜空中闪耀着繁星。我 22 岁。这个季节，这般年纪，这份工作。巴黎版《纽约先驱报》晚间编辑阿尔·莱尼曾记录当时在报社工作的情景（他后来成为《纽约先驱论坛报》的优秀体育记者）："这么多人，挣这么少钱，却拥有这么美妙的时光，这在新闻业史上绝无仅有。"[1]

在巴黎版《芝加哥论坛报》当记者的一些工作非常无聊，有一段时间我曾经后悔离开了夜班编辑的岗位，尽管夜班工作在干了快一年之后也变得机械和乏味。上夜班解放了我的白天时间，我猜自己只不过想改变一下。在我内心深处可能有这样的想法：当了本地新闻记者，就可以逐渐当上芝加哥总部的驻外记者。这是我们很多人的心声：觉得自己当不了——至少不是马上——像菲茨杰拉德和海明威那样的大作家，就退而求其次，把成为驻外记者当作自己的目标。这番雄心在我心里生成大概始于在巴黎的第二个夏天。这份工作工资比较高，而且是付美元。它很有吸引力，可以在全欧洲，甚至去亚洲旅行，亲身经历那些决定历史的重大事件。可是，当驻外记者的机会并不多。大概几年一次，《芝加哥论坛报》巴黎分社社长亨利·威尔斯才会在我们20多个本地记者里选中某个人。他是个苛刻、厉害的小个子，在纽约做治安新闻多年，然后是战地记者，最后成为巴黎分社的社长。他似乎对我不感兴趣。

记者这份新工作无聊的部分是报道逐渐扩大的美国侨民圈。这个群体大约有2.5万名美国人，他们组织了很多社团，就像在美国本土那样：商会、扶轮社、美国退伍军人协会，还有一所造价上百万美元的医院、一座美国图书馆、若干美国学校和教会，以及几十种其他组织。在这个移植而来的美国社会的顶端是美国人俱乐部（American Club），它每周的午餐会我都得去报道。会上的讲话冗长、乏味，但是需要我长篇报道。不过，偶尔会有法国总理、财政部部长或某个将军会利用这一场合发布法国政局的新动向。这时，我的报道就会登在报纸首页，并且被威尔斯发回芝加哥，如此，似乎就能在他心目中为我加上几分。美国人俱乐部的年度大事是7月4日独立日宴会。届时年轻记者有机会遇见法国政要，如总统、总理和一些内阁部长，对我来说，更有意思的是有一次面晤了法国率领协约国赢取一战胜利的三大元帅，他们是协约国军总司令福煦、凡尔登战役的英雄贝当、马恩河战役的英雄霞飞。他们之间不合，在战时是竞争对手，至今关系冷淡，他们都十分高傲，以至于不屑隐瞒他们的不合，这让我觉得更加有趣。我不得不

说，他们的确是一表人才，五官轮廓分明，举止庄重，却不像
普鲁士军人那样傲慢或者好斗，令人印象深刻。福煦的天才显
现在他的脸上和言谈举止中。

这三人，尤其是福煦，都十分景仰美国大使迈伦·T. 赫
里克。这大概是因为1914年德军进攻，法国政府逃往波尔多
时，赫里克留在了巴黎。赫里克英俊、友善，满头银发，此时
已是老年。他在思想上不算有大智慧，但是明于待人接物。在
巴黎的整个任期，他连基础的法语也没有学会，我经常感到奇
怪，他与福煦如何交谈？因为我在六七次宴会上见过他们谈
话，这位法国元帅不懂英文，而他也不懂法文。有天晚上，当
客人都站着聊天时，我决定走近他们，听听他们说的是哪国
话。赫里克把我介绍给元帅——这是第四次或者第五次。之
后，两个人接着聊，并不在意我是否偷听。我还记得他们谈话
的内容和使用的语言。

> 赫里克：元帅您好，您好吗？
>
> 福煦：好，很好，非常好。您呢？
>
> 赫里克：是，很好，元帅，您好，您好。[①]

这样进行了五分钟，并且内容仅止于此。

比报道美国侨民更乏味的是报道那些美国游客的恶作剧。
20世纪20年代中期，年轻人乘轮船横渡大西洋，大批拥入巴
黎，要在这个欢乐之城寻欢作乐。我的任务之一就是去圣拉萨
雷车站迎接搭载那些船客的火车，接着从那里去右岸的豪华酒

---

① 原文为法语。

店，进一步采访游客中值得采访的家伙，尤其是从芝加哥来的。这件事很奇怪，一个美国人，跑到巴黎来，口袋里塞满了旅行支票，脑袋里抛弃了原来的概念和想法，忘记了礼仪（假设他确实有过），一时间就成了傻瓜和野蛮人：招摇、俗气、疯狂，对毕竟还算东道主的法国人的看法一点也不在意。这个美国人在家乡其实可能并非如此糟糕。当他妻子（他一直管她叫"母亲"或"妈妈"）去卢浮宫或其他"有文化"的景点，接着去时装店买新衣服时，他就到最近的酒吧把自己灌个烂醉，醉态一直维持到离开的那天，然后朋友把他塞进返回的火车。

一个比较有意思的任务是采访赛事。不知为什么，办公室里传言，说我在美国是个挺不错的体育记者，虽然我只做过锡达拉皮兹《共和时代报》的"有名的体育编辑"。所以，我的任务之一就是报道当年春天的法国网球锦标赛。我对网球不在行，也从来没看过一场重要的网球比赛。但是，体育报道很好学，而且那一年有很多网球报道可写。法国不光出了"四骑士"——科歇、拉科斯特、博罗特拉、布鲁农，在纽约的森林山、英国的温布尔登以及法国本地的网球锦标赛上，他们开始打败美国和澳洲的对手，而且，他们还有苏珊·朗格伦，这颗耀眼的、欧洲最伟大的女子网球明星。不过在这一年（1926 年），她遭到了海伦·威尔斯这个扎着小辫子的美国小姑娘的挑战。2 月在里维埃拉，她们有一场划时代的决战，巴黎所有报纸都用头版做了详细报道，吉姆·瑟伯——当时他负责我们报纸的里维埃拉版的内容（里维埃拉版甚至比巴黎版更加神奇，因为其内容几乎全部出自瑟伯的杜撰）——则用史诗般的散文体为我们报道了这场比赛，少不更事的美国女孩与久经沙场的欧洲老将的对决，他的文字就好像是从亨利·詹姆斯的小说里截取的一章。朗格伦在球场里优雅地奔跑，像舞者一般，威尔斯则"板着面孔"，击球猛如壮汉。6比3、8比6，朗格伦险胜威尔斯。34年后，《纽约时报》资深的网球记者艾利森·丹齐克在专栏中评价这场比赛，称其为"这个世纪体育黄金时代的一场网球大战"。

现在，6月份的巴黎，两人将再次碰面，大家对这场比赛的期待超过了男单决赛。因为法国人坚信，像女子决赛一样，男子冠军不是科歇就是拉科斯特，这两颗正在升起的网球新星有望终结美国和澳洲选手长期称霸世界网坛的局面。锦标赛前几天，巴黎的报纸就为朗格伦和威尔斯之间的比赛制造紧张气氛，但开赛后几天，出了一件令人扫兴的事。威尔斯突发疾病，被紧急送往医院，做了阑尾炎切除手术，退出了这个夏天的一切比赛。苏珊·朗格伦于是轻松地赢得了又一个冠军奖杯。她接着直奔英国温布尔登锦标赛而去——过去七年中，她赢得了六次温布尔登的冠军。但是，她不会再赢了。在温布尔登打到一半的时候，她突然宣布成为职业网球手①。我敢肯定，威尔斯第二年一定会把她打下场。女子网球靠灵活敏捷取胜的优雅球手的时代一去不复返，未来属于发球勇悍的网球手。

讽刺的是，虽然我对政治更感兴趣，但体育报道，尤其是关于网球比赛的报道对我当上驻外记者的帮助出乎我的意料。从那年夏天开始，整整十年间，我随时会放下手头的一切事情，转去报道一连串的赛事：法国和温布尔登网球锦标赛、英

---

① 在1968年之前，温布尔登网球锦标赛只对业余选手开放。

国高尔夫球公开赛和业余高尔夫球比赛（尽管我对高尔夫一无所知）、1928 年在圣莫里茨的冬季奥运会以及在阿姆斯特丹的夏季奥运会。这些都是严肃工作之余令人愉悦的插曲。

在这个时期，我开始尝试报道法国政治，虽然只是兼职。那一年，法国的头号政治人物是雷蒙·普恩加莱，他瘦小干枯，声音尖细。而他的主要政敌乔治·克里孟梭，一个愤世嫉俗的老人，仍然对法国有着重大影响。这两个政界的老将，总统普恩加莱、总理克里孟梭，意志坚定，誓要让大战中的法国保持完整。尽管在大战后期，法军前线多次战败，伤亡惨重，兵变连连，国家危在旦夕，但他们咬牙坚持到底，最终于 1918 年 11 月赢得了胜利。

1919 年巴黎和会之后，他们开始隐退。事实上，克里孟梭永久地退出了政坛。普恩加莱只是暂时退隐。这二人之中，克里孟梭是个更为有趣的人物。他的绰号叫"老虎"，他在混乱的法国政坛上奋斗了将近半个世纪。在德雷富斯案①以及其他多起事件中，他在争取公平的斗争中起了重要作用。1918 年，大多法国人称他为"胜利之父"，他曾主导巴黎和会，但挫败于英美虚假的保证，他们假称会在未来帮助法国抵御德国的进犯。

他也被自己的同胞挫败。1920 年 1 月，法国国民议会在凡尔赛开会选举法国总统。仍是总理的克里孟梭拥有巨大的声

_____

① 1894 年，法国陆军参谋部犹太上尉军官德雷富斯被诬陷犯有叛国罪，被革职并处终身流放，法国右翼势力乘机掀起反犹浪潮。此后不久即真相大白，但法国政府坚持不愿承认错误，直至 12 年后的 1906 年德雷富斯才被判无罪。当时法国从上到下分裂成赞成重审和反对重审两派，亲朋好友之间因争论反目的大有人在，整个法国陷入一场严重的社会和政治危机。

望，他理应获得一致的支持。但是，国民议会被阴谋诡计分裂，选出了另外一个无足轻重的人——保罗·德夏内尔，此人精神上几近癫狂，不久就不堪重荷，被赶下高位。这次败北对克里孟梭的打击很大，使他从此结束了漫长的政治生涯。他在其生命的最后九年里，一直愤愤不平，垂头丧气。落选两年之后，他说："我做的每件事都被人放弃了，20 年后，法国必亡！"这是预言！我多次试图采访他，但是屡屡被拒，平素他对记者一概如此，声称自己没有什么想说的。不过，他不断出书，这说明他不是真的不想说。可以说他是法国政界最后一位老派政治家，熟读历史、文学、哲学，热衷艺术和艺术家。他的朋友有维克多·雨果、左拉、阿尔丰斯·都德、克劳德·莫奈、萨拉·伯恩哈特，等等。即使看到法国议会政治中的种种腐败，他仍孜孜不倦地追求真理。

普恩加莱同样不受腐蚀，但属于另一个类型。他在一战时任法国总统，战前和战后都出任总理。1926 年夏天，他结束退隐生活，出手拯救法郎。此时法郎创下新低，法国就要破产。我当记者时见过他多次，一直到三年后他最后一次退出政坛。普恩加莱给人的最初印象十分深刻，如此干瘪，如此精细、学究气，声音如此尖细，像要刺穿什么，眼睛眯起来像猪一样，胡子像魔鬼那样尖尖的，这些使他看上去一点也没有人情味。他毫无温情，也无魅力，甚至举止也冷漠如冰。我常观看他在国民议会高谈阔论，无血色的身体里发出尖厉的声音，胡子尖在颤动，食指伸出，像是要把任何插嘴的人戳破。冰冷、精确、犀利的言辞没有丝毫缓和之意，也不会讨好任何人，不管是敌人还是朋友。

他介绍为了拯救法郎而组成的新政府时，有位共产党议员向他喊：“一有麻烦你就会出现！”普恩加莱笑了，眼睛眯成一条缝，好像在接受夸奖。他的清廉、正直和完成艰巨工作的惊人能力得到了一致尊敬，这让他在法国金融动荡时期得以撑持乱局。法国极少有类似的政治家。1928 年，也就是两年之后，新一轮的选举开始，他获得了决定性的多数选票。人们似乎在感谢他救了法郎，把法国从破产的边缘挽救回来。不过，事情总是这样，付出最多的是穷人，他们承受了高物价和高税收，并且，低收入的人发现，他们在战前和战时用毕生积蓄的金法郎买来的政府公债，因为货币贬值，价值已经下跌五分之四。

在他于 1929 年夏天退休前夕的一次财政部招待会上，我又见到这位老人。那时我还在巴黎，被临时派给了这个任务。三年不间断的工作，再加上大病初愈，让他看起来疲惫不堪。这时，他已经从政 41 年，准备永远退出政坛。他回到了洛林的老家，那里是法德的边境。他一生痛恨德国，仍然对之不信任，并且心怀恐惧。在家乡，他安顿下来，完成了五卷回忆录《为法兰西服务》，也为报纸写文章。他从政几乎半个世纪，却没有因此而富有。而很多人因为从政而致富。他退休后必须靠写作谋生。

多年之后，我试图回忆这个人和他的一生。多数法国左派不喜欢他，而所有采访他的美国记者也不喜欢他，这些人中没有什么“极端分子”——普恩加莱确实目光狭隘，对法国以外的世界几乎一无所知。他的气质冷酷而严厉，与他人相处常常缺乏气量。虽然如此，他具有相当的智慧，头脑清楚，博学多才，不受腐蚀。他对他的祖国法国一片赤诚，这种忠心使他常怀沙文主义的脾气。不过，这也有助于他完成重任，使法国为一战做好准备、坚持并取得胜利，最终他带领法国走出了金融危机。

他继续生活，著述颇丰，直到 1934 年 10 月 15 日去世。他活得足够长，看到法国自身和外面的世界正在分崩离析。世界性的大萧条又把法国击倒，莱茵河对岸的希特勒又走上了威廉二世的老路，普恩加莱在战前任法国总统时还见过威廉二世。普恩加莱在他深爱的家乡洛林离世，据说他临终时，瞥了一眼邻近的德国，几乎是用最后一口气低语道："他们还会再来。"

那时，在法国政坛上还有两位我们感兴趣的人物。一位是阿里斯蒂德·白里安，他是政治家中政治生涯最持久的不倒常青树。从 1906 年至 1932 年，他曾 25 次任部长，没有其他政治家破过这个纪录。25 年来，他当过 11 次总理，17 次外交部部长（同时在七届政府中两次出任总理），还担任过许多其他内阁职务。不管政府是左、中或右派，他总在其中。尽管他以社会主义左派的身份进入政界，但很快就转向中立。他并不坚信或左或右的教义，本质是一位调停人，相信所谓政治就是妥协的艺术。在当时的法国，没有人的口才能胜过他。我经常去法国议会，去看他如何施展魔法，琢磨着伟大演说家的秘诀。我从来也没有弄清这种秘诀。（甚至在后来，我听过许多天才演说家的很多演讲之后也没能解开这个谜团。例如希特勒，他是一位和听众交流的天才，至少是和德国听众；还有墨索里尼、丘吉尔、富兰克林·罗斯福。）但我为白里安的演讲艺术所折服，他能在听众中制造出一种情绪，就好像一位伟大的钢琴家在演奏高昂的贝多芬奏鸣曲。有很多法国人怀疑白里安的真诚，但是在我这位年轻记者看来，白里安生命的最后七年间，即 1925 年至 1932 年，作为连续 11 届政府的外交部部长，他缔造持久和平、避免战争的努力超过了任何一位法国政治家。

他成绩惊人，但狡猾的法国政客显然不为所动。像在 1920 年对待克里孟梭一样，他们在 1931 年国民议会的总统选举中否决了白里安，不顾他在全世界赢得的极高声誉。他们选择了平庸的保罗·杜梅，人们除了知道杜梅于翌年被刺杀，就再也不记得有关他的其他事情。白里安像克里孟梭一样备受打击，于 1932 年 3 月 7 日离世，卒年 70 岁。他为欧洲精心搭建的和平框架随即也将毁于一旦。

如果说白里安是法国政坛最长久的常青树，那么约瑟夫·卡约则是屡败屡战的不倒翁。似乎没有人喜欢他，甚至是他的朋友。虚荣、自大、傲慢，他总能神奇地将原本赞同他的人转化为他的敌人。尽管如此，25 年来，他还是在法国政坛留下了印记。而就在我初到巴黎的 1925 年，他又惊人地东山再起。我觉得他是个很有意思的人物，性格多变，值得观察。有时我会停在议会的过道里与他攀谈。在过度的自负和吓人的傲慢之下，我感到他的思想很活泼。和他谈话的人会忘记他的单片眼镜，他总喜欢把玩他的眼镜。他的秃头闪闪发亮，只要一激动它就会变红。他的老鹰一样的眼睛下长着一个尖头鼻。我想，我对此印象深刻，可能和我过去读到和听到的他以往的暴躁有关。

1911 年，卡约任法国总理时，摩洛哥发生了阿加迪尔危机，可能会导致法国和德国开战。面对德国的挑衅，他保持冷静，沉着地商谈出解决办法，避免了战争。但是，他被认为向德国人"让步"，因此下台。但是，他很快又回到内阁，成为财政部部长。1914 年 1 月，正当他居此高位时，巴黎的保守报纸《费加罗报》的编辑加斯东·卡尔梅特开始在报上发表一系列文章，意在彻底毁掉卡约。卡尔梅特先谴责卡约"亲德"，涉嫌叛国，又开始登出卡约写给女友（后成为他第二任妻子）的情书（签名用英文写着"你的乔"），当时二人都另有家室，信是卡约的前妻偷到的。卡约的第二任妻子认为这实在过分。她在 1914 年 3 月 16 日下午来到《费加罗报》，对这位编辑的腹部连开六枪。她于 7 月因谋杀罪被审讯，有关消息覆盖了巴黎大小报纸，而即将到来的战争讯息则未见诸报端。卡约太太的辩护人说，那支枪"自己"走火，连发六弹。7 月 28 日，勇敢的法国人组成的陪审团宣布她无罪。这一天应当被记住。该天，奥匈帝国向塞尔维亚宣战，法国、德国和俄国开始布兵，不到一周，整个欧洲卷入了战争。难怪法国人感到震惊，整个 7 月份，他们在报上看到的全是对凶杀案的生动报道，对战争之事一无所知。

卡约为了维护妻子，于 6 月底辞去财政部部长的职务。报界相信，他的政治生涯就此结束。确实，战争开始之后，他的情况每况愈下。他长期被怀疑与德国人暗地来往，而且他从不隐讳自己的观点，即认为应当停止战争，为了和平而协商。1917 年，在克里孟梭的坚持下他被剥夺了议员的豁免权，克里孟梭谴责他叛国，想送他上绞架。1918 年 1 月 14 日，卡约以战时通敌、危害国家安全的罪名被捕入狱。1920 年，他在代表最高法院的参议院受审，以 150 票对 91 票通过他被判有通敌罪，只是"没有预谋"。他因此被判三年监禁，被剥夺十年公民权。这一次，他似乎是彻底完蛋了。

但是，被打倒的卡约，之后再次复出。1924 年，他与很多人一起获得大赦之后，即被选入议会，在 1925 年至 1926 年两任财政部部长，我在这段时间里经常见到他。有一阵，他当选为激进社会党主席，这是法国最大的党。我必须承认，他毕生都在努力争取与德国恢复睦邻关系，不论是威廉二世的德国还是阿道夫·希特勒的德国。这是出于可怕的自负和虚伪的骄傲吗？即便到后来一切明了（至少对我来说），与希特勒的德国修好是永无可能的了，和他本人在这个话题上还是论辩不清。在议会，他顽固地为此说话直到最后，直到 1938 年臭名昭著的《慕尼黑协定》签订，甚至 1939 年，大战爆发。1944 年 11 月 21 日，卡约以 81 岁高龄离世，正逢法国迎来解放。

我那时正巧在巴黎。那年秋天，我往返于巴黎和我们美国第一军德国境内的前线之间。《战斗报》只有寥寥几行报道卡约的离世，作者是年轻作家阿尔贝·加缪。加缪对巴黎的解放做了最传神、最精彩的记录，而对卡约的死，他的反应只是：那又怎么样？当天，戴高乐将军在临时议会上做了非常重要的演讲，然而没有人提到卡约逝世的消息，没人感兴趣。我遗憾没有见上他最后一面。我并不庆幸对于德国的判断他有多么错误，我有多么正确。我只是想知道，在他漫长生命的尽头，经历了德国对法国长达四年的无情占领，目睹希特勒在欧洲的屠杀，他是否明白过来，或至少对德国有了清醒的认识。也许他仍然没有改变。我们谁也不愿意看到，自己深信不疑的东西被证明是错的。《外交事务》杂志的编辑汉密尔顿·菲什·阿姆斯特朗深知卡约并且崇拜他，他总结说："他的自负毁了他。"

我在巴黎最初的黄金岁月也是法国人回忆起来法兰西第三共和国中最为幸福的时期之一，虽然政局不稳，法郎摇摇欲坠，政治和财政危机接连不断，直到普恩加莱将局面暂时挽回。法国从一战的创伤中迅速恢复，经济繁荣，人人自在悠闲，古老的欧洲重归和平。法国人并不把接连不断的危机放在心上，认为那是国民议会中诡计多端的流氓政客在滋事。自从拿破仑时代，甚至之前的太阳王路易十四王朝以来，法国没有过这样的盛世。客观的数字显示，它的总产出是一战前的1.26 倍。

及至打败德国，法国成了欧洲最强的国家。她的领导权被世界所有国家承认，她的军队守护着莱茵河，是世界上最强的军队。法国在不到半个世纪的时间里，两次遭到德国的入侵[①]，她现在似乎终于安全了。而巴黎，这座无与伦比的城市，再度成为世界的文化之都。她的美、魔力、文明、自由醉人的空气、对精神和思想生活的追求吸引着全世界的人蜂拥至此，追求巴黎人正在享受着的文明生活。而我也是其中幸运的一员。

如果探索得足够深入，在其亮丽的表象之下，你会发现种种隐患。战争使欧洲失去了最优秀的青年，它带来的毁灭，对旧秩序的破坏，在欧洲引发的仇恨，战败者的复仇心，所有这一切，似乎都被人们忘记了，可是这笔旧账还没有结清。如果当时我是个更好的记者，我大约能够感受到这些。可是，我那时太年轻，太不成熟，个人生活里充溢着兴奋和幸福，不能察觉这些欧洲国家的深层正在形成着什么。后来，当一切浮出水

[①]　指 1870 年爆发的普法战争和 1914 年爆发的第一次世界大战。

面，荼毒了空气，破坏了西方民主时，我惊呆了。像所有人一样，我从幻想中惊醒，试图理解现实，盼着这一切很快过去，希望欧洲人和我自己都能够幸免。他们在一战中早已受尽苦难，而在他们中间生活和工作的我，正自由地要在人生中寻找一些意义和幸福。

只需要几年，一切都会发生。而现在，1926年，我在巴黎待了一年，正在享受法国和欧洲的好生活。和平与繁荣似乎会持续我们的余生。我们太容易忘记历史、忘记美好易逝、忘记世事无常和人类的愚蠢了！

尾　注

[1] Al Laney：*The Paris Herald*，p. 12.

第十五章

友人何往

经过最初几次尝试，几次年轻人的痴迷，我真正地坠入爱河了。我对伊冯娜一见钟情，但经历了几个月的波折和起伏之后，我们才走到一起。她是个不折不扣的巴黎人，时尚、文雅、聪明，充满活力和能量，内心却十分沉静，对生活充满了疑问，十分好奇，又总是怀疑，同时决心充分利用它。她一头黑发和黑色的双眸最能体现她的个性，闪烁、明亮、跳跃、欢笑的眼神中却有一些很深的难以表达的东西，有时可能是悲伤和痛苦。第一次见到她时，她的眼神一下子捕获了我，成了永远的奇迹和秘密。

伊冯娜比我大五岁，我们相遇时，她 27 岁。而且，很快我们彼此就明白，她可以教给我很多东西。也许是我的无知和天真吸引了她。我还记得当她告诉我她已经结婚时，我十分震惊，感觉如同世界末日。过了一阵子，我这个清教徒的脑子才想明白，像一战后许多年轻的巴黎女子一样，她已经十分开放，认为婚姻不应当妨碍她过自己的生活。实际上，我过了很多年才看明白，她认为自己的婚姻是值得保留的，只是要合她的心意。正是这一点使我们分了手。我不能理解，也不能接受。不能总和她在一起让我恼怒。我很晚才明白，贪婪、占有的爱是注定要失败的。

伊冯娜类似于自由撰稿人，不过她大部分时间在为巴黎版《芝加哥论坛报》工作。当巴黎的外国报社或记者有麻烦时，她就会去解决问题。她会促成与某家欧洲公司或政府旅行社的广告买卖，化解国家或地方官员的矛盾，或者当我们这些美国人办不到时，她为我们安排对某人的采访。虽然她对写作、作家都感兴趣，尤其喜欢美国作家，但她很少自己写文章。后来，只要海明威在巴黎，她就为他工作，帮他打印手稿，回复信件。

她是有夫之妇，而我们两人的工作也很忙碌。尽管如此，我们还是设法经常待在一起，尤其当我上夜班时，她会空出白天来陪我。我们会到乡下过上几天，到阿尔卑斯山中度几周假。有时，她也会陪我出国报道。我们谈天下所有的事，热情从未消减。我是无可救药地爱上了，看上去，我们的感情很稳定，能陪伴彼此度过余生。不过我仍然想通过婚姻使这份爱情更持久，而她不想这样。随着时光流逝，她转变了心意，可是已经太晚了。经历了无数次伤心，我终于放弃，去了另外一个地方，就此与她分手。

1926 年的夏天，我的两个朋友离开巴黎，返回美国，开展自己的艺术生涯。两人都备受冷落、一文不名，可他们都下定决心探索自己的出路。最后，他们认识到，只有回到美国，不管它令他们多么讨厌，他们才能解决自己的问题。法国和欧洲是居住和工作的好地方，可是现在他们觉得，这里能给他们的只有这么多了。他们需要去捕获他们熟悉的地方和人，也就是他们自己。两人开始得都比较晚，他们的年纪让他们认识到，如果不马上做，他们可能就永远没有机会了。

吉姆·瑟伯马上就满 32 岁了。他正在努力成为一名作家，并以此为生。但是，他不确定自己想表达什么，又应当以什么方式表达。格兰特·伍德，我在爱荷华锡达拉皮兹就认识的朋友，他的情况与瑟伯相仿。他 35 岁了，是个有才能的画家，很有希望。但是，他也不清楚在自己的画布上想要表达什么。到了夏天结束的时候，伍德终于想明白了。而瑟伯还需要多花一点时间。

瑟伯在 1925 年圣诞将近的时候离开了我们的编辑桌，他前往尼斯去《芝加哥论坛报》的里维埃拉分社工作。这版报纸在冬天的那几个月要迎合前来此地的欧洲王室、贵族政要、探险家和男妓这类奇怪的组合，更多的还有从美国来的百万富翁、离异者、巴结权贵者、赌徒、畏罪潜逃者，以及平凡但富有的游客，他们来寻找大海、阳光，寻欢作乐。里维埃拉版的《芝加哥论坛报》就是为了满足这些人的需要。这里的怪事正是瑟伯喜欢写的，他把这份报纸办得比巴黎版更疯狂，他发挥了更大的创造力。瑟伯发现尼斯的冬天极为有趣，可是当他春天返回巴黎时，他显得十分不安。他感觉到自己是在浪费时间，这一年他就要 32 岁了，哪里才是自己的归宿呢？

他会对自己说："该死的，一事无成。"整个春天他将自己的挫败感都倾诉给我。我想他有些夸张，可那正是他的魅力之处。我知道他写了很多幽默故事，登在美国报纸的星期天副刊和杂志上。他给我看过一些，我觉得非常好，总之非常好笑。去里维埃拉前不久，他把一篇绝佳的幽默短文《袜子穿在下巴上：法国风格》卖给了《哈珀斯杂志》，收到了 90 美元稿费。这对我们来说是笔不小的收入，等于《芝加哥论坛报》六周的工资。

可他还是不满意。

"男人需要面对这个，"他说了句窘境中的套话，"我就要 32 岁了，我除了写小说什么也不要干，写剧本也不干。我努力试过，但是没有任何结果。是的，比尔，我不会成为菲茨杰拉德或海明威。看看他们的成就，他们都不到 30 岁。"

菲茨杰拉德那年秋天就要 30 岁了，但是瑟伯提醒我，他刚刚 24 岁时就写出了他的第一部小说《人间天堂》，去年他写出了伟大的作品《了不起的盖茨比》，那时他才 29 岁。海明威更加年轻，只有 26 岁。尽管他只发表了两本薄薄的小书，《三个故事和十首诗》以及《在我们的时代》，却已经被左岸的庞德、斯泰因等人称为当代最好的作家，"甚至胜过菲茨杰拉德"。人们都知道他的第一部严肃小说《太阳照常升起》那年秋天就要出版。据读过它的手稿或校样的菲茨杰拉德、多斯·帕索斯和麦克利什说，这是目前年轻作家的作品中最好的。整个夏天，全巴黎都在谈论这部书，我不知道瑟伯是否读过。几周前，他对海明威的《春潮》有些失望，认为那是对舍伍德·安德森的爱情小说《黑暗的笑》的蹩脚模仿。舍伍德·安德森是海明威在芝加哥时的朋友，帮助他在巴黎出版了第一本书。不过，瑟伯觉得他的头两本书非常棒，而他也听说《太阳照常升起》更是一个巨大的飞跃。

瑟伯感叹道："他 26 岁就写出了伟大的小说！"他的语调里没有嫉妒，只有羡慕。

我对我的朋友爱莫能助，但我崇拜他正在写的东西。

我只能对他说："那又怎么样！你 31 岁，还没写出伟大的小说。多数伟大的作家都大器晚成，但至少你已经开始了。"

但是他不同意我说的。他正陷入一种低落的绝望情绪。我还年轻，不成熟，看不出来，他对自己的期望高出我对他的认识。1926 年，巴黎，那个可爱的春末，他仍然对自己没有把握，不知道该用何种方式朝哪个方向去。他也不知道，对一个认真写作的人来说，这种不确定是最好的事情，即使他已经快 32 岁。一切之中最为重要的是，就像希腊人所说，认识你自己，而这一点最难做到。

6月末，在沮丧和失望之中，瑟伯搭乘轮船返回家乡。他把妻子奥尔西娅留在巴黎，等他在纽约挣够给她买船票的钱。后来他告诉我，船到纽约时，他的钱包里只剩下最后10美元。他没有工作，没有希望，在格林威治村附近租了个便宜、简陋的房间。他不停地写作，收到的拒绝信一封接一封。20封来自刚刚创刊的《纽约客》杂志，他对之寄予了最后的希望。因为它开始刊登一些文雅但有时又疯狂的幽默小品，那是他最爱写的。

终于，翌年春天，他打破了《纽约客》冰冷的高墙。这时，为了生计，还要给妻子买回程船票，他已经做了《纽约晚邮报》的记者。他的一个短篇被《纽约客》采纳，是关于一个疯子的故事。此人和老婆吵架之后，就开始在一家百货公司的旋转门里不停地转圈，直到创下一项纪录，登上报纸首页，引得歌舞剧团和好莱坞都要高薪聘请他。《纽约客》的天才作家埃尔文·布鲁克斯·怀特带着瑟伯去见总编哈罗德·罗斯。罗斯请他出任杂志的执行主编，在此岗位上他用不着写作。瑟伯接受了这个职位，但很快就向罗斯证明了，他当不了编辑，并且恢复了写作。他的多数作品都刊登在《纽约客》上。这是他人生的转折点，他将通过自己的文章、散文和书成为我们最好的幽默作家。

很多年以后，我回到美国生活和工作，我们在康涅狄格州的康沃尔成为邻居，又开始经常见面。那时他已经半盲，很快就要失明。但是，他仍然坚持写作，写得很慢、很困难（他再也不能画画了）。他开始调整自己，用口述的方式写作，画一些自己也看不见的画。他磕磕绊绊，但并没有停下。我从来没听过他抱怨，或自怨自怜。相反，我倒记得20世纪50年代，他去世前四五年的一个星期六晚上，我们在他家里聚会畅谈。在座的有瑟伯、马克·范多伦，刘易斯·甘尼特和我们各自的妻子。瑟伯正在忧虑世界混乱的局势，这让他的写作有了新的深度。不过，这天晚上，他的兴致似乎比平常更高。

"我今天晚上心情不错，"瑟伯说，他刚刚完成了另一本书，"算上这本，我看不见之后写的书就超过以前了。"

这是他最后的胜利。

那年夏天，还有一个朋友对自己的工作感到失望，在夏天结束的时候返回美国。像瑟伯一样，格兰特·伍德对他自己的现状完全不满意，但是他与瑟伯有一点不同，那时他不仅发现了自己错在哪里，而且知道自己应当怎么改正。8 月里的一个傍晚，他对我和盘托出。我们坐在双曳咖啡馆的露台，一边饮着葡萄酒，一边看着街对面古老圣日耳曼德佩教堂的塔楼。

他从一个锡达拉皮兹的地产商那里借了 1000 美元，春天时回到巴黎这个艺术之都，做最后一次尝试。格兰特对巴黎和欧洲并不陌生，1920 年，他在这里逗留了数月，又于 1923 年到 1924 年期间在龙街上的朱利安美术学院工作了 14 个月。这一次，他又回来做一番游历。春天和初夏，他到巴黎、普罗旺斯、诺曼底和布列塔尼画了很多风景画。6 月末，他回到巴黎，在加尔曼画廊办了一次画展，展出了他的 47 幅画作。这间画廊在巴黎市中心，虽然小，但是很出名。我带埃利奥特·保罗去看格兰特整理画作。他的画给保罗留下了深刻印象。那天晚上在报社编辑室，我们募捐筹集了一些钱，如保罗所说，用来帮助这位来自爱荷华的年轻画家引起一些法国重要的艺术评论家的注意。保罗说这是巴黎的传统，而我了解格兰特，他非常不谙世故，所以我没有让他知道。保罗和我写了一些展览会邀请信，发给六七位评论家，每只信封里塞了几百法郎。我不知道此举是否会达到预期的结果。无论如何，一些评价相当好，我们也许大可不必花费这笔额外支出。

格兰特对此反响非常高兴。他卖出了几张画，但是仍然不够这次旅行的费用。8月，画展结束——仲夏温暖的几周不是开画展的时机，巴黎人都在此时去海边度假——格兰特非常沮丧，我感到他开始和自己作对。我也很快发现，这不是因为没有引起足够注意，或者卖出的画太少，而是有一些更重要、更深刻的原因。那天晚上在双叟咖啡馆，他向我倾诉。我早年在国内认识的他一直不善言辞，可是现在，我们一瓶接一瓶地喝酒，他滔滔不绝地向我诉说。

他说："直到现在，我做的一切都是错的。并且，我的上帝，我的一生已经过了一半。"

我说："你只有35岁。"

"所有我画的这些法国乡村，这些巴黎熟悉的地方！法国印象派画的比这强一百倍，没有一张不是这样！"

我看得出来，这只是开场白。

"所有这些年都浪费了，因为我觉得只有到巴黎学习，像法国人那样画画，才能当上画家。我回到爱荷华，常常感到，那里的一切是那么丑陋，没有可以入画的事物。我一直在想着回到这里，这样我才能找到可画的东西——这些美丽的风景，我早该知道塞尚、雷诺阿、莫奈还有其他人都已经永久地完成了。"

我说："好吧，毕加索也离开了家，显然他也发现巴黎是画画的好地方。"

"毕加索是欧洲人，原先是西班牙人，现在是法国人。他很适应这里，并且，他是个天才。"

我赶紧说："兴许你也是。"

他笑起来，说："比尔，你听着，我想……最终……我还是学到了些东西。至少我对自己有了认识。该死的……我觉得……就像写作一样……你应当画你熟悉的东西。尽管在欧洲待了很多年，在这里，在慕尼黑，还有别的地方，但我真正熟悉的是老家爱荷华，阿纳莫萨的农场，挤牛奶，锡达拉皮兹，典型的小镇，这一切。一切普通的东西，邻居，安静的街道，木板房，破烂的衣服，贫乏的生活，伪善的言谈，愚蠢的小镇支持者，该死的……文化上的贫瘠……还有一切其他的。你和我一样清楚，你就是在那里长大的。"

"但我离开了。"我说。我开始明白格兰特怎么了。他对自己和自己的画下了结论。

他说："我要一直待在家里，去画那些该死的奶牛和谷仓，玉米地，学校的小红房子，干瘪的脸，穿围裙的妇女，穿连衣裤和西装的男人。画那些田地的景色或是一条街道，在暑热之中或是零下十度时盖着六英尺积雪的街道。"他犹豫了一下，又说："该死，那不是辛克莱·刘易斯已经在《大街》和《巴比特》中写过的东西吗？该死，你可以再把这些画出来。"

我们最后在午夜之后分手，虽然我并不十分肯定，但格兰特在那个8月的夜晚迎来了他艺术生涯的转折点。但无疑，整个夏天他都在想这些，我肯定，他也和别人说起过，毫无疑问，他一定和锡达拉皮兹的商人约翰·里德谈过。里德是他在美国的老朋友，那年夏天也在巴黎，画展时经常来画廊。

后来，格兰特告诉我，他的画室在特纳殡仪馆的马车房楼上。那年回家，他凝视着站在画室门口迎接他的妈妈。她穿着他熟悉的绿围裙，围裙留着荷叶边，脖子上戴着他之前从意大利给她买的刻有浮雕的项链。满是皱纹、饱经风霜的脸光彩焕发。他匆匆地画下一幅素描。真奇怪，他想，他从来没有把她想作一幅肖像画的主人公。他在欧洲没有见过这样的面孔，或至少，没有人这样触动过他。很快，他就开始画这幅肖像。那是我们这个时代最伟大的肖像画之一，这幅画后来的名字很简单，叫作《女人和植物》。我曾经提到，我小时候对女人和植物非常熟悉。格兰特捕捉到的远不止是我熟悉的面容。他画出了她不可征服的灵魂，战胜贫穷和困难，不向生活屈服的妇女的光芒。

格兰特·伍德找到了自己，他的才华渐渐显露，在这之后的数年间我从远方关注着他的艺术生涯。正像约翰·斯图尔特·柯里①所说：“他让美国人惊醒，让他们看到美国大地、生活、人民的无尽光彩。”有两三次我回家短暂度假的时候，我去他旧谷仓里的画室见他，与他聊天，我们小时候曾在这里玩耍。现在他已经出名，可是仍然保持着谦虚，像他单调乏味的年轻时期一样。他告诉我当今美国和国际上对他一些有争议的画作的反响。他说，1926 年夏末从巴黎回来之后，他花了三四年时间，尝试了很久，才找到他决心采用的新方法。他母亲的肖像在 1929 年才完成。

翌年，也就是 1930 年，他忽然成了全国闻名的画家。他的画作《美国哥特式》被选中，参加了芝加哥艺术博物馆的

---

①　约翰·斯图尔特·柯里，美国艺术家。采用现实主义手法，以多变的水彩和油画描绘中西部乡村生活和历史事件。

新画年度展，赢得了哈里斯奖，并且被艺术博物馆购买，永久收藏。伍德谦虚地把这幅画标成300美元。这部作品是当年芝加哥艺术博物馆画展的热点，吸引到的参观者人数之多非比寻常，纽约及其他地方的评论家纷纷对此发表评论。格兰特一夜之间全国闻名。锡达拉皮兹突然之间有了自己的英雄，一位艺术家。小镇一下子有了话题，不只是举国上下对本土青年和他画作的称赞，还有画中的一对憔悴的农民夫妇。这里人人都认识他们。拘谨、表情严肃、头发中分、穿着围裙的农妇是格兰特的姐姐娜恩·伍德。站在她旁边的农民，消瘦、严肃、长脸、薄唇，穿着工装裤、黑外套和无领衬衫，紧握着草叉，他是格兰特的牙医。格兰特画好之后，娜恩对自己的形象不太满意，而 B. H. 麦可比医生吓了一跳，这个幽默的城里男人居然被画得这么僵硬，况且他从没拿过草叉。周遭的农民都在抗议，没有哪个乡下人的房子有格兰特画中那种哥特式窗户。

《美国哥特式》当然带有某些讽刺。这种讽刺会出现在格兰特以后的许多作品中。我想，他要表现出农夫和他妻子那种可怕的狭隘，以及玉米带和圣经带①居民的那种固执。破旧的农舍中哥特式的窗户本身就是乡下人自命不凡的象征。这幅作品标题本身也带有讽刺的意味。美国哥特式！拿草叉的农民！画的最前方是它又长又尖的叉头，暗喻哥特式建筑细长的线条。但是，在这些讽刺之下，格兰特成功地画出了大平原、破败的房舍，以及这里饱经风霜、虔诚、狭隘、辛苦劳作的人，他用艺术表达了对这种现实的同情和理解。他在国内找到了自

---

① 圣经带（Bible Belt），指美国南部和中西部保守的基督教福音派在社会文化中占主导地位的地区，如得克萨斯、俄克拉何马等州。

己的素材，就在邻居和家人之中。

但是，他还想表达一些更为大胆、更为讽刺的东西，不只是关于爱荷华的，而且是关于全美国的。在美国革命女儿会①，他找到了创作主题。这个组织在城里有个分会，活动频繁，我母亲也在其中，不过她不很情愿，因为不喜欢这个组织极端的爱国主义。格兰特也不喜欢这一点。格兰特在芝加哥时就崇拜简·亚当斯，革命女儿会把简·亚当斯列入黑名单激起了他的愤怒。接着，他又被革命女儿会和退伍军人协会（他曾是该协会的成员）狠狠地玩弄了一次。他接了一单为锡达拉皮兹纪念大楼做彩绘玻璃花窗的订单，于是1927年前往慕尼黑，在德国工匠的帮助下，完成了那扇大窗户。他们说它是在德国做的，所以坚决抵制。实际上，我一直认为那是他最为有趣的创作之一。伍德是为数不多的掌握了彩绘玻璃花窗这门将要失传的艺术的美国画家。

1932年，他开始注意到美国革命女儿会。他画了三个干瘪、没有性别特征、自以为是的老太太。她们喝着茶，站在伊曼纽尔·鲁茨②著名的《华盛顿横渡特拉华河》的复制品前，明显地，她们沾沾自喜。无可匹敌的华盛顿将军威武地站在船头，身旁是他的士兵，这些高尚的女士自称是他们的后代。这幅画的标题是《革命女儿》（Daughters of Revolution）[1]，是个极端的讽刺。这幅作品当年在匹兹堡的卡耐基国际展览中心展出，在整个美国引起了巨大争议。有人要求把这幅画从展览中撤下，而伍德拒绝这样做。这幅画于是被放在博物馆里最不显

① 美国革命女儿会，于1890年在华盛顿成立的一个爱国组织，会员为参加过独立战争的军人女性后代。
② 伊曼纽尔·鲁茨，德裔美国画家，以作品《华盛顿横渡特拉华河》出名。

眼的地方。虽然如此，它还是引来了大量观众和来自革命女儿会及其他极端爱国主义组织的不断的激烈批评。报纸和杂志专栏对这幅画及其引起的争议做了报道。一个美国画家得到这样的重视，这种情况历史上即使有，也十分少见。我猜，格兰特对此非常高兴。他把画上的三位奇怪的女士称为"那些女保守党"，并且对记者说："我不喜欢保守党的那套。我不喜欢在合众国里有人宣称自己是贵族出身。"这幅画后来又在芝加哥的世纪进步美术馆展出，一起展出的还有伍德的《美国哥特式》和《保罗·里维尔夜骑》。《革命女儿》又吸引了大批观众，引起更多的争议。最终，演员爱德华·G.罗宾逊买下了这幅作品。

其他博物馆和私人收藏家现在争相购买格兰特·伍德的作品，他终于得以偿清所有债务。这些买主包括马歇尔·菲尔德三世、金·维多、科尔·波特、加德纳·考尔斯、肯尼思·罗伯茨、J. P. 马昆德、科尼利尔斯·范德比尔特·惠特尼[1]。虽然他的画作价格高了——1 万美元乃至更多，格兰特却对此毫不在意，从来也不会攒下一些。在 35 岁左右，他娶了一位当地女子，但这段婚姻很快就遇到了经济困难。他那时搬到了爱荷华市，在爱荷华大学教绘画，在学生中间极受欢迎，美术系中的一些古板同事却对他很不以为意。由于癌症，他于 1942 年 2 月 12 日在爱荷华市逝世，离 51 岁生日还差两个小时，临

---

[1] 以上均为美国名流：马歇尔·菲尔德三世是银行家，拥有菲尔德百货公司；金·维多是电影导演；科尔·波特是美国知名作曲家；加德纳·考尔斯是银行家、出版家、政治家；肯尼思·罗伯茨是作家、记者；J. P. 马昆德是小说家；科尼利尔斯·范德比尔特·惠特尼是金融家兼铁路大亨。

走时留下了 2000 美元的债务。他被安葬在他母亲的墓旁——坐落在瓦普西皮尼孔河旁边的阿纳莫萨小公墓，这里离他出生地不远。他是美国最优秀和最富创造力的艺术家之一，而且是一位善良、热情、谦虚、有涵养的人。

自从他离世，我经常想，格兰特·伍德花了很多年琢磨巴黎和慕尼黑的精致高雅，却在爱荷华的玉米地和谷仓中找到了自己，这应了爱默生在哈佛大学优秀生联谊会演讲中的大胆预言，这段话距今大约一个半世纪。这篇演讲的题目是《美国的学者》，他说："我们依附他人，长期充当其他大陆的学徒的日子结束了。"虽然他的话主要是对学者和作家说的，但也适用于美国的画家。"事件和行动都出现了，一定要歌唱出来，"他说，"它们将会自己歌唱。"

不难看出，吉姆·瑟伯和格兰特·伍德返回美国、另辟蹊径是明智之举。我则选择了另一条路。我绝不会再回到那个贫瘠的、塑造了我，也塑造了格兰特的老地方，但它也使我反叛，背离它狭隘的生活方式和古怪的价值观。我感到，现在自己想要的生活和工作只能在一个不同的世界找到，而且从长期来看，只能在欧洲找到。在巴黎过了一年，我对自己有了足够的了解，能够看清楚这些，就像瑟伯形容自己那样，我不会成为海明威、菲茨杰拉德或多斯·帕索斯，甚至也不会成为二流诗人或小说家。我有另外的方向。诗人和作家总会转向自己，寻找创作的源泉，由此创造出自己的、非常个人的世界，如果它足够精彩，就会产生普遍的意义。而我，尝试了一年小说和诗歌之后，要开始向外探索，了解世界上正在发生什么。

我现在对历史更加感兴趣，特别是当代史。我开始看到，人们在小说里除了能够获得美学上的满足，还能理所当然地了解大量的历史，感知某一时期的某一国家或某一文明的状况。我自己对于 19 世纪英国、法国、俄国生活的了解，大多是从小说中得到的，而不是从历史书中。我从乔治·艾略特和狄更斯的小说了解了英国，从巴尔扎克、司汤达以及后来的普鲁斯特的小说中了解了法国，从托尔斯泰、果戈理、陀思妥耶夫斯基、屠格涅夫和契诃夫的小说中了解了俄国。也许到最后，当人足够成熟时，他会用小说来描述他身处的时代，而非直接的史书。我也一直怀着这样的抱负，在很久之后开始尝试，却没能成功。

一个模糊的想法开始在我脑中形成：也许在这里有很多历史可写，我可以把它们提供给美国的报纸。欧洲正在酝酿着一些东西，在太平无事的表象之中已露端倪。这一年春天在英国发生了大罢工，表明了这个国家的萎靡。罢工的失败使统治阶级下定决心，用低工资压制下层阶级，这个工资水平几乎不能让他们吃饱饭。显然，英国的阶级斗争远没有结束，上层阶级现在赢了。在意大利，墨索里尼的法西斯团伙暗杀了社会党代表马泰奥蒂①。我想，这预示着法西斯会不择手段地压制它的反对者。而 1926 年夏天，那些谋杀者经过虚假的审判被宣布无罪释放。很明显，意大利的法律从此以后要被墨索里尼左右。意大利将会成为一个极权国家。

确实，德国似乎安定了下来。秋天，它加入了国际联盟。但是，在有些从柏林来巴黎度假的美国记者（《芝加哥论坛

---

① 马泰奥蒂，意大利社会党政治家，因在议会谴责法西斯党遭法西斯分子暗杀。这一事件几乎导致墨索里尼政府垮台。第二次世界大战后，杀害他的三名凶手锒铛入狱。

报》的西格丽德·舒尔茨、《芝加哥每日新闻报》的埃德加·
莫勒、《纽约晚邮报》的 H. R. 尼克博克和多萝西·汤普森）
看来，这只不过是暴风雨前的平静，反犹主义和右翼的国家主
义远未停息。74 岁的著名犹太裔德国科学家和作家格雷戈留
斯·伊德尔松教授在柏林被反犹团伙袭击身亡。保皇党和一些
极端的民族主义组织想要结束魏玛共和国，再次上街游行。据
记者说，希特勒还没有发出声息，因为所有的地方政府禁止他
在公共场合发言。但是，他在悄悄地重组纳粹党，而且他用以
反对犹太人和共和国的《我的奋斗》一书似乎销量不错。这
些美国记者认为这个民主共和国延续下去的胜算很大，不过他
们也说，德国还需继续观察。

　　苏联也是这样。尽管美国自以为是，不与它建交，但苏
联在欧洲所有重要国家的首都都有使馆，开始突破长期以来
西方对它的孤立。两年前，1924 年，列宁去世。从那时起，
克里姆林宫里继承人的斗争仍在进行。欧洲认为，列夫·托
洛茨基作为列宁最亲密的同志，理应成为其继承人。而在
1926 年秋天，他却被政治局逐出，似乎结束了政治生涯。报
道说，一个叫斯大林的人即将大权在握。与美国不同，欧洲
很少有人认为苏联会构成威胁，虽然他们也承认自己被共产
主义吓得要死。并且在西方，几乎每个人都肯定苏联不会再
成为强国。人们说，布尔什维主义不会长久。《芝加哥论坛
报》的"苏联记者"驻守在"反共堡垒"——拉脱维亚首都
里加，在那里他可以任意发挥对布尔什维克的仇恨想象。几
乎每个月，他都会虚构一起在苏联的"人民起义"。可是，据
一些真正在莫斯科工作的美国记者说（他们偶尔会来巴黎，
他们是《纽约时报》的沃尔特·杜兰蒂、《基督教科学箴言

报》的威廉·亨利·钱伯林和《国家》的路易丝·费希尔），苏联正在发生一些有趣的事情。美国和法国漫画中总是口咬尖刀、一副狰狞形象的布尔什维克，据他们说，已经完全控制国家，并且苏联变得越来越强大，德国在帮助他们，这应当引起西方人的注意。

法国呢？普恩加莱确实重塑了财政的平衡，但能持续多久？我开始怀疑法国的统治阶级甚至比英国和美国的更加贪婪腐败。在法郎危机时，他们把所有的金钱转移到了国外，加剧了法国的不稳定。呼吁他们爱国也无济于事。税收制度压榨穷人，放过富人，令人震惊。可是，改革税收制度使之公平的企图在议院中被挫败。这届议会是在 1924 年的极端主义浪潮中选出的。在我担任《芝加哥论坛报》"财经编辑"的数周之中，《财经报》上著名法学教授加斯东·热兹的文章让我震惊。这位教授是由政府选出的专家委员会成员，该委员会的任务是起草一个重整财政的方案。这位教授虽属保守派，但是他也对此感到绝望。他写道：

> 就我个人而言，我相信对有钱的富人征税是再合理不过的对策。但是，这种税收遭遇了最强大的权贵继承者们顽强的抵制。事实如此，拥有财富的阶层的自私是不可减少的，我们不得不屈从。

可以看出，这是无可奈何的事实。但是，富人们还不满足，他们害怕法国的民主。不管议会多么可怜地维持着它，这种民主早晚会威胁到他们的钱袋。他们眺望阿尔卑斯山那一侧的意大利，观望着也许消灭了民主的制度才能更好地保护大公司和大银行的权利。就在 1926 年的夏天，我开始注意到法国复兴运动。这个运动是在电力大亨埃内斯特·梅西耶和他的一些商业伙伴的支持下发起的。它坦白地宣布，民主的议会不能在一战后复杂的世界中处理国家事务，提出要有一个议会和由"技术人员"组成的政府，这些人知道现代资本主义社会该如何运行。它的目的在于让商业成为新一届领导人的重心。1922年，香水大王弗朗索瓦·科蒂买下了保守的《费加罗报》，也开始进行削弱民主的活动，支持多种右翼反议会运动，后来形成了羽翼丰满的法西斯组织——"团结法兰西"。

1926 年的法国，几乎没有人注意到这些事情，实话说我当时也没有。只是在后来，作为事后诸葛，我写下了如下文字：

> 在这时，20 世纪 20 年代中期，人们可以看到，法国的有产阶级把自己从这个国家分离出去；而另一方面，工人阶级的大多数则感到**自己**与这个国家是分离的——二者如此感受的原因是完全相反的。大多数人显然没有认识到法兰西共和国的麻烦。[2]

我当然一点也没想到有这样的后果。但是我在巴黎报社的工作促使我不断挖掘这类事情，以及其他许多事情。我越深挖、报道，越觉得想继续从事新闻业。对于一个年轻人来说，这是记录当代历史的一种方法，试图理解和评论它。但是，若想做好，你还需要从有点琐碎的巴黎版《芝加哥论坛报》出来，成为驻外记者。

机会还没有到来，不过，似乎只需要等上一两年，《芝加哥论坛报》的首席记者亨利·威尔斯至少已经注意到我的存在。作为巴黎本地记者，我努力获取经验。我听说过斯泰因对海明威的建议——她甚至也简要地劝告过我——如果你想严肃地写作，你就需要离开新闻界。不过我没有太放心上。海明威经常重复斯泰因的这番劝告。后来她也把这段话写入《艾丽斯·B.托克拉斯自传》①："如果你继续给报纸工作，你就永远看不清事物，你只看到字面的意思，那样没有用。"斯泰因经常说出荒唐的话，这段话的荒唐让我震惊。新闻业提供的也许是最好的"看清事物"的途径，海明威从一开始就发现了这一点。他是一个好记者，他报道了希腊人在色雷斯和小亚细亚的溃败，当时土耳其人几乎把希腊人赶进了海里②，这些报道十分精彩，这种经历为他以后几幅精致的小画和几篇短篇小说提供了素材。

更有意思的是，驻外记者为了节省昂贵的电话费，用电报发回的通讯稿形成了一种"电报体"，这也影响了海明威的风格。就像他自己说的，这种风格使他的散文尽去皮肉，仅存骨架。在洛桑为解决希腊与土耳其冲突召开的和平会议期间，海明威和一群美国记者在咖啡馆里等候，他当时就说："这是一种了不起的语言。"人们要求他念一念他对希土战争场面的报道，并惊异于海明威这种速记式语言里蕴含的生动、色彩和感情。大多数记者对这种字数限制感到头痛，但海明威喜欢这样。后来，他对林肯·斯蒂芬斯说："我不得不放弃记者生

---

① 此书是斯泰因的代表作，是以其同性伴侣艾丽斯·B.托克拉斯的口吻写作的。
② 此处描写的是一战后土耳其独立战争的情况，当时海明威正在色雷斯掩护希腊人撤退。这些经历收入了他的短篇小说集《在我们的时代》。

涯，我对电报体太着迷了。"[3]

我为了做好被威尔斯选中当驻外记者的准备，第一年开始学写这种语言。每天中午，我上白班时，就会翻查前一天晚上发给芝加哥总部的电讯档案。威尔斯采访普恩加莱的报道可能会这样开头：

独家　普恩加莱　对芝加论坛　不实　不偿战债　美国　句号　法国　不欲弃　前约之赔款　句号　双引号无赔偿　不还战债　可付　不加引号　不相信　德国　无力全付　句号　普恩加莱　无比强硬　德国　故意　拖延句号　恼火　对芝加论坛　无借口　德国

在第二天一早的《芝加哥论坛报》上，这篇报道是这样的：

今天本报独家采访了法国总理和财政部部长雷蒙·普恩加莱。普恩加莱对本报说，法国不准备偿付美国战争贷款是不实之词。他同时强调，法国不想放弃协议规定的德国的赔款。

普恩加莱坚持认为，应当把赔偿和战争贷款联系在一起。他说："如果法国得不到德国的赔偿，就无法归还战争贷款。"法国总理补充说，他不相信德国无力支付全部赔偿。普恩加莱从来没有这样强硬过，公开表示他认为德国在故意拖延。对《芝加哥论坛报》谈及这一问题时，他有些生气。他说，他不接受德国政府的任何借口。

电报体很快就能学会。少用一个字就能省 1 美元，加词缀能省更多的钱。写电稿，你要去掉所有多余的修饰语。我之后用了这种语言好几年。虽然海明威从中大大获益，[4] 但它对于我没什么好影响。这是一种奇怪的文风和干枯的语言。很快，我只会写这样的文体。在西班牙的时候，我写了长长的一本书，虽然没发表，却帮助我去除了这种风格。

尾 注

[1] 格兰特原来想叫它《美国革命的女儿》（*Daughters of the American Revolution*），可是他本地的一位商人朋友（1926 年他去巴黎，正是此人借给他 1000 美元）劝他取个缓和一些的名字，免得惹怒美国革命女儿会那些顽固的女士，性命堪忧。也许这位商人——亨利·S. 埃利也看出不太有指向性的名称可以避开麻烦的法律诉讼。

[2] *The Collapse of the Third Republic*，p. 158.

[3] *The Autobiography of Lincoln Steffens*，p. 834（paperback edition）.

[4] 《芝加哥论坛报》的同事乔治·塞尔迪斯，经常提起海明威在洛桑谈电报体对他写作的影响。塞尔迪斯在给汤姆·伍德的信里说："我记得他对着斯蒂芬斯念一篇电稿，带着惊奇和满足感，说这是一种新语言。我相信这种电报体大大影响了海明威的写作。"见于伍德未出版的手稿：*Influence of the Paris Herald on the Lost Generation of Writers*，p. 140。

第十六章

名媛芳踪

1926年夏天，因为当《芝加哥论坛报》的记者，我结识了三位了不起的美国女人，她们那时已经非常出名——一位是歌唱家，一位是作家，还有一位舞蹈家。

玛丽·加登从芝加哥回到巴黎，在喜剧歌剧院做《路易丝》的告别演出。她25年前就在此首演这部歌剧，获得瞩目。我非常想见她。记忆中，我的父亲对她赞不绝口。他从芝加哥歌剧院回到家，告诉我们她是他见过的最有活力、最美的女演员。他还带我们这些孩子去看过几次她的演出，有《路易丝》、《萨洛梅》和《泰依丝》。可是，我们那时年纪太小，还不会像父亲那样欣赏她。现在我长大了，想要自己去看。法国报纸上有很多关于她在巴黎首演的精彩评论，我也想和她谈谈，也许这样能去掉神秘，发现真相。我肯定，我父亲从来没有勇气到后台去看她。但是我现在有一个比他优越的地方，我可以打着工作的旗号去采访她。实际上，芝加哥总把玛丽·加登当成他们的人。总部通知威尔斯对她回到巴黎做全面报道，而我成为那个采访她的人。

一天，她邀请我去她住的酒店套房喝茶。我立刻觉得我父亲对她的评论一点也没有夸张。据她自己说，她已经49岁，我没有理由怀疑，而且对22岁的我来说，这个年纪绝不年轻。虽然如此，她美丽得令人吃惊，五官分明，有浓密的黑发，饱满性感的嘴唇，大大的、活泼的眼睛，传递出迅速变幻的种种情绪。她极具吸引力的个性让我着迷。在喜剧歌剧院演出前的几个星期，我们经常在她的酒店套房见面，她告诉我很多她的故事。

我知道，她也这样告诉我，她于1877年在苏格兰出生。

我一直以为，她从那里来到巴黎尝试进入歌剧界，成功之后去了芝加哥。她说，完全不是那样。她6岁时跟着苏格兰人的父母亲来到美国，住过马萨诸塞州的奇科皮、康涅狄格州的哈特福特等地，11岁时最终搬到芝加哥。她说，从一开始，她就想从事音乐这一行。6岁时，她开始学小提琴，12岁时在芝加哥开了第一场音乐会。之后，她对自己感到不满意，放弃了小提琴，开始学钢琴，一学就是好几年。所以大多数人不知道，她其实是在芝加哥长大的，像那里很多年轻人一样，她努力奋斗，想成为一名音乐家。16岁左右的时候，她又放弃了钢琴，改学声乐。她沿用她母亲未出嫁时的名字——玛丽·加登。她的母亲觉得她有一副好嗓子。她在芝加哥学了三年声乐之后，前往巴黎和那里的声乐大师学习，她记得有：舍瓦利耶、菲热尔和特拉佩德罗。那是1896年，她19岁，才华出众、雄心勃勃。

我听说了很多她在巴黎一夜成名的故事，所以问了很多这方面的问题。她说，真正的经过很简单，也没有任何不平凡的地方。这样的事别人也一样经历过，如果幸运，还会再次经历。1900年春天，她已经在巴黎学习四年，经过老师们的帮助，在夏庞蒂埃的歌剧《路易丝》中当上了著名歌剧演员里奥东小姐的替补演员。这出歌剧描写了巴黎生活，极受欢迎，是喜剧歌剧院的保留剧目。

玛丽·加登明亮的大眼睛放出光彩，她说："那是在1900年4月13日的晚上，我怎么能忘记！从此之后，13一直是我的幸运数字，而那天的'13'是最幸运的。"里奥东小姐那天身体不适，但仍然坚持演完了头两幕。第二幕结束的幕布一合上，她就倒下了。医生赶来想让她重振精神，但她明显不能再演最后一幕了。导演急忙叫来玛丽·加登，她已经在台边等候几个星期。她匆忙化妆上台，没时间准备，平生第一次站在大剧院聚光灯下。她这时刚满 23 岁。

"接下来的事，"她毫不羞涩地表示，"已经成为历史，但你小时候在芝加哥一定听说过这些。"

"和听你讲的还是不一样，"我说，"我父亲会不惜一切代价成为现在的我，和你坐在一起。"

她笑了："你是说，他是我的崇拜者。他应当来后台。在芝加哥的那些日子真是美好。"她的思绪似乎又回到了过去。

对于歌剧爱好者，尤其是那些巴黎的爱好者来说，1900 年 4 月 13 日晚上在喜剧歌剧院发生的事情确实被载入了史册。虽然玛丽·加登只演唱了最后一幕，但翌日早上，巴黎的报纸就纷纷称赞她是歌剧界一颗耀眼的新星。她说，在那个演出季，她正式接下这个角色，演出了一百多场。纽约注意到了，但并不十分急迫。实际上，七年之后，1907 年秋天，从欧洲带回很多歌唱家的奥斯卡·哈默斯坦才与她签约，让她在纽约领衔首演歌剧《泰依丝》。由此她在美国正式出道。又过了三年，她才回到芝加哥。她首次在芝加哥演出是在 1910 年 11 月 5 日，在芝加哥大歌剧院。阔别家乡 14 年之后，她终于回来了，之后就一直留在那里，直到演艺生涯结束。她成为大歌剧院的明星，后来任总导演。

1926 年夏天她在巴黎演出时，声音虽然有些破裂，她却仍然那么美丽，令人激动。巴黎的评论家极其重视她的演出。无论如何，玛丽·加登是一位伟大的演员，当时歌剧界屈指可数的一位。与她同时期的加利－库尔奇嗓音比她好，高音区清晰流畅，感情丰富，但是，正如简·希普在《小评论》中形容的，她在台上走路的样子"像是个迷路的披着斗篷的模特"。在一期《小评论》中，希普小姐引用了希腊悲剧作家欧里庇得斯的诗句来形容玛丽·加登给她的印象：

> ……这个放荡的人，
> 她变化多端。
> 她带来的欢乐超过任何神仙，
> 她也带来诸多痛苦。我无法评论她。
> 但愿她有一小时的慈悲，能够看着我。

我必须承认，见过她并和她相处几周之后，玛丽·加登确实也给我这样的印象。我父亲一定会嫉妒我。因为工作，我无法应邀去里维埃拉拜访她，这让我很沮丧。但是，她的光辉照到了我，并将永远留存。

格特鲁德·斯泰因的丑和玛丽·加登的美一样强烈。那年夏天，有一天本地新闻编辑挂断电话后向我喊道："看在上帝的份上，快去见格特鲁德·斯泰因。她需要更多报道，快去看看这回她到底又干了什么。"

对于我来说，这是个令人兴奋的差使。我多少有些心怀敬畏地站在这位女士面前。虽然她过去二十年没发表什么东西，可是据说她确实写了很多。作为像乔伊斯一样改变了英语语言的、有创意的作家，她的名声如日中天。与这同样出名的是她可怕的个性。在编辑室，我们戏称她为"蒙帕尔纳斯的鹅妈妈"。埃利奥特·保罗和乔拉斯说她是个天才。在海明威的坚持下，她的长篇小说《美国人的成长》的部分章节发表了，刊登在福特·马多克斯·福特办的《跨大西洋评论》上，而现在罗伯特·麦卡蒙要把这长达1000页的小说全本在他的接触出版社出版。我尝试过读一些片段，但是发现几乎完全读不懂。不过，我仍然有兴趣见见这位作家。

海明威这时是斯泰因的好友和崇拜者，这种关系是完全互惠的。他曾经警告大家，如果你当着斯泰因的面提到乔伊斯，她就不会再请你。这只是他警告的数件事之一。对这一点，我谨记于心。我在办公室下面叫了辆出租车，直奔那个众所周知的地址：花园街27号，离卢森堡公园不远。我最近开始读《尤利西斯》，确信乔伊斯是我们这个时代最伟大的英语作家，尽管格特鲁德·斯泰因并不这么认为。不过，我不会说出来。

斯泰因小姐住在花园街27号院中的一座堂馆里，一个女佣把我领进宽敞的工作室兼客厅。尽管光线很暗，我仍然看得出这里的墙上挂满了名画。格特鲁德·斯泰因和她哥哥利奥是巴黎最先购买毕加索画作的那批人。这位伟大的西班牙画家是她最要好的老朋友。我最先看到的就是两幅他的画作，一幅是在一战前完成的斯泰因的肖像，一幅是他画的提花篮的裸体女孩像。我还看到几幅马蒂斯的画，一两张胡安·格里斯的画。不久有一位瘦小、深色皮肤的中年女子进来，她长着尖尖的鹰钩鼻。她没有介绍自己，但我相信她就是斯泰因小姐的"伴侣"艾丽斯·B.托克拉斯。她说，斯泰因小姐马上就到。她坐下来，拿出正在做的针线活。过了一会儿，斯泰因就到了。

她十分胖，正如我记下的备忘录上写的，我感觉她像成熟的爱尔兰洗衣妇。但是，我对她的印象很快就改变了。在她胖胖的身躯上有一张罗马帝王的面孔，阳刚、强壮，像雕刻一般。她的眼睛很有魅力并且充满智慧，她的头发很短，像恺撒那样。她欢迎我的嗓音很低，像男人的声音，但很好听。原来，她想谈一谈她近来在剑桥和牛津的演讲。她说，这些演讲非常成功，巴黎的美国报纸却没有给予充分的报道。实际上，我不记得报纸上提到过这件事。她说这让她感到意外，因为除了受到英国最高学府师生的欢迎，她毕竟也是在世的最伟大的英语作家。她解释说，这样的人应当出自美国，非她莫属。正如英国人缔造了 16 世纪到 19 世纪的文学，20 世纪的文学应当由美国人缔造。

她接着问："你知道美国文坛上的四位大师，对不对？最后一位就是我！"我还没有表示自己的孤陋寡闻，她先回答了自己的问题："按照时间顺序，爱伦·坡——惠特曼——亨利·詹姆斯——我。我是最后一位，唯一在世的。"

我不断地记录着这些惊人之语。这似乎使她高兴。

她继续说："你真应当去牛津或剑桥的现场。不只是学生——年轻人总比年长的聪明——教师们也很喜欢。一位教授，我想应当是在牛津，后来对我说，听我的演讲是他一生中最伟大的经历。他说，他兴奋得就像第一次读康德的《纯粹理性批判》。"她说个不停。

我的天，我突然想，我面前的是个自大狂！这很奇特，但是难以相信。因为她聪明无比，是个读者众多、严谨的作家，不只研究文学也研究历史。采访开始几分钟之后，同样明显的是，她所了解、所谈、所写的，只有她自己——她的伟大、她的天才。要想打断她的滔滔不绝是不可能的。但是，我终于设法做到，说我要为她在英国的演讲写篇报道，我问她是否有份讲稿，这样我就可以从中引用。她走到书桌那里，递给我一份。

她说："霍格思出版社今年秋天就会出版。你知道，这家出版社在伦敦，很了不起，是弗吉尼亚·伍尔芙及其丈夫伦纳德的出版社。你知道的，伍尔芙小姐是我的崇拜者。"

我读过英国报纸上弗吉尼亚·伍尔芙的评论和书评，但是不记得她提到过格特鲁德·斯泰因。我也许漏掉了这一节。

我的女主人把话题转到她的长篇小说《美国人的成长》。她很高兴，整部小说终于出版了，一共 1000 页。她等了很久。她用了两年时间写这部小说，写于 1906 年到 1908 年之间。写出之后，没有地方出版，虽然所有人都可以看出这是一部杰作。她说，这真是一部纪念碑式的作品，是现代文学的开端。海明威看过，是他坚持让福特·马多克斯·福特在他的《跨大西洋评论》上刊出节选。海明威自己复制了一份手稿，又做了校订。她说，他在这个过程中学到了很多必需的写作知识。现在，罗伯特·麦卡蒙要将这部作品的完整版在他巴黎的小出版社出版，可是他那里有很多麻烦。我知道，这在她带给**他**的麻烦中不算什么，因为麦卡蒙常到《芝加哥论坛报》串门诉苦。说到这里，从这位强悍的女人身上显露出来一点点谦虚。她很感谢海明威，现在很感谢麦卡蒙，是他把这部伟大的作品提供给公众。她补充说，麦卡蒙写作颇丰，她对此非常钦佩，可是不幸，那些作品都太沉闷。也许他应当把精力投入出版。她可以给他很多作品，也许会使他的出版社出名。

我说："一本上千页的书对一个小出版社来说，是个不错的开始。"

"还有很多呢。"她说。

这时，她终于停下，用热情、活泼的目光注视着我。我猜她是在打量我。

她说："你很年轻。"

我说："22。"

"哦，海明威来见我的时候也是这个岁数，22，也许23。我喜欢年轻人，你知道。"我迅速地回忆读到的东西，从中估算出她的年龄应当是52岁。我在她眼中一定像个孩子。

她问："你在写什么吗？"

我说："一些糟糕的诗和短篇小说。"

"你要是知道不好，那是好事，"她又接着说，"你们这些年轻人都不应当从事报业，那对作家来说不好。我一开始就告诉过海明威。这对他很有用，他听从了我的建议。"

我一时想争辩，想说，很多好作家都是从新闻工作开始的，海明威就是一例。我开始觉得荣幸，能和海明威相提并论。但是，我决定不卷入争论，因为如若不然，我就不会再受到邀请。

"近来你在读些什么？"忽然她问。我这时犯了个本不该犯的错误。

"正在读《尤利西斯》。"我说。她并不像我预期的那样勃然大怒。

"为什么要看它？"她说，"真是浪费时间。年轻人都在读它。但是为什么？乔伊斯是个二流作家，真的。如果跟我比的话。"

对此，我也没有争辩，斯泰因小姐似乎对于继续接受采访失去了兴趣。不过，她和我道别时仍然十分热情。也许她不想影响我对她的报道。我离开花园街27号，一别就是八年。[1]

回到编辑室，我研读了斯泰因小姐的演讲稿，标题为《解读写作》。我发现这是她首次试图对公众解释她自己和她的写作。这篇文字是她写作的一个范例，我读起来很吃力。虽然标题如上，斯泰因小姐在文中却没有解释太多。第一段就是她的典型风格：

> 没有什么在开始、过程，或者结尾能真正与众不同，除非每一代人都在寻求一种不同。我的意思很简单，任何人都知道，写作是表现不同，这种不同使某人或这群人与其他时代的人有所区别，使一切事物有所区别，否则家家大同小异，大家都知道，因为大家都这么说。

而什么又是写作？她演讲的题目就是这个，她试图解释：

> 写作是生活着的人们在各自的生活中看到的事件，是他们正在经历的生活，是他们生活的时代。写作使生活成为人们经历的事件，没有别的不同……
> 每件事都是一样的，只有写作不同。而由于写作是不同的，所以一切总是不同。当写作及写作时间不同时，一切也会随时间变得不同。写作是不同的，肯定是这样。

她大谈所谓她作品中的"连续呈现"。那又是什么？她只说："连续呈现就是连续呈现。"过了不久，她又说："写作时间就是写作时间。"这让我想到吉姆·瑟伯以柯立芝总统的口气说过，祈祷的人就是那个人在祈祷。

格特鲁德·斯泰因的写作特点之一就是重复，在这个演讲稿中这样的例子随处可见：

　　而那之后的改变改变了那之后的改变，那之后改变了之后的改变，那之后的改变，而之后之后，改变，之后，之后改变。①

　　这时我已经彻底迷失在胡言乱语中。因为《艾丽斯·B. 托克拉斯自传》，斯泰因小姐终于成名，在 1934 年到 1935 年之间，她在美国做了五次演讲。我找到第二年出版的演讲稿，努力想分辨其中的意思，因为我非常想理解"格特鲁德·斯泰因现象"，但是，对于我来说，这些讲稿还是老样子，同样的毫无意义的重复，同样的空虚浅薄。有篇题为《英语文学是什么》的讲稿这样开头：

　　一个人不太能经常回到这个问题上：什么是知识？也不太能得出这样的回答：知识就是一个人所知道的。

　　英语文学是什么就是指，我所知道它是什么，也就是说，它是什么……

　　知识是你所知道的，以及你怎样能知道的比你实际知道的更多。

　　她在美国的演讲中更有一种幼稚的可爱，让你觉得格特鲁德·斯泰因真的从来没有长大。例如：

　　如果每个人都不知道我要说什么，那有什么用；如果

----

① 此处原文为：And after that what changes what changes after that, after that what changes and what changes after that and after that and what changes and after that and what changes after that。

每个人都不想知道所有我想说的，那又有什么用。

她经常会停顿，让听众看到她的"可爱"。

> 噢，你看见了，你看见它了……
> 而我知道那就是了。
> 那很自然。
> 那是什么……
> 你很懂我的意思。我很知道我的意思……

所有的演讲都能奇妙地反映出作者本人。在《〈美国人的成长〉的逐渐成长》的演讲中，她为自己讲话的习惯辩护。

> 我承认我总是说了又说，但是说也是一种听的方式……我从很小的时候就在一直说，一直听，至少我是这么觉得的。我不记得有一会儿不说，但是觉出我在说的时候，也看到我不只在听也在看，当我说着的时候……

这不太可信。如果你一直在说，听的是什么呢？斯泰因小姐之后的几句话几乎在不自觉地提醒我们，她生命中的重要主体——她自己——是早就养成的。

> 在大学学哲学和心理学的时候，我对自己的身心越来越感兴趣，对别人则没有兴趣。

在这方面，她一直没有变。

八年之后，也就是 1934 年，我又见到格特鲁德·斯泰因。我暂时回到巴黎，一边为巴黎版《纽约先驱报》工作，一边找着更好的工作。正像第一次那样，她需要一些宣传——不然，她也不会再次请来我这样一个无名小卒去采访她。我发现她情绪很好，多年来她渴望大众对她作家身份的认可，这个愿望终于实现了。她的《艾丽斯·B. 托克拉斯自传》不同于她的其他作品，以一种朴素、轻松的叙述形式写成，刚刚成为美国的畅销书。阔别多年之后，她将回到美国对它加以宣传，并且，令人难以置信，她将横跨东西海岸进行长途旅行演讲。她像孩子一样高兴。

她微笑着说："我终于成了名人！我喜欢这种感觉。版税源源不断，我第一次挣这么多钱，我真高兴。"她一生靠着丰厚的遗产生活，从未想过撰文为生。而现在，她做到了。她高兴得就像挣到平生第一元钱的小孩。

我发现，斯泰因小姐之所以高兴，也因为美国将要上演她写的歌剧《三幕剧中四圣人》。她的朋友弗吉尔·汤姆森为该剧谱曲。我们谈到了音乐，我找到了当年这场谈话的笔记，我在里面记录了自己的惊讶——除了汤姆森为她的剧本谱曲这件事，她对于音乐不仅一无所知，而且全无兴趣。我后来读到托克拉斯的书，书中写道："她只在少年时关注音乐，感到听起来困难费解，音乐无法吸引她的注意。"她只会被自己吸引。可是，在我看来，这一次她变得放松和愉快多了，似乎终于得到的公众承认使她摆脱了长久以来背负的挫败感。

在这时，她与海明威已经彻底决裂。实际上，我从一本《艾丽斯·B. 托克拉斯自传》中看到，她与他分手时充满了敌意。像巴黎几乎所有人一样，她痛恨海明威在《春潮》中恶意影射舍伍德·安德森，这是一种人格上的欠缺，因为海明威在芝加哥初学写作时，受到安德森的帮助和鼓励。是安德森写信把他介绍给斯泰因和巴黎的其他人，并一直对他大加称赞。我来巴黎的第二年见到了安德森，他受了伤害却尽力不显露出来。而在《艾丽斯·B. 托克拉斯自传》中，格特鲁德·斯泰因却把安德森牵扯进来，让他与她一起分享长久以来对海明威的蔑视。也许这并不属实，因为安德森是极其宽厚之人，从不嫉恨他人。

　　格特鲁德·斯泰因和安德森在海明威的笔下都很可笑。安德森最后一次来巴黎时，和斯泰因常会谈到海明威。海明威是这二人培养的，而他们都对自己的"作品"怀着一些骄傲和惭愧……

　　他们都承认自己喜欢海明威，因为他是个那么好的学生……这个好学生令人高兴，因为要他怎么做他就怎么做，不问为什么，不理解也不要紧。二人承认这确实是他们喜欢的。格特鲁德·斯泰因进一步补充说，你看，他就像德兰。我不懂为什么德兰能够如此成功，蒂耶先生说，那是因为他看起来现代，但闻起来像博物馆。海明威也是这样，他看起来现代，实际上老派。

　　然而，据海明威的朋友说，最让海明威痛心的，是斯泰因说他胆小。他在笔下写过很多"绝境之勇"，当然相信自己也显示出这样的气概。可是格特鲁德·斯泰因写道，她和安德森都"认为海明威胆小，格特鲁德·斯泰因坚持说，他就像马克·吐温笔下的在密西西比河划平底船的人"。

可是，斯泰因在书中仍然感谢海明威，因为他发表了《美国人的成长》中的一段，以及他年轻无名时对她的示好。"她总是说，是的，我肯定喜欢海明威。毕竟他是第一个上门求助我的年轻人……"

二人关系冷淡之后，好久再没有见面。斯泰因小姐不喜欢《太阳照常升起》的手稿，并如实告诉了海明威。"这里面的描写太多了，却不是很好，她说，从头来过，精练一些。"海明威没有听她的，这是她不能原谅的。也许她不愿接受他的第一部小说得到的普遍赞誉。后来，他们终于又见面了，斯泰因只为了责备这位放荡不羁的年轻作家"最终暴露了他百分之九十的扶轮社商人本质"。据《艾丽斯·B. 托克拉斯自传》所述，在"他们的最后一次谈话中，她指责他伤害了众多竞争对手，将他们埋在墓中"[2]。

海明威对最后一次会面的叙述却完全不同。看到斯泰因小姐这样写他，他感到愤怒。开始他想在《绅士》杂志上回敬她，却没有这样做。他对杂志的编辑说，这是因为他不愿意攻击先前的朋友。如果他这样做了，无异于攻击笨蛋或是幽灵。但是他仍然愤愤不平，就在非洲旅途中写就的书里，针对斯泰因说他胆小，加入了一段文字。他写道，她昔日的才华现在都褪变成"恶意、胡说和自夸"[3]。

过了很久，海明威才讲述了他们友谊最后的破裂，这个故事在他死后才被公之于世。他写道："与格特鲁德·斯泰因的分手真是奇特。"在一个可爱的春天，他从气象台广场漫步去斯泰因的住处向她道别。斯泰因和托克拉斯正要开着那辆破旧的老福特汽车去南方度假。女仆给客人倒了一杯白兰地，他以往也是这样等待女主人出现。就在这时，发生了一件事。

387 / 第十六章 名媛芳踪

No色的酒精尝起来很好，酒还在口中没咽下去，我就听到有人对斯泰因小姐说话，我还没听到过有谁和她这样说话，从来没有，在任何地方。

而斯泰因小姐的声音像是恳求，她在说："不要，猫咪，不要，不要，请不要。你要我怎样都可以，猫咪，但是请不要这样。请不要，不要，猫咪。"

我把酒喝光，把杯子放下，开始向门外走。女仆向我摇手指，小声说："不要走，她马上就来。"

我说："我必须走了。"我不想在离开时再听见什么。可是说话声还没有停止，如果不想听，只有走掉。这些话真不好听，而且回答更糟……这件事对我来说就这样完结，真是蠢得可以……[4]

如果海明威觉得这件事结束得真够奇怪，他的记录在读者看来则显得更加奇怪。每个人，包括海明威在内都知道格特鲁德·斯泰因和艾丽斯·B. 托克拉斯作为同性恋人在一起生活了 25 年，而且知道不论何种恋人都会争吵。海明威讨厌同性恋是出了名的，他在同一本书也写道："我必须承认，我对于同性恋怀有成见。"但比这更奇怪的是，长久一起生活的同性恋人的争吵，怎么会让一个生活经验和阅历丰富的人大惊小怪？这种震惊如此之大，几秒钟内就终止了一段漫长亲密的友谊。这真是奇怪，这不应当是海明威所为。

难道他听到的争吵与自己有关？托克拉斯小姐直言讨厌海明威，也许她感到嫉妒，她曾经告诉她的伴侣："不要挽着海明威的胳膊回家。"[5]她相信她的伴侣和年轻作家之间在性别上互相吸引。1924 年，有一次，她对此感到无法忍受，于是离开了花园路 27 号相当长一段时间。后来，她告诉一位斯泰因的传记作者："我想摆脱他。"[6]是不是她选在海明威正在客厅里喝着白兰地的那一天这样做？这不是第一次，也不是最后一次托克拉斯小姐坚持让她的伴侣和某个人划清界限，尽管在格特鲁德·斯泰因盛情款待来访花园路的作家和画家的时候，托克拉斯似乎总是甘居人后地在一旁做着针线活。弗吉尔·汤姆森是二人的好友，他引述了别的事例，说在与海明威决裂很久以后，他亲眼看见托克拉斯小姐命令她的伴侣与年轻的法国诗人乔治·于涅分手，托克拉斯相信斯泰因已经深陷爱河，证据是她给对方的情书，那时斯泰因 56 岁，而诗人只有 20岁。[7]

十年之后，也就是 1944 年，我第三次也是最后一次见到格特鲁德·斯泰因。那时美军刚刚进入巴黎不久，我作为战地记者也随军到了巴黎。这次见面也很奇怪。均为犹太人的斯泰因小姐和托克拉斯小姐在战时都拒绝离开法国，甚至在德国占领了这对情侣避难的法国南方之后，她们仍不离开。纳粹这时正在把犹太人一一铲除，送到死亡营中。但是，这两个美国女子没有受到迫害，巴黎一解放，她们就回到了首都，住进了新公寓。这所公寓在克里斯蒂娜街，在战争爆发前的一年，她们就移居到了那里。

令我惊讶的是，格特鲁德·斯泰因受到美国士兵的爱戴，她对此也很受用。我怀疑在美军开进巴黎之前没人听说过她，甚至之后也不过两三个人读过她的书，或者能够读懂她的书。可是这并不重要。他们很高兴她为他们开放自己的新公寓。即使在文盲眼中，一位著名作家也似乎带着一种光环。可是在我看来这个角色对于斯泰因小姐本人很奇怪，虽然毫无疑问她乐在其中。在幼稚地渴求年轻人的崇拜这方面她始终如一。我在20世纪20年代中期见到她的时候，她就从聚集巴黎的美国年轻作家身上得到满足，现在到了40年代中期，她则有年轻的美国大兵的崇拜。在晚年，她似乎又成了热烈的爱国者，而实际上，她自己选择在国外侨居40年。

看着他们在地板上吃饼干、喝红酒或者可乐——大多数人喝可乐——她笑容满面，说："这些大兵难道不可爱吗？他们让我又变成爱国者。当然，我一直都是爱国的。我在某种意义上说是个内战老兵，但过去还忙于其他事情，现在没有什么其他事情了。我们都是美国人，对不对，孩子们？"她转向坐在地板上的崇拜者。他们喊着同意。她总是说这种显而易见的话。明摆着，我们都不是中国人，甚至法国、英国或德国人。

斯泰因一战时就知道在法国的美国兵，但是她佯称她认为他们与现在的大兵有很大的不同。她说，这可以从他们的言谈里看出来，时代变了，从前的士兵并不这样说话，但是现在的大兵确实是这样。

她又说："这些美国大兵有自己的语言……他们自己说这样的话，在说自己的语言时，他们不再是少年，而成为成年人。他们更像美国人，完全是美国人，大兵表现出这一点，他们知道这一点，上帝保佑他们。"

我曾与归来的一战士兵打成一片，那是在芬斯顿军营，那个夏天我正体验着我愚蠢的士兵梦。就我记忆所及，**他们**的语言与二战中的美国士兵一样富有表现力，我在第一军的前线与他们一起度过了1944年秋天的大多数时光。但是，我不会反驳她。我想我从来没有反驳过斯泰因小姐。

后来我读到了她的最后一本书《布里斯和威利》。在书中，她试图捕捉她突然热衷起来的大兵语言。但那不是那一年我在兵营、路边、机场和德国边境听到的言语，也不是那种语言的文学呈现。那种语言只有在詹姆斯·琼斯、诺曼·梅勒①等人的书中才会找到。

70 岁的格特鲁德·斯泰因在巴黎开的这种沙龙，显得不伦不类，正如她在其他场合说的话那样。我离开时很是沮丧。她永远也不会长大，虽然已经 70 岁了。两年之后，1946 年 7 月 27 日，她在巴黎去世。

格特鲁德·斯泰因真如自己确信的那般是一个伟大的作家吗？我怀疑。她有一次夸口："她认为在英语文学中她是这个时代唯一的，她一直就知道。"这很荒唐，可是她的虚荣心没有底线。她对舍伍德·安德森和海明威都有一定的影响，这一点毫无疑问。他们学到了一些故事的节奏、简明的描写，特别是她惯用的重复，不过，他们有足够的技巧使这种重复得到控制。而她所谓的"一朵玫瑰就是一朵玫瑰一朵玫瑰"[8]则缺乏节制和清晰。她的重复变得累赘，不可忍受。它们常常让我觉得是自作聪明，或者小孩子的语无伦次。

在巴黎和欧洲的那些岁月，我认识到有很多事情难以理解，至少有几位作家的作品超出了我的理解力，但是受到其他人的赞扬，现在我上了年纪，更觉得如此。格特鲁德·斯泰因自有其崇拜者，在《艾丽斯·B. 托克拉斯自传》出版之时，埃德蒙·威尔逊认为斯泰因是当代最杰出的女性之一。威廉·卡洛斯·威廉姆斯也对她在语言上的突破感激不尽，还写了其

---

① 詹姆斯·琼斯，美国作家，美国国家图书奖得主，以二战题材小说著称；诺曼·梅勒，美国作家，两次普利策奖得主，以一系列"硬汉小说"著称。

他赞誉之词。关于她本人的著作和她的作品一直在出版，文学研究者对她很感兴趣。

对我来说，能让作家和作品伟大或者难忘的因素，她都没有。她缺乏好作家应有的品质：能够与其读者交流。想一想托尔斯泰、陀思妥耶夫斯基、狄更斯、巴尔扎克、司汤达以及两次大战中的美国优秀小说家福克纳、海明威、多斯·帕索斯、菲茨杰拉德。她与他们不同，并且与普鲁斯特和乔伊斯这两位与她同时代的作家也不同，她没能穿透人类或事物的核心，而她经常带着优越感把自己与他们相提并论。她的语言可能令人眼花缭乱，但是其中没有内涵和意义。

她缺乏悲天悯人的情怀，在她的文字中没有过人类苦难的暗示。正像海明威注意到的，她只想了解"世界快乐的一面如何，从来也不想知道真实的、坏的那一面"[9]。而在埃德蒙·威尔逊与她的会面中，威尔逊对她的印象是"有些敏捷和原创的小机智，不过只看到生活的表象，也未经深入思考"[10]。也许是她生活的本质使她看不到生活的残忍和悲剧性，她似乎一辈子都是一个受保护的孩子。除了扣去版税的自传收入，她有一笔遗产，虽然不很庞大，但也足够维持舒适的生活，使她不与穷人、悲惨的人、受伤者和失败者为伍。

她重复的语句常常变成臆语，正如其他人所说，她让美国的语言背负了太沉重的负担。但是，不管多么巧妙地排列语言都是不够的。伟大的文学需要更多的东西：语言要传达内容、意义，一些关乎内在、心灵、精神层面的东西。

在巴黎的那个多事之秋，我见到的三位著名的美国女性之中，最伟大、最美丽的当属伊莎多拉·邓肯。

一天，大约中午时分，我坐在《芝加哥论坛报》的编辑部里，给休假的编辑替班。除了我，编辑室没有别的人。我翻看着《正午巴黎》，看看早上都有什么新闻。突然，我觉得有人拍我的头和肩膀。我还没来得及转身，两条美丽的胳膊又搂住我的脖子。胳膊松开，我才转身看见是谁在恶作剧。她是我见过的最美的女子之一，我见过她的照片。而且我一下子想起来，来巴黎的第一个晚上，我在穹顶咖啡馆见过她。她一定是伊莎多拉·邓肯，伟大的美国舞蹈家。你没法不一下子认出她来，我十分激动，而邓肯则怒气冲冲。

她开门见山："我要把你们这荒唐的报纸闹得天翻地覆，你们总是造我的谣。"

我拉出一把椅子请她坐下。

"不，我就站着，"她说，"我实在太生气了，没法坐下。你们为什么造我们的谣？"

我们？我不懂她的意思。

她说："关于我和我去世的可怜丈夫。"

我明白了，不过我不能把眼前美丽可爱的面容与怒气冲天的她合二为一。我一直崇拜着这位热情的女子，她的舞蹈和她多彩非凡的生活。听了她生气的抱怨，我开始回忆我在报纸上读到的一些东西。

她与暴躁的俄国农民诗人谢尔盖·叶赛宁有过一段短暂的婚姻，后者小她17岁。报纸和杂志上到处都是柏林、纽约和巴黎酒店残状的报道，因为叶赛宁弄坏了那里的家具，拽下了吊灯，威胁说要把她扔出窗户。我翻了翻《芝加哥论坛报》的旧档案，找到一份1923年的文件，我想那是她的来信。她通过律师让我们的报纸道歉，因为《芝加哥论坛报》刊登了她在克里永饭店与粗暴的丈夫争执的传闻。当她一边说着的时候，我慢慢想起来我曾看过，圣诞节后不久，人们发现叶赛宁在列宁格勒的安格列捷尔酒店的房间自缢。那正是他和邓肯1922 年结婚从莫斯科去那里时住的房间。那时她 44 岁，而他只有 27 岁。据报道，新年前夜，她在巴黎得到噩耗，备受打击。尽管她于年前已经离开叶赛宁，显然这场婚姻从一开始就是一团糟。我们只是适时地在报纸上报道了这些事实，只是她不喜欢这种方式。现在，虽然我还没有查到，但我们的报纸肯定又刊出了惹她生气的东西。可是，她的愤怒一点也不让人讨厌。实际上，我坐在那里，听着她诉说，入了迷。尽管她一直在训我，我却深深地被她吸引，希望她一直说下去、说下去。

终于，她说：“你很年轻，对不对？你到底明白不明白我在说什么？”

我说：“我想弄明白。”实际上，我想继续听下去，这样她才不会一下子从我年轻的生活里走掉——她来得如此突然，完全在意料之外。于是，我做出了一个在我看来非常大胆的举动。

我提议：“能不能边吃饭边谈？”

她头一次展露笑容，说：“好吧。你是要带我去吃饭？也许那样会让我冷静下来。”

“请稍等片刻。”我进了另一间屋，向本地新闻编辑解释这里的情况，说我正要带伟大的伊莎多拉·邓肯去外面吃午饭——只有这样才能让她平静下来——也许整个下午都要搭上，并且也许我很晚才能回来。他完全同意了我的请求。

他说：“记得拿好账单，回来记在你的报销单上。看在上帝的份上，一定让她平静下来。你知道她曾经威胁要起诉我们。如果她再提起**那件事**，你一定要劝服她。"

后来证明其实没有必要。一上了去富凯饭馆的出租车，她瞬间换了心情，忘了自己为什么生那么大的气，或者至少她再也不提了。面对着美酒佳肴（若不报销，我点的菜和葡萄酒是自己付不起的），她开始谈自己和她至高无上的艺术。像所有伟大的艺术家一样，她也很自我，但不是格特鲁德·斯泰因那样的自大狂。我坐在她旁边出了神。她红发齐肩，大而明亮的眼睛在我看来蓝中带绿。挺直的鼻梁，鼻尖有些朝上，很性感的嘴。她说话的时候，你没有办法不去注意她的脖子和胳膊。我没有见过哪位女子有这么匀称的脖子，如此美丽的线条和轮廓。她的胳膊像希腊女神一样优雅，让人想起卢浮宫和大英博物馆的雕塑。她的声音富有共鸣，很低。尽管她在欧洲度过了大部分的风雨人生，而且据我所知，她能说法语、意大利语和德语，却仍然保留了美国腔，口音和我一样。

她开始谈自己希望之前在法国郊区讷伊的房子会重新属于她，她曾经为了一首歌而把它卖掉，这样她就可以把它建成一座新的"舞蹈殿堂"。她说在巴黎成立了一个委员会，设法把它买回来。她继续说，如果不算爱情，她的生活里只有跳舞和教人跳舞。如果只专注于跳舞，那会容易一些。跳舞给她带来了名声和财富，可是她一直希望教年轻人跳舞。她问我是否知道，她的舞蹈学校曾经遍及雅典、柏林、莫斯科、巴黎，甚至是纽约。可是很不幸最后都没撑下去。

我问："为什么？为什么都失败了？"

她笑了，笑中带着叹息："因为钱。总是缺钱。虽然我把自己挣的钱都花在上面，花了很多钱，也许，像所有的艺术家一样，我不懂经营。但是，我会继续投入，这个梦想我不能放弃。即使它一次又一次给我带来麻烦，还让我身无分文。"

身无分文的说法似乎触动了她自己，她又笑了："我一生中大部分时间都身无分文。我现在也是。虽然我挣了很多钱，几百万，还有很多有钱的朋友帮助。可我还是这样，我应当把我最后的年华献给讷伊的新学校。那会是座殿堂，不仅是舞蹈的，而且是所有艺术的殿堂：音乐、诗歌、戏剧。"她的热情和激情令人信服。我能想象这座庙宇平地而起，成为巴黎艺术的中心和她生命的最高荣耀。我那时十分天真，开始想象和这个才华横溢、美丽非凡的女子相爱。我已经对她五体投地，也许她觉察到了。

她突然说："你能送我回家吗？"我这才注意到时光飞逝。我向四周看，餐厅里基本没人了。她说："我还想和你谈很多事。"

"太棒了。"我脱口而出。其实我早就应当回编辑室了。但在当时，我对回不回去一点也不在乎。我们喝完了香槟，我付了钱，费用由《芝加哥论坛报》出。我们走上香榭丽舍大街，叫了辆出租车去她的公寓。

她刚搬进德朗布尔街上新开的商务酒店。酒店后边就是蒙帕尔纳斯的穹顶咖啡馆。她引我进入一间宽大的两层舞蹈练习室，家具虽然不多，却很舒适。大大的窗户下有一个柔软的长沙发，对面是一架小型的三角钢琴。房间的上层有一条窄窄的阳台，我想是通向卧室和浴室的。我注意到一张小桌上有一幅埃莱奥诺拉·杜塞的照片。她是伟大的意大利演员，是诗人邓南遮的爱人。那张悲伤的脸，令人难忘。

我说："我小时候见过她，终生难忘。"

伊莎多拉说："啊，埃莱奥诺拉！我多么怀念她！"我记起来，杜塞大约在一年前刚刚离世。"多么悲剧性的一生！充满了悲伤，多么了不起的灵魂！多么了不起的艺术家！在舞台上没有人能与她媲美。"她迟疑了半晌才说："她是我的好友，特别是我需要帮助的时候。尤其是在我孩子溺水之后，我痛苦得没法活下去。我去意大利的乡村找到她，她帮我分担了悲伤。是她救了我。"

我们在长沙发上坐下。

伊莎多拉说："我想和你讲讲我的过去，也许你能帮我。"她转向我，露出探询的目光，美丽动人："你愿意吗？"

我说："我愿意。"到这时，她让我做什么我都愿意。

她从桌上拿过两叠纸，一叠似乎是打字机打出的，另一叠是她自己的笔体。她开始翻看自己写的那叠，显然很入迷。她细细读时会轻轻笑起来。

"我的天！"她笑着说，把那摞手稿放在身边，"那件该死的事干到一半，我还是个处女！"这件事让她越想越好笑，她笑个不停。终于，她说："我被爱情捕获，我的初恋。你知道，那是在布达佩斯，我是在那里失去童贞的。我从此不再是十几岁的我了。"

对这个有趣的话题，我没有什么可以贡献的。那一定是很久以前的事了。至少，根据传言，她一生中有很多次伟大的恋爱。

"那是在布达佩斯，"她说，一时间，回忆使她容光焕发，"我感到自己疯狂地爱上了。我在书里把他称作'罗密欧'。在布达佩斯，他在《罗密欧与朱丽叶》中演罗密欧。我去那里首演。他是我见过的最美的年轻男子。"

按照她的回忆，那是一场非常热情的恋情，但是没能持久。年轻男子向她求婚，但是明确表示，他希望伊莎多拉放弃她的舞蹈事业，做他忠诚的妻子，当他晚上登台演出伟大的角色时，在剧院包厢里注视着他。对这样荒唐的求婚，伊莎多拉在回忆录中写道："我感到寒意彻骨，无比沉重。"她放弃了结婚的念头，也放弃了这个年轻人。[11] 在她的回忆录中，她把初恋和失恋的全过程以一种戏剧化的形式娓娓道来。这一定是在我们初次交谈之后写成的，因为它似乎在她的回忆中活了起来。对初恋的回忆又把她带到最后一次与叶赛宁的恋爱。有一阵，她认为公众对他不公。

她说，他是天才、大诗人，可不幸的是有时会陷入疯狂，但那些不全是他的错。他和她一样，本不该结婚。尽管她之前有两个孩子，战前溺亡在塞纳河中，但她拒绝与孩子的父亲结婚。她没有提这两个孩子的父亲的名字，但是我曾读到，第一个孩子的父亲是戈登·克雷格，是英国的舞台设计师，他的母亲是邓肯的朋友，伟大的女演员埃伦·特里。后一个孩子的父亲是帕里斯·辛格，缝纫机公司的百万遗产继承人。她从来没有结婚的念头，结婚会使一个艺术家的生活复杂得不可忍受。可是，1922 年在莫斯科，她嫁给了叶赛宁。她"已足够成熟，懂得更多"，说这话时，她露出一丝无力的笑容。她这样做是因为只有这样，才能把他带出俄国，让他跟她一起到德国和美国旅行。

除了年龄悬殊，他们的婚姻还有一层困难。叶赛宁只会说俄语，而她几乎一句俄语也不会说。

我问："你们怎么沟通？"

她笑了："用爱，我们极其相爱。"

我感到和她相处几小时，我还没有十分了解她，不应当问后一个问题。可是她没经过我问，自己就说了出来。

"从长远来看，只有爱是不够的。人还需要用语言交流。我不懂俄语，所以不能和他说话，他也不能和我说。我甚至不能欣赏他的诗。每个俄国人都说他的诗相当美妙，甚至高尔基也这样告诉我。我也相信，可是我自己看不懂。谢尔盖常常给我读他新写的诗歌，我可以感受字句中的音乐，可还是不懂。而他讨厌这一点，越来越憎恨，虽然上帝知道，我们很少在一起。"

天色已晚，我不打算继续接受她的款待，我希望日后还能受到邀请。我起身告辞。这时，一位身材瘦削、皮肤黝黑、目光深邃的年轻人走了进来。

她对我介绍道："这是我年轻的俄国钢琴天才。"可是我没听清楚他叫什么。他走到钢琴边，取出一些曲谱。显然，他对这里非常熟悉。我感到一丝嫉妒，他似乎比我还要年轻。[12]

伊莎多拉对我说："欢迎再来。我们这里几乎每晚都开放，请你也来。不过，也许你找个时间下午过来，帮我整理一下回忆录。"

我答应她我会来的。我离开时，有些晕眩，感到犹如身处世界之巅。

在后来的日子里（那些日子已经不多，我们不知道还有一年，她就会离开），伊莎多拉告诉我她的生活和爱情，艺术和梦想，悲伤和挫折，这些都在她的回忆录《我的人生》中记录了下来。我发现书中的回忆有很多是她对我一一讲述过的。我怀疑，这部回忆录经过了很多编辑，编辑者不只出自她身边的小圈子，还有她死后出版商的编辑。她身边的热心人并不像她想的那样对她有多大帮助。她的出版商发现自己面对的是一部尚未编辑的手稿，然而他们说，将"原封不动"呈现给公众。尽管邓肯得到了很多建议——大多不是什么好建议——但她还是自己写出了这本书。书"完全"是她的，没有枪手。和她在一起的六七个下午，我没帮上什么忙，只是在表面上提了些建议。可她总是把手稿往边上一放，谈起她自己，她的生活、艺术，这些对我来说更加有趣。

我去过几次她的晚会，在那里没有机会和她谈自传的事。来的人太多，谈的都是一般性的话题。但是，这些夜晚留在我的记忆里。舞蹈室里满是伊莎多拉的朋友和崇拜者，他们来自巴黎的艺术界和政界。这里总有法国共产党的杰出人物，其中有她的老友夏尔·拉帕波尔，在国民议会中是共产党的首领。他留着大胡子，戴着眼镜，身材矮胖，有着恶作剧式的幽默感。当伊莎多拉批评共产党时，他就会大声威胁说自己要跳希腊舞。这明显是他们之间的小玩笑，尽管像林肯·斯蒂芬斯和其他去过莫斯科的美国人一样，伊莎多拉在1926年仍然相信苏联代表着未来。在这样的晚会上，有时，那里会有初露头角的两位共产党诗人路易·阿拉贡和保罗·艾吕雅，还有和蔼、机敏的法共《人道报》的主编保罗·瓦扬 - 库蒂里耶，以及他美丽的美国妻子。那时没有人，至少在巴黎，会像后来的美国人那样觉得，在一个欢乐的晚会上与共产党搅在一起就会玷污自己。白发、英俊的约瑟夫·保罗 - 邦库尔[1]这位声音悦耳的演说家、社会主义的政治家也常常出入这里，我觉得他是伊莎多拉的律师。还有法兰西喜剧院美丽庄重的女演员塞西尔·索

——————————

[1] 1932—1933 年任法国总理。

雷尔，她说的法语是我听到过的最纯正、最动听的。

有时，过了午夜，谈话和饮酒告一段落，年轻的俄国钢琴家会坐在钢琴前演奏，伊莎多拉翩翩起舞。我坐在地板上为之心醉。我从来没有看见过人体如此自然、优雅、有韵律的动作。这一切好像由一团内心的火焰发出。她这时年届五十，已经有些发福，可舞姿仍然非凡无比。她总是以卡尔马尼奥拉舞①作为最后一支舞，这是她献给法国大革命的。她滑过舞室拖曳着一条鲜红的丝巾，正是这条丝巾要了她的命。

我一直在想，她是否预感到了死亡？通常她都是热情洋溢，但确实也有情绪低落的时候。她觉得自己的健康在减退，买回讷伊的老房子、把它建成舞蹈殿堂的设想看来毫无希望。我不知道她这么款待大家，每天晚上在工作室开晚会，钱出自哪里。不过据她说，她已经破产。给她传记的预付金一点一点寄来。她每交出一部分书稿，就会有几百美元，但这点钱是远远不够的。不过，她的沮丧很快就会过去。她总是兴致勃勃、骄傲地谈自己的生活，给我念她写的段落，对自己干的荒唐事忍不住咯咯笑出声来。她人生的一些高峰和低谷留存在我的记忆中，难以忘怀：她在旧金山长大，世纪之交的早年，创造出独特的舞蹈艺术，在欧洲初获成功。

1905 年一个冬日的黎明，她初到圣彼得堡，独自驾车前往旅店，看到了长长的送葬队伍。死者是被沙皇警察残忍杀害的工人。杀戮发生在前一天，1 月 22 日，冬宫前面，这个场

---

① 法国革命时代伴唱革命歌曲的街头舞蹈。

面她永远不能忘记。如果说冬宫惨案是俄国历史上的转折点，对伊莎多拉来说这件事在她的生命里也有同样的意义。她在回忆录中写道："假如我没有见到这一切，我的生活肯定会是另一番样子。在这似乎没有尽头的送葬队伍前，我暗暗发誓，要把自己和全部的力量献给普通大众和被压迫者……那个黎明令人绝望的愤怒对我后来的生活造成了影响。"[13] 这是真的，但这要在很久之后。因为她在俄国停留的那几周，只和王公贵族和达官显贵在一起，出入他们的豪华舞会，一起畅饮香槟。假如宴会的主人提到"血色星期天"，我猜想他们也只是赞同对冬宫前手无寸铁的请愿工人开杀戒。他们会向她解释说，那些被压迫的工人已经失去控制。

在柏林，她遇到了戈登·克雷格，疯狂地爱上了他，并且给他生了个孩子，取名戴尔德丽。后来，在巴黎，她又遇到了帕里斯·辛格，生了第二个孩子帕特里克。这是闪电般的爱情，辛格明显是个有教养又富有的老派绅士，可惜对艺术和艺术家不甚了解，不适合与一位天才、狂放的艺术家在一起生活。伊莎多拉明显地感谢他所提供的豪华生活，以及他对舞蹈学校给予的支持。但是他们经常吵架，时而分居。伊莎多拉在回忆录中回忆她与辛格（她只把他称作罗恩格林①）的生活，写道："所有的金钱都带着一种诅咒。而有钱人都不能在 24 小时里保持快乐。假如我能认识到与我在一起的男人在心理上是一个被惯坏的孩子……"[14]

他们又短暂地在一起生活了一阵，被伊莎多拉称为她人生中最大的悲剧。1913 年的春天，他们分居四个月后，辛格从埃及回

---

① 德国神话故事中的天鹅骑士。

到巴黎，他们和解了。这位百万富翁重续他与两个幼子的关系，并且宣布终于要为伊莎多拉在市中心香榭丽舍大街附近建一座大剧场。他已经买下地皮。他们和孩子一起在意大利餐厅欢聚，伊莎多拉之后去排练，她与她的六名学生要在沙特莱和特罗卡德罗两处演出。保姆和孩子们乘轿车回家。到了塞纳河河边，引擎熄灭了，司机出去修理，忘了车还挂在倒挡上，开动引擎之后，他惊恐地看见车向后倒，翻下河堤，掉进15英尺深的水中。

伊莎多拉回到舞蹈室，在排练前稍做休息，她一边吃着一块巧克力，一边为爱人重新回来而高兴，并且像她在回忆录中写的，在这个春日里，"我也许是全世界最幸福的女人"，她告诉自己，"我有我的艺术、成功、财富，还有爱情，并且最重要的，我有两个美丽的孩子"[15]。

辛格突然来了，痛哭失声。

他说："孩子们，孩子们——死了！"

我认为伊莎多拉·邓肯从来没有从这个打击中恢复过来。最后，她说，这件事结束了她"对一切自然、快乐生活的希望，永远地结束了"。她说，有一种悲伤可以杀人。

最后，她对我说，她在伟大的悲剧演员埃莱奥诺拉·杜塞那里找到了安慰。她来到了维亚雷焦附近的乡间。伊莎多拉说，杜塞并没有让她止住悲伤，而是和她一起哀伤。回忆这段经历的时候，伊莎多拉写道："她的胸怀是这么宽大，能够容纳全世界的悲剧；她的灵魂是这么光明，能够照透地球上所有的悲伤。"杜塞想把自己对生命的悲剧观传给她的美国好友。有一天，她们在海边散步，杜塞说："伊莎多拉，不要，不要再寻找幸福。你的眉间写着你是这个世界上最不幸福的人……不要再求命好了。"[16]后来，伊莎多拉说，她希望当初能够留心这个建议。

但是，她没有。在她独自一人情绪低落时，她会下海游泳，希望自己没有力气再游回岸边。一天下午，她精疲力竭地躺在沙滩上，一个青年向她走来。

他问："我能帮您做些什么？"

她说："是的，救我。不只是救我的命，而是给我一个活下去的理由。给我一个孩子！"[17]

那天，在她海边小屋的房顶上，他这样做了。那是她最后一次见他。1914年8月，这个孩子在巴黎出生，那时几百万法国青年被送去打仗，而其中一百多万人再也没有生还。空气中弥漫着死亡的气息。伊莎多拉的孩子，一个男孩，出生仅几个小时后就夭折了。

她在维亚雷焦休养的时候，杜塞常给她唱一首悲伤的歌曲——贝多芬的《在这幽暗的坟墓里》。这首歌最后我们还会听到。

1927年春，林德伯格①的飞机在布尔歇机场降落的那个夜晚，我最后一次见伊莎多拉·邓肯。在头几个星期，我拜访过她六七次，帮她修改回忆录，查看那个崇拜者组成的神秘委员会买回讷伊老房子的进展。2月15日，我在伊莎多拉的舞蹈室参加了委员会的会议，并且在当晚为《芝加哥论坛报》写了一篇长文，报道说舞蹈的殿堂即将成为"现实"。讷伊老家的房屋将从公开拍卖中购得，伊莎多拉的老朋友、著名雕塑家埃米尔·布德尔捐出了价值五万法郎的一个塑像，他创作香榭丽舍剧院雕饰的灵感就来自伊莎多拉。其他捐赠也陆续到来。

① 1927年5月20日至21日，美国人林德伯格从纽约驾驶一架单引擎飞机抵达巴黎，成为第一个单人完成跨大西洋不着陆飞行的人。

可是，不知为什么，这个项目却没有完成，这对伊莎多拉来说是又一次打击。她一直想把余生用在建筑自己艺术的里程碑上，而这最后的希望也破灭了。

并且，整个春天，她为萨科和万泽蒂即将被处决而痛心。她把马萨诸塞州州长富勒的照片从报纸上剪下来，挂在壁炉架上，用红笔草草写上："打倒市侩！"公众一直希望富勒会最终取消死刑，但整个春天他都在推迟刑期。大多数欧洲人把这看作司法部门的有意谋杀，对这种做法感到非常气愤。在巴黎发生了骚乱，民众试图冲击美国大使馆。我被派去做报道，报道甚至上了《芝加哥论坛报》的头版。伊莎多拉多次邀请我去她的舞蹈工作室参加抗议集会。在这种情况下，没有人顾得上舞蹈。她十分愤怒，痛斥美国的不公正。有时，她会去巴黎市政厅参加较大规模的抗议集会。她有时感到沮丧，半夜会离开工作室，来到蒙帕尔纳斯街头的咖啡馆，坐在角落里向过道边咖啡桌上的人群诉说自己的感受。

一天晚上，她在精选咖啡馆与弗洛伊德·吉本斯激烈地争执起来。吉本斯是《芝加哥论坛报》的战地记者，一个传奇人物。他一只眼上蒙着黑眼罩，他的这只眼睛是在蒂耶里堡战役中失去的。吉本斯总是拥护现政，错误地赞同对两位意大利无政府主义者判死刑。他辩解道："已经给予他们公平的审判。"这让伊莎多拉怒气上冲，狠狠训斥了吉本斯。我相信，这种教训他还从未领受过。很快双方的支援者加入了，于是杯子盘子满天飞，直到警察到来才平息了这场打斗。

当局定于当晚在波士顿对萨科和万泽蒂行刑。吵架结束后，伊莎多拉仍然难以平静。那时开始下雨，她不顾下雨，沿着拉斯帕伊大道步行两英里，前往塞纳河对岸的美国使馆，身后跟着一群追随者。使馆锁着的大门前是一队荷枪实弹头戴钢盔的宪兵。在冷雨中，她高举着火把默祷了一夜，直到天亮时，一位美国记者赶来，告诉她，行刑又被推迟了。

伊莎多拉叹了口气，轻声说："感谢主！"静静地离开。

那年春天，我对她有了新的认识，在我眼中，她成了一位圣人。

她对自己的祖国极为失望。对萨科和万泽蒂的死刑将是压垮她的最后一根稻草。她一直说："那是对我可怜的国家最后的诅咒。"

她对祖国的感情更加深刻，我想大概是出于四年前她最后一趟糟糕的美国之行的记忆。她受到了野蛮、不公平的对待，这让她困惑、愤怒。她没有想到一战后美国会疯狂地反对布尔什维克。她抵达纽约时，她和她年轻的俄国诗人丈夫被轰下轮船，赶到埃利斯岛，在那里被搜查、盘问了 24 小时，直到移民局相信他们不会用"无神论的共产主义"玷污美国。在自己的国家受到这样的对待，伊莎多拉气愤难平，她每次演出之后，必对观众发表一通长篇演说。在循规蹈矩的波士顿交响音乐厅，她情不自禁，痛斥观众的庸俗、沙文主义。最后，她挥舞着自己的红丝巾，喊着："它是红的！我也是！这才是生命和活力的颜色！"一些年老的女士和先生气哼哼地大步离开，嘀咕着这女人是布尔什维克，应当驱逐到红色俄国去。第二天，伊莎多拉读到这样的头条新闻：

红色舞蹈家震惊波士顿

伊莎多拉的演讲使多人离开波士顿音乐厅

邓肯围着鲜红的围巾说她是红的

受人尊敬的波士顿市市长詹姆斯·柯利声称舞蹈家的演出"不雅"，收回了她未来演出的许可。伊莎多拉几乎在所有的城市都有同样的遭遇。在芝加哥，热心过火的布道者比利·森戴告诉他的信众，所谓伟大的舞蹈家只不过是个"布尔什维克贱妇"，她应当被送还给"俄国和她的高尔基"。[18]印第安纳波利斯的市长对记者说："如果她脱掉衣服，我就把她打包装上车送走，伊莎多拉别想要弄我。"叶赛宁感到孤独又沮丧，这里语言陌生，而且这里的人从来没听说过他这位诗人。他什么忙也帮不上。他喝了太多劣质的私酒，毁坏了家具。在伊莎多拉演出的交响音乐厅，他穿着哥萨克的军装，腰中别着一把短刀出席，一点也引不起保守的波士顿人的喜欢。一家波士顿报纸批评他在最后的骚动中挥着红旗，喊着："布尔什维克万岁！"

虽然伊莎多拉在舆论的压力下还是拒绝取消巡回演出，也不停止对平庸者的指责，但她确实感到痛心。她没有想到会受到美国同胞的如此对待。1923年新年刚过，她就在纽约做了告别演出，订了最早的去欧洲的船票。她知道这是她最后一次看到自己的祖国。她在码头上对记者说："这是你们最后一次在美国看见我……再见吧，美国！我永远也不想再见到你！"

当晚，在林德伯格的飞机即将降落的布尔歇机场，我惊讶地见到了伊莎多拉，她和那位年轻的俄国朋友在一起，正要去尚蒂伊吃饭。新闻报道下午在爱尔兰海岸发现了林德伯格飞机的踪迹，之后，所有的巴黎人拥向机场，交通因此堵塞。伊莎多拉看起来有些憔悴，但像所有人一样，对能够目睹人类首次飞越大西洋到达巴黎感到兴奋，小小的候机楼里拥挤不堪，我们设法挤到酒吧。伊莎多拉像往常一样，要了一杯香槟。嘈杂之中几乎不可能交谈。

她不停地问："你觉得他会成功吗？"甚至在公告说看到了林德伯格的飞机之后，法国人仍然很怀疑。几周前，法国刚刚失去两位伟大的飞行家南热塞和科利。当他们启程飞往纽约时，我就是在这个机场发出的报道。他们后来杳无踪迹，可能葬身大西洋。这让我很是压抑，死亡突然降临在两位勇士身上，而我是亲眼看着他们在黎明时分满怀希望、兴奋地起飞的人。我们身边的法国男子说起他们，伊莎多拉说，当她听到关于他们遇难的消息时，她有多么悲伤。那个法国人得出一个结论，并且一定要让大家知道。

他说："两个经验更加丰富的法国人开着一架好得多的飞机都没能成功，那飞机是法国最好的。一个美国人开着那么破的飞机怎么能行？"

"为什么不行？"伊莎多拉说，她似乎已经为美国人即将的成功感到自豪。

小小的候机楼里到处是人，机场餐厅里、控制塔的塔顶上都挤满了人。随着时间一分一秒地过去，天渐渐黑下来，人们越来越兴奋。数万人在外面的空地上走动。每过几分钟，只要听到飞机的声音，人们就会冲出候机楼，和外边的人群一起跑向跑道，而沿着跑道的灯都已亮起来。在一次这样的混乱中，我和伊莎多拉等人走散了，当飞机终于在 10 点 24 分降落时，我早与她失去了联系。那时，一场大乱开始了，我们记者奋力挤过狂热、欣喜、叫喊着的人群，推搡着去挨近新出现的美国英雄。有人后来告诉我，他们看见伊莎多拉加入了激动的人群，她兴奋地把帽子抛上了天。

我夏天的大部分时间都在伦敦做报道，我听说，伊莎多拉

7月在摩加多尔演出之后，像往常一样回到了里维埃拉。这段时间对我来说难以忍受，除了报道温布尔登网球赛那两周以外。因为我离开了巴黎，第一次与伊冯娜分开。更别说又脏又丑的伦敦了，这里的饭很难吃，没有露天咖啡座也没有漂亮女人，失业、贫困和贫民窟的惨淡与住在豪宅和庄园中富人的奢华对比强烈，上层阶级目空一切，统治着这个地方，他们仍然相信自己统治着大半个世界。

我于8月末回到巴黎，报道美国退伍军人协会大会。为了纪念美国远征军团进入巴黎十周年，会议将于9月中旬在巴黎举行。我遇到了萨科和万泽蒂案引发的新一轮的骚乱。这两位烈士般的意大利裔美国移民，一个是鞋匠，一个是贫穷但浪漫的鱼贩，8月22日午夜刚过，于马萨诸塞州查尔斯敦监狱中被执行死刑。我相信他们遭到了恶意的陷害。第二天傍晚，巴黎闻讯后爆发了骚乱，当局不得不召集了数百名防暴警察，防止为数众多的愤怒人群攻击、烧毁美国使馆。晚间忙碌于对暴乱的报道，使我暂时不去想扬扬自得的波士顿当局进行的这场可怕的合法谋杀。即使知道这样的事情在美国早有先例——它让我想起幼时在芝加哥父亲说过的秣市骚乱事件引发的"司法谋杀"，骚乱者也被称为无政府主义者以及美国社会的敌人，因此必须被除去——但我还是很悲伤。当人群试图攻击美国使馆，我不断想，如果伊莎多拉·邓肯也在这里，她会怎样做。我相信，她会站在路障前面，红色的头发飘在风中，挥着她的红围巾，鼓动，鼓动愤怒的人群向前冲。

我不知道她在里维埃拉过得怎么样，不过听到有人说她很颓丧，陷入困境，三餐不继。但是，人们一般不相信这些小道消息，伊莎多拉自己常会夸大自己的困境。可这次不一样，我后来得知，在最后的时刻这些都是真的。

9 月 11 日，她从尼斯写信给挚友、年轻的俄国钢琴家维克托·舍洛夫[19]，后者帮她安顿在里维埃拉之后返回了巴黎。她在信中写道："我们在这里勉强度日……如果我卖不掉这里的家具，我们就没有吃的，也没法出去……这里偶尔有激动人心的时刻，其余则是无聊。"

舍洛夫在 9 月 14 日收到一封信。那天晚上伊莎多拉·邓肯死于尼斯的英国大道。低底盘的红色意大利布加迪跑车刚一启动，她一直戴着的红围巾就搅进了后车轮。舍洛夫说，伊莎多拉从尼斯一个汽车商店的橱窗玻璃看见了这辆车，一下子喜欢上了它。她喜欢开快车，虽然她买不起，但她让卖主给她演示一下。晚上 9 点，一位技师把车开到伊莎多拉的舞蹈室，带她跑上一圈。她高兴地坐上那辆布加迪。海风很凉，她围紧了红围巾，告诉司机可以开车了。也许她没注意到这辆小红跑车没有防护板，车身很低，以至于后车轮高到她的肩膀。她当然不知道围巾流苏垂到了辐条之间。司机发动了汽车，挂上挡加速，汽车轰的一声冲了出去。围巾勒断了她的颈骨，她当即殒命。

一群朋友正笑呵呵地等她从漂亮的小车里出来，这时都惊呆了。可是，他们后来都想起来她上车前的话，虽然是玩笑，但是对友人及世界有深远的预言般的意义。

她喊道："再见了，我的朋友，我要奔向荣耀！"①

她真的去了。

伊莎多拉·邓肯于 9 月 19 日被安葬在巴黎拉雪兹神父公

---

① 原文为法语。

墓，和她的两个孩子一起。我请求我的上司、驻外新闻部的主管亨利·威尔斯准许我和同事对这位伟大的美国女人做最后一次报道。但我的请求没有被批准，他说所有的记者都要去报道当天的大事：两万名美国退伍军人在香榭丽舍大街接受胜利的协约国军总司令斐迪南·福煦元帅和美国远征军总司令约翰·约瑟夫·潘兴将军的检阅。

威尔斯用强硬的治安记者的态度斥责我说："有什么大不了？她只是个舞女！"

连续几天我们都在报道喧闹的退伍军人及其家眷在巴黎寻欢作乐的滑稽场景。我早就听说过他们在美国一年一度的饮酒狂欢，这一次是亲眼得见，让我非常失望。连续数周，美国使馆一直与法国警方合力应对醉汉和破坏秩序者。领事鲍勃·墨菲主管这项工作（他后来成为罗斯福、杜鲁门和艾森豪威尔时期的重要外交家）。他们设置了许多特别休息站，让喝醉的退伍军人在那里醒酒，而不至于遭到巴黎警察的一般处理：一顿狠狠的拳打脚踢。警察局局长——和善、亲美的让·夏普告诉部下对美国战争英雄要手下留情，是这些人帮助拯救了法国。他也曾号召巴黎人宽容和理解这些尊贵的客人。他们也许有些胡闹，但是没有恶意。

到现在整整一周，我和其他记者看着他们胡作非为：占据着蒙马特的夜总会，闯入露天咖啡座，主要是歌剧院广场上的和平咖啡馆；豪饮美国禁止的红酒和白酒，喝个酩酊大醉；在巴黎古老的街道上高歌美国理发店小曲，猛拍瞠目结舌的法国男人和女人的后背，偶尔砸坏一些夜店或者旅馆的家具。他们吵闹、俗气、暴躁，偶尔因为饮酒而滋事，但总的来说还算好脾气。很多人从没到过巴黎，或许也不会再来，所以他们要玩个痛快。9月19日上午，这些人忙着聚集在凯旋门，准备在军乐队之后，走上香榭丽舍大街，他们中又有谁听说过伊莎多拉·邓肯？他们不知道，在这个城市的另一端，为这位美国同胞送葬的队伍正缓缓向拉雪兹神父公墓行进。

因为退伍军人的游行，当局通知送葬的人必须避开香榭丽舍大街。于是，送葬队伍冒着绵绵细雨，在穿着希腊袍子和凉鞋的伊莎多拉兄弟雷蒙德的带领下，从欧特伊经由战神广场、香榭丽舍大街南边的阿尔玛桥去里沃利街，从杜伊勒里宫过塞纳河。沿途都留下过伊莎多拉的印迹：对岸的特罗卡德罗广场；阿尔玛广场尽头的香榭丽舍剧院，这里的雕饰就是以她为灵感而创作的；远处的沙特莱大剧院和欢乐剧场，她的演出在战争爆发很久前风靡了整个巴黎；队伍又经过巴士底广场，每年7月14日工人们在这里纪念法国大革命。最后，他们终于到达了墓地，许多伟大的法国人都安葬在这里，现在这位伟大的美国人也要葬在这里。

舍洛夫与雷蒙德走在一起，在灵车后面。据他说，到里沃利街时，送葬的队伍被一队军人拦住。这些士兵正前往香榭丽舍大街，防止可能发生的骚乱，因为萨科和万泽蒂的同情者曾威胁要冲击退伍军人的游行队伍。胸前挂满了勋章的军团长官举剑对送葬队伍行礼，降下了军旗和法国国旗。

只有真正热爱伊莎多拉的数百人冒雨长途跋涉，护送她的灵柩。在墓地，好几千人早已等候在那里。伊莎多拉的朋友、法国诗人费尔南·迪瓦尔含泪念了简短的悼词：

　　她是舞蹈的革新者，解除了其中所有非人性的东西……今天成千上万的人感到空虚。他们曾短暂见证这个世纪最美丽的欢乐化身。

之后，一位歌剧院的男中音唱起了贝多芬的《在这幽暗的坟墓里》。伊莎多拉来到维亚雷焦平复丧子之痛时，埃莱奥诺拉·杜塞第一次为她唱了这首歌。

> 在这幽暗的坟墓里，
> 我要休息。
> 当我活着的时候
> 正是你，
> 应当顾惜我。
> 噢，这无情的世界！

对一些人来说，这些话就像伊莎多拉在坟墓里说出来的。

那天所有的一切，这哀伤的最后一章，我都错过了，只在法国报纸上读到一些不完整的报道。而两家主要的美国报纸——《纽约先驱报》和《芝加哥论坛报》都不加理睬，它们没有派出一位记者。所有记者都被派去报道香榭丽舍大街上对退伍军人的检阅，我也一样。

伊莎多拉·邓肯的葬礼少人问津
在同胞游行之时

这条小标题掩埋在大量的老兵报道中。而所谓的"少人"则实际超过了5000人。可是没有记者到场，否则就能更正这条不实报道。后来，有良知的巴黎版《纽约先驱报》夜间编辑阿尔·莱尼检讨了自己对新闻的判断力，他写道："我们没有报道一条拉雪兹神父公墓感人的葬礼，却用十五栏的版面报道老兵检阅。"[20]

法国文艺评论家和艺术史专家埃利·富尔提到伊莎多拉时曾写道："是的，我们看到她时会流下眼泪。我们发现质朴的美，这种美每隔两三千年才会从人类不堪重负的良心之中显现出来。"而两位当时最伟大的法国雕塑家——奥古斯特·罗丹和埃米尔·布德尔都是伊莎多拉的朋友，称她为顶级艺术家、他们见过的最伟大的舞蹈家。

也许她的才能太伟大，无法为同胞所理解。在 1927 年 9 月巴黎的那个雨天更是这样，她被安葬，而军团乐队吹吹打打地行进在香榭丽舍大街上。

我也没有能够完全体会，因为时候还未到。不过，虽说算不上伊莎多拉最亲近的朋友，但在她悲惨生命的最后一年里与她短暂相识，让我永远心存感激。直到后来遇到甘地，我才又得见人性的伟大。

尾　注

[1] 那一年，我初遇美丽又才华横溢的凯·博伊尔，从此与她结下终生的友谊。她后来告诉我在几年之后她与格特鲁德·斯泰因的初见，也是最后一次的相见。凯的作品在《过渡》和其他左岸的刊物上发表。斯泰因注意到她的文章与自己的在一起，就请一位朋友带凯来喝茶。可是在大部分时间中，凯被托克拉斯缠着谈她在西班牙得到的一些绝妙的菜谱，特别是冷汤。后来，凯的朋友向她坦白，斯泰因请他不要再带凯去她那里，因为她发现凯"像海明威一样，是个无可救药的中产阶级"。

凯·博伊尔在她的书中记录了这次会面，也补充了尤金·乔拉斯与格特鲁德·斯泰因的会面，我也听乔拉斯说起过。凯的回忆后来被编在《詹姆斯·乔伊斯杂记》中。乔拉斯在《过渡》中同时赞扬过乔伊斯和斯泰因。一天，斯泰因小姐就此开始抱怨。

斯泰因小姐：乔拉斯，你为什么在《过渡》里强调那个五流政客乔伊斯的作品？难道你不懂得当今首要的英语作家是我，格特鲁德·斯泰因吗？

乔拉斯：斯泰因小姐，请您原谅，我不能同意您的观点（乔拉斯起身走向门口，拿起他的帽子）。我向您道早安。（乔拉斯离去）。

（Kay Boyle and Robert McAlmon：*Being Geniuses Together*, p. 334）.

[2] Gertrude Stein：*The Autobiography of Alice B. Toklas*, pp. 210 – 220（paperback edition）.

[3] Carlos Baker：*Ernest Hemingway—A Life Story*, p. 267.

[4] Ernest Hemingway：*A Moveable Feast*, pp. 116 – 117（paperback edition）.

[5] Gertrude Stein：*The Autobiography of Alice B. Toklas*, p. 220.

[6] Virgil Thomson in *The New York Review of Books*, April 8, 1971, p. 4.

[7] 同上。

[8] 有人补充道，毫无疑问一朵玫瑰（rose）就是一朵玫瑰一朵玫瑰，所以一种做作（pose）就是一种做作一种做作。

[9] Ernest Hemingway：*A Moveable Feast*, p. 25.

[10] Edmund Wilson：*The Shores of Light*, p. 585.

[11] 他叫奥斯卡·贝雷吉，是国家戏剧院新晋的年轻男演员。伊莎多拉·邓肯的这段初恋发生在我出生之前，1902 年的春天。

[12] 他是维克托·舍洛夫，才华横溢的年轻俄国钢琴家，我相信在伊莎多拉最后的日子里，他是她的密友。邓肯去世后，他来到美国，成为著名的钢琴家，并写了很多关于音乐和音乐家的书。直到 1971 年，他才出版了为他朋友邓肯写的传记《真实的伊莎多拉》。我认为，这本书是我至今见到的对这位伟大舞蹈家的最真实、最准确的记录。它消除了许多谜团。

［13］ Isadora Duncan：*My Life*，pp. 174 – 175.

［14］ 同上，第 247 页。

［15］ 同上，第 289 页。

［16］ 同上，第 310 页。

［17］ 同上，第 312—313 页。

［18］ 伟大的俄国作家高尔基与其同居女友于世纪之交来纽约，美国为之哗然。而伊莎多拉与陪伴在她身边的年轻男子则是合法结婚。

［19］ 此后多数引述出自维克托·舍洛夫所著《真实的伊莎多拉》第 428—434 页，在此谨致谢忱。

［20］ Al Laney，*The Paris Herald*，pp. 244 – 245.

第五篇

驻外记者：1927—1930

第十七章

林德伯格的飞行

我比预期更早实现了一到巴黎就记挂在心头的目标。早在 1927 年夏天，我从巴黎版《芝加哥论坛报》"结业"，被派回美国版当驻外人员，成了一名驻外记者。23 岁那年，我早早就开始了这项填满我生命日日夜夜的事业，直到中年。刚开始，这份工作就支付我更多的钱——一周 50 美元，而不再是之前的每周 15 法郎。当时法郎不断贬值，工资也从每周 12 美元跌到了 10 美元。更重要的是，这份新工作还提供给我旅游的机会，也许还是冒险之旅，甚至有那么点刺激。最重要的是，在我看来，当个驻外记者还能让我进行目前最想干的事：每日跟踪报告我们这个时代重大历史事件的第一手资料，欧洲的，也许还有亚洲的，那里也有《芝加哥论坛报》的记者。

确实，1927 年的欧洲看上去像安定很长一段时间了，因为九年前结束的战争带来的杀戮和破坏已经让它精疲力竭。可能出现的情况就是，美国的驻外记者会发现无甚可写了。但是，正如我之前提过的，人们开始感受到那平静表面下的躁动。《凡尔赛和约》并没有解决德国问题。德国正在拖欠应付赔款，导致了法国拖欠美国战债。德国人签订和约完全是被迫的。当时，他们正享用着美国贷款带来的繁荣，这才安分了。但是短期访问柏林后，我发现他们并没有真正接受和约。你能感觉他们只是等待时机，直到他们蓄积够力量来打破和约。

根据威尔逊总统民族自决的教条，胜方协约国恢复了波兰和捷克斯洛伐克的独立，由塞尔维亚人、克罗地亚人和斯洛文尼亚人联合组成了新国家南斯拉夫，并且极大地扩大罗马尼亚的面积。哈布斯堡王朝灭亡后，分裂成匈牙利和奥地利两个小国，几乎难以自足。王朝的覆灭使继承国失去了稳定的经济，还要承受人数突破百万的少数民族不断鼓吹民族自决的压力。远东地区的苏联摆脱了协约国施加的孤立政策。显然，到1927年，苏联是不可能被推翻的了，不管是从内部还是借助外部力量。幅员辽阔、资源丰富、人口远超欧洲任何国家的苏联仍旧是西方不可忽视的超级大国。这成为西方资本主义阵营中弥漫的不祥预兆，随着共产主义力量在莫斯科渐渐增强，这种隐患迫在眉睫。

无论如何，也许我们可以写的还很多。历史的进程永远都不可预测。虽然我不能说有什么头绪去获知历史将如何发展，但在1927年那个愉快的夏天，我满23岁，那之后不久以及接下去的18年，我的工作就是报道印度革命的动乱、德国希特勒的上台、墨索里尼在罗马并不好玩的闹剧、西方两大文明的民主国家——法国和英国难以解释的败落、复兴的东欧巴尔干化、日内瓦国际联盟的名存实亡和威尔逊和平愿望的幻灭，最后是地球上有史以来最大规模的战争和最残酷的压迫。

奇怪的是，正是体育记者的经历帮助我找到一份驻外记者的工作。尽管我对体育一无所知，在报道重大赛事方面也毫无经验，但我对法国网球锦标赛和临时拳击赛的报道得到报纸的出版方——芝加哥办公室以及《芝加哥论坛报》巴黎分社社长亨利·威尔斯的注意。法国四大网球高手拉科斯特、科歇、博罗特拉和布鲁农要挑战美国人和澳大利亚人的霸主地位，在这非常时刻，网球成了欧洲的巴黎和温布尔登的重大体育新闻。而年轻的海伦·威尔斯的挑战也为赛事增添了趣味。

《芝加哥论坛报》几年来曾给巴黎报社一名成员双倍的体育报道版面。他就是唐·斯基恩，他才华横溢、酗酒成性。不管在哪个领域，他的报道都要比其他外派人员强。但他厌烦了对国际政治和外交场合的报道，对欧洲生活也不像我一样特别着迷。近来，他辞掉了《芝加哥论坛报》的职务，回纽约给《纽约先驱论坛报》工作，将全部时间用于他最爱的体育报道。在那里他成了美国最优秀的体育记者。我接替了他的职位，虽然还是留在巴黎分社。尽管如此，我希望自己能够接任他的驻外工作。

也许只做体育报道是不够的。5月，在报道网球赛事的中途，命运之轮转动，改变我人生的是我几个星期前才知道的一位年轻的美国飞行员。5月21日晚，我报道了查尔斯·林德伯格从纽约驾驶跨大西洋的飞机直达巴黎的新闻。这是激发全世界想象力的创举，这位美国飞行员成了世界英雄。显然这篇新闻让我得到了驻外记者的工作。这是我报道过的最大最激动人心的事件。实际上，这也是当年欧美最大的新闻。保守的《纽约时报》在首版用三行的通栏大标题报道此事——这通常是宣战或停战这类报道才有的待遇——还将所有的首版以及接下来的四页都用于报道此事。尽管那天是周日，《纽约时报》和所有的晨报还是一样需要一早发行、提早印刷，而此事刚刚发生于纽约时间的周六下午4点半。

1927年那个明媚的春季，大西洋两岸的广大民众对第一次从纽约到巴黎或从巴黎到纽约的直达飞行心生向往。八年前，1919年6月14日至15日，英国机长约翰·阿尔科克和他的美国领航员阿瑟·W. 布朗中校完成了史上第一次中途不停歇的跨大西洋飞行，从纽芬兰到爱尔兰，跨越了1960英里，历经16小时12分钟，在爱尔兰的一处泥炭沼着陆。阿尔科克报告，穿过雾气和冰层飞行十分艰难，"是一次可怕的旅程"。

从纽约到巴黎或反向的旅程更是凶险万分。航程几乎加倍，约3600英里。

尽管从那时起飞行器和发动机已有八年的发展历程，但到1927年，似乎还是没有哪架飞机能够从纽约直达巴黎。勒内·丰克上校是法国伟大的战争王牌（曾在一战中击落75架德国飞机），在1926年9月21日试验过驾驶伊戈尔·西科尔斯基①设计的大型三引擎飞机，但是他那负重的飞行器在长岛罗斯福机场起飞时坠落，导致四名机务人员中的两人身亡。而这一灾难事故并没有击退丰克和其他人，他们在1927年早春决心再试一试。3月初，我们收到纽约发来的快报，称这看着像四方竞赛：指挥官理查德·E.伯德的"美国号"福克三引擎飞机；少校诺埃尔·戴维斯的"美国退伍军团号"三引擎复翼飞机；勒内·丰克的新西科尔斯基飞机；还有查尔斯·莱文的一架赖特·贝兰卡飞机——他是个怪异的商人，据报道说他与他的两个飞行员克莱伦斯·钱伯林和伯特·阿科斯塔长期不合。还有对一匹潜在的"黑马"的简要介绍，此人名不见经传，是"圣路易斯的一名邮政飞行员，名叫查尔斯·奥古斯都·林德伯格"，拥有一架由圣迭戈一家鲜为人知的小型瑞安航空公司制造的飞机，与众不同的是他计划单独飞行。

航空学专家和媒体都不看好这匹黑马。他们认定独自一人是无法飞过大西洋的。从体能上说，人是不能持续36至40小时保持清醒或至少足够警觉，时刻注意操纵飞机的控制和导航设备的。其他飞机都有两到四名机务人员。多数专家都认为林德伯格的独自飞行计划太莽撞了，甚至是"疯了"。常给冒险

_____

① 伊戈尔·西科尔斯基，俄国著名的飞机和直升机设计师。

事业下赌注的伦敦劳埃德公司都拒绝给他下注。在他的竞争者驾驶更大、更牢固、引擎更强的飞机在试验的最后一刻都不幸机毁人亡的情况下，他的前途就更加渺茫了。

4月16日，指挥官伯德和托尼·福克本人驾驶着福克飞机，在一次短飞行试验着陆时坠毁。伯德左手手腕骨折，他的首席飞行员弗洛伊德·本内特断了一条腿，肩膀错位，飞机副驾驶员乔治·诺维尔受了几处严重内伤。十天后，许多人最看好的一架能成功飞到巴黎的飞机——少校诺埃尔·戴维斯的飞机"美国退伍军团号"满载荷试飞，在弗吉尼亚兰利机场刚滑出跑道就沉入沼泽，戴维斯和他的副驾驶员双双丧生。

与此同时，在巴黎，我们也有跨大西洋飞行的报道。两位老练的久经战争考验的法国飞行员——夏尔·南热塞上校和弗朗索瓦·科利上校准备好他们特制的勒瓦瑟复翼飞机"白鸟号"，要从巴黎飞到纽约。其发动机有500马力，是史上最大的。有这样的飞机，这样身经百战的飞行员，法国人有十足把握，一定能在友好竞争中打败美国，成为第一个从巴黎横跨大西洋飞到纽约的人。4月底，威尔斯派我到布尔歇机场查看他们的进度。我看得出他们雄心万丈，我问他们如何在飞行中抵挡波涛汹涌的北大西洋上强大的盛行风，他们未加理会。他们对成功逆风而行确信无疑。他们说，他们唯一担心的就是起飞时1.1万磅的载重，但事实上他们没必要顾虑这点。他们向我坦白，他们打算一到达海域就扔掉起落装置。[1]这能大大降低逆风的阻碍，加快速度，他们计算过，每小时可将速度提升15英里。

"扔掉起落装置，你们打算怎么在纽约降落呢？"我表示怀疑。

"简单，"他们笑道，"这头'大鸟'密不透水。我们就降在纽约的港口。也许就在你们的自由女神像前呢！"

他们都很勇敢，也很可爱，对自己和飞机都充满信心。"毕竟，我们连战争都挺过来了，"他们说，"这次飞行远不如战争风险大。"

5月7日周六，整个晚上我都站在布尔歇机场的飞机库里，看着机组人员为飞机加满油，调整引擎，将飞机里里外外检查个遍。不久，引擎响起了巨大的轰隆声，大家的耳朵都因此暂时变聋了。南热塞和科利兴高采烈，还和朋友们说着俏皮话。周日日出前不久，最后一次天气预报发来了，南热塞决定出发。他拥抱了妻子，挥手向几百名祝福的群众告别，和科利一起登上打开的驾驶员座舱。引擎发动，加速，他们很快驶向晨曦之中。那负重的飞机蓄积速度太慢，我一度焦躁不安。飞机在机场上慢慢地积聚着动力——当时还没有固定滑道——而作为滑道的柔软草坪，我始终不明白上面怎么能跑飞机。在机场中间，飞机上升了六英里，又马上掉回地上，把我们看得倒吸了一口气。南热塞继续保持最大马力。在机场尽头处，飞机最终飞起来了，刚好穿过了树林，很快就消失在西北方向的天空中。

这一新闻来不及登在巴黎报纸上，但是我给威尔斯在芝加哥的助理打了电话，简要汇报了此事。那里的时间比我们晚六小时，还来得及将此事登在周日版的晚版新闻上。我兴奋过了头，完全忘了要回家补个觉。回到办公室，我给周一的巴黎版《芝加哥论坛报》写稿，等着飞行的最新进展。据报道，飞机飞过瑟堡，向西穿过英吉利海峡，绕过兰兹角，最后于正午飞过爱尔兰上空，朝着大西洋飞去。这就是它的最后踪迹。

　　我们接下来好几天都还不知道这个悲伤的结局。周一早上，美国的一家新闻社报道，有人在纽芬兰看见了这架飞机，它正朝纽约方向飞行。这一消息，通过广播直播和新闻的特别报道，使巴黎陷入狂欢。所有人都开始喝香槟庆祝这一历史性飞行的胜利。巴黎人民组成队伍在大街上蜿蜒前进。办公室和商店都歇业了，我也加入了庆典。看着这两名勇敢的法国人自信满满地开始了这次危险的航行，他们的成功让人产生了一种对人类的骄傲。

　　从狂欢中清醒过来过于痛苦。周二早上，我们才知道纽芬兰的消息是假的，根本没有人在海边看见过这架飞机。到现在，飞机的油已经耗尽。可能飞机已经在纽芬兰某个杳无人烟的地方迫降了。但一天天过去，这样的希望也没指望了。我那一周都在恍惚和忧郁中度过。整个巴黎都在为失去英雄而哀悼。法国航空当局敦促取消当年进一步尝试巴黎和纽约之间的飞行。飞机的发展，他们说，到底还不够火候。为这一事业牺牲更多生命是鲁莽之举。

　　已经有六人为此献身，美国飞机上有四个，法国有两个，还有三人在伯德的飞机上受重伤。大西洋两岸的人民都高呼美国飞行员应停止这一尝试。法国空军长官杜瓦尔将军发表声明，在南热塞和科利失败后，就算有哪个美国人成功了，也没有任何意义。"跨洋飞行，"他承认，"可以试验一次，也许两次，但不可作为常规项目，要等到航空业有了极大发展才行。一次成功的飞行只会徒增幻想。"

　　就这样，在巴黎的我们看来，原本一场看谁率先在两个城市间成功飞行的法美友好竞赛，突然之间发展成为难看的争吵。当我们于 5 月 10 日发电报告知美国外交官迈伦·T. 赫里

428 / 二十世纪之旅：人生与时代的回忆（第一卷）

克，贝兰卡飞机随时都有可能从纽约起飞飞向巴黎时，他提醒华盛顿，"在法国飞行员还生死未卜的时候"，这样的飞行"可能会导致误会"。

确实，在法国首都过早庆祝时，南热塞和科利的失踪使之罩上悲伤的气氛。巴黎的报纸开始发表不怀好意的谣言，没有任何事实根据。据报道，美国气象局已经拒绝给法国飞行员提供北大西洋的最新天气预报。一家报纸宣称，天气报告早就提供了，不过是被处心积虑改错了的。美国的通讯社们被谴责播放了在纽芬兰上空发现法国飞机的错误报道，还被冠上残忍的恶作剧的臭名。

那年春季，巴黎就爆发过反美情绪。法国对美国深层次的不满来源于美国在德国人拖欠赔款后，仍旧像夏洛克①一样追着法国支付其全额战争债务。有人告诉我，要挟判处萨科和万泽蒂死刑进一步加剧了法国的愤恨情绪。当法郎贬值跌到新低，大量美国观光客乘机来到法国时，这种情况都没有得到改善。近来某天，我在协和广场看过愤怒的法国人向满载美国乡巴佬的观光车扔石头，车上的人都目瞪口呆。大使想，美国飞机来不及从纽约天空返回了，这飞机可能被怒火冲天的暴徒撕碎。

但根据纽约发来的电报，美国人执意前往。他们说，竞赛中的黑马似乎是当中决心最大的。林德伯格的单翼机终于告成了，在圣迭戈进行几次试飞后，他于 5 月 10 日下午起飞，要经历整晚不停歇的飞行，从落基山飞到圣路易斯。他在圣路易斯的赞助者试图劝退他。他们都认为这太冒险了。还没有人在

---

① 莎士比亚戏剧《威尼斯商人》中的冷酷无情的放高利贷者。

晚上起飞的，但他一意孤行。他说，他需要航位推测的经验，他要在飞往巴黎的飞机上使用这一方法。他比自己预测的还早三小时到达圣路易斯——他在 14 个半小时飞了 1550 英里，创造了纪录。有人告诉他，赫里克大使提醒所有试图飞到巴黎的美国人不要在南热塞和科利的不幸事件后立刻这样做。

"我深表遗憾，"他回答，"南热塞和科利似乎在他们勇敢尝试跨越大西洋时因方向错误而失败。我希望他们能被人救下。但不管怎样，他们的经历都不会影响我的计划。"

说完，他又接着继续他的飞行。5 月 13 日，我们收到了快报，竞赛中的黑马突然于当天下午在纽约露面了。林德伯格开着他的小飞机——"圣路易斯之魂号"，从圣迭戈飞到纽约，只在圣路易斯经停了一次，经时 21 小时，刷新了跨美洲大陆的纪录，比前纪录少了 5 个小时。但他似乎来得太迟了。他被告知，贝兰卡飞机——他一度想买下却买不起的飞机，计划在凌晨两点起飞。伯德也重新改装了福克飞机，准备在林德伯格后几分钟起飞，这更增加了紧张空气。现在看起来倒像三方竞赛，只是贝兰卡飞机希望先飞。但是当晚气象局播报了大西洋上空天气恶化的情况，未来几天还将更糟。贝兰卡飞机的出发时间不得不一直推迟。天气一转晴，一位飞行员就带来了法院禁令，勒令停飞。结果莱文当场开除了这个飞行员——此时正是他计划出发的前夕。林德伯格第一个起飞的可能性前几天还几乎没有，现在倒有了。他的好运没有再离开。5 月 19 日星期四，我们收到芝加哥发来的电报，提到林德伯格有可能是第一个起飞的，尽管天气持续恶劣，纽约下着雨，纽芬兰雾气弥漫，大西洋中部酝酿着一场新的暴风雨。

电报仍旧没有看好林德伯格。航空学作家都称他是"幸运阿林"和"飞行的傻瓜"，还笑话他，要想赢，得把全世界的运气集于一身才行。然而我们也注意到，一些专家认为他不仅是个技术高超的飞行员，而且他为跨大西洋航行所做的准备比我们所知的还要认真：解决导航问题，估计各项风险，坚持各项飞机检查，在起飞时要检查马达、仪器和负重。这是最严峻的时刻，此后他才可以飞行。他告诉记者，他真的抓住了"不大的机会"。记者和飞行专家一样，仍旧满腹狐疑：一个人要在大海上单独飞行 36 小时，开着一架他们看来快要散架的小飞机。他们特别指出，从驾驶员座舱都不能看到前方。主油箱安装在飞行员座位正前方。林德伯格得从侧窗望出去才能弄清楚自己的处境，操纵起飞和降落。他们补充道，除非他真的满载起飞过——但他从未这样做过——或者他这么降落过，否则这就是个大问题。他们认为，天黑后，要在这样受限的视野里降下飞机是极为困难的，而这名飞行员也从未尝试。记者写道，他对此只是咧嘴一笑，说他计划在天黑前赶到巴黎。

5 月 20 日，星期五下午 1 点刚过，我像往常一样准备出发前往巴黎郊区的圣克卢，报道网球赛事。就在这时，一条公告发过来，说林德伯格已经于纽约时间早上 7 时 52 分从罗斯福机场起飞前往巴黎。我们有大约 36 小时的时间制订报道计划——如果他成功的话，但大西洋这边这样认为的人不多。据电报消息，他那沉重的飞机险些没能及时离开地面。在伦敦，劳埃德公司早就拒绝提供赔率了，政界更直言这次飞行是自杀行为。去网球场的途中，我在位于布洛涅森林公园的国家航空联盟总部停下脚步，那里站着几个知名的法国和欧洲其他国家的飞行员，他们正边吃午餐边讨论这条新闻。他们当中多数人都说林德伯格有勇无谋，就算他的飞机能撑住，独自一人也是没法进行这样漫长的航程的。克利福德·B. 哈蒙，一个富有的美国先锋飞行员，也是联盟主席，总结了主流观点。

"我认为，"他说，"一个人周围除了大海、天空、气流和单调的马达轰隆声，他只身一人是不可能保持 36 个小时清醒的。如果他有五分钟的休息时间，或只有两分钟，或时不时的片刻小憩，情况可能不会那么糟。但是林德伯格连眨眼都不能超过 40 次。这次飞行前途无望，但勇气可嘉！"

我将他这些不吉利的话记下来，当晚就写成新闻，然后继续前往圣克卢去报道法国网球锦标赛男子半决赛。5000 人挤满了体育场，期待着美国冠军和法国冠军的精彩对决——大比尔·蒂尔登和小勒内·拉科斯特。我身边的观众都是网球迷，满心期待法国人用炮弹式发球把不可一世的美国人打下冠军宝座，球迷中几乎没有人谈论林德伯格的出发。我在总统包厢里和赫里克大使谈了几句。他是个彬彬有礼、和蔼可亲的老人，我还挺喜欢他的。他说，是的，在他离开大使馆之前，他听说了这次飞行。他对那个人知道得不多……他叫什么？……啊，想起来了，林德伯格。但我看得出，他并没有像我这样兴奋。没有任何情绪，他只是在回答我的问题。大使馆并没有计划开招待会，他们只采取观望态度。此刻真正让他感兴趣的是蒂尔登和拉科斯特之间的激烈竞争。也许他的空军武官已经告诉他，那个独自飞行者是不可能成功的。

比赛结束——在这场激烈的竞赛中，蒂尔登一口气赢了两盘，6 比 4 和 7 比 5——我抢了一辆出租车，赶回报社写稿。但我心不在焉，尽管这场比赛确实激烈。我不断停下来看电报，好知道林德伯格从纽约经过沿海港口的进程。在马萨诸塞州普利茅斯北部，人们发现他越过海面朝新斯科舍飞去，距海水只有几百英尺，在 450 加仑的燃料负载下，飞机有点小颠簸。大约在我们这边的午夜，他的飞机逼近纽芬兰。在凌晨 1 点后不久，我们必须去印刷社了，报道说他绕过圣约翰斯，然后夜幕降临，他的飞机飞过了荒无人烟的北大西洋，然后地面观察员就再也找不到他的踪迹了。在接下去的约 16 个小时里，再也没有他的消息。在巴黎，我们可以回家补觉了，还有祈祷。

令我吃惊的是，我们的执行总编，脾气温和、矮胖的伯恩哈德·拉格纳并没有像我这样兴奋，也不像我这样确信这是重磅新闻——如果那个年轻的飞行员成功的话。那天晚上，他对我说，别白费劲去写航空联盟对林德伯格的起飞的消极反应，把笔记交给别的记者写几条简讯就行了。当我问拉格纳我可不可以到布尔歇机场报道林德伯格抵达的新闻时，他说："当然可以，但你得先把网球报道弄好了。"令我失望的是，他把"重点报道"派给了我们年轻的本地新闻编辑朱尔·弗朗茨，但他说我可以过去帮忙。我发觉，他已经认准我就是个体育写手，应该安分地完成这一任务。

驻外人员中，汉克·威尔斯①和他年轻的助手杰·艾伦就截然不同。他们准备好要报道这条新闻，他们猜这可能是他们职业生涯中最大的新闻。他们建议我和他们一起临时抱佛脚，如果我希望给当地报纸做一条真正的大新闻的话。周五的整个晚上，我们连夜在办公室里研究地图，集中精神阅读飞行手册和杂志，打电话给小镇所有的法国飞行员询问他们的意见，查

---

① 即亨利·威尔斯，《芝加哥论坛报》巴黎分社社长。汉克为亨利的昵称。

找有关阿尔科克和布朗，以及其他飞行员飞行报道的文件。威尔斯不是学者，甚至连学生也算不上，艾伦也是，但他很机灵。他告诉我们，他已经想到一个计划，这计划能让他的电报比其他人的提早很多传到美国。所有记者到时一定会在美国媒体无线服务合作社或西联电报排队，那里肯定人满为患。而他准备找商务电报碰碰运气，美国通讯员很少用到这一家。其他人都会在办公室猛敲这条新闻，等着信使把稿件送到无线服务合作社或西联，这时他自己会在意大利街电报的这一端，把消息分小段，让电报员通过单独的通讯直接传到芝加哥。这个策略肯定行得通。这也是我学到的驻外记者的第一课：拿到新闻只是工作的一部分，另一部分是尽快把新闻传给报纸——可能的话，赶在同行之前。

"你做好那差劲的巴黎版新闻后，"威尔斯用治安记者的口气说着，"就赶快来商务电报这边帮我。"这是他第一次鼓励我。

周六早晨，我早早到了办公室。那时还没有林德伯格的消息。大圆航线上的海上船只都没有关于他踪迹的报告。我们楼下《小日报》新闻编辑室的法国人认为这是不好的征兆，我争辩道那可说不定。仔细研读巴黎的早报，我发现了法国人态度的变化。有报纸用通栏标题宣布林德伯格飞过了北大西洋，还有电讯称，这架飞机在绕过纽芬兰的圣约翰斯时，看着很正常，飞得很快。总而言之，这些报纸想告诉读者，这个"疯狂的"年轻美国人有望成功。他在今天午夜前也许就能抵达巴黎。真若如此，巴黎人民会把他当英雄一样欢迎。对美国人谎报南热塞和科利的消息的所有指责似乎被遗忘了。

我匆忙吃完午饭，开车到圣克卢接着报道网球。这一天阳光明媚，但并不太热，栗树盛开，到处弥漫着芳香。巴黎的晚春一直以来都是最宜人的，也是我们度过的最美好的日子之一。如果林德伯格成功到达爱尔兰，而他的机油还能维持，在布尔歇机场降落就毫无问题。上周还笼罩的低云和雾气都消散了。

看台再次挤满了网球迷，等待着观看一场伟大的双打比赛——美国的蒂尔登和弗朗西斯·T.亨特对阵法国冠军组合博罗特拉和布鲁农。这是场硬战，比分如同跷跷板交替上升，美国人赢下第一盘，法国人赢了第二盘。第三盘中途我注意到赫里克大使包厢的动静，就跑过去一探究竟。和善、白发苍苍的大使正匆匆离开。他说，他刚接到大使馆送来的消息。有人在爱尔兰瓦伦西亚岛上空发现林德伯格，也就是说，他离巴黎不过600英里左右了。我瞥了一眼手表，下午4点才过几分。一小时飞100英里来算的话，林德伯格在10点前就能到，也就是天黑后一小时。好在博罗特拉和布鲁农迅速打完了决胜盘并赢得比赛，我赶回办公室写好稿，就直奔布尔歇机场。

6点后不久，有报道称林德伯格已经越过英格兰普利茅斯，穿过英吉利海峡，朝着法国瑟堡半岛飞去。现在，对他能顺利抵达巴黎的怀疑几乎没有了。汉克·威尔斯冲入新闻编辑室，读起公告。

"咱们出发吧！"他咕哝道，然后他、艾伦和我冲下楼梯，叫了辆出租车。"把这个记下来，用作背景故事，"他对艾伦说，"马萨诸塞州普利茅斯是他离开美国海岸的地方。我计算他到达英国普利茅斯的时间是在那之后不到30小时。清教徒坐船花了多长时间？至少都得两个月，是吧？我希望我们今晚的新闻中多些这方面的资料。"

我们刚出了城市东北边的维莱特港口，就遇上了交通大堵塞，我们谁都没遇到过这种情况。我们前面是一动不动的汽车，车车相连，成了一条长龙，在狭窄的双车道公路几乎不向前行。

"这些车是打哪里冒出来的？"威尔斯咆哮道。当时的巴黎并没有多少私家车，想打出租车也不算一件易事。但现在看来，镇里所有的机动车辆似乎都齐聚在了前往布尔歇机场的路上。有各种各样的临时卡车和三轮机动运货马车，满载着大呼小叫的年轻男女。我们有充足的时间，在林德伯格可能到达前有三个多小时的时间。我们堵了一个小时左右，在距离机场四英里的路途中前进了约两英里。至此，我们所有的耐心磨光了。我们付了钱，加入了步行而来的人潮。等我们到了航站楼，我平生所见最庞大的人海将它团团围住，周围的停机场也都是人。人数一定已经超过 10 万，据警方估计，不用多久人数会接近 50 万。似乎每个人都兴致昂扬，激动万分，和我见过的所有法国集会人群一样难以管束。宪兵不停地打手势，大喊别往前走了，但人流还是不断往前涌。最后，守卫机场军事区的部队派出了几个连的士兵，佩着刺刀，排成两排冲入人群，这才把狂欢的人群赶出草坪跑道。

出示记者证后，我们拼杀到了航站楼里。这栋小建筑只有布尔歇机场战后建筑的十分之一大。我们在尘土和热气中走了一大段路，又饥又渴，终于来到了吧台，喝了一玻璃瓶的红酒，吃了一个三明治。我们就在这里碰见了伊莎多拉·邓肯和她的俄国朋友。我们一起喝了香槟，在喧闹和拥挤中尽可能长话短说。9 点一过，天变黑了。在接下去的一个小时中，有两三次，一听到飞机飞过的声音，人群就会冲出航站楼，加入机场的人海。飞机起落跑道的照明灯一直亮着。结果只是有军用飞机在机场另一面着陆了。人群开始躁动起来，一些人表示怀疑。"也许那些到了爱尔兰、英格兰和瑟堡的报道都是假的，"一个法国人对我说，"就像南热塞和科利的那些假消息一样。抱歉，但我真认为你们的林德伯格不会成功的。"

警官皮埃尔·魏斯少校是布尔歇军用机场的指挥官，他自己在前一年也创造了长途飞行纪录，从巴黎直达波斯。他同赫里克大使制订了紧急接待计划：派出租车接林德伯格到航站楼，由两列警员和兵队护送，而大使和法美委员会将在一个小型仪式上欢迎他，在观礼台上互敬香槟。威尔斯指示艾伦紧跟大使，他和我挤开人群，在停机场找到一处林德伯格可能降落的地方。如果是那样，我们就能抓住他说的第一句话，然后向他提几个飞行的问题。

10 点，天真的黑了。仍旧没有林德伯格出现的信号或声响。威尔斯和我刚接近降落信号灯，就听见机场上方的飞机声。一个小探照灯发现它了，这次绝对没弄错。所有巴黎报纸的头版都是这架小飞机的照片。就是这架飞机。它在停机坪尽头处滑翔——那正是我亲眼看见南热塞和科利起飞的地方——飞机倾斜飞行，优雅从容地从跑道两排照明灯中间驶入，在离我们 200 码的地方接触地面。我瞥了一眼手表，时间是 5 月 21 日，10 点 24 分。真是难以置信。我算了下，他从纽约飞到巴黎花了 33 小时 30 分钟，来不及再去计算其他数据了。我们必须在飞机一停下就赶到它旁边。事实证明，这比我们预计的还要难。

人潮向前涌动，当局调来的所有警员和士兵吃力地维持着秩序，不让人群靠近。有那么一刻，我以为林德伯格不能停下他的飞机，以及在螺旋桨伤到第一批冲向他的疯狂围观者之前，无法熄灭发动机。幸运的是，他在离威尔斯和我几码远的地方停下了。我们满怀自信地冲到前面祝贺他，但是场面一下子陷入混乱。我看到林德伯格将他蓬乱的头伸出机翼底下驾驶舱的小窗户，咧嘴大笑。上千人围住了飞机，这时他缩回了头。当他再次向外看时，他的笑容在惊慌中凝固了。暴民开始爬上飞机，撕下机身和机翼的部件作为纪念品，场面全面混乱了。这个年轻人，刚刚完成了独自一人从纽约飞到巴黎的历史性飞行，这一刻似乎显得无助。最后，我看见两名穿着制服的法国飞行员努力挤到驾驶舱。其中之一的特罗耶中校跳上一个机翼，从林德伯格手中拿过他的头盔，扔向狂乱的人群。几百个男女发出了尖叫，抢着头盔。这一举动暂时转移了人群的注意力，两名法国飞行员这才领着林德伯格上了附近的汽车。他们还指挥空军卡车围住飞机，把它拖到军用机库。

在我残留的印象中，我记得，我们记者当中没有人能在这样狂乱的时刻和林德伯格讲上一句话，完全没可能，然而有一些倒是能捏造些想象的采访，当晚就写成了新闻。威尔斯和我都有些丧气，走回了航站楼。在楼顶，美国大使及委员会正等着接待这位英雄。我们赶到时，刚好见证了那个场面。现在回想起来，不啻当晚唯一的喜剧。一个金发年轻人戴着飞行员的头盔，衬衫都被撕烂了，胸口吊着残破的领带，被拽到委员会前。这人看着确实像林德伯格。温文有礼的大使终于堆满笑容，走到他面前，递给他一束红玫瑰。

"但我不是林德伯格，大使先生。"他说。

"你当然是。"赫里克回答，递出玫瑰。

"先生，我都和您说了，我真不是林德伯格，"年轻人重复了一遍，"我叫哈里·惠勒。大家都弄错了，是因为这个——"他举起了破碎的头盔，"有人把这个抛向人群，我刚好接到了。"

"如果你不是林德伯格，那他在哪儿?"大使问道。

"一些法国军官把他接到了停机场另一头的机库，留下我差点被那帮发狂的暴徒弄死。"

大使最后相信了他的话。这位叫作哈里·惠勒的年轻美国人，在享受一刻荣耀之后，在飞行史上匆匆掠过。本身并无过错的他给这段历史增添了滑稽的一笔，尽管他本人并不追求也不享受成为那个完成划时代飞行的、英勇无畏的飞行员。

杰·艾伦离开了这里，穿过机场去军用机库，看能不能遇见林德伯格，威尔斯和我也匆匆离开，赶到四英里之外的巴黎市区。已经过了11点，给周日版发快件已经迟了，这报纸需要很早印刷。威尔斯必须开始写头条新闻，刻不容缓。但当我们在航站楼前推开人群向外挤时，我们才发觉交通堵塞情况比先前更叫人绝望了。外面有出租车，但都动弹不得。在威尔斯为今晚的准备中，也包括了侦察回市区的辅路。

"威利，我们来练练腿，"他说，"我知道几条捷径。"我们开始在杂乱的主干道上小跑起来，接着上了一条狭窄的小道。我23岁，威尔斯将近46岁。我想，他在战后就从没锻炼过，没多久他就气喘吁吁。但我们还是接着跑，直到我也开始上气不接下气。当我们再次发现一辆出租车的时候，一定已经跑了将近三英里。司机原本要去布尔歇机场，被困在交通拥堵中，现在正掉头回去。

"给你1000法郎，先生，"我们跳入后座，威尔斯对他说，"如果你尽快赶回。"这先生真做到了，在颠簸的路上全速前进，在急转弯处疾驰而过。这是辆严重破损的老车，我想在我们到达城区的好路之前，这车肯定会散架。

"这车一定是著名的马恩河出租车①之一。"我说。

"是啊，也许是。"威尔斯嘟囔道。我知道他正在给新闻打腹稿。

我在商务电报办公楼让他下车，然后回到在拉马丁大街的办公室。"威利，你一做完，就回到这里，把所有要发电报的材料都带过来，还有法国报纸的早版。"和往常一样，他粗声粗气地说着。我一冲进新闻编辑室就记起来，拉格纳指定本地新闻编辑弗朗茨写"重点报道"，但到现在还看不到他的人影。也许他不是威尔斯和我这样优秀的短跑选手。

"我想，这是你的新闻了，"拉格纳转头对我说，"但别搞太长了。"他还是没有抓住这件事的重要性。我和他争论一番，但没用。"最好马上动手。"他建议我。那时是午夜，我们一个小时后就要印刷了。我抑制不住地兴奋，尽量写得又快又好，我只有一小时的时间。40分钟后，我搞定了，这时弗朗茨冲了进来，喘着粗气。他不像我们能找到出租车，所以跑了整整四英里的路。他哀求编辑让他写后续报道，但得到的回应和我前一晚得到的一样。"我只要一篇新闻。"拉格纳说。

凌晨1点，我回到商务电报找威尔斯，带来了哈瓦斯社的报道，还有巴黎各早报，以及伦敦办公室发来的林德伯格从爱尔兰到英格兰一段的飞行材料。

"全部给我，"威尔斯嘟囔道，然后从他的打字机前抬头

---

① 1914年第一次世界大战期间，德军兵临城下，巴黎不及布防，加列尼将军征用出租车向巴黎马恩河前线运送士兵和补给，成功阻击德军。后世有马恩河出租车拯救巴黎之说。此处作者言其车老旧。

片刻，"做完这些，就赶紧打电话，问问那家伙到底跑哪儿去了。艾伦现在总该知道了吧！"我打好了几页，威尔斯就连同自己的那些一起交给了电报员。我们的稿件立刻就通过电报发了过去，我确信我们会是第一个播报新闻的。

大约 2 点，杰·艾伦打来电话。他在耶拿广场的大使官邸。林德伯格几分钟前终于在那里露脸了，但大使坚持认为他最需要的是睡觉，直接让他躺上床去了。杰的嗓音很阴郁。没有新闻，在他们最终找到飞行员后仍旧没有。威尔斯握紧电话。

"杰，听着。对赫里克说你的伙伴要过去找他。"

"你以为我们能和这位老朋友说什么？"

"一直和他说。如果这都没用，你就冲到卧室去。我们必须见到他。"

"先别挂，"杰突然说，过了一会儿，他回来了，"我想我们能见着他了。"

"好的，"威尔斯松了口气，"采访完后马上到这儿来。记住，别去办公室。"

半个小时后，杰冲进来，开始匆匆整理对林德伯格着陆后的第一次访问。过后，他告诉我们，正当大使把记者赶出他官邸的时候，林德伯格传来话，他没有睡意，想简单和记者谈谈。十几个记者蜂拥到楼上的客房，看见飞行员坐在床边，披着主人借给他的过于肥大的睡衣。关于这次航行，他回答得很简单，也很谦虚。这是他向媒体透露的第一次感言。但我认为，在这之前，威尔斯和其他记者都已经写出洋洋千言，包括引用林德伯格的话，即对跨洋飞行的每个阶段的描述。我之后查看时，惊奇地发现，他们编造的话多么接近实际。至少对于我这个初出茅庐的小伙子来说，驻外记者居然这么信任自己的想象力。

凌晨 4 点左右，我们做了综合报道，然后歇了口气，在林荫大道拐角处的通宵咖啡厅喝咖啡，吃羊角面包。威尔斯虽然露出疲态，但心情出奇好。我们吃完前，芝加哥发来一条电报说他的新闻比有线电报还早到。我们都在大口吃着一盘羊角面包，他转向我，翻看巴黎版《芝加哥论坛报》的头版，浏览我匆忙写成的报道。

"不错，"他嘟囔道，"说实话，好极了。"实际上，这些话他说了不少。

"威利，"他最终口齿清晰地从口角吐出这些话，"我想，也许你具备这方面的才能。这一行的诀窍就是顶住压力搞定一切。也许——"他迟疑了一下，"也许我可以给你找个职位。"

他第二天就说到做到了。我成了驻外记者。

我的第一个任务就是继续报道林德伯格。这位飞行员，在一周前还完全默默无闻，睡了十小时后，在巴黎 5 月的一个周日一觉醒来，发现自己成了世界英雄。他通过独自成功飞行，打败所有赔率[2]，激起了大西洋两岸千万人的想象力。他上了整个西方世界所有报纸的头版。各国总统、国王、总理纷纷发来贺电。这一整周，巴黎盛情款待他，好像巴黎历史上从未来过外国人。法国总统和总理接待他，给他别上了十字勋章。他还在法国议会致辞。他坐车到维尔酒店参加巴黎市官方招待会时，50 万民众挤满大街小巷争相围观，这次招待会授予了他一块金牌。日复一日，巴黎报纸的专栏充满了对这名 25 岁飞行员的赞美，还有对他一举一动的报道。巴黎的反美情绪烟消云散。"林德伯格向你展现了真正的美国精神。"赫里克在维尔酒店对人群说道。

我那周看了大量关于他的报道。他尽管精疲力竭，受到歌功颂德，但还是保持着淳朴和谦卑，在一个接一个的会议上沉着自信地致辞，在拍照时青涩地露齿一笑，使用人称代词"我们"来指他的飞机和他自己。我还没见过有人，更别提是年轻人了，在面对这样的奉承时有这样的修养和谦逊。

在华盛顿政府的催促下，他飞到了布鲁塞尔，在那里受到国王和王后的接待，又获得一枚奖章。然后飞到伦敦，古板的英国人也像法国人一样疯狂地欢迎他。国王和王后把他请到白金汉宫，总理（斯坦利·鲍德温）请他到唐宁街10号，威尔士亲王请他到约克庄。他出席了下院和上院，备极殊荣。在皇家航空俱乐部举办的庆功宴上，他受到英国财政大臣温斯顿·丘吉尔的称赞。

由于华盛顿方面的坚持，他只好放弃继续飞行周游世界的新计划，不情愿地接受了美国总统的要求，坐上美国巡洋舰"孟菲斯号"回国。还没有美国人回国受到政府和同胞的如此欢迎，在6月11日周六正午前，他坐着"孟菲斯号"回到华盛顿，这时距他在巴黎降落已经三周了。美国原来贫乏的电报服务大大发展了，我相信我们能让欧洲的读者了解到美国前所未有的盛大场面。

柯立芝总统在林德伯格完成到巴黎的飞行后，就向他发去了热情洋溢的贺电，在华盛顿纪念碑前的欢迎仪式上更加热烈地称颂他的壮举。人群沿着宾夕法尼亚大道进行胜利游行，拥簇到纪念碑前，参加人数是首都前所未有的。一向言简意赅的美国总统痛快地直抒胸臆，滔滔不绝。林德伯格是"继承了我国最优秀传统的男孩……是美国教养出的健全、认真、无畏、勇敢的人……受战无不胜意志驱使的勇敢品格……这个和蔼、谦逊的美国年轻人，本性质朴，表现出真正的伟大……是美好高贵品质最真诚实在的典范……"他说个不停，这是他总统生涯中最长的演说之一。上万观众鼓掌，全国各地的百万余人则收听了电台广播。演讲结束后，总统满面微笑地（他很少笑）给这位新英雄别上杰出飞行十字勋章。林德伯格和他同样谦逊的妈妈被安顿在杜邦环岛 15 号的临时白宫（因为总统官邸白宫正在进行全面整修）就餐，之后前往政府官员、国会首脑和其他显要人物齐聚一堂的庆功宴。

两天后，纽约又给这位飞行员举办了更加热闹的招待会。警方估计有 400 多万人参加了盛大游行。在市政厅的典礼上，市长詹姆斯（吉米）·沃克授予他英勇勋章。在中央公园，州长阿尔·史密斯给他别上了纽约州的荣誉勋章。次日，《纽约时报》将前 16 页都用于报道这场惊人的欢迎会，报道持续了三天。市里在康莫多尔酒店举办了宴会，4000 人到场，连德高望重、庄严低调的前国务卿查尔斯·埃文斯·休斯都来了，被任命为最高法院首席法官的他抛却一贯的礼节和冷淡，比柯立芝还要热情地夸赞林德伯格："他重新点燃了思想神殿八大古老祭坛的香火……这是美国有史以来最欢乐的一天。美国人万众一心，志存高远……我们的儿童看到了激励人心的人生楷模……"他也一样，说个没完没了。合众国还从未对一个普通公民有过这样的奉承。

然而，几乎所有人都确信，尽管林德伯格获得的声望绝无仅有，但过个几周，也就昙花一现了。毕竟，名声总是一闪而逝的，曾浅尝薄名的人只是劝他尽可能地多得甜头。格特鲁德·埃德尔，一年前成为第一个游过英吉利海峡的人（并且打破纪录），她回归之后就在百老汇有过为她举办的盛大游行，而她现在基本被人遗忘了，在一个小镇的杂耍团表演。她公开建议他："他最好现在就捞钱，再等就迟了。"吉恩·滕尼，世界重量级拳击冠军，同样建议："他应该将他的绝活商业化，从中赚钱，因为要不了一年，他就会被遗忘了。"[3]

但他没有被人遗忘，还声名远扬。7 月末，他乘上"圣路易斯之魂号"进行为期三个月的全国航空旅游，由古根海姆纪念基金会和美国商务部赞助。飞机载着他到 48 个州的 82 个城市，飞过了 2.2 万英里，他进行了 147 场演讲，受到沿岸约3000 万人民的欢迎。在他离开前，他还收到了崇拜者的 350万封信、10 万份电报和 1.4 万个包裹。而这仅仅只是开始。将近 13 年，林德伯格依旧是全国偶像，是美国最广为人知的公民，是美国当之无愧的英雄。

某种程度上说（尽管我们并不承认），我们当中许多人都在追求名声，有了名声，我们似乎觉得甜蜜喜悦，但名声也可能变成一种诅咒。林德伯格就是如此。名声使他连最后那点想保住的隐私都被剥夺了，他也成为黄色刊物和粗俗肤浅的英雄崇拜者轻慢的对象。这已经够糟了，但还有其他后果。突然，名声使他进入了有权有势的圈子，这个圈子的保守、反动，甚至反民主的世界观似乎逐渐侵蚀了他。更糟糕的是，他的同胞对他天花乱坠的奉承最终诱使他使用这样大量的拥护者走向政治，不管是国内还是国外。被人作为一个无党派英雄崇拜了13 年之后，这一事业最终还是开始了，其结果注定是个灾难。

我的朋友肯尼思·S. 戴维斯对林德伯格作为英雄进行了一番颇为敏锐的考察，[4] 贴切地解释了这种困境："当林德伯格回到美国，他希望提供给同胞们安全舒心的飞行，但是他的同胞们要求他另具天赋，而这种天赋是他所没有的，或者说是个凡人都没有的。"

名声给林德伯格带来了诸多荣誉和绝无仅有的奉承，也会适时带来幻灭、痛苦、悲剧和深切的悲痛（当他的第一个孩子被绑架并杀害时），还有对这吵闹的土地上的生命、政治、战争、和平的困惑。在巴黎，我在他享受荣誉的最初一刻见到他时，他是那么的谦逊、优雅和勤恳，但他在我第二次见他的时候就黯然失色了，那是在纳粹时期的柏林。在我看来，他似乎被纳粹的宣传骗了，最糟的是，他竟然崇拜毫无理智、血腥野蛮的独裁统治。这个制度日复一日给人类带来巨大的苦难，剥夺了他们的自由。自由，正是这位著名飞行员在国内时声称他最为看重的东西。1938 年 10 月 18 日，我吃惊地发现，林德伯格居然被阿道夫·希特勒授予了星型德意志雄鹰勋章——德国第二高的、颁发给尊贵外宾的荣誉勋章。官方嘉奖用语是"有功于第三帝国"。他居然也接受了。

这个时间点不能更糟了。赫尔曼·戈林把勋章挂上林德伯格脖子的那晚是慕尼黑会议三个星期之后，捷克斯洛伐克被出卖，希特勒正把欧洲推向战争边缘。欧洲人胆战心惊，不知这位元首下一步会怎么策划侵略。那一时期，德国犹太人被剥夺了公民权利，被欺骗、暴打、逮捕、残害。那一时期，德国人正准备掀起新一轮的屠杀犹太人运动，发号施令者正是林德伯格徽章的授予者。

所以，在二战的第一年，我在柏林的德国报纸上读到了林德伯格的宣言，并不意外。他声称在法国和英国覆灭之际，美国必须放弃自救计划，同征服者希特勒和解。这让纳粹暴徒大大满足，例如他们的宣传部部长约瑟夫·戈培尔，他命令德国媒体大肆渲染林德伯格的宣言。我记得戈培尔特别高兴，因为林德伯格宣言在杂志的刊发日期正好在希特勒侵略中立的丹麦、挪威、荷兰和比利时之前。林德伯格宣称，正是德国，希特勒领导下的德国控制了现在"欧洲文明模糊的东方边界"。纳粹德国捍卫了欧洲文明吗？我看到的是野蛮的独裁统治正在摧毁文明。1941 年战火大作后我长期待在国内，读到了林德伯格那年 9 月 11 日在得梅因的发言时，尽管我震惊无比，但我没有很意外。他装腔作势地提到希特勒和戈培尔，他对犹太人试图让我们加入反德战争进行抨击。"他们对美国的最大威胁，"他宣称，"在于他们对我们电影、媒体、收音机和政府的大量所有权和巨大影响力。"

我认为，这些以及他对英国、纳粹德国和国内形势的错误判断，结束了林德伯格英雄的一生。在那年早秋的一天，我暗想，这同 14 年前 5 月那个晚上大不相同了，那时我看见的是一个谦逊、勇敢的年轻人在布尔歇机场降落，让全世界为之喝彩。那是一个多么辉煌的人生开端啊。[5]

尾 注

[1] 当时还没有可缩回的起落装置。

[2] 伦敦的劳埃德公司曾拒绝给林德伯格下赌注，即使在他已经到达圣约翰斯（加拿大纽芬兰）时，给他到不了巴黎开出的赔率仍是 10 赔 3。

[3] 事实上，林德伯格在一周的飞行中得到了所有想象得到的商业报价，总计 500 万美元。除了为一些他飞行中用到的产品代言，他拒绝了所有的合作请求。

[4] Kenneth S. Davis：*The Hero：Charles A. Lindbergh and the American*

Dream，p. 10.

[5] 查尔斯·林德伯格于 1974 年 8 月 26 日死于淋巴癌，享年 72 岁，就在我写完关于他这部分回忆的几周后。他从纽约哥伦比亚长老会医学中心得知自己的癌症到了晚期，于是回到了自己的度假胜地——夏威夷毛伊岛，一周后在那里骤然离世。根据遗嘱，他就葬在那里，穿着卡其色工服，躺在夏威夷邻居粗凿成的木制棺材里。

二战期间，他续任陆军航空队职务的要求被拒。他在珍珠港事件前夕辞掉了这一职务，因为罗斯福总统当时给他贴上了"失败主义者"的标签，这让他愤恨不已。但在 1944 年，他飞到太平洋战场，作为海军战斗机的制造顾问，在实战中检验战机的战斗力。那时他只是个平民，却执行了 50 次对抗日本的飞行任务，其中一次在比亚克岛的空战差点要了他的命。在战前和战后，他帮助泛美航空发展全球航线；鼓励罗伯特·戈达德博士的事业，这位马萨诸塞州伍斯特的克拉克大学默默无闻的物理学教授，因倡导火箭和太空飞行而受到几乎所有人的嘲笑；还和波音公司合作，完善了战后商用飞机。

穷尽一生都在不断研究飞行及其技术的林德伯格，在去世前十年的花甲之年，突然对环境保护产生了兴趣，并将余生多数时间和精力用于宣传自然环境保护。"如果我必须做出选择，"如今的他说道，"我倒宁愿为鸟舍弃飞机。"

如果他必须再做一次选择，他说，他还会谴责犹太人和罗斯福让国家参与战争，还会宣布英国 1940 年到 1941 年的覆灭，坚持钦佩纳粹德国是西方文明的捍卫者，仍会接受希特勒企图践踏文明时颁给他的雄鹰勋章，还会受他的朋友、诺贝尔奖得主、科学家亚历克西·卡雷尔博士的影响，热衷于怪异的哲学思想，同意精英统治的必要性。这最后的一点促使他写出了《飞行与人生》（*Of Flight and Life*），书中鼓吹美国人在世界上的优越性，警告"对美国人来说，人人平等的信条等同于人人皆亡的信条"，以及"如果我们同世界其他民族平等，我们的文明就将覆灭"。

临终之际，他还是觉得自己被罗斯福总统冤枉了。他从未承认自己多么穷凶极恶攻击总统是战争贩子，多么错误地预言希特勒将横扫他的敌人，以及自己是多么的无知——这样的事情一旦发生，将对人类文明造成多么大的恶果。

　　然而，在飞行世界里，他是个天才，勇敢、聪明、充满探索精神和想象力。十分谦逊的他突然就有了前所未有的名声。除了对复杂政治和历史的不明所以，他还是原来那个真诚的他。尽管在巴黎成功飞行后，他很长时间都有他所敬佩的有钱人和纨绔子弟的陪伴，但他还是热爱简朴的生活，觉得在大自然的蓝天、原野和丛林中最自在。

　　当他知道自己大限将至，他更乐于在一处安静偏僻的地方度过剩下的日子，远离这里和英国那些他可以去的华丽别墅，远离喋喋不休的争吵和大城市对他的疯狂吹捧。穿着旧工服，在天然的太平洋岛屿居民中间，简朴地离开，这也是他性格的一面。

第十八章

驻外记者在伦敦

我成为驻外记者后，第一个夏天的大多数时间被安置在了乱糟糟的伦敦，激动的心情很快变为沮丧。经历了巴黎的繁华，大英帝国的大本营看起来十分荒凉。我有些不适，因为刚摸到在巴黎工作的窍门，就要让我离开。想想要离开巴黎，尽管只是几个月，都令我失魂落魄。我不能忍受同伊冯娜分隔两地，我也会怀念同威尔斯和他年轻的助理杰·艾伦一起工作的日子，后者顶替了情绪多变的文森特·希恩的位子。

当地的几个职员提醒我，亨利（汉克）·威尔斯是个难伺候的人，刻薄、严厉、疑心重，还有点盛气凌人。他有时真的是如上所说，但我越了解他越喜欢他。他用人不疑，对人表示理解，特别是在别人犯错或遇上麻烦的时候。这样，我就会忽视他从嘴角发出的粗哑的声音，还有他凶恶的脸，我很快就发现这只是个面具，其背后是温和而不安的性格。他一战前曾在纽约担任报道社会治安的记者，从 1915 年他就开始在法国当战地记者。他在那里学会了相当流利的法语，就是有点美国口音。和多数前治安记者一样，他完全不是知识分子，他一逮到艾伦和我在清闲的日子看书就皱起眉头。当杰和我争论司汤达、普鲁斯特、海明威、菲茨杰拉德和其他我们特别感兴趣的作家时，他从来不和我们一起讨论。

"你们读那些家伙的书干什么？"他会问，然后又把头转开，埋进报纸里。单凭经验，他就对巴黎、法国和欧洲的情况了若指掌，他写这些地方的政治很在行，但文化方面就不行了。"文化？"他会说，"那是什么鬼东西！"他的自相矛盾就是这样奇怪。他会严格地要求我们不要总"和女孩子鬼混"，但他自己也会觊觎她们。他还与一个阿根廷女人同居，两人并没有结婚。他把她藏得很严实，从没带她去见过朋友，几乎没有人知道她的存在。他是个虔诚的长老会教徒，每个周日早晨都去做礼拜，但晚上都在酒吧和夜店。

杰·艾伦，比我大四五岁，性子和威尔斯完全相反，他有教养、敏感，是个什么书都读的书虫。他从故乡西雅图到东部，在俄勒冈大学完成本科学业，在哈佛读研，学习法国文学，论文研究司汤达。然后和大学的爱人结婚，加入了拥向巴黎的大军。由于精神过度紧张，他疏解压力的方式就是写作，成就了报上的一些佳作。威尔斯没有特别的信仰，除了成为一个优秀的记者。自由主义和保守主义，民主和专制在他看来都一个样。在报道法国的民主、西班牙普里莫·德里维拉的独裁、罗马的墨索里尼、莫斯科的斯大林，甚至是日内瓦自由主义的国际联盟时，他从无任何偏向。这种意识形态的缺乏对一个美国驻外记者来说，益处甚多，超出了艾伦和我的认识。

但我们都无法做到这一点。艾伦强烈地反对独裁，不管是左倾还是右倾。他从不故作客观，直言不讳地报道了德国慕尼黑有一个叫希特勒的暴民煽动者正在崛起，报道了滑稽可笑的墨索里尼，报道了德里维拉和佛朗哥对西班牙民主的先后镇压。德里维拉因为他在马德里的一篇报道将他关入监狱，之后佛朗哥因为他报道西班牙内战，也把他投入大牢。尽管艾伦是我们巴黎报社的一员，但他那几年多数时间都在西班牙，最后，他终于全身心投入了拯救西班牙共和国的战斗。那时，佛朗哥发动了意大利和德国法西斯军团的力量去推翻共和国，艾伦辞掉了《芝加哥论坛报》的工作，将所有时间用于拯救西班牙，但很不幸，最后于事无补。

我和艾伦的很多想法都一致，这让我们成为亲密好友，友谊一直持续到 45 年之后他离开这个世界。根本上说，我想，我们的生活观都有点杰斐逊自由主义的倾向，尽管最后，专横、性情古怪的庄园主，《芝加哥论坛报》的所有者和经营者罗伯特·麦考密克上校控告我们俩是"共产主义者"，他在报上为聘用过我们而道歉。但那是后来的事情了。在那之前，他经常夸我们（也会斥责我们）。对我，他曾发了许多整版广告来称赞我的记者工作。

1927 年 6 月，我在巴黎忙于学习如何做好新工作。此时，我处于图腾柱的低端，值夜班，从下午 3 点工作到凌晨 3 点，中途 8 点左右有几小时的吃饭时间。因为巴黎和芝加哥有六小时的时差，我们要到凌晨三四点才能发稿，但通常威尔斯把午间报纸或国民议会等政治新闻整理成一篇稿件之后，下午 6 点就会停工（芝加哥的正午）。之后，他一定会跑到哈里纽约酒吧，和资深记者们坐在一起喝酒。他们起初是为了报道战争来到这里，现在都成了报社的领导。他们当中有《纽约时报》的埃德温·L. 詹姆斯，《芝加哥论坛报》的传奇战地记者、目前的杂志自由撰稿人弗洛伊德·吉本斯。他们是战争时代的老友，兴趣相投，快人快语，大多一副治安记者的做派——他们都做过治安记者。吉本斯是当时欧洲各酒吧的熟客，长着一副爱尔兰职业拳击手的脸，一只眼戴着黑色眼罩。吉米·詹姆斯和威尔斯一样，身材矮壮，但他的穿着更加整洁鲜艳，话也更多。我想，他还更精通欧洲政治。他写得又快又好，但没有自己的风格。也许是工作缘故，他成了古板庄重的阿道夫·奥克斯的爱将。奥克斯是《纽约时报》的所有者和出版商，他很快让吉米担任总编辑。除此之外，两人无甚差别。吉米是个真正的花花公子，最爱流连酒吧、夜店和赛马场。很难想象稳重的奥克斯会到这种地方，但当他到巴黎后，他真的去了，带着他那精力充沛、叼着雪茄的巴黎报社的总编。

下午6点一到，威尔斯就到哈里纽约酒吧溜达，而我就要完成一下午对国民议会、参议院和外交部的报道，中间还要到美国大使馆和领事馆查探情况。回到办公室，我就会给在酒吧的威尔斯打电话，和他讨论怎么归档。在我吃过晚饭之后，晚上10点，我的主要工作就开始了。我要读完哈瓦斯社的稿件和巴黎一些晨报的早版新闻。这里面经常会有值得细做的新闻，这时就打电话去核实消息，而这本身就是一项艰巨的任务，因为法国电话和接线员（拨号盘还未普及）基本不能正常工作。之后，在凌晨2点半，出版前的最后一版送来了，有十多份。因为有时间限制，所以我们必须尽快读完。那时，要特别感谢伊冯娜，我的法语变得很熟练，足以应付这个差事。如果其中有重大新闻，我就必须给威尔斯打电话请示。通常要打给好几家夜总会才能找到他，他一定万分不乐意离开。"威利，"他会说，"你自己就能搞定的。"我确实自己搞定了，而第二天在芝加哥的报上，作者署名是威尔斯。

这是报社的规矩。艾伦和我所写的报道都签上"威尔斯"。我们只有在外出做特别报道或老板出差在别的地方报道，才能有自己的署名。在芝加哥的编辑看来，根据我们所发的报道量，威尔斯一定是个不知疲倦、夜以继日工作的记者。但实际上，他一天的工作时间相当短，也就午饭前的一小时和午饭后的3点到6点。艾伦和我都没有抱怨过。我们都为这样有意思的工作高兴，当作一种训练。有时，我们犯了大错，受到芝加哥严厉指责的却是威尔斯，他从没再将过错归还到我们身上。然而，我开始疑惑，我是怎么得到远在祖国的雇主的注意的。有时，我发的电报上了首版，得到嘉奖的是威尔斯。"干得好，威利，"他会这样说，然后咯咯笑，"芝加哥那边喜欢你的新闻。"当时，我不明白芝加哥是怎么知道的。慢慢地我发现，《芝加哥论坛报》的最高领导确实知道。不管他有什么样的缺点（这数不胜数），他确有那种可怕的直觉，能够知道他驻外的奴仆在干什么。

　　《芝加哥论坛报》的编辑和出版人，罗伯特·麦考密克上校的气场笼罩于我们办公室。连愤世嫉俗、冷硬的威尔斯都满怀敬畏地提起他，通常都是低语。驻外事务处就是这位上校的得意之作。他亲力亲为，很少对他的总编辑和驻外编辑发出拿破仑般的命令，[1] 却有时对我们如此，也不会像指使我们一样让他们在急件空白处写满他那莫名其妙的批语，几乎天天如此。很明显，他也不会让他们去做些与记者无关的工作，而让我们去做，这常常让我们几天乃至几周都不能报道新闻。

　　既然我都在给这个专横、怪异的报业贵族工作了，我想我该好好地查查他的老底。我少年时在芝加哥，就听说过那个强大的麦考密克家族的大量传言。我只要温习就行。在芝加哥，人人都知道塞勒斯·麦考密克的事迹，他是这位上校的叔祖，发明了弗吉尼亚收割机，还成立了庞大的国际收割机公司。塞勒斯有两个兄弟，其中一个就是上校的祖父威廉·桑德森·麦考密克，他在 1847 年从弗吉尼亚来到芝加哥，以他们新型收割机为基础开始做起了农业机械生意。我想，这三兄弟最终吵翻，他们中最杰出的天才塞勒斯把另外两个兄弟挤走，独占了生意。上校的祖父于 1865 年在一家疯人院去世，上校有时也说起家传的疯病。他说："所有麦考密克家的人都是疯子——

只有我是例外。"不过，我们这些在他手下工作的人不大相信他这句话。上校的母亲来自梅迪尔家族，根据我个人与她的短暂的接触，我认为这个家族可能也有疯病的遗传。

她是个令人敬畏的女子，名为凯瑟琳（卡特里娜）·范埃塔·梅迪尔，是约瑟夫·梅迪尔的女儿。约瑟夫·梅迪尔于1855 年到芝加哥，在《芝加哥论坛报》做印刷工，该报于1847 年创刊，原发起者现在已经无从考证。20 年后他获得了该报的控制权，把它办成了中西部发行量最大、最有影响力的报纸。他是早期亚伯拉罕·林肯竞选总统的支持者，因此成了总统的密友之一。而他雄心壮志的女儿只在孩提时代见过总统，就曾经告诉我说，林肯是她记忆所及的美国最伟大的人。而其实在这一点上我不太需要被人说服。

卡特里娜·梅迪尔与塞勒斯小弟弟的儿子罗伯特·桑德森·麦考密克结了婚，麦考密克家族于是被纳入了《芝加哥论坛报》的事业。但是这位麦考密克对报业或者对芝加哥混乱无章的生活明显不感兴趣。1901 年，他通过家里与白宫的关系，得到了出使维也纳的任命。第二年，他又当上了驻圣彼得堡的大使，继而又任驻巴黎大使。这样，我们生于1880 年的麦考密克上校在欧洲三座最重要的首都长大成人，他在那里学了外语，感受到欧洲的政治和生活。与他的夫人相比，在旧时的外交生涯中，大使似乎表现得意志薄弱，能力不足。总之，西奥多·罗斯福总统解除了他驻巴黎大使的职务，而他一直没有从这一打击中恢复过来。我从来没听上校说起过自己的父亲。也许，他不忍去想他的平庸和失败。但是，他尊敬自己的母亲，继承了她的专横，显然她对他的影响更大。他甚至原谅了她在他小时候把他打扮成女孩的模样。有人说，她之所以这样做，是因为她第一个出生的女儿出生后不久夭折，她祈祷上帝再让她生个女孩，结果却生了个男孩。

麦考密克夫人虽然已经年迈，却每年夏天都来欧洲，她会在巴黎和凡尔赛住一阵子，之后还要去卡尔斯巴德的温泉洗浴。总有一名雇员被派去租一节专供她用的卧车厢，到瑟堡去接她，负责把特别的车厢连上运船客的火车，然后陪她来巴黎，把她安顿在里茨饭店。我逃脱了这件苦差事，但是被吩咐，要例行公事地去里茨饭店，陪她喝好多次茶。我还记得头一天的情景。她的言谈，虽然有些不连贯，但她说起在芝加哥的早年岁月、在圣彼得堡和维也纳的皇宫的华丽生活，以及世纪之交在巴黎的日子，那些回忆实际上十分有趣，她最喜欢在巴黎的时光。我猜她准是不能饮酒，因为她给我喝的所谓"威士忌"实际上是她的医生调出的东西，看上去，喝起来，让她觉得都像威士忌，而里面不含酒精。我尝了尝，味道就像洗碗水，可我仍然勇敢地大口喝下——这是工作的一部分。最后，度过了长长的下午，我起身告辞。

她这时却说："等等，年轻人，我想让你为我发封电报。"

我拿出速记本和铅笔，听候吩咐。

她说："我要发给林肯先生。"

"给谁?"我脱口而出又赶紧闭嘴。

她开始道："华盛顿特区白宫林肯先生收。"她于是开始口授一封给亚伯拉罕·林肯的电报，没完没了。我现在已经忘了它的内容，但是模糊地记得她对来这里几天之后，所见的巴黎、法国以及整个欧洲做了描述。也许她依据的是巴黎报纸，她没有忘记法文。我从后来的谈话中得知，她和她的儿子一样，喜欢法国和法国人，却很不喜欢英国人，明显地讨厌日本

458 / 二十世纪之旅：人生与时代的回忆（第一卷）

人、德国人、犹太人和罗马天主教教徒。她口授的给殉难总统的电文里也许还有一些这样的内容。我回到办公室，把电文交给威尔斯。

他咕哝着："别管它。我相信林肯先生已经死了。"

第二件记者之外的任务是去法国北方的战场，在坎提尼做一番考察，报告它现在的状况，找出一座旧谷仓中里的防空洞。麦考密克上校说他在那里指挥过炮兵作战。我还要找出一副望远镜和其他一些私人物品，据他说，在九年前1918年夏天的激战中，美军向前推进，他把那些东西遗忘在了那里。坎提尼的战斗在美国远征军战史上是一场小小的战事，却在上校心中或是他的想象中显得很重大。他用它来命名他在芝加哥的大宅。麦考密克除了对我口头吩咐之外，还附了一张他亲手画的农场地图，标出了谷仓的精确位置。

经过几天的搜寻，我想我找到了那个地方。那个农场和别的农场没什么两样，层层麦浪在6月的太阳下翻滚。这里没有一点当年战场的迹象，迎接我的那位农民面露怀疑之色，而当我告诉他我来干什么时，他看我的眼神好像我是个疯子。

他说："如果这里真打过仗，那也不是什么大仗，我在这一片田地里耕作了好多年，从来没像一些邻居那样，看见过什么地雷或是旧弹片。"

我看出他的谷仓是新盖的。

我解释说："有人让我来看看我的美国上校的指挥所，就在谷仓的地窖里。当时他遗落了望远镜。"

那人听了，说："你疯了吗？这里什么也没有。只有一些机器，还有些去年的干草。"

虽然如此，我仍然坚持要看一看。他于是不情愿地带我去谷仓，我敲了敲地板，查看了每个角落，但这里根本找不出什么防空洞。这里只有一些犁耙、切条机和几捆旧干草。我带了一位法国摄影师给这个著名的战场以及上校的指挥所拍照。明显地，他也觉得我疯了。不过，我还是让他拍下田地、谷仓和谷仓的内部。我需要一些证据来说服上校。

上校从来没有回复过我的"报告"。不过，他也没有开除我。也许他觉得我只是个笨蛋记者，从来没有像他那样打过仗，即使战场就在眼前，我也认不出来。

我有些沮丧地回到巴黎，但是威尔斯马上让我高兴起来。

威尔斯说："他从没有在坎提尼打过仗，他压根儿就没去过那里。"

我难以置信。威尔斯接着说下去："没错，有些人，我想是芝加哥的竞争对手，在陆军部核查过。那时上校在休病假，数千士兵得了流行感冒。不要告诉任何人。"他狡黠地又说："不过，有些人甚至认为上校并没有生病，只是请假去巴黎享乐了。到底有什么可大惊小怪的！没有什么不好意思的，有假当然要休，去花天酒地的巴黎乐一乐呗。"[2]

有了这番经历之后，这种任务多数会绕过我。例如，当我在伦敦工作时，那里的驻外记者需要去苏格兰为《芝加哥论坛报》买新货船，用来把新闻纸从加拿大的造纸厂运到芝加哥。另一项任务是为上校在乡下大宅的马球队买小马。虽然他十分讨厌英国人，麦考密克还是坚持买英国的马和船。但由于我不能很好地胜任这些工作，于是被免除了这些任务。我对马匹和轮船一无所知，不过仍然纳闷为什么极其爱国的麦考密克上校不在美国本土买他的船和马，促进美国的贸易和就业。但这样的疑问无异于低估他精明的商业头脑。

1927年伦敦的那个夏天似乎十分糟糕，特别是在到过巴黎之后。之后的两个夏天我也在那里工作，仍没有什么见闻和经历能让这样的夏天更明朗、更吸引人。原因不在于工作，而是那里的生活。工作其实已经足够有趣，那毕竟是目睹和记录大英帝国最后的繁荣，像老话讲的——"日不落"的时代。1914年大战爆发前夕，地球上四分之一的地方都属于大英帝国，它统治着4.5亿人口，其中只有7000万白人。战后的和平条约又为它增添了百万平方英里的土地和700多万人口。但现在，甚至我这样一个初来乍到的年轻美国佬也能看出来，太阳正在从它的版图上落下，从各个大洋的上空。不过，英国人自己似乎没有觉察到。

统治着整个帝国并抽取其给养的英国本土，你也能看出它陷入了重重麻烦。它被严重的失业、经济、财政以及社会问题困扰，而恼人的阶级矛盾也越来越尖锐。那些长久以来知道并接受了自己处境的工人，现在开始焦躁不安，虽然上帝知道他们没有革命性力量。去年总罢工的阴影仍然笼罩着这个岛国。工人的罢工失败了，尤其是矿工，被迫回去工作，接受几近挨饿的更低工资。你可以感受到他们的怨恨以及绝望。

保守党政府和统治阶级联合压制了罢工，他们开始有些恐慌，不过现在又信心十足，重获那种幸福的优越感。他们教会了罢工者识相。财政大臣温斯顿·丘吉尔给罢工者打上"敌人"的烙印，要求他们"无条件屈服"，他最终如愿以偿。我到达的那个夏天，下院刚通过立法，把将来的此类罢工定为非法。

　　上层阶级和有钱人避免了一切争取正当工资的劳资纠纷，似乎也不在意正在加剧的失业问题（失业人数稳居 100 多万），他们享受着报纸上所谓的一战以来最辉煌的社交季节。在查令十字街、特拉法尔加广场和皮卡迪利广场上，成群结队、衣衫破旧的失业矿工和纺织工人吹着喇叭、伸出帽子求人施舍，只为了养家。与此同时，他们体面的同胞坐着专职司机驾驶的闪亮的劳斯莱斯前往梅费尔和贝尔格拉维亚区雅人云集的晚宴，前往白金汉宫的茶会和舞会，或者前往观看罗德的板球赛、温布尔登的网球赛、考斯的帆船赛、阿斯科特的赛马会。偶尔你能瞥见他们的装束：男人戴着高礼帽，穿着正装，依当时的时间，或灰或黑；女人珠光宝气，穿着绸缎。他们似乎无忧无虑，只有快乐。当 8 月的暑热开始，伦敦的社交季节也随之结束。他们离开了令人不舒服的城里，去乡间的大住宅或是城堡。而那里的社交季将持续到秋天。大批训练有素、忠心恭顺的仆人会伺候他们，令他们满意、高兴。

　　帝国的基础也许正在崩溃（虽然这一切他们不曾发觉），这个国家每况愈下（如果确实如此，他们也会觉得这只是暂时的），数百万国民所赚取的钱不够维持他们一日三餐以及体面的住房（难道他们领的失业救济金或工资水平不应该与这个国家的经济水平相当吗），可是这些贵族、有钱人必须得到他们习以为常的享乐。

　　我猜他们有点像流连于凡尔赛宫廷的那些达官贵族，他们就这样纵情欢娱，断送了光荣革命前的最后岁月。以我无知的眼光来看，在英国丝毫没有革命的危险。统治者严密地统治着这个岛国。被统治者会抱怨自己的处境，甚至罢工，但是，他们抗议的激烈程度也仅止于此。长久以来的等级观念根深蒂固，上上下下每个英国人都接受了它。这是我在这个人口密集的小岛国观察这些陌生人后看到的第一个奇迹。

不过，一个驻伦敦的记者不需要很久就能认识到，这里的阶级结构无比复杂，在等级之中又有等级，每个等级都有其特殊成分，每个等级似乎都明了它在社会阶层中的地位。从教育中就可以看出这一点。它把人带入一个与美国甚至法国完全不同的世界。

你若想升上保守党阶梯的顶端，进入保守党政府，到达文职的高层，尤其是财政部或是外交部，必须出身于伊顿或者哈罗公学，再从牛津或者剑桥大学毕业。实际上，为了受到良好的高等教育，你必须在这两所著名大学之中选择其一。因为它们——伊顿和哈罗也是一样——录取名额有限，除了极少例外，这些学校只招贵族和有钱人，这就意味着英国大多数年轻男女不只被排除在良好的高等教育之外，也被剥夺了由此而享受到体面公职的资格。世界上再没有国家会让学校情结显得如此重要。事实上，我开始认识到，在英国有两种教育体系，一种是针对穷人的，而另一种是权贵人士的。

第一种很糟，第二种大体上非常优秀。教育机构与其他任何机构不同，非但不促进民主和平等意识，却还在加深阶级差别。这道鸿沟就在于你是否出自所谓"公学"（实际上是私立的伊顿和哈罗），还是出自美国人所称的公立学校。再者就是考虑学位，看你上的是牛津、剑桥还是差些的大学。1927 年，保守党内阁、下院保守党、公务员和英国教会中的高层大多数是出自所谓"公学"和两所著名大学的毕业生。

我来伦敦的头两个夏天，斯坦利·鲍德温身为首相主持着保守党政府。他出身工业世家，祖上四代建立起了庞大的钢铁产业。在我眼中，他是典型的英国佬，相当顽固。他不懂外交，不信任外国人，眼光只局限于生意场，他疲于应付各种困境，到 1929 年才站稳了脚跟。虽然早年从事钢铁业，后来又进入政界，但他有些神秘主义色彩，喜好文学，母校情结非常重。哈罗公学的教育在他身上留下了不可磨灭的印迹，在他的非政治演说集《关于英格兰》中，这一点确证无疑。他写道："当我认识到需要组成一个新政府时，我首先想到应当建立一个不使哈罗蒙羞的政府。"他补充说，他决心"在我的政治生涯中，不能让任何哈罗校友说我没有尽力实现哈罗的最高理想，我永远不能做那样的事"。

可是，那些理想真的很崇高吗？从我认识的几位毕业生身上看，那所学校的最高理想不过是令人无法忍受的势利气。无疑，还有些我不知道的其他理想。无论鲍德温有何种局限——这些局限为上层阶级所共有——他却谈不上势利。只是，像其他"公学"的"产品"一样，他自认为只有他们这些人才最适合掌管国家，这或许就是一种不自觉的势利。

幸运的少数拥有这个正走向衰落的国家最多的财富，这种情况比美国更严重。人口中百分之一的人拥有三分之二的国家财富，千分之一的人拥有三分之一的国家财富，四分之三的广大国民人均收入不过 500 美元。伦敦本身是一个典型，价值数十亿英镑的房地产集中在少数人手中。一个有爵位的人在伦敦西区拥有大约 300 英亩地产，他的收入主要来自房租，数目惊人。其余的伦敦房产集中在另外约二十个爵爷手中。在 800 万首都居民中，拥有地产的只有 4000 人，并且数量很小。一个英国人的家可能是他的堡垒，可是他没有足够的钱来拥有它。几乎所有被雇者，1800 万人，每年的平均收入只有 1000 多美元。如果能付清房租，他们就还算幸运的。工党虽然保证能给他们带来更高的收入，但他们中的大多数，甚至劳工的大多数从来不投票给工党。他们似乎满足于保守党留下的碎屑。他们忠于统治阶层，对皇室无比尊敬和热爱。这似乎很感人，但是对我这个从美国来的观察者来说，十分费解。虽然如此，却不容置疑。这是国家结构的一部分。

让我这个无知的人感到同样迷惑的，不仅是这么小的统治阶层如何维持它的特权，而且是真正的民主政治怎么产生于这样的寡头统治之中。我在伦敦的那些夏天，越读英国的历史，就越开始理解。英国的民主并不像法国那样起源于群众革命，而是起源于上层阶级对皇室的反抗，他们在 17 世纪中期从皇室手中为自己夺得了政治权力和自由。这不是法国甚至美国那种大众的反抗。在伦敦听不到像巴黎暴民那样要求平等的呼声。对于上层阶级与国王的长期斗争，普通大众无动于衷。正是上层阶层为英国争来了政治自由。

但是，政治民主并没有带来平等，而在英国平等也不是它的目的。上层阶级的些许高明之处在于他们成功地劝服了下层人士投票让他们管理国家。占多数的普通人所持的选票完全能够建立自己的政府——工党政府。但是，他们太愚笨，见不及此，选择了与权贵联合，同意了维多利亚时期的经济学家、《英国宪制》的作者沃尔特·白芝浩的宣言："我们希望被拥有物质手段的理性人士统治。"

我来伦敦的第一年夏天开始读白芝浩，他显然惧怕普通人觉醒之后会联合起来接管国家，这种想法使他非常恐慌。他严肃地警告：

下层阶级在政治上的联合……是头等邪恶……如果他们执掌大权就意味着无知统治有知、人数统治智慧。只要他们还没有学会联合起来，就有机会避免这样的情况发生，而这样的避免，只能由上层阶级中更有智慧和远见的人完成。

实在奇怪，从我那年夏天读的书来看，一位 19 世纪的人物，最伟大的贵族之一，出身于最为古老且显赫的家族，却并不同意他的阶级或者白芝浩的预见。此人就是伦道夫·丘吉尔——温斯顿·丘吉尔的父亲。迪斯累里于 1881 年逝世后，他接任保守党领袖。他 1892 年写道："工党群体为了让已经获得的巨大政治权力为自身利益服务，正在进行重要的、开创性的努力。"这一言语让丘吉尔的大多数保守党伙伴感到震惊。

他认为，和之前的其他政治组织一样，工党仅仅试图在执政时照顾到**他们**自身的利益。

（他写道）之前，我们的土地法是地主为了自身的利益制定的，外交政策也是一样，为了同样人群的利益，达到同样的效果。后来，大量的政治权力从地主的利益转移到了工业资本家的利益，我们整个财政系统也被工业资本家依据自己的利益改造，外交政策的转变也同时发生。而我们现在或者即将迎来一个这样的时代，要为了劳工的利益而制定工党法律……我本人觉得这并没有什么可大惊小怪的。

可是三分之一个世纪过去后，当我来到伦敦时，上流阶层流传着一种恐慌，虽然我看不出有什么理由。白芝浩所担心的事情正在出现，至少某种程度上正在出现。工党于世纪之交成立，其成员已经有几位进入下院。到了 1914 年战争爆发时，它有了 40 多位议员；到了 1922 年，它首次成为英国第二大政党，人数超过了自由党，拥有 400 多万张选票，赢得了 142 个议会席位。在次年选举中，它的席位又增加到 191 个，而自由党拥有 159 席，保守党则有 258 席。格拉德斯通和劳合·乔治领导的伟大的自由党已经成为过去，工党成了真正的反对党。翌年，也就是 1924 年，保守党和自由党未能同意成立联合政府，国王召见拉姆齐·麦克唐纳，要求他成立一个少数派政府，这是有史以来第一届工党政府。这在伦敦市和梅费尔引起了一阵恐慌，上层阶级担心一个"社会主义"的政府马上会弄垮英国。但是这样的不幸并没有发生，这个政府只持续了九个月，没有什么作为，当然也没有什么值得害怕的。从此，上下两院有多数席位的保守派又牢牢控制了局面，他们依从统治阶级的心意，镇压了工人运动，降低了他们的工资，在外交和内政上得过且过，整个国家太平无事，人们显然安于现状。

这些都算不上是新闻，但发现新闻才是我的主要工作。实际上，那年夏天以及次年唯一能搅动议会的问题是《祈祷书》的修订，但这件事引不起我们芝加哥基督教读者的兴趣。我报道了一些下院的辩论，但是，这些话让我昏昏欲睡。我承认自己从来不懂这个问题，如果这真成问题的话，它为什么在上下两院以及英国圣公会的教士中引起如此大的动静（上院通过了修订，却遭到下院的两次反对）？虽然报纸，尤其是《泰晤士报》，为此贡献了好几栏的版面，我仍然觉不出大众对此有任何关注，不论地位高低，他们多数像美国人一样，虽然自称为基督徒，却根本不去教会。

对于我们来说，更多的新闻来自保守党在新一轮红色恐慌之后与苏联断交。这是我第一次感受到布尔什维克的幽灵。后来我还在其他国家目睹它被用来愚弄大众，在德国、法国，最后在我自己的国家。当我最后回到美国，还要经历麦卡锡的歇斯底里。我们在二战后立即开始搜捕"红色人士"。"战斗勇士"司法部部长随意逮捕了数千名所谓的共产主义者，把他们关进监狱，数百名敌对分子被驱逐到苏联。数百万美国人声称被"红色威胁"吓得要死。过了不久，耀眼的经济繁荣和生活方式的提升分散了注意，我们这才缓过神来。

不过，人们期望我们乏味的英国表亲会比较坚强，不会发生红色恐慌。但事实上他们和我们一样脆弱。1924 年，一封信让选民们无比紧张，最终投票否决工党，把压倒性多数选票投给了保守党。这封信在大选之前发表，据说是共产国际的领导人季诺维也夫写给英国共产党的，号召它开展全面的宣传攻势。那封信明显是伪造的，可能是在柏林的一伙白俄流民所为，轻易地发给疯狂反苏的《每日邮报》发表。而英国选民不在意它的真伪，他们觉得工党政府对布尔什维克太"软弱"，于是把它轰下了台。

1927 年夏天我到伦敦之时，保守党政府再次表达了对来自莫斯科威胁的惊恐。5 月，一大群警察搜查了苏联驻伦敦的贸易代表处，没有发现什么罪证。当局上了假情报的当。但为了掩饰窘迫，英国政府断绝了与苏联的外交关系。英国民众对此表示理解和同意。

我们在芝加哥地区的读者也是这样。可敬的《芝加哥论坛报》网罗这样的故事，把它们登满了头版。他们要读者相信，共产主义**确实**威胁到了我们自由的西方世界，他们安慰读者说，英国再次回到了保守党的安全掌握之中，英国政府知道应当与莫斯科"无神论者"的赤色分子分手。而华盛顿政府，拥有无穷的智慧，始终没有承认布尔什维克政府，虽然他们已经执政近十年。尽管苏联拥有广大的国土和众多的人口，国力雄厚，在华盛顿看来，它却并不存在。

1929 年 6 月，美国新任驻英大使查尔斯·盖茨·道威斯将军来到伦敦，而我刚刚第三次在夏天因公来到伦敦，此人有时会成为我们的新闻来源。作为芝加哥最著名的市民，他理应被芝加哥的报纸密切关注。不过我猜，麦考密克上校讨厌他国际主义的论点。他是有史以来地位最高的美国驻英大使。从他的履历来看，他曾任麦金莱总统的货币监理官、哈定总统的预算顾问、柯立芝的副总统，还是"道威斯计划"的创立者——该计划减缓了德国的赔偿，稳定了德国货币。1925 年，他与英国外交大臣奥斯丁·张伯伦爵士共同获得了诺贝尔和平奖。道威斯在战争中也有卓越表现，为潘兴将军开赴法国的美国远征军组织输送物资。在担任公职之间，他抽出时间建立了伊利诺伊中央信托公司，收益可观。他有些古怪，精力充沛，难以捉摸，喜欢抛头露面。不过，虽然身为保守的银行家、律师和官员，他对爱摆臭架子的人却嗤之以鼻。

道威斯一到伦敦就让英国人大吃一惊，他宣布美国大使馆不招待饮酒。他说，只要美国本土有禁酒令，美国大使馆就一样禁酒。更令人震惊的是，他还声明，不穿大使的礼服（佩着剑）。他在白金汉宫向国王递交国书，穿着正式的晚礼服——白领结和燕尾服，不过时间是在中午。道威斯还是一个厉害的恶作剧者。他想出各式各样的点子，让使馆里的仆人捉弄一本正

威廉·詹宁斯·布赖恩。三次成为民主党的总统候选人，曾在威尔逊总统在任期间出任国务卿。他曾是作者年轻时心中的民粹英雄，不过在听完那年夏季他在肖托夸集会上的演讲，以及了解到在田纳西州代顿市著名的"猴子审判"中他对原教旨主义的回护态度，他在作者心中的形象就不再崇高（贝特曼档案馆所藏）

克莱伦斯·达罗。为工人和穷人辩护的芝加哥的伟大律师，是作者心目中的另一位英雄。他是作者父亲（同为律师）的朋友，偶尔来作者家长谈（贝特曼档案馆所藏）

埃德娜·圣文森特·米莱。1924年，她到寇伊学院发表演说之时作者第一次见到她（贝特曼档案馆所藏）

卡尔·桑德堡。他是《芝加哥每日新闻报》的记者和影评人，是芝加哥最好的诗人，他后来为亚伯拉罕·林肯所作的传记非常出名（贝特曼档案馆所藏）

桌旁的西奥多·德莱塞。芝加哥为他最好的几部小说提供了素材，对此他说：
"越疯狂越好。"（贝特曼档案馆所藏）

1927 年，作者在《芝加哥论坛报》巴黎办公室

1928 年，作者在巴黎采访吉恩·滕尼。当年后者作为世界重量级拳王宣布退役，正准备前往罗马结婚

查尔斯·林德伯格。在单独完成了纽约至巴黎的跨大西洋飞
行后他向群众挥手致意（《摄影世界》）

（上）西尔维娅·比奇，《尤利西斯》的出版人，与詹姆斯·乔伊斯在巴黎（贝特曼档案馆所藏）

（下）1923年，埃兹拉·庞德在他巴黎工作室的花园里。当时他已经开始扶持海明威（贝特曼档案馆所藏）

乔治·克里孟梭。一只"上了年纪的老虎"，普恩加莱的有力竞争者。他作为法国总理在第一次世界大战期间引领法国走向胜利，并主导了1919年在凡尔赛召开的和平会议。竞选总统失败之后，他在20世纪20年代的人生最后几年将自己孤立起来，写了一些书，预测法国将在未来的20年里走下坡路——多么精准的预测（《摄影世界》）

雷蒙·普恩加莱。一战时任法国总统，之后出任总理。1929年，他退休后回到家乡洛林。五年后，他在弥留之际望着旁边的德国边界说道："他们还会再来。"而事实的确如此（贝特曼档案馆所藏）

欧内斯特·海明威。1925年，他的记者朋友对这位前报纸通讯员正在创作的第一本小说信心满满，认为必定会大获成功（《摄影世界》）

格特鲁德·斯泰因（左）和她的同伴艾丽斯·B.托克拉斯。斯泰因女士既不赞赏作者对乔伊斯的钦佩，到最后也不赞赏作者对海明威的钦佩(《摄影世界》)

斯科特·菲茨杰拉德在巴黎的桌旁。有几个夜晚,这位小说家坐在《芝加哥论坛报》巴黎分社的办公桌前,对着瑟伯、作者以及编辑同事高谈阔论,拼命敦促报纸印刷(贝特曼档案馆所藏)

詹姆斯·瑟伯。1925年,在巴黎版《芝加哥论坛报》编辑室的数个长夜,他告诉作者,尽管可能会遭遇挫折,但他立志成为一名作家(贝特曼档案馆所藏)

辛克莱·刘易斯和多萝西·汤普森。1931—1932年，他们二人在维也纳试图挽救婚姻，也是在此地，刘易斯向作者吐露他正在创作一部堪比美国历史的伟大小说，但之后再没消息（贝特曼档案馆所藏）

（左）约翰·君特。同样出生于芝加哥，是《芝加哥每日新闻报》驻欧洲的记者。尽管他和作者两人供职的报纸彼此是竞争对手，但在维也纳两人很快成了朋友，直至1970年君特在纽约去世。20世纪30年代早期在维也纳，君特的主要理想是成为一名小说家。但在他的"透视"系列成功之后，他的小说梦不再那么强烈了（贝特曼档案馆所藏）

伊莎多拉·邓肯。虽然作者和她的友谊短暂，但她成了作者这位年轻报人一生的精神信仰之一（贝特曼档案馆所藏）

经的英国客人，供自己一乐。在我看来，他给乏味的伦敦带来一股新鲜空气。唯独他为我做的一桩好事却招来了《芝加哥论坛报》东家迄今为止最严厉的训斥。

一个星期六的早上，我去找大使闲聊。他提起他正在为晚上在牛津的讲演做最后的润色。我说，既然这样，我愿意和他一起去，做一番报道。

他说："为什么要浪费你的周末呢？"事实上，这周末我被邀请去乡下玩，这样的周末的确为数不多。我已经计划好，乘中午的火车离开伦敦，过一个星期天。

道威斯说："听着，我用一小时打出来这篇恶心的讲稿，叫人发给你。你可以发给芝加哥然后去过周末。"

在中午前，我收到了演讲稿。我匆匆读了一遍，写了一段简短的编者按，用1000词将他的演讲稿写进电讯，编辑了一下，然后跑去赶火车。当我星期一早上回到办公室，一封500词的长电报在那里等着我，是怒气冲冲的麦考密克上校发来的。

> 夏伊勒。你对道威斯的报道令人气愤。你以为英国人会在威斯敏斯特教堂给你立碑。这些应当是英国人的事。美国人不该操心。你却瞎操心。

后面这样的话没完没了，如果我想"变成英国人"，那么请便，可是《芝加哥论坛报》里只需要真正的美国人。结尾是："不要向英国人谄媚，做美国人。"

现在，我连道威斯在牛津演讲的题目都记不起来了，不过只模糊地记得伦敦对他演讲的评论，他似乎写了一篇关于"我们美国对英国的亏欠"之类的东西。我发的电稿里没有一行是我自己的意见，只是草草引用了大使的文章，匆忙中写下了一段介绍。我写了封电报，告诉我的东家这一点，向他保证我一点也不想让英国人在威斯敏斯特教堂给我立碑。写好之后，我把它扔进纸篓。我已经学会怎样和专横的上校打交道。我开始怀疑他有些疯癫。

事实上，我和他一样对英国人有偏见。在 20 世纪 20 年代经历过的三个夏天，我感到他们难以忍受——对美国人来说，不可忍受的傲慢——还有惊人的无礼。认识到他们这样由来已久会感到一丝安慰。1787 年，托马斯·杰斐逊作为驻法大使初到伦敦，对英国人——甚至是国王乔治三世——的行为感到震惊。当美国国务卿约翰·亚当斯之后的《独立宣言》的作者来到朝廷之上，国王却背过身去。杰斐逊写信对朋友说："真应当对英国人严加痛责，教之普通的礼貌。"也许在维多利亚王朝的鼎盛时期，他们的表现更糟。历史学家丹尼斯·布罗根是苏格兰人，他曾经告诉我（并且后来写在书中），在那个时期"以现代的眼光来看，英国人可能是个无可忍受的民族"。他觉得到了 20 世纪 20 年代，他们多少还进步了一些。

如果他们让我有些反感英国，他们自己则是反感美国的。在英国官员中尤其如此，特别是和记者打交道的来自外交部、海军部和印度事务部的人。他们似乎认为美国人粗俗、野蛮，说着难听的英语，带着讨厌的腔调，没有文化和教养，极其无知，尤其是对于历史和当时英国以及西欧情况的无知——他们仍把西欧当成世界文明的中心。

美国在这个世界之外，愚钝、唯利是图、没有传统和历史——一个彻头彻尾的暴发户民族。我却嗅到了一些不安和嫉妒，甚至是不断增长的怨恨，尤其是在 1924 年到 1929 年英国保守党政府上台期间，美国正在迅速成为一个世界强国，威胁着大英帝国。让我觉得最荒唐的是，一战后，美国虽然拒绝了《凡尔赛和约》和威尔逊的国际联盟，孤立自大，毫不在意英国或欧洲，但美国正试图削弱大英帝国，或许要把它分走一些。海军部在英国仍然有很大的势力，是保守党的一个中心，被大多数英国人认作国防的基础、帝国的保护者。难道不是英国的海军，多少世纪以来所向无敌，使英国强盛，并继续强盛下去的吗？即便这样，我还是对海军部及强大海军的支持者仍然怨恨1921年的《华盛顿条约》感到意外。该条约规定英国与美国持有相同数量的战列舰，这让他们觉得英国的海军力量受到了抑制。英国破坏了1927年夏天的日内瓦海军裁军会谈，因为他们不同意与美国拥有相同数量的巡洋舰。他们觉得美国没有必要要求海军力量相等，美国并没有一个需要保卫的帝国。是不是美国佬贪婪地看上了大英帝国的地盘？

所以，在伦敦的美国佬也变得不受信任，成为英国上层阶级轻视的外国人。这种态度似乎在说，因为你不是英国人，所以较为不幸，有缺陷。在他们眼中，你有些奇怪，甚至可笑。也许吉尔伯特和沙利文表达出他们的所感。在他们大多数作品中，一切外国的东西对英国人来说都是可笑的。吉尔伯特和沙利文的歌舞剧总是让我觉得讨厌，但是，伦敦的贵族十分喜欢。这些演出使他们可以笑话外国人的种种短处。我不能说自己在乎这些人对我和我同胞的看法，或者这些人对被迫生活在他们之中的外国人的看法。但我对他们的态度和礼节还是感到不解。赫伯特·乔治·威尔斯对此给出过部分解释。他觉得，因为统治阶级是由女家庭教师带大的，因此就染上了女家庭教师的想法和做派。无疑，肯定还有其他的原因。这些家伙生活在岛国，因此很狭隘。一位荷兰报社驻伦敦的老记者后来写了一本书，书名是《英国人——他们是人吗？》——有时我也感到纳闷。

　　而我也很容易承认，他们的确有很多优点。英国人尊重个人隐私，我很欣赏他们初次见面时对你有所保留。没有人会使劲拍你后背，拍得你喘不过气来。英国人初次见面，不会过分友好，直接叫你名字。他们可能并且通常会带着一种优越感，但不是自夸。他们欣赏别人的性格，但是过度的自夸不能打动他们。他们也许遵从常规，尽管这些规矩很多是肤浅的，有些甚至是愚蠢的，但是在私生活里，他们是个人主义者。他们不在乎别人是否以自我为中心，只要对方不虚伪。他们守信用，说话算数。他们有公平游戏的意识，喜好运动。尽管看上去冷冰冰的，但偏爱简洁说话这一点倒是和我一致。

　　我开始欣赏他们对于公共事务的看法，他们对于这项事业的投入，尤其是在这方面的高度诚实。我已经见识上层阶级心智和性格的局限，但他们使国家行政部门成为世界上独特的机构：自律、训练有素、不受腐蚀。它成为将政府部门整合到一起的黏合剂。虽然超过半数的政府工作人员来自公学，80%的人出自牛津和剑桥，但它的职位也对其他人开放，这些人必须通过一系列严格的考试。政治家们来来去去，从一个部门到另一个部门，一些会半路倒下，但在每个人背后都有一位在他们执政时不变的副部长，以及一个公务员班底。正是这群人为尽职、公正、诚实的政府带来持久和稳定，为其贡献智慧和心血。这样的行政部门使人们相当信任政府，甚至在他们对政治家十分失望的时候也会如此。

《芝加哥论坛报》的办公室在舰队街上，这里引人入胜，是伦敦报业的中心。英国第一位报业大亨诺思克利夫勋爵的影子仍然在此徘徊不去，比弗布鲁克勋爵①的恶作剧仍在这里流行。诺思克利夫之于英国，如同约瑟夫·普利策和威廉·伦道夫·赫斯特之于美国——他创立了千百万人喜欢读的"便士报"。1896 年，他办了《每日邮报》，立刻大获成功，发行量超过百万，这份报纸也使他成了百万富翁。20 世纪 20 年代末，我在伦敦的时候，它的发行量开始下滑。不论在收益还是发行量上，《每日快报》成为第一大报纸，比弗布鲁克勋爵取代了诺思克利夫勋爵。1922 年，诺思克利夫去世，他的兄弟罗瑟米尔爵士接替他成为英国的报业大亨。比弗布鲁克短小矮胖，脾气火爆，事无巨细地管理着《每日快报》和《标准晚报》的业务，包括编辑和经营。他在加拿大出生长大，不到 30 岁就在那里开公司，积累了可观的财富。他急着想征服新世界，于战前来到伦敦，买下《每日快报》，把它的发行量从 40 万份提高到 400 万份，并且投身政界。

《每日邮报》充斥着猥亵的文字和画面，大量耸人听闻的标题，《每日快报》则有更多这类内容，无实质性新闻，甚至新闻栏目也被办报者的个人意见左右。似乎《每日快报》只是一个工具，替顽皮跳脱、无法自控、精力充沛的比弗布鲁克尽可能摘取其生活中的乐趣，并且为他宣传他所喜欢的政治策略，很多内容都是疯话。[3] 他大言不惭地声称，他的记者和编辑都是按他吩咐写东西，他为此给他们很高的薪水。但是，他

---

① 比弗布鲁克，加拿大裔英国报业大亨、政治家、作家。名下报纸有《每日快报》《标准晚报》《星期日快报》。

顽皮的个性使他能在他的报中注入其他报社主人不允许的内容。他的首席天才漫画家大卫·洛是工党中的左派，他取笑比弗布鲁克在报纸上赞同或支持的一切。他揭穿了当局的自鸣得意。他画了留着海象胡须的老笨蛋"毕林普上校"——他坚决捍卫统治阶层、国王和国家、陆军和海军，以及帝国的一切无聊的东西和旗帜。毕林普上校这个荒唐的人物意外走红，成了一个寓言、一个遗迹、一个那个时代英国生活的侧面。你遇见的每个人会和你聊一聊最近那个上校又做了什么蠢事，然后和你一起发笑。[4] 洛的漫画大大提高了比弗布鲁克《标准晚报》的销量。洛帮助了我，还有很多人，让我们活在伦敦。他提醒你，英国人毕竟也是人，他们也有幽默感，骗术也会被揭露。

偶尔，比弗布鲁克为了吓一吓众人，会让他的专栏作家写讽刺他的文章。但他们的大多数文章是照他吩咐写的，或者按他们高贵的主人所期望的那样去写，所有其他报纸同样如此。没有一个专栏作家或报道、解释重要事件的"政治记者"的身份是独立的。在舰队街上没有沃尔特·李普曼或斯科蒂·赖斯顿①，这是一大憾事。这种缺憾使英国报纸廉价而俗丽。

实际上，除了《泰晤士报》，或许还有《每日电讯报》，伦敦的报纸虽然有数百万的全国发行量，但都很不像样，不图提供给读者多一点的新闻，甚至不能客观报道仅有的一点新闻。几乎每个新闻故事或栏目都被扭曲，以符合报纸老板的偏见。英国的记者和编辑工资非常微薄，很多人不得不去找第二

---

① 沃尔特·李普曼，美国新闻评论家和作家，传播学史上具有重要影响的学者之一。詹姆斯·赖斯顿，《纽约时报》著名记者，绰号"斯科蒂"。

职业，才能平衡收支。我认识不少英国同事，我很喜欢他们，可他们是很不幸的一群人，因为他们要去写老板吩咐的文字，对自己的工作感到有些羞耻。在酒吧里，他们会背诵一首在舰队街上流行的小诗：

> 你不能收买、贿赂或摧折
> 那个圣人，他是英国的记者；
> 可是，看看他的作为，
> 不可贿赂，那是因为没有机会。

20世纪20年代末，已经成名的作家哈罗德·尼科尔森放弃了大有前途的外交官生涯，当上了比弗布鲁克的专栏作家。但他很快对此就不再抱有幻想，在后来发表的日记中，表达出这种失意和羞耻感。

伦敦的《泰晤士报》与其他的英国报纸截然不同，它俨然成为英国的一个机构，代表着英国统治阶级，并且是英国政府的声音，不管是保守党政府还是工党政府。因为它与任何政府当局都联系紧密，反映其意见。但总体来说，它表达了英国传统上层人士的态度。该报在英国有着很高的声望，每个政客、商人、劳工领袖，每个上层人士都会读它，从中了解当前局势。比起伦敦其他任何的报纸，它对唐宁街、议会、法院和国外大事的报道更为全面（并且更为客观）。虽然保守，有些沉闷，但编写质量都非常好。杰弗里·道森是与我属于同一个时代的编辑，他被认为是那时英国屈指可数的最有影响的人物之一。他的社论——英国人称之为"先导"——不仅揭示政府的企图，而且引导或迫使政府，让它制定《泰晤士报》所拥护的政策或目标。[5]

它除了有全英国最好的新闻版、社论版以及体育版，还提供其他领域的好文章。它的第一版是五花八门的个人声明，主题有出生、订婚、解除婚约、结婚、生病、讣告、破产、周年纪念、团聚，等等。贵族的爵士和夫人将致谢信刊登在这一版，既省时间又省钱，不再需要寄出一封封的信。在上流社会中，大家都这样做，一条也只需要花 25 美元。匿名者如果不信任皇家邮政或政府拥有的电话、电报，也可以在这一版用神秘的暗语与他人交流。

《泰晤士报》的内页是一份宫廷日报，简短记录皇家活动，而在这下面会有几条将要举办的上流社会的活动。社论版上的"读者来信"专栏本身就是一个小政府。每个人都给《泰晤士报》写信，从首相、萧伯纳到赫伯特·乔治·威尔斯，从主教、劳工领袖到板球手。这里像议会一样，成为英国人表达意见的论坛。而且，春天到的时候，一定会有一封从乡下寄来的信，通常是乡村牧师写来的，对等待着观鸟的众多读者报告说，他见到了春天第一窝新孵出的毛茸茸的山雀。

战前有一段时间，很多人曾经担心《泰晤士报》作为一个小政府的角色会终止，因为诺思克利夫买下了它。不过，尽管他撤换了编辑，却没有对报纸做很大的改动。他精神失常之后于 1922 年去世。此时该报又被其兄弟卖给了一个美国人的儿子 J. J. 阿斯特上校，之后是约翰·沃尔特——《泰晤士报》最初拥有者的后人。阿斯特是个富翁，为《泰晤士报》投入了 1500 万美元，拥有 90% 的股份，剩余的 10% 转让给了沃尔特。为了使该报将来不再易手，他还建立了一个信托公司，保证没有受托人的同意，两个家族之外不会有人得到股份。受托人包括坎特伯雷大主教、英国首席法官和英格兰银行行长。

后来，这份显赫一时的报纸在英国的关键时刻衰落了，摒弃了它的客观性和良好品味，变成了对希特勒采取绥靖政策的追随者，甚至压制它自己驻柏林记者的精彩报道。20 世纪 30 年代我们驻柏林的记者中消息最灵通的当属诺曼·埃巴特①，而《泰晤士报》的编辑认为他的报道会触怒残忍的纳粹独裁者。[6]《泰晤士报》的损失却成了我的收获，因为埃巴特失望地看到自己的报道被伦敦压下，于是把它们转交给我这个对纳粹所知寥寥的新手，因而他往往十分独到、震撼的消息能被美国人读到。

在美国国内，甚至在法国，我并不知道广播的威力。而在 20 世纪 20 年代末，它在伦敦迅猛发展，并且方式与美国大不相同。在英国，所有的广播消息和节目都与商品买卖无关，没有赞助商，没有突然插入的恼人广告。广播公司有政策支持，每卖出一台收音机它就得到五美元的年度许可费。广播是由国家公司运营，根据议会的法案建立，但并不受其控制，至少在理论上是这样。广播是由国家垄断的，私人广播是不被允许的。

这既有优势也有弊端。英国广播公司（BBC）并不像美国那样，以听众的多少来衡量一个节目的成败。它不必为了商业原因去迎合大众口味，不必顾及贪婪的赞助商的要求而担心节目内容。从这一方面来看，英国的广播比美国的更加自由。可

---

① 诺曼·埃巴特，英国记者。1925 年被派往柏林，成为《泰晤士报》的主要通讯员，1937 年 8 月被纳粹以间谍罪驱逐出德国。

是，它并不是完全自由，仍然在垄断的强硬控制之下。如果你不喜欢它的节目，那也没有其他广播电台供你选择，尽管后来很多英国人都感到厌烦，开始收听欧洲大陆的节目。理论上英国广播公司是独立于政府的广播电台，但是，它仍然不敢与政府意见相左。有时，它的客观性恰恰体现在它被禁播的内容而非播出的内容。一年前工人总罢工运动期间，英国广播公司正在由私营垄断（由收音机制造商支持）转向国家垄断，它当时播出的新闻都是讨好试图压制罢工的政府的。

这都是约翰·里思爵士的杰作。此人是一个刻板、强势的苏格兰长老会教徒，他是英国广播公司第一任总经理和第二任董事长，手段强硬。他是一个粗暴、冷酷、心胸狭窄的暴君，坚信应当把广播控制人思想的力量用在他认为的好的方面。他想用它来改善人们的生活，提升并加深他们对于好东西的欣赏能力，如古典音乐和严肃思想。他坚持认为电台要在内容的各个方面打上基督教道德的烙印。他不允许星期日有大众娱乐节目。对他而言，"控制者"（我通常将之视为审查员）监控着节目内容，让它符合里思狭隘的观点，这些控制者比制作人、作者和节目主持人更加重要。英国广播公司受人欢迎的评论员哈罗德·尼科尔森试图在他的一集现代文学节目中提起乔伊斯的《尤利西斯》，被当场抓住，他们按照里思的直接命令禁止他播出。尼科尔森坚持己见，里思于是终止了他的合同。

就是这样，他们对待有争议的广播像瘟疫一样竭力躲避，而新闻节目的朗读者也是训练有素，毫无表情，这样才可以不让人听出他们自己有什么态度或者有任何成见。过了一段时间，这形成了非常独特的英国广播公司腔调，新闻播出的语气方式是一种牛津腔的演变，我常常觉得他们的嘴里像含了个滚烫的石子。他们的声音听起来像教养良好、得体的英国人，即使报道着可怕的事件，也不失冷静。在他们的叙述里感受不到遗憾、难过或悲悯之心。有天晚上，我去看望一位刚做完播出的朋友。看到他身穿晚礼服，我并不感到十分意外。他解释说，里思不允许新闻广播员随随便便对着话筒，他们必须打着领带，穿上正装。

我觉得他们的新闻有些难听，可是多年后，当我听着美国快速、流畅、甜腻的广播，或者像评论员加布里埃尔·希特那样饱含感情的声音，我开始怀念起英国广播公司的新闻播音员。我也怀念那些精良的音乐会和话剧，一点不受广告的打扰，以及各类人群有启发性的意见。随着时间推移，英国广播公司的新闻在客观性、多样性以及报道深度上都有了长足进步。欧洲各国千百万听众转向它，因为它客观真实。它用20种语言播出的短波新闻在欧洲拥有最多的听众。

英国广播的另外两个特点令我十分喜爱。竞选时，英国任何政党均不可以购买广播时段为自己做宣传。在竞选时，每个党派都有一段长度相等的宣传时间，这是免费提供的。美国人后来却滥用了广播和电视，尤其是电视。最有钱的党买下的时间最长，因此有人称之为"买下选举"，而在英国没有这样的事情。其次，虽然在别处也是这样，但我是在英国最先体验到的，那就是广播不仅暴露出巧舌如簧的政客的荒唐可笑，它也对那些能够在公开场合成功煽动听众的伟大演说家不留情面。例如劳合·乔治和拉姆齐·麦克唐纳，一位是自由党领袖，一位是工党领袖。他们在当时是最好的演说家，可是一到了演播室，他们的华丽、煽情的演说似乎都不太成功。斯坦利·鲍德温在大规模集会上演说的效果并不好（不过，有时在小范围的下院很精彩），而在广播中，他以轻松、朴素的讲话方式远远胜过了前面的两位。温斯顿·丘吉尔在公开演说中能与工党和自由党这两位领袖匹敌，也只有他能在广播中对着千家万户时，把话说得一样好，甚至更好。不过在那时，他这样的机会并不多，到了后来，他的机会才到来。

我们美国的公众人物不像英国人那么快就掌握了广播这一宣传方式。柯立芝和胡佛极其糟糕。他们讲起话来让人昏昏欲睡。老派政客们过度矫饰的辞藻似乎更加糟糕。他们之中几乎没有谁知道该怎样读讲稿才能让听众觉得自然，听不出是逐字逐句读出来的。而这正是广播讲话的秘诀之一。这一切随着富兰克林·罗斯福的到来才彻底改变。

工作之余，我在伦敦夏日度过的那些日子可谓相当糟糕。"蓝法"①，尤其是星期天的"蓝法"，令人灰心丧气。它们似乎成心要让生活不愉快，尤其是对我这种工作或没有钱的人，周末将我们困在灰色、乏味的城中。

伦敦在星期天是座死城。所有的饭馆和酒吧都关门了。为了找到点吃的，你需要去一家里昂茶点店，那里的食物极其糟糕。没有一个公共场所可以喝杯啤酒，剧院也关门，大多数公共汽车也都停运，地铁也缩短了运营时间。

当然，富人们都去乡下过周末，可以在那里继续过着悠闲的生活。每个周六全天和周日上午，我都要在办公室工作，去不了乡间，即使有人邀请也去不成。困在死气沉沉的城中，我向伊冯娜呼救，求她过来。可是，她来不了。两年之后的

---

① 蓝法（blue laws），因为宗教原因而限制大众在星期天购物的法令。

1929 年夏天，伦敦仍使我绝望，我央求这年在维也纳认识的女孩佐拉来我这里，她来了。我们这才一起度过了伦敦的一个个周末。

幸运的是，博物馆在安息日照旧开门。此外，还有公园可去。星期天的下午我们会经常去这些地方游荡。国家美术馆不比卢浮宫，但也非常好。大英博物馆在世界上是独一无二的，不只是个大图书馆，而且有希腊以外最好的古希腊雕塑。希腊人说，它们是额尔金勋爵和其他人从希腊"偷来的"。① 不过，世界上大多数大博物馆里装满了偷来的物品，巴黎的卢浮宫偷的东西最多，而我们作为西方强国的国民并没有什么良心上的不安。

虽然星期天的海德公园到处是游人，但是至少这里有些新鲜空气和绿地。狂人站在搭着的台阶或是肥皂箱上高谈阔论，你随时都可以停下听一听他们在说些什么。如果报纸和广播算不上十分自由，至少海德公园鼓励言论的完全自由。那些疯子可以说他们空荡大脑中想得出的任何话，有时会让你觉得很有意思。

下雨的时候，经常会这样，甚至在 8 月也是如此——不过，1929 年夏末雨量是有史以来最少的——我们会坐在家里读一些书。那年夏天，佐拉和我互相用法语为对方朗读了普鲁斯特和纪德的大部分作品，她的匈牙利口音和我的美国口音分别得到些许矫正。

虚伪的"蓝法"甚至在平常的日子也在实行。关闭酒馆、

---

① 1801—1812 年，英国驻奥斯曼帝国大使额尔金勋爵将希腊帕特农神庙的大理石盗走并运回了英国，至今存放于大英博物馆。

酒吧和咖啡馆的规定十分复杂，我从来都没搞清楚过。他们会在一天中的任何时间开放或关闭。通常我们到的时候，他们正在关门。晚上，看过戏或听过音乐会，你会心急火燎地冲进一家咖啡馆要点饮料、零食，赶在午夜关门之前。而这一行动往往失败。那些地方十分拥挤，服务又慢。你要是能弄到一杯喝的就算幸运了。法律规定点喝的就必须点吃的。招待会给你一块硬得像橡胶似的三明治，不知道搁了多少天，根本就不该拿出来，也根本没法吃，但是会让你花费上一美元——这样做只是为了符合法律罢了。

英国人容忍所有这些对自己生活的限制，显示了惊人的恬淡寡欲。对我而言这分明是自讨苦吃。这些禁令明显是在战争的艰苦时期被通过的，那时还有些道理。可是战争结束后，议会或政府里也没有人想去做些调整。也许这是一个疏忽。作为一个美国人，我没有什么权利去抱怨。在美国，我们有愚蠢的禁酒令，比这更糟。从这方面来说，英国人还不及美国人残暴。

那些夏日中也会有可爱的插曲，把我从日常工作或伦敦的乏味中解救出来，有时是两者。我喜欢 6 月末在温布尔登的两个星期。它既是体育也是社交的盛事。看台上全是绅士淑女，还有一两位皇室的成员。在这绿茵的赛场上，你能看到世界上最好的网球赛。海伦·威尔斯已经从去年的阑尾手术中完全恢复，又在 1927 年杀回巴黎，夺取女子单打冠军，之后又来到温布尔登，赢得她的首个八连贯。没有其他女球手比得过她有力的击球。长期称霸世界网坛的蒂尔登和其他美国球手正在衰落，让位给法国人拉科斯特和科歇的单打，以及博罗特拉和布鲁农的双打。

　　虽然我对高尔夫像当初对网球一样所知甚少，但还是被派去报道了 1929 年的高尔夫冠军大赛。美国运动员沃尔特·哈根在苏格兰缪尔菲尔德参加了英国高尔夫球公开赛。而在海边圣安德鲁的英国女子高尔夫球公开赛 36 洞决赛中，英国选手乔伊斯·韦瑟德最后打败了美国的格伦纳·科利特，在此之前的 13 洞中她还只进了 5 洞。乔伊斯·韦瑟德是那个时代最好的女子高尔夫球手。博比·琼斯——次年打出伟大的大满贯，包揽英国、美国高尔夫球公开赛以及业余赛冠军的人——承认，韦瑟德与任何包括他自己在内的男球手不相上下。

　　芝加哥总部的编辑误以为我当过体育记者，错上加错地将我派去报道 1928 年冬季和夏季奥林匹克运动会。冬季奥运会在那时刚出现不久，反映出欧洲人和美国人对冬季运动日渐浓厚的兴趣。经过约两千年的中断，夏季奥运会于 1896 年在雅典复兴，之后每四年举办一次，除非战时，当时奥运会本计划在柏林举办，但因其战争行动被取消。法国阿尔卑斯高耸的夏慕尼山峰是 1924 年第一届冬奥会的举办地，而 1928 年的第二届冬奥会在瑞士的圣莫里茨举行。我发现这里的项目多姿多彩、令人兴奋：高台滑雪、障碍滑雪和速降滑雪赛，滑雪橇、优美的花样滑冰和动作快速的冰球。雪峰之下如画的山谷中的 2 月美景是其他赛事上看不到的。

　　传说中的奥林匹克精神理当以友好的体育精神团结全世界的运动员，在实际比赛中却很缺乏这种意识。那年夏天的阿姆斯特丹夏季奥运会也没有多少改观。民族主义的竞争意识如此强烈，年轻男女情绪高昂，不仅为自己，更为了自己的国家去赢得比赛。而裁判更是比谁都沙文主义。在花样滑冰和高台滑雪这类需要评分的项目上，裁判们会偏向本国或友邦的选手，他们对许多运动员不公。美国运动员上一次在夏慕尼的成绩很差，在这次圣莫里茨的运动会上，一位美国速滑选手在10000米速滑比赛中打败了裁判们喜欢的斯堪的纳维亚半岛和芬兰的选手，可是他的金牌被裁判取消，裁判们认为比赛无效，因为对于后来的选手来说，冰面有些湿透了。美国人都说："他遭抢了。"而一位年轻的挪威姑娘在那年招来无数人的喜爱，甚至征服了一些裁判。她就是花样滑冰运动员索尼娅·赫尼。她参加夏慕尼冬奥会时只有11岁。而现在她开始显露头角，在冰上令人目眩，十分可爱。她还会继续取得两届冬奥会的冠军，赢得名声和财富。

第九届夏季奥运会于1928年8月的头两周在阿姆斯特丹举行。事实上，它是我看到的最好的运动会，也是现代奥林匹克运动会史上最成功的一次。来自46个国家的4000多名年轻男女前来竞技。德国在一战后第一次参加——停战协议已签署十年，仇恨终于消散。苏联人没有受到邀请——这明显是出于奥林匹克委员会的恐惧，担心"不信神"的布尔什维主义会影响世界其他地方天真无邪的青年。这种恐惧终将消失。在另一场战争之后，苏联会和美国一起包揽大多数比赛项目的奖牌。

在那个美好的阿姆斯特丹夏日，大多数项目的奥运会纪录和世界纪录被打破，大部分田径和游泳纪录都是美国人创造的。但是，自一战以来第一次，来自其他国家的运动员成功地在多项比赛上挑战了美国人。大英帝国的伯利勋爵在400米跨栏中战胜了占优势的美国人；一位南非选手也在100米跨栏中赢了美国人，刷新了世界纪录；另一位英国人洛赢了800米跑，创下奥运会纪录；一位加拿大人赢了两项短跑冠军，这原本是美国人想要夺取的；伟大的长跑运动员、素有"芬兰飞人"之称的帕沃·鲁米在 1920 年和 1924 年奥运会三次赢得冠军之后，第四次赢得 10000 米长跑冠军。

在古希腊，奥林匹克运动会不许女子参加，而实际上，女人连观看也不可以（男子竞技时身体赤裸）。只有一位女性例外，那就是敬拜得墨忒耳——掌管一切果实的女神——的女祭司，她远离众人，独自坐在运动场上一个白色大理石台上。而今时代变了，奥林匹克之父现在给女子设立了一个有限的田径项目。结果它十分受欢迎。一位初出茅庐的来自芝加哥的金发碧眼女子伊丽莎白·罗宾逊在跑道上奔跑，金色的卷发在风中飞扬，她赢得了 100 米短跑冠军，与世界纪录持平。她深受观众喜爱。对于芝加哥报纸的记者来说，这是一个突破。《芝加哥论坛报》把我报道她夺冠的消息从运动版转到头版，催着我写更多的报道，直到我为这位美丽、谦逊的姑娘几乎写了一部传记。

也许是为了抵制民族敌对情绪，国际奥委会取消了各国积分的官方记录，而我们美国记者保留了非正式的记录，高兴地相信这些记录显示出美国人远远超过了所有的对手。美国奥委会的主席道格拉斯·麦克阿瑟将军是个过于骄傲的爱国者，不仅自己留有一份积分记录，后来还把它纳入了自己洋洋洒洒的报告，他直接报告给了美国总统卡尔文·柯立芝。他排出了各项比赛中的第一、第二和第三名，美国积分是 131 分，排在第二位的芬兰只有 62 分，被我们远远甩在了后边。德国是第三名，59 分。在他呈交给总统而后被国人熟知的报告中，他记录了每个冠军的姓名，并且做了一番评论："美国在这些取得胜利的比赛中，刷新了 17 项奥运会纪录，其中又有 7 项是世界纪录。在这次运动会上不论是美国人还是外国人，刷新的奥运会和世界纪录是有史以来最多的，和有史以来所有的奥运会和其他运动会相比也是如此。"

庞大的美国代表队特地租用了"罗斯福总统号"前往阿姆斯特丹，在运动会期间住在那上面。麦克阿瑟实行严格管理，大多数运动员都厌恶他严厉的纪律，因为这毕竟不是军队。他绝不允许违反规定，并亲自监督运动员遵守，不许任何人趁着荷兰没有禁酒令，哪怕在训练的间歇去喝杯啤酒。交男女朋友也会受到监视和限制，在比赛中他们要行为端正，在荷兰的大街上他们要有良好的礼节，以符合麦克阿瑟将军对年轻美国人的要求。

临近运动会结束的一天，麦克阿瑟将军邀请我去他舰上的住处喝鸡尾酒畅谈。这是我第一次见这个人。那时他在美国还没有出名，但是我相信，华盛顿方面一定认为他是陆军中最聪明的长官。的确，1930 年，他就当选为陆军参谋长，从此以后开始了光辉（尽管有时不那么光彩）的军旅生涯。谁也想不到，1932 年，他会亲自披挂上阵——身后是张狂的乔治·S. 巴顿少校和他忐忑不安、态度消极的副手德怀特·戴维·艾森豪威尔少校——用催泪弹、刺刀、坦克和骑兵把索取退伍补偿金的大军驱出首都华盛顿。[1] 我也没能想到在下一次大战中，当他在太平洋指挥美军时，名声和荣誉都会落到他的头

---

[1] 1932 年 5 月，参加过第一次世界大战的美国退伍兵开始向华盛顿进军，要求政府立即支付之前许诺的退伍补偿金。到达首都后，他们的要求被拒绝，在警察的"清除"行动未奏效之后，7 月 28 日，麦克阿瑟领导的军队武装驱逐了数万名退伍军人及其家属。这次事件被称为"酬恤金进军事件"。

上，更想不到在朝鲜战争中，他会因不服命令，不光彩地被杜鲁门总统罢免。人们也不会料到，1948 年和 1952 年，在共和党极右派的支持下，他会成为党内提名的总统候选人。

这一天，麦克阿瑟将军抽着烟斗，把他的烟草递给我。这时的他和蔼、健谈而且骄傲，他为美国在奥运会上取得的全部胜利而自豪。他绷紧了下巴，柔和的声音这时提高了一些："只有胜利，没有别的。"我之后在一个著名的更加有战争危险的场合又听到他这样说，但我已不像初次听到时那样震撼。他实实在在为美国运动员感到自豪，但因为运动员不满他制定的纪律而感到失望。

他评论道："我们正在变成一个散漫的民族，忘记了努力工作、奉献、敬重权威这些古老的斯巴达传统美德。正是这样的美德让我们变得强大。我们的年轻人，了不起的运动员，代表着整个美国。"

他认为，在某些方面美国的情况很糟。例如，它没有军队，繁荣的国家却对此满不在乎，这很危险。我猜想他引出这个话题的原因——他大概知道麦考密克上校热衷于此。我对于陆军一无所知，只知道我们有个陆军。不过，他接着为我指点迷津。

他开始对这个话题预热："你发现没有，我们的军队是世界上最小的之一——全世界中排第 19、20 位。甚至战后兴起的那些小国家，罗马尼亚、捷克斯洛伐克、南斯拉夫、波兰，它们的军队都比我们美国的强大。在美国国内，简直可以说根本就没有武装部队。我们的大部分军人都是在海外，或者在墨西哥的边境，或者坐在桌边。在危急时刻，在 12.5 万人的军队中，我们只有两个师，2.5 万人有战斗力。"

为了表示自己感兴趣，我问："那国民卫队呢?"

"没有一丁点用，我是说，再给他们六个月的严格训练差不多。"

他说，美国军队不仅规模小，装备也"一钱不值"。它没有别的，只有过时的坦克，过时的飞机，过时的大炮，甚至没有一个"机械化"团。

他说："我们的军队是全世界装备最差的，更可怕的是我们美国人毫不在意。人们都在忙着赚钱。我真是很担心。"

我说我也感到担心。但是我觉得没有必要去解释我的担心与他的有些不同，我只是对一个疯狂拜金的国家会如何收场感到忧虑。美国军队的未来引不起我太大的关注。我们谈了一会儿，喝完了杯中的酒，我就告辞了。将军给我留下很深的印象，他似乎超出了我对美国职业军人的想象。他孔武有力、表达清晰、深思熟虑，甚至带点哲学家气质，并且阅读广泛。只是他的骄傲让我略感不安。

在阿姆斯特丹奥运会的两周是一段有趣、欢乐的插曲。伊冯娜从巴黎跑来找我，她的加入使之更加快乐。她从来没有这样可爱过。几乎每场比赛都让她由衷地兴奋，不管是运动场上还是游泳馆里，或者是划船赛。她觉得女子跳水运动员是她见过的最优美的女性。她喜欢美国体育记者的快速解说，从他们那里学了很多美式英语，同样赢得了他们的崇拜。当我写晚上的电讯时，她会坐在电话旁，查询那些我没有来得及报道的比赛。我们晚上吃喝、跳舞，直到深夜。这是我们离开巴黎之后过得最好的两周，我仍然疯狂地恋爱着。

两件伦敦的报道任务加深了我对航空的兴趣，那是继报道林德伯格在巴黎着陆之后燃起的。1928 年 6 月 18 日，阿梅莉亚·埃尔哈特，在两名男性副驾驶和导航员的陪同下，驾驶着她的水上飞机由加拿大的纽芬兰起飞，横渡大西洋，抵达威尔士的巴里港。《芝加哥论坛报》催我乘坐一架租来的蛾式双翼飞机去威尔士报道此事。这架飞机如此之慢，却真的带着我降落在了靠近市中心的一小片空地上。埃尔哈特小姐30岁，是一位长着雀斑，穿着入时、优雅的年轻女子，虽然她像林德伯格一样把故事独家卖给了《纽约时报》，却仍然慷慨地给了我足够的飞行细节，让我完成我的报道。在某种程度来说，这是继林德伯格的巨大成功之后一次微不足道的飞行。[7]大约六七位美国飞行员和他们的机组在过去13个月中，已经飞越大西洋。每次飞行都引起了公众对能否开始跨洋商业飞行的兴趣。关键在于要制造出足够强劲和足以容纳很多乘客和货物的大飞机，而且要提高飞行速度。

那时的"施耐德杯"飞行比赛促进了飞行速度的提高。这项比赛吸引了英国、意大利、法国和美国的飞机参加。我去英国的怀特岛，在离赖德不远的水上报道1929年9月的比赛。这次比赛不仅在速度上远远超过了以前的飞行纪录，而且我们当时并不知道，它也为英国提供了一种能让它在下一次战争来到时，可以助其生还的飞机模型。

英国一架参赛的S6海上飞机沿三角航线飞行了31英里，时速为328英里。仰头看着它在几英尺的上空急速掠过，真是感觉奇妙。它比之前的任何飞机都要快。所有参加"施耐德杯"比赛的都是水上飞机，在水上起飞和降落。航空设计师那时还不知道如何让这样快的飞机在跑道上用轮子滑行降落。这还要等到发明了能开合的机翼后缘才能解决。它可以让飞机慢下来，达到降落时的安全速度。

490 / 二十世纪之旅：人生与时代的回忆（第一卷）

第一届"施耐德杯"比赛于 1913 年在摩纳哥举行，那时的第一名的速度是每小时 45 英里。即使一战后战斗机的制造有了长足发展，在 1920 年威尼斯的比赛中，最快飞机的速度也只有每小时 103 英里。九年之后，这个速度增长了两倍。在我的报道中，我算了一下，以这样的速度从伦敦飞往纽约只需要十小时，从纽约再飞到芝加哥只需要三个小时。

这个消息在芝加哥引起了一些轰动。《芝加哥论坛报》把我的消息在头版上做了个大字标题，报纸抱怨说美国没有像欧洲那样的航空业，后者在商业飞机的研发上已经远远超过美国。我们最快的新式商业飞机的最高时速只有 150 英里，而城市之间只有零星的航空服务。从纽约飞往芝加哥，如果顺利的话，也要用六至八个小时。芝加哥人开始期盼未来的三小时飞行。当时，大多数人都乘火车去纽约，这一趟需要 18 个小时。将来跨大西洋的定期飞行服务更让人兴奋，但在成为现实之前，还需要十年的时间。

在比赛中，我见到了一些英国飞行员，他们都是皇家空军的试飞员。虽然他们的嘴很严，但我还是套问出，他们估计陆地滑行的问题一旦解决，S6 海上飞机会成为英国新型战斗机的模型。我那时不懂得这件事的重大意义，只是后来，我才知道 1929 年 9 月赢得"施耐德杯"的这架飞机后来成了喷火式战斗机。11 年后，它保有原来的速度，但成了陆上飞机，在英国空战中拯救了国家，在历史上最关键的战役中击退了德国轰炸机和战斗机的袭击。

我在伦敦舰队街上三个漫长夏日的学徒的日子，也随着这次报道结束。一年前，我已经是一名到处漂泊的驻外记者，这是报业中最好的工作。我开始四处旅行，大开眼界。

尾　注

[1] 尽管他在法国作为少校，继而炮兵团上校的战斗经历短暂而有限，麦考密克上校还是认为自己是军事人才。无论什么时候，他只要认为欧洲可能爆发战争了——尽管我们认为没有这回事——他都会发来一些拿破仑也会为之骄傲的电报，对我们狂轰滥炸。"战争总是在黎明打响，"他在电报中如是说，"我希望你们每一个记者都在黎明时分到位，别迟于明天早上。"接着，他会把我们指派到他从办公室的旧地图上找出来的战略地点，指导我们战争可能会如何开始，如何发展，我们该到何处，该找怎样的新闻。我们会飞快赶到我们的岗位，但那里风平浪静。在很久之后的二战中，我知道了在战乱中，单个观察者根本不可能观察到发生了什么，有的只是迷茫，而这些本应是从托尔斯泰和司汤达的书中获知的。

[2] 弗兰克·C. 沃尔德罗普这位友好的传记作者，证实了麦考密克确实没有在这个战场上。他写道："上校根本没有参加坎提尼之战。"见 Frank C. Waldrop：*McCormick of Chicago*，p170。但这不意味着上校没有卓越的战绩，他在战后得到了卓越服役勋章。

[3] 比弗布鲁克一次对正在调查英国报业的皇家新闻委员会说："我只为了宣传自己的事情才办这份报纸……我对报纸感兴趣只因为它可用于宣传。"

[4] 毕林普上校开头总是说："是，长官。"然后开始胡扯。洛经常把自己和比弗布鲁克画进去。一幅漫画上，毕林普上校对洛说："是，长官。瞎话爵士说得对，光荣孤立！我们必须坚持自己和别人打仗不受干涉。"或者说："是，长官，我们如果想要在太阳下有一席之地，就必须用飞机遮住天空。"毕林普在蒸汽浴中对洛说："是，长官，比弗布鲁克爵士说得对。保守党要是想掐死大英帝国，也一定是在救它。"

[5] 例如，在年轻的国王爱德华八世坚持要娶已离过两次婚的美国辛普森夫人之后，道森在迫使其退位中发挥了关键作用；其后，

坚决拥护内维尔·张伯伦应对希特勒的灾难性的绥靖政策。

［6］道森于1937年写信给他的一名记者："我夜以继日，尽全力避免报纸中有任何内容可能会刺痛他们（德国人）的敏感感情。"几个月后，埃伯特被逐出德国。

［7］埃尔哈特小姐在下一个十年就将成为最著名的女飞行员。1937年7月，她做环球航行期间在太平洋的新几内亚和豪兰岛之间失踪，没有任何线索。有猜测说，她在一个日本人占领的岛上紧急降落，后被处决，但一直没有得到证实。

第六篇

巡游生涯：1928—1930

第十九章

列国游

做巡游记者（roving correspondent）的头几年，我由伦敦和巴黎被派往古老的国度，那里漫长多难的历史正在发生转折，我最喜欢做这样的报道。

难以置信的是，又是体育报道给了我这样的机会。1928年，神奇的命运给了我两次报道吉恩·滕尼的任务。1926年，吉恩·滕尼在费城打败了伟大的杰克·登普西，赢得了世界重量级拳击冠军。一年之后，他又在芝加哥成功卫冕，在一场著名的"长时计分战"中再次打败了登普西。[1]同年7月，他在扬基体育馆战胜了新西兰选手汤姆·希尼之后宣布退役。据体育版报道，最后三年的拳击生涯为他带来了174.2282万美元的收入。他来到耶鲁演讲，又于8月来到祖上的故乡爱尔兰，并且计划从那里去意大利，和一位名叫玛丽（波丽）·J. 劳德的女士结婚，报纸称她是康涅狄格州格林威治人，是一位"女继承人"。他在8月21日乘"毛里塔尼亚号"轮船到达南安普敦，《芝加哥论坛报》的编辑派我去采访他，并且在他游览欧洲时陪同。

这是个轻松愉快的任务。滕尼出乎意料地表达清晰，读书多，是个很好的旅伴。只是在聊过莎士比亚和一些我们都喜欢的现代作家后，他开始长篇大论地给我讲"海景画"。到了旅行快要结束时，我看出他急着要去和朋友桑顿·怀尔德徒步旅行。后者的小说《圣路易斯雷伊大桥》是当年的畅销书。滕尼告诉我，他在罗马举行婚礼时，怀尔德将是他的男傧相。

报道滕尼是一段快乐的插曲。这个任务让我初次来到爱尔兰，这里刚刚摆脱了英国的长期压迫和烧杀抢掠。尔后，我又到了意大利，墨索里尼刚刚进行了骇人听闻的残酷杀戮，并且对大众许诺，从而清除了民主的反对派，正在准备把愚蠢的法西斯主义强加给古老、美丽且文雅的人民，而他们应当得到更好的对待。在罗马，我也将初次到访梵蒂冈，我将不只见识到它的艺术瑰宝和图书馆，也包括它统治的庞大宗教帝国，这对一个长老会美国佬来说充满了神秘色彩。我还见到教皇用德语和一小群奥地利人热烈地交谈。

1928年夏末，我来到都柏林。这时，爱尔兰自由邦已经在爱尔兰人当中，在不绝于耳的争吵当中，在他们的互相仇杀当中存活了六年。在自由邦之前，自建的"爱尔兰共和国"的"总统"是暴躁的埃蒙·德瓦莱拉，出生于美国。他曾经反对成立爱尔兰自由邦，因为按照和英国人的协议，自由邦不可以彻底脱离英国。终于，他在一年前加入了爱尔兰众议院①，用更为民主和平的方式取代暴力抵抗。对于爱尔兰在战后赢得名义上独立的过程，我没有做更详细的了解，但是，它确实燃起了数百万爱尔兰裔美国人的热情。在都柏林的几天，我和政治家、报纸编辑、作家和爱尔兰共和军的一些狂热追随者聊天，他们告诉了我很多东西。

自由邦依照的是加拿大的自治领模式，1922年初，爱尔兰自由邦艰难建立，随后就爆发了血腥的国内战争。在德瓦莱拉退出秘密谈判之后，迈克尔·科林斯与阿瑟·格里菲思一起与英国谈判，定下了成立自由邦的条约。科林斯后来成为临时政府的首脑，却在内战中遭爱尔兰共和军的埋伏被杀害。由罗里·奥康纳和德瓦莱拉领导的爱尔兰共和军占领了都柏林的最高法庭，将之炸毁，连带所有的爱尔兰历史档案也一同被

---

① 爱尔兰自由邦议会为单院制，只设众议院。

毁。奥康纳后来被捕，德瓦莱拉逃走后又被抓到，被判刑一年。对这位狂热的爱尔兰爱国者来说，这是他的同胞给他的一杯苦酒。在这之前，关押他的一直是可恨的英国人。

将近一年，临时政府每天都与众议院会面，前者试图掌管国家，而后者试图为一个常设议院和政府制定出宪法。他们当时在都柏林的办公室像个要塞，有重兵护卫，防止有机枪的军队攻击。直到1922年12月初，宪法终于制定通过，一个常规政府由此成立，威廉·科斯格雷夫当选为新自由邦的总统。可是，当12月8日众议院开会时，科斯格雷夫在开场白中就宣布，一位议员在来开会的途中被打死，还有一位受伤。新政府立刻决定以牙还牙。第二天，四个狱中的叛军犯人未经审判就被处决，其中就有罗里·奥康纳。新政府宣布进行军事管制，接着进行了更多的处决。在乡间，不断有公共建筑和私人住宅被烧毁或炸毁。铁路、公路交通陷入瘫痪。

格里菲思曾经大声问道："难道爱尔兰民族就没有容身之处了吗?"如果继续打下去，爱尔兰人就将尽成死尸，正如科林斯在被害之前所说的："我们以为自己是一个民族的信仰将灰飞烟灭。"渐渐地这些呼声终于被人们听到。到了1923年5月，处决人数已达到70人，爱尔兰的监狱中还关押着一万爱尔兰人。德瓦莱拉呼吁停火，停止敌对，命令他的同党放下武器，但是他花了三年的时间事态才平静下来。1926年，也许是因为德瓦莱拉在狱中经过了冷静的思考，当众议院遵照宪法对英王宣誓效忠时，他脱离了自己长期领导的新芬党。德瓦莱拉预见到只有通过议会，才能掌握国家的权力，决定宣誓效忠国王，"只是将其作为一个表面的政治形式"。他建立了一个新政党——爱尔兰共和党，作为它的代表于1927年，也就是我来这里的前一年，首次进入议会。他将再等上五年才能掌权。之后，他将迫不及待地解除效忠的誓言，与大英帝国最后分手，终于在二战之后宣布共和国的诞生，实现他为之奋斗了一生的目标。但到目前为止，这一切还未发生。

虽然德瓦莱拉当时只是议会中反对党的领袖，且为时不满一年，他却是那个秋天我在都柏林遇见的最有趣的人。我像多数美国人一样，对他的斗争生涯多少知道一些。因为在爱尔兰裔美国人的心目中，他是个英雄。他为爱尔兰争取解放的事迹常常登载在我们的报纸上。滕尼白天游览参观、受人款待之后，几乎每天晚上，都有一群爱尔兰人聚在他的酒店套间里喝酒谈天，直到深夜。有天晚上，德瓦莱拉来向滕尼致意。他没有喝酒，只是留下来聊天。当他发现有个美国记者在场，感到有些扫兴。我马上保证，我不会在《芝加哥论坛报》上发表他的谈话，或者直接引用他说的任何话。另外，我告诉他，成千上万的爱尔兰裔美国人以及报纸的大部分读者非常想知道加入议会之后，他和他的伙伴有什么想法。我想他仍然对自己所做的妥协感到痛心。美国大量的爱尔兰人为他的事业捐献了大量钱财，他担心，他们认为他放弃了为爱尔兰共和国而战，背叛了他们。他当然无意通过我和我的报纸为自己解释。他那时45岁，瘦高、整洁、非常聪明、表达清晰。他语调温和，讲出的英语元音清晰、辅音滞重，还带些爱尔兰乡音，听来十分悦耳。我一边听他讲，一边回想读到和听到的他非凡的冒险生活。

德瓦莱拉在1882年生于纽约，父亲是西班牙人，母亲是爱尔兰人。他在美国出生的身份使他后来能够免于死刑。他出生后不久父亲就亡故了。两岁时，他被送回爱尔兰，由住在利默里克郡的外祖母抚养长大。由于数学成绩优异，他获得奖学金，进入了都柏林附近的布莱克罗克中学，之后获得了皇家大学的学位，在当地的一所高中教数学。他对数学有一种热爱，一直在研究，尤其在狱中服刑时。那天晚上他离开后，有人告诉我，他是唯一懂得爱因斯坦相对论的爱尔兰人。早在1918年，他还在英国的林肯监狱中就开始研究相对论，那时这个理论还没有多少人知道。

他早年就是一位狂热的爱尔兰爱国者和革命家。1916年第一次世界大战期间，33岁的他就成为爱尔兰志愿军和新芬党的领袖之一。这一年，这些人中的大约2000人发起了复活节起义，宣布成立爱尔兰共和国，并企图占领都柏林。德瓦莱拉是16位领导人之一，指挥着50名武装人员封锁了从都柏林到海边的道路。经过四天激战，英国军队把起义镇压下去，所有的领袖，包括德瓦莱拉，都被送交军事法庭判了死刑。15人被处决，德瓦莱拉免于一死。军事法庭得知他出生于纽约，可自称为美国国籍，在最后一刻把他的判决改为了无期徒刑。当时英国人非常在意美国的公众舆论。他们在大战中运气不佳，更需要美国的援助，而美国已经是他们主要的军火来源。他们知道爱尔兰裔美国人的投票举足轻重，足以延迟甚至阻止美国在战争中对英国的支持。

德瓦莱拉于是得以幸存，被送到英格兰的达特穆尔监狱服刑。翌年，为了进一步赢得美国的同情、缓和爱尔兰人的反抗情绪，英国政府大赦爱尔兰犯人。德瓦莱拉返回了爱尔兰，并作为唯一幸存的复活节起义领导成为新芬党领袖。德瓦莱拉告诉我们，早在那时，爱尔兰人就认为复活节起义是他们通向独立的转折点。虽然起义失败了，牺牲了很多人，尤其是他们的领导人，但牺牲换来了爱尔兰的独立。这一天将成为爱尔兰独立日，被爱尔兰人永远纪念，就像我们美国的 7 月 4 日独立日。也像我们一样，爱尔兰终将会赢得独立。

德瓦莱拉没有在监狱外待多久。1918 年 5 月，他再次被捕，罪名是煽动暴乱，他被送往英国的林肯监狱。他把狱中的很多时间花在学习爱因斯坦的数学上，也许把更多的时间用来计划逃跑。翌年 2 月他成功越狱，成了重兵搜索的对象。他先在英格兰成功躲避，后又在爱尔兰躲藏，最后扮装成铲煤工上了一艘去美国的轮船从而彻底逃脱。他宣称自己是"爱尔兰共和国的总统"，在美国的纽约、波士顿和其他各地受到热烈欢迎。在这些地方，他为爱尔兰的革命事业募集了 500 多万美元的经费。他于 1920 年悄悄回到爱尔兰，马上发起了对英国的新一轮战斗，这是爱尔兰史上流血最多、最为残酷的战斗。英国派出了爱尔兰王室警吏团——由残忍的亡命之徒组成的非正规武装，他们从南爱尔兰一端烧杀到另一端。爱尔兰人在德瓦莱拉和科林斯的领导下，用恐怖的手段以牙还牙。没有一个人、一户人家是安全的。

爱尔兰王室警吏团的恐怖使爱尔兰人对英国人更加仇恨。很快，在英格兰本土，这种恐怖手段遭到了各界批评，包括坎特伯雷大主教。英国工党的重要人物阿瑟·亨德森①访问爱尔兰之后回到英国，在下院发言说："在那里发生的事情是人类的耻辱。"前任首相阿斯奎思勋爵也发出惊叹："对爱尔兰做的事是欧洲有史以来最为黑暗的暴政。"人们指责英国政府有意实行谋杀和恐怖主义的政策。在公众言论的压力下，英国当

---

① 阿瑟·亨德森，英国工党创始人之一。获 1934 年诺贝尔和平奖。

局终于让步，同意与德瓦莱拉谈判停火并商讨今后的自治。和约签订了，爱尔兰自由邦由此成立，尽管德瓦莱拉最后没有接受。如今到了1928年，他才做出妥协。他的朋友和对手都告诉我，他早晚会成为爱尔兰的领导。而那天晚上在都柏林，他沉着、坚定，似乎对此也深信不疑。

从他的举止言谈来看，很明显，他的名声和人们对他的敬仰没有把他宠坏，也没有使他放弃简朴的私人生活。人们告诉我，他住在一座小房子里，他的妻子珍妮·奥弗拉纳根和他一样，以前也是教师。他们于1910年结婚，她当时是盖尔语联盟中教他盖尔语的老师。珍妮为他做饭，照顾家里。他不像其他爱尔兰人喜欢热闹的晚会，宁愿大部分时间和妻子、孩子待在家里，读书，听音乐，偶尔骑骑马。

在众多爱尔兰人眼中，他是个英雄。爱尔兰人把他当作革命之父，是他把爱尔兰从英国人的统治之下解救出来，而这个复杂而勇敢的人保留了极为质朴的内心。我不知道他是否能够一直这样，当他赢得荣耀、当上国家领袖之后呢？他会不会最后身居高位，沉醉于耀眼的灯光和谄媚奉迎，就像工党首相詹姆斯·拉姆齐·麦克唐纳那样？首相和总统身边的陷阱和权力使许多人晕头转向。

长话短说，后来的事实证明，德瓦莱拉就像我将要遇见的甘地，没有对以上种种诱惑投降。从1932年直到1973年退休，在这41年间他一直是爱尔兰共和国的总理或总统。他是我所知道的极少数不受名声和地位腐蚀的伟人。[2]

那天晚上，我插空问他："还有什么你想要为爱尔兰做但目前还没有做到的？"

"有很多！"他回答说，顿时两颊生辉，"例如更多的教育。我们仍然缺乏教育。我们还需要更多的社会服务。没有这些是一种耻辱。我们要为劳动者、穷人做更多的事。与英国人长久作战使我们忘记了人民的困苦。最重要的是——"他提高了音量（你可以听到，也可以从他的面庞看到，这是活脱脱的一个老战士），"最重要的是，我们需要完全脱离英国，他们的国王、他们的议会、他们的政府、他们的王朝。我们会的！"他们确实做到了。德瓦莱拉和甘地是我漫长的记者生涯中仅有的两位最终实现了自己的目标的人：国家的完全独立——都摆脱了英国的统治。也许我还应当加上布拉格的托马斯·马萨里克。1918年哈布斯堡王朝灭亡后，他为捷克人和斯洛伐克人赢得了民族独立，这是他的终身目标。但是捷克斯洛伐克的独立是短命的，希特勒于1939年摧毁了它。它于1945年二战之后复兴，1948年共产党政变之后它又变成苏联的附庸。

1928年，新赢得独立的爱尔兰做了些什么事情？经过几百年英国的统治，他们似乎在兴奋地处理自己的事务，而且是以民主的方式。但是我看到，政治自由并没有给爱尔兰人民带来彻底的自由。不可以自由离婚，这是天主教的限制。爱尔兰加给自己的审查制度是我看到的最糟糕的事情，而且在爱尔兰，时时可见教会的控制。他们最伟大小说家的书被禁，你在都柏林的任何书店都买不到乔伊斯的《尤利西斯》。其他作家的书，爱尔兰的、英国的、美国的，也没有，全部被禁！

尽管如此，占压倒性多数的天主教对少数新教教徒的宽容给我留下了深刻印象。南方血腥的内战并不像北方那样是一场宗教战争。① 自由邦的 300 万天主教教徒对 25 万新教教徒并没有什么敌意，不像阿尔斯特省的新教教徒那样仇恨少数天主教教徒。虽然整个邦受宗教影响，这里的新教教徒却有信仰自由和政治自由。伟大的盖尔学者道格拉斯·海德是一位新教教徒，1938 年，爱尔兰宣布为自治民主国家之后，他当选为第一任总统。后来，又有一位犹太人当选为都柏林的市长。终于，经过 1972 年的公民投票，爱尔兰人取消了给罗马天主教教会在政府中留有一个显要位置的宪法规定。

那年秋天，听到爱尔兰人独特的英语多么令人高兴，那种轻快和韵律就像纯粹的音乐！毕竟英语对他们来说是一种后天的语言，是征服者后天强加的。他们不仅说得优美，写起来也是一样。济慈不是已经成了最优秀的英语诗人吗？乔伊斯难道不是最优秀的小说家吗？辛格和奥凯西不是优秀的剧作家吗？更不用说萧伯纳了，他已经移居英格兰。而美国的尤金·奥尼尔②的祖先也是爱尔兰人。他们大大丰富了英语文学。

在伦敦度过一个沉闷的夏天之后，我去了罗马。从了无趣味、令人压抑的灰蒙蒙的伦敦进入了美丽的阳光地带。太阳使这座不朽之城光芒四射，也重新照亮了我的生活。罗马虽然没有巴黎那么美，但它的高贵是我到过的其他城市不能相比的。它长达 2000 年的历史处处可以见到。我初到的那些日子，大

---

① 北爱尔兰位于爱尔兰岛的东北部，由信天主教的爱尔兰人和信新教的英国人组成。长期以来，他们分而聚居，互不往来。在北爱尔兰归属问题上，英国移民后裔信仰基督教新教，因此主张留在英国，原住民后裔信仰天主教，因此坚持回归爱尔兰。由此引发了一系列流血冲突事件。

② 尤金·奥尼尔，美国著名剧作家、表现主义文学的代表作家。

部分时间都在凝视它壮观的废墟。这些废墟把人带回远古的罗马，当时它是全世界最伟大的帝国的中心，而巴黎和伦敦只是它的小小殖民城市。我整天都在卡比托利欧山下的广场漫游，这里曾经有罗马时代的丰富的生活，是整个王朝和国家的统治中心。穿过君士坦丁凯旋门来到斗兽场，我坐在石头上，俯瞰着下面的竞技场，一边吃着当午饭的三明治，一边冥想这里发生过的情景：大赛、驯兽表演、扔给狮子的角斗士、五万名罗马人坐满了看台。漫步于罗马，你可以看到从远古到现代历史的进展——从古罗马到基督教早期，再到中世纪、文艺复兴和巴洛克时期。你走过狭窄、曲折而热闹的街道，总会遇到老教堂、壮观的喷泉、巴洛克式宫殿，或是凯旋门，或是优雅的广场。我就是这样，在一天下午，偶然来到纳沃纳广场，立即为之倾倒。这里原本是图密善皇帝的运动场，它成为我日后到罗马最喜欢去的地方。这里一片安静，有着无可言传的魅力和美妙，你可以坐在这里的长椅或台阶上，一边悠闲地吃喝，一边遐想。

当然，罗马是双重首都——既是意大利的，也是罗马天主教教会的。你最后总要来到圣彼得广场，凝望着伟大的教堂、西斯廷礼拜堂中米开朗琪罗的杰作和梵蒂冈博物馆中的艺术瑰宝。教皇这时仍然是"梵蒂冈的囚徒"，但我猜测，为使梵蒂冈成为一个主权国家，他与墨索里尼的谈判正在进行。1929年，也就是次年，双方签署了《拉特兰条约》①，达成了对"罗马问题"的解决方案。

听到这个消息，我才想起自己不是来罗马旅游的，我要报

---

① 1929年2月11日意大利王国与教皇为解决"罗马问题"所订立的条约，承认了教皇在梵蒂冈城的完整主权，由此建立了主权独立的梵蒂冈。

道吉恩·滕尼的婚礼。在这之后，还要在罗马待上两三个月，代替我们日常的通讯员大卫·达拉。他原先是巴黎版《芝加哥论坛报》的主编，三年前多亏他录用了我，我此刻才能留在欧洲。现在他要去南美洲完成一个长期的报道任务。重量级拳击冠军的婚礼之后，我要开始更为严肃的工作：报道日常消息。我要搞清楚马泰奥蒂谋杀案的经过和它对意大利法西斯的影响，弄明白梵蒂冈是怎么运行的。我的头两个任务完成得还算成功，可是第三个不怎么顺利。梵蒂冈的秘密，它的财政、政治、外交和遍布世界各地的组织（这些组织把教会聚集起来，增进它的利益，并维护其权力），这些都不为人所知。我这个从芝加哥来的初出茅庐的外国年轻记者，来自玉米带的长老会新教教徒，一时难以介入。不过，在这之后的 12 年里，我不时带着任务回到罗马和梵蒂冈，努力尝试。

1928 年 10 月初一个凉爽的秋日，在罗马西班牙广场角上美丽的鲁谢大酒店里，吉恩·滕尼与玛丽·J. 劳德举行婚礼。这个消息登在美国报纸的头版，比那一天欧洲发生的其他事件更加重要。有些美国报纸还派出了它们的体育记者甚至是社会记者来到现场报道。滕尼和他的新娘光芒四射，全场瞩目。而我还记得这场婚礼，因为我在婚礼现场与伴郎桑顿·怀尔德说了话。我对他提起，他最近的小说《圣路易斯雷伊大桥》很受欢迎，他听了很高兴。婚礼前的每一天，我都看见他坐在宽敞的饭店大厅里，读着一本陶赫尼茨出版社出版的平装小说，不理会周围活动的记者和摄影师，以及设法躲避他们的新人。他很矜持，但是十分和善。你要是坐下来和他谈一会儿，会为他的谦虚以及对小说的浓厚兴趣而惊讶，尤其是对新晋的美国小说家。他充满敬佩地谈起海明威，后者因《太阳照常升起》两年前一夜成名。他还谈起刚刚受到关注的多斯·帕索斯，还有菲茨杰拉德，他觉得《了不起的盖茨比》是一战后美国小说里最好的。他觉得菲茨杰拉德终于实现了他早年的抱负。他不同意我对格特鲁德·斯泰因的评价，他认为她很快也会被认可。他说这些话时笑容满面，一点也不带竞争心，更不要说嫉妒了。他不想谈自己的小说，我认识的作家都是这样，除了斯泰因。与怀尔德交谈非常愉快，之后我就再也没有遇见他，可是一直关注着他的作品。我对他持久的创作生命印象深刻，它比其他同时代的美国作家都要长久。他逝世于 1975 年，当年仍然在写作和发表作品。

我记得婚礼中一个喜剧的场面：古板的《纽约时报》被拒绝参加观礼，但它驻罗马记者，严肃、傲慢的阿纳尔多·科特西装扮成了侍者在婚宴上出现。小报总是为了取得这样的"独家"不择手段。科特西风格老派、为人严肃，自认为他服务的是一份体面的报纸，在我们所有记者之中，似乎只有他最不可能做出这样的事来。我觉得更加俗气的《芝加哥论坛报》也不至于如此。可是，长着文艺复兴油画上意大利贵族的长脸的科特西，从宴会厅中偷偷冒出来，系着侍者的白领结，穿着燕尾服，肩上搭着一条餐巾，戴着白手套的手举着托盘，煞是好看。100 个记者和摄影师都大笑不止，继而热烈鼓掌。有些人开始编造《纽约时报》可能的头条：

时报资深罗马记者

乔装扮成侍者

独家报道

前重量级拳击冠军与
著名美国女继承人婚礼

对《纽约时报》抱有崇高期望的阿道夫·奥克斯，如果翌日早餐时看到这样的头条，一定会沉思良久。

我对婚礼的报道则缺少激情。实际上，我已经厌烦在欧洲没完没了地报道美国名人。在巴黎和伦敦，在里维埃拉、多维尔和比亚里茨，我们花了太多的时间追踪他们结婚、离婚和其他琐事。在罗马的那个秋天，滕尼的婚礼一结束，我就高兴地回到严肃新闻的报道上，现代史上一些新事物出现了：法西斯的兴起。我想发现有关它的一切。

我开始猜想，一个革命政府，不管右翼还是左翼，在它执政初期命运未卜时，它不得不与其他派别共享权力，之后，它或者一步步退出历史，或者就要抓住一线之机消灭对手，独揽大权以求存活。这样的转变真的是不可避免的吗？

上台之后没能保住权力的例子很多：在法国，从1789年大革命到拿破仑加冕及成为独裁者之间，就有好几届这样的政权；欧洲在1848年起义之后也有一些这样的例子；最近的一例，是第一次世界大战结束时俄国的克伦斯基的短命政权，代替克伦斯基的布尔什维克政权则属于后一种情况。虽然它在推翻沙皇的众多党派中占少数，却坚持了下来，用计策和武力摧毁了政敌，建立了共产党的政权。

我开始认识到，在罗马，墨索里尼在过去几年成功地经受了如上考验，他被人从总理宝座上赶走，看似一败涂地，却转败为胜，成了独裁者。虽然有派系之争，意大利的民主力量几乎就要击溃法西斯领袖和他领导的运动，维持住一个民主国家。可是，就像在德国发生的事情一样，也出于同一个原因——民主势力的优柔寡断和愚蠢——让他们失去了机会。在意大利，一起暗杀就起到了挽回局面、反败为胜的作用。

这怎么可能？又是怎样发生的？在接下来的几周焦点新闻不多，甚至连某个美国人结婚的消息都没有，所以大部分的白天和夜晚，我都在寻找这些问题的答案。这是我和法西斯的第一次接触，而不久我们就能看到，一个文明民族的自由遭到践踏后付出的昂贵代价。以墨索里尼为首的这群打手，穿着黑衫，野蛮粗鲁，动辄逼人喝蓖麻油。而我在想，这些法西斯究竟是怎样得手的呢？这一切是在欧洲最古老、文化最悠久的国家里发生的。

我越探究就越清楚，这个拐点就是法西斯匪帮对社会党议会代表吉贾科莫·马泰奥蒂的暗杀。马泰奥蒂出身于波河河谷一户富有的地主家庭，像这个阶级的许多年轻人一样，很早就开始拥护社会主义。在一战前社会党建立初期，他与墨索里尼是同志，但不是朋友。后来他开始研究法律，1919年作为社会党的代表进入了议会。自法西斯兴起之时，马泰奥蒂就是它不共戴天的敌人，在议院中谴责它的恐怖行为和腐败。甚至到1922年，在所谓的"罗马进军"之后，意大利法西斯大权在握，他的立场也丝毫没有改变。[3]

1924年5月30日下午，议会场里一片混乱，墨水瓶和其他小物件被当成手雷到处横飞，议会代表在走道上打成一团，马泰奥蒂站在讲坛，整整两个小时都在耐心阐述。据听见的人说，他在讲近来选举如何被操纵，使法西斯得到了多数选票；反对党的候选人如何被谋杀、殴打；他们的集会被破坏，报纸被压制，选票箱又如何被黑衫党暴徒塞满。整个发言直到最后，法西斯代表都一直在辱骂、威胁发言者。马泰奥蒂并非毫不在意，他讲完坐下时，对身边的同事说："现在你可以去写我葬礼的悼词了。"

11 天之后，他死了。

马泰奥蒂发言时，墨索里尼坐在那里，虽然一言不发，却怒火中烧。回到办公室，他告诉打手们，对马泰奥蒂"应当做点什么"，不可以让他再这样发言。已经过分猖狂的打手不需要更多的鼓励，6 月 10 日下午，马泰奥蒂从家里出来，准备乘电车去议院。这时，六个男人抓住了他。他寡不敌众，鲜血长流，被拖进一辆小汽车后捅死。当天晚上，在夜色的掩蔽下，歹徒来到罗马以北 14 英里的瓜尔塔里拉，把他的尸体扔进了树林中的一个浅坟。

这起凶杀案的主犯是混迹于法西斯内部圈子的典型人物，叫亚美利哥·杜米尼，本是圣路易斯的匪徒，一战后回到了意大利老家，成为法西斯的打手。他公开夸耀曾经"杀人"11次。剩下的从犯是一些法西斯人渣，都有暴力犯罪记录。对他们来说，杀害马泰奥蒂不过是又一个任务。天还没亮他们就开始吹嘘自己干的事，墨索里尼于是得知发生了什么。

可是，几天来他假装不知情。马泰奥蒂的夫人两天后找到他，求他把丈夫归还给她，不管"是死是活"，他对她说，无需担心，他保证她的丈夫很快就会回来。同一天，在议会上，他说警察正在全力搜寻"失踪的议员"，他希望"马泰奥蒂议员很快就会回到议会中他的席位上"。

凶手留下了很多线索，警察不久就破了案。满是血污的汽车第二天就在内务部门前被发现。6 月 14 日，侦探逮捕了杜米尼，后者正准备离开罗马。在他的皮箱里有马泰奥蒂的血裤。报纸被命令不要散布此案进展，但是消息很快传开，引起意大利国内民怨沸腾。在米兰和其他城市，成千上万的法西斯党党员在公众游行时把他们的党证扔进臭水沟，当墨索里尼试图组建他的法西斯民兵队时，没有几个人应召。6 月 13 日，共产党之外的所有反对党议员离开了议院，宣布直到马泰奥蒂的凶手归案、被审判，法制恢复，他们才会回来。他们向国王请求罢免墨索里尼，重新组阁。他们将自己称为新阿文提诺。阿文提诺是意大利的一座山，罗马时代的平民曾经隐居于此，抗议他们的权利被贵族篡夺。他们集会，一再抗议。但仅此而已。

矮小的国王没有起什么作用，参议院也没有什么行动。

矮得出奇、身高不到五英尺的意大利国王维托里奥·埃马努埃莱三世应对墨索里尼在意大利的兴起负首要责任。国王被一战后的混乱吓得要死，又担心社会党掌权，正是他于 1922 年 10 月 28 日召来墨索里尼，委以重权。法西斯是那年秋天造成意大利混乱的主要原因，他们集结民兵，控制了许多城市中心，搭乘火车去罗马游行，但这些并没有使国王警觉。陆军总参谋长彼得罗·巴多利奥曾经向他保证："机枪五分钟就能把那些（法西斯）暴徒打散。"他却没有放在心上。当政府宣布遭到包围，命令军队消灭法西斯突击部队时，国王却拒绝在声明上签字。相反，他给米兰的墨索里尼发电报，让他来罗马重新组阁。

于是两年之后的 1924 年，国王虽然不喜欢法西斯的粗鲁，但对他们重塑"法律和秩序"感到高兴，对他们与传统党派分享权力感到满意。墨索里尼此时虽然有威胁，但还没有变成一个独裁者。他的法西斯成员在 14 个内阁职位中仅占四个。议会也正常运转。尽管有黑衫恐怖，但至少那时还是宪政，还有言论自由、出版自由。但是，对马泰奥蒂的谋杀引发了突然的危机。后来，墨索里尼也承认，这是他的政权遇到过的最严重的危机，直到最后法西斯因战败而垮台。多日以来，元首极度紧张。他的党正面临分崩离析，在他基吉宫办公室的窗外，愤怒的人们在示威抗议。他知道反对派正给国王施压要求罢免他，他担心国王会让步。

但他高估了维托里奥·埃马努埃莱的勇气。阿文提诺的代表去见国王，向他出示凶杀案中墨索里尼作为同谋的证据，要求罢免他，可是国王充耳不闻。最后国王说，无论如何，在社会党议员失踪两周之后，参议院已经投票通过继续给予墨索里尼信任，受人尊敬的哲学家贝内德托·克罗齐和他本人都很赞成这样的结果。国王还提醒这些反对党议员，在议会中意大利的前三任总理，即奥兰多、焦利蒂和萨兰德拉，都属于自由党，他们已宣布支持这位不可靠的墨索里尼。8 月 16 日，马泰奥蒂的尸体被一位机敏的警察发现，新一轮要求墨索里尼下台的呼声席卷整个意大利。在这之后，国王仍然不为所动。反对党原以为，这一次只凭着对本届政府卷入犯罪的反感，他也会改变立场。但国王又一次拒绝了他们的请求，这让他们一时愕然，不知道下一步该怎样做。但他们再也没有走下一步的机会了。

墨索里尼感到了他们的犹豫不决，从恐慌中恢复过来，他开始反击。1925 年 1 月 3 日，他在议会发表了演讲，三年之后的现在，我读着这篇演讲，感到它在宣告着一个民主、宪政政府的终结，以及极权主义、一党专制国家的开始。反对党借机弹劾他的失败让他大胆起来，他骄横地宣称他对一切发生的事负责。他说："如果法西斯成了一个犯罪组织，我就是这个组织的领袖。"如果可以用武力保证意大利的"和平"，他将施用武力。最后他说："请放心，在今后的48小时之内，局势就会明了。"

实际上，这花费了他三年时间，在我到达之前，他刚刚完成大业。反对他的党派和报纸被他压制了下去，连同言论自由和集会自由。他设立了特殊法庭，专门审判政治犯，还建立了一支秘密警察队伍，用来搜捕反对者。正如墨索里尼在1944年落入游击队之手，临刑前所写："我在1925年1月3日的行为及对一切党派的压制，为极权国家打下了基础。"

那么，至少他知道自己要的是什么，在一片混乱的民主力量面前，他知道怎样谋取他要的。"法律和秩序"恢复了，"社会和谐"实现了，火车开始准点了。

外国的权贵为之喝彩。在英国，坎特伯雷大主教觉得这位自负的意大利独裁者是"欧洲的伟大人物"。甚至温斯顿·丘吉尔也有份，他当时任英国的财政大臣。在我到达前不久，丘吉尔到访意大利会见墨索里尼，他盛赞后者为杰出的欧洲领袖，尤其称赞他"与列宁主义的野蛮取向做斗争"。在美国，银行家奥托·卡恩这样称赞墨索里尼："全世界应当向他致谢。"而托马斯·爱迪生也觉得他是"现代最伟大的天才"。

享誉世界的《纽约时报》也不甘落后，对墨索里尼可能卷入马泰奥蒂谋杀案，它曾经表示极为愤慨。现在它却说："对墨索里尼没有丝毫疑问，没有人会怀疑他的正直诚实以及他的决心和能力。"[4]

暗杀就这样被略过，1926年对此案的审判被转移到远离罗马的边远小镇基耶蒂，避免人们因愤怒引起麻烦。两名被告被宣判无罪，杜米尼及另外的几个案犯被判"非故意杀人"罪，获六年有期徒刑。两个月之后，墨索里尼宽恕了他们，把他们从监狱里放了出来。在政府看来，这一案件已经了结。谋杀带来了好处，墨索里尼通过它当上了独裁者。

1928 年 10 月 28 日是"罗马进军"的周年纪念日，我来到威尼斯广场听元首对公众讲话。这是我多年以来第一次，当然也是最后一次听此人演讲。有些驻罗马的外国记者觉得他是欧洲最好的演说家，可是我感觉相当失望。他的声音太尖锐，而语速又太急。他冲着听众尖叫。不过，你一眼就能看出，他是个天才的演员。说完一句有爆发力的话，他就把下巴往前一伸，头向后仰等待众人的喝彩欢呼。明显地，他觉得很受用。之后，他又开始滔滔不绝地夸张演说，胳膊不停舞动。他的姿态变化太多，有些可笑。可是听众明显地被这种夸张动作和尖叫声煽动起来。无疑，他是个操纵大众的能手，不只用他的口才，我知道，也用激进的新闻写作风格。

一战前，当他还是个年轻的社会主义者时，他就练就了这种本事。作为米兰的社会主义报纸《前进报》的年轻编辑，他很快就证明自己是革命运动中最好的记者，他迅速扩大了报纸的发行量，并且使之广受欢迎。他主张意大利加入一战，因此遭到社会党的驱逐。他作为一名普通士兵走上前线，一战后，被社会党视作叛徒的他又在米兰发起了反社会主义的法西斯运动，不过是想借此发泄旺盛的精力。可令他惊奇的是，这个运动在战后的一片混乱中蓬勃兴起。精明又熟读历史的他明白这一切意味着什么，他早已知道该如何利用 20 世纪这种混乱和绝望的情绪。

可是我认为，他也不是无懈可击。他太趾高气扬，太好争斗。他对自己以及国家怀抱的野心过于巨大。现在他成了独裁者，可能自视为现代恺撒，以为将要重振意大利，让它恢复罗马时期的荣耀。他由着自己忘乎所以，认识不到意大利缺乏帝国崛起所需要的物质资源，在现代，这取决于雄厚的工业基础。他更没有意识到，意大利人过于文明、务实，对他的野心不感兴趣，甚至不以为然。当然，有一些实业家、银行家和地主正在探索如何在新政中牟利。对于不再有社会主义者的抗议和罢工，他们松了一口气。很明显，墨索里尼一直受到保守落后的农民的支持。可是意大利民众，大多数中产阶级和所有工人（以及大多数知识分子），在我看来，并没有把法西斯当回事。他们太明白，虽然身受其苦，却相信法西斯不会持久，只是个过渡。在丰富漫长的历史中他们度过了很多非常时期。有一天，一个被解除了大学教职的意大利历史学家对我说，法西斯的内核一片空白，趾高气扬的墨索里尼只是个草包。《芝加哥论坛报》的同事乔治·塞尔迪斯也看出了这一点。他曾把元首称为"草包恺撒"，被逐出了意大利。

可是，在意大利国外，很少人拥有那位教授朋友、塞尔迪斯以及大多数意大利人的分辨能力。像我先前提到的，大多数西方民主国家的领袖把墨索里尼捧到了天上，甚至一向聪明和愤世嫉俗的萧伯纳也受了蒙骗。他表达出自己对墨索里尼的崇拜，甚至说，要写一出关于他的话剧。我私下猜测像所有的独裁者一样，墨索里尼总有一天会不自量力，玩火自焚。权力会使他堕落，腐蚀他，就像权力对所有暴君做的那样。我对希特勒早年令人眩目的成功也有同样感觉。可是，在很多年之内，我在这两件事上似乎大错特错了。

　　就像我之前说的，我那一年并没能深入了解梵蒂冈的运行。例如，我曾经天真地试图了解它的财政：它的收入是多少，来源是什么，又如何获得，它的支出在哪里，又怎样分配。这样的信息被一道石墙封锁着。我的报纸对这些感兴趣，是因为那年芝加哥教区的芒德莱恩主教借给教廷价值 150 万美元的债券，为期 20 年，相当于 5% 的偿债基金，以梵蒂冈城内的教会财产作为抵押。《芝加哥论坛报》的编辑想知道，这笔钱会用在何处，这对梵蒂冈来说意味着什么？罗马是不是遇到了财政危机？我也没有完成这个使命。我被告知，教廷的财政是它自己的事，所以，它实际上从来没有公布过任何预算或收支表。

　　像所有的驻外记者一样，我需要花钱收买梵蒂冈内部的线人，才能获得极为有限的消息，这个人就是奥兰多先生（我暂且称之），形象如同文艺复兴画中的意大利男子。你不禁会喜欢上他，即使知道他每次都在骗你也仍然如此。有时，当我的同事责备我写了梵蒂冈的假消息，或受到来自芝加哥本部的抱怨，我就会追问这位好好先生。我知道每个驻罗马的美国记者都给他钱，但他总是抵赖。

　　他眼睛一眨一眨，会说："啊，你看，我的好朋友，那可是条特别的消息，值 2000 里拉，不能按普通消息收费，你明白吗？"我想他当我是个新教教徒傻瓜。

　　他说，他需要更多的钱，如果我有兴趣，他还会给我一些"独家消息"。"不过，那得多花点钱，呃？2000 里拉，也许 3000，也许 5000，只要真是重要消息。你告诉我你打算给多少？你的报纸，我相信，有的是钱。几千里拉对美国的大报纸又算什么？"他会笑着，抓住我的胳膊，说："反正，我的好朋友，不是你自己掏腰包，对不对？明白了？"

好好先生奥兰多从不解释他为什么急需钱，只是提过一两次他母亲很穷，和一大家亲戚住在北方。不过，我们都怀疑是否确有其事。人们说，他有一个固定的情妇，还有无数其他女人。他在最好的饭店吃饭，无疑喜欢昂贵的美酒佳肴。我想，好吧，在今天，你遇不到文艺复兴式的人，即使在意大利也是如此。偶尔，我会对着他的胖脸骂他一通，可是我仍然留着他，像别的记者一样。他欺骗了我们所有的人，让事情持平，却是以一种令人喜爱、老派的风格，永远保持着一副正直、善良、笑容可掬的面孔。

我确实自己采访到一条重要消息，这个事件不论在梵蒂冈或是法西斯意大利都称得上历史的转折点。我得知"罗马问题"将有解决方案。这个老问题要追溯到 1870 年，从那时起就一直困扰着教廷和意大利国王。1870 年，意大利复兴运动的军队夺取了罗马，完成了自 1859 年开始的对教皇辖地的征服，罗马被宣布成为新统一的意大利首都，归萨伏依王朝统治，教皇几百年的统治到此终结。可是教皇庇护九世拒不接受，他拒绝承认新的意大利王国及其新政府，宣布自己是"梵蒂冈的囚徒"，他自己和他的继任者从此再也没有踏出过梵蒂冈一步。统一意大利的主要建造者卡武尔，生前试图与梵蒂冈协商，提出给予对方失去领土的赔偿，并且保证梵蒂冈城的主权。但是教皇拒绝与他会谈。卡武尔卒于 1861 年，"罗马问题"于是被搁置了 58 年。

1922 年墨索里尼执政之后，梵蒂冈教廷的态度有了转变。教会欢迎法西斯的兴起，因为相信它会把意大利从无政府状态中解救出来，并且不会落到社会主义者或共产主义者的手里。但是，它有两点疑虑。第一是对于元首其人，他还是社会主义者的时候猛烈攻击过教廷，宣扬无神论，宣称"基督已死，他的教义不起作用"；甚至在发起法西斯运动的早年，他仍然声称，法西斯党坚持反对教会的立场，呼吁没收教会财产。教廷的第二个疑虑是，法西斯能否稳定持久，值得与之谈判。对于后者，教廷本身也有同样的问题。墨索里尼政府的一个主要竞争党派是一战后梵蒂冈帮助组建的天主教人民党，其领袖是智慧的西西里牧师唐斯图尔佐。1922年，唐斯图尔佐拥有大批追随者，他的党在议会中占有107个席位，成为仅次于社会党的第二大反对党。它与包括社会党在内的民主反对派联合起来反对法西斯主义。

这让教会陷入两难。新的人民党，主要因为唐斯图尔佐的感召力，赢得了相当多民众的支持，成为应对社会党的政治壁垒，但它是民主的，是反对法西斯的，而梵蒂冈正在倾向于后者。墨索里尼当上总理三个月之后，第一次向梵蒂冈示好。他秘密会见了老练的教廷国务卿——红衣主教彼得罗·加斯帕里，并且明确表示希望有一个教皇可以接受的"罗马问题"解决方案。他认为，不只是社会主义者，也包括人民党，都在妨碍建立一个"稳定"的政府，而这样的政府可以协商出一个持久的协议。

有关人民党这方的困难，很快被梵蒂冈清除了。1923年6月，教皇命令作为神父的唐斯图尔佐辞去他对人民党的领导职位，停止一切政治活动。这对天主教人民党是致命一击，它很快就被削弱。墨索里尼受到梵蒂冈的这个鼓励，开始与之进一步频繁会谈。同时，他采取行动进而声称，不论他说过什么，现在他希望恢复教会在意大利的地位，鼓励在全国传播天主教。

曾经的无神论者和教会的宿敌忙不迭地让自己的孩子受洗。之后，墨索里尼又为自己举行宗教性的婚礼，他们在多年前已经举行世俗的婚礼。为了谨慎起见，他开始说教会的好话，而他一度对之肆意诽谤。他更加公开地要求意大利人重视宗教。他下令医院和学校恢复竖立耶稣受难像，而这早已被意大利复兴运动废除。他投入大量金钱，修复意大利北方被战争损坏的教堂。梵蒂冈非常感激地注意到这一切。重要的宗教人士开始发出友好的信号。一些主教公开称赞元首使意大利免受"布尔什维克的威胁"。

1926 年，包括天主教人民党在内的一切民主反对党被取缔之后，梵蒂冈与墨索里尼的谈判随即开始了。虽然他们的行动极为秘密，但我还是得知双方已经在修改第十五个草案，协议接近达成。1929 年 2 月 11 日，在我离开罗马几个月之后，协议终于签署。

梵蒂冈被承认是一个独立的主权国家。虽然它只有 110 英亩的领土，是世界上领土最小，却最有权势的国家之一。意大利政府同意付给教廷 5000 万美元，作为对教皇辖地的赔偿。天主教教会为意大利和罗马官方教会，罗马天主教为国教。条约同意为使法律与教会的意愿一致，应将公立学校的宗教课定为必修课，必须举行宗教婚礼，禁止离婚。教廷于是恢复了它在意大利原有的地位和权力，以及在全世界政治上的主权。作为回报，梵蒂冈承认意大利王国和它的法西斯政府为世俗的国家政权，同意不介入政治。

对墨索里尼来说，这是他政治生涯的一个巨大成功。不仅在意大利，在全世界，天主教教徒和非天主教教徒都在称赞他的政治才能。天主教教徒为他能解除教皇"囚禁"，使梵蒂冈成为一个主权国家感到欣慰，现在世界各国都可以派使节前往梵蒂冈，也会受到教皇使节的回访。庇护九世夸张地将元首称赞为上帝的福佑：

> 我们是受神喜爱的。他是我们所需要的人，由上天放在我们经过的道路上，他对自由主义学校的主张不以为然。

从那一天起，法西斯就得到教会的支持而愈加坚固。现在，在意大利，墨索里尼的独裁再也不会受到任何反对。而这并不是梵蒂冈最后一次帮法西斯独裁者的忙。希特勒在德国建立了**他**的独裁之后不久，纳粹肆意妄为，尤其是迫害犹太人，对新教教徒和天主教教徒采取严酷的措施，打击民主党派，引起全世界的憎恨。正在此时，梵蒂冈与纳粹德国签订了协约，这一协约给予了希特勒政府在国内外迫切需要得到的声望。

我于1928年末离开了罗马，百感交集。我爱这座古老的城市，它的古迹让人想起如此之多的历史，它略显破旧的粉色和黄色的墙壁，它狭窄的街道和宽敞的广场，它特别的空气和光线，尤其在日落时分；它整天响着的教堂钟声，周围可爱的群山——它的高贵和魅力在我心里留下了永久的印迹，我会一次又一次地回到这里，至死方休。

但是，墨索里尼窃取了这个美丽的文明国度。他的匪帮给这幅美好的画面投下阴影，令人沮丧。民主已死。至少现在和不远的未来是属于法西斯的。这个充满阳光的民族前途一片灰暗。一些意大利人和外国人思考，法西斯是否代表了未来的浪潮？像安妮·林德伯格所预言的，十年之后，纳粹在德国将畅行无阻。我不能相信，不相信它会长久。总体来说，比起我这个急性子的美国佬，意大利人更有耐心，有更好的历史眼光，而我只是刚刚有了一些这样的历史眼光。他们告诉我："这些就会过去。"

在 12 月初一个寒冷的下午，夕阳映照着教堂的穹顶，我离开了罗马这座永恒的城市。假期临近，我想去看一看群山中的阿西西、佩鲁贾和锡耶纳，在佛罗伦萨待几天，然后再去威尼斯。我早已读到，并且听人说起，威尼斯被称为世界的一大奇迹。之后，我与伊冯娜要在法国的格勒诺布尔相聚，在圣诞节前庆贺一番。阿尔卑斯山拥抱着这座小城，那时将被白雪覆盖，我们觉得这是个美丽且浪漫的相聚地。

这次旅行让我终生难忘。平生第一次漫步于山城、佛罗伦萨和威尼斯，这种经历是无法忘怀的。无论你之后多么频繁地回到这里，扩展或加深对它原来的认识，但是这些经历都不完全相同。就这一次，见到的真实第一次超过了想象。这些地方的美和艺术与你想象中的或经历过的完全不同。像在罗马，但是因为它们更小，所以更加浓缩，不仅带给你更多的历史，还有众多生动的历史人物——你只是从美国的学校里粗略地了解到他们，而这些人确曾在这些城镇中生活、劳作、恋爱、统治、写作、绘画、雕塑。这些地方你从来没有想到过，以为只是传说。

可是，突然之间，在阿西西的山顶上，你可以想象圣方济各走在这座城中，傲视着下面的翠绿山谷，寻找上帝的光，传播福音，给鸟儿喂食。虔诚的天才画家乔托后来又满怀热爱，在圣方济各教堂的长方形廊柱大厅的墙上，画下了反映这位使徒的 24 幅壁画。很难用短短几天的时间好好领略佛罗伦萨，这里有但丁、贝亚特里切、彼特拉克、薄伽丘、萨伏纳罗拉、美第奇家族，还有顶级画家契马布埃、马萨乔、弗拉·安杰利科、菲利波·利皮、波提切利、拉斐尔，更有达·芬奇和米开朗琪罗。最后，在威尼斯，这座奇迹般从海中升起的城市，你平生第一次眺望只在零星插图中见过的这一切：总督宫、威尼斯大运河、里亚托桥、圣马可广场、廊柱大厅、令莎士比亚着迷的威尼斯商人，以及那些伟大的威尼斯画家的作品。这些画家包括贝利尼、焦尔焦内、韦罗内塞、丁托列托、提香——最后这位是埃尔·格列柯的老师。

　　在那短暂的探索之旅中许许多多的记忆永远印在我心里。火车进入山中车站，我第一次见到这样的夜景：阿西西的万家灯火在山顶上远远地闪烁，似乎来自夜空。在佛罗伦萨透明的、琥珀色的天空下，沿着阿尔诺河河岸，走上韦基奥桥，两边是一家挨一家的金银珠宝商店，它们始于 16 世纪，至今生意兴隆。我游历之初就流连于这里的两座伟大美术馆：乌菲齐美术馆有波提切利展室及达·芬奇的《圣母领报》和许多其他画作；皮蒂宫满是拉斐尔（他的《椅中圣母》）、安德烈亚·德尔萨尔托、提香、丁托列托和鲁本斯的作品。外面是博博利花园，在寒冷晴朗的冬季，仍然美丽而宁静。还有在佛罗伦萨，你可以坐在圣马可教堂里静想，也可以欣赏弗拉·安杰利科的壁画，这里的密室和走廊上有他的 50 多幅壁画。罗斯金[1]

---

[1]　约翰·罗斯金，英国艺术评论家。

称："在所有的绘画中，这些壁画最为完美地反映了基督教的精神。"其中就有《圣母领报》这幅杰作。

在爱荷华州，我还是中学生的时候，就看过这些佛罗伦萨藏画的许多复制品。只要向青少年教育服务机构订阅，他们就会邮寄给你。可是，亲眼看见原作，它们原来存放的地方——尤其是那些壁画，看到那些历经几个世纪仍然鲜明的色彩，这真是一种新奇、令人兴奋的体验。有时，尤其在佛罗伦萨，我总是遇到没有见过的绘画和雕塑，一天，我沿着阿尔诺河的岸边闲逛，来到了卡尔米内圣母大教堂。在它昏暗的布兰卡乔礼拜堂内，有15世纪初一位佛罗伦萨画家的多幅壁画。这位画家叫马萨乔，我没有听说过。我在酒馆里见到一位英国老太太，她知道这些画。她告诉我说，尽管焦托早先做过尝试，但是马萨乔率先脱离了二维，把物体从平面中解放了出来。她说："在他的那个时代，15世纪的头几年，他'轰动一时'。他也因此成为文艺复兴绘画之父。你知道吗？达·芬奇和米开朗琪罗经常到这座教堂来学习他。"我并不知道，我感谢她告诉我这一切。

尽管礼拜堂的光线很弱，灰尘和蜡烛烟熏使壁画变得模糊，马萨乔的绘画却仍然富于启示。《逐出伊甸园》、《纳税银》以及《圣彼得施洗》中的人物在先前的画中都是平面的，似乎是贴在平平的画面上，与背景无关。而在马萨乔的笔下，在透视的背景下，他们呼之欲出，沐浴着阳光，呼吸着空气，行动如同真人。在我看到的早期绘画中，男人和女人像戴着面具，都是一副相貌。而在马萨乔的画中，他们都有自己的特点，是有血有肉的个人，或热情，或恐惧，或担忧。

我有了一个令人兴奋的发现，至少我自己这样觉得。这个发现就在第二天，在教堂街对面，我在洗礼堂东门上发现了吉贝尔蒂的浮雕。这十个一组的浮雕取材于《旧约》，从亚当、夏娃受诱惑开始。它们就像最伟大的画作，既有活力又充满和谐，我从来没有见过如此生动的雕塑。后来我读到，米开朗琪罗把吉贝尔蒂的门称为天堂之门，这个称谓延续至今。我在还没有读到或听说这些之前就已经这样觉得。我会一次又一次地回来凝视它。

佛罗伦萨的奇妙令人陶醉，我依依不舍告别了它，乘火车前往威尼斯。而它也完全超出了我的想象。如同出浴的维纳斯，它从海中升起，完全不同于我见过的或将要见到的任何地方，不论是在美洲、欧洲还是亚洲。乘火车初到的下午，永远铭刻在我的记忆中。我坐上一只贡多拉①，沿着曲折的大运河去达尼埃利，经过贵族们居住过的大理石宫殿——也许他们仍然住在那里，因为那里仍然像有人居住，虽然看起来有些衰败。划贡多拉的船夫穿着水手服，戴着草帽，我以前只在书上读过。他一会儿放声高歌，一会儿又指给我看一处宫殿。到了里亚托桥他停下桨，让我好好观看这高而优美的拱桥（桥洞很高，我后来读到，在古代，战船也能从桥下通过）。

第一天，我来到圣马可广场，在圣马可教堂徘徊。教堂正面的装饰是拜占庭风格，正门上方是著名的四匹铜马像，那是13世纪初威尼斯人从君士坦丁堡抢来的，到了18世纪末，在拿破仑王朝覆灭之时，终又把它们用大车拉走带回（这是法国人归还的为数不多的劫来的艺术品之一）。随我同行的一位

---

① 贡多拉是威尼斯独具特色的尖舟，这种轻盈纤细、造型别致的小舟一直是威尼斯人的代步工具。

年老修士讲述了这段典故，又带我参观廊柱大厅。我原想看精美的拜占庭风格的镶嵌画，他却催我快走。他似乎不擅长艺术，而长于历史。他细细讲述，认为圣马可的遗骨就埋在这座教堂高高的祭坛的下面，公元9世纪，他的遗体由亚历山大港运到威尼斯。他指着外面高耸的钟楼，骄傲地介绍说，它高达100米，1902年钟楼不幸倒塌，意大利的能工巧匠又把它恢复。他说："我想，你看不出这是新建的。先前和修复后的钟楼我都见过。"最后，他带我来到总督宫——一座粉白相间的大理石建筑，有宽敞的装饰大厅和房间。他自豪地说："这是威尼斯权力和荣耀的象征。"言语间像在惋惜时光不再，这座美丽的海边建筑，原是耀眼的威尼斯共和国的神经中枢，现在却成了我这种无知游客游览的名胜。

让这位修士带着看来看去，我感到很累，给了他所谓的"慈善募捐"，就与他告辞，自己穿过广场上的鸽群，来到弗洛里安咖啡馆休息。我发现，这家咖啡馆已经有200年的历史，仍然是世界上最好的咖啡馆之一，并且和这座城市一样独特。食物和酒都很好，咖啡和冰激凌棒极了，意大利人的交谈也十分生动。这是个聚会、吃喝、交谈的好地方。我能看出来它为什么如此受欢迎，吸引了那么多北方的诗人。歌德、拜伦、瓦格纳、乔治·桑以及缪塞、罗斯金等作家都盛赞这家咖啡馆。

像在罗马和佛罗伦萨时一样，我游荡在狭窄的街道和高临于河道上的拱桥（那位修士告诉我，这里的150条水道上架了400座桥，我只有几座没有去到）。累了的时候，我就乘贡多拉游览。除了讨厌的摩托船的轰鸣（现在比那时更多了），这座城市有一种如金的静默。偶尔才有贡多拉船夫引吭高歌，或是帕利亚桥下的船夫大声兜揽生意，还有就是推着宽大的两轮车的小贩大声警告："*Le Gambe*! *Gambe*!"——"看着点！看着点！"

这座城也带着骄奢淫逸的印迹。在它的鼎盛时期，这是一个腐败、复杂、残忍、尔虞我诈的地方——据说威尼斯的商人和银行家个个精明。无疑这里像小说写的那样，到处是探子、骗子、盗贼、皮条客、赌徒，甚至杀人犯，但它一定也充满了欢乐、幸福、性爱和雅致，现在仍然如此。我看到很多日晷上都刻着这句话：*Horas non numero nisi serenas*——我只计数幸福的时刻。

我和那修士分手时，他告诉我："我必须告诉你一件糟糕的事情，这座美丽的城市、独一无二的威尼斯正在沉入海中。"

我无法相信，这座如此美丽、优雅的城市，举世无双，却不能永远地提升人类的精神。我离开它回法国继续去过苟且的现实生活，不过我仍然感到高兴，至少看到了威尼斯仍然还骄傲地屹立在侵蚀它的水中，而它沉没时我肯定已经不在人世。

拜伦同样想到这些，我记得他的诗句：

> 噢，威尼斯！威尼斯！当你大理石的墙壁
> 被水没过，全世界都将
> 为你的沉没哭泣，
> 巨大的哀鸣将与汹涌的海水一同响彻！

我和伊冯娜随后在格勒诺布尔相会也像在梦里一般。我从未见到她如此活泼快乐、兴高采烈。她的头发和眼睛似乎比以

528 / 二十世纪之旅：人生与时代的回忆（第一卷）

往更黑、更亮。她的一切都令人兴奋，在我眼里是如此新鲜，就好像我们初次相见。再没有一对年轻男女比我们更加相爱，周围景色也无比壮观，在阿尔卑斯山白雪的映照下，我们边走边谈。这是一段田园牧歌式的插曲。

可是，我犯了个愚蠢的错误，我没能安于现状。在回巴黎的途中，我们决定在里昂逗留数日。里昂是座丑陋的商业城市，但是有很多好餐馆，我们打算尝试一下。我太爱她了，想要把爱情永久地保存下去。这是我的错误。我在里昂又一次要求伊冯娜离婚，和我结婚。她不听，觉得我们这样下去也没有什么不可以："如果我们想，可以永远这样。"无论如何，她不想放弃她的家庭。她笑话我多么资产阶级和愚蠢。她说："为什么要用婚姻来破坏这么伟大的爱情？它会束缚你，现在我们是两个自由的灵魂，爱情必须如此。"

我不太相信她的话。但是，我们不再争论，言归于好，在这里大快朵颐，享受了整整两天美酒佳肴——那毕竟是我们圣诞庆祝的一部分。

一定是在丑陋的里昂，或许是在巴黎圣诞假期——伊冯娜和她的家人在一起，于是对于我来说这是暗淡的圣诞节，我更加怀疑我们的未来。这种时常困扰我的怀疑开始滋长，同时还有怨恨——不能每时每刻和她在一起的怨恨。说实在的，从那时起，尤其是两个月后，当我到达维也纳，我开始喜欢上了别的女人。在多瑙河之畔那座可爱的巴洛克风格的城市里，我很快就会深陷爱河，并且与她生活在一起，在那里，并且在伦敦和她一起度过第二年夏天。在爱情上，维也纳对我来说是命中注定，我最终会在这里遇见我的爱人，并与她结婚。在那时，伊冯娜开始回心转意，但是一切都太迟了。我已不能回到当初。

我与伊冯娜在一起的日子就像托马斯·哈代小说的主线：我们再现了他的一部悲剧，或至少是其中的一种悲哀，那就是男人和女人不能以同样的方式在同样的时间感受到爱。他们的爱有时差。一方的感受，另一方在过后才能感觉到，而那时，前者的心意已经改变，他们再也不可能走到一起。

那一年早些时候，哈代以 88 岁的高龄去世。他是受人尊敬的小说家和诗人，他的骨灰被葬在威斯敏斯特教堂。他在小说中对生活持悲观的态度，相信命运是盲目决定的，不以一个男人或女人的主观努力而转移。这样的观点激怒了英国的（也包括美国的）后维多利亚时期的批评家。1896 年，哈代写成了《无名的裘德》。之后，他厌倦了无谓的批评，放弃了小说写作，转向诗歌。我来到欧洲之后，把他的小说读了又读。他的小说对我影响很深，证实了我自己对于现实生活的怀疑。我无法否认，这三年半在欧洲的经历是我一生中最充实、最幸福的时光。我也不能否认，至少对我自己来说，我有野心，追求作为记者以及后来作为作家的成就。我知道，这些主要靠的是机遇，就像我在最后一刻得到这份工作一样，这个工作使我留在欧洲，它从天而降，只是因为运气。

在哈代看来，一个人能成就什么，成为一个什么样的人，都取决于命运的骰子，而这骰子，他相信，在与此人作对。在相当程度上，我真的相信，但不是全部。也许，我还年轻，我相信除非命运确实冷酷无情地与你作对，你还是可以在相当程度上决定自己的未来。

在与伊冯娜的关系上，命运似乎就是在与我作对。尽管我在巴黎参加了热闹的平安夜以及除夕晚会，我还是没有多少过节的心情。我一定陷入了一种可怕的情绪，不然又如何解释我为什么下晚班后，会在吉洛特餐厅欢乐的除夕晚会上突然与卡米尔争吵。卡米尔是位来自加利福尼亚的姑娘，可爱、健美、一头深色金发，在巴黎版《芝加哥论坛报》新闻组工作，我们后来成为挚友。也许我喝了太多香槟，在自己的悲伤里不能自拔。虽然我是无心的，但我说的话深深刺痛了她。我仍然记得突然之间，她气得把一杯香槟泼在我脸上，大步走了出去，温和的埃利奥特·保罗跟在后面，他说他要把她带回来，让我当面为自己说的话道歉。他们没有回来。但是这件糟糕的不可原谅（对于我来说）的坏事带来了一桩好事。保罗和卡米尔之间的浪漫爱情始于除夕，他们不久就结婚了。

第二天我酒醒了，怀着内疚去找卡米尔，可是她没来上班。最后，我终于找到了她并向她道了歉，我们和好，这段友谊持续了几十年。我现在清醒地回顾1928年，必须承认，那一年我过得相当好，不只在个人幸福和满足上，我作为驻外记者的经验也在这一年大大拓宽和加深。

在英国、爱尔兰和意大利的采访，正赶上这些文明古国处于历史转折关头，使我深受启发。在这之外，另有一项任务，使我的理想破灭，使我认识到在20世纪20年代，人类的一个梦想不会实现。那是我在报道了圣莫里茨冬季奥运会之后，受命奔赴日内瓦，报道国际联盟的会议。这是我第一次目睹，被短见的同胞拒绝的伍德罗·威尔逊的梦想将怎样在实际中发挥作用。

那一年，很多欧洲人相信，有史以来，古老的欧洲就战争不断，也几乎被最近的一场战争毁灭，但它现在终于醒悟了。人们觉得他们终于进入了一段长期的和平，而且不管国家之间发生了什么危机，这些危机都能由政治家来解决，这些政治家接受了最近一场血腥战争的教训，会在国际联盟的会议桌上调解争端。甚至温斯顿·丘吉尔也认为，1928 年标志着"世界危机"的结束。

两年前，也就是 1926 年，德国被国际联盟接纳，与一战获胜同盟方英、法、意、日一样，在理事会中获得永久席位。人们相信在日内瓦会议上，国际联盟将考察德国，鼓励它与其他理事国一起为和平做出努力。的确，国际联盟并不是世界性的，两个强国没有加入：美国与之无关；苏联虽然渴望加入，却还没有受到邀请。对主导日内瓦的欧洲人来说，这似乎不太重要。在他们看来，美国沉溺于物质与自私的孤立主义之中，就目前而言，至少它还不能成为一个重要的盟员。"无神的共产主义和自由恋爱"的苏联也不能。总有一天，人们认为，美国佬会看到光明，而俄国佬也会抛弃无神的态度，那时它们就可以加入。

与此同时，国际联盟——一些人满怀希望地把它称作全人类的议会——可以继续推进了。它的机遇来了：维持世界和平，保证所有民族的尊严和正义，继而逐渐消除不再为任何国家需要的军备负担。谁会否认日内瓦的目光远大、目标高尚，满足了人类最美好的愿望呢？

哀哉，那年冬天在日内瓦的短短几周，就使我这位年轻记者的幻想破灭。来自世界各国能言善辩的政治家不是来这里调和争端的，而是通过伪善的谈话来装点自己。这本不是他们的错。错误在于各国人的精神状态，在于他们狂热的民族主义，以及各国人对于保护其主权的狂热。没有一个国家、一个民族愿意把权力交给一个世界组织。他们不会为了世界的利益妥协国家利益。这是个巨大的障碍，国际联盟绝不可能克服。

政治家只在嘴上说着联盟的理想，十分伪善，看起来真是有趣。直到它多年后痛苦地收场，我会时不时地回到日内瓦观看同一个场面。它真是奇妙，提供给记者非常好的素材，却也是悲伤、令人沮丧的素材。

多数欧洲的政治、外交"明星"，外交部部长以及副手都在各种会议上出现。我亲眼看见他们扮演着力不从心的角色。拉姆齐·麦克唐纳，英俊、雄辩的英格兰人是英国第一个出席日内瓦会议的外交大臣，他也是英国首相。比起伦敦，这个小地方更有利于我对他的观察。我带着怀疑和悲伤看着这位曾经伟大的人物正在堕落。他曾是工党政府的缔造者，英国第一任工党首相，对公众温和且有魅力，是个动人的演说家、狡猾的政客、谈判桌上的好手，但最后，由于性格缺陷，终于为自己膨胀到无限的虚荣心所累。他出身无名，是个私生子，全凭个人奋斗达到顶峰。他攻破了英国的一道道权势壁垒，只在当首相的最后几年向他们投降，逢迎贵族和有钱人，却与帮助过他的劳动阶级的朋友话不投机。最后，他丢弃了工党的大多数朋友，成为所谓"国民"政府的首相，而其成员大多是保守党。

1929 年，当他重新掌权时，与伦敦德里夫人过从甚密，据说他们经常在一起。他的妻子几年前就已离世，而他没有再娶。当他作为英国代表团团长出席会议时，伦敦德里夫人也经常在日内瓦，与他似乎形影不离。有一次美国记者为他举办了只有男人参加的午餐会，他坚持要带伦敦德里夫人出席，这使大家十分震惊。在聚会的那天上午，他不经意地提到，他想让她坐在他的右边。有人斗胆告诉他，这种聚会只有男人才能参加，不请女人（这是在女权运动开展前几十年），而且伦敦德里夫人也未必喜欢单独一人出席，没有别的女子陪伴。麦克唐纳听到后很生气，明确表示我们必须请她，不然他也不会来。

随着时间推移，麦克唐纳的讲话越来越含混不清，以至于你听不明白他的意思或立场。他似乎更显得疲惫、喜怒无常。除了一直膨胀的虚荣心，他身上其他的力量似乎在减弱。1935年，他辞去"国民"政府首相一职，在稍后举行的大选中又被击败，没能连任锡厄姆选区的议员。他于两年后去世，去世时孤苦无依，几乎被人们遗忘，工党的老人还记得他，但也只剩下了鄙视。随着时间推移，他们日后会高兴地回忆起他，渐渐宽恕他，认识到虽然他有种种过失，但他还是工党有过的最伟大的领导人。

政界名人来来去去，有些人会深深留在你的记忆里。阿里斯蒂德·白里安是国际联盟的支柱，他付出的努力比其他人都要多。这个毛茸茸的法国人，两撇胡子向下耷拉着，长头发盖住了耳朵，嘴上总叼着一支呛人的雪茄。但最使人难忘的是他悦耳的声音，像浑厚的大提琴，音调极为美妙深沉，还有那配合着动听的话语的姿态。他的手十分精致，非常有艺术感染力，令人想起钢琴旁的帕岱莱夫斯基。在 1925 年到 1932 年他生命的最后七年中，白里安在法国连续十一届政府里任外交部部长，又在其中四届同时出任总理，他试图使国际联盟焕发出生机。他与德国和解，恢复了与英国的协约国关系，与非成员国美国联合，试图使联盟可以有实力实现和平，制止战争，实现欧洲合众国的理念或梦想。他很理性，善于妥协与和解。有一段时间，因为具有这些品质，他似乎就会成功。但是，这并不足以应付狂热的民族主义的现实，20 世纪 30 年代初，这一现实更为严酷了。你能看出，当开始意识到他的一切努力都白费了，这位老人不论在精神上还是在身体上都摇摇欲坠。但是在1928年，他仍然满怀希望，甚至充满信心。我认为他是联盟中最好的演说家，但在日内瓦，我一开始并没有意识到，再动人的话语、再悦耳的声音也是不够的。

在国际联盟的讲坛上口才仅次于白里安的，是他的参议员同事约瑟夫·保罗-邦库尔。他长相英俊，生活讲究，风流倜傥，是剧院各种首演的常客和老练的辩论家。他的所有特点似乎能让他在法国政坛和国际联盟中坐上第一把交椅。可是他没能够成功，我也从不知道这是为什么，也许是命该如此。他最终于1932年末当上了法国总理，但只当了六个星期，之后再也没有归来的机会。但是，在日内瓦他的确是个人物，他的口才打动了大会和理事会。

两年前，也就是1926年，白里安与德国外交部部长古斯塔夫·施特雷泽曼共同获得了诺贝尔和平奖。他们一起打造了《洛迦诺公约》，两个西方强国保证维持它们之间的边界现状，不会因边界问题诉诸战争。白里安个人很喜欢施特雷泽曼，多年来他们在日内瓦相处得很好，这出乎其他人对法国人和德国人之间关系的预料。施特雷泽曼的外表并不十分讨人喜欢，可是日内瓦的每一个人，包括我们记者，都很喜欢他。他有一双斜长的眼睛，鼓胀得像肉肠一样的脖子，子弹头形状的脑袋上头发剪得短短的，这一切使他长得像只猪。但他是个很随和的人，在宴席上无论是喝着啤酒或白兰地，或是抽着雪茄时，他都会放声大笑。我们中间没有一个人，甚至白里安会想到他有多么老奸巨猾。多年之后德国秘密档案公开后，人们才发现了这一点。这些档案使大家明了：表面上，他似乎与白里安真诚协商，试图结束致命的、持续了几个世纪的法德敌对关系，保证德国会尊重法国在 1914 年遭到冒犯的西部边界，而且忠实于国际联盟；而实际上，他告诉他的德国密友，包括太子，德国参加国际联盟，签订《洛迦诺公约》，只是因为它国力微弱，一旦它强大起来，德国将不再这样行事。在他签订《洛迦诺公约》，并带领德国加入国际联盟的五个星期之前，他在给太子的密信中写道：

> 加入（国际）联盟并不意味着我们投向西方，与东方为敌。只有拥有武力时我们才有选择权……这就是德国的政策自始必须在重大问题上采取迂回、模棱两可的态度的原因，1809 年梅特涅为奥地利就采取了这样的策略。

我们这些记者没有察觉施特雷泽曼的狡猾，于 1932 年离世的白里安也没有想到。那时，施特雷泽曼也死了，他死于 1929 年。

另一位常常出现在日内瓦的人物是英国外交大臣奥斯丁·张伯伦爵士。他英国式的冷漠常常让我震惊，他如同一位 19 世纪初的人物，喧闹的 20 世纪似乎令他有些不适。梅特涅和塔列朗①是他的偶像，他试图效仿他们。他雅致的单片眼镜似乎紧紧贴在一只眼上，我从来没见他摘下。甚至他在某个问题上积极支持联盟时，也会带着一股寒气，既冰冷又带着英国人的些许优越感，这种优越感让外国人十分恼恨。我常猜测，他究竟为什么令人气恼。长期以来他身为保守党的领导人，在 1922 年和 1923 年两次有机会当选首相——这是他著名的父亲

---

① 塔列朗，法国资产阶级革命时期著名外交家，从 18 世纪末到 19 世纪 30 年代，曾在连续六届法国政府中担任了外交大臣，甚至总理大臣的职务。

约瑟夫·张伯伦未能实现的目标。这目标仍然召唤着他同父异母的弟弟内维尔。但他没有将此作为自己的目标，现在满足于担任外交大臣，似乎乐于在日内瓦抛头露面。自从1924年担任外交大臣以来，他还算顺利，在这个相对和平时期这个工作也不算十分困难。虽然如此，他在联盟中仍然显得有些过时。

即使在英国，未来也许仍然属于年轻的一代。在英国代表团中我看到的最亮点是出奇英俊、穿着考究的年轻人安东尼·艾登。此人两年前就担任了奥斯丁爵士的议会私人秘书，在日内瓦会议上总伴随在他左右。在他牛津校友仪表的下面是招人喜爱的性格，而且，如果你能获得他的信任，他完全对人坦诚。老一些的英国外交官对他的理想主义抱着一丝怀疑。他不只谈论和平，而且似乎相信它是可能实现的。他对和平朝思暮想，我想这是因为他经历过战争。与其他日内瓦的随员不同，他们太年长，没有亲身经历过战争的灾难，只会空谈和平，却不愿为和平做出任何真正的妥协。他知道战争到底是什么，有第一手的在战壕里的经历。他的两个兄弟，大哥和最小的弟弟都死于战争，他自己也吸入过毒气，负过伤。

也许是不可避免的，他终于在七年之后初任外交大臣，他的理想主义随即消失了。像所有同僚一样，他以玩世不恭的态度面对欧洲外交政治的现实。意大利侵略阿比西尼亚（埃塞俄比亚）之后，许多人认为这是对国际联盟的背叛，他却随着英国对墨索里尼让步。他领头建立了伪善的不干涉委员会，其实心里清楚，这将允许希特勒和墨索里尼深度介入西班牙内战，却禁止英国和法国向被围困的西班牙共和国输送任何武器。我想他对希特勒侵占莱茵兰的反应激怒了法国，可是并没有花太大的力气就让糊涂的法国人又缩了回去。虽然如此，到了最后，即使他自己也无法接受张伯伦政府对希特勒和墨索里尼的绥靖政策。1938 年，他辞去外交大臣一职，表示抗议。二战来临时，他又回到了这个位置上。

多年以来，我不时在日内瓦和伦敦见到他，还有一次是在柏林，他当时试图与希特勒谈判。他比其他任何英国官员更重视外国记者。他有一两次向我透露他的困境，而他本不应当这样。虽然如此，我开始看出，像所有政客一样，他有自身的缺陷。最后，二战结束时，他终于实现了当首相的目标，却因为与法国共同派兵占领苏伊士运河而下台。这是愚蠢之举，经验如此丰富，又如此聪明的他却给予支持，这真是很难解释。而这使他的政治生涯戛然而止，一去不复返。

捷克斯洛伐克外交部部长爱德华·贝奈斯是那时国际联盟中另一位引人注目的人物。他出身农民家庭，五短身材，结实粗壮，有一副质朴的农民面孔，却奇怪地爱卖弄学问，做出教授派头。他放弃了早年的社会主义，致力于在哈布斯堡王朝的废墟上建立一个独立、民主的捷克斯洛伐克。他年轻时身无分文，自己挣钱读完布拉格大学，又在巴黎读了三个研究院，获得大量历史知识，通晓四门外语，说时带着浓重的捷克口音。他在一战时回到布拉格，在新国家的缔造者托马斯·马萨里克的领导下做地下工作，之后又逃亡到巴黎，战争期间以及在巴黎和会上，他不断向国际联盟的政要游说建立一个新捷克斯洛伐克国家。

现在，1928 年，他成为这个小国的领袖，而他国家的存在主要仰赖协约国，视国际联盟为其前途的最佳保障。贝奈斯没有伶俐的口才和优雅的外表，却坚持不懈地为国奔走，不遗余力地巩固着国际联盟。外交是他的生命，除此之外，他似乎没有私人生活。我在以后的几年偶尔遇见他，尤其是在布拉格。1935 年，他在马萨里克引退后，成为国家的第二任总统。此时，随着希特勒在德国的兴起，他对捷克斯洛伐克的期望逐渐破灭，不过他没有公开承认过这一点。我在 1937 年做广播报道，请他在广播中讲话，让他告诉美国和整个世界，捷克斯洛伐克危在旦夕，希特勒决意消灭它。但是他没有这样做。当捷克斯洛伐克的未来受到纳粹的威胁而变得黯淡时，他却说："我是个乐观主义者。"贝奈斯不是虚伪的人，但我能够肯定，他的乐观是虚假的。

我还记得 1938 年 9 月 10 日，我在布拉格广播电台的大厅里见他。当时苏台德危机正值高潮，希特勒叫嚣无论如何要占领捷克斯洛伐克，最好通过武力。这个原本稳固的小国就要崩溃，贝奈斯在广播中镇静且理智地说："不需要别的，只需要道德的力量、良好的愿望以及双方的信任。让我们保持乐观。"他用德语也用捷克语说了这番话，我听得很真切。见他从广播室出来，我当时想对他说："你为什么要这样说，英国和法国背叛了你，你却在和柏林的流氓打交道。"但是他的表情和姿态都那样悲伤，与刚才他在广播里说的话形成巨大的反差。我于是不忍心说出那些打好腹稿的问话。我们寒暄了几句之后，他走入了茫茫夜色。一个悲剧性的人物，背负着沉重的负担，竭力保持着骄傲，这样的人我在国际联盟中经常见到。直到后来，《慕尼黑协定》签订，捷克斯洛伐克被英国和法国出卖，贝奈斯才承认："我们被完全背叛了。"他辞去总统职位，亡命伦敦。

战争期间在伦敦，我访问过他。他正领导着捷克斯洛伐克流亡政府。当盟军即将取得胜利，他为国家制订了无数复兴的计划。他比以前更加敏感地意识到少数民族的问题。原来的捷克斯洛伐克有 350 万日耳曼人，100 万匈牙利人，50 万鲁塞尼亚人，他们都恨这个国家。但是，贝奈斯没有预见到，我们谁都没能预见到共产党的力量，以及苏联决意让这些共产党人主导新的捷克斯洛伐克。他于 1945 年归来，重新担任这个重生国家的总统，又被他们背叛。当苏联支持的共产党于 1948 年发动政变，贝奈斯意识到，这是民主的捷克斯洛伐克的终结。他下台了，身体和精神都垮掉了，当年辞世，卒年 64 岁。

　　1928 年初到日内瓦，我不知道人类的梦想会有这样的结局。而随着时间的流逝，当我的经历丰富起来，我会看到这样的事屡屡发生——对好人和坏人都是一样：对我的朋友、西班牙共和国的总理内格林和外交部部长德尔巴约；对法兰西第三共和国最后的领导人布鲁姆、达拉第和雷诺；对梦想建立新罗马帝国的墨索里尼；对希望日耳曼民族称霸欧洲的希特勒。只有甘地，我在印度与之为友，只有他能活着看到自己的梦想得以实现。他梦想着一个独立、自由的印度，只有他相信自己为之奋斗毕生的事业一定会成功（虽然这一目标刚一实现他就被枪杀）。对德瓦莱拉也是这样，就像我在以前提到的。

　　1928 年我来到日内瓦，报道国际联盟大会。那个冬天最重大的事情来自苏联，他们没有收到加入国际联盟的邀请，以外围身份参加了初步裁军会议。2 月 22 日，他们有意不着边际地在沉闷、虚伪的所谓安全与裁军委员会的会议上投下一枚炸弹。可怕的布尔什维克建议，要想裁军就要在四年内彻底地取消国家军队。在这四年里，全世界的陆军、海军、空军和工事都要销毁，所有武器也要一件不剩。之后，由一个国际控制委员会来维持世界秩序与和平。这个委员会是一个特殊组织，独立于联盟之外，有美国和苏联参加。苏联建议，所有的银行家、实业家、军火制造商、将军、元帅及前任部长都不可以进入这个委员会，取代他们的是立法议会代表和工会。将来，"当农民熟悉了国际法原则"，也可以参加。

日内瓦大小国家的威严代表惊恐万分。废除陆海空三军？不可思议！布尔什维克一定是在开玩笑。他们当然是。他们完全清楚，世界各国不会裁军，私下里在没有武装的德国的帮助下，他们正在疯狂备军。但是，苏联代表喜欢看资本主义国家代表的狼狈相，他们惊魂既定，立刻跳出来说，苏联的建议"虽然有趣，但是不实际，当然是不成熟的"。

联盟和后来的裁军会议当然没有取得任何结果。协约国开始增加军备。他们只想让德国解除武装。而当希特勒认识到了这一点时，他一上任就让德国退出了国际联盟，开始了他的大规模秘密军备计划。

联盟中残存的一点点力量也开始减弱。国际联盟谴责日本侵占满洲，它因此退出了联盟，虽然国际联盟的谴责只是在言辞上，并没有诉诸任何行动。意大利也因为国际联盟轻微无力地谴责它攻占了阿比西尼亚而退出。联盟中的五大成员国走了三个。苏联最终被接纳入盟，但是它并没有久留。1939 年，入盟五年之后，它被联盟开除，它是联盟有史以来唯一开除的成员国——日本侵略满洲之后，意大利侵占阿比西尼亚后都没有。联盟也没有谴责过 1936 年希特勒进入莱茵兰非军事区，以及 1939 年春入侵捷克斯洛伐克，或者 1939 年 9 月 1 日入侵波兰，发动第二次世界大战。可是，1939 年 11 月 30 日，苏联侵略了勇敢的小小芬兰，国际联盟两周之后就将它开除。在联盟充满挫败的历史上，这是第一次对入侵者采取如此激烈的措施，或做出如此迅速的反应。

我总是觉得，联盟受到的最致命的打击是，它没能阻止墨索里尼在 1935 年侵占阿比西尼亚。各个大国的政治家，尤其是英国和法国，表现得极不光彩。他们只是雷声大雨点小地谴责了意大利的侵略行为，却没有对它实施《国联盟约》所要求的制裁。这一制裁可以让墨索里尼控制下的虚弱的意大利立即屈服。它经不起石油禁运，但是制裁最终没能实施。假如这是日内瓦历史上最糟糕的时刻，那讽刺的是，它最动人的时刻是 1936 年 6 月 30 日，黑皮肤黑胡子的埃塞俄比亚皇帝海尔·塞拉西在国际联盟大会上用法语申述——虽然时有停顿，仍不失雄辩——他的国家现在被意大利人侵占，他的士兵因芥子气身亡或受伤，他的城市被炸成废墟。他请求日内瓦的成员和世界各国出于良知，阻止这种侵犯他的国家的罪行。

海尔·塞拉西得到的回答是可以预料的。联盟说它对侵略者毫无办法。制裁，虽然是轻微的，也被否决。[5] 意大利被请求回到日内瓦的会议上。从此之后，联盟就注定终结。它的主要支柱法国和英国，急着去与草包意大利恺撒重修旧好。在柏林，我看到希特勒及时注意到了联盟的无力，以及西方两个民主大国的软弱。这对于他就要发动的计划是个吉兆。

但是在 1928 年，我们还没有看到那么远。虽然我对日内瓦的生活没什么好感，在加尔文和加尔文主义的故乡，这种单调的狭隘仍然横行，可是我喜欢对国际联盟进行现场报道。虽然我持有的威尔逊式的幻想很快就破灭了，世界政要在伪善中挣扎作态的情景仍然令我深受教育。我做了几篇不错的报道，其中不少登在头版。当我的朋友，《纽约时报》的威思·威廉姆斯突然因私事离开时，我也替他报道。平生第一次也是最后一次，我的报道出现在那份权威的报纸上，不过署的是威廉姆斯的名字。我对自己相当满意。

那年 2 月 23 日是我 24 岁的生日。那天我又报道了一个事件：匈牙利因为购买了禁运的武器，受到联盟的严厉制裁。它对弱小的国家确实严厉。那天晚上我和朋友在赌场庆祝生日，针对日内瓦的加尔文主义者，那里无限量供应赌桌和啤酒。我觉得自己有些扬扬得意。我对自己说，仅仅 24 岁，我就达到了新闻行业的顶峰，与年纪在我两倍及以上的著名记者和政要谈论时政，每日为"世界上最伟大的报纸"记录历史，而我仅仅从美国的一所草原上的大学毕业不到三年。对我这个美国小青年来说，我觉得自己真是干得不错。

我生日时的沾沾自喜很快就受到打击，让我感到泄气。麦考密克上校给巴黎的亨利·威尔斯发了份电报：

> 威尔斯。夏伊勒的日内瓦报道沉重得像结婚蛋糕。速去接替。

我还以为我做得挺好！虽然《芝加哥论坛报》没有，但是《纽约时报》确实发来电报夸奖了我的一篇报道！

我垂头丧气地回到巴黎。上校可怕的电报也许意味着我就要被开除。但是，他好像忘了后面的事。我被允许留待他老人家使用。我的开除延迟了，直到多年以后。

于是，我偶尔回到日内瓦看那些古董政客空谈，而世界正在滑向另一场大战的边缘。比起 1928 年，在 30 年代晚期人们能清楚地看到联盟失败的原因。没有一个国家愿意把自身利益献给别的国家，因为民族主义的精神过于强盛。只要联盟成员信守盟约，采取集体行动，就可以阻止侵略者，可是没有一个国家这样做。即使没有美国，如果付诸行动，成员国联合起来的力量仍然可观，足以阻止任何侵略行为。美国的缺席确实削弱了这个世界性的组织，但是它往往以此作为托词，什么也不做，尤其是法国和英国。渐渐地，我们看清愚蠢的人类还没有做好准备接受威尔逊的主张与理想。若是每个国家都坚持只追求私利，相信通过战争或者威胁就能获取一些实利，就可能永远都不会准备好。

1938 年，我转到广播电台已经一年。我把总部和家设在日内瓦，虽然我不常在那里——因为即将爆发的战争将在别处发动。我不时抬头凝望国际联盟宏伟的大理石宫殿。它俯瞰着莱芒湖，对着勃朗峰的皑皑白雪。现在它已成为一座庄严巨大的坟墓，埋葬着多少伟大的梦想和希望，那是饱受战争之苦的人们曾经的妄想。

我倒数第二次看见它是在 1940 年 7 月 5 日，报道完战争和法国的沦陷之后，我回家探望。联盟已死，秘书处一片寂静，空无一人。战争发出了最后一击。那天傍晚，我坐在湖畔，感到一阵悲哀。夜晚，我在日记中写下了这种感受：

> 日落时分，一片绿树中，显现出联盟大楼宏伟的白色大理石建筑。它显得如此高贵，而国际联盟在很多人心中也代表着高贵的希望。但是，联盟并没有努力去实现这一希望。今晚，它是一具空壳，这座建筑、这所机构、这种希望俱已死亡。

1929 年的新年刚过，我就又要出发。1 月中旬，威尔斯让我去里维埃拉报道尼古拉大公的葬礼。在我们眼中，他的死标志着一个时代结束，俄国流亡者在俄国复兴罗曼诺夫王朝的希望也随之破灭。在那之后，我继续留在里维埃拉报道那些欧美富贵名流的空虚生活，他们在这里避冬。这项任务没有什么吸引我的地方，一天到晚无聊至极。可是在巴黎也没有什么大事，而威尔斯觉得他在对我好。他抱怨说："我们得去报道那里的杂种，而且，你可以在那里晒晒太阳，休息一下。那生活对你来说可是一种奢侈，威利。"他不知道，我太年轻好动，也许野心太大，不会满足于此。

所有逃离布尔什维克处决的罗曼诺夫家族和活着离开苏联的俄国贵族都来向尼古拉大公致敬，这一幕确实令人感动。这些人有朝一日返回俄国的微弱希望随着大公的离去变得更加渺茫，因为他是罗曼诺夫家族中最有能力的一位。他们觉得，唯有他能够代替不幸的尼古拉二世。大公作为尼古拉一世的嫡孙和尼古拉二世的堂兄弟[①]，在一战中统率俄国军队，赢得了兴登堡和鲁登道夫的尊敬，他们认为他是俄国最好的将军。十年前，布尔什维克在叶卡捷琳堡杀害了尼古拉二世全家，八天后营救的白军才到。1919 年，大公乘坐一艘英国战舰，从克里米亚逃出，落脚在法国昂蒂布，拒绝再做任何努力夺回失去的王位。这样的角色给予了沙皇的一位堂弟——西里尔大公。我以前在巴黎偶尔会遇见他，他住在布列塔尼的城堡里，宣称自己是"统治全俄国的沙皇"。

不管希望多么渺茫，仍然徘徊不去，在这群俄国人中更是这样。成千上万的俄国人从西欧各个地方拥到尼斯，其中包括

---

① 原文如此，应为尼古拉二世的叔父。

沙皇的两个妹妹，谢妮娅女大公和奥尔佳女大公，还有其他贵族，他们挤满了小小的俄国东正教教堂。我在他们之中，感到的不只是他们对于尼古拉大公离世的哀伤，还有对未来的绝望。在流亡初期，他们还相信上帝会打倒"不信神"的布尔什维克政权，他们会回到祖国，重新得到失去的地位和财产。可是现在，俄国革命废除王位将近 12 年，列宁的继承人牢牢把俄国控制在共产党手中，他们的政府被美国之外的所有大国视为合法政权。

当我们慢慢走出墓地时，我在巴黎认识的一位大胡子老将军说："感谢上帝！你们美国人至少有良心不承认克里姆林那群红色篡位者。"我在这样的场合不忍心回答他，说我不同意我的政府，它缺乏智慧和诚实，不能认识到这一事实：建交并不意味着赞成其统治。美国承认其他独裁政权，尤其是右翼政权。

我以为俄国流亡者的信心正在消失，因为他们中多数最重要的人物已经在各自的流亡地进入迟暮之年。英国皇室给了谢妮娅女大公一处住所，我在伦敦工作期间，在《泰晤士报》的皇家活动专栏报道中，看到她出席一些小型庆典，位列国王和女王身边。她于 1960 年以 85 岁高龄去世。她的妹妹奥尔佳在二战结束前一直住在哥本哈根，最开始与其母玛丽亚·费奥多罗芙娜皇太后居住，皇太后于 1928 年逝世，享年 81 岁。二战之后，奥尔佳移居加拿大，虔诚而低调地生活着，与一对开理发店的俄国夫妇共住在多伦多贫民区的一所公寓，直到 1960 年去世，享年 78 岁。作为遗老的两姐妹足够长寿，因而她们知道，300 年之久的罗曼诺夫王朝一去不回，俄国不会再有任何王朝。

经历过前几年令人兴奋的报道生涯，待在里维埃拉采访"社交"是个退步。我不在乎所谓"社交"。我一点也不关心哪个美国的百万富翁和什么公爵夫人的风流韵事，以及谁离了婚，又和谁去结婚，还有哪个愚蠢的美国女人想买个爵位什么的。这个地方的美国女人蠢得像一群没头苍蝇。当时探戈正在流行，夜总会里有很多油头粉面的阿根廷男妓，满足这些不幸女人的欲望。她们又老、又丑、离了婚，有些没有离，只是想补偿一下缺少性爱的美国生活。所有这一切让我觉得无聊至极，不值一提。在这里看着这些无聊的富人，你会认识到世界上的财富分配不公，并且相信社会主义者也许是对的：他们想把一些财富分给那些劳苦大众。很明显，我在这方面是个糟糕的记者，不愿承认我觉得厌烦的事情会让芝加哥的读者兴趣盎然。

我十分沮丧，从早到晚把自己关在屋里（我应当在晚上出去收集花边消息），重读普鲁斯特，沉迷于巴尔扎克和司汤达精彩的小说里，我才发现后者的美妙。绝望之余，有些晚上，我会溜到蒙特卡洛的赌场试试赌运。但这也让我厌烦。我缺乏赌徒的热情。我也曾经在尼斯阴雨的街道上漫步（至少在那一年，里维埃拉的晴天是法国旅游局的编造，实际上阳光难得一见），烦躁而郁闷，有时也会在一家咖啡馆落脚，有些下了班的法国当地报纸的记者会聚在那里。我现在可以讲法语，有时与他们的谈话也很有意思，不过他们大多数人有点闭塞。

在一个寒冷的雨天（这个度假地温暖的冬季也是商家为宣传编造出来的），我接到威尔斯从巴黎打来的电话。

他说："威利，告诉你个好消息，既然你总说那里有多么悲惨。现在马上收拾一下，去维也纳吧，把那里的工作接过来。"

尾　注

[1] 在第七回合他被打倒，明显地失去了知觉。由于登普西缓慢地挪动到中立角，滕尼又有四秒钟时间恢复，最后靠点数赢了比赛。这次比赛极其紧张，广播对此进行了极为详细的报道，以致有八人听收音机时死于心脏病。

[2] 1975 年 8 月 29 日他在都柏林逝世，享年 92 岁。不仅爱尔兰人，而且全世界的人都缅怀和纪念他。死前不久他在疗养院中对一位嬷嬷说："我为爱尔兰尽了一生之力，现在我已准备好离去。"

[3] 大部分法西斯小分队乘火车来到首都罗马，墨索里尼则乘了一辆卧铺车从米兰赶来。

[4] 引自 Laura Fermi in *Mussolini*, p. 241。

[5] 意大利军队在非洲溃败之后，海尔·塞拉西于 1941 年回到自己的祖国并恢复其统治，又在任了 33 年，直到 1974 年发生军事政变他被废黜。他于 1975 年 8 月 27 日逝世，享年 83 岁。

第二十章

世纪之交的维也纳

这个数百年来哈布斯堡王朝宏伟而美丽的都城，曾经闪耀着欢乐，现在却正在死去。它显出一些衰败的迹象，成为残存的小小的奥地利的中心。这个多瑙河河畔的小国奥地利，几乎无法供养它首都的 200 万居民，甚至连它自己也难以为继。奥匈帝国统治时期那些庄严的公共建筑和宫殿已经衰败，巴洛克或古典风格雕塑上的油漆和灰浆正在脱落。在这座热衷于音乐和戏剧的城市中，一些轻歌剧院、音乐厅和剧场晚上都黑着灯，曾经热闹非凡的餐厅和咖啡馆空着一半。漂亮的商店里没有顾客，街上行人的穿着有些破旧。在职业介绍所门前，男男女女排成长队，在雪地里跺着脚。

可是，这座城市仍然美丽动人，一夜之间，甚至历经一个时代，它的美也不会消失。我对维也纳一见钟情。它虽没有取代巴黎在我心中的位置，但是几乎等同。除了法国人，奥地利人尤其是维也纳人是我见过的最迷人的人，特别是这里的女人。

400 年前，旧时的王师打退了兵临城下的土耳其人，在维也纳留下了帝国光辉。而现在，它是世界上唯一被社会党统治着的大都市。虽然如此，社会党人像历届王公一样，清楚自己城市的魅力与特色，同样为之自豪。只是，他们想让劳动者也能够像富人和贵族一样，有机会享有这一切。他们可能会成功。实际上，他们否认维也纳正在死亡——它只是在过渡期，要适应新时代和新环境。

也许是这样吧。这个 200 万人口的城市曾经供给一个5200 万人口的王朝，并且从中获取滋养。现在它成为一个不到 700 万人口国家的首都，很难看出它将何以为继。它容纳了几乎三分之一的全国人口，在我看来，它必将衰败。但是，易变而喜欢作乐的维也纳人并不为此担心。社会党的市政府正忙于给普通人种种好处：良好的公立学校、幼儿园、托儿所、医院、诊所、游泳池、溜冰场，以及最重要的现代住房。这是严酷而反动的君主统治一直亏欠他们的。卡尔·马克思大院是一个巨大的新公寓区，几乎有一英里长，此外的其他几个住宅区，规模几乎同样大。贫民区被拆除了，工人们第一次有了像样的住宅，能够享受良好的公立学校和免费医疗。当美国人还不知道什么是社会保障时，维也纳向全世界做出了最好的示范。我感触很深，在我的报道中写出了这些。虽然我的记录准确而客观，麦考密克上校却不喜欢。他严厉地提醒我，社会主义是魔鬼，而社会主义者全是懒汉。芝加哥的这位报业大亨真是幼稚、愚蠢、无知得可笑，而且伪善。我还记得从小见过的芝加哥屠宰场一带可怕的贫民窟。

这座古老的城市，在我到达时，铺着厚厚的白雪，之后的几周是中欧有史以来最冷、最多雪的冬天。而大雪让我觉得眼前的维也纳更加美丽。我买了几双雪地靴，然后就像来到任何一个新地方那样，在街头漫步，去感受这座城市。

我从环城大道开始，除了香榭丽舍大街之外，这是欧洲最好的街道。有的地方宽达 200 英尺，两边都是绿荫，有专用的汽车道、电车道、骑马道和人行道。它建在城墙旧址上，环绕着内城的三面。在这两英里长的大道上漫步，你会看见维也纳绝大多数的地标：庄严的文艺复兴早期的国家歌剧院是维也纳人的最爱；宏伟的霍夫堡皇宫——哈布斯堡王朝的宫殿，世界首屈一指的国家图书馆就设在那里；还有自然史博物馆与艺术史博物馆，后者收藏了全欧洲最好的绘画，很多，无疑与卢浮宫中的那些一样，是征服他国的战利品。接着往北走，会走到司法宫，仍然是两年前工人暴动中被烧毁的样子；还有议会，这两座建筑都是古希腊风格的，对维也纳人来说，很有异域情调，不过，这些与华盛顿的那些建筑类似。再走下去，是市政厅，掌管着维也纳的社会党人的蜂巢，这座现代的哥特风格的建筑更适合于莱茵兰。它宽敞的底层是可爱的啤酒馆和餐厅。在它后面是维也纳大学，是维也纳人的骄傲。他们会告诉你，这是欧洲最古老的学校，建于 14 世纪，现在仍然是中欧智慧的核心。在市政厅对面，也就是环城大道的另一面，是城堡剧院，这是我看过的最大的剧院，它占据了整整一条街道，也是维也纳的骄傲。之后当我学会了德语，我在这座剧院里观看了德国和奥地利的绝大多数经典剧目。

在歌剧院后面是维也纳最有名的酒店——扎赫尔酒店。这家精致酒店餐厅小而隐蔽，带有红色隔断。战前，达官贵人们——大公和大公夫人、王子和公主、伯爵和伯爵夫人——在这里吃饭饮酒。我怀疑，我这副模样的人在那时是否可以进入？但是，当哈布斯堡王朝逝去，这里也变得民主了一些。不过，贵族和名流仍然会来这里。实际上，这里令人敬畏的主人扎赫尔夫人在战后食品短缺的时候，常常免费招待他们。扎赫尔夫人体格健壮、充满活力，并且傲慢。我在那里时还看到她走来走去，监督服务，迎接老朋友，她嘴上或手上总有一支铅笔状的长雪茄，有时，她会停在我身边，特意为我指点邻座的名流。

有一晚，我见到了他们全体人，在霍夫堡皇宫的年度军人舞会上，他们有 1000 多人。这个狂欢节在四旬斋前夜开始，我认识的一位年老的伯爵夫人请我陪她去参加舞会。这真是个奇怪的聚会，有趣却令人伤感。所有为王室感到焦虑不安的人都在那里，年老的军人穿着战前的军服，胸前挂满了勋章。女人穿着盛装，那一定是她们觐见皇帝时的穿戴，因为整个晚会飘着樟脑球的气味。在吊灯装饰的华丽大厅里度过的几个小时，旧时代的遗老暂时忘记了黯淡的现实：整个维也纳都在红色社会党的掌管下。他们好像又回到了过去，谈起了打猎的趣事，通宵伴随着约翰·施特劳斯的音乐跳华尔兹。我的伯爵夫人欣喜若狂，我也很开心，而我陪伴她时也显示出我对她的同情（我用了"可怕的赤党"的称谓），我觉得背叛了自己贫寒的出身。当晚舞蹈和香槟都很好，谈话却很糟糕。

卡恩特纳大街从歌剧院开始，与格拉本大街和圣斯蒂芬教堂相接。圣斯蒂芬教堂这座雄伟的 14 世纪哥特式建筑，是这个天主教国家宗教生活的中心。卡恩特纳大街狭窄街道的两边是精致的小店，几乎都空无一人，除了格斯特纳和德梅尔这两家有名的糕点铺。这两家是对头，竞相使出撒手锏：为爱吃甜食的人准备了各式蛋糕、饼干、糖果等各种甜点。两家店中都挤满了女人。卡恩特纳大街到大教堂为止，再往下就是红塔街，这条街通往多瑙河运河。我曾经错误地以为眼前会出现多瑙河宽阔的河面。但是，与故事书里和圆舞曲歌词的描述相反，这条大河现在并不像过去那样从城中流过。在两三英里之外的普拉特（维也纳的一座公园），新的河道已经开出。从内城走出，隔着运河，利奥波德城布满了办公大楼和犹太人，那是富有的犹太人的聚居中心。1929 年那个下雪的冬日，谁又想得到犹太人不会在这里生活太久。确切地说，只剩下九年，希特勒就要上台。他自己就是个奥地利人，在维也纳长住，而一战前他在这里过着流浪汉般的生活。

之后当春天来临，我经常会去普拉特。这座美丽的公园有2000英亩的森林和绿地，你可以随意在这里漫步。你要是喜欢，还可以去一个大型游乐场，那里有号称全世界最大的摩天轮。要是你不恐高，可以从它的顶上眺望维也纳全景。来到公园的边上，我终于到达了多瑙河。这景色真是令人失望。它不像歌里唱的那样是蓝色的，而是褐色的。（它真的曾经是蓝色的吗，像施特劳斯的华尔兹写的那样？）但是，在一个春日或是夏日，你从维也纳森林的山上俯瞰，这条河的颜色变了，像一条银色的缎带，在两旁翠绿的葡萄园坡地之间穿过，流向匈牙利平原。之后你会想象，它奔流1000英里，穿过巴尔干半岛，流入黑海。

维也纳是个古老的城市，并且像巴黎、罗马和伦敦一样，历史可以上溯到罗马时期，那时它的名字叫作文多博纳，是个繁华的城市，是中欧的中枢。马可·奥勒留①在指挥军队的间歇，曾经在多瑙河河边记录下他的一些沉思，人们认为他于公元180年在这座城市去世。《尼伯龙根之歌》就是在多瑙河上游的帕绍写成的，根据传说，匈人王阿提拉和克里姆希尔特也是在文多博纳成婚。1529年和1683年，维也纳曾经两次打退了兵临城下的土耳其人，挽救了奥地利和所有中欧的基督教国家。在大约700年的哈布斯堡王朝统治下，维也纳是王朝的首都，帝国疆域不断扩展，最后南至亚得里亚海，北接波希米亚，东达喀尔巴阡山脉。贪婪、专制的哈布斯堡王朝虽然起起落落，但其统治延续了一个又一个世纪，在维也纳人的眼中它似乎是永久的欧洲强权，维也纳则是世界上最美丽、最文明的

---

① 马可·奥勒留，公元161年至180年在位的罗马帝国皇帝。

首都。到了 19 世纪，这里的生活轻松愉快、丰富多彩。对享乐、美酒、女人、唱歌和跳舞的追求已成为维也纳人固有的生活方式。

即使像我这样在 30 年前，于世纪之交出生的人，也理所应当地认为，这种可爱、梦幻、逍遥的生活会永远在这座伟大的城市里继续下去。当 20 世纪的钟声响起，这里的市民想起弗朗茨·约瑟夫皇帝已经在位 52 年，虽然才能有限，但他似乎注定还要在位很多年。[1] 他的最后一位情妇是退休的女演员卡蒂·施拉特夫人，他对她全心全意。1929 年我到维也纳时，她依然在世。《芝加哥论坛报》很快就会催我去见她，为她写回忆录。一切都如此顺理成章！然而 1914 年爆发了战争，其继承人斐迪南大公和妻子在萨拉热窝被革命者刺杀之后，老皇帝因为想得到小小的塞尔维亚，愚蠢地发动了战争。革命随之到来，七个世纪的古老王朝终于倒下。现在，奥地利的面积缩小到本地语言范围之内，成了一个共和国，而旧日的生活方式仍在继续着。

当我开始有了些感觉时，才认识到音乐和巴洛克是这座城市和维也纳人性格的重要成分。18 世纪晚期至 19 世纪，许多伟大的作曲家在这里完成了他们最伟大的作品。一些是本地人，如海顿、莫扎特、舒伯特、约翰·施特劳斯、布鲁克纳和马勒；还有来自其他地方的，如贝多芬和勃拉姆斯是从德国被吸引到这里的。有了这些顶尖的作曲家在这里工作和创作，维也纳成了世界音乐之都。维也纳人也深受感染，他们深深地爱上了音乐。我居住过的其他城市中，无论是巴黎、伦敦，还是柏林、纽约，没有哪一座有如此多的人如此热爱音乐。更重要的是，他们不只是听众，也是乐手和歌手，他们中不乏专家，更多的是业余练习者。我到达维也纳时，这里有六七个专业四重奏乐团正在演出，其实更多的是业余乐团，有好几百个。因为听了专业和业余的演奏，我才开始热爱室内乐。总之，最伟大的四重奏出自海顿、莫扎特、贝多芬和舒伯特。自从来到了维也纳，我对他们百听不厌。

维也纳欣赏众多天才的作品，但并不总能善待作曲家本人。人们不会忘记，莫扎特在贫困中死去，接受了所谓的"第三等级"葬礼之后，被葬在圣马克瑟公墓的贫民墓地，墓碑上没有名字。（在奥地利，甚至葬礼也像火车席位一样分成三等。）他谱写了那么多伟大的作品，形式如此之多：交响乐、四重奏、奏鸣曲、协奏曲、弥撒曲、歌剧！35 岁就英年早逝，而很多艺术家在这个年纪刚刚达到创作的高峰。

舒伯特虽然才华横溢，但一样生活在贫困之中。他写了600 首歌曲，其中一些是我的最爱。他还创作了交响曲、弥撒曲、四重奏和钢琴曲。我还记得第一次在维也纳听到舒伯特《死神与少女》四重奏和《鳟鱼》五重奏时那种汹涌的感情。除了贝多芬的五六首四重奏，这两首曲子是世上最为伟大的室内乐作品。舒伯特死时比莫扎特还要年轻，只有 31 岁。他的葬礼略胜于后者，与贝多芬隔着两三个墓穴。他曾经崇拜贝多芬的才华，在前一年贝多芬的葬礼上还是护灵者。我在维也纳的几个月里，听到的海顿、莫扎特、贝多芬和舒伯特的音乐之多，超过了我以前听到的所有音乐。

因此，我很快跟上了维也纳人的节拍，分享他们对音乐的热爱。音乐是他们生活的重要组成，也成为我生活的重要内容。音乐在他们的血液里，也在他们的性格里打上了烙印。

巴洛克也是一样。你要想懂得维也纳人，就必须了解什么是巴洛克以及它是如何成为维也纳人和他们生活的一部分的。巴洛克的轮廓和形式令感官愉悦。巴洛克呼唤着生活的快感、奇异和梦幻，是对北方哥特式的纯精神和新教朴素建筑风格的反抗。它温暖、愉快、充满动感。至少在维也纳，它倡导了一种特别的生活观。通过形式上的和谐和变幻，它似乎试图把天堂和尘世合一，消除生活与梦想之间、现实与虚幻之间的界限，在痛苦与欢乐、死亡与生命、自然与人类、信仰与知识之间进行调和。它活泼、富有人情味，因为它认识到了人类的渴望和内心深处的创造热情，以及他们的脆弱。总之，在维也纳，巴洛克呼唤着梦想。19 世纪所有的奥地利作家都写作这个主题，对最知名的维也纳作家赫尔曼·巴尔来说，世纪之交的生活在本质上是巴洛克式的。他说，对于他和他的同胞而言，这意味着：

> 死亡之后还有生命。它从那里开始，现在这里的一切都是不真实的：一切真正的事情都在那一边。我们在这里只是做梦，因为生活本身就梦幻。但是，千万不要忘记你只是在做梦。

所以，在维也纳，直到幻想破灭前，这些轻狂的男子和美丽优雅、撩人轻佻、变幻无常的女子就做着梦，跳着华尔兹，饮着美酒，在宜人的咖啡馆里闲聊，听音乐，观赏歌剧、话剧、轻歌剧，调情，做爱，如此度过可人的日日夜夜。一个王朝需要统治，一支陆军和海军需要士兵，交通需要维持，买卖需要做，需要有劳力。而这些他们都只投入了最少的精力，维也纳人的真正生活只在享乐和梦幻中。

在一战后惨淡的现实中，这种生活正在逝去，但仍有相当惊人的部分留存下来。这些可以用"Gemütlichkeit"这个词概括，这个词在任何语言中没有同义词，其中的意思你很快就会在维也纳人的性格中发现：快乐、轻松、随和、不在意，我想还有懒惰。有一天，我认识的那位伯爵夫人试图对我解释。

她笑着说："我们的秘密是，懂得如何将最少的工作和最多的快乐结合起来。"

这并不是我严肃的中西部新教背景所崇尚的。我从小受惯长老教会勤恳工作的教育，觉得维也纳的生活确实有些轻浮、不切实际。但是与这样生活的人在一起非常愉快。这是一种后续教育，在一个初出茅庐的美国青年身上，一定产生了效果，使他变得圆熟、文明。

实际上，我却有许多工作要做。在这样的怡人环境里，或者说尽管有如此多的赏心乐事，我还是高兴地投入了工作。我不仅要报道奥地利的消息，还要报道所有多瑙河流域国家的消息。这些国家是在哈布斯堡王朝终结之后新出现的，或扩大或缩小，它们是捷克斯洛伐克、匈牙利、南斯拉夫、罗马尼亚和保加利亚。像欧洲其他国家一样，一战给它们带来了巨大的变化。这些国家试图解决新时代的问题，但不太成功。只有捷克斯洛伐克是个例外，它的缔造者、伟大的托马斯·马萨里克已经79岁，三次当选总统，他领导下的捷克斯洛伐克，民主首次发挥了作用。其他国家则是在专制或半专制的统治之下。这些国家的统治者看起来虽然像喜剧人物，但是和任何以往的奥地利暴君一样专横、愚蠢和残忍。我会在这些国家花很多时间，试图访问在押的犯人或者刚刚释放的人，听他们讲述自由和尊严是怎样被压制，那些敢于表达异见的人受到了如何残酷的折磨。在这方面，自古以来就没有什么变化。这时的中欧给我上了第一课：虽然一个民族会为自己的国家赢得自由，但它不会主动给予国家中的个人以自由。我在每一处都看到了压迫、欺诈和狡辩，以普通人为牺牲。不管在何种统治之下，他们总是牺牲品。

但还有很多轻松的题材可写。有些十分荒唐，像维也纳的喜歌剧，而我猜这正是我们的芝加哥读者最爱读的。有一些闹剧出自浪漫的维也纳和蓝色的多瑙河河畔，出自风景如画的布达佩斯，还出自布加勒斯特——它以前由荒唐的霍亨索伦－西格马林根王朝统治着，原来的皇帝、现在的王子，花花公子卡罗尔正在他的红发犹太情人、暴躁的玛格达·卢佩斯库的帮助下图谋重新掌权。在维也纳还有多姿多彩的玛丽亚·耶里察，美丽、易怒的歌剧明星。她经常被人告上法庭——一次是她的女仆告她十年没有付工钱，而她辩解："那个女仆没有什么用。"另一个告她的是个吃不上饭的作曲家，她让他为她谱写一出歌剧，却没有付他报酬，而她则说："写得很烂。"

在维也纳，也有医术高明的医生的故事。他们在我看来是一群江湖术士，向全欧洲吹嘘自己的惊人发现：如何给人移植猴子胆或注射其他动物的激素以长生不老。我们经常在头版登这样的胡话——有些人，尤其是美国人，很想长生不老，似乎活到了30多岁就是生活的诅咒。相比起来，弗洛伊德与他之前的学生荣格、施特克和阿德勒的反目成仇对我来说更容易理解，也更有趣。精神分析那时刚刚出现，而弗洛伊德是它的代言人。他无疑是位天才，对20世纪产生了重大影响。但他忍受不了他人的批评，这些人是他训练出来的，现在却公然反对他，与他分道扬镳，并且质疑他的理论和方法。虽然我是这样无知，却也对这些分歧很感兴趣。阿德勒对我的帮助尤其大，他把自己的论点都印了出来。他这个人从来不避讳公众。弗洛伊德却与他相反，但他的每一次躲避都被大肆曝光。他拒绝接受任何采访。我只在心理分析家学会上见到他一次，他在会上宣读论文。当时他73岁，仪表堂堂，充满自信，有着像父亲一样的尊严，表情，尤其眼神十分严峻，令人印象深刻，我想它解释了精神集中所具有的巨大力量。他不停地抽雪茄，也许是这个习惯使他后来患了喉癌。在维也纳看见此人，又听到和读到有关他的各种传闻，促使我开始读他的书——在爱荷华，人们并不太关心弗洛伊德——我试图理解他对精神的一些见解，关于潜意识、梦境、性欲、负罪感、俄狄浦斯情结，以及这个时代人类的焦虑和神经质。

一个冬天的下午，在乏味的外交茶会上，我遇见了佐拉。记者参加这种茶会虽是例行公事，但也隐约希望能从中获得新闻线索。我和她一起从那里跑掉，我送她回公寓。我的德语已经从目不识丁到了足以读懂街名的水平。她住的那条街叫作聋哑街，我不知道它为什么取了这个名字。佐拉是匈牙利人，可是她的英语近乎完美。她有一双深蓝色的眼睛，里面传达出时而快乐时而忧伤的表情。她的眼睛在高颧骨上分得很开，深棕色的秀发像缎子一般光滑，她的声音低而富于共鸣。在茶会开始的时候，有人介绍我们认识。我们马上觉得彼此投缘。在遇到那么多美丽但是乏味的伯爵夫人之后，我立即被她活跃的头脑和幽默感吸引。

"感谢上帝，你不是又一个维也纳伯爵夫人。"碰杯的时候我这样说。她微微一笑。

在喝了第二杯之后，她说："我看出来你和我一样感到无聊，咱们离开这里吧。"

在她的公寓里我们又喝了一杯。然后我们就到街角一家简单却令人愉快的小餐馆里吃晚饭。我们不停地谈，就像已经认识很久一样。

喝咖啡的时候她说："你不会再来看我了吧？"

"为什么不呢？我很愿意。"

"刚才你说那些伯爵夫人如何乏味，我不忍心告诉你，可是……"她犹豫着，眼睛里闪出揶揄的神情。

"可是什么？"

"我就是一个。我是说，通过婚姻。那让你烦吗？"

"事实上，不，"我说道，"让我们就当你是个例外吧。"

她告诉我，在战争期间，她嫁给了老伯爵"X"，之后马上就后悔了。现在他们分居着——他在他乡下冰冷的城堡里混日子，她则回到了维也纳，租了一套公寓。很多年来她一直想离婚，但因为奥地利是天主教国家，这很困难，即使对于那些市政厅里的"无神的"社会主义者也是如此。

我忽然想起，那天夜里我的奥地利助手正好放假，于是建议她和我一起去我的办公室，帮我翻译那些新闻社的文件和晨报，我自己的德文还到不了那个水平。到了办公室，她确实比我的助手更能干。她翻译得很快，又能发现有趣的故事，还能给一些报道提供有趣的背景材料。

在回家的路上，我们进了一家咖啡馆，她开玩笑地说："也许你可以雇我当你的第二助手。"我们起身回聋哑街的时候，天空又开始飘起雪来。我们就顺着环城大道跑起来，抖掉身上的雪花，大笑着。雪中的维也纳很美，佐拉也很美。我们终于到了她的家，而我就再也没有离开过。直到 5 月我不得不去巴黎报道网球赛，紧接着要在伦敦度过另一个可怕的夏天。

我问："你为什么不和我一起去伦敦呢？"当时我们开车去火车西站，我要搭乘东方快车去巴黎。

她说："也许我会的。"我们之间已经建立起很深的感情，对彼此都深感兴趣。我不敢想象我们不会再在一起。

在维也纳的那些年——很快我会回来住更长的时间——我交了很多朋友，有些是一辈子的知己。

约翰·君特是在我到维也纳的第二年去的。他是《芝加哥每日新闻报》的记者。尽管我们彼此的报纸是竞争对手，引起了一些专业上的冲突，但是我们成了好朋友，而且延续了40 多年，直到他去世。他是一个土生土长的芝加哥人。他和我、希恩一样，也是坐着一条运牛船来的。他比我早来欧洲三四年，最终他找到了《芝加哥每日新闻报》的工作。约翰身材高大，四肢瘦长，浑身充满了能量，对生活和人群充满了巨大的好奇心。他私下里对我说，尽管他做得不错，但记者这一行对他来说只是一个跳板。他想成为一个小说家，而且已经出版三部小说，其中有一部叫《红亭》。这部小说虽然在美国国内卖得不怎么样，但是在英国销量很好。还有什么行业能比报纸行业更能培养小说家呢？他列举出德莱塞、辛克莱·刘易斯和海明威的例子。后来，我也有了像君特一样的雄心，但写了几部小说之后并没有引起什么反响，于是就转向了另一种写作。我们都很年轻，相信自己正在通向某个目标，一定会成功或者受到某种承认，首先在新闻业，然后在写作上。不论是在维也纳森林的阳光下散步，还是坐在咖啡馆的桌旁，或者是一起去游览布达佩斯、贝尔格莱德和布加勒斯特，去搜索新闻和获得经验，我们两个一直都在不厌其烦地谈论着。我们谈论各种问题和困难以及其他一切话题。随着时间过去，这样的谈话一直在继续，遍及欧洲的各个地方——在离开维也纳很长时间以后，我们继续在最不可能的地方不期而遇。例如第二次世界大战爆发的前夜在格但斯克（但泽）——而这种生动的谈话一直延续到战后。那时我们在纽约的住处只有几步远，我们的谈话和友谊一直在继续。

另一个朋友是福多尔。多萝西·汤普森在一战后来到维也纳，刚开始做报纸工作的时候，福多尔曾是她的老师，后来他又做了君特的指导老师。"实际上是他教多萝西和我长大成人。"君特常常这样说。其实福多尔也教导了我。我从来没有见过哪个人，尤其是记者，能够像他那样把那么多的自我精力和知识献给别人。福多尔是个矮胖、精力充沛的匈牙利人。就连他最亲密的朋友也只叫他的姓，因为他讨厌自己名字的发音——马塞尔。他最初学的是工程，一战前在英国工作。战争爆发后他被拘留，而他就利用在战俘营的这段时间学会了第七门语言——英语。在战后最初的那几年混乱中，他偶然地进入了新闻业，成了《曼彻斯特卫报》驻维也纳的记者。后来，经过多萝西·汤普森的介绍，他又当上了《纽约晚邮报》的记者。

福多尔热爱维也纳，爱这里的人、咖啡馆、饭馆，爱这里的食物和酒，而最重要的是，爱这里有趣的谈话。他能整晚和你叽里呱啦地谈论一切，尤其是关于维也纳、布达佩斯、布拉格以及所有中欧首都正在发生的事。他的知识是百科全书式的，但是他表现得很得体，非常谦和。不过，有时他也像我们一样热衷于某件事，例如人类的自由。我仿佛仍能听见他提高声音，语气有些重地说道："但是，比尔，你难道不明白吗？那个布达佩斯（或贝尔格莱德或布加勒斯特）的某某（他太文雅，不会使用那些盎格鲁－撒克逊人的强烈表达）是个骗子。你应该知道！我们必须从这里开始。现在，你明白了吧，有一个阴谋。他……"有时我会取笑福多尔，说他看到的阴谋和反阴谋一个接着一个，就像鸡窝里孵出的小鸡，而那也许只是历史的暗流。而他也真把他的第一本书取名为《中欧的阴谋与反阴谋》。他的妻子玛莎·福多尔是一个黑头发、黑眼睛的斯洛伐克人，美丽而难以捉摸。当我们在一起的美好夜晚到了后半夜，她就会说："够了！我想我已经听够政治了。现在听我的吧！"然后她就会拿起吉他，以她低沉迷人的嗓音，开始唱吉卜赛歌曲。她的黑眼睛里先是充满了热情，继而又充满了悲伤。那是漫长夜晚最好的结束。福多尔夫妇，像君特夫妇一样，成了我生活中亲密的伴侣。

惠特·伯内特和玛莎·福利作为《纽约太阳报》集团的记者来到维也纳，也成了我的朋友。比起我和君特，他们甚至更早就有了文学上的抱负。他们虽然是勤奋的新闻工作者，心思却在更具有永恒价值的写作形式上。惠特在写短篇小说，他写得很好，就是太海明威味了。他已经发现自己的专长所在，那就是编辑。不久，伯内特夫妇就在新闻工作室工作，那是由国家电报电话局为报业人士提供的。他们用快要散架的油印机印出了第一期《故事》杂志。惠特善于发现那些从没有发表过作品的年轻作家。他的《故事》初次发表了这样一些作家的作品：威廉·萨罗扬、杜鲁门·卡波特、诺曼·梅勒、玛丽·奥哈拉、卡森·麦卡勒斯、约瑟夫·海勒和杰罗姆·大卫·塞林格。在20世纪30年代再没有哪家杂志（后来，伯内特夫妇在马略卡岛和纽约继续出版这份杂志）向人们介绍了这么多优秀的青年作家。

美联社的罗伯特·贝斯特驻扎在卢浮咖啡馆里，那里是记者们经常出没的地方。他是一个高大、和善、略显肥胖的家伙。不论说英语还是说德语，他从来没有丢掉过他卡罗来纳的地方口音。这里的记者都很喜欢他，因为他不论多忙，总能抽出时间帮助别人。从1923年开始，在他驻维也纳的全部时间里，他实际上一直就住在卢浮咖啡馆。不论白天还是夜晚，任何想找他或是想给他打电话的人，除了卢浮咖啡馆之外不会想到别的地方。他在别处有一套公寓，和一位年老的伯爵夫人住在那里，但是谁也没有见过那公寓或是那位夫人。罗伯特是最好的伴侣，他像大多数美国南方人一样，是天生的讲故事能手，而且确实，从他的举止、思维以及语言来看，他似乎仍然扎根在卡罗来纳的山中。但是这也会发生变化。他从来没有回到家乡去重续他的旧根。渐渐地，他开始在这小块最糟糕的长满杂草的中欧土地上重新生根。这使他成了一个可怜旧物，我初次在卢浮咖啡馆里见到他时，他就是那样。他坐在他的固定餐桌旁，与我们交流着新闻、流言，进行着有趣的谈话。可是，我们谁也想不到等待他的是那样的结局——在后面适当的部分我会如实相告。

来维也纳的美国游客中有一位常客，叫威廉·克里斯蒂安·布利特。那个冬天和1932年的春天他一直在维也纳，他说他在写一本书。他来自费城的一个古老家族，帅气、文雅、热情友善、风流偶悦，年约40岁。君特和我经常同他见面，这不仅因为他和我们一样，对欧洲历史和时政感兴趣，也因为他给我们带来了很多美国国内的消息。他确信那个夏天，纽约州州长富兰克林·罗斯福将会获得民主党的提名，他将在秋季的总统竞选中轻松击败胡佛。他说，他一直在非正式地为这位州长工作，为他发回有关欧洲局势的报告。而当那年春天来临的时候，他迫不及待地回国去为总统竞选提名而工作。

布利特除了是一个意气相投的伙伴之外，他还是我和君特心目中的英雄。一战后，年仅28岁的他就成为巴黎和会的美国代表团成员，1919年初，他被威尔逊总统派往莫斯科，与新的布尔什维克政府进行和平条约的初步谈判，并且在回来之后向协约国政要们汇报，列宁的革命政权能否稳定地存在下去，如果能，那么西方资本主义强国能否与它打交道。约翰和我以前对布利特的角色只有粗略的记忆，但是在多次午餐和晚餐谈话中，在维也纳森林的徒步旅行中，他给我们补充了大量细节——他非常擅长讲故事。

他带着威尔逊总统的祝福、威尔逊的助手和亲信爱德华·M.豪斯上校以及英国首相劳合·乔治的指示出使苏俄。随行的有热情奔放的林肯·斯蒂芬斯，他是当时美国专揭丑闻的伟大记者之一，而且毫不隐晦自己对俄国革命的同情。在莫斯科，布利特见到了列宁，与苏俄人民委员契切林和外交部助理人民委员李维诺夫进行了数周秘密会谈。

据布利特说——后来在斯蒂芬斯的备忘录里得到了证实——他从莫斯科带回来了豪斯和劳合·乔治想要的所有东西，甚至更多：在所有前线的停火协议中，放弃对波兰和波罗的海国家的领土要求，苏俄政府通过承担沙皇俄国的债务换取协约国大国对苏俄的外交承认，解除对他们的"饥饿"封锁，以提供食品的方式对饥荒的苏俄进行借贷并撤出协约国军队。年轻的布利特兴高采烈地回到了巴黎，相信自己取得了一次外交上的巨大胜利，相信自己带回来的信息，在那么多布尔什维克政权正在垮台的不实消息之后，对于四大强国的政治家极有价值。这些人正在起草和平协议的条款，重新规划欧洲版图。

可是使他大为吃惊并越来越感到愤怒的是，威尔逊和他的同僚对此根本不屑一顾。布利特从莫斯科带回来的回应对于他们来说，并不像自己眼中以及历史进程中那么重要，但他确信后一点。在当时，协约国军队（包括美国）正在从阿尔汉格尔斯克和符拉迪沃斯托克（海参崴）进攻布尔什维克党，并给别处的白军提供支援和补给。威尔逊、劳合·乔治和克里孟梭想要的是，在俄国彻底消灭共产主义，并复活一个资本主义国家。他们无法面对的是，被美国外交官中一个自以为是的无名小辈告知：列宁的政权，尽管面临种种困难，在俄国已经过于强大，无法被取代，因此应该利用它的弱点，与之交易争取对方的妥协。

在巴黎，亲自把布利特派往苏俄的威尔逊却拒绝见他。劳合·乔治也急急忙忙地赶回伦敦对下院说，他从来没有听说过什么"布利特使团"这回事。布利特这位保守的费城年轻人被冠以"布尔什维克"的称号，尽管不论当时还是后来，他都没有对共产主义表示过同情——实际上，他憎恨它。但他的这一立场也没有给他提供什么帮助，因为林肯·斯蒂芬斯从苏俄回到巴黎之后就发表了著名的声明："我已经看见未来，它成功了。"

遭到他曾经崇拜的美国总统出卖之后，布利特对威尔逊的恨意开始萌发。他不仅对协约国与苏俄未能达成协议而失望，也对和平条约的条款感到愤慨。布利特辞职返回美国。回国后，他在参议员对外关系委员会面前谴责条约和威尔逊，为参议员亨利·卡伯特·洛奇以及其他不仅坚决反对条约而且要威尔逊完蛋的参议院死硬分子提供有效的弹药。他们成功了。

从他和我们的谈话中，可以明显地看出，这些年来，布利特对威尔逊的仇恨日益增长。但是，多年以后，我才明白那仇恨到底有多深。当时，我只知道那一年他总去见弗洛伊德，但我从来没有把这件事与他说的正在写书联系起来。我以为他可能是在请这位大师对他自己进行心理分析。直到35年后的1967年，由西格蒙德·弗洛伊德与威廉·克里斯蒂安·布利特合著的《威尔逊——一个心理分析案例》出版之后，我才恍然大悟，把这两件事联系到一起。在这本书中，布利特对威尔逊积蓄多年的愤恨和敌意似乎全部倾泻出来。也许单就1919年在巴黎威尔逊总统对他的出卖来说，他写这本书也在情理之中。

但是，为什么伟大的弗洛伊德会参与这样一本书呢？他不仅写了序言，而且写了其中一些完整的章节。奇怪的是，弗洛伊德的偏见竟然与布利特一样强烈，尽管这位维也纳的精神分析学家从没有见过威尔逊，而且，很明显除了他年轻的美国朋友给他提供的资料之外，他对这个人也知之不多。但是，正如他在序言中所"承认"（他的原话）的那样：

> 这位美国总统刚刚出现在欧洲人的视野中时，他给我的最初印象是冷漠无情。在以后的岁月中我对他越了解，我们就越多地遭受他对我们命运的无端干涉，对他的厌恶也与日俱增。

　　至少对我来说，这本书显示了即使是像弗洛伊德这样的人物，在试图对历史人物进行心理分析时，也会落入陷阱。除了威尔逊之外，他还对摩西、达·芬奇以及其他一些历史人物进行了心理分析。我们都知道，威尔逊与几乎所有人一样，有他的神经症。他是独断专行的父亲的受害者。对于他的父亲威尔逊是又爱又恨。威尔逊最终背叛了最亲密的朋友和同事，如在普林斯顿对希本，在巴黎对豪斯上校。[①] 他把他们想象成他的死敌，并且因为所谓的背叛而诅咒他们，其实这些毫无根据，只存在于他自己神经兮兮的头脑中。尽管如此，对于我来说，弗洛伊德和布利特在书中所展示的威尔逊还是太荒唐了，这构不成一部好的历史或传记作品。至少有一位心理分析学家，当时在我驻奥地利期间，他正好在弗洛伊德身边工作，他对此书的不满更甚于我。这个人就是埃里克·H. 埃里克松。他是我在伯克希尔的邻居，还是哈佛大学的老师。他针对本书写了一篇毁灭性的书评，发表在《纽约书评》上。

　　我曾经很喜欢比尔·布利特这个人，但是这些年来对于他的观点我越来越不敢苟同。我只能认为，对于那些他认为出卖了他的人，他太容易陷于痛苦和怨恨之中。威尔逊并不是他唯一怨恨的人。后来，1933 年，在罗斯福总统恢复了与苏联的外交关系，并承认了 14 年来美国一直拒绝承认的这个国家之后，布利特做了第一任美国驻苏联大使。但是在我看来，布利特似乎对这个政权及其制度怀着满腔仇恨。这并不是由于斯大

---

　　① 亨利·希本是继威尔逊之后的普林斯顿大学校长，由反对威尔逊的派系支持而成为校长。豪斯上校是威尔逊总统在一战时的外交顾问，在推动《凡尔赛和约》在国内通过时与威尔逊发生意见冲突，最终发展到二人决裂。

林的恐怖,虽然这确实使他震惊,而是因为他感到苏俄没能恪守他帮助总统谈判达成的承认苏俄政府的协议条款,而且还因为,在他看来,这些布尔什维克人没有对他在 1919 年为他们所做的努力给予足够的感谢。在当时,苏俄是孤立的,没有朋友,正在挨饿而且受到围困。就在第二次世界大战爆发的前几年,在布利特担任美国驻法国大使期间,他对苏联和共产主义的憎恨变成了恐惧,作为罗斯福总统亲密的欧洲事务顾问,这让他很难很好地服务于罗斯福和他的国家。我做出这样一种判断不仅是基于阅读了所有他从巴黎给总统和国务院发回的密电,而且是基于当时的法国总理爱德华·达拉第和保罗·雷诺向我表述的意见。他们两人都非常喜欢布利特这个人,但是都感到布利特在巴黎就任大使期间,他对于共产主义和苏联的恐惧达到了十分严重的程度,以至于有时甚至会妨碍他成为一个好的外交家,不能做到不顾个人感情、做出冷静客观的判断。[2]

布利特曾经与路易丝·布赖恩特结婚。她是我们的上代人——富于传奇又多姿多彩的那一代,她就是其中既有趣又浪漫的一位。君特和我对于他们那代人既羡慕又嫉妒。在第一次世界大战爆发以前,他们中的大部分人都已成年,刚刚从常春藤大学毕业,集中在普罗温斯敦、格林威治村、巴黎、莫斯科等地,在战时当救护车司机和记者。这些人中就有埃德娜·圣文森特·米莱、梅布尔·道奇、尤金·奥尼尔、约翰·里德、多斯·帕索斯、斯科特·菲茨杰拉德、海明威、辛克莱·刘易斯、刘易斯·甘尼特、爱德华·埃斯特林·卡明斯、埃德蒙·威尔逊、沃尔特·李普曼。约翰和我对他们波希米亚式的生活和爱情,他们在新闻、文学上(就奥尼尔而言是剧作上)的成就颇为神往。

路易丝是这个群体里的一个典型。起先，她嫁给了俄勒冈州波特兰的一个牙医。约翰·里德来他们家拜访之后，拐走了她，把她带到格林威治村和他住在一起。奥尼尔是里德的朋友，像其他人一样，有一段时间也爱上了她。但她最后还是与里德结婚，和他一起去俄国报道布尔什维克革命。通过这次旅行，里德写出了经典亲历叙事《十天动摇世界》，于 1919 年出版。这本书对布尔什维克充满了热烈的同情，而当时的美国报纸则把他们描绘成魔鬼的化身。虽然如此，此书却成了畅销书。当我在大学一年级读到它的时候，受到极大的震动。路易丝也为赫斯特在纽约办的《美国人》做了有关革命的系列报道，并因此闻名。可是，第二年，也就是 1920 年，里德突然死去。他被埋葬在克里姆林宫的墙下，后来那里成了革命英雄的圣地。

布利特一直是里德夫妇共同的朋友。1919 年他带着特殊使命出使莫斯科的时候，就经常见他们。他在 1923 年与路易丝·布赖恩特结了婚。婚后他们很多时间都是待在巴黎的公寓里。我在那里第一次见到路易丝。她并不漂亮，却有极富挑逗性的吸引力。红头发、苗条的身材、谜一样的眼睛，为了男人和冒险而躁动不安。有一次，奥尼尔向一个朋友吐露："当那个女人碰到我的时候，我就像着了火一样。"其他男人也明显地感到了这一点。跟着非波希米亚风格的布利特，她似乎安定了下来。但是时间并不长，她不安分的老毛病又犯了，还加上了大量酗酒和撒酒疯。这对于这位时髦的年轻费城人来说可是太过分了，于是在 1930 年，布利特与她离了婚，理由是"人格侮辱"。他们生了一个女儿，布利特对她宠爱有加。回忆起过去的日子，我从布利特的谈话中，可以明显地听出他依然珍惜和路易丝·布赖恩特在一起的时光。她的魔力，就像对奥尼尔和很多其他人一样，挥之不去。

一个早春的星期天，地上的雪还很厚，布利特、君特和我一起去维也纳森林散步。中途我们在林中空地上的乡村饭馆用午餐。布利特兴致很高，坚持要点香槟。我们吃了一顿很好的饭，喝了不少气泡酒，谈天说地。布利特说，他急于要回美国，去为罗斯福州长能被提名总统而工作。关于罗斯福他怀着炽热的崇拜，谈了很多。他坚信，只有罗斯福能够把美国从大萧条中解救出来。他又说，国内情况要比君特和我这两个只专注于欧洲事务的人认识到的严重得多。他说，在国内，很少有人能意识到罗斯福可能会成为怎样一个伟大的人。布利特对他的朋友沃尔特·李普曼很是恼火，后者在最近的专栏中把罗斯福描绘成一个花花公子，说他无法胜任美国总统的职务。这时候他变得很激动。我看到他的恨（对威尔逊，对共产主义）与他的爱程度相当。

午餐期间，我和约翰离开片刻，去给维也纳的办公室打电话，看看在这个安息日有没有什么新闻发生。人们告诉我们，没有什么有意思的事，除了一家新闻社从莫斯科报道说路易丝·布赖恩特去世了。约翰和我商量了一会儿应该怎样向布利特说出这个消息，后来我们还是决定直截了当地告诉他。他的脸一下子就白了，没说话，最后他请我们给他家里打电话，告诉他的司机尽快开车来接我们。这顿午餐，开始得那样兴高采烈，结尾却是这么悲伤。

这条消息后来被证实是假的，在维也纳经常有这样的事。四年以后，也就是 1936 年，路易丝·布赖恩特才在巴黎去世。

对于那样一个有魅力的女人来说，这样的结局是悲哀的。据报纸上说，她喝多了酒，从左岸一家破旧的小旅馆的楼梯上跌落。她最后那些年一直住在那里。几天之后，她因为脑出血，死在了巴黎的美国医院，年仅41岁。

那时候，有一些相当奇怪的美国"人物"出于某些原因来到维也纳，后来竟爱上了这座城市和这里的人，于是就留了下来。有些人刚来维也纳时，想让弗洛伊德或是他的助手对他们进行心理分析。可是这一过程通常会没完没了地延续多年，而且据我看来没有什么明显结果。在这些"人物"中，我们发现了一个最有趣也最意气相投的人，他就是达尔文·莱昂医生。他自称是写了《物种起源》那部伟大著作的查尔斯·达尔文的后代，但是我总猜想这位医生的父亲之所以给他取这个基督徒的名字，只不过是出于对那位伟大的英国科学家的崇拜。莱昂医生是个身材瘦长、充满活力、说话很快的美国人。我猜他年纪在45岁左右。也许是他的那张瘦脸使他显老，也可能是由于我才25岁，因此20岁的年龄差距会使另一个人显得更老一些。

莱昂医生是法国人所说的那种快活而疯癫的人（fantoche），尽管在某方面并不如我们以为的那么疯狂。在战争即将结束的时候，红十字会来到维也纳，给那些挨饿的奥地利人组织医疗服务，供应食品，他作为医生也来了。他爱上了这座城市和这里的人，而这里的人也因为他的雪中送炭对他心存感激，给予他特殊的地位。他非常喜欢受到这样的待遇，这是任何别的地方不会给予他的。他还继续做一点医生工作，对此，我相信他是没有执照的。他还在大学的医学院做一些研究工作。在我认识他的时候，他主要醉心于火箭研究。他和物理学家罗伯特·戈达德博士有联系。后者是马萨诸塞州伍斯特不起眼的克拉克大学的物理学家，我认为，美国一直把他当成对火箭着迷的疯子。可是我读到，1926 年，这个人竟然发射了世界上第一枚液体燃料火箭。而到了 20 世纪 70 年代，他被公认为火箭之父。

莱昂医生在他自己建起来的一个旧工作室里鼓捣火箭。他经常在晚上的时候来我这里来喝一杯，或是一起吃晚饭，同时给我和君特讲火箭的未来。他声称，很快人类就能够发射火箭到月球上去。我想这也就是为什么君特和我认为医生有点古怪了。他不停地对我们说着把用液体燃料推进的火箭送入同温层，然后控制它登上行星的可行性。这一切听上去太离奇了，让人无法当真，因此君特和我就逗这个可怜的人，说他疯了，请他再来一杯，而他从来也不推辞。有时，医生会请我们到他凌乱的工作室，看他在那里做了个 15 英尺高的圆锥形的东西，据他说是个火箭。他说他要把它带到意大利的阿尔卑斯山上。如果幸运的话，它很可能冲出同温层。有一年春天，他用一辆旧卡车载着他的新玩意出发了，并且保证说如果成功了，就一定会给我们发回电报。几天以后我们真的收到了一封很长的电报，说他的火箭从阿尔卑斯山顶起飞，然后"消失在外太空"了。如果这是真的，那么君特和我就可以分别在我们各自的芝加哥报纸上抢先报道这件事。但是，我们非常怀疑，谨慎地发了消息，这样的消息最终被我们的编辑扔到了废纸篓里。后来，医生的情妇，一个好奇的维也纳女子，在去山里之前他们就长期不合，显然这次试验终于使她忍无可忍，之后不久，他们就分手了。她告诉君特和我，这枚火箭嘶嘶作响，从几百英尺的高空坠落到地面上。但是医生说她是个疯子，试验非常成功。他说，不幸的是，他没有仪器在火箭飞出视线之外以后对它进行监控，而他也不知道它落到了什么地方——他想，也许落到了中国。也许是这样吧，但是我仍然怀疑。不管怎么说，在经过近半个世纪以后再回过头来看达尔文·莱昂医生这个人，我已经不认为他像我们原先想象的那么疯狂。实际上，他是后来令我们赞叹不已的领域里的小小先驱——火箭真的载人登上了月球，并且在某些情况下还能由地球上的人控制，飞往月球之外更远的行星。实际上，君特和我的不信才是疯狂的。

偶尔我们两人也会有另一种"疯狂"的时候。例如对赖因哈特剧院的一个名叫路易丝·赖纳的女演员的疯狂，她是一个漂亮而喜怒无常的年轻女演员。至少对于我们来说，她是维也纳舞台上最令人激动的天真无邪的少女。她肤色微黑，大大的黑眼睛时而悲伤，时而又热情似火，她的个性也是如此。只要她一出现，我心里就会感到胆怯。也许她有时来看我和君特只是为了提高她的英语。她正在努力学习英语，因为她心里的目标是百老汇和好莱坞。不久，她就行动了，并且以她在《大地》里的演出获得了奥斯卡金像奖，成为 20 世纪 30 年代最好的电影女演员之一。

这真是奇怪，我回头一想，在维也纳结交的很多朋友后来在我的生活或他们的生活里又不断相遇，在这里或那里，在欧洲或美国：路易丝·赖纳、比尔·布利特、福多尔夫妇、君特夫妇、惠特·伯内特夫妇，还有维尔吉利亚·彼得森。最后这位高挑美丽、敏感活泼，是个很好的作家。起先，她来维也纳是为了写一部小说。但是，我认为，也是为了接近波兰，因为保罗·萨佩哈王子就住在那里。她不久就嫁给了他。那年冬天我看到她时，她似乎对于定居波兰乡下心存疑虑，但是她很快就克服了这个问题。很久以后，在美国，我们经常见面。而最使我们惊奇的是，在我们做了这么长时间的老朋友后，我们竟然堕入了情网。一个大雪弥漫的冬天，我和她一起在康涅狄格州的利奇菲尔德丘陵——当圣诞节刚刚露出曙光的时候，她在暴风雪中遇难了。

在维也纳的整个冬天（1932—1933），我一直都能看见多萝西·汤普森和她当时的丈夫辛克莱·刘易斯。刘易斯的声誉当时正如日中天。两年前，他获得了诺贝尔文学奖，他是第一个荣获此项殊荣的美国人。他的三部小说，1920年的《大街》、1922年的《巴比特》和1925年的《阿罗史密斯》，为他在国内和国际上赢得了声誉。而那些后来的小说——《捕人陷阱》《埃尔默·甘特利》《了解柯立芝的人》《多兹沃思》《安·维克斯》（最后一部出版于1933年1月，当时他在维也纳），即使赶不上前几部，也为这位公众人物增加了分量，至少说明他还能写，而且在不断地写下去，也给他带来了一笔可观的财富。

多萝西·汤普森有她自己的名声，不是作为一个著名小说家的有趣的妻子，而是作为美国派驻欧洲最好的记者之一。除了我的同事、《芝加哥论坛报》驻柏林的西格丽德·舒尔茨，多萝西是这些记者中的唯一成功女性。我把她归于美国最顶尖的记者，与她的好友埃德加、保罗·斯科特·莫勒、H. R. 尼克博克、约翰·君特、文森特·希恩比肩，而且在当时比他们任何一位都有名，直到他们后来开始出书。希恩在1935年出版了《私人历史》，君特次年写了《欧洲透视》，他们这时才能与多萝西齐名。多萝西从来不是一个好作家，她写书总是草草了事，但作为一个记者她是杰出的。

多萝西还是一个非常有吸引力的女人。我从没觉得她漂亮，很多人也这么认为——过大的五官，强壮的下巴，以及庞大的体型都说不上美丽——但是她的样子讨人喜欢。她的快乐、活力、温暖和热情，她对生活的巨大渴望，她的智慧，她强大而富于创造力的个性，使她成为我认识的最有趣的女性之一。她确实说话太多，很少不主导每次谈话，往往把交谈变成独白。尽管后来她的日记和书信显示出，她经常私下里尖锐地质疑自己，但我当时对此毫无察觉。她从没有当着我的面这样做过，从外表看，她充满自信——对自己的现在和将来。自从在维也纳相识，几十年来，我们经常激烈地争论，直到双方大喊大叫起来——争论的话题经常都是关于德国和德国人的。她对这二者都怀有一种爱恨交加的感情，我却没有这样的感觉。但是这样激烈的交谈并没有破坏我们之间的友情。我们有几次达成停火协议——禁止谈论德国人，有的是可以谈的其他话题。

多萝西和刘易斯于1932年的夏末抵达维也纳，在沃莱本街租了一套大公寓，还在塞默灵租了一栋宽敞的别墅，在维也纳南面的群山之中，离维也纳有两小时火车的路程。起先，他们看起来很幸福，尤其是多萝西。不久，仰慕她的记者、外交官、政治家，以及德国、奥地利和匈牙利遗老贵胄挤满了她的沙龙，而她一如既往地侃侃而谈，谈论世上的一切——艺术和爱情，但最重要的还是政治。自从他们在伦敦结婚四年以来，这一直是刘易斯夫妇之间的问题。多萝西身处欧洲人中间十分自在，刘易斯则不然。而且，多萝西的聚会用的大多是德语，她的德语极为流利，可刘易斯几乎什么也听不懂，他感到被排除在谈话之外。而他必然的反应，经常是突如其来地一跺脚走掉，不仅离开聚会和住所，还要离开这座城市。他总是气呼呼地离开，然后去其他地方。除去美国记者，刘易斯不能容忍多萝西的其他朋友。即使他们的谈话他能听懂，他也受不了。政治引不起他的兴趣，并且对她热衷"时局"产生了一种厌恶。

如果他从多萝西的谈话盛宴上急急地退出，我紧随其后，在一起去酒吧的路上，他就会说："看在基督的份上，但愿她能够停止谈论'时局'！哪怕她能停下五分钟就好了！可是她不能。我必须日夜不停地听她对**该死的时局**喋喋不休。"

有人——很可能是君特，他比我更熟悉多萝西和刘易斯——曾经告诉我，他们这次来维也纳是为了做最后一次英勇的尝试，挽救他们的婚姻。或者如希恩所说的，"重新抓住逝去的梦"。但是，他们的朋友很快就看出，这次努力尽管有英雄气概，却还是失败了。刘易斯如果不去意大利逗留一两周，大部分时间就住在塞默灵，多萝西则留在维也纳，高兴地与朋友们在一起。她一直都热爱中欧和它的首都们：柏林、维也纳、布达佩斯。像希恩所说，"极易受多瑙河流域居民的自负性格影响"。她的大部分记者生涯是在这一地区度过的。它们比欧洲的其他任何地方对她更有吸引力。她的大多数老朋友都在这里。她说这里的语言，了解这里的人、历史、土地和政治。刘易斯则一点也不在乎——对这一地区、人民或者在这里的她的讲德语的朋友们。他的心总是在美国。假如他要到欧洲的话（自从他的《大街》给他带来一笔不大的财富之后他经常这样做），那么他宁愿到法国，或意大利，最喜欢去英国，因为在那里他可以说英语。

在维也纳和塞默灵的整个冬天，刘易斯变得越来越易怒，酒也喝得越来越凶。他大部分时间在山上的别墅，远离多萝西。有人曾经记得，早在纽约，他们不仅需要分开的卧室，还需要分开的客厅。

在他们争吵之后他去了意大利，多萝西从维也纳这样给他写道："有时我认为你对我视而不见，你眼里只有你那些虚构的人物和小说情节，例如安·维克斯。"最困扰她的是他饮酒过量。她曾经对她的传记作者吐露他们这段时间的生活：当他深夜醉酒之后来到她的房间时，全身有股烂草味。

随着冬天过去，婚姻破裂的前景令多萝西伤感。我想，受打击更多的是多萝西而不是刘易斯，因为他从来不能从婚姻或是与女人的任何形式的关系中获得长久的幸福。多萝西的第一次婚姻是与一个英俊浪漫的匈牙利作家约瑟夫·巴德。这是一次痛苦而令人绝望的经历，一度几乎逼得她自杀。她曾经热烈而专一地爱着他，可他对待妻子的态度是欧洲式的。他一次次出轨，搭上别的女人，这令她伤心欲绝。她曾经指望与辛克莱·刘易斯在一起时运气会好些。

但是她并不真的爱他。"打动我的，"关于她与刘易斯的婚姻，她这样写道，"是他对我强烈的需要。"

> 但是不论是我还是任何其他女人，不论是在我之前或者在我之后的，都不能满足那种需要……他本身就是一种原始的力量，驱动着也被驱动着……最终，所有的女人都会离开他，由于那层无法穿透的帘幕而离开。正是这层帘幕把他隔开，使他无法与人产生任何真正的亲密关系，或者是他离她们而去，带着永远的失望。

　　希恩比我更了解刘易斯，也许正如他所推断的那样，刘易斯感到自己性能力不足，因此不能与女人有持久的关系。很明显这个问题一直在折磨着他，而且很可能就是他看起来总是与自己过不去，以及他总是用酗酒来逃避与女人的失败关系的原因。对于我来说，自从刘易斯出版《大街》以来，他一直是我心目中的文学英雄。可是那个冬天在我与他的很多次谈话中，我对他夸夸其谈的言语背后的不安全感感到震惊。有时候，他似乎为自己的外表沮丧，担心这会令女人反感。他经常用打趣来掩盖它，但是很少能隐藏住自己对此是多么敏感。他指着自己长满粉刺的脸说，那些疤疤就像满是弹坑的战场。可是我也见过，通过他对十几个地区几十个人物口音的滑稽模仿——他是个卓越的模仿者——他用智慧以及对这些人物的热爱迷倒了一屋子女人。

　　那年圣诞节期间，在刘易斯夫妇塞默灵别墅举办的豪华聚会上，多萝西身上发生了一件事，就连刘易斯也没有注意到，甚至很可能一直都不知道。我没有参加那次聚会，我是在 30 年以后才知道的。

　　有一天，希恩在纽约给我打来电话。他正在那里把多萝西·汤普森的文件整理成一本纪念册——《多萝西与刘易斯》。他的声音由于激动而嘶哑起来，这在他身上是不寻常的。

　　"听着！"他说道，"你不会相信我刚刚在多萝西的日记里找到了什么。而我以前一直以为了解她——毕竟这么多年了，但是我从来都不知道有这么回事。"

　　"什么事？"我问道。

　　"还记得那次多萝西和刘易斯在塞默灵举办的圣诞节聚会吗？你和我都幸运地没有参加的那次？是这样，多萝西疯狂地爱上了克丽斯塔·温斯洛——你知道的，就是豪特沃尼男爵夫人。都在她的日记里了——好多页呢。而且她说，这已经不是第一次了。"

"我不敢相信，"我说，"虽然多萝西在欧洲待了这么多年，但她终究还是个美国女人。"

"听听这个。"他说着，就开始朗读日记。后来，他把这部分内容完整地放在《多萝西与刘易斯》那本书里出版了。

我记得克丽斯塔·温斯洛是一个聪明、迷人且敏感的德国女人，一个主要做动物雕塑的艺术家。她因写了一本名为《穿校服的女孩》的小说而突然获得了作家的头衔。20世纪20年代后期，这本书在大西洋两岸成了畅销书，被拍成了电影。它讲的是一个年轻的女学生曼努埃拉，爱上了她的女教师。由于无法适应她遭到的必然拒绝，她选择了从学校的楼梯上摔下去自杀的结局。多萝西曾经于20年代在柏林见过克丽斯塔·温斯洛，但她更被她的丈夫豪特沃尼男爵"拉齐"——一个风流倜傥的匈牙利人吸引，他们有相同的政治热情。那时，她只是发现这个肤色浅黑而精明的克丽斯塔很有趣，被她的小说深深打动，以至于想要翻译它。六年来，多萝西从未与豪特沃尼夫妇见过面。可是突然，在塞默灵的圣诞聚会上，他们又出现了。这一次，多萝西对她一见倾心。

就这样，这样的事在我身上又发生了，在经过了这么多年之后（她在12月28日的日记中写道，回想起第一次是发生在美国，当时她20岁，是与一个37岁的女人；后来在柏林又有一次简短的"萨福之恋"）。

……爱上一个女人是有点荒谬的。它不适合我。我是异性恋者……那么，好吧，该怎么解释这次又发生的事呢？当她站在我下面的楼梯上，那个温柔的、非常自然的在我脖子上的一吻，那个无意识的（表面上看来）甚至公开在我的乳房上的一吻……我爱这个女人……

在她的日记里，关于她在这个女人身上重获爱情的内容还有很多——在随后的几个月里，当刘易斯经常不在而多萝西渴望得到爱的时候，她们就常在一起。克丽斯塔跟随多萝西去了美国。有一段时间，在纽约和多萝西的佛蒙特州的农场，她们似乎无法分开了。当她们不得不分开之后，她们互相写着亲密的信。有一次，克丽斯塔声称"世界上没有什么能介入我们中间——没有一个男人"。但是一个男人真的介入她们之间了——埃齐奥·平扎，大都会歌剧院的男低音歌唱家。在一次巡回演出中，克丽斯塔追随他穿越了美国大陆，但是她的追求不很成功。1935 年，她回到了欧洲，定居在法国南部。在战争期间有一段时间，多萝西每个月给她寄去 50 美元补贴。谣传说她的这位朋友正与一个名叫西蒙娜·让泰的瑞士女人生活在一起，多萝西始终不信。1942 年，德国人占领了法国南部，多萝西失去了她的音讯。后来，在战争刚刚结束之后，当她听说这两个女人都被当作所谓的德国间谍而被法国游击队枪决的时候，她被击垮了。多萝西无法相信这是真的。她请法国驻美国大使亨利·博内帮助查询。博内让法国警察调查这件事，然后报告给多萝西：

　　克丽斯塔·温斯洛小姐死于 1944 年 6 月 10 日……她不是被法国游击队逮捕的，而是被一个叫朗贝尔的男人杀害的。他伪称他在执行地下组织的命令。事实上，朗贝尔只是一个普通罪犯……

我不知道多萝西是怎样接受这个悲哀的消息的。这时候，她已经与马克西姆·科普夫结婚，正在开始她一生中仅有的一次幸福婚姻。

那年冬天在塞默灵，我和刘易斯有过几次很有意思的谈话。我预订了他别墅附近的南站旅馆。他酒喝得很多，尤其是新年过后，早餐就要来一杯白兰地。如果接受了他的邀请住在别墅里，那整个周末将会十分漫长。多萝西从来不到这里，我们可以谈彼此都感兴趣的话题。虽然我与多萝西一样热衷于政治，但我也对写作和作家很感兴趣，这是刘易斯最爱谈的话题。我曾经感到奇怪，为什么如此多的美国优秀作家，刚到盛年就开始枯竭，而值此时期的大多数欧洲作家刚刚进入状态。后来，十分崇拜刘易斯，更崇拜菲茨杰拉德和海明威的托马斯·曼告诉我，很多美国作家的早早成功带来了暴富、名声和奉承，这些可能使他们的能力减退。他认为，这些东西一旦来得太快，而作家由于年轻或者不够成熟，不能恰当地应对，这些东西就会扼杀他，不仅会扼杀他的作家才能，有时还会扼杀他的人生。就像二战刚刚结束时罗斯·洛克里奇和汤姆·赫根的例子。他们两人由于无法忍受第一部小说成功所带来的巨大赞誉，在绝望中自杀了，他们的第一部小说也成了他们的最后一部。

我发现刘易斯对这种现象很着迷，也许他自己就是，因为他已经感到——尽管他痛恨承认这一点——他自己的小说在七年前，也就是1925年《阿罗史密斯》完成之后，也开始走下坡路了。有一天，刘易斯和我参加了奥地利一些作家为他们最著名的两位作家——弗朗茨·韦费尔和斯蒂芬·茨威格举行的一场午餐会。他们其中的一个人——我记不清是谁了，但是我相信是茨威格——触及了美国作家早衰的话题，最后，转向刘易斯，希望他能做出回答。但是他一直沉默不语——也可能是他一直没有听懂谈话，因为茨威格用的是德文。

当我们在塞默灵说起这些，刘易斯说，他不能理解为什么那么多美国作家在他们还那么年轻的时候就泄劲了。他提到德莱塞和舍伍德·安德森，虽然他不喜欢这两个人，但是他曾经在他的诺贝尔奖获奖演说中赞扬了他们。

他这样说："那么，在《了不起的盖茨比》（1925）和《永别了，武器》（1929）之后，菲茨杰拉德和海明威怎么了？坦率地说，我也不知道。比起我们这些老家伙来，他们是那样年轻。"

他说，他自己还远没有枯竭。他说，事实上，他正在构思他最伟大的小说，那将不次于一部美国史。也许他指的是他正在构思的劳工小说。他时断时续地构思了好几年。他告诉我说，它将包括三代美国工人。[3]实际上，我后来得知，他当时正在构思一部较次要的小说《艺术品》，是关于旅店的。他对这个题材一直着迷。两年后这部小说出版了，却让我吃了一惊，我认为那是他最糟的小说之一。希恩也认为它糟透了，根本就"不适于出版"，很难说是一件"艺术品"。

而事实上，从这时起，刘易斯也确实一直在走下坡路，就像五六年来一直在逐步发生的那样，尽管最后他又写了九部小说。他的最后一部小说是《宽广的世界》，是在他死前不久完成的。他与多萝西的婚姻也在走下坡路。奥地利的这个冬天并没有如他们所愿，将它拯救回来，也许根本就没有什么能拯救它。我认为，任何一个伟大作家与一个伟大记者之间的婚姻都注定要失败。他们的自我，他们难以抑制的驱动力，都太强大，难以形成兼容的一体。可是多萝西从来不承认这一点，直到最后她都反对离婚。

虽然我们不是至交，但是在二战期间和战后，当我回国休假的时候，我有时会去看望刘易斯。他成了一个孤独的人。据我推断，这场婚姻在 1937 年终于破裂。当时，刘易斯一跺脚最后一次离开了他们在布朗克斯维尔的家，宣称是多萝西的事业毁了一切，是她腐蚀了他的创造力。但他们直到五年以后的 1942 年才正式分手，在刘易斯的要求下多萝西终于同意了离婚。

1939 年，也就是他们离婚的三年前，那时刘易斯 54 岁，他刚和一个一心想当演员的美丽的 18 岁年轻姑娘好上了，这个姑娘名叫玛塞拉·鲍尔斯。因为他们总在一起，我经常在君特家里见到他们。看来，他终于找到了一个能吸引自己的女人，她太年轻，没有生活经验，因此不会过分批评和质疑他的自由。很明显，她很崇拜这位大作家，他也很喜欢她。他们一起巡回演出他写的戏剧《安吉拉今年二十二》。他为了帮助她发展舞台事业做了他能做的一切。但是这种结合也避免不了失败的命运。她最终意识到了他们两人的年龄差距大到无法跨越，因此与一个年纪较轻的人结了婚。刘易斯很伤心。

辛克莱·刘易斯的晚年是在惨淡的绝望中度过的。他从一处大房子搬到另一处，买了又卖，先在美国，最后又到意大

利，像在寻找着什么东西——是安息之所吗？他无法找到。他
已经抛弃大多数朋友，或者说是他们抛弃了他。他比以前更孤
独了。他最终找到一个秘书作为伴侣，他是佛罗伦萨的一家名
叫托马斯·库克父子旅行社的一个年轻职员，叫亚历山大·曼
森。他们是在阿西西城的一个旅馆酒吧里，凭一瓶白兰地的机
缘认识的。那个年轻人自我介绍，说自己是英国军队里的少
校。据多萝西说，这个年轻人身份"不明"，国籍"不清"。
而伯纳德·贝伦森——他就住在刘易斯在佛罗伦萨租住的俗气
的别墅附近——在见过这个年轻人之后得出结论，他是个
"中欧的小冒险家"。不论真假，这个年轻的旅行社职员都是
刘易斯最后可悲生活的固定伴侣。他陪着刘易斯住在佛罗伦萨
的别墅里或是一起旅行，因为这位伟大的作家总是在不停地
走——漫游意大利，横跨法国再回来，横穿瑞士，开车走遍南
欧的大街小巷。我们的作家在不停地移动，不停地喝酒。在他
第一次心脏病发作之后，有许多意大利医生急于帮助这位他们
心目中世界级的伟大作家，警告他说，如果他不停止酗酒就会
死。但是他无法停止，也可能是为时已晚。

1950 年的最后一天，在罗马，他的心脏病再次发作。他
被曼森送到了罗马郊外一家不知名的医院里。那里的医生诊断
他的病情为急性震颤性谵妄①。从那时起，他的意识再也没有
完全恢复过来，如果他的朋友来到病榻旁，他也认不出他们，
尽管他们一个都没来。在罗马除了曼森（他后来宣称自己是
刘易斯的继承人），谁都不知道他在哪里。1951 年 1 月 10 日
早晨，离他 66 岁的生日还差一个月，在极度的孤独中，这位

---

① 长期滥用酒精后突然停饮产生的一种急性脑综合征。

伟大的美国小说家死于心脏停搏。

今天，那些所谓的文学批评家，可能还有一些读书人，往往把辛克莱·刘易斯小说家的地位一笔勾销。他精彩传记的作者马克·肖勒说，刘易斯是"美国现代文学中最糟糕的作家之一"，但是，他又说，"没有他的作品，我们很难想象美国现代文学会是什么样子"。我想，我们中的很多人都受过刘易斯之后那一代杰出的美国小说家的影响，尤其是菲茨杰拉德、海明威、多斯·帕索斯和福克纳。在两次世界大战之间，他们突然出现在美国文坛上，并极大地丰富了它。比起他们来，刘易斯的散文中缺乏风格和诗化的语言。然而，他对美国现代生活和美国人的国民性格的影响，要比前面这四位作家加起来还要大。

《大街》和《巴比特》空前绝后地动摇了美国这个国家。《大街》这个名字象征着所有死气沉沉的美国小镇的本质，已经深深地植入我们的意识，而刘易斯小说中的许多人物也是如此。"巴比特"已经成了小镇上积极的扶轮社会员的代名词，我们这一代出自沾沾自喜的中西部小镇的青年人已经背叛他们。在埃尔默·甘特利身上，我们认出了那些一直折磨着这块土地的虚伪的福音传道者和牧师的嘴脸。而只要想一下在辛克莱·刘易斯出现之前的美国小说状况——那苍白的假斯文，就连豪威尔斯的作品也不能避免——人们就会看到，是刘易斯，他比同时代的任何其他作家都更多地解放了美国文学，并最终唤起美国人看到自己国家的真相。他清理了一直充斥着这个国家的多愁善感的废话，它的伪乐观主义，它的地方主义，它的沾沾自喜，它的因循守旧，它的无知和偏执——至少他试图这样做。

诚然，正如很多人所说的，尽管他揭露了美国生活方式，它的空虚，它的俗丽，但他缺乏生活的悲剧意识。但是，他确实唤醒了我们对周围可怕现实的认识。有人对我说，他的许多人物在当代青年看来都是肤浅的，仅仅是漫画式的，人物是表面的，刘易斯无法进入其深层。多萝西也曾不无偏见地认为，他从没有"真正地穿透人类的灵魂"。

对于我来说，刘易斯也许会作为我们美国最伟大的作家而被载入史册。当然，他不是托尔斯泰、陀思妥耶夫斯基、巴尔扎克、普鲁斯特，甚至狄更斯那样的巨人，很多人都拿这些人与他做比较。但是，还没有哪位美国作家像他那样抓住并记录了美国生活的本质，它的癖好，它的挫折，它的抱负，它的慷慨，它的虚伪，它的语言和它奇妙的荒谬。辛克莱·刘易斯从来没有写出那年冬天在塞默灵他与我谈到的那部小说，他希望那是他最伟大的一部，不逊于一部美国史。很明显，他去世前不久，已经接受这部小说永远无法完成的想法——至少不是由他完成。他对一个美国记者说："对于伟大的美国小说来说，美国太大了，美国无法捕捉。"也许是这样的吧，但是他比任何其他人都捕捉得更好。

多萝西·汤普森结束了多年的欧洲生活，回到了美国。凭着她由《纽约先驱论坛报》向各个报刊同时发布的专栏，凭着她的电台广播节目，她的公开演讲和杂志文章，她成了美国这块土地上最重要的女性，也许仅次于埃莉诺·罗斯福①。虽

---

① 埃莉诺·罗斯福，美国总统富兰克林·罗斯福的夫人。

说她的名气增加了她的自信，却没有宠坏她。我们继续见面，通常是在纽约，偶尔在她佛蒙特州的农场。在那里，我与希恩一起住在民宿里。我们终生的讨论和争论（似乎带有预言性质，尤其是关于德国的）依然在继续。

在她的第三任丈夫马克西姆·科普夫于 1958 年去世之后，我们就不怎么见面了。他的去世对她是个打击，她一直没有从中恢复过来。在那之后，她搬了好几次家。在达特茅斯住上一阵之后，她搬到了华盛顿，只会偶尔来纽约。马克西姆死后，她卖掉了她心爱的佛蒙特的双子农场。近 30 年，那里一直是她个人生活的地理中心。她还把她在纽约的公寓转租了出去。她偶尔写信来说自己病了。

1960 年圣诞节前不久的一天，她来纽约看我，那竟是最后一次。听到门铃，我去开门，几乎认不出她来。那个高大强健、充满活力的女子，萎缩成了一个瘦小枯干、驼背、灰发的老太太。曾经那么有力的声音变成了耳语。她走路都已经不稳，我扶着她上楼梯去客厅。一到了客厅，她又恢复了活力，似乎很高兴与早在欧洲就认识的老朋友见面。希恩夫妇和君特夫妇很可能是她在世仅存的最亲近的朋友，他们当时也都在我那里。我们喝了些酒，聊得很尽兴。她说，她要去里斯本与她的儿媳贝尔纳黛特和两个孙子一起过圣诞节。贝尔纳黛特最近刚刚与她的儿子迈克尔·刘易斯分居。她只有这两个孙子，她很爱他们。五个星期以后，她在里斯本去世，享年67 岁。

有时，从伦敦来的朋友和熟人来维也纳时会来看我，他们很高兴能离开伦敦的寒冷和大雾。他们大多是年轻的工党议员，想来考察一下维也纳的社会主义政府，研究它为工人和穷人做了什么。这些人中有奈（安奈林）·贝文和珍妮·李，以及拉塞尔·斯特劳斯。当时，他们还是普通议员，但是在后来的工党政府里都成了内阁部长。我与他们的友谊持续了一生。

但是对我触动最大的伦敦访客是某个春天的 H. G. 威尔斯和穆拉·布德贝格男爵夫人。对我来说，如果辛克莱·刘易斯是当时最重要的美国作家，威尔斯则是最伟大的英国作家——尽管我最终抛弃了这一判断。威尔斯从来不会闲谈，至少对我们这些在君特家里与他见面的美国记者是这样。他似乎对谈论作家和写作也不感兴趣。他醉心于他拯救世界的计划，但在我看来太虚无缥缈了。

穆拉·布德贝格似乎更有趣一些，这很可能是由于我听说她生活得很浪漫。她声名赫赫——至少在我看来——当时（20 世纪 30 年代初）同时是世界上两位最著名作家的情人：英国的威尔斯和俄国的高尔基。在此之前，在布尔什维克革命期间，她曾经与虚荣的布鲁斯·洛克哈特①有过一段恋情。这位矫揉造作的英国总领事实际上是一个英国间谍。他后来由于涉嫌密谋推翻列宁政权而被捕入狱。后来，在《英国特工回忆录》一书中，他写到穆拉·布德贝格："她在哪里恋爱，哪里就是她的世界。她的生活哲学使她成为不计一切后果的情妇。"

威尔斯和男爵夫人是老朋友了，他们于 1914 年在彼得格勒相遇。那时她是他的翻译和向导。他们在 1920 年再见，当时威尔斯来莫斯科看望老朋友高尔基，并且会见列宁。这位年

---

① 布鲁斯·洛克哈特，俄国十月革命期间驻莫斯科的英国外交官。

轻的俄国女人又当了他的导游和翻译。实际上，她原名叫玛丽·扎克洛夫斯卡娅，是一个富有的俄国地主兼参议员的女儿。在父亲的督促下，她学会了英语、法语、意大利语和德语。第一次世界大战之前，她嫁给了贝肯多夫伯爵，但他在革命期间被枪打死。她很少提到她第二次嫁的那个波罗的海男爵。她只是说他嗜赌成性，因此与他离了婚。但是她保留了他的姓，布德贝格，一直到死。尽管有一阵，威尔斯想要让她成为威尔斯夫人。[4]

穆拉来维也纳的时候，刚过 40 岁，非常具有斯拉夫女人的魅力——高高的颧骨，宽阔的脸，和一双富于表情的眼睛。她不仅精通俄国文学，而且熟悉英国、法国、意大利和德国文学。有一段时间，她就主要靠翻译和当著作经纪人为生。就像我在维也纳遇到的很多其他人一样，我们后来很少见面，但每次都令人难忘，那些见面多数是在伦敦或纽约。

第二次世界大战之后不久，在纽约，穆拉给我生动地讲了整整一夜关于 1936 年的高尔基之死。我想，高尔基一定是她的最爱。1922 年，她跟随他从莫斯科来到了意大利，他是由于健康问题回到意大利的。1905 年起义至 1914 年战争爆发前夕，他因为受到沙皇政府放逐一直待在意大利。高尔基于 1928 年回到苏联，起先是试探性的，因为他不喜欢苏联政府的压迫。这次穆拉没有跟着回去。她说，因为她想，这也许会使高尔基感到难堪。作为在世的最伟大的俄国作家，他多年以来，一直在反抗沙皇的专制主义，现在却想屈就在斯大林的政权。

可是，高尔基死时，她却正与他一起在他莫斯科附近的别墅里。尽管她一直拒绝公开出版任何有关此事的东西，但是她此时告诉我，她确信高尔基是斯大林下令毒死的。这位伟大的无产阶级作家一直在抗议斯大林对俄国作家的迫害，终于触怒了斯大林。还没有人敢对他提这类事情——如果想要活命的话。高尔基之死的打击，失去终生的朋友和情人，对她已经足够。但是，在那天夜晚，高尔基尸骨未寒之时，她必须设法逃生。斯大林肯定要杀掉她，因为她知道得太多了。像19年前布尔什维克革命时那样，她再次东躲西藏，最终成功出逃国外。据我所知，关于高尔基的最后日子和死亡的事，她从没有对外公布过。

在她去世前的三四年前，有一个夏天，我常在伦敦或是路易丝·赖纳乡下的家里见到她。那时她开始整理存放在纸箱子里的成堆资料。它们堆满了她在克伦威尔路房子里的客厅和饭厅。她终于同意了朋友们要她写回忆录的请求，并且开始对她积累的成堆文件进行梳理。这件工作有时使她厌烦和疲惫，她就会打电话让我过去喝茶和伏特加。那时，她还差一两岁就到80岁了，但仍然和我第一次见到的40岁的她一样精神和敏锐。堆放在我们四周的是她的全部生活记录。我相信，其丰富性不会比同时代的任何一位女性逊色。1974年，就在我写这几行字前不久，穆拉·布德贝格在意大利逝世，享年82岁。

1929年春天晴朗的一天——我刚刚叙述的很多事都是此后在维也纳发生的——我离开了佐拉和这座美丽的城市，搭乘东方快车去巴黎报道网球赛，然后去伦敦报道温布尔登网球赛，并且要在那座肮脏的城市里工作一个夏天，这将是我待在灰蒙蒙的伦敦工作的第三个也是最后一个夏天。

我和伊冯娜分开这么久，在某种程度上离开了她，现在我想知道她怎样了，我对她又有什么感觉。她到东站去接我。她看上去和以前一样可爱和兴奋，仿佛在我们之间什么都没有发生。我马上又一次爱上了她。几乎每天下午她都在新网球场陪着我。每天早晨我们沿着满是栗子树花香的林荫大道漫步，最后到阿尔玛广场上一个餐馆的露台吃午饭。从那里可以眺望塞纳河对岸的巴黎荣军院和埃菲尔铁塔。这是一个可爱的春天，适于相聚，却不适于离开，只身前往伦敦。

实际上，那年夏天我在伦敦过得并不算坏。我认识了几位朋友。那年春天工党重新执政，其中有一些与我年纪相仿的工党议员，我与他们很快就熟识了。其中有两位最聪明，最有吸引力。一个是充满激情的年轻的威尔士人安奈林·贝文，另一个是同样富有激情的更年轻的苏格兰漂亮姑娘珍妮·李。他们两人的父辈和祖辈都是矿工。他们都在贫穷中长大，都为了减轻这种困苦，使英国的生活更加公平而早早投身政治。他们都曾为了受教育而艰苦努力。他们说英语时都带着浓重的家乡口音，一个是威尔士口音，一个是苏格兰口音，说话时富有激情和表现力。我觉得他们是非常可爱的一对，早晚会成夫妻。果然，五年之后的 1934 年他们结婚了。

珍妮在那年 2 月的补选中在北拉纳克获选。她在选举中不仅击败了保守党候选人，而且为她自己也为工党，把前任曾获得的 2000 票数变成了压倒性的 6000 票。她只有 24 岁，是英国下院中最年轻的议员，也是为数很少的女性议员之一。

安奈林·贝文从 14 岁就开始在威尔士的矿井里干活，一直干了七年，先后加入本地和地区的矿工工会。一战后，他获得了伦敦中央劳动学院的两年奖学金，但是很明显，他从那里没学到什么。当他回到家乡，在萧条的矿区或者任何其他地方都找不到工作。他永远也不会忘记那失业三年的惨淡生活，但是他没有把时间浪费在自怜上。他开始自学，贪婪地阅读历史、经济学和文学——诗歌是他一生的爱好——他也在工会和郡议会里服务。他在辩论中的口才和犀利使他很快受到关注。在 1929 年春天的选举中，他在埃布韦尔赢得了绝大多数的 1.3 万票，比自由党和统一党候选人的选票加起来还多，从而获得了下院的席位。他的政治生涯从 31 岁开始，从此走了很远，最终到达了工党的最高委员会，在二战后的工党政府里获得过内阁的几个职位，几乎当上首相。假如他能活得更长一些，我想，他会做到的。

当我第一次遇到贝文的时候，他给我的印象是一个大胆的年轻人——不论是在党内、议院还是其他地方，他都对权威毫不在乎——因此我并不对他在下院的首次亮相感到惊奇。在他的首次演说中，他就挑战丘吉尔，在他的余生中他将一直在议院与此人激辩。在紧接着的几周里，他把后来成为首相的内维尔·张伯伦加了进去，他还把战时首相和他的威尔士同乡劳合·乔治列为猛烈攻击的对象。从来没有新来的议员敢于这样大胆地亮相。一夜之间他就成了轰动人物，成了驻议会记者的宠儿。对于他们来说，他给满是尘土的威斯敏斯特大厅带来了一股新鲜空气。

贝文一直是一个充满活力且有挑衅性的朋友。也许除了多萝西·汤普森之外，我和谁也没有像和他那样有那么多热烈的争论——年复一年，只要我们遇见，定会如此。我们也有许多富有启发性的谈话：关于政治、资本主义、社会主义、共产主义、历史、哲学、诗歌、小说，甚至是食物和酒。情绪激动时，我们确实会提高声音。记得在第二次世界大战期间的伦敦，有一次贝文叫我请来约翰·斯坦贝克，因为他很想见见约翰。那一次我们叫嚷得太凶了，以至于约翰，这个平静、和善、对政治不太感兴趣的人，害怕我们会动手。约翰起初不知道他所看到的是一对亲密的老朋友的自然表达。事实上，不论两个人的观点多么不同，我们实质上一致激烈反对眼前这个世界——这个太自以为是、太贪婪、太不公平的世界。

我对珍妮·李也有着同样的喜爱和欣赏，只是我们之间的争论没那么多。也许在她请我给她的第二本书《这个伟大的旅程》写序言时，我曾经热烈赞扬了她，但是并不过分。我称她为"我们这个时代杰出的年轻女性之一——我们自己的国家几乎没有像她这样的人物"，说她是"爱笑的苏格兰黑美人，有着巨大的魅力"。珍妮后来也在工党内崛起，只是没有她的丈夫升得那样高。她最终也获得了内阁的职位，她从没被成功宠坏。

在伦敦苏豪区的街角有一家很小的法国餐馆，我经常去那里逃避英国饮食。对于来自大学、议会、报社和工会的许多人来说，这是一个舒心的聚会场所。正是在那里，好斗的矿工工会负责人 A. J. 库克把我介绍给贝文。我认识库克更早一些。我曾经在巴黎版《芝加哥论坛报》上为他写过一篇带有同情色彩的人物速写。由于他在当权者眼中是左翼激进分子，因此写这篇东西并没有使我受到太多读者和上司的喜爱，有些读者还写来抗议信。库克曾经领导了一战后矿工的罢工，而艰苦的1926 年总罢工中，他是工会领袖中最强硬的一个。1929 年，我们常在晚上到这家小餐馆中聚谈，他显得有些憔悴。

贝文对我说："难道你看不出来吗？抗议不公正的待遇已经把他燃烧尽了。"

　　库克曾经是工党左翼中独立工党的领袖，我想，他现在终于认识到，对于新的工党政府不能抱有任何期待。

　　他经常说："拉姆齐·麦克唐纳（工党首相）内心其实是个保守党。他已经忘了他是从哪里来的。别指望他能为工人阶级做任何事。"

　　那个夏天，经济衰退正在加剧。失业人数达到近 200 万。而工党政府正受到来自保守党、商界和银行界的压力，要求它减少而不是增加那点可怜的失业救济金。库克不指望麦克唐纳能长久坚持抵抗。像他引以为傲的年轻的贝文一样，库克仍然是个革命者，但是他已经放弃曾有的希望——英国最终会成为一个真正的社会主义国家。他只有 45 岁，但是他似乎已经接受自己终生理想的破灭。这使他更为圆熟。和贝文一样，他也喜欢美酒佳肴和有趣的谈话，后者尤其重要。

　　如果晚上没有演出，或是在德鲁里街的《演艺船》开演之前，保罗·罗伯逊有时会过来吃饭。他在这部广受欢迎的音乐剧中演唱的《老人河》轰动了整个伦敦，但是他面对赞誉表现得十分谦虚，宁愿与一个小餐馆里的朋友为伴，却不喜欢那种把舞台明星围在当中的眼花缭乱的场所。那时候他 31 岁，高大、英俊、和善，有着美妙的男中音嗓音。我不记得他那时曾经热衷政治，或是对黑人同胞在美国受到的待遇愤愤不平。他说，他很高兴在伦敦生活和工作，他觉得这里的种族歧视比美国要少得多。可能与众多年轻的工党党员和库克这样的工会领袖的谈话，启发了他的政治觉悟。后来，他回到美国，对黑人的压迫越来越使他感到痛恨。我认为正是这一感情驱使他同情共产主义和苏联。他认为它们给黑人带来了希望。

　　我总是敬佩他能够坚持这些新的信仰，尽管我认为它们很幼稚。尽管极端爱国的美国人和他们的政府对他极尽污蔑，他仍然坚信不疑。我有很多年没有见到他了，不知道他是不是最终对共产主义或者苏联感到幻灭。就在第二次世界大战即将开始之前的那个夏末时节，我们同乘"玛丽皇后号"客轮从纽约奔赴欧洲。他已经把孩子们送到苏联去上学。他告诉我，他们在一个没有种族歧视的社会里长大有多么好。他要去莫斯科探望他们。

　　苏联驻华盛顿大使康斯坦丁·奥曼斯基也在这条船上。罗伯逊和他的妻子经常与他在一起。奥曼斯基是一个聪明的、愤世嫉俗的人，似乎对罗伯逊有很大的影响，而我则试图温和地化解一些这样的影响。有一天，奥曼斯基下到三等舱里，当然是以玩笑的口气，对一些美国学生大谈"苏联式民主"。他很和善地接受了我的揶揄。他本人完全清楚在苏联没有民主。但是罗伯逊不同意，他坚信那里有民主。他相信，在即将到来的世界大战中，斯大林的苏联会站到民主国家英国和法国一边。或许奥曼斯基了解得更多，不过他仍然假装同意。他说，苏联与西方国家将会结盟，抵抗纳粹的侵略——除非巴黎和伦敦想使苏联独自与德国开战。

　　我承认，那就是问题所在。其实这正是《慕尼黑协定》之后张伯伦首相和达拉第总理一直努力在做的事。那时他们把捷克斯洛伐克出卖给希特勒，无疑，斯大林是知道的，奥曼斯基也知道，但是这件事没有成功。到了那年（1939 年）的夏天，在愚蠢地牺牲了捷克斯洛伐克及其武装精良的军队和坚固的堡垒之后，面临德国的进攻，英国和法国需要全力援助军队装备极差又没有筑垒的波兰。我认为奥曼斯基看到了这一点。

从我与他进行的长谈中判断，他并不知道斯大林已经秘密地与希特勒达成协议，即以分给苏联一部分波兰领土和 1918 年被划走的波罗的海国家为代价，换取苏联不参战。

几天以后，在莫斯科签署了《苏德互不侵犯条约》，我永远也无从知道罗伯逊对此如何反应。也许这会使他感到幻灭，就像其他许多仰慕苏联的人那样。但是没关系，尽管他对这些事情的观点可能过于天真，但是对于我来说，他仍然是一位伟大的艺术家，是美国历史上最好的歌唱家和演员之一，同时，他也是一个热心、真诚、正派、慷慨、勇敢的人。

由于有了这样一些朋友和熟人，比起前几年，我在伦敦的生活大大地改善了。这些人中当然也包括拉塞尔·斯特劳斯。他是一个富裕的年轻人，也是那年当选的工党议员，加入了贝文和珍妮·李的工党中的极左派（他也获得了内阁席位），他的妻子帕特里夏是一个年轻美丽的金发女演员。

佐拉的到来使这一切好上加好。经过一段时间的犹豫之后，她在那个夏天还是离开维也纳与我生活在一起。虽然她仍是一位伯爵夫人，但是她在这里并不寻求与那些贵族和富人交往。我们公开地"生活在罪恶之中"，毕竟——在当时，这样的事还不像现在这样流行，也不像现在这样能被普遍接受——她处在我的波希米亚文人和工人阶级朋友之中，感到很幸福。对此我感到宽慰。回想起来，我没有去见谁，或努力去伦敦的上流社会巴结谁。后来，当新的战争开始，我已经有了一点小小的名声，而德国的炸弹也大大清除了这里的等级差别，情况就会发生变化。许多城中（那些没有被毁掉的）和乡间的豪宅都对我们这些美国记者（现在的战地记者）开放——内阁部长、将军、海军将领、空军元帅、报业大亨、老贵族和著名的社交界的女主人，如科尔法克斯夫人和丘纳德夫人等都向我们发出过邀请。从理论上来说——或者是借口——一个好记者必须了解各阶层的生活，因此，我虽从未主动寻求这些邀请，但我也并不拒绝。而且有时候，我无疑能从中获得有用的信息或提示，以及一些小小的乐趣。但是在伦敦，我的心思总在别处，在早先舰队街上的工党朋友之中。

一些美国同行从一开始就是我的朋友，像尼格利·法森，一个风风火火的《芝加哥每日新闻报》的巡游记者，也是一个很好的作家；还有韦布·米勒，害羞、谦逊而聪明的美联社欧洲主管。他是个伟大的记者，无论是在欧洲大陆还是在亚洲，我们两个人经常相遇。他比我年长得多，经验也丰富得多。他是最慷慨的人，曾经帮助我克服各种阻碍，完成了一些很困难的任务。他给那些浮夸的笨蛋泄气。他从没幻想过靠希特勒来维持和平。他回国做了一次巡回演讲——由于他非常害羞，因此他讨厌当众演讲——只为警告美国的报纸编辑以及其他人，关于欧洲即将到来的风暴。后来，他时常对这段经历付之一笑。

他总是这样说："没有引起任何人的丝毫注意，每一个人——报纸编辑、参议员和众议员、罗斯福身边的人和国务院的人——反而给**我**讲欧洲的局势。他们说，他们知道，就像参议员博拉①宣称的那样，不会有战争。"

1939年9月，当战争真的来了的时候，韦布感到极度沮丧。他害怕希特勒不能被阻挡住；而当第二年的4月，纳粹军队占领了丹麦和挪威的时候，他绝望了。他知道，我们大家也

---

① 威廉·博拉，著名共和党参议员，在美国的对外关系中持孤立主义态度。

知道，下一步将会是什么。那年春末，离战争到来还有两天，当时我们都知道希特勒会用他的军队打击西方，通过荷兰和比利时向法国进军。这时，韦布·米勒被人发现死在了接近伦敦的克拉珀姆路口的铁轨上。这个消息令我震惊。

那天晚上在柏林，当我从美联社办公室听到这个消息之后，我在日记中写道："我想知道是什么杀死了他。疲劳？困倦？我知道那不是自杀。"但是后来我疑惑了。没有人能确知是怎么回事。在因断电漆黑一片的伦敦，韦布一直在超负荷工作，他当然太疲倦也太困了。由于列车车厢也是一片漆黑，因此当你到达郊区车站的时候，很难分辨清楚，很容易在黑暗中踩空。柏林的纳粹报纸还是一如既往地缺乏品位和真相，它说韦布·米勒是被英国特工暗杀的。

我认识的另外一位驻伦敦的美国记者，他的逝去是以另外一种更令人伤心的方式。他并不是战争的受害者，而是死于国内上司的不理解和冷漠。这对一个驻外记者来说并不是什么新鲜事。我们一直听任傻子编辑的摆布，他们对于美国海岸以外的世界是什么样，以及他们的记者在工作中所遇到的问题，一点也不了解。不管怎么说，他们的做法对于这个敏感的人来说都是太过分了。他领导着《纽约先驱论坛报》的伦敦分部。这是我们最好的日报之一（尽管有顽固的共和主义），也是那个时期文笔最好的报纸。我记得他曾经是牛津大学罗德奖学金的获得者。他很可能比我们大多数人更加博学。由于长期在英国生活，他染上了相当程度的英国派头：带点牛津音，穿粗花呢套装，喜欢抽烟斗（我曾经在上中学的时候抽烟斗，因此从来不讨厌它）。我总认为，他是一个非常聪明的报人。

很明显，纽约那边的某些编辑感到，这份报纸在伦敦需要一个不太带英国味的、更有朝气的美国人来担任分部领导。于是他们从纽约挑选了一个专门负责采访治安消息的记者来伦敦接替他，而把我的朋友召回美国，在新闻编辑室坐班。这伤了他的心。当载着他回国的船航行到大西洋中某个地点时，他从船上跳了下去。

那年夏天在伦敦有一个我非常想见的人。一天晚上，佐拉和我去伦敦馆观看诺埃尔·考沃德的最新音乐剧《荣耀之年》。几个星期以来，伦敦的报纸都在疯狂地报道一个名叫蒂莉·洛施的年轻舞蹈家，说她美丽活泼，使该剧获得了成功——还有的说她"挽救"了这部戏。在维也纳，她还是国家歌剧院的首席芭蕾舞女演员的时候，佐拉看过她演出。剧中的她是我所见过的最好的舞蹈家之一，并且惊人地美丽。

佐拉有些不解，建议道："既然你认为她那样了不起，为什么不到后台去认识一下呢？"我当时太胆小了。可是，不管怎么说，我确信有一天我会见到这位洛施小姐的。而我确实见到了，是在 11 年以后的纽约。我们在余生中成了忠实的朋友。

在伦敦的最后一个夏末，佐拉和我一起度过了很多快乐的时光，但还是决定友好地分手。我们都知道，我们不能再在一起了，是因为一件事——我无法忘掉伊冯娜。我们在一起的最后几个星期，佐拉经常与匈牙利侨民朋友一起出去。她在他们那里遇见了一位匈牙利公使馆的外交官。她很喜欢他，后来他们很快就结婚了。直到战争爆发以前我们一直保持着联系。偶尔我还会到布达佩斯去拜访他们。她看起来很幸福。战后，我们一个共同的朋友告诉我，她被杀害了，是在苏联红军进入匈牙利并建立共产主义政权之后的起义中丧生的。回想起来，佐拉生命的大部分时间，都是在战争、革命和动乱之中度过的。在这个漫长而动乱的时代，生活在多瑙河流域的人们命运就是如此。首先是第一次世界大战、战败，接着是在布达佩斯的几次革命，然后是第二次世界大战、再败，最后是共产主义革命。而在两次世界大战之间，又有很多混乱、饥饿和压迫。她出生和成长在哈布斯堡王朝的鼎盛时期，经历了旧秩序的垮台，然后是一次又一次的新世界的崩溃。我想，到1944年苏联人来了的时候，也许她已经受够了。

我很高兴能在夏天结束的时候离开伦敦寻回我的初恋——巴黎和伊冯娜。此外，我还有一个计划正在形成。现在，我已经在欧洲待了四年，它已经成了我的家。可是我还有另一个家，那是我大部分的根基所在。我想要看看它现在到底怎么样了。我给麦考密克上校发了一封电报，请了一个月的探亲假回国。在经历了一个月的回到巴黎的兴奋之后，再做一次穿越大西洋的航行，似乎是很吸引人的冒险。伊冯娜送我上了联运火车。终于在1929年11月9日，我登上了一艘从瑟堡开往纽约的美国客轮。

尾　注

[1] 的确，自1848年登基以来，他又在位16年，直到1916年去世，享年86岁。

[2] 例如，我找到了一份1940年5月17日布利特从巴黎发给罗斯福总统的绝密电报，其中生动地描述了在法国军队中如何发生

了共产主义叛乱，后来又如何很快被驻守在巴黎的德国人镇压下去。实际上，这件事从来没发生过。

在苏联政府的命令和德国人的配合下，其中有来自巴黎郊区工厂里的共产主义分子的一个猎骑兵团，三天前发动了叛乱。他们夺取了德国人向巴黎进军路上的重要城镇贡比涅，而且仍然据守在那里。他们有 1.8 万人。据我所知，今天晚上将要派出空军和坦克对他们发动攻击。

那可真是一个非比寻常的大团！法国军队里，或是任何其他国家的军队里，都没有一个有 1.8 万人的团。

布利特在电报的结尾向罗斯福写道："请看在未来的份上，消灭我们陆军、海军和空军中每一个共产党员或是共产主义同情者。"

这样骇人的故事，在这封电报中竟然还有一则：由于"所有的坦克兵都是从雷诺工厂来的共产主义工人"，因此，当命令前进的时候他们不但拒绝执行命令，而且破坏了他们的坦克。这样骇人的故事，如果不是布利特编造出来的，就是哪位消息提供者杜撰出来的，可是作为大使的布利特应该知道不能相信这样的胡说。几天之后，我作为美国记者随着进军的德国军队来到了贡比涅。我还与当地人谈了话。不论是在贡比涅还是在其他地方，没有一个人提到这次"红色"叛乱。我还查阅了卷帙浩繁的四个法国装甲师的司令官以及两个坦克兵团指挥官的证词。他们中的大多数即使不像布利特那样强烈，但也都是反对共产主义的，但没有一个人提到共产主义分子叛乱或是共产主义坦克兵拒绝前进、破坏坦克的事。相反，他们都坚决地认为，这些法国坦克兵在被打败之前，无一例外地进行了极为出色的战斗。

[3] 据多萝西·汤普森于 1960 年在《大西洋月刊》上发表的文章，刘易斯最后把他劳工小说的手稿扔掉了，因为"他认为，没有几个工会领导人是真正为普通老百姓着想的，他们所想的只是怎样美化自己的小窝和如何攫取权力。我陪他去参加了一次在加拿大召开的美国劳工联合会大会。回来的路上，他一直在痛骂那些工会领导人"。

[4] 那是在 1934 年。萧伯纳向一个朋友说威尔斯"已经被穆拉的

魅力迷倒"。他说，威尔斯对他抱怨："她可以和我待在一起，她可以和我一起吃饭，她可以和我一起睡觉，但她就是不和我结婚。"萧伯纳对此感到欣慰。"穆拉，"他写道，"回顾一下她过去的冒险经历，她拒绝献出她的独立和失掉她的头衔，这也难怪！"

实际上，在她最终定居伦敦之后，他们依然保持各自独立的家。她坚决反对婚姻。"我是不会结婚的，"穆拉告诉一个朋友说，"他**以为**我会，我可不是那样的傻瓜。"这可能是由于她与高尔基的亲密关系。那时高尔基还活着，而她有时回俄国去见他。

不管怎么说，威尔斯很快就接受了。"我们过着明目张胆的罪恶生活，"他对一个朋友写道，"而对于有各自生活的两个祖父母来说，既没有嫁也没有娶。"见 Norman and Jeanne MacKenzie：*H. G. Wells – A Biography*，p. 388。

第二十一章

故乡的大萧条

美国的变化太大了。

浮华而蠢笨的 20 世纪 20 年代，令人眼花缭乱的"柯立芝－胡佛繁荣"、对美元的追逐、对在股市上快速致富的狂热、对俗丽生活的疯狂、所有美国人过度膨胀的自信——以为前途无比光明，黄金铺路，在我的轮船到达纽约港的几天前，这一切戛然而止。庞大的股票市场崩溃了，卷走了数百万人的存款和许多人的财富。大萧条开始了，这将是美国历史上最严重的一次。

我在码头上等着气势汹汹的海关官员检查行李，扫了一眼纽约报纸的头条，上面充满了触目惊心的叙述。股票经纪人、银行家，以及用自己和别人的钱投机的赌徒，虽然破产的只是他们的账户，失去的只是金钱，但他们以跳楼或是其他方式结束自己破产的生命。我乘车离开码头去往旅店，一路上的景象是我在曾经繁荣的祖国前所未见的。男男女女衣着破旧，仍然姣好的美国面孔上带着困惑，他们站在马路边上卖苹果，水果篮子的价签上草草写着价钱——"五美分"。

我向西经由芝加哥，穿过密西西比，回到爱荷华州的锡达拉皮兹。在旅途上，我几乎认不出四年前我离开时的那个骄傲的国家和骄傲的人们。这些不久前还很狂妄的好公民被打蒙了。他们猜不透究竟是被什么击中的。我也一样。我专心于欧洲事务，对家乡突然发生的事情一无所知，即使是对发生在我母亲身上的事也是一样。母亲告诉我说，她那笔小小的寡妇存款的一多半，都让我的弟弟——纽约的金融专家——拿去为她进行他自以为保守的投资，投资在"金边证券"上——美国钢铁、通用电气之类——结果都被吸进了华尔街（为这件事，他一生都没有原谅过自己）。我试图去理解这些事情。从初到纽约的头几天开始，后来又在芝加哥和爱荷华，我如饥似渴地补充着自己的知识。但是每个人都惊魂未定，语无伦次。尤其是那些银行家、股票经纪人和商人。我和所有其他人一样，要花上很多年才能理清究竟发生了什么事，以及为什么会发生这样的事。

1929 年 9 月 3 日，纽约证券交易所的大牛市飙升到了新的高度。约两个星期之后，9 月 19 日，我回来之前的不到两个月，股市在经过轻微回落之后，又冲上了更高的高度。然后，就开始了下滑，一直滑到股票经纪人所称的"一级交易水平"。美国钢铁从每股 261.75 美元跌到 204 美元，美国无线电从 114.75 美元跌到 82.5 美元。通用电气下跌了 50 多点。专家们称，这是"买进的好时机"，但是没有人买进，连华尔街那些自以为聪明的人也不买。报纸发现了这一现象，接着公众也注意到了。这是奇怪而令人沮丧的消息。将近十年来，大牛市一涨再涨，到了 1927 年，股票价格已经升到九天之外，似乎永无止境。

这正是问题所在，但是几乎没有人意识到这一点，而那些意识到的人则被标记为十分不爱国，即使不是完全反美。一家股票经纪公司在报纸上的广告词是这样的："在美国，牛起来！"另一家则说："永远不要在美国卖空！"前一年（1928年）11 月，有"伟大的工程师"之称的赫伯特·胡佛以压倒性多数选票当选总统。他当选的消息在股市上引发了一场买进的狂潮，把股票价值推向了新的水平。整个 11 月期间，股价和交易额不断创新纪录。正如有人说的那样，纽约证券交易所已经开始"发疯"。9 月 20 日狂乱的股票交易导致《纽约时报》做出这样的评论："昨天股市上飓风般的狂暴情形在华尔街是史无前例的。"这时候，华尔街不仅被狂乱控制，而且被"飓风般的狂暴"控制。

掌管这个国家大部分金钱的成年公民中，这种狂热的状态将会持续几乎一年。为数不多的理智尚存的金融专家中有一位惊叹道："股市正在卖出的不仅是未来，而且是眼下！"几乎没有人注意到，随着成交量和成交价的直线攀升，以保证金购买的股票（买空）数量也在大量增加，利润却变得日益稀薄，每股只有 10% 左右。"现在买，以后还"就是他们的口号。它不仅为股票交易大造声势，而且为以分期付款的方式购买更多的耐用消费品大吹大擂。借贷开始累积成天文数字。到了1929 年夏季，经纪人给那些以保证金购买股票的客户的贷款额已经达到近 60 亿美元，相当于 1927 年的两倍；而到了 10月，则达到近 70 亿美元。整个股票市场里有 3 亿股是以保证金形式购买的。

每一个人——从美利坚合众国的总统到内阁成员、商业大亨、大银行家，甚至教授们——都加入了这场闹剧。当那个昏庸的卡尔文·柯立芝于 1929 年 3 月离开白宫时，他还因为看到商业"绝对运行良好"、股票"价格现在相当低廉"而感动。毫无戒心的大众并不知情，在过去的两年里，这位总统曾经被联邦储备委员会多次警告，说华尔街的投机活动正在失控。也许即使他们知道了，大多数人可能也不会加以注意。通过投机快速致富的热潮很快席卷全国。它不仅主导了人们的思想和言语，他们所见、所闻的新闻，而且浸透整个杰斐逊主义共和国的文化之中。不论我们的社会还把什么其他东西认作有价值的，在疯狂的 20 世纪 20 年代的最后几年，赚钱被认为是最有价值的——赚得又多又快。这只能通过在股市里"投资"——赌博——才能做到。

商业界和金融界，甚至学术界最有头脑的人，都在极力推荐这种办法。通用汽车的主管、杜邦的合伙人、民主国家委员会的主席约翰·J.拉斯科布，在《女士家庭杂志》上写了一篇被广泛阅读的文章——《人人都应当致富》。他说，人人都应该知道很多致富的途径，他要把他致富的秘诀与大家一起分享。然后他解释道，这很简单：每个月存 15 美元，把它投资在一种"好的、坚挺的普通股"上，然后把你的红利累积起来，那么你看！20 年以后，你就会至少有 8000 美元，以及每个月至少 400 美元的收入了。他建议道："通往财富之路，就是进入这个国家财富生产的利润末端。"当然，20 年是个相当长的时间。那些大量的最没有耐心的人，就最大限度地买入，并且以保证金的形式买入；其他稍有耐心的，就要参加这位无可企及的拉斯科布所推荐的一项计划，即购买"投资信托公司"的股份。这里提到的就不只是关系到一个人的投资，例如把 1000 美元存款用于购买股票，而且要用自己的名字借贷另外 1000 美元再去购买股票。所有这些股票都是作为可抵押品公布的。随着股票升值，这位并不富裕的人就可以把他 2000 美元的股票以 3000 美元的价格卖掉。他不仅可以还清借款，还可以获得一笔相当不错的利润，然后他就可以从头再来一遍。这里的基本假设是股票的价格永远上升。

投资信托公司也像股市一样繁荣起来。不仅是经纪公司，而且很多大银行也加入了这个利润丰厚的行业。对于那些普通投资者，那些既没有时间也没有条件"研究市场"的男人和女人，这里可以为他们提供最好的服务。拉斯科布还告诉这些人，通过把钱放在信托公司的股份里，而不是放在股票交易所的某些具体的股票上，能产生更好的效益。这些经纪人对于股市都有深入的知识，而且把全部时间投入在这上面，因此能够明智地为他们把钱投资在各种不同的股票上。这样一来，一方面小投资者能够平摊风险，而更重要的是，其股票投资能够经由专家处理。随着股票价格的上升，投资公司自己的股票价格也在上升。据估计，超过 400 万美国人都是通过这类投资信托公司来进行投资的。1928 年，共有 186 家投资信托公司，一年以后就有了 265 家。那一年他们卖出了自己价值 30 亿美元的股份，也就是那一年流出的全部资本总额的三分之一。在这次崩溃以前，他们的总资产已经超过 80 亿美元。而在华尔街崩盘之后，这样一大笔钱中的大部分蒸发了。

我弟弟一直在考虑离开他所在的标准统计公司的经济统计师的职位，转到大学去教书。他为很多大学教授卷入了疯狂的股市以及之后的崩溃不解。他说，这些人与银行家和经纪人一起，为那些收入不多却投身股市的人做出最白痴的预测，对他们而言，股市有着金光闪闪的未来。他说，在称赞那些华尔街可疑的金钱操作者的智慧和十足的天才上面，这些教授比那些油滑的金融家更甚。

许多院士都把他们的名字"租借"给大量涌现的投资信托公司，当它们的顾问或主管。普林斯顿大学的著名货币学家埃德温·W. 甘末尔，做了美国创业集团的主管，这是一家投资集团。鲁弗斯·塔克博士，另一位学术奇才，做了它的经济学家雇员。但是，他们所有的专业知识都没能阻止这家集团资产中的 3 亿多美元在这次崩溃中蒸发。它受人追捧的股票从 1929 年 10 月的每股 75 美元，下跌到不到 75 美分。密歇根大学的大卫·弗雷迪博士给另一家华尔街联合公司当顾问。当时，他作为股市预测专家的名声很是响亮。一家密歇根信托公司曾夸口说，他们公司智囊团任他们驱使。他们一共有三位杰出的学术顾问：耶鲁大学的欧文·费雪、密歇根大学的埃德蒙·E. 戴，以及斯坦福大学的约瑟夫·S. 戴维斯。费雪教授被认为是当时最杰出的经济学家之一，美国最高的神谕传递者，他的话被报纸和华尔街的人士在各种场合广泛引用。我弟弟认为，尽管费雪在其他领域是个杰出的经济学家，但这位可怜的人将因为他在股市崩溃之前的名言而被永远记住。这位耶鲁大学的杰出人物在这最关键的时刻说："股票价格已经到达永远不会跌落的高地。"

事实上，我弟弟认为常春藤学校的纪录尤其不堪。哈佛大学竟然还有定期自以为是地评论市场和经济的"哈佛经济学会"。甚至在华尔街股市崩溃之后，这些哈佛的经济学家还坚持说不会有萧条。

我弟弟认为，有两位博学的教授尤其让人讨厌。他们和联邦储备委员会一样，无心听取投机正在失控的抱怨。他们两人都出版了预测股市美好未来的专著，都是在股市崩溃的1929年出版的。我弟弟常常从这两部著作中选出几段读给我听，要不是时局如此令人悲哀，我真能大声笑出来。

普林斯顿大学的约瑟夫·斯塔格·劳伦斯在本校出版社出版了一本《华尔街与华盛顿》。这位劳伦斯教授无法原谅联邦储备委员会试图对投机进行抑制的行为。他在书中谴责"联邦储备委员会的偏见，这种偏见是建立在沿海的富有、有文化的保守居民与内地穷困、没文化和激进的拓荒群体之间的利益冲突和反道德、反智力的基础之上的……公然的偏见与混乱的地方主义也加入进来一齐指责这一无辜的群体"。这位教授的心在为"无辜"的华尔街流血。他简直难以理解为什么这些居住在"内地"粗野地区的居民竟然胆敢质疑这些与钱打交道的人的天才。他指出，毕竟，华尔街汇集了"世界上最聪明的、最全面的对于那些为人服务的公司价值几何的判断"。一直到崩溃前夜，这位劳伦斯教授还站在他普林斯顿教授的高度断言："数百万人做出了作用于可爱的交易市场的一致判断——目前的股票价格没被高估……哪里能找到有资格否定这一聪明群体的判断的人呢？这个人想必有着通天彻地的智慧。"

有这样的人吗？虽然不多，但也不必有如何高等的智慧。我弟弟告诉我，这少部分人中的一个是银行家保罗·M. 沃伯格。他在那年春天呼吁联邦储备委员会限制把钱借给银行进行市场投机。他警告说，如果不制止这股投机狂热，将出现灾难性的破产。它不仅会毁灭股市，"还将带来全面衰退"。

沃伯格当然受到了那些自以为全知的人的嘲笑。他被斥为"阻碍美国的繁荣"。罗杰·巴布森的情况也是如此。这位古怪的统计学家和预测专家，曾对股市保持乐观，但是在 1929 年的秋天，他开始怀疑并且表达出来。在 9 月 5 日召开的年度全国商业大会上，他说："崩溃迟早会到来，那将十分恐怖。"不仅如此，他更进一步，吓呆了他的听众，以及第二天读到他令人沮丧的预言的华尔街人士。他预言会发生比股市崩溃更坏的事情。他警告："工厂将会关闭，人们将会失业……结果将是严重的经济萧条。"

我弟弟认为，巴布森的恐怖预言在这个国家受到的重视比人们普遍承认的更多。它确实使一些人停下来思考。但是，华尔街对他的谴责比对沃伯格的更加严厉。《巴伦周刊》说，不能对"这位来自卫斯理的先知"信以为真，人们应该记得他过去的"臭名昭著的不准确"的预测。

华尔街喜欢教授们的甜言蜜语。除了普林斯顿的劳伦斯和耶鲁的费雪，还有俄亥俄州立大学的查尔斯·阿莫斯·戴斯。他在那个股市仙境的最后一年出版了一本叫《股市新水平》的书。戴斯教授认为股市升值才刚刚开始，今后将会继续升值。他认为，那些无知的人忘了"在工业、贸易和金融领域正在发生一场巨大的革命"，而股票市场不过是"表现了这一正在进行的巨大变化"而已。我弟弟说，每当这位戴斯教授想到美国的美好未来时，他在书中的行文就会变得异常华美。他尤其崇敬那些大投机家，主要是从事汽车工业的。他们在 1928 年扔给股票市场数千万美元，促使股票价格飞升。戴斯教授歌颂他们"高瞻远瞩、怀有无限的希望和乐观主义……"

> 在这些汽车、钢铁和半导体工业的伟大骑士的带领下……最后加入的是职业化的商人。他们在经历了绝望和哀恸之后，终于看到了进步的前景。于是，柯立芝的市场就像波斯居鲁士大帝的方阵一样，一帕勒桑又一帕勒桑，一帕勒桑又一帕勒桑地向前移动……

一帕勒桑又一帕勒桑？我们必须查字典了，结果这是波斯的长度单位——大约等于三英里。按我弟弟的说法，我们这位优秀的教授对波斯历史比对华尔街了解得更多。

　　我弟弟还给我讲了华尔街股市崩溃的经过。实际上，华尔街的转折发生在 10 月 24 日，星期四。而大崩溃发生在随后的 10 月 29 日星期二——所谓的"黑色星期二"。可是很多人也把前面那个星期四称为"黑色星期四"。那天确实足够黑暗。

　　开盘时一切稳定，可是突然就崩溃了。数十万股的蓝筹股票被抛售。先是价格跌落，然后是直线下降。到 11 点的时候，发生了低价抛售的狂潮。股票行情机已经完全跟不上了。没有人知道在某一时刻，股票的价格是多少。他们害怕还会有更坏的事发生。恐慌开始了，交易员都被吓住了。他们在股票市场上抛售数亿股的尚存股票。价格不断下落：美国钢铁从 205.5 美元跌到 193.5 美元；通用电气从 315 美元下跌到 283 美元；无线电从 68.75 美元跌到 44.5 美元。这些可都是绩优股。许多人的毕生积蓄，少数人的余财，很快都化为乌有。

　　纽约的大银行家被如此猛烈的崩盘吓坏了，紧急聚到 J. P. 摩根的办公室里商量办法。摩根本人正在欧洲，会议由他的高级合伙人托马斯·W. 拉蒙特主持。这些人都同意每人出 4000 万美元形成一个 2.4 亿美元的基金，用他们的话说，来"稳定市场"。拉蒙特对记者们解释了这次行动，而弗雷德里克·刘易斯·艾伦之后形容拉蒙特说话的语气十分轻描淡写。他说，"股市上出现了一点点危险的抛售"，然后解释说这是"市场的技术条件"造成的，而不是什么根本性的原因。他认为情况将会得到好转。

　　确实是这样。这个国家的主要银行家们挥出亿万奋起救市的消息使市场得以复苏，股票价格停止暴跌，有一些开始回升。美国伟大而明智的银行家们拯救了市场，制止了恐慌，人人都心存感谢。这天交易结束之前，这些理财人无可救药的乐观主义就又开始抬头了。35 位经纪人居然发布了一个联合声明，说尽管发生了这一切，但是"市场基本上正常"，事实上，"从技术上来说，正处于几个月来的最好状态"。银行家和商业大亨也都发出类似的安抚声明。就连胡佛总统也加入进来（事后了解到，他是在银行家的要求下这样做的），向全国保证："这个国家的基本商业……正处于坚实而繁荣的基础上。"

接下来的星期五和星期六，尽管交易活跃，但是市场保持稳定。人人都相信恐慌已经过去，价格还会重新回到上升的趋势。可是这个信心只持续了一个周末。

10 月 28 日星期一，又是灾难的一天。通用电气下跌了47.5 点；西屋公司下跌 34.5；美国电话电报公司下跌 34；美国钢铁下跌 17.5。这比"黑色星期四"还糟。银行家们又一次聚集在摩根的会议室里。这一次他们意识到，他们的区区数百万并不能阻止这股汹涌的下跌狂潮。他们之前做了过多承诺，现在也要加入抛售的行列了。这个国家的市场、恐惧和恐慌的盲目力量，要比那些大银行的资源强大得多。当人们知道银行家都已经放弃，第二天，也就是 10 月 29 日星期二发生的事也就在所难免了。

哈佛大学的经济学家约翰·肯尼斯·加尔布雷思后来回顾那一天，总结道："那是纽约股票交易市场历史上，也是股票市场历史上最毁灭性的一天。"那天股票交易一开始，就掀起了一股抛售巨浪。大量的股票被人抛售，几乎毫无价值。据艾伦说，有一个聪明的送信男孩，他用 1 美元去买前一天还标价11 美元的股票，竟然买到了。股票交易大厅一片混乱。管理委员会的成员在大厅下面的房间里召开紧急会议。他们说，他们听得见头顶上恐慌的叫喊，却爱莫能助。创纪录的 1650 万股被贱卖。底线被冲破了。《时代》的工业平均指数继续暴跌了 43 点。前 12 个月的虚高增长都损失掉了。据估计有 400 亿美元被这股潮水席卷而去，这个数字比发行的国债还多。成千上万的国民同样被席卷而去。

经过几次短暂的恢复，股市跌到了谷底。那是在这一年的 11 月 13 日，也就是我回来之前的几天。《时代》统计了前 50 名股票的平均指数，从 9 月 3 日开盘于 312 点，收盘为 164 点，几乎下跌了一半。25 家首要工业股票的平均跌幅更大，从 469 点跌到了 221 点。像美国罐头这样的绩优股竟然从 181.875 美元跌到了 86 美元。阿纳康达公司从 131.5 美元下跌到 70 美元。通用汽车从 72.75 元下跌到 36 美元。美国无线电从 101 美元下跌到 28 美元。其他股票的情况也好不到哪里去。

这个被千百万美国人寄予神奇致富美梦的大牛市破灭了。我想，11 月中旬我从欧洲回来的时候，人们已经意识到这一点。你永远不能在股市上快速致富了。这个肥皂泡破了。但是在华尔街崩溃的那个晚秋时节，人们究竟明白了多少其他的事情呢？并不多。那些我在纽约、芝加哥、锡达拉皮兹与之交谈的人，仍然晕头转向，无法判断。还要过上一到两年的时间，美国人才能完全明白战后那个眼花缭乱的时代，它的全部幻觉和全部愚蠢结束了，艰难的日子在等着他们。那么多人都把繁荣视为理所当然，尽管大多数美国人从来没有分享到。那成了少数幸运的人的生活方式。当它突然结束的时候，他们感到困惑和失落。许多人垮掉了。

（艾伦后来写道）繁荣不只是一种经济状况，它也是一种精神状态。大牛市不仅是商业周期的高峰，它也是美国大众思想和大众情感周期的高峰。在这个国家里，几乎所有美国人的生活态度多多少少都受到它的影响，而这种态度又受到希望突然破碎的残酷打击……美国人很快就会发现他们生活的世界变了……[1]

在接下来的大萧条中，美国人有了时间思考为什么泡沫会破灭。这个国家曾经匆忙地在流沙上建造了一座巨大的商业和金融大厦。信贷不顾一切地扩展，投机和生产也是一样。生产出的商品超过了人们的购买能力。大众的综合购买能力根本不足以吸收这些产品。为了解决这个问题，应该提高工资并降低产品价格，但是并没有。工资一直保持在低水平而物价居高不下。就连胡佛在后来也明白了这一点——可是已经太晚了。回想起来，他认为"这个突然的灾难大部分是由于工业没有把它的进步（通过节省劳动力的设备）转移给消费者"。20世纪20年代，新的机械和技工使美国工人的生产效率提高了三分之一以上，而在像汽车这样的产业中，竟然提高了三倍以上。但是生产商把高涨的利润留给了自己。在给自己发放了丰厚的工资和奖金之后，他们把剩余的大部分利润投入了火热的股票市场。例如，在1923年至1928年之间，投机收益指数从100点跃升为410点；而工资指数只从100点上升到112点。美国经济的主要问题已经不是生产问题而是消费问题。

明显地，几乎没有美国人意识到这一点。大多普通人——那些"强烈的个人主义"和"自由竞争企业"神话的受害者——同样看不到，在我们的国家中，金融资本主义已经基本上取代工业资本主义。正如我们已经看到的拉斯科布对大众宣讲的那样，致富之路就是"进入财富生产的利润末端"，而不是商品生产。这十年来控股公司的兴起就是一个很好的例子。公司一个接一个变成控股公司，虽然只是一纸公文，却控制着整个帝国。塞缪尔·英萨尔 30 亿美元的公共事业公司就是典型的例证。就像大多数这类企业一样，遇到经济生活中的严酷现实，它们就会垮掉。

真正持久的繁荣必须是大家分享的，但我们大众得到的只是残羹冷炙。股票市场的奇妙兴起和它在 1929 年秋天的突然崩溃都没有直接影响到大众，他们都太穷了，没钱去投资或者赌博。我怎么也不能相信我弟弟告诉我的美国的贫穷问题。我一直没有意识到我们大多数的人都没有从著名的"柯立芝-胡佛繁荣"中获得好处。我弟弟先前告诉我的赤裸裸的事实，以及后来我得到的数字确实惊人。贯穿于整个浮华 20 年代的是在丰足之中令人难堪的贫穷——这是个老故事，而且在将近半个世纪之后，直到我写这本书的 1975 年，一直在重复发生：有 1600 万美国人依靠食品券才能吃饱。在我的一生中，一直是富人越来越富，穷人越来越穷——那是另一个老故事。

1929 年，在这个国家经过了十年前所未有的繁荣之后，我了解到了其中一些阴暗的事实。最为惊人的一个事实是：在那个黄金时代，60% 的美国家庭生活在贫困线以下。也就是说，他们的年收入低于 2000 美元。这个水平刚刚能够维持生活必需——这是在美国政府确立贫困线以前。只有 2% 多一点的美国家庭年收入超过 1 万美元，而他们的存款占全国存款总数的三分之二。再下一个层次是年收入超过 5000 美元的家庭，占人口的 8%。大约四分之三的美国家庭——71%——年收入低于 2500 美元。大约 42% 的家庭年收入低于 1500 美元。而超过 21% 的家庭年收入低于 1000 美元。

这真是骇人听闻。我想，也许这个国家活该受此打击。但这是愚蠢的。因为随着情况越来越糟，大萧条逐步发展，贫苦大众将受害最重。他们将在自己破烂的小屋里，在绝望中，忍受饥饿。

我在晚秋回到家乡爱荷华州的锡达拉皮兹，那时还没有人挨饿。农民们也说他们破产了，就像我小时候那些年他们经常说的一样。比起其他商品来，农产品的价格下降了——这是这个农业地区又一个老套的故事。但是至少这些农民种的足够自己吃饱，而且有自己固定的家。大萧条还没有冲击到我的家乡。商人们说他们的情况还不是太糟。虽然有一两家银行陷入了困境，但是还没有一家银行倒闭。虽然有很多人像我母亲一样受到损失，但是只有少数几个人倾家荡产。这里根本没有一周前我在纽约所见到的歇斯底里。没有人跳楼。这座城市的黯淡前景就在前方，就像这个国家一样。没有人会想象到在短短的三年之内，这片美洲大地将从此一蹶不振：有 8.5 万家企业破产、5000 家银行倒闭、1000 万人口失业。在我家周围，有那么多的美丽农场，多年来一直由那么多朴素且勤劳的主人耕种着，却因为还不起贷款而被夺走，有时还会出现武装反抗。因为这些正派的乡亲，曾经忠实地为柯立芝和胡佛投票，最终知道自己上当了。和大多数美国人一样，当艰难时刻来临时，他们不再自鸣得意，不得不放弃一直信奉的天道酬勤的神话。

锡达拉皮兹的一切似乎都比我记忆中的要小。火车站对面的格林广场，我曾经怀着敬畏的心情坐在那里，听着战争结束后从法国返回的彩虹师的老练士兵聊天；广场那一边的华盛顿高中，我在那里度过四年，而现在我几乎什么都想不起来了；广场对面的第一长老会教堂，现在我母亲仍在那里保留有家庭座位——在我游历了法国和英国的天主教教堂之后，现在它看起来是那样低矮、狭小；铁道那边是市区和它的"摩天大楼"；大坝下面的锡达河曾经显得那么宽阔——我现在知道与它一样宽阔的还有莱茵河、多瑙河和泰晤士河；草坪围绕着第一和第二大街上的维多利亚式老房子，这些房子曾经显得那么宽敞；寇伊学院的校园，我离家前的四年就是在这里愉快地度过的；还有我们第三大街上的家，那是我还在寇伊上学的时候，我们从祖宅搬过去的。

它们似乎都小了一圈！起先这使我困惑：是不是我的记忆出了问题？我只是刚刚离开了四年多而已。到后来我才明白，不是这个小镇变了，而是我变了。许多年以后，有一天，我在安德烈·莫洛亚写的一本书中发现有段话很好地表达了这种现象。在《马塞尔·普鲁斯特研究》（第 169 页）一书中，他写的是关于普鲁斯特在他伟大的小说《追忆逝水年华》中想抓住过去的尝试。

（莫洛亚认为）回到我们曾经爱恋的地方是徒劳的，我们永远也不会再见到它们了，因为它们不是处于空间中，而是在时间中；那个用想象给回忆添枝加叶的人也不再是当年的儿童或少年了。

不管怎么说，回家真好，虽然只有短短的几天。比起英国人、法国人、奥地利人甚至意大利人对我的保留——这四年来我一直在和他们打交道——家乡人的友好使我深受感动。我几乎不认识的当地绅士、商人、银行家、律师、牧师走在街上都向我亲切问好。他们会说："真高兴见到你，孩子，一直在《芝加哥论坛报》上关注你。你成了大事了，对吗！真希望我们能好好谈谈……"由于这个城里没有自己的早报了，在吃早饭时送达的《芝加哥论坛报》就有了很大的发行量，我在报上的署名被他们注意到了。我母亲给我讲当她买东西或是去银行的时候，就会有人过来和她说："今天早晨的《芝加哥论坛报》上有比尔发自维也纳（或是伦敦、巴黎、罗马）的报道，真有趣。我的天哪，你的儿子可真出名啦。"

我想我母亲对此非常高兴。她笑着说："这几乎让我感到晕晕乎乎，不过儿子，你可不要。你要知道，骄傲容易使人跌倒。"

可是，这样的欢迎确实使我感到有点骄傲。锡达拉皮兹的《公报》、《论坛报》以及寇伊学院的《宇宙》上，都刊载了我回来的消息。我生平第一次受到了采访——以前一直是我采访别人。有些报道让人感到难为情。他们吹捧我为"一个成功的家乡男孩"，并且给他们想象的我过的驻外记者的浪漫生活添油加醋。"主要还是繁重的工作。"我努力想这样告诉他们——可是没用。《论坛报》的编辑这样写道："他曾经受带薪委派，报道过欧洲的外交集会、重要的国际会议等，与那些全球耳熟能详的政治家们打成一片……"但是我原谅了他这些溢美之词。我与这位编辑进行了两个小时的长谈。我还记得，在四年半以前，我从学校毕业的时候，就是他在一篇社论里，预测我这个"青涩男孩"将在报业"走得很远"。现在我拿这件事和他逗趣。他嚷道："哎呀，真该死，我是对的，而最惊人的是你才——你现在多大？"

"25。"我嗫嚅着说道。

"天哪！才 25 岁！"

这段时间，我就这样在一片荣耀的光环中四处活动。我给大学里的新闻系学生讲关于驻外记者的事，也许将自己美化了一些；我去拜访那些对我过分赞许的老教授，他们宣称他们知道我一定会有出息；我还与母亲长谈了几次，我们谈到了城里和国家的事，以及她多年来寡居的生活。她一个人生活，但是并不孤独。她活跃的头脑使她总也闲不下来。一般来说，她过去不，而且从来不刺探我的私生活。但是当我给她看我刚接到的伊冯娜从巴黎的来信时，她叫道："天哪！我一个字都不认识。这是什么语言？"

"法语。"我答道。

"你能读吗？天哪！那可真了不起！我猜自从你离开后一定学会了不少东西。"我们一起度过了愉快的时光。我给她带回来一瓶本尼迪克特甜酒，这是我偷偷从巴黎带回来的。她曾经为我在大学里喝那种有毒的私酒感到痛心，她从没碰过烈酒，却很喜欢这种法国甜酒的味道。

"天哪！这酒尝起来真好。"她在非常不情愿地尝了第一口之后说道。

我说："这还对你的健康有好处，妈妈，但是要少喝，记住！"

她咯咯地笑起来，仿佛因为做了一件很小的坏事而得意。那时，在我们这个仙境喝酒精饮品还是非法的。可是我很快发现，越来越多的人在违反禁令，甚至包括我们镇上的一些最正直的公民。

　　这次回来，我和格兰特·伍德在特纳殡仪馆谷仓上的画室里度过了美好的时光。当我还是个孩子的时候，曾经在那里玩耍。那时这个地方属于当地的肉类加工大王罗伯特·辛克莱——而那是多久以前的事啦！那时下面的马厩里还有马，门口还有马车。格兰特在这里终于找到了自我，他已经完成他母亲的肖像，他把那张画称为《女人和植物》。看它的第一眼，我就觉得那是美国画家能画出的最好的肖像画，以后也一直这样认为。格兰特对于他那个画架上已经完成一半的一件新作感到非常激动。这幅画第二年在芝加哥艺术博物馆展出时引起了轰动，也给他带来了当之无愧的全国性声誉。就像作家一样，对于创作中的作品他不愿意多谈，因为他正在试图解决遇到的问题。不久以后，这幅画就成了他最著名的作品之一——《美国哥特式》。我们一起谈论在巴黎的那些日子，他似乎对离开那里感到高兴。他说，在爱荷华，他身边有许多事物激发着他的想象，让他想画。当我离开他时，我再一次感觉到他是我认识的人中最谦虚、最热心的一个。他对自己的天才有所察觉吗？这种天才正在迸发出来。我不知道。他也从来不会显露出来。但是在看了他母亲的肖像画之后，我自己对此确信不疑。

　　禁酒令仍在祸害着这个国家，也使我郁闷，我真想喝上一杯好葡萄酒。而我们保守的新教小城并没有完全禁酒。最好的人家有鸡尾酒，他们在吃饭时一直在喝。而且由于我们镇上有大量的捷克人，他们自己酿制的啤酒是相当好的。但鸡尾酒和威士忌太粗糙，兑的纯酒精太多，而我见到的每个人几乎喝了太多这样的酒。有一天晚上在我小时候当过球童的乡村俱乐部里，我看到那么多镇上的头面人物，不分男女，都喝得烂醉如泥，让我震惊。

尽管我很高兴回到家乡与家人在一起，又看到了年轻时熟悉的地方和人，但是，我很快就想急着离开。这个乡村小镇毕竟不属于我。正如托马斯·沃尔夫所发现的那样，你不可能真的再回家了。那里已经不再适合你。当我意识到我在自己的土地上成了陌生人的时候，我吃了一惊。我渴望回到欧洲，现在那里似乎成了我的家。也许在《芝加哥论坛报》中，有什么事情正在酝酿，可能使欧洲变得更吸引人。在我离开巴黎之前，威尔斯曾经偷偷地向我暗示，那位可怕的麦考密克上校对我在维也纳发回的报道印象深刻。临行前，他向我建议道："在你回国后一定要找上校谈谈。"

事实上，这位威严的上校确实召我去见他。我向母亲解释了一番，然后离开了她和锡达拉皮兹，我想我离开时的心情就像四年以前那个 6 月的早晨一样迫切。那时我去了芝加哥、纽约和欧洲，想知道等待我这个 21 岁青年的将是怎样的未来。而现在，希望似乎不再那么渺茫了，而且很可能正如威尔斯所暗示的那样，报社老板会给我什么新的工作。

在芝加哥，我去办公室报到，很快就收到了麦考密克的通知，要我和他的编辑们一起吃午饭。这对我来说可真是一场磨难。当那些编辑用成堆的问题问我欧洲情况的时候，我一直感到那位傲慢上校刚毅的目光集中在我身上，打量着我。对此我感到无能为力。我感到那些第一次见我的中年编辑中，一些人认为对于我的工作来说我有点太年轻了。也许他们会提议让我先在国内做一两年编辑，直到成熟以后再外派——这个想法让我十分恐惧。当午餐会和所有问题都结束时，麦考密克迅速地起身，说："跟我来，夏伊勒。"

我们坐电梯来到他在论坛大厦的顶层办公室，从这里可以俯瞰整个密歇根湖和向四周延伸的城市。他在大办公桌旁坐下，示意我坐在边上的椅子上。我几乎从一开始就开了一个坏头。我由于紧张，马上就掏了一支烟点上。

他命令道："把那个该死的玩意儿灭了！"我肯定这次我算完了。我照他的命令做了。他厉声说："没人告诉过你吗？这里不许吸烟。"

我说："真对不起。"从一开始，我心里一下子没了底。他开始查看桌上的报纸，似乎足足有一个世纪的时间，这中间他只是偶尔抬眼看看我，似乎在欣赏我的狼狈相，却什么也不说。很明显，他已经没有什么要对我说的，而我就开始想象自己从这里灰溜溜地离开，一直走向外面刮冷风的密歇根大街，没有工作，离巴黎有 4000 英里远。

过了一会儿，他突然站起来，大步走到墙上挂着的一张很大的欧洲地图面前，示意我也过去。

他指着地图上的一点说："你在那里干得很好。"我弄不清他指的是哪里，我想从他旁边看过去，他却总是挡在我前面。"你写的有些东西相当不错。"他如此说道。他宽阔的后背一直朝向我——他是一个高大的男人——不过我能看见他的食指戳在地图欧洲心脏的部位。维也纳？看起来像。

他干脆地说："我想让你去那里，我想让你接管这个分社。"他终于站到了一边，让我看见他想让我去的地方。我必须承认我感到非常激动。维也纳是个我真正喜欢的地方，而且是第一次有了自己的分社！

"我……嗯……真的非常感谢，"我结结巴巴地说，"我认为那里会有很多新闻。"

"这就是我派你去的原因。"他厉声说道，"你在那里干得非常好。但有一件事，夏伊勒。不要相信那里的那些社会主义分子和共产主义分子，不要受那些伯爵和伯爵夫人的骗。我知道那个地方。我年轻的时候在那里待过一阵。"

我突然记起来了："是您父亲当大使的时候吧，维也纳人仍然记得他。"尽管基本没有这回事，但我还是这样说。事实上，我从没有听人提起过他的名字。

麦考密克说："他们喜欢我们，但我们并不爱他们，那些哈布斯堡王朝的玩意儿。"我很了解这位上校，他不喜欢皇帝和国王之类的东西，他是忠实的共和派。

就这样我有了维也纳的职位！我在迷迷糊糊中尽量地表达了我诚挚的谢意。他走回桌子旁，当我也随着他走过来时，他突然转过身来。

"你今年多大，夏伊勒?"他厉声问道。有那么一刹那我真想给自己加上几岁，但还是打消了这个念头。

我如实回答："到 2 月我就 26 岁了。"

他说："有点年轻，但试一试吧。"然后，他又恢复到他教皇式的态度。"在《芝加哥论坛报》里，夏伊勒，这并没有多大关系。如果你能办好报纸，那么尽管你年轻，你也能胜任各种任务。"我很高兴听到他这样说——从这个居于顶层的人嘴里说出来。这也是我愿意为这家报纸工作的原因之一。它能使你投入最重大的新闻——不论成败。

他伸出手来："你什么时候回去?"

"我预订了下周'乔治·华盛顿号'的船票。"我答道。

"好吧，别浪费任何时间。我想要你尽快赶到那里。祝你好运。"说完他转过身去，这个重大的会见结束了。可是，还没有完全结束。当我向门口走去的时候，或者是我刚才记得是门的地方，可是门不在那里。那里只有一面巨大的镶着木板的墙，没有一点可作为门的缝隙，但我敢发誓刚才我肯定是从那里的一扇门进来的。我沿着这扇墙走来走去，确实没有门。我瞥了上校一眼，他正在摆弄桌子上的一些报纸。这是一个很大的房间，而他看起来离我很远。我在那里来回地走着，确实没有门。我又瞥了一眼上校，他微微地笑着，看来他又在欣赏我的狼狈相了。

"对不起，先生，"我说了出来，"看来我已经不记得门在哪里了。"我想我看见他的一只手伸到桌子旁边的按钮上按了一下。

"就在你背后，夏伊勒。"他说，然后又埋头于他的报纸中。

我转过身，一块镶板就在我面前滑开了。我赶快走了出去。当那扇门又滑动着关上的时候，我想我看到了上校脸上掠过的一丝窃笑。我仍然在幸福的晕眩中往外走，心里想，他可真是个古怪的家伙。外面刮着凉风，我走到密歇根大街上，叫了一辆出租车去我住的旅馆。"可是他给了我维也纳！对于25岁来说这可真不算坏。"我自言自语着。

这之后，8月里闷热的一天，我在维也纳收到麦考密克上校的一封简短的电报。当时，我还正在适应新的工作。到目前为止，这一年还不错。除了奥地利，从多瑙河到黑海的所有国家我都报道：捷克斯洛伐克、匈牙利、南斯拉夫、罗马尼亚、保加利亚。而且我全靠自己，一个人自由地漫游在这一广大地区，寻找材料或是奔向重要新闻的发生地。

在相对平静的日子里，那年6月却爆出了一个大新闻，使我的报道在《芝加哥论坛报》的头版上连续登载了好几天。卡罗尔王子带着那个头发乱蓬蓬的情妇——拾荒匠的女儿玛格达·卢佩斯库，从伦敦秘密飞回了布加勒斯特，重新夺回了他曾放弃的罗马尼亚王位。现在回想起那个故事，与之后战争世界里发生的事情相比，几乎无足轻重。前一年夏天在英国的时候，我曾经去拜访卡罗尔和那个女人，她一直控制着他。卡罗尔本人是一个头脑空空、意志软弱、耽于享乐的花花公子，来自古老的日耳曼霍亨索伦－西格马林根王室。罗马尼亚有坚实的农业基础，却像那种喜歌剧里的国度。卡罗尔的归来看起来就像童话书里的故事，因此它对于正陷于大萧条绝望之中的西方世界很有吸引力。这个故事浪漫、有趣、无畏：一个白马王子在一个漆黑的夜里，乘着一架摇摇晃晃的私人飞机，从他的亲生儿子——小国王米夏埃尔那里，夺回他残破的王位。一天接一天，《芝加哥论坛报》都在头版上刊登了我从布加勒斯特发回的疯狂报道。

当然，我还有机会去布拉格，拜访80岁的托马斯·马萨里克。他是一位讨人喜欢的学者和政治家，也是捷克斯洛伐克的创建者和第一任总统。在我工作范围以内，除了奥地利，这是唯一一个真正民主的国家。我还有时间用于对亚历山大国王对南斯拉夫施行的独裁统治表示极度失望。我已经爱上那里坚强的塞尔维亚人、克罗地亚人和斯洛文尼亚人；我也看到了封建的匈牙利一点点滑向法西斯主义，虽然每次去布达佩斯都令我欣喜；还有在鲍里斯国王（同样是来自日耳曼的萨克森－科堡－哥达王朝）统治下的保加利亚，这位国王的主要消遣就是坐在蒸汽机车头的阀门旁，开着火车在他的王国里漫游。这个小王国处于沉睡中，那里的时间似乎停止了。

实际上，除了保加利亚之外，这些国家或多或少都属于哈布斯堡王朝，组成了世界上最富庶的地区之一，有 6000 万人口。假如那些人民，或者他们的领袖，能意识到他们的土地本身就构成了一个可以自行发育的自然经济单元，就像他们在哈布斯堡王朝统治下一样，那么他们就可能过上富裕的生活。这里的土地肥沃，下面还埋藏着制造业中原材料所需的所有矿藏。然而，这个地区四分五裂、争斗不休，当政者目光短浅，被致命且荒谬的民族主义控制，正在一步步滑向贫穷和混乱。然而，这些都给记者提供了很好的素材，因为在我们颠倒的世界里，坏新闻总是比好新闻更吸引人，并且能使报纸扩大发行，促其发展，让人赖以维生。

维也纳绝对是一个生活和工作的好地方。它的魅力长久不衰。1 月，当我到达的时候，天气还很冷，下了大雪。我就开始滑雪和滑冰。坐火车只要两个小时就能到达白雪覆盖的塞默灵群山。而这座城市里到处有很好的户外滑冰场。那里的乐队演奏着施特劳斯的圆舞曲，陪你在冰上起舞。城里的餐馆有地道的饭食、很好的咖啡和啤酒。

维也纳的春天和夏天以及维也纳森林的树林都美极了。君特夫妇在那里，福多尔夫妇也来了，还有罗伯特·贝斯特以及其他朋友。我还遇见了一位年轻美丽的维也纳姑娘，一个刚刚崭露头角的戏剧评论家和记者。佐拉已经放弃她在维也纳的公寓，去布达佩斯和那个匈牙利人结婚去了。在圣诞节假期，我在巴黎耽误了一阵，做了紧急阑尾炎手术。发病的时候我正在返回的船上。当时我吓坏了，因为我清楚地记得我父亲就是死于同样的突然发作。他们紧急且及时地把我从瑟堡送到巴黎的美国医院，结果一切顺利。康复之后，我又有机会去见伊冯娜。她和以前一样活泼可爱，仍然坚持不与我过长久或稳定的婚姻生活。总之回到维也纳，我又感到了自由自在。

经历了夏天的很多事件，从一个首都赶往另一个首都之后，8 月悄悄地降临了。这里的天气很热，空气让人无精打采。我和君特夫妇、福多尔夫妇以及我的那位新朋友一起，白天在弗斯劳和巴登的海滩上闲逛，晚上在维也纳的咖啡馆和夜总会，懒洋洋地享受着生活。

我正沉浸在这样田园诗般的生活之中，上校的电报突然来了，只有三个字——"去印度"。

这是一个信号，尽管在当时我还不可能知道，它将改变我的人生。它将很快拓宽加深我对世界及其混乱程度的理解，让我第一次经历一场真正的革命，揭去亚洲和亚洲人的"神秘"，带给我与一位最伟大革命者终生的友谊。圣雄甘地是列宁之后我们时代最伟大的革命者。他是一个瘦小的、裹着缠腰布的印度教教徒，是一位圣人，同时是一位精明的政治家，一位充满魅力的群众领袖。他想要的再简单不过：从英国人手里解放他的人民和他的国家。

此后的两年里，我将看着他为此奔波。在甘地和他的助手们暂时入狱，印度革命陷于低潮的间歇，我就去亚洲的其他地方：去喀布尔，在原始而部落化的阿富汗，去见识一个新的国王在经过另一轮血腥内战之后建立他的统治；去巴格达和巴比伦；去南部古老的乌尔，大英博物馆的考古学家在那里的碎石下挖出了古老的苏美尔文明遗迹，那里的文明在《圣经》记载的洪水之前就极为发达了。

但这些都只是插曲。在此后两年的大部分时间里，我主要关注的是甘地领导的印度革命。相比之下，我以前报道的欧洲内容就有点琐碎了。但幸运的是，当身患热带病，不得不返回欧洲之后，我的工作又让我投入现代历史的主流，历史的洪流已经开始横扫旧大陆，横扫整个世界。世界将经历动乱，经历西方殖民地王国的毁灭，经历阿道夫·希特勒和纳粹德国的野蛮，经历西方民主国家英法两国莫名其妙的衰落，经历地球从未经历过的可怕战争，最后，迎接原子弹的到来。几乎可以肯定有那么一天，它将把我们这个小小的星球炸成碎片，使生命终结，连同它的一切壮丽和悲苦。

我对这些事情的见闻和领悟，都将在下一卷中写出。

尾　注

[1] Frederick Lewis Allen: *Only Yesterday*, pp. 306 – 307（paperback edition）. 对于以上回忆，我要感谢艾伦和加尔布雷思的《1929 大崩溃》（*The Great Crash*, 1929）。我弟弟的叙述也对我帮助很大。

译名对照表

Abbott, Abbie S. 阿比·S. 阿博特

Abbott, Lyman 莱曼·阿博特

Abdel-Krim 阿卜杜勒－克里姆

Acosta, Bert 伯特·阿科斯塔

Adams, Brooks 布鲁克斯·亚当斯

Adams, Henry 亨利·亚当斯

Adams, John 约翰·亚当斯

Adams, Samuel Hopkins 塞缪尔·霍普金斯·亚当斯

Addams, Jane 简·亚当斯

Adler, Alfred 阿尔弗雷德·阿德勒

Aiello gang 艾洛团伙

Akron, Ohio 阿克伦（俄亥俄州）

Alcock, John 约翰·阿尔科克

Alexander I (King of Yugoslavia) 亚历山大一世（南斯拉夫国王）

Alger, Horatio, Jr. 小霍拉肖·阿尔杰

Allen, Frederick Lewis 弗雷德里克·刘易斯·艾伦

Allen, Jay 杰·艾伦

Altgeld, John Peter 约翰·彼得·奥尔特盖尔德

Amana, Iowa 阿曼那（爱荷华州）

Amana Society 阿曼那聚居区

America and the Young Intellectual (Stearns)《美国与青年知识分子》（斯特恩斯）

America First 美国优先（委员会）

American Expeditionary Force 美国远征军

American Federation of Labor 美国劳工联合会

American Gothic (Wood)《美国哥特式》（伍德）

American Legion 美国退伍军人协会

American Mercury, The《美国信使》

American Open (golf) 美国高尔夫球公开赛

American Railway Union 美国铁路工会

American Tragedy, An (Dreiser)《美国的悲剧》（德莱塞）

Amherst College 阿默斯特学院

Anderson, Margaret 玛格丽特·安德森

Anderson, Maxwell 马克斯韦尔·安德森

Cowley, Malcolm 马尔科姆·考利

Cowperwood, Frank 弗兰克·帕伯乌

Coxey, Jacob 雅各布·考克西

"Coxey's Army" "考克西军"

Craig, Gordon 戈登·克雷格

Crane, Hart 哈特·克莱恩

Creative Evolution（Bergson）《创造进化论》（柏格森）

Croce, Benedetto 贝内德托·克罗齐

Cummings, E. E. 爱德华·埃斯特林·卡明斯

Cunard, Lady 丘纳德夫人

Curley, James 詹姆斯·柯利

Curry, John Steuart 约翰·斯图尔特·柯里

Czolgosz, Leon 利昂·乔尔戈什

Dada 达达主义

Daily Express（London）《每日快报》（伦敦）

Daily Mail（London）《每日邮报》（伦敦）

Daily Telegraph（London）《每日电讯报》（伦敦）

Daisy（French prostitute）黛茜（法国妓女）

Daladier, Édouard 爱德华·达拉第

Damrosch, Walter 沃尔特·达姆罗施

D'Annunzio, Gabriele 加布里埃尔·邓南遮

Dante, Alighieri 但丁·阿利基耶里

Danzig, Allison 艾利森·丹齐克

Dark Laughter（Anderson）《黑暗的笑》（安德森）

Darrah, David 大卫·达拉

Darrow, Clarence 克莱伦斯·达罗

Darwin, Charles 查尔斯·达尔文

Daudet, Alphonse 阿尔丰斯·都德

Daugherty, Harry M. 哈里·M. 多尔蒂

Daughters of American Revolution 美国革命女儿会

Daughters of Revolution（Wood）《革命女儿》（伍德）

Davis, Elmer 埃尔默·戴维斯

Davis, John W. 约翰·W. 戴维斯

Davis, Joseph S. 约瑟夫·S. 戴维斯

Davis, Kenneth S. 肯尼思·S. 戴维斯

Davis, Noel 诺埃尔·戴维斯

Dawes, Charles G. 查尔斯·盖茨·道威斯

Dawson, Geoffrey 杰弗里·道森

Day, Edmund E. 埃蒙德·E. 戴

George, Henry 亨利·乔治

George Ⅲ（King of England）乔治三世（英国国王）

George Ⅳ（King of England）乔治四世（英国国王）

Germaine（French prostitute）热尔梅娜（法国妓女）

Gibbon, Edward 爱德华·吉本

Gibbons, Floyd 弗洛伊德·吉本斯

Gide, André 安德烈·纪德

Gillotte's Bistro（Paris）吉洛特小酒馆（巴黎）

Gilruth, Jim 吉姆·吉尔鲁思

Goddard, Robert 罗伯特·戈达德

Goebbels, Joseph 约瑟夫·戈培尔

Goering, Hermann 赫尔曼·戈林

Goethe, Johann Wolfgang von 约翰·沃尔夫冈·冯·歌德

Gompers, Samuel 塞缪尔·龚帕斯

Good Earth, *The*（film）《大地》（电影）

Gopher Prairie 地鼠大草原

Gorky, Maxim 马克西姆·高尔基

Graham, Billy 比利·格雷厄姆

Grand Army of the Republic 共和大军

Grant, Ulysses S. 尤利塞斯·S. 格兰特

Great Bull Market 大牛市

Great Depression 大萧条

Great Gatsby, *The*（Fitzgerald）《了不起的盖茨比》（菲茨杰拉德）

Greene, George 乔治·格林

Greene's Opera House（Cedar Rapids）格林歌剧院（锡达拉皮兹）

Griffith, Arthur 阿瑟·格里菲思

Grinnell College（Iowa）格林内尔学院（爱荷华州）

Guggenheim Fund 古根海姆纪念基金会

Gunther, John 约翰·君特

Hackett, Francis 弗朗西斯·哈克特

Hadden, Briton 布里顿·哈登

Hagen, Walter 沃尔特·哈根

Haile Selassie 海尔·塞拉西

Halley's Comet 哈雷彗星

Hamilton Club（Chicago）汉密尔顿俱乐部（芝加哥）

Hamlet（Shakespeare）《哈姆雷特》（莎士比亚）

Hammerstein, Oscar 奥斯卡·哈默斯坦

Hanna, Mark 马克·汉纳

Hansen, Harry 哈里·汉森

Hapsburg Empire 哈布斯堡帝国

伦－西格马林根王朝

Holbrook, Josiah 乔赛亚·霍尔布鲁克

Hollis, Christopher 克里斯托弗·霍利斯

Holmes, Charles S. 查尔斯·S. 霍姆斯

Holmes, Oliver Wendell 奥利弗·温德尔·霍姆斯

Hoover, Herbert 赫伯特·胡佛

Hopkins (Mayor of Chicago) 霍普金斯 (芝加哥市市长)

Hotel de Caveau (Paris) 洞穴旅舍 (巴黎)

Hotel de Lisbonne (Paris) 里斯本旅馆 (巴黎)

House, Edward M. 爱德华·M. 豪斯

Howe, Julia Ward 朱莉娅·沃德·豪

Howells, William Dean 威廉·迪安·豪威尔斯

Huckleberry Finn (Twain) 《哈克贝利·费恩历险记》 (吐温)

Hughes, Charles Evans 查尔斯·埃文斯·休斯

Hugnet, Georges 乔治·于涅

Hugo, Victor 维克多·雨果

Hull House (Chicago) 赫尔馆 (芝加哥)

Hunt, Richard 理查德·亨特

Hunter, Francis T. 弗朗西斯·T. 亨特

Hurstwood (in *Sister Carrie*) 赫斯渥 (《嘉莉妹妹》)

Hyde, Douglas 道格拉斯·海德

Impressionism 印象派

Inkpaduta (Sioux chief) "红帽子" (苏族人首领)

In Our Time (Hemingway) 《在我们的时代》 (海明威)

Inside Europe (Gunther) 《欧洲透视》 (君特)

Insull, Samuel 塞缪尔·英萨尔

International Harvester Co. 国际收割机公司

Ioway Indians 艾奥韦印第安人

Irish Republican Army (I. R. A.) 爱尔兰共和军

Itelsohn, Gregorius 格雷戈留斯·伊德尔松

Jackson, Andrew 安德鲁·杰克逊

Jackson School (Cedar Rapids) 杰克逊小学 (锡达拉皮兹)

James, Edwin L. 埃德温·L. 詹姆斯

MacLeish, Archibald 阿奇博尔德·
麦克利什

Madame Mariette 马里耶特夫人

Mädchen in Uniform（Winsloe）
《穿校服的女孩》（温斯洛）

Mado（French prostitute）玛多（法
国妓女）

Maid of Iowa（steamboat）"爱荷华
女仆号"（汽船）

Mailer, Norman 诺曼·梅勒

Main Street（Lewis）《大街》（刘易
斯）

Main-Travelled Roads（Garland）
《大路条条》（加兰）

Making of Americans, The（Stein）
《美国人的成长》（斯泰因）

Malraux, André 安德烈·马尔罗

Mammoth Oil Company 猛犸石油
公司

Manchester Guardian《曼彻斯特卫
报》

Manhattan Transfer（Dos Passos）
《曼哈顿中转站》（多斯·帕索
斯）

Mann, James R. 詹姆斯·R. 曼恩

Mann, Thomas 托马斯·曼

Mann Act《曼恩法案》

Manning, William Thomas 威廉·

托马斯·曼宁

Man Nobody Knows, The（Barton）
《无人知晓之人》（巴顿）

Manson, Alexander 亚历山大·曼森

Mantrap（Lewis）《捕人陷阱》
（刘易斯）

Man Who Knew Coolidge, The（Lewis）
《了解柯立芝的人》（刘易斯）

Marconi, Guglielmo 古列尔莫·马
可尼

Marie Fedorovna（Empress of Russia）
玛丽亚·费奥多罗芙娜（俄国
皇太后）

Marinoff, Fania 法尼亚·马里诺夫

Marion, Ohio 马里昂（俄亥俄州）

Marne, Battle of the 马恩河战役

Marquand, J. P. J. P. 马昆德

Marshall, Verne 维恩·马歇尔

Marx, Karl 卡尔·马克思

Marxism 马克思主义

Mary（Queen of England）玛丽一世
（英格兰女王）

Masaccio 马萨乔

Masaryk, Jan 扬·马萨里克

Masaryk, Thomas 托马斯·马萨
里克

Masters, Edgar Lee 埃德加·李·
马斯特斯

Mistinguette 密斯丹盖

Modjeska 莫杰斯卡

"Monkey Trial" "猴子审判"

Monnier, Adrienne 阿德里安娜·莫尼耶

Monroe, Harriet 哈丽雅特·门罗

Montaigne 蒙田

Moore, Marianne 玛丽安娜·穆尔

Moorhead, Ethel 埃塞尔·穆尔黑德

Morgan, J. P. 约翰·皮尔庞特·摩根

Morning Post (London)《晨邮报》（伦敦）

Morrison, William 威廉·莫里森

Mount Vernon, Iowa 弗农山（爱荷华州）

Mowrer, Edgar 埃德加·莫勒

Mowrer, Paul Scott 保罗·斯科特·莫勒

Mr. Bluebeard (play)《蓝胡子先生》（戏剧）

"Mr. Dooley" (Dunne) "杜利先生"（邓恩）

Mundelein, George William 乔治·威廉·芒德莱恩

Munich Pact《慕尼黑协定》

Murphy, Bob 鲍勃·墨菲

Murphy, Gerald 杰拉德·墨菲

Mussolini, Benito 贝尼托·墨索里尼

My Life (Duncan)《我的人生》（邓肯）

Napoleon Bonaparte 拿破仑·波拿巴

Nation, The《国家》杂志

Nattatorrini, Countess 纳塔多里尼女伯爵

Nazi-Soviet Pact《苏德互不侵犯条约》

Negrín (Premier of Spain) 内格林（西班牙总理）

New Republic, The《新共和》

Newton, Joseph Fort 约瑟夫·福特·牛顿

New Yorker, The《纽约客》

New York Evening Post《纽约晚邮报》

New York Herald《纽约先驱报》

New York Herald Tribune《纽约先驱论坛报》

New York Stock Exchange 纽约股票交易所

New York Sun《纽约太阳报》

New York Times《纽约时报》

New York Tribune《纽约论坛报》

New York World《纽约世界报》

Nicholas, Grand Duke 尼古拉大公

Nicolson, Harold 哈罗德·尼科尔森

Rilke, Rainer Maria 赖内·马利亚·里尔克

Rioton, Mlle（opera singer）里奥东小姐（歌剧演员）

Risorgimento 意大利复兴运动

Rivera, Miguel Primo de 米戈尔·普里莫·德里维拉

River of Years（Newton）《岁月之河》（牛顿）

Riviera, French 里维埃拉（法国）

Roberts, Kenneth 肯尼思·罗伯茨

Robeson, Paul 保罗·罗伯逊

Robinson, Edward G. 爱德华·G. 罗宾逊

Robinson, Edwin Arlington 埃德温·阿林顿·罗宾逊

Robinson, Elizabeth 伊丽莎白·罗宾逊

Rockefeller, John D. 约翰·D. 洛克菲勒

Rockefeller, John D, Jr. 小约翰·D. 洛克菲勒

Rodin, Auguste 奥古斯特·罗丹

Rogers, Newall 纽沃尔·罗杰斯

Romains, Jules 朱尔·罗曼

Roman Catholic Church 罗马天主教教会

Roman Question "罗马问题"

Roosevelt, Eleanor 埃莉诺·罗斯福

Roosevelt, Franklin D. 富兰克林·德拉诺·罗斯福

Roosevelt, Theodore 西奥多·罗斯福

Rose Marie（musical comedy）《凤凰于飞》（音乐剧）

Rosenthal, Moriz 莫利茨·罗森塔尔

Ross, Edward Alsworth 爱德华·阿尔斯沃斯·罗斯

Ross, Harold 哈罗德·罗斯

Rothermere, Lord 罗瑟米尔勋爵

Rousseau, Jean Jacques 让-雅克·卢梭

Rouzier's Rotisserie Périgourdine（Paris）鲁齐耶旋转餐厅（巴黎）

Royal Air Force（England）英国皇家空军

Royal Press Commission（England）英国皇家新闻委员会

Royce, Josiah 乔赛亚·罗伊斯

Rubinstein, Artur 阿图尔·鲁宾斯坦

Ruskin, John 约翰·罗斯金

Russell, Bertrand 伯特兰·罗素

Russell, Lillian 莉莲·拉塞尔

Russian Revolution 俄国十月革命

市的耻辱》（斯蒂芬斯）

Shaw, George Bernard 乔治·伯纳德·萧（萧伯纳）

Sheean, Vincent 文森特·希恩

Shenandoah（dirigible）"谢南多厄号"（飞艇）

Shepherd（labor leader）谢泼德（工会主席）

Shepherd, Osgood 奥斯古德·谢泼德

Sherman, Stuart 斯图尔特·舍曼

Sherman Antitrust Act《谢尔曼反托拉斯法》

Shirer, Bess（mother of W. L. Shirer）贝丝·夏伊勒（威廉·夏伊勒的母亲）

Shirer, Lillian 莉莲·夏伊勒

Shirer, Mabel 梅布尔·夏伊勒

Shirer, Seward S.（father of W. L. Shirer）苏厄德·S. 夏伊勒（威廉·夏伊勒的父亲）

Siena, Italy 锡耶纳（意大利）

Sikorsky, Igor 伊戈尔·西科尔斯基

Sinclair, Harry F. 哈里·F. 辛克莱

Sinclair, Robert 罗伯特·辛克莱

Sinclair, Upton 厄普顿·辛克莱

Singer, Paris 帕里斯·辛格

Sink or Swim（Alger）《沉浮》（阿尔杰）

Sinn Fein（Ireland）新芬党（爱尔兰）

Sioux Indians 苏族印第安人

Sister Carrie（Dreiser）《嘉莉妹妹》（德莱塞）

Sitwell, Osbert 奥斯伯特·西特韦尔

Skene, Don 唐·斯基恩

Skinner, Otis 奥蒂斯·斯金纳

Small, Alex 亚历克斯·斯莫尔

Smith, Al 阿尔·史密斯

Smith, Jess 杰斯·史密斯

Social Control（Ross）《社会控制》（罗斯）

Socialism 社会主义

Socialist Party（Italy）社会党（意大利）

Solidarité Française "团结法兰西"

Sorbonne 索邦神学院

Sorel, Cécile 塞西尔·索雷尔

Sorel, Georges 乔治·索雷尔

Spanish-American War 美西战争

Spanish Civil War 西班牙内战

Spencer, Herbert 赫伯特·斯宾塞

Spirit Lake Massacre "斯皮里特湖大屠杀"

Spirit of St. Louis "圣路易斯之魂号"

Suzie (French prostitute) 苏茜（法国妓女）

Swenson, Swede 斯韦德·斯温森

Swift, Gustavus 古斯塔夫斯·斯威夫特

Swope, Herbert Bayard 赫伯特·贝亚德·斯沃普

Synge, John Millington 约翰·米林顿·辛格

Szent-Györgyi, Albert 阿尔伯特·圣捷尔吉

Taft, William H. 威廉·霍华德·塔夫脱

Tama Indian Reservation 塔马印第安人居留地

Tanglewood Music Festival 坦格尔伍德音乐节

Tannenberg, Battle of 坦嫩贝格战役

Tanner, Dode 多德·坦纳

Tanner, Frank 弗兰克·坦纳

Tattooed Countess, The (Van Vechten)《文身的女伯爵》（范韦克滕）

Taylor, Zachary 扎卡里·泰勒

Tchicherin, Grigori 格奥尔基·契切林

Teapot Dome scandals 茶壶山石油丑闻案

Ten Days That Shook the World (Reed)《十天动摇世界》（里德）

Terry, Ellen 埃伦·特里

Théâtre des Champs Elysees (Paris) 香榭丽舍剧院（巴黎）

Theory of Business Enterprise, The (Veblen)《企业理论》（凡勃伦）

Theory of the Leisure Class, The (Veblen)《有闲阶级论》（凡勃伦）

Third Reich (Germany) 德意志第三帝国

Third Republic (France) 法兰西第三共和国

This Great Journey (Lee)《这个伟大的旅程》（李）

This Quarter《本季》

This Side of Paradise (Fitzgerald)《人间天堂》（菲茨杰拉德）

This Year of Grace (Coward)《荣耀之年》（考沃德）

Thompson, Mayor "Big Bill" 汤普森市长（"大比尔"）

Thompson, Dorothy 多萝西·汤普森

U. S. S. *Mauritania* "毛里塔尼亚号"

U. S. S. *Memphis* "孟菲斯号"

U. S. Steel Corporation 美国钢铁公司

U. S. Veterans' Bureau 美国退伍军人管理局

Vaillant-Couturier, Paul 保罗·瓦扬－库蒂里耶

Van Doren, Carl 卡尔·范多伦

Van Doren, Mark 马克·范多伦

Van Sweringen enterprises 范斯威林根公司

Van Vechten（father of Carl）范韦克滕（卡尔的父亲）

Vanzetti, Bartolomeo 巴尔托洛梅奥·万泽蒂

Vawter, Keith 基思·沃特

Veblen, Thorstein 托斯丹·凡勃伦

Verdun, France 凡尔登（法国）

Verlaine, Paul 保罗·魏尔伦

Versailles Treaty《凡尔赛和约》

Viareggio, Italy 维亚雷焦（意大利）

Victor Emmanuel Ⅲ 维托里奥·埃马努埃莱三世

Vienna State Opera 维也纳国家歌剧院

Vincent, John H. 约翰·H. 文森特

Von Beckendorff, Count 冯·贝肯多夫伯爵

Von Triem, Caroline 卡罗琳·冯·特里姆

Wagner, Richard 理查德·瓦格纳

Waldrop, Frank C. 弗兰克·C. 沃尔德罗普

Wales, Henry 亨利·威尔斯

Walker, James J.（Jimmy）詹姆斯（吉米）·沃克

Walker, Mary 玛丽·沃克

Wall Street 华尔街

Wall Street and Washington（Lawrence）《华尔街与华盛顿》（劳伦斯）

Wall Street Journal《华尔街日报》

Walter, John 约翰·沃尔特

Warburg, Paul M. 保罗·M. 沃伯格

Washington, Booker T. 布克·T. 华盛顿

Washington, George 乔治·华盛顿

Washington High School（Cedar Rapids）华盛顿高中（锡达拉皮兹）

Washington Treaty of 1921 1921 年《华盛顿条约》

Waste Land, The（Eliot）《荒原》（艾略特）

Waterloo（Iowa）*Daily Courier* 滑

和植物》（伍德）

Women's British Open（golf）英国
女子高尔夫球公开赛

Wood, Grant 格兰特·伍德

Wood, Nan 娜恩·伍德

Wood, Robert E. 罗伯特·E. 伍德

Wood, Tom 汤姆·伍德

Woodstock, N. Y. 伍德斯托克（纽
约州）

Woolf, Leonard 伦纳德·伍尔芙

Woolf, Virginia 弗吉尼亚·伍尔芙

Woollcott, Alexander 亚历山大·伍
尔科特

Work of Art（Lewis）《艺术品》
（刘易斯）

World's Columbian Exposition（Chicago）
世界哥伦布博览会（芝加哥）

World So Wide（Lewis）《宽广的世
界》（刘易斯）

Wright, Frank Lloyd 弗兰克·劳埃
德·赖特

Wright, Milton 米尔顿·莱特

Wright, Orville 奥维尔·莱特

Wright, Wilbur 威尔伯·莱特

Yale University 耶鲁大学

Yeats, William Butler 威廉·巴特
勒·叶芝

Yerkes, Charles T. 查尔斯·泰森·
耶基斯

Yvonne 伊冯娜

Zola, Émile 爱弥尔·左拉

Zora 佐拉

Zweig, Stefan 斯蒂芬·茨威格

译者后记

朋友转告，拙译《世纪之初》即将由甲骨文再版，花了几天时间再读电子译稿，篇幅漫长，感念编辑的辛苦修订，也感叹历史的重复。

此书第一章以大街为题。读此书的现在，正在新西兰北帕小城。城里的主干道真的就叫"大街"。当初来时读《大街》，心有戚戚。

与大街毗邻并行的那一条长街，叫教堂街，顾名思义。来这儿的华人大多都入了华人教会。

中西部小镇的文化匮乏，被要求遵守狭隘保守的清教徒规范的专制压迫，巴比特式的小镇暴发户的空虚，道貌岸然的基督徒对商业利益和发财致富的崇拜。

落脚大街，一晃四年，头几年，时不时有教会某一支上门传教。终于，有一天，我克服了中国人的谦虚，打开天窗说了亮话，谈到了自己赞成的儒、释、道、马克思、同性恋、进化论，这才杜绝了此类不速之客。邻居说，她的哥哥早就如此，与传教者约架：备好一幅生物进化图，城门大开，可惜无人应战。这个故事与当时轰动的"猴子审判"相映成趣。

与书中夏伊勒那一代渴望欧洲文明一样，这里很多年轻人一到了十七八岁，就带上一两千块钱，离开文化沙漠，到欧洲寻根，或定居北美，不作归来计。

> 除了美国，还有其他地方；除了现在，还有永恒。我从一开始就知道。

与"除了苟且，还有诗和远方"颇相似。
还有那时任上的柯立芝总统：

> 他（瑟伯）似乎包揽了有关柯立芝总统的一切，后者的愚蠢似乎使他十分开心，让他对阴沉、寒冷、多雨的天气毫不在意。

我说什么你懂得，历史真的在重复。

哦，让人大快朵颐的不只是书中的巴黎小馆美食，还有这里的作家，如刘易斯、海明威、菲茨杰拉德、斯泰因、庞德。穿越电影《午夜巴黎》，可以一起看。

关于法西斯的兴起，从这本书里，你可以看到爱迪生、丘吉尔对墨索里尼的称许。对于广受推崇的麦克阿瑟，作者早就捕捉到了他的骄傲。

还有旅欧的美国艺术家的回归，画家格兰特发出肺腑之言：

> 所有这些年都浪费了，因为我觉得只有到巴黎学习，像法国人那样画画，才能当上画家。我回到爱荷华，常常感到，那里的一切是那么丑陋，没有可以入画的事物。我一直在想着回到这里，这样我才能找到可画的东西——这些美丽的风景，我早该知道塞尚、雷诺阿和莫奈还有其他人都已经永久地完成了。

……我还是学到了些东西。至少我对自己有了认识。该死的……我觉得……就像写作一样……你应当画你熟悉的东西。尽管在欧洲待了很多年……但我真正熟悉的是老家爱荷华，阿纳莫萨的农场，挤牛奶，锡达拉皮兹，典型的小镇，这一切。一切普通的东西，邻居，安静的街道，木板房，破烂的衣服，贫乏的生活，伪善的言谈，愚蠢小镇的支持者，该死的……文化上的贫瘠……还有一切其他的。你和我一样清楚，你就是在那里长大的。

我要一直待在家里，去画那些该死的奶牛和谷仓，玉米地，学校的小红房子，干瘪的脸，穿围裙的妇女，穿连衣裤和西装的男人。画那些田地的景色或是一条街道，在暑热之中或是零下十度时盖着六英尺积雪的街道。

现在，中国的艺术家经历了对西方艺术的模仿和崇拜，开始回归，也在寻找自己的声音。

此书分两部分，一部分写美国，一部分写欧洲，作者是位集大成者，旁征博引，但似乎亲身经历过所有重大事件。翻阅此书，似欣赏一幅不乏细节的历史长卷。

因为集大成，特别要感谢两任编辑的辛苦，将此书再版，再次呈现给广大读者。

汪小英

2020 年 3 月

于新西兰北帕

图书在版编目（CIP）数据

二十世纪之旅：人生与时代的回忆. 第一卷，世纪
初生：1904—1930 /（美）威廉·夏伊勒
（William L. Shirer）著；汪小英，邱霜霜译. -- 北京：
社会科学文献出版社，2020.9
　书名原文：20th Century Journey：A Memoir of a
Life and the Times. The Start：1904－1930
　ISBN 978－7－5201－6183－1

　Ⅰ.①二…　Ⅱ.①威…②汪…③邱…　Ⅲ.①回忆录
－美国－现代　Ⅳ.①I712.55

中国版本图书馆 CIP 数据核字（2020）第 157729 号

二十世纪之旅：人生与时代的回忆（第一卷）
——世纪初生：1904—1930

著　　者／[美]威廉·夏伊勒（William L. Shirer）
译　　者／汪小英　邱霜霜

出 版 人／谢寿光
组稿编辑／董风云
责任编辑／张　骋　成　琳

出　　版／社会科学文献出版社·甲骨文工作室（分社）（010）59366527
　　　　　地址：北京市北三环中路甲 29 号院华龙大厦　邮编：100029
　　　　　网址：www. ssap. com. cn
发　　行／市场营销中心（010）59367081　59367083
印　　装／北京盛通印刷股份有限公司

规　　格／开本：889mm × 1194mm　1/32
　　　　　本卷印张：22.5　本卷插页：1　本卷字数：484 千字
版　　次／2020 年 9 月第 1 版　2020 年 9 月第 1 次印刷
书　　号／ISBN 978－7－5201－6183－1
著作权合同
登 记 号／图字 01－2018－2790 号
定　　价／428.00 元（全三卷）